T0405426

中國法書全集

中國美術分類全集

12

明 1

中國古代書畫鑑定組 編

中國古代書畫鑑定組成員

謝稚柳　原上海博物館顧問　書畫家

啟　功　北京師範大學教授　書法家

徐邦達　故宮博物院研究員　畫家

楊仁愷　遼寧省博物館名譽館長　研究員

劉九庵　故宮博物院研究員

傅熹年　建設部高級建築師　中國工程院院士

謝辰生　原國家文物局顧問

《中國法書全集》編輯委員會

主　編　啟　功

副主編　蘇士澍

編　委（以姓氏笔画为序）

王家新　王連起

王靖憲　宋鎮豪

李　穆　陳　卓

馬寶傑　崔　陟

單國霖　蕭燕翼

编辑组成员

何巧珍　李　静

張　瑋　程同根

趙　磊　孫　霞

凡例

一　《中國法書全集》以中國古代書畫鑒定組在全國巡迴鑒定中遴選的法書精品為基礎，酌收大陸內外博物館所藏的部分重要作品編輯而成。

二　本書收錄以甲骨、銅器、玉石、磚陶、竹木簡牘、絹（含帛、綾）、紙等為質地的中國古代法書作品，各個歷史時期的碑刻、法帖等將分別另編全集。

三　本書按中國的歷史朝代編排，各朝代中以作者的生存年代為序。同一作者的作品，按自署的創作年代先後排列。無名款的作品，按時代風格排在各該朝代的後部。

四　許多流傳久遠，宋元明清以來一向被稱為真跡的著名法書，盡量沿用原題原名。對經研究、考訂重新確定時代、作者的作品，據歷代著錄在圖題後的括號內加注「舊題……」，以備檢閱。對少數鑒定意見不一致的作品，在圖版說明中加以注述，便於研究參考。

五　為反映各歷史時代的面貌，個別作品雖係摹本，亦仍置於底本所處的時代內，在作品圖題後的括號內注明為何時摹本。

六　合卷、合冊中的作品，分別編排於各自作者的作品中。合作的作品，僅列於諸作者中一人名下，其他作者在圖版說明中注明。

七　本書所選作品，除楷書、行楷書或字數較多者，均附有釋文。

八　本冊內容分四部分，一為序言，二為概述，三為圖版，四為圖版說明。

目錄

序

中華民族的文化，從時間久遠來講，已有五千多年歷史，這是中外人士都知道的；從覆蓋的面積來講，可有若干萬平方公里的區域，也是中外人士都已看到的；若從它的構成因素來講，恐怕瞭解的人士就比較不太多了。

無論研究中華文化史或欣賞由此文化所構成的美術品的人，沒有不驚歎它的燦爛、豐富而有應接不暇之感的。如果探討其原因所在，就會理解到絕不可能僅僅是某一時代、某一地區、某一民族所能獨自創造完成的。中國是個多民族的國家，各族之間自古即隨時隨處互相習染，互相融合，才有現在所見的驚人燦爛的文化及其成果。

世界歷史上有不少幾千年前已建立的文明古國，但至今已不存在或雖仍存在卻曾中斷過一段時間的並不少見。而我們中國則綿延數千年歷史未曾中斷，甚至某個事件的日期，古史書上的記載可以和出土文物銘刻相吻合。中國的歷史長河中，雖也曾有些小段為某些兄弟民族掌了政權，但他們都是中華民族大家庭的組成部分，沒有割斷中華文化傳統，所以說中華文化是五千多年綿延未斷的文化，可稱當之無愧的。

幾年前，中央宣傳部組織了衆多的文化、文物工作的專家，編成《中國美術全集》六十大冊。出版以來，讀者眼界大開，這六十冊書起到了現有的任何博物館及任何文化藝術史的論著都無法取得對人民的啟發、教育作用。事實很簡單，無論哪個博物館，哪部研究、介紹這類學術的著作，都不可能同時擁有這些陳列品和實物的直觀插圖。凡有過閱讀、研究這類書籍的人都知道，讀千百字的文字說明，不如看一眼實物，那麼能一次流覽這些圖片，豈不「勝讀十年書」！

現在我國文化、教育事業隨著經濟的發展而不斷地擴充、提高。文史書籍的搜集、重印，以及從種種角度加以整理傳播，已取得普及與提高的極大效果，而美術方面也不容無所擴展、充實。由於原六十冊的內容難以盡納各個時代的代表作品，而且新發現的文物珍品也有待補充，更有些近、現代的優秀作品，反映中國文化藝術新發展的，過去還未及選編，現在亦應納入。於是領導上再次組織羣力，在以前六十大冊的基礎上翻成幾倍，編為《中國美術分類全集》，預計約有三百餘冊。這部新編巨著中，藝術種類雖然變動不大，但在每一種類中並非只數量加多，重要在盡力增加具有代表性的名品。

本書所收各類藝術名品，以國內、境內公、私所藏為主，國外、境外藏品中最重要的名品具有代表性的，也酌量收入。至於近期最新發現以及最近出土的，由於編輯印刷工序關係未及補充，俱有待於續編工作。

這部巨著成書，我們雖然足以自慰，但從中華文化中美術類的全部來說，還有很大的距離，希望本書的讀者，尤其是世界的廣大專家，能把它看成是中華文化中美術部分的扼要介紹，才較符合實際。現在我們全體工作人員共同敬願廣大讀者予以指正。

啓功

一九九七年四月

明代書法概說與鑒別舉例

蕭燕翼

明代書法，是繼宋、元以後帖學書法的又一發展和普及的時期。明代歷朝皇帝及外藩諸王，大多愛好書法，繼宋之後，又掀起朝野間的叢帖匯刻之風。這些刻帖為明代書學奠定了基礎，故近代馬宗霍說：明代『帖學大行，故明人多能行草，雖絕不知名者，亦有可觀。』（馬宗霍《書林藻鑒》）這是明代書法的主要特點之一。

明王朝統治二七六年，按其政治、經濟發展狀況，可分為早、中、晚三個時期。明朝初建，各項統治舉措相當嚴酷，社會經濟日漸恢復。自中期以後，朝政日馳，統治更加黑暗腐敗，既面臨統治階層內部的鬥爭，又面臨迭起的農民起義及市民的鬥爭，無暇顧及對文化的統治。至明末，因清軍的騷擾、入侵，洶湧而起的農民大起義，統治者更陷入內外交困的境地，社會動蕩，凝聚力大幅度地削弱。社會的變遷，深刻地影響著書法藝術的演變，與社會、經濟發展狀況相適應的是明代書法發展也呈現出階段性變化，並湧現出一些代表性書家。明初，為適應新政權的建立和穩固，逐步確立了明代的書風並形成獨特的『台閣體』書法，代表書家為號稱『三宋、二沈』的宋克、宋璲、宋廣和沈度、沈粲兄弟。明代中期，隨著文化統治的相對削弱，『台閣體』書法已不孚眾望，代之而起的是經濟發達的蘇州地區的文人書法，即以祝允明、文徵明、王寵為核心的吳門書家。明代晚期，書法則呈現紛繁狀況，著名的有邢侗、張瑞圖、董其昌、米萬鍾等『明末四家』，稍後有並稱『倪、黃』的黃道周、倪元璐，其中，對後世影響最大的是董其昌。他們的書法、師承、風格都不盡相同，各呈特色，折射著當時複雜的社會現狀。在明代早、中、晚三個不同的歷史時期，書法藝術亦呈現出不同的風貌，這構成了明代書法的又一特點。

此外，由於明代距今時代較近，因此法書遺蹟留存至今的亦較為豐富。但是，自明代中期以後，隨著『帖學大行』及書法在社會間的普及，學習、欣賞、收藏古今書法的風氣也倍於前代。因之，書法作品的商品價值愈來愈被社會所認定，伴之而起的是中國書畫史上繼北宋中期以後的又一次書畫作偽風氣。在眾多的書畫作偽者中亦不乏有相當文化藝術修養和藝術成就的書畫家，他們所作的偽書畫不僅具有一定的藝術水準，並且或專門做一、二名家書畫，或作偽的花樣繁多，惑人耳目，以致在當時已擾亂了人們對名家書畫的認識，也給我們今天的書畫鑒定研究留下了許多重要課題。因此，本文在介紹明代書法概況之外，也介紹一下當代對明代書法的主要鑒定成果，以期觀者能在鑒別中更深入地認識明代書法。

一　明代書法的概況

（一）『台閣體』盛行的明代早期書法

明代何良俊在《四友齋叢說》中指出：『國初諸公盡有善書者，但非法書家耳。』所謂的『法書家』，主要指以書法為職業的人，他們的書法形成了一套固定的模式和體格。由元入明的書法家，大多數是兼善書法的文人，他們基本上沿襲著帖學書法的道路，或者直接籠罩在元代趙孟頫書法的影響下，如危素、宋濂、俞和、張羽等人就是這樣的書法家，儘管他們已身入明朝，甚至有的還做了明王朝的高官，但他們的書法仍保持了元代的風軌。明朝政權建立後，立即對書壇施加影響。其一，使書法家出現了朝野之分；其二，在朝的書法家不得不俯就朝廷對書法的要求，即由宋元以來書家多擅行草書，而變成明初一部分書法家擅寫楷書和篆、隸等規範性書體。於是，開始有人被徵召入宮做御用書法家，如書兼歐陽詢、虞世南、顏真卿、柳公權楷法，善署書大字的詹希元，號稱小篆之工為『國朝第一』的宋璲，以及以楷法精嚴而著名的杜環、揭樞，二人先後任中書舍人一職，繕寫宮中的誥敕、典冊、牌匾等。在洪武年間（一三六八——一三九八年），書法家的朝野之分還不十分明顯，因為此時最著名的書法家『三宋』，既有在朝的宋璲，也有在宮廷之外的宋克和宋廣，其中還以宋克的藝術成就最高。對『三宋』的書法，昔人曾分別作過這樣的評價：『克（宋克）書出魏晉，深得鍾王之法，故筆精墨妙，而風度翩翩可愛。或者反以纖巧病之，可謂知書者乎？』（明吳寬《匏翁家藏集》）『仲珩（宋璲）書兼得文敏、子山二公之妙，而加以俊放；如天驥奔行，不躡故步，而意氣閑美，有蹴踏凡馬之勢，當今推為第一。』（明方孝孺《遜志齋集》）『昌裔（宋廣）擅行草，體兼晉唐，筆勢翩翩。』（明楊士奇《東里續集》）他們的書法是有著明顯可鑒的共同特點，即嫺熟的技藝、健美的形態和閒雅的風韻。朱元璋喜歡的是宋璲一類『如美女簪花』的遒媚之字。帝王的好惡雖然不能作為審美的標準，但卻會對書壇產生很大的影響。於是，『三宋』書風成為社會時尚，他們也成為當時書壇的代表者。統治者對書法藝術的審美要求，通過官祿拉攏、羈縻善書者，深刻地反映在中書舍人的書法風格中，於是，造成了『台閣體』書法的出現。

所謂的『台閣體』，主要指在宮廷中供職的中書舍人們的書法。據《明史・職官志》記載，洪武七年（一三七四）始設直省舍人，隸屬中書省，秩從八品。九年改中書舍人，並改為正七品。以後在洪武、建文、永樂、宣德幾朝中，統治機構屢有變更，除在建文年間（一三九九——一四〇二）革除中書舍人改為侍書外，始終沒有廢除過中書舍人的設置。由於中書舍人在洪武初曾隸屬中書省，後來才主要承辦內閣或皇帝直接吩咐的繕寫事務，而唐、宋以後中書省曾取代尚書省，漢代稱尚書為台官，這樣中書省的官員也兼有台官的職能；又由於明代中書舍人書寫的文字有一定的體格、風貌，所以人們就用中書舍人所在的官署及其職能，合稱其書法為『台閣體』。檢清代康熙時官修的《佩文齋書畫譜》，有記載的中書舍人在洪武朝有十餘人，至永樂朝驟增至三四十人，宣德朝以後逐漸削減，但至崇禎時仍有中書舍人的設置。雖然有明一代從未間斷過中書舍人之職，而永樂年間（一四〇三——一四二四）則是最盛的時期。這段時間，『台閣體』書法佔據了當時書壇的主要地位，其代表者是號稱『二沈』的沈度、沈粲兄弟。

沈度的書法深受明成祖朱棣的喜愛，『日侍便殿，凡金版玉冊，用之朝廷，藏秘府，頒屬國，必命之書』（明楊士奇《東里集》），每稱其為『我朝王羲之』。他擅長楷、隸、行、草諸體，尤工楷書，是『台閣體』的典型。沒有確切的記載說明沈度的書學淵源，但從其書法作品的規範中可以看出他受到虞世南的影響。『虞書氣色秀潤，意和筆調，外柔內剛，修媚自喜』（馬宗霍《書林藻鑒》），對比沈書所具有的閑婉遒勁，落落大方的風致和動輒合矩的法度，尤其書法形體上表現出的修媚遒潤，顯然是與虞書十分接近的。所以楊士奇曾以『婉麗飄逸，雍容矩度』八字來概括沈度書法的風格特點。宋克、宋璲、宋廣等洪武年間書法家作品中所表現出來的健勁、婉暢、修美、從裕等藝術特點，在『台閣體』中部分地被繼承和發揚了，主要體現在對書法形式美的強化和利用書技的嫻熟來控制字體的不激不厲、不靡不頽，以求得健勁而遒和、婉暢而雍容、修美而飄逸的風格；舉凡大小、長短、方圓、正欹、疾徐、剛柔等種種書法藝術表現中的對立因素，均被調解為均衡、和諧、允中。從藝術反映論上說，這種書風實際上是一種中庸思想的體現，是社會發展與藝術表現間的制約關係。

沈度除擅長楷書外也能寫隸、行、草書，但與其楷書相比就少有自家的獨特風格，不那麼具有典型性了。當時有這樣的說法：『民則（沈度）不作行草，民望（沈粲）時習楷法，不欲兄弟間爭能也。』（明陸深《陸儼山集》）沈粲因其兄的推薦，才得任中書舍人，沈度為使其弟出名，故意掩秀，讓沈粲的行草書得以專名，所以沈粲傳世的書法作品多為行草書。《明史·文苑傳》稱：『度書以婉麗勝，粲書以遒逸勝』。所謂『遒逸』，應是指其書法的用筆瘦勁，並能隨形婉轉，靈活自如。這種藝術表現，要求書家能提得起筆，靈活地執筆、運筆，在迅疾的書寫中把握字型佈置及全篇章法。沈粲書法還常常在撇筆時出鋒，採用章草書的波磔筆畫，尤其顯得健美秀發，可見他受到『三宋』書法的啟示，反映出他的行草書與明前期書法的聯系，也體現了其與沈度楷書的異曲同工之處。這說明，『台閣體』書法的主流雖然以楷書為代表，但其他書體也有一定的規範。這就涉及到一個問題，即『台閣體』書法並不囿於中書舍人中，一些官僚文人，甚至包括在野的書法家，他們或因在朝供職，或因欲取科舉，或因流風所致，也曾或多或少地受到『台閣體』書法的制約和影響。比如胡廣、胡儼、解縉等人的書法，就不能因他們居高官尊位，而將之排除於『台閣體』之外。據記載，永樂朝編纂的《永樂大典》，參加繕寫者達二千餘人，我們只要看《永樂大典》的文字書寫與沈度楷書的接近程度，就可以想像出『台閣體』書法曾經是怎樣的盛行了。既然『台閣體』是強權政治的產物，它有著泯滅藝術家個性的保守性，那麼在這種強權統治稍微鬆弛之時，一些藝術家便會衝破其窠臼。於是，明代書法便進入了中期的發展階段。

（二）『吳門書派』崛起的明代中期書法

從明成化、弘治兩朝開始，書壇上便出現了這樣的現象：一方面是『台閣體』書法的衰微，只出現了姜立綱一人，尚能以其書法獲得一些讚譽而知名於中書舍人間，但其楷書方整已趨刻板僵化，昔日雍容遒麗的風軌掃地，使他成為『台閣體』中知名人物的殿軍。另一方面，一批或官或民的文人書法家如雨後春筍般地湧現，他們不約而同地返回到古代的藝術傳統中去汲取營養，找尋改革『台閣體』的依據，並對之發動起一場猛烈的攻勢。他們中間，有師法蘇軾的吳寬，師法晉人的王鏊，師法黃庭堅的沈周，師法張旭、懷素的張弼、張駿，師法懷素、米芾的徐有貞等等。師古的現象如此普遍，說明當時書壇正在醞釀著一場大變革，新興的藝術力量即將崛起。在這場變革出現之前，有一位人物起著很大的啟示作用，他就是從『台閣體』營壘中殺出，最先對其表示不滿和力圖改革的蘇州書家李應禎。李應禎曾任中書舍人，弘治中又官太僕少卿，及至晚年，自悔學書四十年無所得。他曾多閱古帖，深諳書法三昧，『尤妙能三指尖搦管，虛腕疾書』（明文徵明《甫田集》）。李應禎的自悔，應當是對『台閣體』習弊的不滿，並試圖加以改進。然而此時他年事已高，已經來不及有更大的作為了。於是，這位吳中的先賢，與徐有貞、沈周等人一起啟示了下一代人。李應禎是祝允明的岳父，是文徵明之父文林的好友，由於這種關係，祝、文二人都曾受到李應禎的教誨。他們接受了李應禎的書學指導：『俱令習晉唐書法，而宋元時帖殊不令學也』（祝允明《千字文・常清淨經》自題），且都曾直接學習過李應禎的書法。於是，李應禎沒有完成的事被祝、文二人繼續完成了，他們實現了李應禎等人的藝術理想，成為『吳門書派』的領袖人物。

『吳門書派』是指當時聚集在江、浙一帶，特別是蘇州地區（古稱『吳』）的文人書家所創立的書法流派，其以祝允明、文徵明、王寵三人為代表，包括聚集在他們周圍的師友、門生子弟。他們有著共同的藝術理想，作品中也表現出共同的藝術特點，同時又各自創造出其獨特的藝術風格。這首先表現為對古法的追求。如前所述，祝、文二人一開始即從晉唐法帖入手習書，祝允明的楷書學鍾繇，文徵明學王羲之的《樂毅論》、《黃庭經》及歐陽詢，而王寵則師法虞世南。總的看來，他們的楷書並不以整齊畫一、筆法整肅為旨歸，而是注重突出字本身的形體特徵，大小、長短、疏密、方圓，一惟字態。雖然大字小字相間，點畫參差不齊，通篇看起來卻渾然一體，和諧自然，氣勢充沛。即使最善寫小楷書的文徵明，仔細觀察他的真蹟作品，也莫不皆然。之所以強調他的真蹟作品，是因為文書的偽蹟太多，那種千字一同、缺乏變化的『文氏小楷』，絕大部分是偽蹟。祝允明、王寵的作品中也有這種現象，這也可以從反面證明我們的認識。再者他們的行草書，一般絕少兩三字筆畫連屬現象，即使祝允明的狂草書也是如此。看似通篇散亂縱橫，實則點畫分明。

表面看來，『吳門書派』書家們的努力是為恢復『各盡字之真態』和以真作草的藝術傳統，實則是為了糾正『台閣體』書法流弊。所謂字有真態，不假修飾，最主要的目的是為了從此來外化書者的性情。因此，他們的書法既有共同的藝術風格，又各具特點，充分表現出書如其人。『不無野狐』的祝允明書法，其批評者的用語中又包含著欣賞的成分。他那縱橫散亂的書法，掩飾不住旁人難以企及的精彩之處。對於這位才華橫溢、不拘小節、縱酒放浪的詩人、藝術家來說，其書法表現恰是其個人性情的絕好寫照。而為人謹慎篤實、用功甚勤的文徵明，性格上與祝允明大相徑庭，因此文氏書法向以法度嚴謹、筆法遒勁、雅致而名世。『疎拓秀媚，亭亭天拔』的王寵書法，表現出更多的晉人風神。儘管他的書法沒有祝、文那樣廣博的書學基礎，但他卻對晉人書法的精髓挖掘得相當深刻。之所以如此，大約其為人也有著類似晉人的風度，『風儀玉立，舉止軒揭，讀書石湖之上，偃息長林豐草間，含曛賦詩，倚席而歌，邈然有千載之思』（文徵明《文徵明集・王履吉墓誌銘》）王寵從王獻之書法『用筆外拓而開廓，故散朗而多姿』的特點中獲得啟迪，故其書法結字疏拓蕭散，似乎拙於點畫安排，卻又和諧奇妙，用筆多取逆勢，顯得渾厚遒美。如此類察，我們會發現『吳門書派』中其他書家也有類似的特點，只是沒有祝、文、王表現得那樣充分罷了。

這個時期，除卻『吳門書派』外，還有許多知名的書法家，如王守仁、豐坊、陸深、徐霖等。他們也較廣泛地學習過前人的成法，並與『吳門書派』書家一起創造了明中期相對繁榮的書壇形式。這種景象經過一段發展後，終於又流於形式，出現了衰微勢頭，其時已開始進入明末的階段。

（三）流派紛呈的明代後期書法

明代後期的書法發展，是以諸家紛爭並立的局面為表現形態的。這時期曾先後出現了並稱四家的邢侗、張瑞圖、董其昌、米萬鍾，傲然卓立的徐渭，創草篆的趙宧光，宗漢隸的宋珏，以及最後出現的並稱『黃倪』的黃道周、倪元璐等許許多多的知名書法家。明末是個舊王朝即將分崩離析、各種社會矛盾尖銳的時期，藝術思潮紛呈，沒有誰能執藝壇牛耳，領攜一代風騷。到了清代康熙年間，董書身價百倍，於朝野間影響頗著。其原因，一方面因清初的書法發展仍是帖學書法的繼續，另一方面則因為董其昌書法是帖學書法的集大成者。因此，董其昌既是明末諸多書法家中的一個，同時又是中國封建社會後期最重要的書法家之一。

董其昌是帖學書法的集大成者。他從十七歲時就學習書法，至四十二歲左右，是博學諸家並稍有體悟的書學奠基階段。此後的一二十年間，也就是其五六十歲時，書法藝術開始銳意精進，作品大大豐富起來，並創作出許多代表性的作品。至晚年則專心於追求樸拙、古淡的藝術表現形式，此時宋代蘇軾、米芾的書法給予他很大的啟示。董其昌習古只是取古代書家的某一藝術特點，融入自己的書法創造中，因此始終能保持自己的藝術風貌。如其書字距行間頗疏，就是取五代楊凝式《韭花帖》的藝術特點；其一生始終學習顏真卿楷書，但務去顏書嚴整方正的一面，而專取其樸拙澀勁之氣。晚年又喜學蘇軾書法，取其自然率意，大約是受蘇軾『漸老漸熟，反歸平淡』

的文論思想的影響。對於博學諸家書法，董其昌在其《容臺集》中總結說：『蓋書家妙在能合，神在能離。所欲離者，非歐、虞、褚、薛諸家伎倆，直欲脫去右軍老子習氣，所以難耳。』能合即妙悟，能離即脫化，最終是從古人成法中脫化出來，創出自己的風格。董其昌對於歷代書法太熟悉，好像一切技法及藝術規律都是他的掌中玩物，可以隨意地、不露痕跡地加以運用。正因如此，他反而忽略了歷代書家那種深厚的書寫功力，作品中沒有了沉雄、渾勁的氣象。因此，在這位帖學書法集大成者的書法中，恰恰又體現了帖學書法的式微。

董其昌是明末的書法家，更是中國封建社會後期的書法代表者之一，而與他同時的其他書法家，才是真正的『明末書法家』，因為他們的作品更能體現當時的時代特色，而隨著這個時代結束，他們的藝術便基本終止了。從這個意義上來講，他們更能體現明末書壇的主勢，而且有著較一致的藝術特點。所謂一致，不是指他們有著共同的書法淵源和藝術風貌，而是他們屈曲倔強的書風與董其昌古拙秀雅的書法形成的殊觀。在這些書家中，我們可以看到專師王羲之、王獻之父子的邢侗，其書『雄強如劍拔弩張，奇絕如危峰阻日，孤拙單枝』（明史孝先《來禽館集·小引》）；承襲米芾書法的米萬鍾，擅署書大字，筆畫豐厚渾勁，使人有如觀其懸肘運腕、飽墨濃煙的揮灑之態；於『鍾、王之外，另闢蹊徑』（清秦祖永《桐蔭論畫》）的張瑞圖，書態奇逸，轉折方勁，絕去媚妍；『八法之散聖，字林之俠客』（明袁宏道《中郎集》）的徐渭，其書狂怪至不見字際行間，惟見滿紙雲煙，筆走龍蛇；追蹤鍾繇書法的黃道周，於清健中顯出筆意的高古超妙；與黃道周齊名的倪元璐，『新理異態尤多』（清康有為語）。此外，還有取法秦篆、漢隸的趙宧光、宋珏等等。

昔人評明人書法『尚態』，是指明代人的書法注重形態的表現。但明代早、中期，也包括董其昌的書法，都是一種流便秀美的形態。而明末眾多的書法家則不然，他們的書法形態表現往往很怪異，乍看並不能使人產生美感，甚至覺得『醜怪』；筆法也不追求流暢婉便，而是表現為澀勁倔強，因而與前此的明代書法大相徑庭。從明末諸家的書學來看，除趙宧光、宋珏等人以篆、隸書體為主外，一般都走的是帖學書法的老路，但在這一老路中，又顯示出他們的新意。如師法二王書法的邢侗，其書法的豐勁渾厚並不似王羲之書法的空靈秀媚及王獻之書法的流便灑脫。也有些書法家更多地師法鍾繇、索靖書法，如張瑞圖、徐渭、黃道周等。明末的動亂時期，鍾繇書法再次產生大的影響，為較多的書家師法，其中的奧妙耐人尋味。至少從表面看，當書家們的心緒意境不能再沉緬於書齋中，而需要向外突出、釋放時，他們便會找尋恰當的藝術典型來師法、借鑒。因此，追求古樸渾厚風格的書法，成為明末書壇的主勢，作為帖學書法核心的二王書法，或被改其意趣，或被置於次要位置，也體現了帖學書法的衰微。同時，由於鍾繇、索靖等人的書法與其後的六朝碑刻書法，無論淵源、藝術特點都有一脈相承之處，就使得如黃道周、倪元璐等人書法更貼近於六朝碑刻的風貌。所以說，清代的碑學書法，其肇端於明末，只不過是到了清代中期才演為大勢，出現了代表性書家，有了完整的理論罷了。

最後，我們從中國書法發展的歷史來把握明代書法，可以得出這樣的印象：明代書法繼宋、元帖學書法之後獲得了再發展的藝術生命力，其表現是豐富的，並產生了集大成者。同時，又日益表現出帖學書法的衰微，使明代書法的總成就遜於宋、元。結果必然出現另闢蹊徑的藝術旁門，惟其時間短暫，來不及演為大勢，只在尾聲中肇其端。然而，在書法藝術發展史中，這些現象是必然會產生的，也是不可缺少的。

由於明代距我們的時代較近，明代書法作品傳世仍相當豐富，但卻真贋雜混，相當複雜，混淆著人們的認識。正是在我們的時代，由於博物館收藏的相對集中，由於當代專家研究的日益深入，已經取得了超越古人的鑒別、鑒定成果。去偽存真之後，對明代書法也就有了似乎是重新認識的貼近。藉此最大規模結集出版明代書法之際，將迄今鑒別研究成果例說一二，相信會對大家的欣賞、研究有所助益。

（一）宋克偽書的鑒定

宋克的書法作品傳世的並不多，所幸的是，其所擅書的楷、行、草、章草等諸體書皆有真蹟傳世。在這些傳世書作中，有一件四體書作並附有宋克擅畫的竹石圖，卻屬偽作，即宋克的《書陶潛詩並畫竹石小景卷》。按，該作今傳有兩本，一在美國普林斯頓大學博物館（簡稱『普本』），一在北京故宮博物院（簡稱『故本』）。『普本』曾著錄於清卞永譽《式古堂書畫匯考》，後入藏清內府，又著錄於《石渠寶笈・初編》。『故本』卷後有明錢溥、馮大受及清末費念慈三人題跋。兩本相比較，『普本』書陶詩二十八首，『故本』書陶詩四十四首，書詩後均有文字相同的宋克自題。以書法鑒，兩本書字一致，應為一人所書；兩段竹石小景，『故本』稍佳，可看出不是一人所繪。該兩本應皆偽。理由是：其一，兩本書字相同，倘均是宋克所書、所畫，必不作文字全同的自題。其二，『普本』雖有宋克的自題，並題明是四體書，但書字僅楷、行、草三體，並沒有章草書，『故本』書詩四十四首中才有章草一體。其三，據宋克自題，是館於友人徐彥明家，為徐氏所作，但宋克前一題書作『徐彥明』，後一題又書作『徐彥民』。按，徐彥明，字介庵，為宋克好友，今上海博物館藏宋克草書《唐宋人詩》，即為徐彥明所書，且確是真蹟。以常理推斷，宋克斷不會將友人名字寫錯，只能是偽書人故留的破綻。其四，所繪『竹石小景』兩圖水平有差距，是出二人手，表明做偽者並不擅畫，似是先做偽書，然後另請他人補畫偽圖所致。最後的問題是，該偽物是何時、何人所偽？據明王世懋：『仲溫在勝國時以書名雲間（今上海地區），其源出章草。後「二沈」揚波雲間，士人比比學之。至錢原博輩濫觴，凡以仲溫為惡札祖，此世人不多見宋書，以其末流論。』其所言的『錢原博輩』，即是明中期號稱『二錢』的錢溥、錢博兄弟。『故本』後正有錢溥一跋，論書法應為真蹟。偶閱北京故宮博物院所藏《雲間名人書》的一拓本，內中恰有錢溥所書陶詩，又恰與該卷偽書同，於是恍然有悟，方可確定是錢溥所偽書。

（二）宋璲偽書的鑒定

宋璲作為明初『三宋』之一，其傳世書蹟最少。故宮博物院所藏的宋璲行書《致櫻寧先生》一札，書法較流暢自然，不似一般偽書那樣的做作，故未疑其偽。復經劉九庵先生指出，是札為偽書，理由是：札書後署『宋璲敬稟』，另起一行書上款『櫻寧先生丈丈執事』，其所書的『櫻』字，高出帖文約半字。按，此形式，即明清信札中的所謂『抬頭』，是為尊重受信人，而將受信人的名字另起一行，並需高出札書其他行字。然這一『抬頭』的形式，最早是見於明唐寅的信札中，即明代中期才有而明初時沒有的格式。例如，沈粲的行草書《致宗源相公札》，末款『友生粲再拜』，另起一行書『宗源相公閣下』，其『宗源』一行，不僅沒『抬頭』，甚至比其他行字還顯得略低。以此證明，劉九庵先生鑒宋璲《致櫻寧先生》一札為偽蹟，確是有根據的。

（三）祝允明偽書的鑒定

祝允明傳世的書法作品相當豐富，但有大量的偽書充斥其間，是明代書法鑒別、鑒定中最為複雜的書法家之一，如明人朱大韶曾說：『三吳善書士，而京兆贗書滿天下。』安世鳳甚至將祝允明的傳世書作比喻為『拙目陷阱』。但也正因為如此，祝書的鑒別、鑒定又始終為古今鑒賞、鑒定家所關注，已屢曾取得突破性的進展。結合實物考鑒和文獻的記載，不僅鑒別出一批批的偽祝書，又考鑒出一些專門做偽祝書的人。下面擇主要鑒定成果，予以簡略介紹。

㈠王寵的偽祝書

故宮博物院藏有明文嘉的《致浮玉札》，內中有云：『枝山文乃區區求送西室（王穀祥）者，真蹟寫得極精，至今為西室所藏。此紙乃雅宜(王寵)所摹，非元賓也。』按，『元賓』乃王寵學生金用，看來也曾偽作過祝氏的書法，但文嘉確認『此紙』為王寵所摹，即說明王寵做過祝氏的偽書。上海博物館藏有祝允明《草書曹子建詩冊》，書法極精，末幅題識：『長夏晝寢起漫寫子建數章，亦殊暢適也，枝山祝氏。』款書又略作章草體。這一暢勁的草書自然灑脫，因之可看出分明是王寵的本家筆法，並不拘泥於祝氏的草法，此應是王寵書無疑。類似的王寵仿祝書，僅見此一件，但已證明文嘉所說的確是實事。

㈡吳應卯的偽祝書

據文獻僅知吳氏是江蘇無錫人，祝允明外孫，名應卯，字三江。《無錫志》載：『應卯習允明書，輒能亂真。』但以往並不知吳應卯偽做祝書，後經書畫鑒定家劉九庵先生研究揭示，方知迄今傳世的祝氏書作中，即不曾懷疑的，亦有部分出自吳氏手偽。吳應卯本為祝氏外孫，故書學祝氏。他的偽祝書，全出於自運，並不特別地更變筆法、體勢，這也就給鑒別吳氏偽祝書帶來些方便。迄今累積發現，已有三十餘件之多，幾乎遍及社會公私所藏。大博物館中，如北京故宮博物院有《草書秋興八首卷》、《行草書春夜宴桃李園序》、《行草書春洲曲》等，上海博物館有《行草書春江詞》、《草書七律詩軸》、《草書杜詩軸》等，可見這類偽祝書的傳佈之廣。從這些作品看，多為行草書或草書二體。對比祝氏真蹟書法与吳應卯的偽祝書，劉九庵先生指出其區別在於：祝書『落筆多藏鋒重按，深得澀與疾二法，形成藏頭護尾、沉著痛快的體勢。吳氏書法多露鋒輕按，以寓側鋒取妍的形態，比之祝書，可謂痛快有餘而沉著不足。在結構的長短疏密、筆畫的肥瘦方圓方面，亦遜於祝氏的變化多端。』

吳應卯的本款書作今尚存，與其僞祝書並無二致，細心對比即能掌握。

㊂文葆光僞祝書的鑒定

在傳世的祝允明書作中，有一種狂縱的行草書，內容多為《梅花詩》、《梅花詠》、《蘭花詩》、《秋興詩》等文字。書每行一至四字不等，行筆狂縱，鋒芒畢露，筆勢起伏跳躍。因書為大字，多裝為高頭大卷，論者每謂是祝氏晚年參用黃庭堅草法的作品。這一類的祝書數量頗多，又是經劉九庵先生最先指出，是明文葆光所僞。按，文葆光為文徵明後裔，字停雲，江蘇長洲人。今傳文葆光本款書法作品，與其僞祝書一致，其情況和吳應卯相類。又且文葆光僞祝書多書寫『翠竹山齋』、『翠竹山房』、『翠筠居』等，是祝氏真蹟中所未見過的，應屬文葆光無根據的僞造。

㊃筆者在工作中，經排比、考鑒祝氏真、僞書蹟，又發現一批為數不少的僞祝書。這批僞祝書中，以傳世的數種草書《懷知詩》最為典型。

《懷知詩》今已知有三種，即上海博物館藏兩種，廣州市美術館藏一種，並均已影印出版。上海博物館所藏兩種，一種作今草、章草兩體書，一種作小字行草書。廣州市美術館藏一種，作今草一體書。對比三種本，明顯地為一手所書。按《懷知詩》，是祝氏晚年時病中懷念生平至友的詩篇，並載於祝氏《懷星堂集》中。因其晚年撰懷友詩，有些人尚在，有些友人已卒去，故分別作『歲寒十人』詩和『先露八人』詩，共十九首，『歲寒十人』即尚在世的十人，『先露八人』指已逝去的八人。然以上海博物館一本所署年款『癸未』（即嘉靖二年，一五二三年）、廣州市美術館的一本所署年款『嘉靖改元』（一五二二年）來與『先露八人』的卒年相驗證，則其中的『王文恪公鏊』、『陸塚宰完』，也就是王鏊、陸完二人還在世，當然既不能稱

『先露』，又不能預書王鏊於嘉靖三年卒時朝廷所賜謚號『文恪』，故可以肯定二卷必偽。而另外一本雖未書年款，以其書法的一致處，也應同為一人偽作。這類的偽祝書，和上述吳應卯、文葆光諸人所偽的祝書不同，應是祝氏晚年行草書的一種體貌，迄今仍被當作真蹟而未察。既然已經發現這又一種的偽祝書，自然也就會逐漸地將這類偽祝書從祝氏的傳世作品中剔除出去，只是我們還不知道這個偽書者是誰。

從上述可知，祝氏書法的鑒別、鑒定確實是相當複雜的，事實上也不止我們介紹的這幾種情況。鑒於已往被人們認定的祝書真蹟中，仍混淆著偽書，因此對祝書的廬山真貌，又需有一個重新認識的過程，也就是對諸體祝書、諸時期祝書的標準再認識的問題。

（四）文徵明偽書的鑒定

文徵明書法的鑒定，與祝允明的情況頗類似，也是相當複雜的一家。明王世貞所撰《文先生傳》指出：『以故先生書畫遍海內外，往往真不能當贋十二，而環吳之里居者，潤澤於先生手幾四十年。』這裏講的『潤澤於先生手』，一種是文氏的子弟、門生，或為文氏代筆作書畫，或逕自偽做文氏書畫；另一種是吳中地區專門偽做文氏書畫者。不論屬哪種情況，又皆為文氏大度地予以認可。下面就有關情況與今天取得的研究成果作一簡介。

㈠文彭代筆和偽作的文徵明書法

文徵明長子文彭、次子文嘉，承緒家學，俱擅書畫。其中文彭尤擅書法、篆刻，文嘉則較其兄更擅繪畫。據研究，兄弟二人均有代筆或偽作文徵明書畫的事例。發現文嘉偽其父的書作不多，多作行草書。王世貞以為文嘉的書法『清俊之極，而微覺佻卞』，也就是有輕佻的筆法，自與文徵明書法的穩勁扎實有別。因其偽書不多，姑略而不論。其兄文彭則不然了。如蘇軾書《前赤壁賦》一本，卷後有文徵明小楷一跋，稱此卷前有殘缺，故『謹按蘇滄浪補《自序》之例，輒亦完之。』但據文嘉《鈐山堂書畫記》中記此卷云：『紙白如雪，墨蹟如新，惟前缺四行，余兄補之，吾家本也。』由此可知卷前傷缺的數行，是文彭代其父所補書。其實，就連卷後文徵明的『自題』也是文彭的代筆。這是文彭代筆的一例，更有許多文徵明的書作，也出於文彭手筆，就很難說是代筆了。

曾見私人藏家中有文徵明小楷書《古詩十九首並陶詩四首冊》，細閱其書法，與文彭為其父代筆蘇軾《赤壁賦》的跋書頗類，應是文彭手筆。按文彭仿其父小楷書確實相像，但較文徵明的小楷書，細筆尖鋒的筆畫似更為尖細，結字稍向右上欹側的形態，也略有所仿佛。但文徵明書法的扎實功力，確是文彭所難做到的，因之文彭所書小楷，用筆較其父要輕浮，且書字的結構缺少變化，只是一味地工整、勻稱。又該冊書『古詩十九首』，每詩前後的下端均鈐『徵』、『明』連珠方印，這種鈐印方式為文徵明真蹟書作中所未見。詳此做法的用意有二：一是藉此印記以證明其為真蹟，二是投項元汴之所好。此冊曾經項元汴收藏，其上項氏藏印累累。文彭似是看準項氏喜歡亂鈐藏印的毛病，故意鈐加了許多『徵』、『明』連珠印，雖有違常例，卻是投項氏所好。因此，《古詩十九首並陶詩四首》就不能說是文彭代其父所書，而是有意識地做偽了。文彭是項元汴購藏法書名畫的掌眼人和中介人，看來也經常地賣給項氏一些假東西。

又，世傳有許多文徵明大字行書詩長軸，其中真贋混雜。仿書中也是面貌不一，多作文氏晚年學黃庭堅筆法的大字。其中有一種書字做欹勢，筆法較文氏輕軟得多，不似文氏此類書作真蹟雖有明顯的黃庭堅遺法，但仍保持著其曾師法歐陽詢的精緊體勢與其自身書法穩勁的特點。而鑒驗文彭的大字行書，其實也包括他的其他書作，則顯然正合。可知，文彭雖偽做其父的書法，但他不能將其父書法形成過程的全部特點一一保持，又在仿書中不能泯盡其書字多欹勢和筆法肥軟的自身特點。因此，這類詩軸應是文彭所書，且非代筆，因為此類書軸頗多，是有意欺世的一種。

此外，又曾見上海博物館藏文徵明《草書七言詩卷》影印一本，款書『徵明，正德庚辰十一月』，在『徵明』二字上似有挖痕。草書作懷素、黄庭堅一類的狂草體。該館又藏《行書詩卷》一卷，卷中分作三段，各有書款，最後一段作草書，字多聯綴成行，即所謂『連綿草』。兩作相比，前《七言詩卷》為庚辰（一五二〇）——文氏五十一歲作，後《行書詩卷》雖無年款，但均鈐『文壁之印』，是徹底改稱『徵明』的四十四五歲之前的作品，因此兩作相距時間不遠。《行書詩卷》三段書字，由行書漸為草書，又演為連綿草書，草法雖縱而不狂。《草書七言詩卷》則全為狂草，其中數字有一拓直下的筆畫幾佔一行的空間，筆力似爽勁，而實際是輕弱的故意做作。似此狂態，與文徵明嚴謹的性格有違，又與文氏書法的精緊風格相悖。如果我們聯系文彭本款的此類狂草書作加以驗證，不難判斷此書亦是文彭手筆。

綜上述，無論代筆，還是有意偽書，總之傳為文徵明書法中的小楷、行書、大字行書、草書作品中，均有文彭的手筆。按，文彭偽做過古人的法書作品，其偽做文徵明的書法則不僅是可能的，而且是可以肯定的，且其品種、數量之多，是需要我們認真加以對待的。

㈢程大倫偽仿《方塘敘冊》

程大倫，字子明，蘇州人。僅據王世貞跋《有明三吳楷法二十四冊》記：『全摹徵仲，而《鸚鵡》、《鶺鴒》兩賦，風斯下矣。』今北京故宮博物院有文氏《方塘敘冊》，行書『方塘敘』，後有程大倫一詩。敘、詩的書法全同，是程大倫一手所書。書法近文徵明晚年形體，筆法圓熟，頗有文氏書的形模，但少清剛之氣，結字亦有不穩的失步處。王世貞曾見其《鸚鵡》等兩賦詩，言『風斯下矣』，當然是比較二人書後的確語。因此，據此冊書法及王世貞所記，我們又知道一個偽文氏書法者。

㊂陸士仁偽書《四體千字文卷》

近年曾見一書畫拍賣錄上有文徵明《四體千字文卷》，分作楷、草、隸、篆四體書。書法工穩，似曾有所見，因之憶起北京故宮博物院藏陸士仁所書《四體千字文卷》。按，陸士仁所書，作篆、隸、草、楷四體，雖排列順序不同，亦作同樣的四體，書字筆法、風格一一吻合，文徵明的《四體千字文卷》必為陸士仁所偽。按，陸士仁，是文徵明學生陸師道之子，字文近，號澄明，江蘇蘇州人。擅畫，有父風，不失文徵明畫法遺意。又工書法，在陸士仁《四體千字文卷》後，其子陸廣明的一跋云：『先君子幼習太史公（指文徵明）書，片楮隻字無不臨摹，幾於入室。即《千文》之備四體者，生平不下數十本。』可知陸士仁臨摹文氏書法可以亂真，而『好事者』得陸士仁所書《四體千字文卷》，是否割去本款以冒充文徵明書法，還是陸士仁有意偽書，二種情況都是極可能的。

以上考鑒出來的諸人偽做文氏書法，只是文氏偽書的一部分，甚至是一小部分，多數文氏偽書，至今尚不知為何人所偽。如傳世有一種結字、筆法都很工穩的文氏小楷書作，體勢略向右傾，書法有文氏體貌，又有些像王寵的小楷，在傳世的王寵偽書中，即有此人所書的。由此可見，該做偽者，一方面曾兼習文、王兩家書法，且頗具功力，另一方面其藝術水平、修養則遠不及文、王兩大書家。惜至今不知其人為誰。因此，對文徵明的書法，正如同祝允明書法一樣，仍需在鑒別中加深認識。

（五）王寵偽書的鑒定

王寵的書法作品傳世尚較多，但鑒別、鑒定的結果，偽書幾過其半。下面舉兩種典型的偽書為例，介紹偽王寵書者的考鑒以及所知偽王寵書者的一些情況。

㈠《臨帖冊》，為清宮舊藏，著錄於《石渠寶笈·初編》，今藏臺北故宮博物院，有影印本。為上、下兩冊，分別臨鍾繇、二王、褚遂良、顏真卿、柳公權、虞世南等法書，所署年款是自丁亥七月至小春（十月）四個月間。所以鑒其為偽蹟，主要是書法的水平較低。

王寵同時期的書法真蹟，如故宮博物院收藏的《壽方齋袁君序》，結字修長，方整中略呈欹勢；筆法清勁，又有些粗鈍的筆畫以取澀拙之態，是王寵小楷書擬拙取巧、疏拓秀雅風格的代表作。相比之下，《臨帖冊》書寫結構多偏右傾，欹側而實不能正；筆法似圓厚，卻是疏慢緩鈍，絕無王寵真蹟中『疏拓秀媚，亭亭天拔』的那種典雅生氣。這種偽王寵小楷書，也就是我們上面提到的偽文徵明小楷書中又有些王寵書格的那類偽書。在祝允明的小楷書中，也見有此書。看來，這個偽書者較熟悉文、祝、王三家書，也能把握一些三家小楷書的不同特點，但是又有其自身的習氣，即結字向右上欹側，大多不能以欹歸正。筆法雖或用尖鋒，或用圓筆，視所偽書的不同而有所變化，但卻較少內含蘊藉的變化，仍是千字一同。《臨帖冊》是上下兩冊的鉅製，尤為這類偽書中的典型者。

㈡《游包山詩卷》，已知有四本之多，除《石渠寶笈·初編》著錄的一本因未見而不論外，其餘三本均有影印本，分別藏於天津博物館、上海博物館和吉林省博物院。上海博物館藏小楷書一本，其小楷書類上述偽王寵小楷書的一種，應為偽蹟。然卷後華雲、文彭二跋應係真題。據華雲跋，該卷原是應其所請，次年（即丁亥）二月書完後寄回的。看來是偽書而配真跋，但總是有所來歷的一本。吉林省博物院藏的一本，書詩做行草體，自題識為小楷書。書後有華雲題跋，亦作小楷書，與王寵此本的自題書顯然出於一手，故必偽無疑。這卷行草書，與天津博物館藏的一本所書行書頗類，天津博物館藏本書法水平較低，亦應是偽書。

上述偽本，所書小楷、行書和行草書，形貌頗有相似處，那麼這偽書是什麼人呢？前文中曾引用文嘉的《致浮玉札》，內云：『此紙乃雅宜所摹，非元賓也。』這裏透露出一個線索，即『元賓』不僅能摹祝允明的書法，且其書法應似王寵。經劉九庵先生檢考，元賓即王寵的學生金用。此人師事王寵，善書工詩，仿王寵書可以亂真。北京故宮博物院有《明吳中十二景圖並詩合冊》，內中有王寵小楷《壽方齋袁君序》，既是上文中提到的王寵書於丁亥年的小楷書作，其中又有金用楷書《養鶴澗詩》一頁。又見影印本王寵書《九歌卷》，書於丁亥三月，卷後有金用跋，跋作行書，說此《九歌卷》即為其所書。跋是王寵卒後三十七年時書，年款為癸亥（嘉靖四十二年，一五六三年）。金用兩書雖相距較遠，但不論早期楷書《養鶴澗詩》，還是晚期的行書跋《九歌卷》，書法均頗似王寵，特別是小楷書詩的一頁，正是那體勢右欹，筆法圓鈍的一種。又據王世貞跋《有明三吳楷書二十四冊》，第二十三冊中有金用婦書。王世貞跋記：『金用元賓婦書履吉《白雀詩》，凡三十二首。元賓為履吉上足，故書法亦因之，綿麗多態，而閨閫之氣未除。』又據《寶翰齋國朝法書》叢帖，第十六卷既有金伯王《臨王寵五憶歌並序》，帖後有文道承、文彭、文伯仁、文嘉跋。據諸人跋，知金用婦，姓王，其小楷書是柔弱丰姿而類王寵的一種面貌。

前文所引文嘉《致浮玉札》中之所言，應是金用曾有偽摹他人書法的明證；又據金用與王寵的交往時間當在嘉靖六年丁亥前後，正可解釋上述諸偽王寵書所署年款和上款多為這一時期的現象……凡此種種，我們雖然因金用夫婦本款書作太少而無法完全落實，但可以肯定，對於偽王寵書，他們是不能脫其干係的。

（六）董其昌偽書的鑒定

董其昌是明末著名的書畫家之一，又因其官爵顯赫，在其生前特多求索書畫者，因此，董氏在中國書畫史上是有代筆者最多的一人。據今研究結果，當時董氏繪畫的代筆者有八人之多，其書法的代筆者，所知有吳易一人。在董氏卒後，清康熙皇帝特喜董氏書法，其本人的書法也頗得董書形貌，一時朝野間盛行摹習董氏書法，因之董氏書作也多有偽做者。迄今傳世董其昌的書法作品相當豐富，其中應有不少的代筆作，又有許多清初年間所做的偽書。下面舉例做些具體介紹。

在傳世的董書中，有一類頗為常見的大字行草書軸，多為綾本，書寫內容多是四句的七言詩等，名款僅署『董其昌』，鈐有『宗伯學士』或『宗伯之章』等印。從鈐印來看，應是董氏七十歲前後任禮部侍郎、尚書時所書。但這類大字行草書的面貌，皆是董氏六十歲前後仿米芾書法的一種。真蹟作品如吉林省博物院藏有《晝錦堂記圖畫卷》，後有大字行草書『晝錦堂記』，雖無年款，徐邦達先生以為『從面貌略瘦來估計，大約作於花甲（即六十歲）前後』。因仿米芾書，故筆法頗為爽勁俊逸，但仍有董書的秀拙本色。七十歲以後的董書，更向生拙的特點發展，且筆法較前要豐肥些，不復有那種俊發的筆勢。以此鑒辨上述的那種大字行草書軸，顯然與董書的發展規律不合。這裏就牽涉到董氏書法代筆人吳易的問題了。據清初姜紹書《韻石齋筆談》記：『（吳）楚侯，名翹，後易名易，以能書薦授中翰。為諸生時，思翁（董其昌）頗拂拭之，書稱入室弟子。崇禎癸酉（六年，一六三三年），余游燕都，適思翁應宮詹之召，年八十餘矣（按應為七十九歲），政務閑簡，端居多暇，余時過從，而楚侯恒在坐隅。長安士紳，祈請公翰墨無虛日，不異素師鐵門限。公倦於酬應，則請楚侯代為之，仍面授求者，各滿志以去。楚侯之寓，堆積綾素，更多於宗伯架上焉，雖李懷琳之似右軍，不是過也。惟知交之篤及鑒賞家，公乃自為染翰耳。』由此可知，其一，董其昌晚年書作中，代筆書多於其自書。其二，『堆積綾素』是代筆中多綾本。書畫作品用綾素，其風氣始於明末，而盛行於清初。綾本有光澤而鮮麗，書畫家喜用於酬應之作。董其昌真蹟佳作多用光潤堅韌的佳紙。其三，吳易在崇禎年間以能書薦授中書，而其為諸生時向董其昌學習書法，則其所學董書必是董氏六十歲前後的那種書法形貌。因此，上述那類鈐『宗伯學士』印章、書法作董氏六十歲左右學習米芾書法的那種俊逸的大字行草書作，就不能排除是吳易代書的可能性了。

如僅以書法鑒，僞書作與董氏親書的最大區別是，凡董氏親書，無論中、晚年作，其生拙的特點，也就是『不為筆使』的頓挫、遲澀筆法，是習董書者所難傚仿的，大多只是秀麗中較滑易、率直的形態。以此鑒別代筆書或僞書，是更為直接和切實的辦法。

（七）黃道周代筆書的鑒定

在黃道周傳世的書蹟中，有一種小楷書《孝經》流傳頗廣，由多本傳世。據明末人李清《三垣筆記》記：『黃翰林道周，每具疏，皆手書上聞，從不倩筆。及廷杖下獄，猶手書《孝經解》百本，序贊不一重者，每本售銀一兩，人爭市之，以為家珍。』相類的記載，亦見於清初計六奇《明季南略》中的『黃道周志傳』，記云：『公在獄中手寫《孝經》百餘本，流傳為寶。所著《易象正》一書，直於血肉淋漓、指節垂斷時成之。』這就是世傳黃道周楷書《孝經》的來歷，但所說黃道周『手書』、『從不倩筆』，就是說不請人代筆，卻是不完全屬實的。以今所鑒黃道周的此類書蹟，就有黃道周親書的，也有代筆書的，代筆人是黃氏的繼室夫人蔡玉卿。蔡氏名潤石，字玉卿，福建漳浦人，能詩、能畫，亦工書。書法全學黃道周，幾可亂真。原清宮藏的一冊黃道周楷書《孝經》，著錄於《石渠寶芨·三編》，今藏北京故宮博物院，年款為崇禎辛巳（十四年，一六四一年）。黃道周入獄，據《明史》記是在崇禎十三、十四年間，因此這本《孝經》應是黃道周於獄中『手寫《孝經》百餘本』的一本。北京故宮博物院又藏有蔡玉卿楷書《孝經》一卷，款署：『明忠烈文明伯武英殿大學士黃道周妻蔡氏玉卿書於石養山中之齋室』。雖未書年款，據此款識，應是黃道周卒後所書。兩本《孝經》相比，顯然出於同一人之手，即黃道周的一本也是蔡氏所書。又曾見一本黃道周小楷《孝經》冊，款署：『辛巳八月初三、四日黃道周謹書』，是又一本『辛巳』款的《孝經》。在冊第一頁的右下書『換米二斗』四字，並押『石道人』白長方印。此似是與《三垣筆記》所記『每本售銀一兩』相符合，然書法與上兩本相同。

蔡玉卿所仿的黃道周小楷確實很像，但又與黃道周小楷有明顯區別。北京故宮博物院藏黃道周小楷《張溥墓誌銘卷》，確是其小楷真蹟，如《快雨堂跋》所記：『楷格遒媚，直逼鍾、王。』因其體格略呈方扁勢，筆法有些隸書風軌，或挑筆出鋒，或內擫藏鋒而出之圓禿狀，基本為中鋒圓畫而遒媚。蔡氏所書，大體仿佛，但用筆多方折之勢，筆法雖似棱勁，其實要比黃道周親書薄弱了許多。因此，蔡氏所書可謂清勁，但不可稱『遒媚』，正是遒勁不足。所以如此，是黃道周又擅隸書，能將隸書的精密體勢變化於楷法中，其楷書中別有一番漢魏書法的遺意，非蔡氏僅摹黃道周所能學到的。

（八）張大千偽倪元璐書的鑒定

倪元璐與黃道周並稱『倪、黃』。倪元璐的書法今存尚較豐富，康有為稱『倪鴻寶新理異態猶多』，是指其書屬自己別構的一體。因其書結構變化豐富，用筆鋒圓渾厚而多澀拙之勢，故偽其書者並不多見。劉九庵先生曾指出有當代書畫家張大千所偽摹的一種，經與倪元璐書法真蹟相比確實不同。後又從書畫拍賣錄中見到此類倪書兩三件，知張大千所偽頗多，且又頗能迷惑世人。張大千所偽倪書，多是綾本或絹本的行草書《詩軸》，款僅署『元璐』，綾、絹自然是染黃做舊，頗有幾分古舊氣息。以張大千的書畫功力，偽做古人書畫也是古今人罕有能比者。但與倪書真蹟相比，區別也是明顯的。最根本的區別是，倪元璐的書法多是中鋒圓筆，筆畫豐勁，又多頓挫、澀拙之態。張大千的仿書，則筆勢爽勁，且書寫的速度顯然要比倪元璐快得多，故筆下時出暢勁的折筆與尖鋒筆，自與倪元璐書蹟不同。徐邦達先生談書畫鑒定的經驗之道，常以『筆性』來區別諸家書畫的不同。張大千與倪元璐的書法相比，恰是最鮮明地體現出他們的『筆性』的不同。簡單地說，張大千用筆爽勁而快，倪元璐則渾厚澀駐而緩。這種區別，並不因為他們構塑的書法形體的同與不同而有所改變，而是每個書畫家筆法的『天性』的區別。因此，張大千以其深厚的功力和他對倪元璐書法的揣摩，能夠自然暢快地仿學倪氏書法，但卻不能盡泯其獨特的『筆性』。因此，經劉久庵先生指出張大千偽書倪氏書作的一種，也就不難發現類似的偽書了。鑒別『筆性』之談，確是書畫鑒別、鑒定中最切要、最可靠的寶貴經驗。

圖版

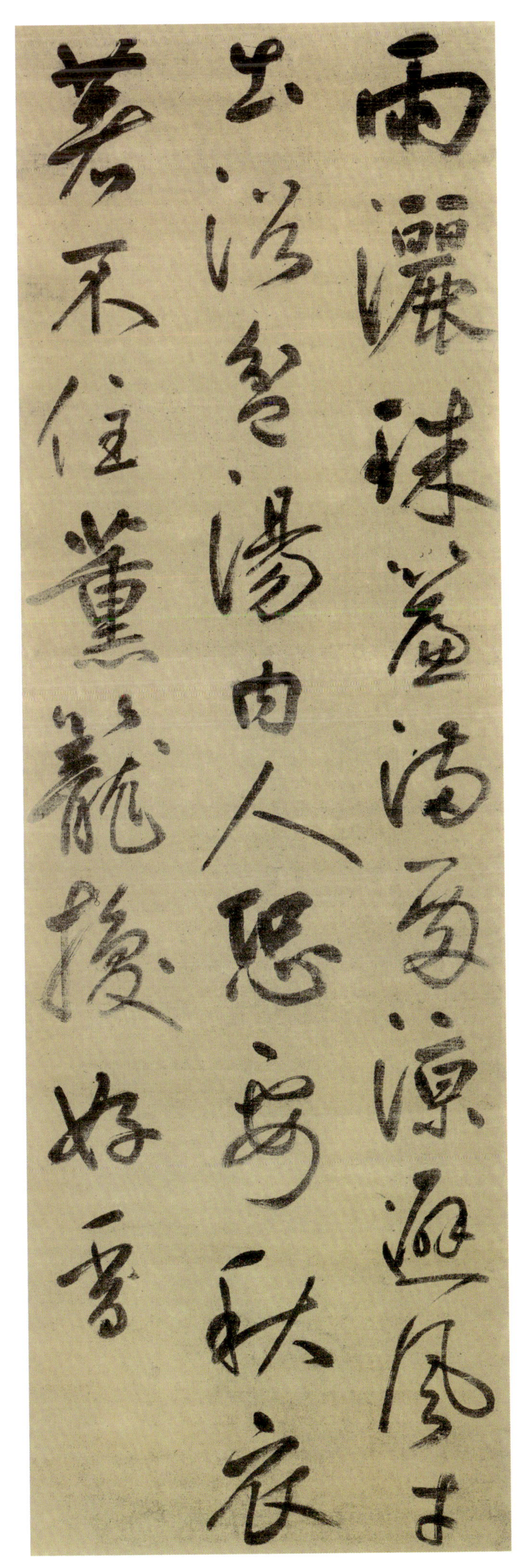

一　行書七絕詩軸　明　邊武

濂頓首再拜上
儀靖表兄執事濂自丁
巳歲蒙
恩放歸抹水適為癘疫
時舉室秋養病山中山
色泉聲無一不駭所見
開悅第恐若人如憒
眊不知王朝至切安一念及
私念爺孃去矣罣累久

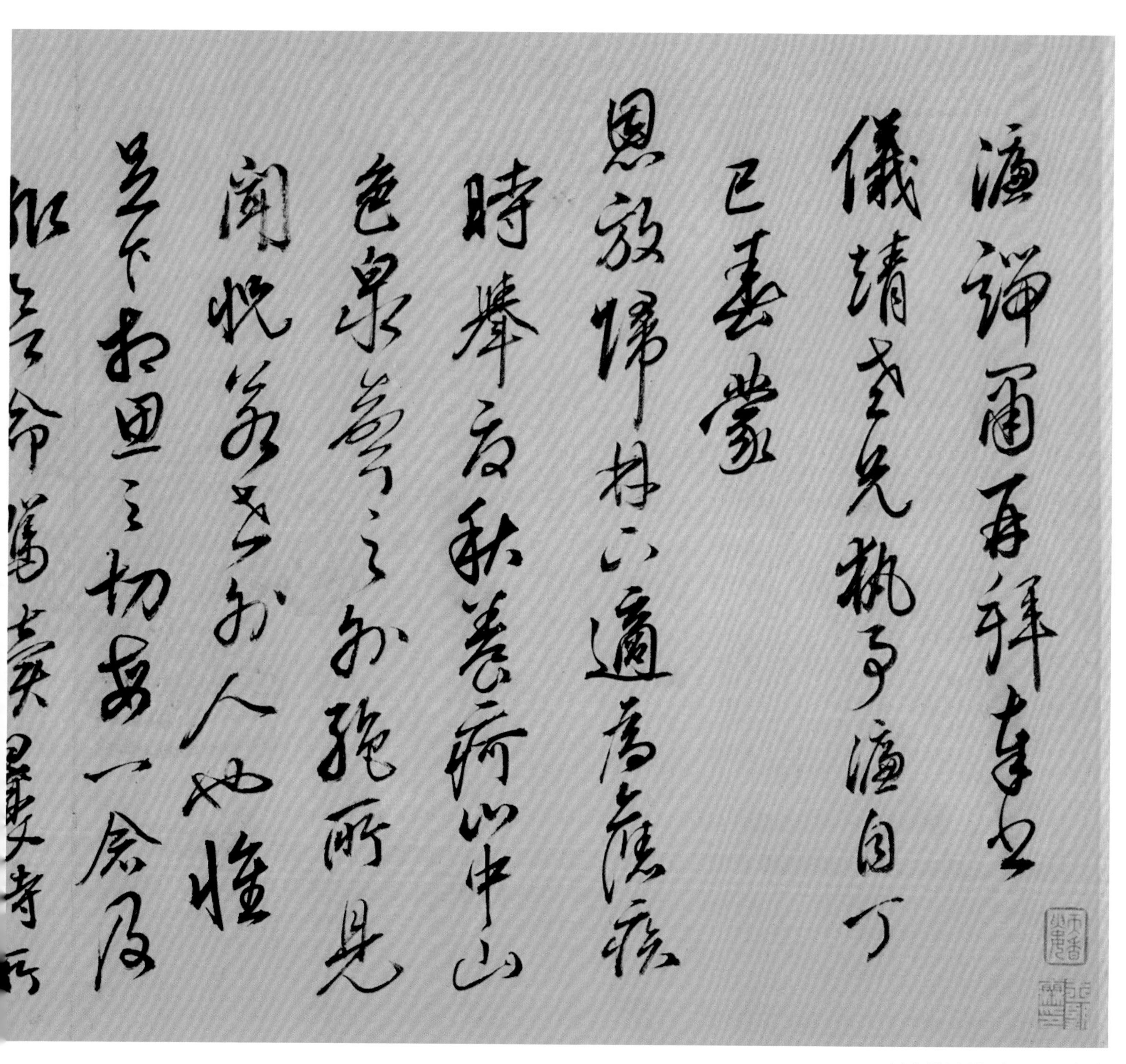

二　行書儀靖帖頁　明　宋濂

郡吏命駕凌暴襲時所
重出如覿
丰神西旦氣力日達
己睦東西下也育之過也中
作手記然後是忍由
云晉系口乞得是忍由
高土物羅難以字瓜供冀
寒暑自重不宣
九月辭曾宋瀘諱頓首

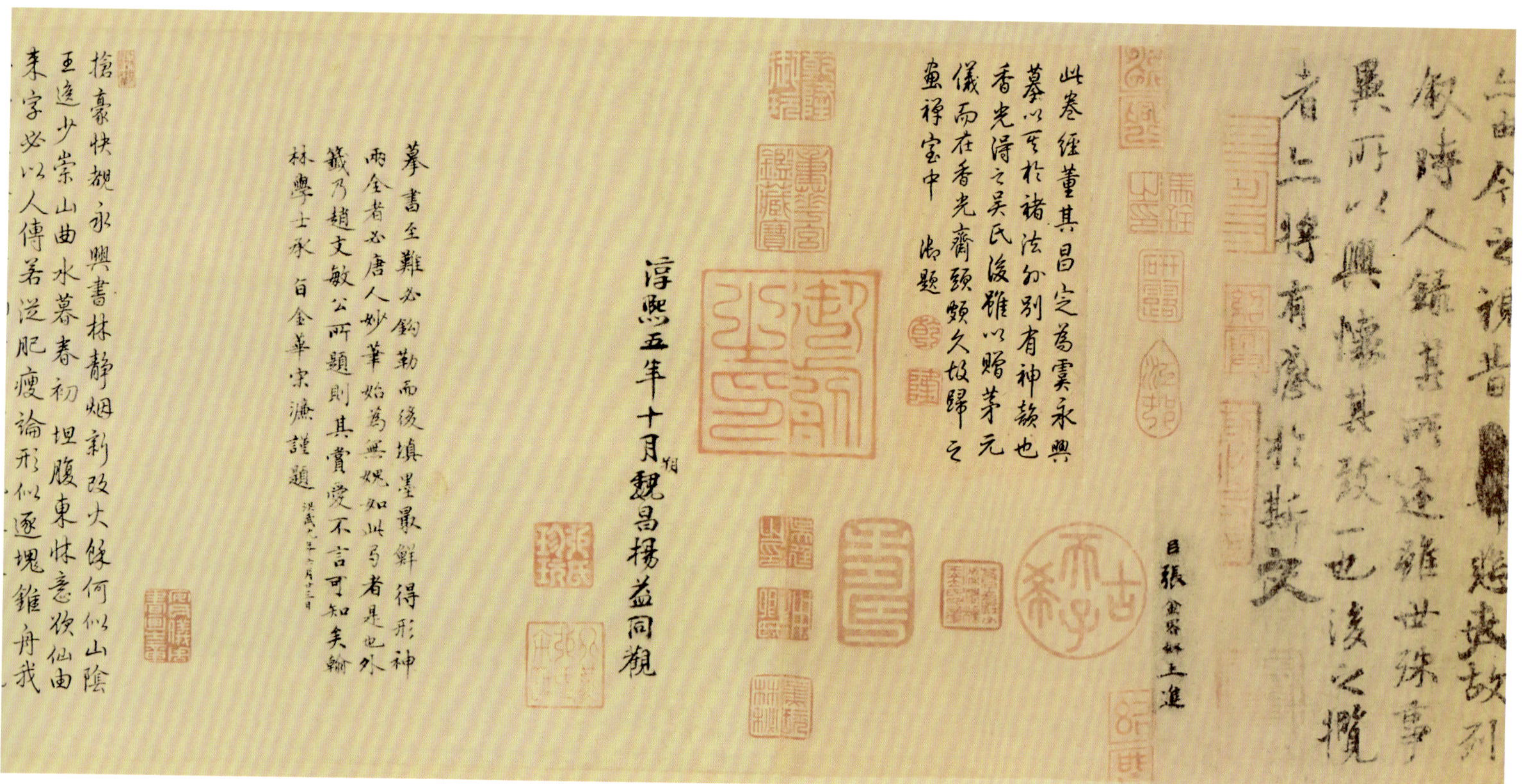
此卷經董其昌定為虞永興摹以至於諸法分別有神韻也香光得之吳氏後雖以贈茅元儀而在香光齋頭頗久故歸之畫禪室中　御題
淳熙五年十月朔魏昌楊益同觀
摹書至難必鈎勒而後填墨最鮮得形神兩全者必唐人妙筆始為無媿如此卷者是也外籤乃趙文敏公所題則其寶愛不言可知矣翰林學士承　旨金華宋濂謹題
洪武九年六月廿三日

摹書至難必鈎勒而後填墨最鮮得形神兩全者必唐人妙筆始為無媿如此卷者是也外籤乃趙文敏公所題則其寶愛不言可知矣翰林學士承　旨金華宋濂謹題

洪武九年六月廿三日

三　楷書跋虞世南摹蘭亭卷　明　宋濂

来字必以人傳若從肥瘦論形似逐塊錐舟我不然米家寶晉漏傳名學士風流儼若生腕霞廓填都不管春風即景獨怡情於停蓄處有波濤真比長安萍刻高甲乙何須詩博辨幾多優益教孫數 丁卯上巳觀因題

萬曆丁酉觀於真州吳山人孝甫所藏以此為甲觀後七年甲辰上元日吳用卿携至畫禪室時余已摹刻此卷於鴻堂帖中

董其昌題

天順甲申五月望後二日王括與徐尚賓同往崑山閱于雪篷舟中

成化戊戌二月丙午葉晉周同執古中静與予同觀于

春興八首　之　一　之之　劉基頓首
柳暖花融草滿汀日酣煙淡麥青〻枝間好
鳥鳴求友水底潛魚陟負萍異縣光陰空荏
苒故鄉蛇豕尚羶腥感時對景情何極悵往
悲来總涕零
忽聽屋角叫晨鳩起看園林氣漸柔小雨霏
霏涵日過新泉細〻入河流殘花斷柳虛歸
計遠水他山聚客愁鴻雁南飛限蒼嶺傷心
無處問松楸
於越山城控海壖春風回首忽經年憂時望
月青霄迴懷土登樓白髮鮮江上波濤来渺〻
雲中鴻鵠去翩〻暮寒細雨餘花落夢繞
天涯到日邊
會稽南鎮夏王封巖日騰雲紫翠重陰洞煙
霞輝草木古祠風雨出蛟龍玄夷此日歸何處
玉簡他年豈再逢安得普天休戰伐不令竹
箭因時共

四　行書春興詩卷　明　劉基

簫四時供

卧龍山莫越王都羣水南來入鏡湖苦怪蠡
田非舊跡還鷥雉堞是新圖白波翠藹浮天
際綠樹青莎到海隅便欲投身歸釣艇不知
何處有蓴鱸

近時丹詔出 天閽
聖主鳴謙下土知豈謂豺狼猶桀黠未隨干
羽格庭墀四郊多壘忠臣耻百戰無前壯士
覬寄語總戎熊虎將莫教長愧伐檀詩

深春積雨減年芳暮館輕寒透客裳翠柳條
柔先改色紫蘭花冷不飄香山中虎豹人煙少
海上樓臺蜃氣長燕子新來畏沾濕一雙
相對立空梁

憶昔江南未起兵吳山越水最知名蘋萍日
暖游魚出桃李風和乳鴈鳴紫陌塵埃嘶
步景畫船歌管列傾城于今征戍誅求盡
翻對鶯花百感生

元故白雲漫士陶君行狀
君姓陶氏其得姓始於堯至晉長沙公與靖節
處士皆已垂名無窮更江左五朝歷唐以入于
宋衣冠蟬聯世不乏人有家于台台之族又別
爲四其一在黃巖州生太府寺
簿諱居安寺簿之太學錄諱應雷至元丙子忠
武淮安王統兵平宋偏師至台學錄爲鄉里請
命將版授以官則曰吾欲文母之手知有
它築室清陽谿上藥病者構娘飢者煦寔
者妃繆氏賢故志得伸及生君有異稟未髫鬌
便異常兒稍長從周先生仁榮學遂於易下逮
百家九流之學皆通曉學成廼出遊足跡幾徧
天下已而上京邑王公貴人聞君言論莫不驚
喜傾下然所持者溷以之辟照乘之璧積之武
砆魚目爲病於是翩然南歸每曰燕趙古稱多
奇士今所見何不逮所聞耶既鬢齒方壯而
家貧鄉里諸儒先勸君宜少屈以就祿遂試吏
蘭溪州民盜鬻當刺辟君念其貧輕鬻宜得免
刺浙省檄補江陰州。民劉鐵欲強犯趙屠妻
趙訟鐵拒辠一日縛其妻犯之且痛箠趙幾至
殞趙棄急捉刀刺劉君謂事出俄頃非有意故
殺也趙得減死州重建治所君主辦社稷壇歷
久濩壞每春秋社祭之玄妙觀靈星門外君白
於尹社稷復有壇調松江創聽事後燕坐若干
楹君才優長能使民不知役而事集屬邑上海
民徐德甫訟戴千戶強刦二人瘐死十九人具
獄民皆以爲冤君平反之時部使者韓公審讞
一如君所言移文陞賞君亦辭縣豪民朱筦坐
殺死籍其家悉以兩家田賜丞相脫脫丞相威
權震海內差官南下任腹心高成劉成副以惡
少年爲爪牙肆虐縱暴設計陷民財民無辜被

於府城都昌坊之寓舍享壽七十有三妃趙氏
故宋宗室諱孟本女也有淑德先君十二年卒
葬嚴州靈山鄉逍奧之原今侍講晉陽張公
者爲應奉時銘其墳生男子三人長宗儀娶海
道都漕運萬戶松江費雄女次宗傅娶錢唐於
從正女次宗儒未娶女三人長適同郡杜蒙正
子思絅次適慶元路經歷寧國楊德榮子垣次
尚幼孫女一君之殁時艱路梗寓殯會稽玉笥
山之原其爲人倜儻磊落於爲義若飢渴居父
母喪哀毀骨立四時薦享感愴怛悼待人以誠
律己以廉蓋皆天稟然也君諱煜字明元嘗自
號逍奧山人又自號白雲漫士書吟詠善樂章
夫其所遊歷與其所交友及其所抱負當大有
爲可也而乃老死簿書期會闇然觀其悉心吏
牘不怵於世不溺於利享尊爵厚祿者媿於君
多矣庸述其履歷之槩以俟銘墓者采焉至正
十九年正月遂昌鄭元祐狀

至正庚子穉七月既望西蜀楊基寫

權震海内差官南下任腹心高成劉成副以惡
少年爲爪牙肆虐縱暴設計陷民財民無辜被
搒掠死者不可殫記府縣曲從風指莫敢誰何
王萬善以母老被詬辱奮不顧死言於官官吏
悉驚避獨知府楊侯伸痛憤之意未決君進曰
朝廷命公尹是邦寧忍坐眎赤子殞命於餓虎
之顧侯大喜即與君謀畫逮繫窮竟所差官詭
文移省遣使至府考立府官皆震懾君獨抱案
條析理直辭明悉比律斷遣事聞丞〻相〻賞以幣
以年勞除杭州東北隅錄事司典史畏吾人伯
不華與其妻忽剌真自昔同艱苦生女已十歲
一朝爲省宣使乃娶忽都女觀音奴爲小妻〻貌
美覬豐饒善迎合至抑賤正妻〻不勝憤不華擲
刃以剚弗甕埋一室四之及其女日少予食欲
俾餓死婢引兒訴主母枉於官錄事揮使去不
敢受辭君曰此婢去三人必俱死於是叩頭白
憲府使得伸理獲全伯不華雖以
赦釋免猶坐黜退云至正壬辰春除信州弋陽
縣以病不赴纔再除湖州歸安縣時方兵興長
興州已陷浙省參政脫〻檄君與爲程縣各運
糧二萬斛給餽餉君募鉅艘二十以載糧軍未
至半道潰即指授諸艘使各有定處甫二日湖
州陷君日從參政畫計謀復湖州而軍無見糧
君乞一介名諸艘其至無時刻違遂加賞賚錄
功中書不報方事變時守土大吏望風奔潰椎
埋竊發至有火人室廬淫殺縱恣君稟命參政
按其辜不少貸良民始復蘇丙申冬除紹興上
虞縣太息言曰吾懷抱利器其出將爲家
國天下用而迺浮沈下寮今年餘七十其所蘊
曾不得少試以死尚何言戊戌九月二十日卒
於府城都昌坊之寓舍享壽七十有三妃趙氏
故宋宗室諱孟本女也有淑德先君十二年卒

五　楷書陶煜行狀卷　明　楊基

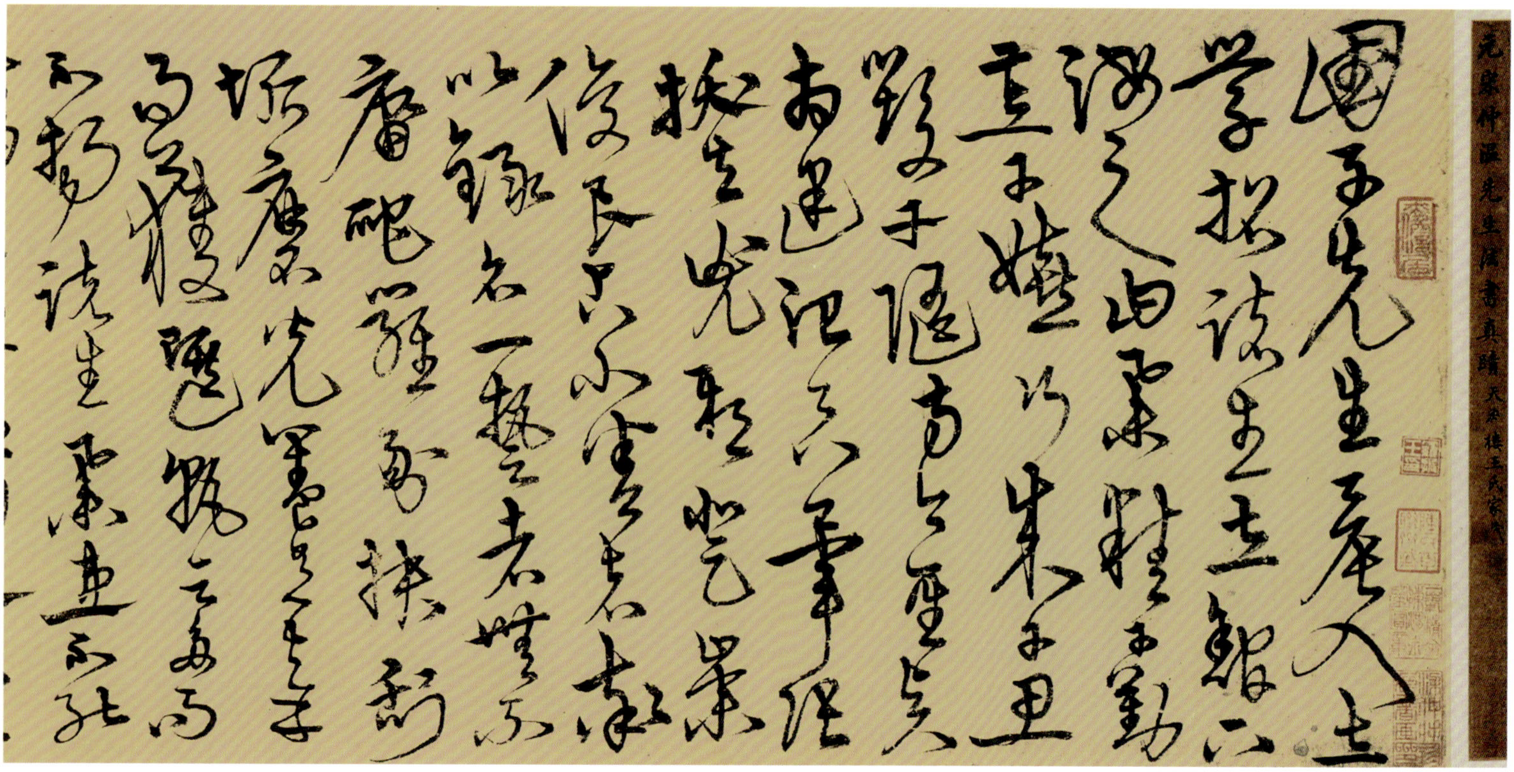

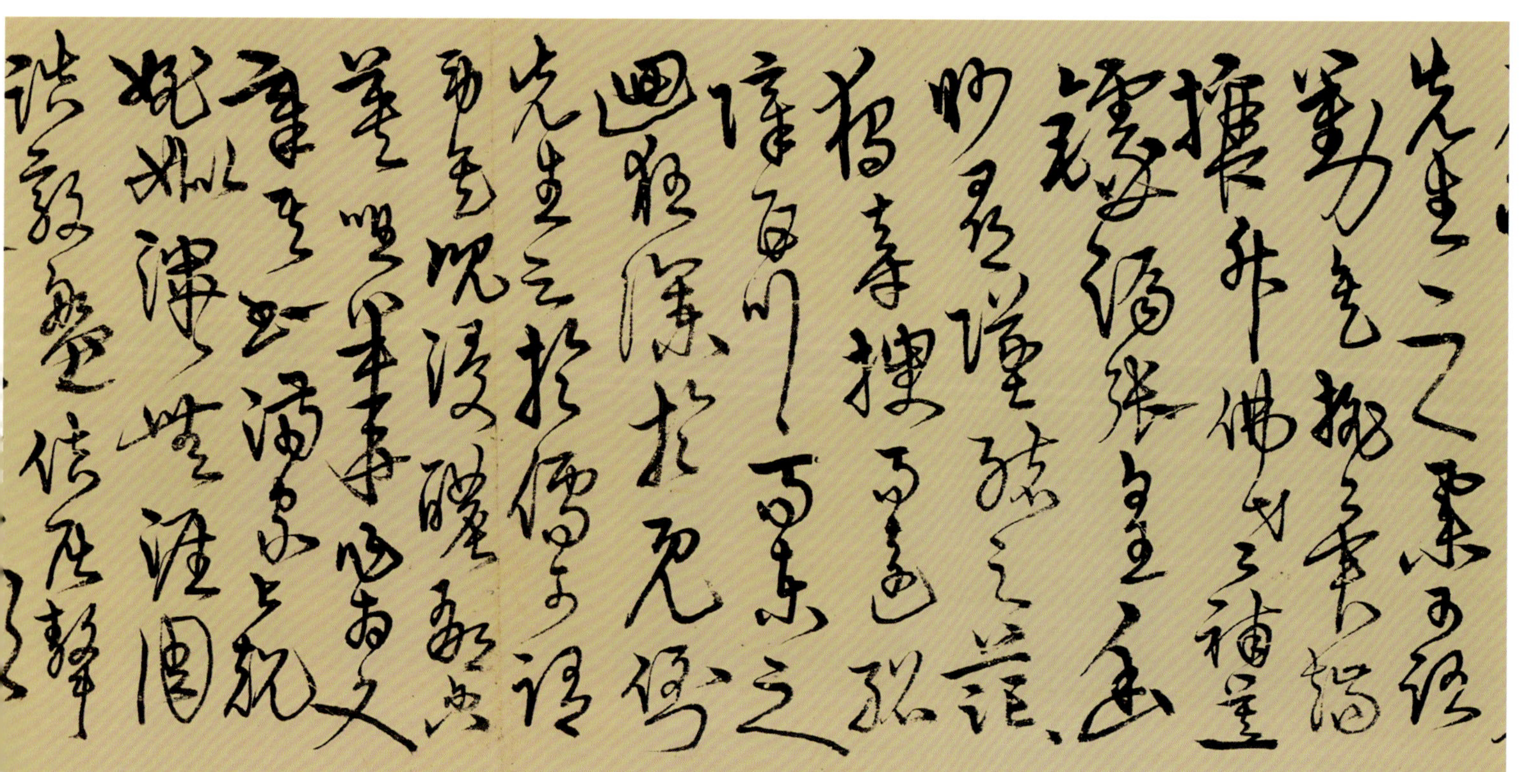

六　草書進學解卷　明　宋克（之一、之二）

不揚諸生業患不能
精無患有司之不明
行患不能成無患有
司之不公言未
既有笑於列者曰
先生欺余哉弟子
事先生於茲有年矣
先生口不絕吟於
六藝之文手不停
披於百家之編
記事者必提其要
纂言者必鉤其玄
貪多務得細大
不捐焚膏油以繼
晷恒兀兀以窮年

誥殷盤佶屈聱牙
春秋謹嚴左氏
浮誇易奇而法
詩正而葩下逮
莊騷太史所錄
子雲相如同工異曲
先生之於文可
謂閎其中而肆
其外矣少始知學
勇於敢為長通於
方左右具宜先生
之於為人可謂成矣
然而公不見信於
人私不見助於友
跋前躓後

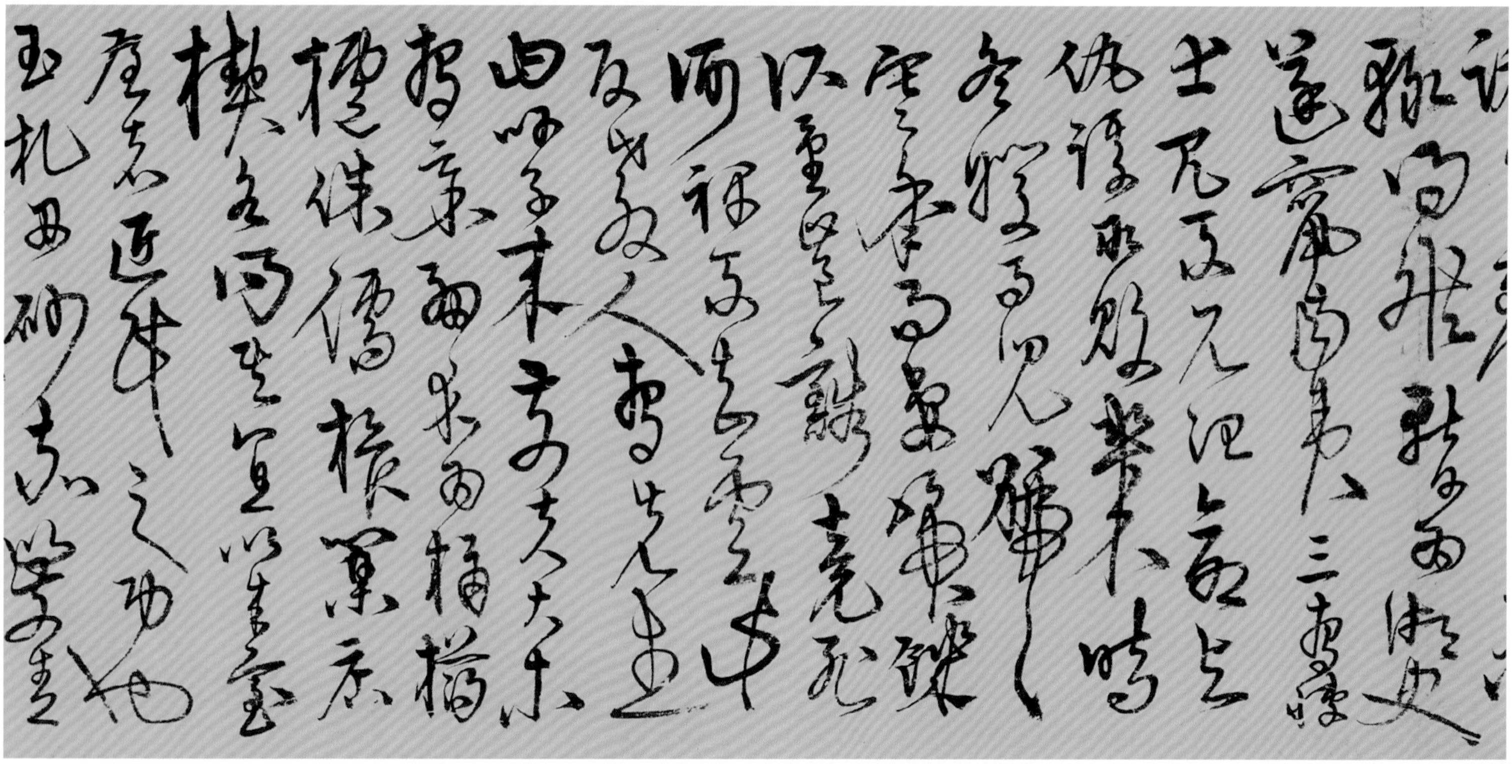

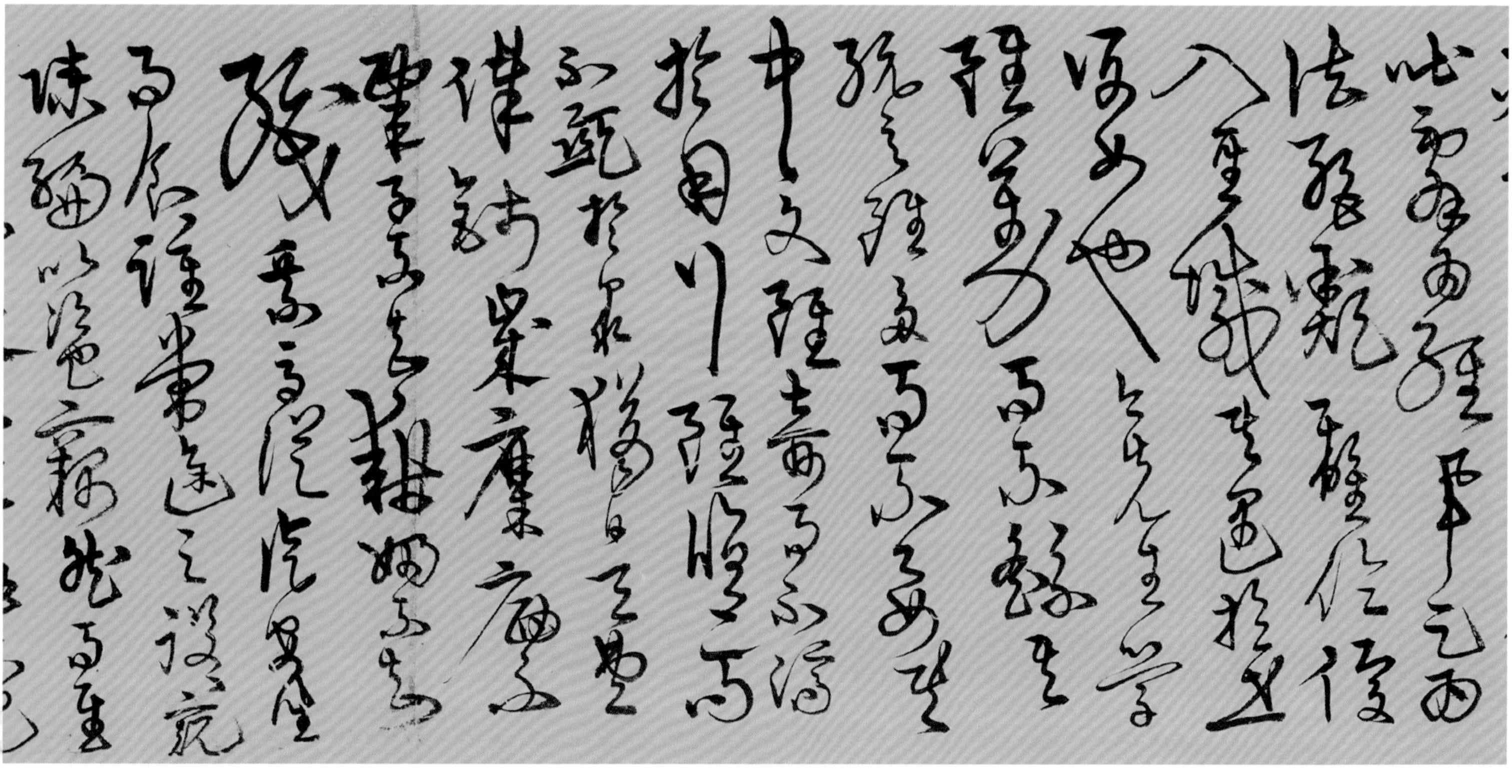

六　草書進學解卷　明　宋克（之三、之四）

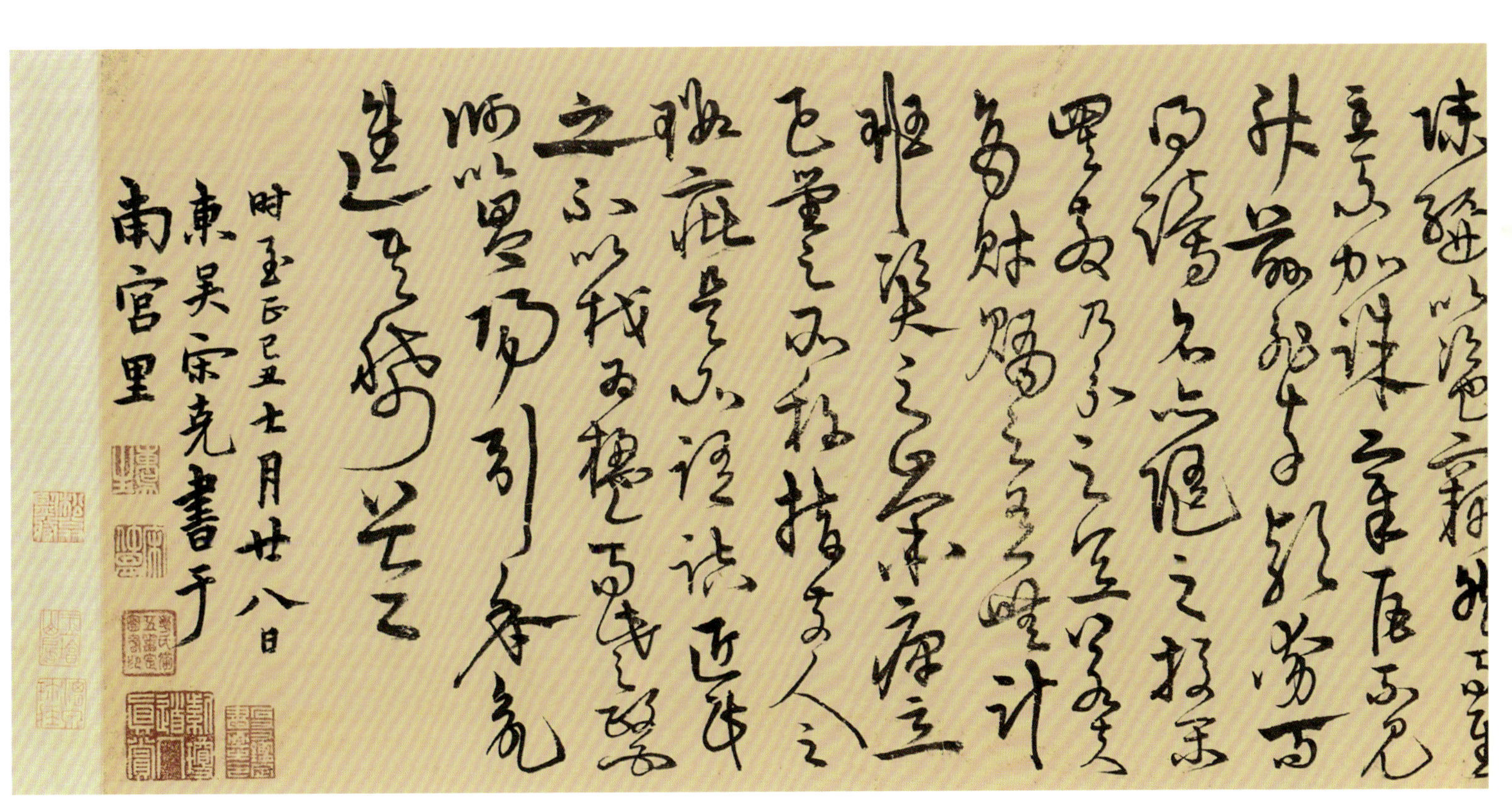
时至正己丑七月廿八日
東吳宋克書于
南宮里

宋仲溫錄唐人歌　張氏寶墨樓珍藏

七　草書唐人歌卷　明　宋克（之一、之二）

七　草書唐人歌卷　明　宋克（之三、之四）

[illegible]

華裾織翠青如葱，金環壓轡搖玲瓏。馬蹄隱耳聲隆隆，入門下馬氣如虹。云是東京才子，文章巨公。二十八宿羅心胸，元精耿耿貫當中。殿前作賦聲摩空，筆補造化天無功。龐眉書客感秋蓬，誰知死草生華風。我今垂翅附冥鴻，他日不羞蛇

[illegible]

至正二十年三月余訪雲間友人徐彥明盤桓甚久彥明以卷索書爲錄唐人哥以復之然燈下醉餘、恣意塗抹醜惡頓露胡能逃識者之指目哉東吳宋克識

八　章草書急就章卷　明　宋克（之一、之二）

宮章艸

公綬隸古

上壽賀奉庶露遂萬秋□諸勿功
述初畢第六褚回池蘭偉房減罷軍
橋竇陽原輔福宣棄奴殷滿息充
申屠夏脩俠公孫都慈仁他郭破胡
虞尊偃憲義渠蔡游威左地餘
譚平定孟伯徐葛咸軻□□□訖
潘尾第七錦繡縵魹離雲爵乘風
懸鐘華洞樂豹首落莫兔雙鶴春
草雞翹鳧翁濯鬱金半見緗白䋪
縹綟綠紈皂紫硟蒸栗絹紺縉紅繎
青綺綾縠靡潤鮮綈絡縑練素帛蟬
□□第八絳緹絓紬絲絮□□□□□
□□□□服瑣緰與之□連貰貸
賣買販肆便資貨市贏匹幅全綌
紵枲緼裹約纏綸組縌綬以高遷
量丈尺寸斤兩銓取受付予相因緣第
九稻黍秫稷粟麻秔餅餌麥飯甘
豆羹葵韭蔥䪥蓼蘇薑蕪荑鹽豉
豉醯酢醬芸蒜薺芥茱萸香老
菁蘘荷冬日藏梨柿柰桃待露霜
棗杏瓜棣饊飴餳園菜果蓏助米糧
第十甘麩殊美奏諸君袍襦表裏
曲領帬襜褕袷複褶袴褌單衣蔽
膝布母縛鍼縷補袒縫緣循履舄
沓裒越緞紃靸鞮卬角褐韤巾尚
韋不借為牧人完堅耐事逾比倫第

八　章草書急就章卷　明　宋克（之三、之四）

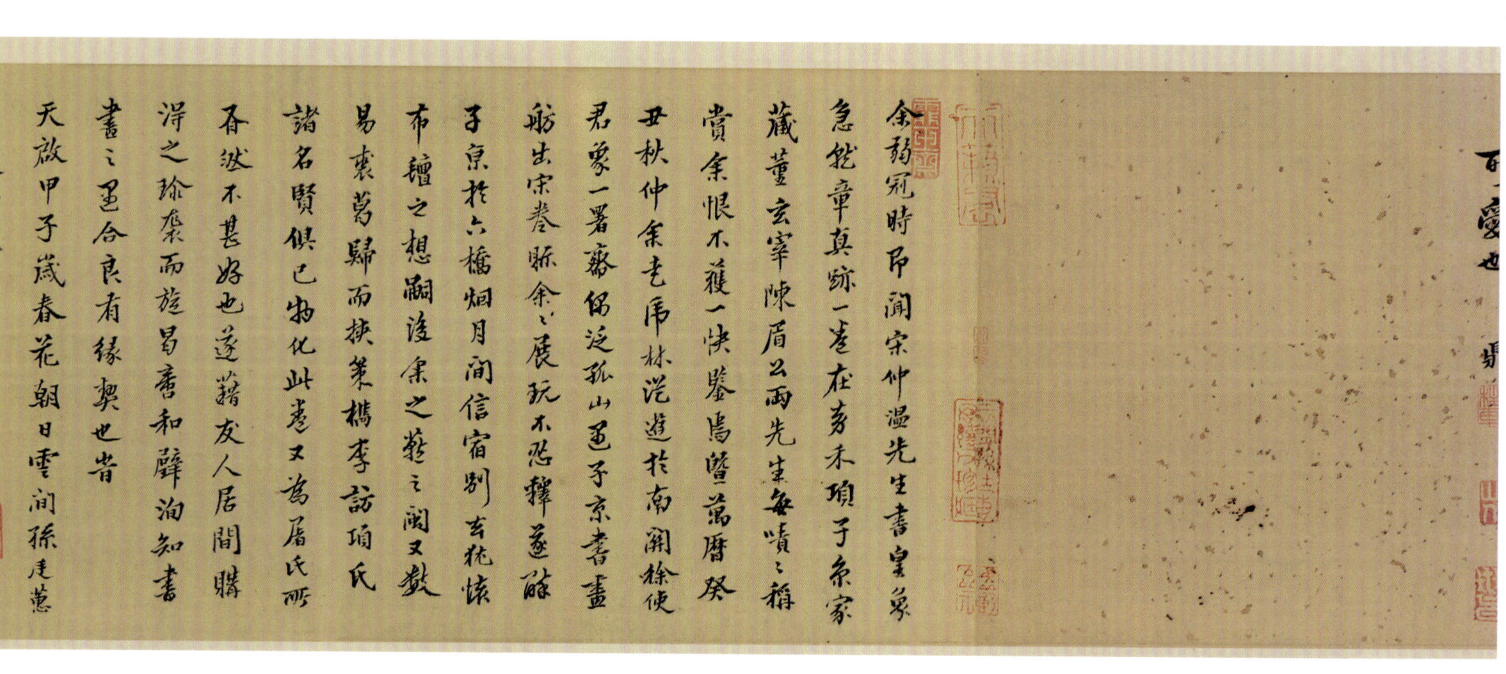

八　章草書急就章卷　明　宋克（之五、之六）

筆對脫急規矩而失故而為縱
之處耶果後張芝皇象二帖
則不脫而自寫也㫁龍傳路左
遊曹時嘗出示予字見之南
宮云學教授陳先生家
成化丁亥夏四月朔嘉禾周鼎書

粵己丑末伏雨新霽暑告去飲
柳溪會愚泉上出此卷堂坐
為客諸玄文氏夏大宜氏至自吳
林又同觀宗南宮章中十一紙
一卷嘗一再見之於三載前又五
載壽今蓋三見之也玄文賦指
摘其波磔精佳似古人處良
是經予高士元亦坐傳相
賞玩予再識筆自愧老醜
無甚而南宮之書愈見愈
可愛也 鼎

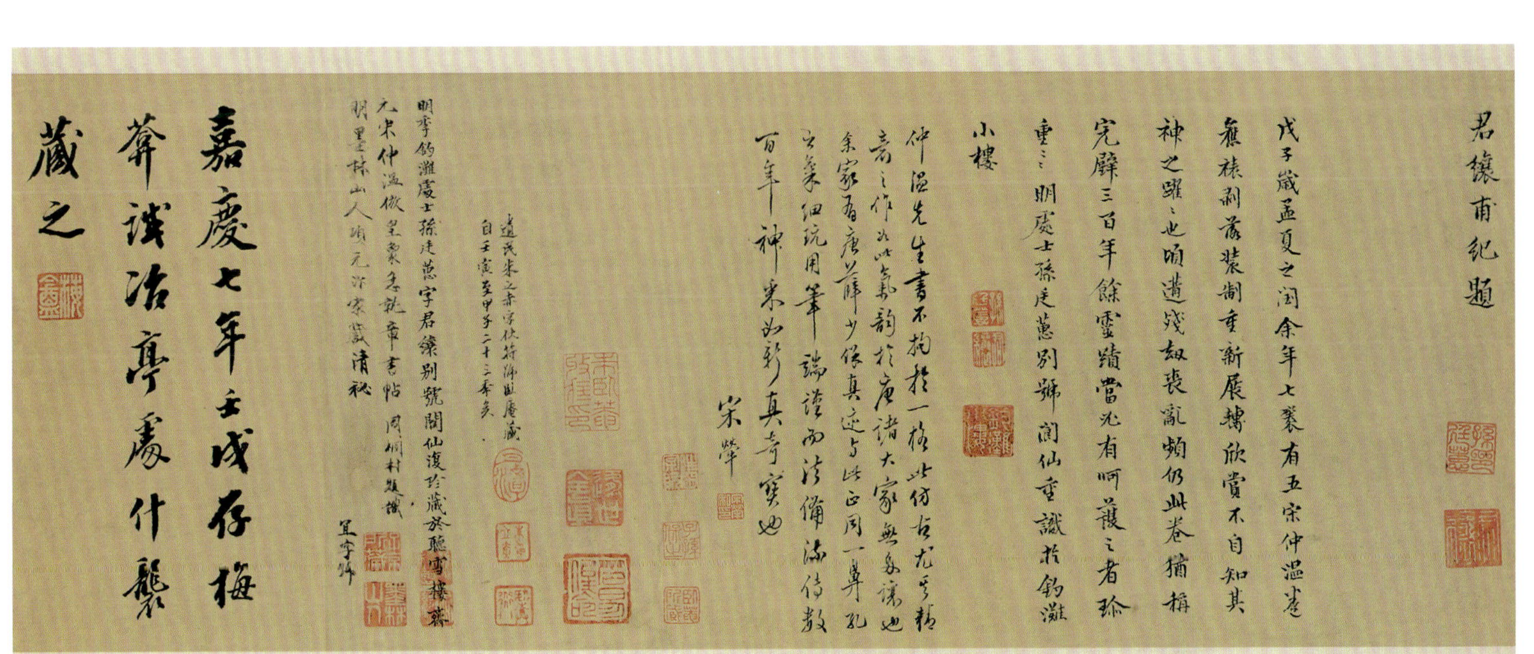

君懷甫紀題

戊子歲孟夏之閏余年七袠有五宋仲溫遂
龕裱刷蕟裝潢重新展擣欣賞不自知其
神之躍躍也頃遺殘缺喪亂蝕仍此卷猶稱
完璧三百年餘靈蹟當尤有呵護之者珍
重重 明處士孫廷蕙別號閬仙重識於鈞灘
小樓

仲溫先生書不拘於一格此傍古尤多精
意之作此氣韻於唐諸大家無多讓也
余家有唐人蘭亭真迹与此正同一異孔
亦參細玩用筆端謹而清備流傳數
百年神采如新真奇寶也 宋犖

遺民朱之赤字伏符辯幽庵藏
自壬寅至甲子二十三年矣

明季鈞灘處士孫廷蕙字君懷別號閬仙復珍藏於聽雪樓藏
元宋仲溫倣皇象急就章書帖 周桐村題識
閱畢梅山人喻元沂家藏清秘
宜字特

嘉慶七年壬戌存梅
弇識治亭處什襲
藏之

亦能事　覺我宗元忠
亞能齋銘支家美羅可諸物名娃
字分宋郎在示經廣用日為少陵牧
言勉力騎之心為盡陵邑寶二年宋
延手翁子才術卷壽史步飛周年秋
鎔鑄以變展世高碑色第二張筆叢
[illegible]少秀郎而見寫董亟識變為言

秦眇房郝利穊冩瑾彊戴陵移亶
关明董車位柜実良任逢时危帅郎
田虞國栄直學鸟季禄令探横朱
文便兄河傷沛继禹石叕當而示陵
誂未央伊嬰言第三犟四叟單経
季昭小兄柳尧舜業禹汤淳于髡
樊通光柘恩鄒洛正汤靈至言红

九　章草書急就章卷　明　宋克（之一、之二）

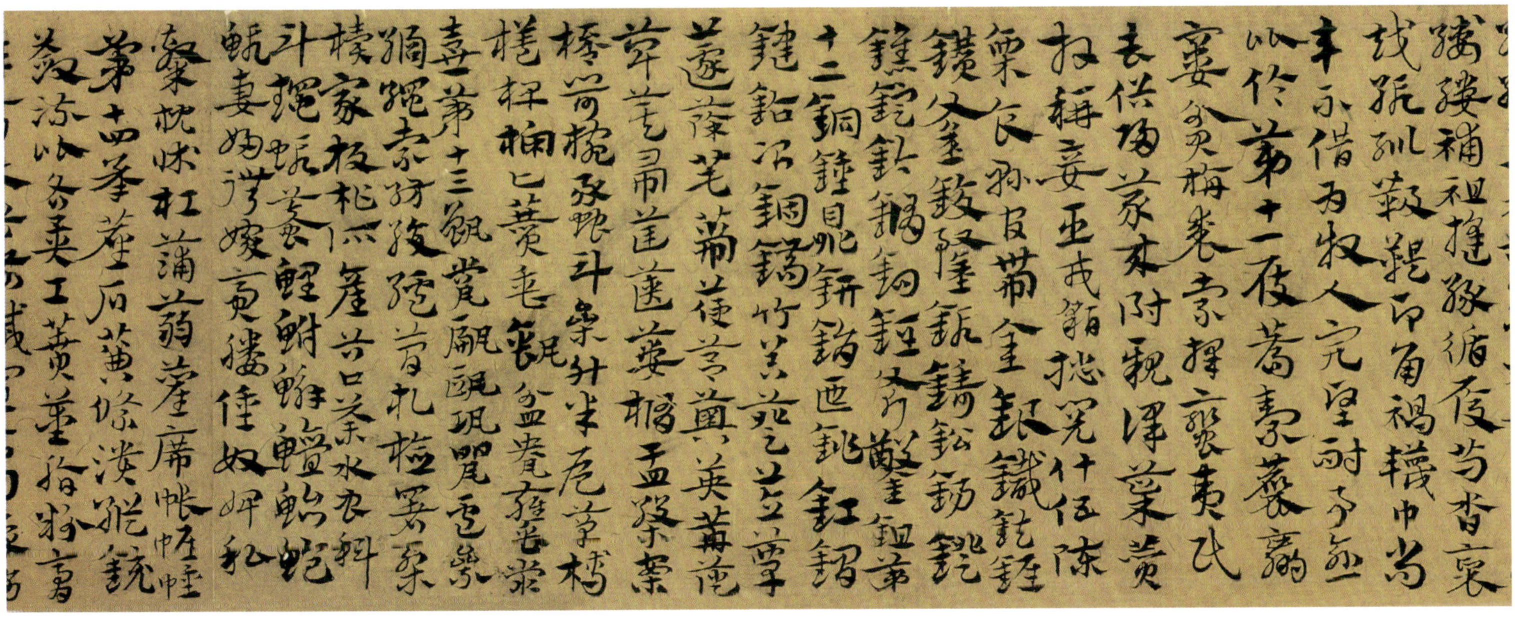

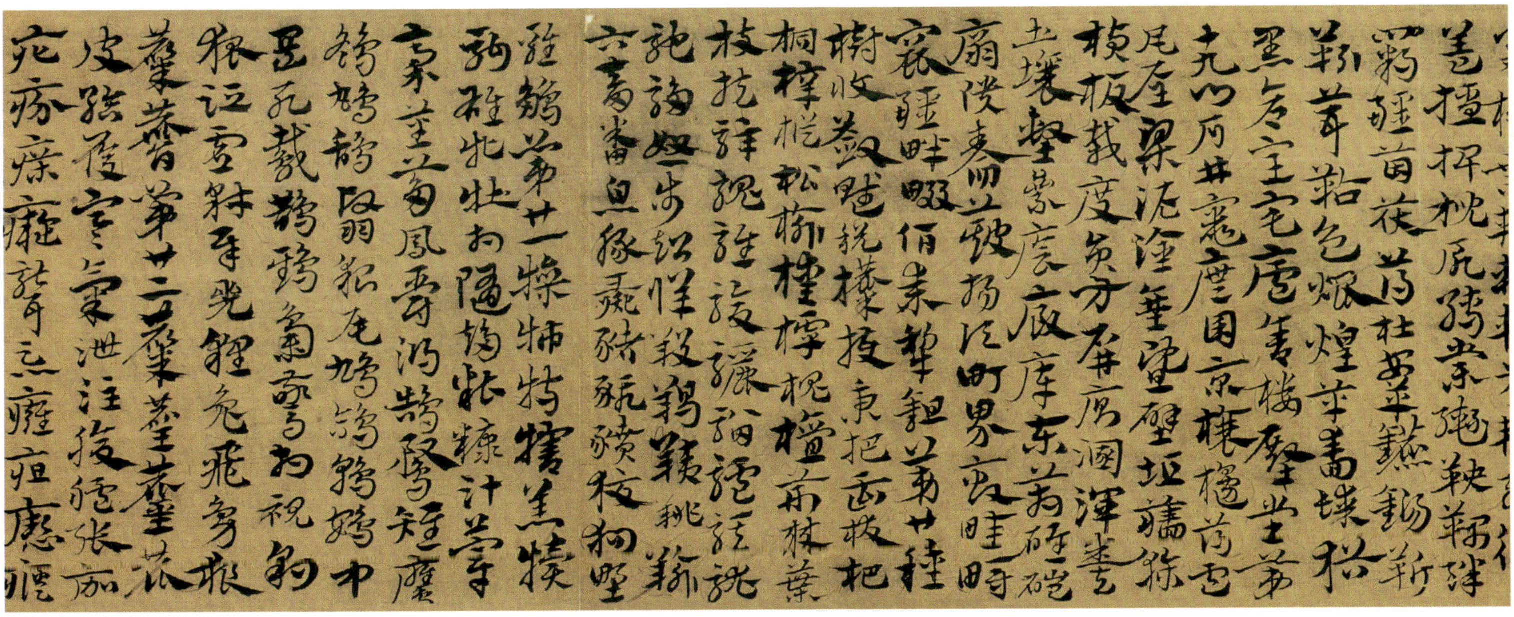

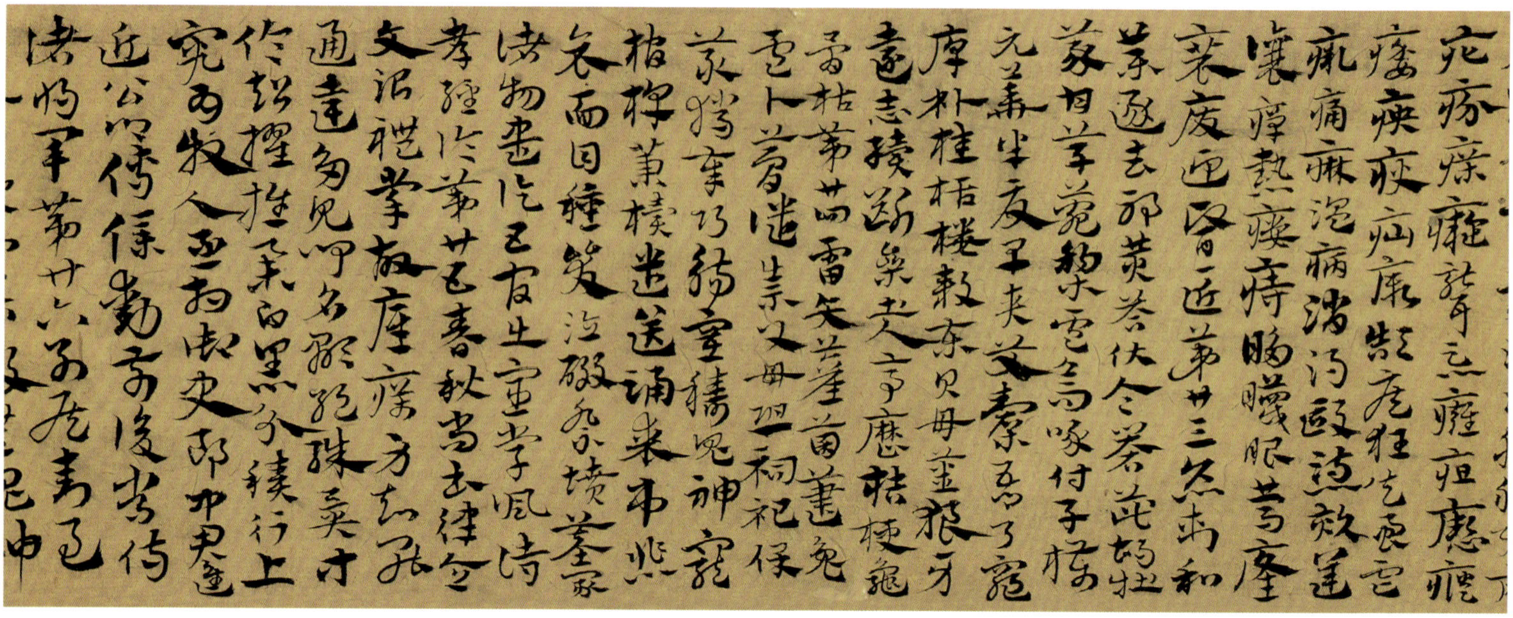

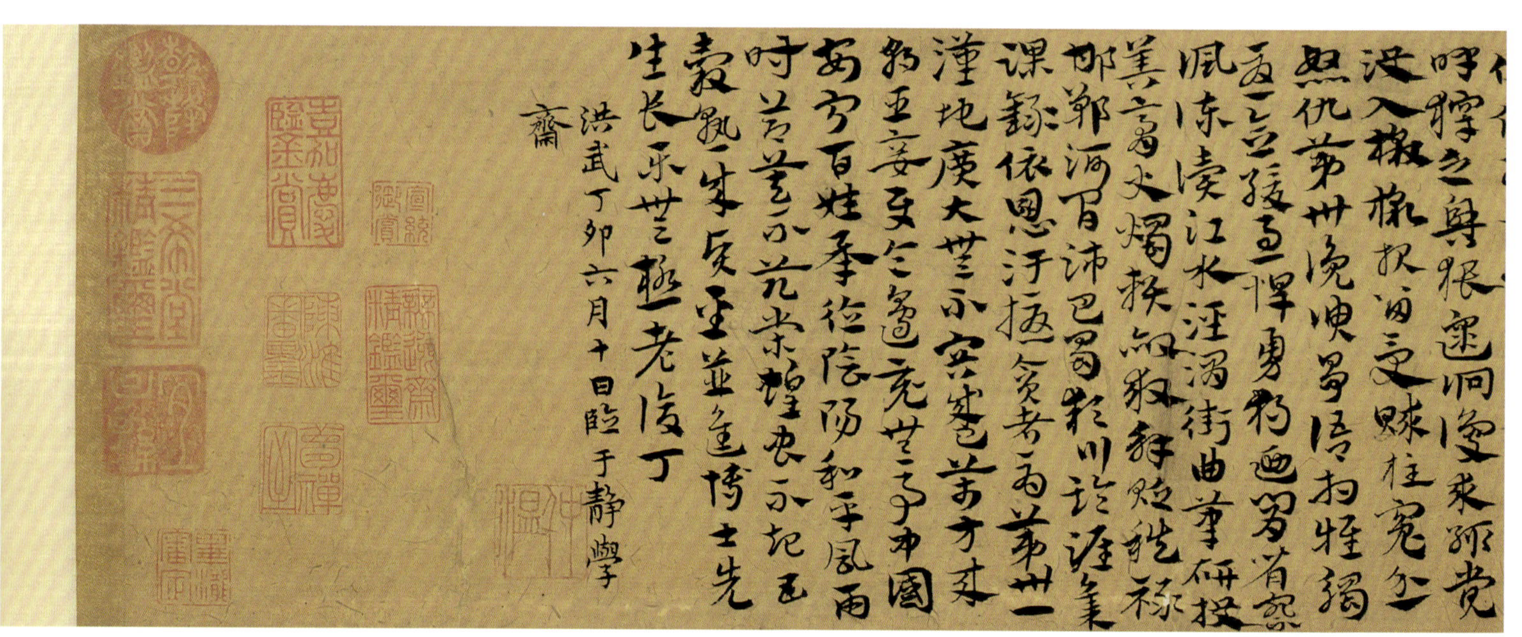
洪武丁卯六月十日臨于靜學齋

九　章草書急就章卷　明　宋克（之三、之四）

諸將軍第廿六列侯封邑
有土臣積學所致非鬼神
馮翊京兆執治民廉潔平端
撫順親變化迷惑別故新姦
邪並塞皆理訓更卒歸誠自詣
因司農少府國之淵援眾錢
穀主辨均第廿七皋陶造獄
法律存誅罰詐偽劾罪人廷
尉正監承古先總領煩亂決疑
文變鬥殺傷捕伍鄰亭長游徼共
長雜診盜賊繫囚榜笞臀
朋黨謀敗相引牽欺誣詰狀
反真第廿八坐生患害不足憐
辭窮情得具獄堅籍受證驗
記問年閭里鄉縣趣辟論鬼
薪白粲鉗釱髡不肯謹慎自
令然輸屬詔作谿谷山箛篍起
居課後先斬伐材木斫株根
第廿九犯禍事危置對謾
訑首匿愁勿聊縛束脫漏亡命
流攻擊劫奪檻車膠嗇夫
假佐扶致牢疻痏保辜謕
呼號乏興猥逮詗讂求輒覺

急就章字書之祖仲溫
於書無所不學而所成就
得於此書爲多此本臨
以与 志學者字曰志
學與仲溫攜來請評
爲書於此五月一日勃海
高啓

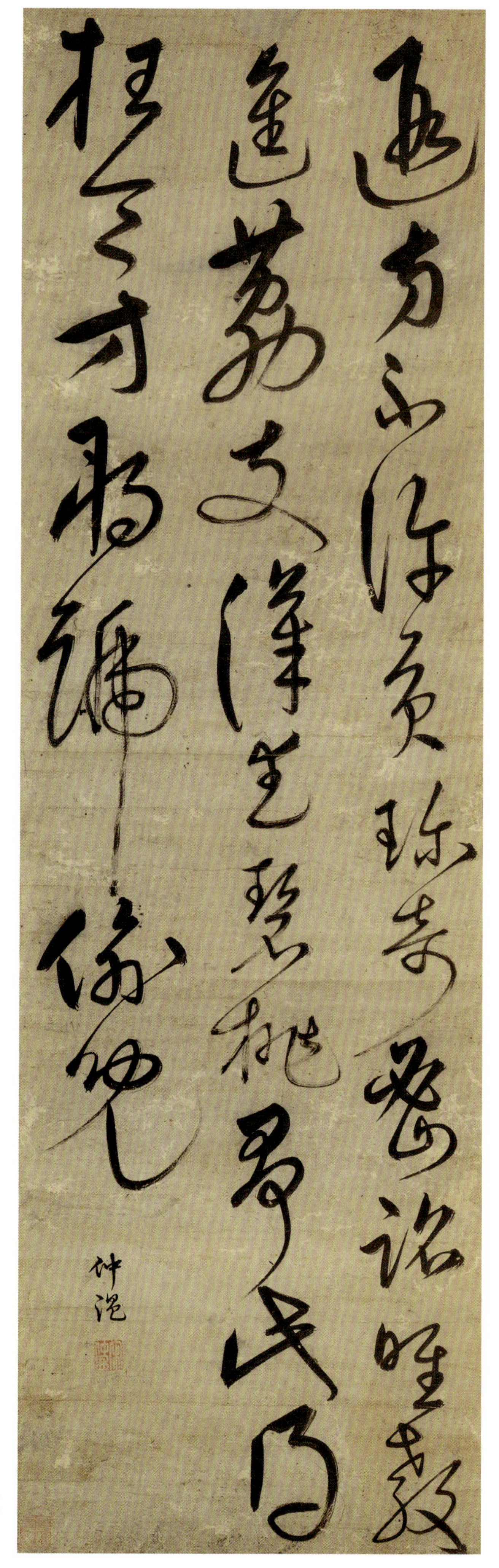

一〇　草書七言絕句軸　明　宋克

大軍自下山東而過去處得到逃北者院官貪甚多吾見二将軍留山等於軍中甚是憂慮委行兵馬等雜於軍隊中忽自日遞撤不便夜間遇偷寨者亦不便況各皆係老院天諸口難以妨假稱之觀筆至日但得有推柄之縱無分星夜發來布列於南京觀諮已如濟寧陳平章盧平章等家小東平馬德家小尽報發東至京之後專穩審却造家人一名前赴彼回官去處言信人心可動耶

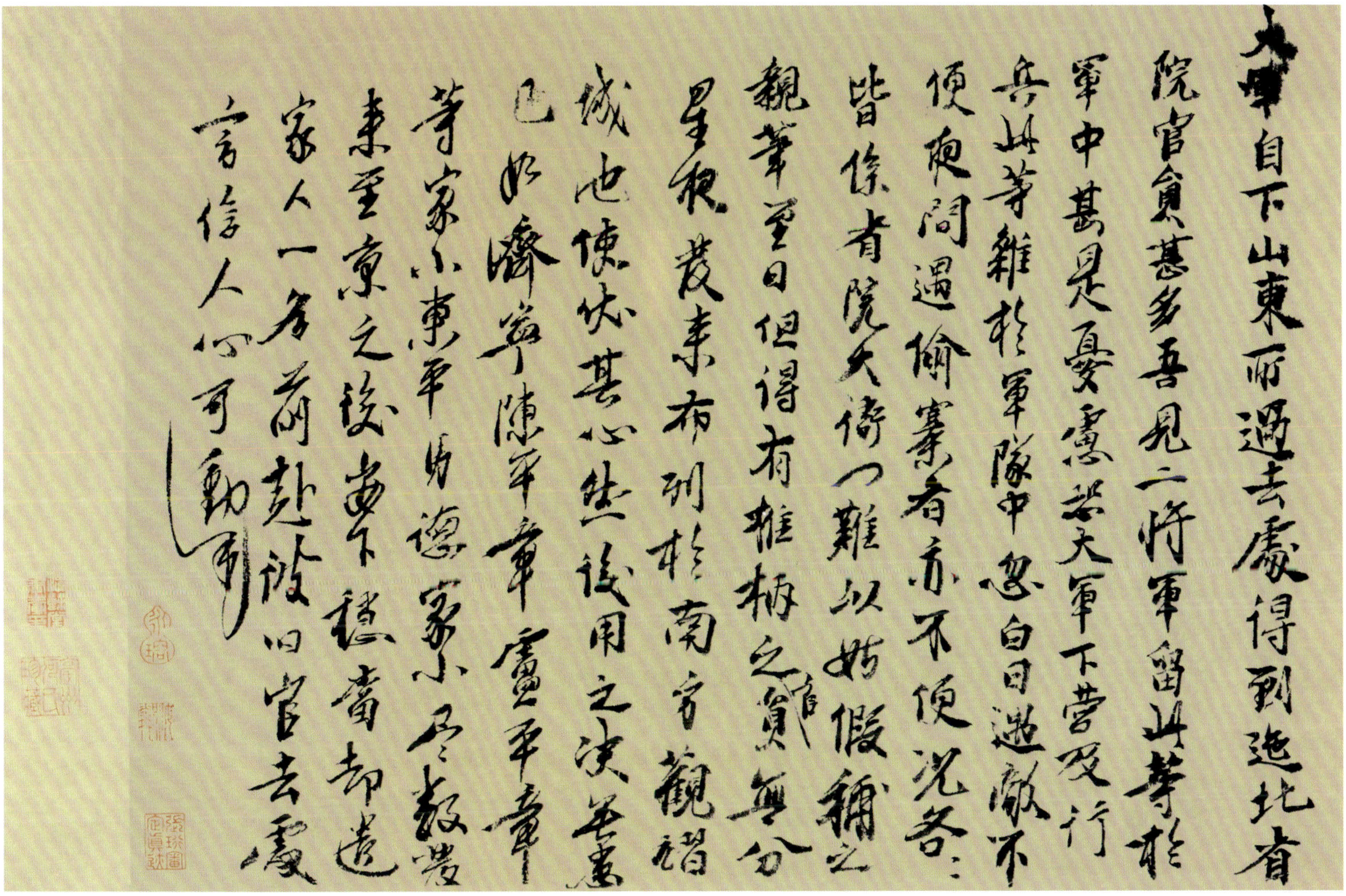

一一　行書大軍帖頁　明　朱元璋

怡顏草堂記

士之篤於自信者榮辱得喪舉不足以累其心非其心無所累也蓋能超乎形骸之外而善於托物以寓其意也屈原困頓之餘或藝蘭蕙或頌橘以自況王羲之傷晉室不競飄野梅以自適陶元亮解印而歸或撫孤松以盤桓或盼庭柯以怡顏千載之下想其高風流韻𡸁出乎塵壒之表者豈餘子所能及哉姑蘇姚敬翁先生當元氏盛時嘗攻苦力學業成累舉不第遂累棄去而究孫吴之說後際元季兵興嘗應江浙行省之辟而為本路兵馬指揮使矣未幾張士誠據姑蘇遁迹身隱居林屋山備嘗險阻堅不接世務嘗扁其所居曰怡顏草堂處之若將終身焉暨

國朝平吳草堂存燬于兵燹而翁亦與時浮沉竟以天年終越二十季其子文靜復得舊扁於散亡之後時已改築于郡城之竹溪乃奉舊扁而冠其新屋以示不忘先人之意若文靜者亦可謂善繼志述事而肯堂肯構者也後文靜以俊秀選入邑庠為弟子員繼而貢解南宮陞胄監穎出于諸生右他日泣語予以其故且請重記之予追想翁有才足以致用矣乃遭世䢖季而不及施若常人者是宜抱其所長戚戚以求售尚何望其高引遠舉邪而翁絶不以屑意方且寄懷物表既古人心迹以自擬非知命達道者其孰能之予聞為善者必有後而有德者身不食其報必於其子孫於是文靜方樂毓成均行將見用於世天之意或者其在於斯乎或謂昔翁之怡顏也蓋時不偶而托物以自遣耳今文靜幸遇

聖明之朝政行其所學之日其逸容有不

書怡顏堂詩卷後

適意以取樂隨寓以自安此達人之弘度非拘勢利者可同日語也夫觀物而有感亦偶然而相值耳非擇物以濟其所欲非泥物以膠其所好非逐物以流蕩其情在一時之解后契方寸之怡愉高情遠引雅思出塵豈易言也吳人姚君敬之性平易寡耆欲當元季時去運移矣當時人士罔顧節義惟勢利是趨敬之抱才蘊器不屑於用乃闔門守素教子讀書曰扁其草堂曰怡顏蓋取歸去來辭中語將景仰乎陶公也其襟度去人遠矣敬之既沒其子山文靜由鄉校升成均中鄉試偶不利於春闈澹然不以仕進為意窮經史勤翰墨益淬礪而不廢所學及告省覲還理其故居登怡顏之堂如見其先翁焉吁庭樹先翁之手植也茲堂先翁之所搆也有琴有書先翁之手澤也徘徊而思慕焉然以卒業為重又不能久於家庭也因以是卷需余言及觀其文辭國子先生玉堂學士記之詳而詠之至矣朽生

一二　楷書書怡顏堂詩卷後　明　俞貞木（之一、之二）

聖明之朝政行其所學之日其從容有不
伴予以為盛衰有時而榮辱一致翁既不
以不得於天者累其心而文静寧復以天
之所予者為心之累是則其為怡也固未
嘗不同至於聽乎澤之尚存而慨先業之
不可以墜此又非吾文静之所當用心者
乎因併書其說以為之記

記怡顔草堂醉歌辭

吳三洲間有高士曰敬翁姚先生倜儻尚氣
節少習儒治舉子業連試不第即棄去學
孫吳兵法時元政不綱天下大亂江浙行省
辟翁本路兵馬指揮使翁即慨然應辟蓋
將以有為也居無何高郵張士誠據姑蘇且
盡有浙西地翁度時不可為乃去隱林屋山
結茅以居樵樹竹木庭户外名之曰怡顔草堂
日徜徉其間終身焉入
國朝其子山甫邑弟子中洪武丙子鄉舉為太
學上舍生哀其先人志節不白于世求縉紳詩
文傳詠之錫山王耐軒謂翁性豪邁既與時
不偶因縱酒自放客至或訪以時事翁不應
輒呼酒共飲飲輒醉醉輒以杖擊樹而歌嗚嗚
歌盡杖輒碎且論其志節可比晉陶潛云予
扣其所歌辭於山山時幼不能記憶予悲翁才
不得用於時壯其節足以激勵于後且嘉山之
能念其親也因記翁醉歌辭三事以遺山雖
不足以發洩當時慷慨兀硉之奇氣與其逍
遥物外之高情然使山時而誦之亦足以寄其
孝思之一二云爾

言不觀其文[illegible]先生之堂
學士記之詳而詠之至矣朽生
鄙夫尚何言哉雖然怡顔之堂
乃文静侍親讀書之所也優游
其間蕭然忘世其睇庭柯也猶
采菊籬下而悠然見山也其自
得之歡所謂世内無窮之悲世
外無窮之樂也文静年茂志銳
正當昌大其門户待功成名遂
之日栖遲此堂未晚也余雖老
尚當拭目以俟
二年歲在庚辰夏六月晦
立菴獨叟俞貞木書于清寂軒

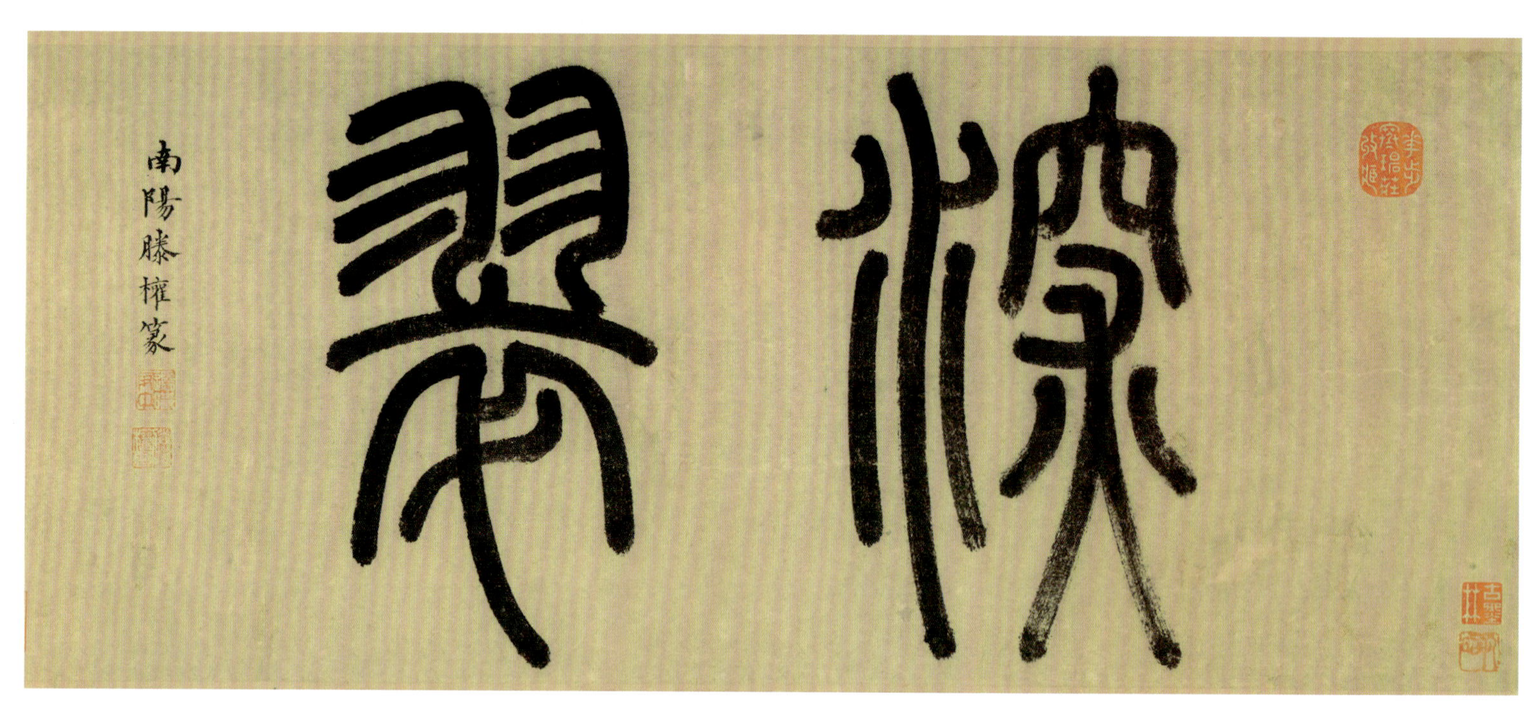
深翠
南陽滕權篆

深翠軒記

隐者之居不可無竹木而不能其必有竹木也夫隐者居僻地處幽村遠人境必依乎竹木焉若於城市中而求隐居非特無閒曠之地及其樹竹木也又不易得其成陰焉雖隐居欲依乎竹木而不能必有之也陳留謝縉孔昭居闤闠中得一畮之圃樹竹木已成陰矣因題其藏脩之軒曰深翠一日介其友王中孚來徵文曰軒居在林樾間短籬曲逕清池平圃脩篁嘉木相欝蔽每好雨初晴之時明月流光之夕綵侍燕閒開卷拈翰詠令稽古于斯盖將娛親以致樂焉深翠之名識其境尔余曰吁古人有言會心處不必在遠翳然林水不覺魚鳥自來親人今茲軒處市中令人有山林之想得不美乎雖然境因人勝人以境清境勝人清則神怡志定于是可以進學矣孔昭年富力彊讀書之暇觀春木之向榮惜光景之易邁念奉親而憂日所幸得全其具慶之樂

一三　行書深翠軒記卷　明　俞貞木（之一、之二）

深翠
益舉

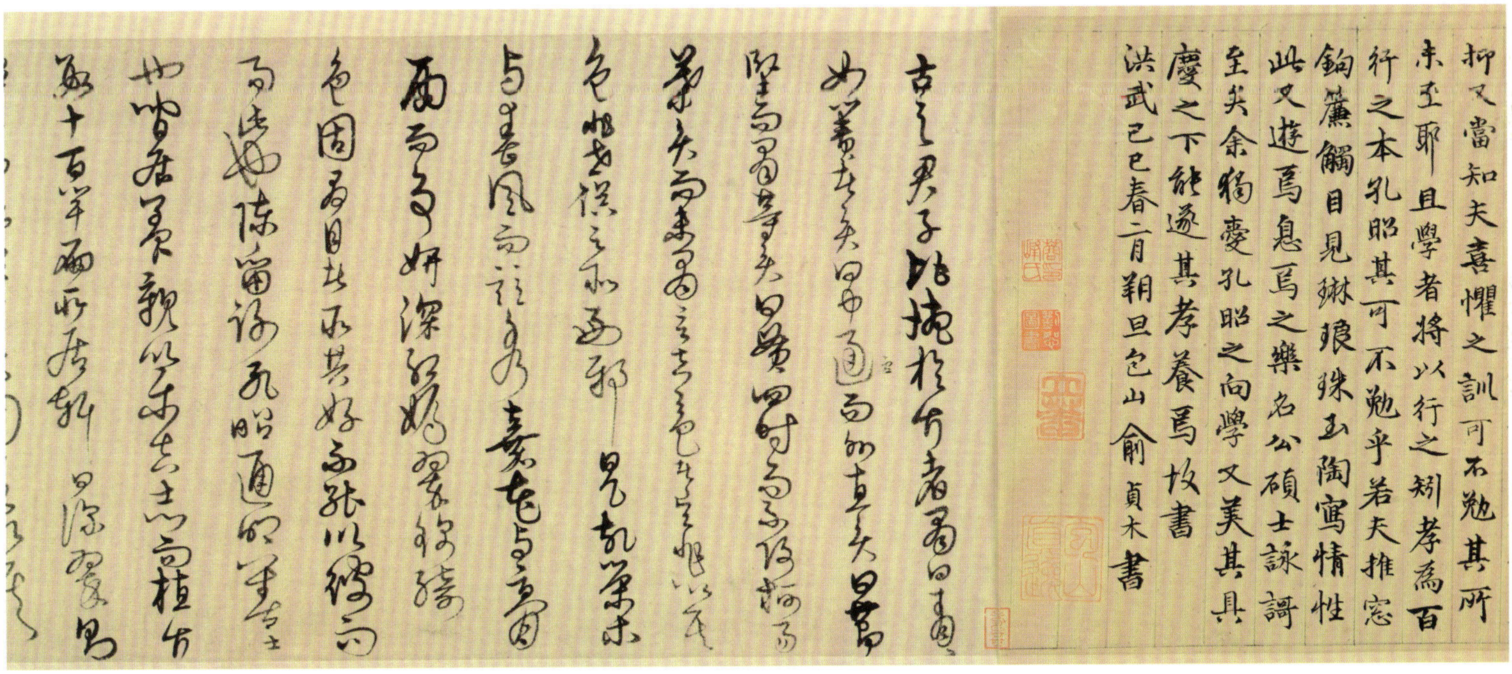

抑又當知夫喜懼之訓可不勉其所
未至耶且學者將以行之矧孝爲百
行之本孔昭其可不勉乎若夫推窓
鉤簾觸目見琳琅珠玉陶寫情性
此又遊焉息焉之樂名公碩士詠謌
至矣余獨慶孔昭之向學又美其具
慶之下能遂其孝養焉故書
洪武己巳春二月朔旦包山俞貞木書

一三　行書深翠軒記卷　明　俞貞木（之三、之四）

深翠軒記

入姑蘇西郭循錦帆故涇折而南行不數十步為謝
孔昭氏之居巷隘不能容車蓋閭其門則蹊徑窅然
而靚深園圃夷然而曠衍松篁佳木蓊然而蔽虧
孔昭闢軒其中春夏之交繁陰滿庭囂塵不侵
穠秀可掬遂以深翠題軒之楣嘗徵記於余余未
有以應之後余忝官于
朝孔昭亦來居京師請益屢憶余家吳之西山手
植千竿竹松杉檜栢本千雜藝樹亦千章時雨既
霽净緑蔥蒨恒欲與孔昭較幽閑雅淡之趣未果
也今以記為請尚何辭乎余惟孔昭之來居也闤闠
中室廬櫛比蠶食之色交於目喧雜之音接於耳有
懷故鄉深翠之居其可得哉余倘負禁林幸際
朝廷清明政理閑暇對苑樹之芊首攬雲霞之
皎媚視家山澄虛静寂之遊殆不殊忘乎
霄漢之清嚴置身之密迩也雖然即物而求趣固
君子寓意於物者之所為惟不假於物而趣無不存
斯乃善於自得者焉夫世之鼓琴者將求其聲
焉耳或有不勞於絃而春容清越之趣若在指間
彼豈膠於物者可預知哉孔昭能不膠於物則盈
天地間何莫非深翠之所在豈以彼此有間耶余
老矣孔昭屬方剛之年歲晚江空或可尋盟故鄉
別當抵掌於巖霏林靄之下
永樂七年冬十二月既望左春坊左贊善兼
翰林編脩吳人王汝玉記

托廛市惟兹一畝園嘉樹藹
華滋脩篁蔭庭軒雅有林
壑趣静者禽鳥喧輕條奏
迴飈密葉睎朝暾優哉此
中意欲詠竟忘言

蒓江妙圓

深林翳長晝緐陰覆華楹微雨乍收霽群對
新凉生書幃潑春緑宴寢凝夕清景邃日易
瞑竹暗窓微明佳卉餘舊滋芳條含晚榮
覽賞已成趣况兹絶世營於焉謝塵鞅永
遂幽居情

張肎

結廬近在廛宛有巖壑趣苔徑翳棘筠蘿
垣蔭芳樹密葉賸藏春柔梢半含露秀色
菀沉沉窅然迷出處雲蹤席工屯鳥韻林
端度適諧静者心於焉養冲素會當一
來過濡毫為君賦

南沙釋完

高人慕真隱屏跡居山林松蘿遠行
逕烟嵐結重陰巖窓湛餘碧澗戶生
秋霖清輝晃游目涼颸灑衣襟於焉
日無事逍遙坐長陰

婁江惟信

佳樹綠陰净高軒春晝明幽人獨無事
閑窓啼鳥聲已忘城邑喧自得林野
情還憶山中日夏初新雨晴

王忱

郭外一軒幽簾攏翠欲流松陰
濃蔽午竹色净宜秋入座怡清
趣凭闌豁遠眸此中棲息穩積
學踵前脩

延陵金愷

葺茅面遠峯闢扉在深樹綠葉暎圖書
春陰滿庭宇我記昔來遊林蘿乍收雨

士結廬城一隅衡門不盈仞自念
無高車佳木蔭層軒脩篁震
長渠舉頭仰白日陰、蒙太虛晴
光汎書幌濕翠沾衣裾座無俚
俗賓談笑皆鴻儒逸興寓圖
畫咫尺窮方輿豈乏冲霄翼
翱翔上雲衢奚為顚蠖守与
此松柏俱終當往吟咏頓使煩
慮除

淮海秦衡

綠竹靄餘碧青松挺寒姿脩
蔭華軒鶴、臨清池念彼歲
月改節操恒自持風霜既云
歷雨露亦已滋孰謂春葩榮
奄忽中道衰貞堅固稀偶
獨與靜者宜眷言此栖止
因之勵吾為

北郭陸叙

一三　行書深翠軒記卷　明　俞貞木（之五、之六）

掃席坐青霞焚香酌芳醑俄然鳥鳴
喧零亂彝華明夏晝信已闌此地未知
暑藹藹澄籟吟似應琴中語意適念
慮消徘徊不能去　吳郡沈應

屢居苦湫隘獨此如山林皆任窈然
處開軒叢桂陰南董一雨後芳潤
需衣襟色湛青霞觴光照綠綺
琴我有丘中想同之諧舊心形留
不得往掩卷空成吟
吳郡梁　同行

嘉木藹蔥蒨首夏生繁陰開軒入深
窈迤轉柯條森霏霏散蒼烟交交鳴好
禽迴飈灑然至振葉陪清唫因適林
下閒每陶忘世心琴書諒斯在期以
投華簪　宿郡卞同

榮名非偶爾素懷甘泊如中歲
謝冊游思與靜者居適逢有達

列樹數衆綠茂陰紛疊重娟娟秀芳春藹藹
溢手容緒風一披拂泛灩搖蒙籠雜嵐迴奐
雜映蹊隱可通新月度纖白孤花表妍紅已皆
夏深涼尚愛雨餘濃薛蘿蔭翳霞霧氣
溟濛碩人此栖止華軒闢其中樂閒惬同愿
期余相過從抱琴逢日夕往往迷來蹤　盧充籍

露綠千重翠深知是深多少西園日日掃林亭蝶夢迷
清曉漸覺交枝徑小步晴霞紅篩碧沼嫩篁細插古
柳重攀膝看花好問訊東橋怕閒卻葉西風到青蛇
細折小迴廊相伴闌干悄同撫雲根一笑醉吟篇袖中秘
寶畫圖重展半篋秋詞膠黏細縹　集吳夢窗句　塵外紫
桑杜陵花竹歸來早松風晝掩隱深清方信閒居好
一片蒼雲未掃任悄悄綠總窈窕綠情付與書卷詩瓢
筆牀茶竈歲月頻過茂林觴詠如今情新篁依約佩
初搖不許芳心老無語相看一笑倚闌干自延晚照
小橋深水空谷幽人秋暮重到　集張玉田句
右調燭影搖紅題文待詔深翠圖余藏待詔畫不
下數十種此卷尤其本色得意之作蓋為前輩補
圖故彌加精謹也自記云安知區區之名不附諸公
以傳以公之絕藝猶謙抑若此如余譾陋輒復題
詞卷末妄思附驥亦不自量之甚矣　顧文彬題於
過雲樓時同治二年癸亥七月七日

懷友

一四　行書懷友詩卷　明　張羽（之一、之二）

一四　行書懷友詩卷　明　張羽（之三、之四）

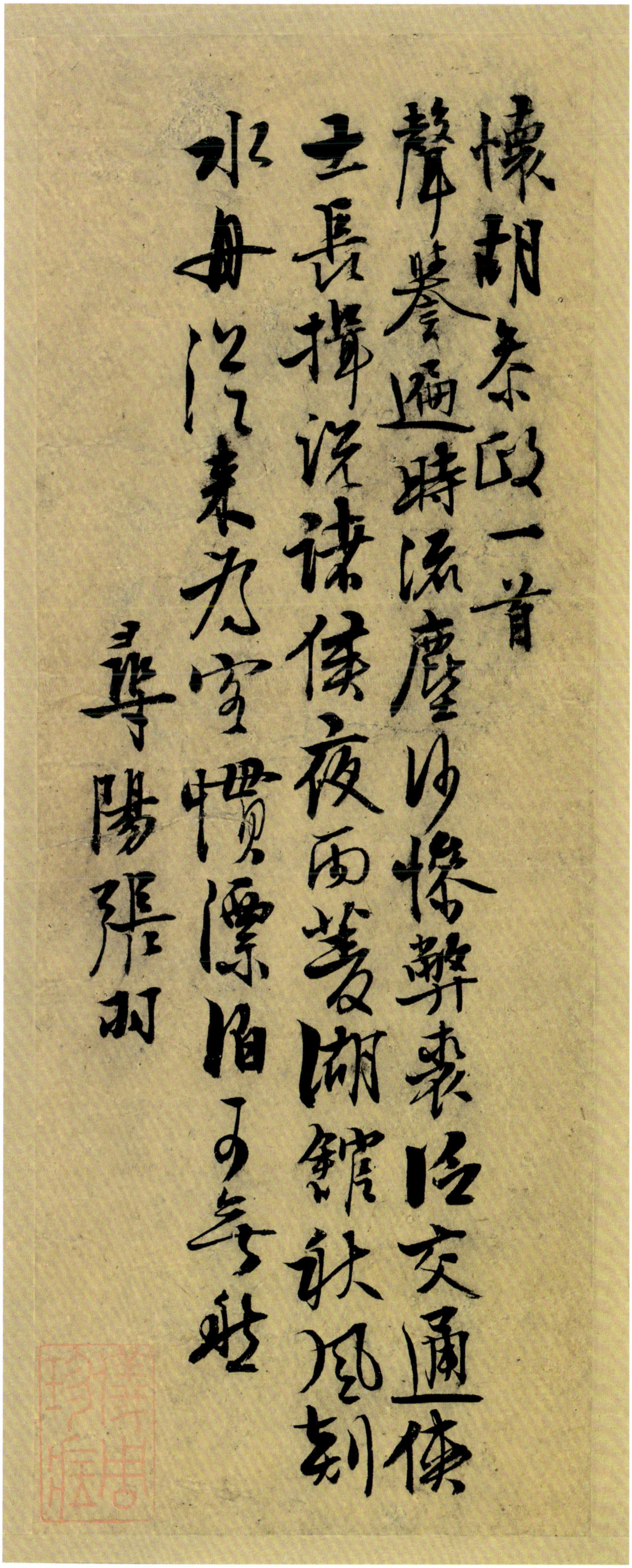

一五　行書懷胡參政頁　明　張羽

一六　行楷書臨帖卷　明　胡正（之一、之二）

翰墨清玩

翰林朱孔易書

一六　行楷書臨帖卷　明　胡正（之三、之四）

一六　行楷書臨帖卷　明　胡正（之五、之六）

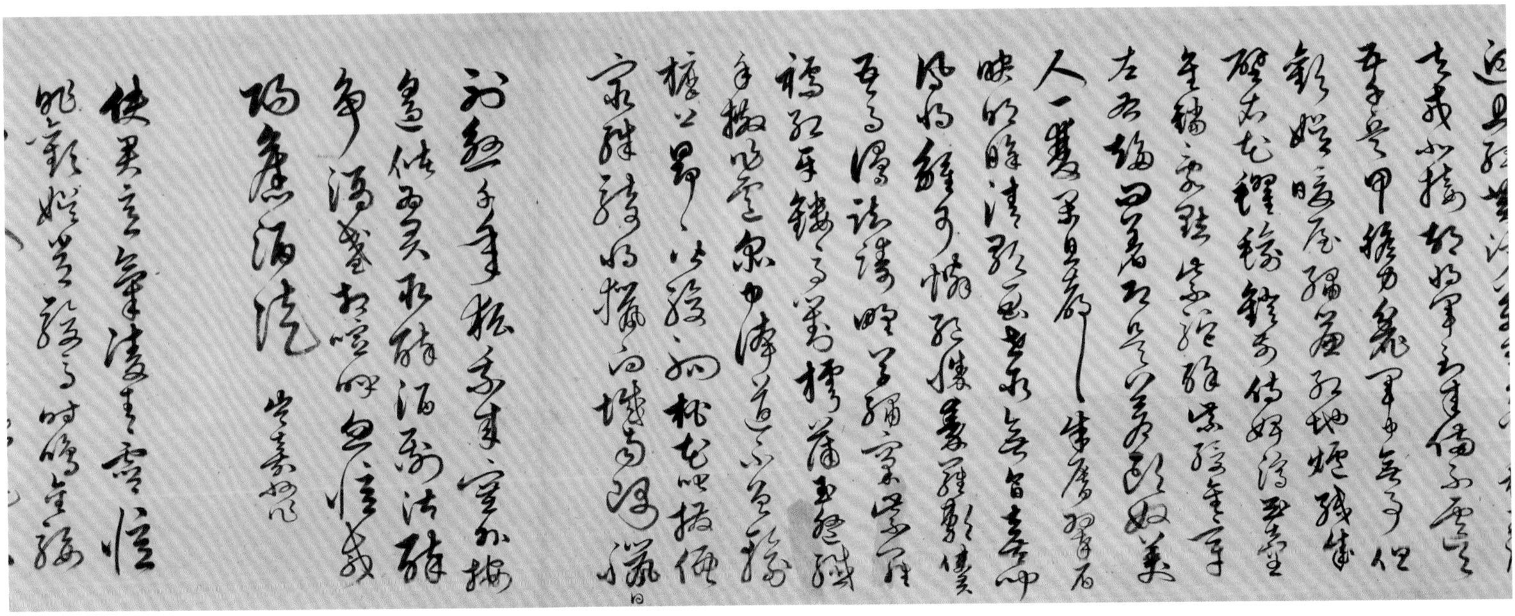

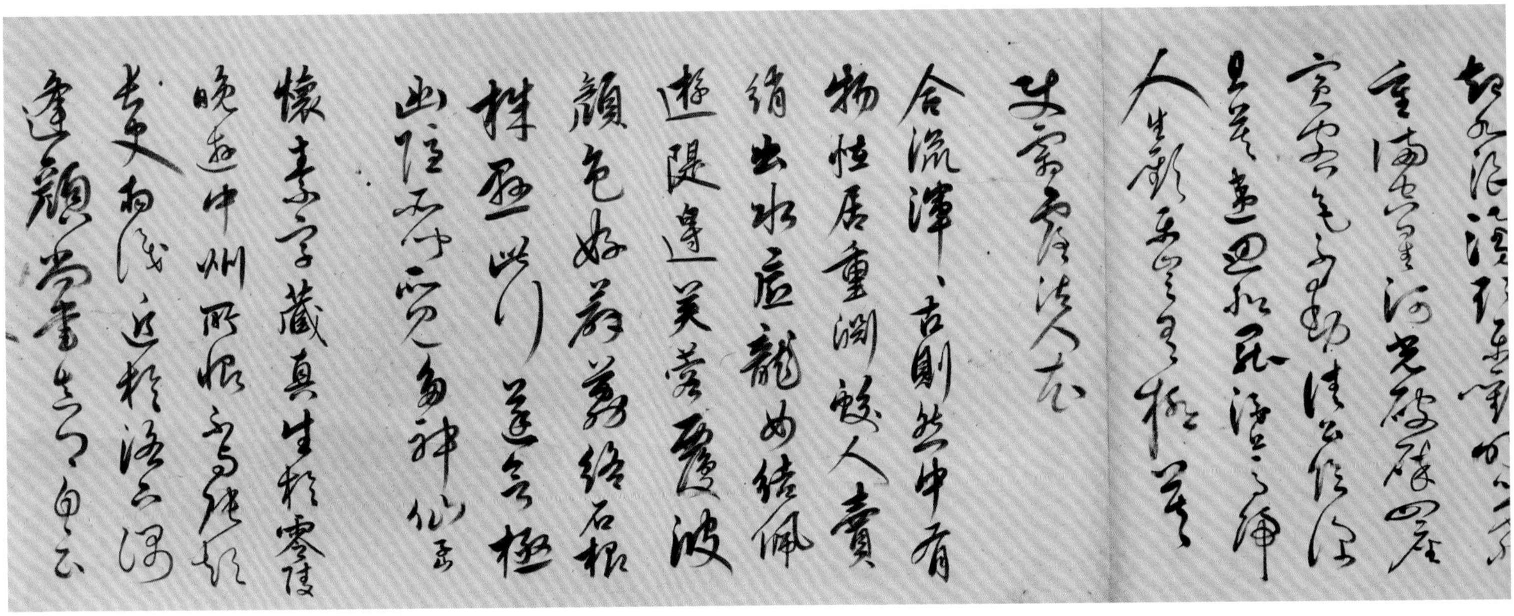

一六　行楷書臨帖卷　明　胡正（之七、之八）

長之姊[illegible]事
崇德劉道士[illegible]
[illegible]歸也[illegible]
[illegible]
[illegible]

孟頫書致
德明府郎吾姪 人來得書
侍奉安[illegible][illegible]秀才
[illegible]
德明親家[illegible]甚以為感[illegible]文
書極[illegible]
用情[illegible]
一切所須極美
孫[illegible]真[illegible]中不曾得留
[illegible]中當寫[illegible]
極寒[illegible]
自愛不具 老婦傳示姻[illegible]致意
堂上太夫人
孟頫書致

[illegible]
[illegible]因陳[illegible]
[illegible]拙婦附此致意
閣[illegible]安人[illegible]
尊丈想益康健 不宣
孟頫再拜
[illegible]沐
[illegible]所需書難致以地遠難
附急無[illegible]
[illegible]
因至[illegible]遣也
壽甫觀使太尉宗師 上啟

[illegible]

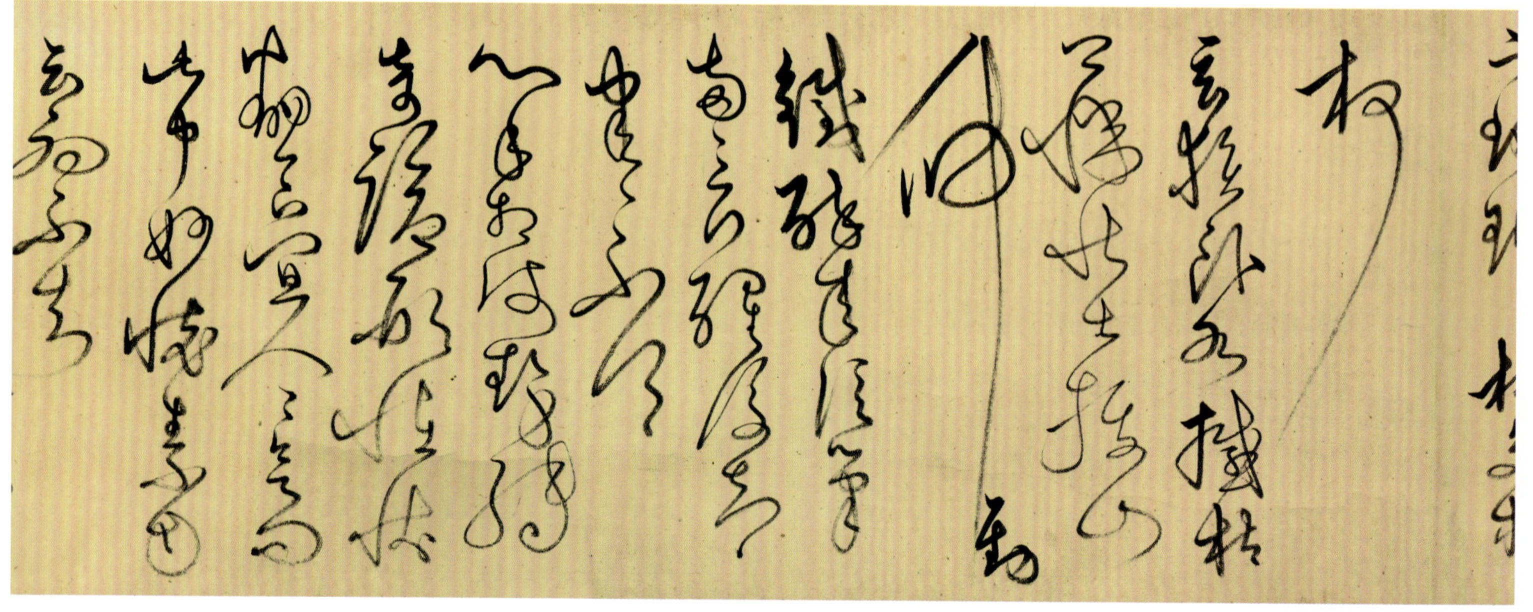

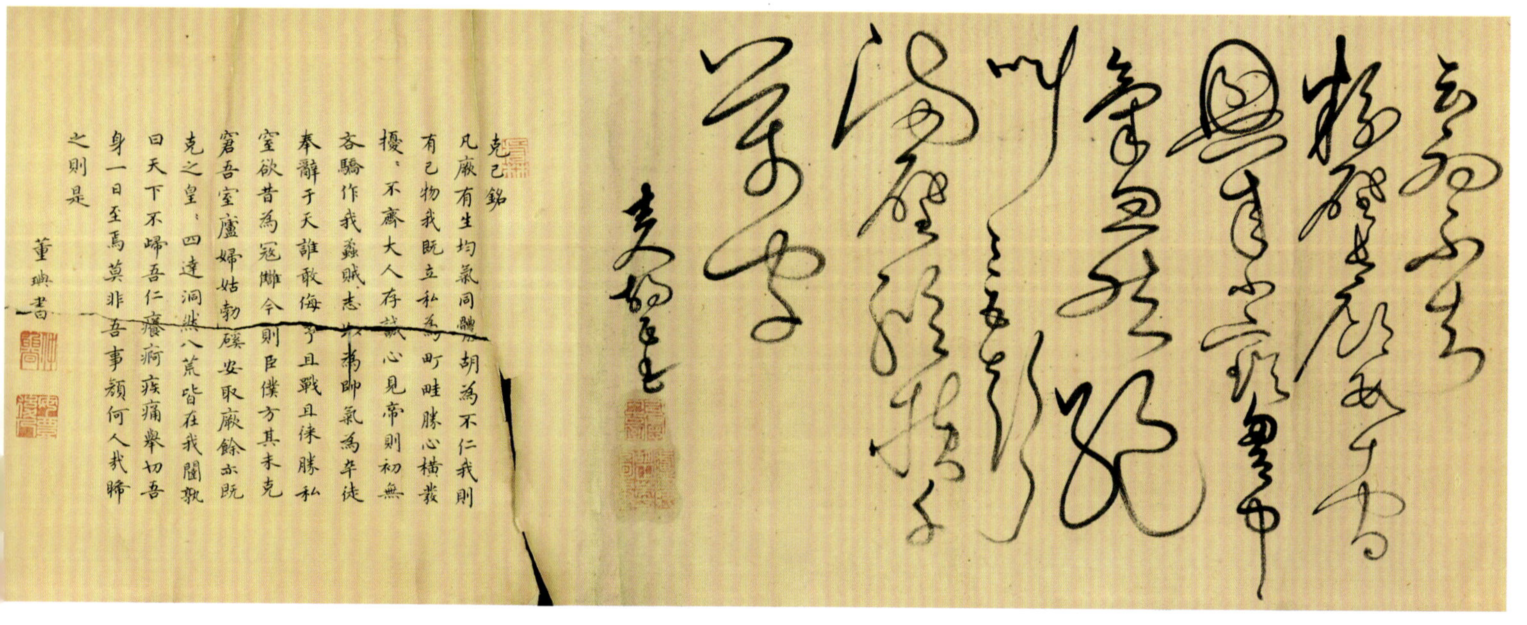
克己銘
凡厥有生均氣同體胡為不仁我則
有己物我既立私為町畦勝心橫發
擾擾不齊大人存誠心見帝則初無
吝驕作我蟊賊志以為帥氣為卒徒
奉辭于天誰敢侮予且戰且徠勝私
窒欲昔為寇讎今則臣僕方其未克
窘吾室廬婦姑勃磎安取厥餘亦既
克之皇皇四達洞然八荒皆在我闥孰
曰天下不歸吾仁癢痾疾痛舉切吾
身一日至焉莫非吾事顏何人哉睎
之則是
董璵書

一六　行楷書臨帖卷　明　胡正（之九）

十七日先生顧問來書
前日得之出為暨先生以
從亦從容字
吾有東坡已佳觀者
為您試之惟久無之河以
求後及涉以夢中語耶
貴蹤亦爾為顧出河故生

一七　草書風入松軸　明　宋廣

一八　草書太白酒歌軸　明　宋廣

明楊文貞東里續集稱宋昌裔擅行草體兼晉唐筆致翩翩都太僕寓意編載其與宋克宋璲俱以善書擅名人稱三宋云然昌裔與仲珩書世不多見此昌裔所書立幅至今將六百年尚未遭蟲蛀水漬之阨而神氣具存尤爲難得大約古人單條巨幅之作畫多有之書則絶少明成弘時始見匏菴枝山書一二幅何況此爲明初人又係名筆真蹟其可寶貴爲何如耶 韵村珍藏寶幽題記

一九　草書七言絕句軸　明　宋廣

題濯清軒

春艸綠芳洲清江逶迤流芹香低渚燕

波影媚沙鷗風滯初聞笛花藏罷釣舟

滄浪千古意何處問巢由

剡郡徐賁

 二〇　楷書題濯清軒詩頁　明　徐賁

二一　楷書中州先生後和陶詩卷　明　姚廣孝（之一、之二）

二公其猶龍詎受麾鞅羈名著日月光耀無時虧
十月渡黃河北風凄已涼河水深且駛迴洄上呂梁仰視南鴈飛
緬焉悵故鄉吳葛已十暑楚砧亦三霜寧知衰暮年轉覺歸路長
和劉柴桑
昔我去鄉里所至輒躊躇躊躇何所嘆華屋無人居父老向我言
往往鄉相廬存者日頹弊餘已成立壚上有良田疇歲久不菑
畬先人始創業艱難亦勤劬不謂數世後子孫亦已無我謂父老言
其人非二疏賣金趣供具此外奚所須我躬諒不閒身後欲何如
詶劉柴桑
昔誦齊物篇乃始悟莊周蘧結了一生奚必知春秋所以龐德公
沒齒安田疇勞生盡百年能免化去不不如飲美酒息心以天游
歸園田六首
少小樂閑曠被褐守空山白頭賦遠游倏已二十年草廬陋巷居
安得如顏淵昨宵偶不寐憶我南山田平生伏臘資今棄草莽間
豈無升斗祿差以慰目前長琴在遠道棄置同雲烟獨念故山下
草屋行將顛上知身後名未若生前閑且復對尊酒一醉已陶然
達人解羈紲天壤士識塵鞅清宵感幽夢白日由心想所以曾達生
高蹈即長往如何蕭太傅乃不悟疏廣平生松柏姿零落同草莽
青年駒過隙素髮颯已衰鴻鴈已南鄉問我何當歸北風天早
寒游子歎無衣平生首丘念此志願無違
端居寡人事出門誰與娛蕭條空巷中華屋久成墟時復棒曲
閭一造隱者居荒庭何所有榆柳四五株默坐澹無營屢空常晏
如人生豈不足一飽便有餘窮達非所較天地有盈虛放浪大化
中誰能測有無
我家南山下茅屋枕溪曲白頭每思歸此願何時足敗壁蘇素琴
荒庭蒔棋局天道恒好還世事如轉燭寧知若木景不復扶桑旭
嵗昔在四野來仟與南陌時有素心人濁酒聊共適既醉各歸卧
不知牛羊夕醒來聆西牖殘月在幽隙寧知衰暮年迴復倒行後
天公如佚老言歸遂晰續擊壤樂餘生箪瓢敢求益
讀山海經十三首
山海經涉於怪誕陶詩亦寓言於予前和頗用其事故今第用其
韻不復用其事云
自余客京國遂棄園田疎去總踰十年夢想舊里廬客屋何所樂
頗有圖與書亦復尊有酒出門可無車客至時引酌咲言撫圖疏
勿云山川異得與故人俱富貴非所慕貧賤乃良圖悠悠百年後
蓼迄同翳如
服藥求長生飲酒回童顏自有天地來何人可長年嘗聞瀛海中
亦有蓬萊山何人涉此境荒忽皆寓言
東都尚節義知幾推太丘雅言無臧否世人皆我儔胡為別涇渭
河濟源同流所以郭林宗栖栖事遠游
良驥老伏櫪世豈無孫陽駑駘駕鼓車安用萬里長責耳夕眠日
披劍疑夜光豈不求駿骨凡目眩驪黃
古有志怪書詭誕殊可憐精衛欲填海愚公老移山世豈有斯理
昧者惑其言所以山海經流傳亦千年
琢斲雕籬未若巢林木猗蘭藝庭階何如在空谷所以出塵士
振衣思新浴物理諒非遠吾其反自觸
昔有抱甕叟灌畦漢水陰功寡力已疲偃息帽中林豈不悟桔槔
賜也非知音人生本無欲何事有機心
下士局一隅尺寸較短長達人洞物表萬里猶尋常區區百里遠
宿舂無贏糧白石有時爛滂滂夜未央
跛鱉亦千里未必名善走狼足豈不長乃資狽相負安行自能達
躁進亦何有曷不觀積薪高者至乃後
徐市載秦女樓船入東海秋山不可見仙人果何在茂陵惑方士
白首始一悔空留墻梔核千載誰能待
昔讀軒岐書往往悟深旨未信秦越人一匕能起死長生諒可學

美玉韞荊璞三獻泣下和寧戚扣牛角中夜猶商歌古來不遇士
蹭蹬良亦多百年水上漚萬事風中花且復對尊酒不飲當如何
崑崙有玄芝千載始一採刀圭未入口倏已朱顏改精衛啣木石欲
以填巨海努力成脩名歲月不我待及時不勉勵後日諒難悔
下士困形役至人得天游尸居一室間心已歷九州所以驅牛翁不
肯飲下流翩翩九苞鳳飲啄昆侖丘一飛下虞廷再鳴止岐周瑞物
不世出安用羅網求
移居二首
去鄉逾十年松菊荒舊宅平生釣游地夢想猶昨夕寧知衰莫景
乃復事行役崎嶇歧路間舍者每爭席人生無百年旦暮異今昔
一廛遂所安詎敢嘆離析
我昔在田里曾和淵明詩俛仰三十年不謂身見之去鄉五千里往
往勞夢思秋風舊茅屋來歸豈無時獨念籬下菊能復留含茲
天道每好還斯語良不欺
責子
人生老無子何異果不實淵明五男兒嘆息無紙筆而我惟一身
異縱寡儔匹萬里形將影未見衛生術甲子已一周流年又加七優
仰愧古人內省恒戰栗來日知幾何委順付造物
有會而作
客鄉逢歉歲旅食常無饑素髮已厚顏況敢慕輕肥出逢窮巷士
往往寒無衣念之力弗逮內省恒自悲千載后稷心詎謂今人非
許身合稷契永懷杜拾遺若人不可作吾將誰與歸賴有醉鄉在
痛飲乃吾師
還舊居
託形寓宇內何往非所歸百年如傳舍安用生歡悲東都有華屋
舊業今已非西鄰富倉庾括斂無子遺我雖客遠鄉栖息獲所依
學術久荒廢士林誤見推丘墓豈不懷齒髮況已衰獨有思親
泪臨風時一揮
游斜川
淵明樂閑曠未老遂歸休而我衰暮年栖栖事遠游南歸蒼梧雲
北歎河濟流眾林悅飛鳥泳川羨浮鷗豈不懷故山畊鑿安一丘
康承得我侶木石亦我儔此意且弗遂壯志胡能酬後日知幾何
能遂斯志不自嗟還自咲浪為身外憂行藏信所遇委順夫何求
怨詩楚調示龐主簿鄧治中
豐歉多誅數致之有由然乃不事穮蔉而欲冀有年所以古達人
弗謂造化偏況我客遠方所業惟石田筆耕幸有獲敢覬三百廛
隆冬恒蚤作長夏亦晏眠常恐老無聞坐閱歲月遷故山邈在望
心往足弗前東鄰有癃叟比日無炊烟而我方飽食俛仰愧前賢
示周續之祖企謝景夷三郎
我昔少年日遇事惟歡忻出進軒蓋車誰非得意人行行向五年憂
患良有因干戈既倥偬饑饉仍薦臻恒恐齒髮暮荏苒願無聞白首
際休運敢辭道里勤北遊百舍所至空四鄰何日遂南轅歸釣越水濱
乞食
詩人固多窮造物每困之一飯或不給萬鍾乃固辭所以道旁餓蒙
袂懟嗟來淵明志匪食高致在銜杯所造輒酩酊美言遂成詩厚
祿人所慕內省非其才無功而竊食憂患良自貽
答龐參軍
弱齡業墳典日誦踰萬言緬懷董夫子下帷不窺園五年遭兵革
篋笥無遺篇園宅俸棄走北舍圖弗然中年際隆平規以尋舊緣
出處靡所定素志無由宣南征極湘浦北首踰恒山故鄉益悠遠
悵望歸何年
五月旦作示戴主簿
揚子泣路歧阮生感途窮況我困羈旅白首遠路中客居恒遭之

二一　楷書中州先生後和陶詩卷　明　姚廣孝（之三、之四）

守田廬

止酒

人生貴止足，適意即中止。淵明半世中，寄迹醉鄉裏。未斷杯中物，賦詩責其子。晚節忽自悟，遇酒無復喜。彭澤辭即歸，三徵遂不起。我觀止酒詩，因以觀物理。再論賓初筵，反躬自責己。沉湎彼何人，太息而已矣。誰能障狂瀾，汗漫無涯涘。始悟酒誥篇，肇氏惟元祀。

辛丑歲七月赴假還江陵夜行塗中作

世事諒難必，天道恒寞寞。人生非木石，何能遂忘情。伊予業農畝，結髮守柴荊。白首去鄉國，每愧魯兩生。緬懷園田蕪，輾轉宵達明。猶幸遭休運，海宇方隆平。亦欲名山游，足弗任遠征。有書可寓目，有祿可代耕。毋為浪自苦，坐受塵紲縈。去去百年外，泯沒歸無名。

丙辰歲八月中於下潠田舍穫

舍者不爭席，漁者不爭隈。此意久弗見，太古思無懷。希音豈不和，同聲且耳諧。我生頗好古，於道猶醯雞。半世感多歧，未遂驅車回。阮生豈不達，途窮乃興哀。孰知醉鄉好，始覺懷抱開。渾渾太和中，不知流俗頹。淵明亦辟世，未覺與道乖。不入名利途，何往非安棲。

庚戌歲九月中於西田穫早稻

人生如轉蓬，行止千萬端。嗟我亦何人，而敢懷宴安。試於中夜靜，實心聊內觀。家居五十年，天道豈好還。南行觸炎雲，北上朔風寒。不涉名利途，詎知行路難。獨念舊茆屋，久闊越江干。南山峙其前，峭拔如高顏。何由遂歸田，野雲老柴關。天意未可必，俛仰還自嘆。

和郭主簿二首

手植堂前柳，再見已成陰。客居感歲時，念之動中襟。昔我去鄉邑，行囊惟素琴。親故一朝別，俛仰異古今。結髮志求道，於事罔弗欽。白首恒寡歡，有酒聊自斟。長嘯(?)遠道至，咲語操鄉音。猶恨故人遠，無由盍朋簪。三復伐木詩，懷人意殊深。

北陸謝炎曦，西郊延素節。商飈淨遊氛，天宇湛澄澈。索居久離群，邈與朋舊絕。昔我同袍友，陳力亦就列。平生所願學，豈不希人傑。風波一飄蕩，不謂成永訣。獨有相知心，皎皎明如月。

飲酒詩二十首

我昔在田野，意行隨所之。田翁數留飲，既醉忘歸時。荏苒四十年，目謂常如茲。白首困馳驚，妻(?)遲無復疑。所嗟之美酒，霜鬢屢虛持。

精衛欲填海，愚公逝移山。有志竟弗遂，蹭蹬成空言。所以劉阮徒，祇用酒為年。生前苟適意，安用身後傳。

達人不留物，太上乃忘情。如何孝(?)眦子(?)，屑屑徒好名。古來知此者，惟有曾達生。却奈不受賞，寵辱胡能驚。曷不觀天道，世運有虧成。

昔有齋庭鳥，三年始一飛。志士偶未達，無用生歎悲。得失互倚伏，寵辱相因依。君看陶彭澤，到官即遙帰。百年能幾何，況乃鬢(?)已衰。徒有憂世心，時事每相違。

達士樂閑曠，肯入驚塵喧。所志各有異，勿謂造化偏。伊余性愚寡昧，抱拙守空山。誤落朝市中，歲周未能還。故山邈在望，歲莫嗟何言。

孟軻受兼金，世或論非是。宣尼大聖人，乃猶(?)武叔毀。況我去聖遠，屢歎無有爾。三復萋菲詩，流言易成綺。

弱齡富文藻，華采(?)粲若英。中年尚簡靜，遇事每忘情。況復涉憂患，章句(?)滿傾肯(?)。陽有草芳，鶗鴂已載鳴。悟此消息理，默以觀我生。

天馬出渥洼，龍種異凡姿。珊瑚產滄海，瑩然璚封枝。託跡遠幽夐，乃為世所奇。伊人惟物靈，出處慎所為。高蹈群物表，塵鞅胡能羈。

在昔太古世，風氣未曾開。問之當何時，邈天与无懷。自從人偽滋，大道日以離。逸歡靡止足，高鳥徵安栖。蕩蕩函谷關，請封一丸泥。志大術斯淺，於事誠寡諧。淵明悟斯理，無田獨摩還。不涉太行險，中

諸葛終其身也，及過王濬行其道而征北討，開萬世基，非孟氏異地皆然之說乎？自三代而下，出處得其正者，惟諸葛武侯、陶處士二人耳。大師心法二公，其亦彷彿也已。觀其修楷書法，皆出右軍大令，後人烏得窺其藩籬也。予謂大師底蘊具此，卷重於拱璧。萬曆十四年歲丙戌七月四日，緣循道人吳良吉。

列朝詩集小傳：校書紫芝，字中州，金華人，文學與蘇、鄭、吳、沈齊名，洪武丙辰被徵修書，明年職教金湘，後為湖州府學教授，坐事卒。中州有和陶詩，蘇平仲書其後，後詩刻洪武二十五年壬申，與獨庵少師同客於燕，少師用魏致小楷繕寫成卷，而題其後云：中州先生才先成……子當得少師手書卷，錄以示余之故，錄其十三云。

[illegible]

中州先生和陶詩卷跋

同治二年癸亥春，避亂(?)中，莫君祥芝從祁門至安慶齋，所購中州先生和陶詩卷，墨(?)姚恭請廣孝所手書也。莫君以予其先子彝孫君元節亭，生示蜀中李眉生篤敬鴻裔。李君愛而欠假之，余又從李君所暫假，日夕觀之。詩凡九十九首，言近而意遠，語淡而趣深，誠如恭請所云，其辭如蕭神泉決，異不見其艱窘。恭請又言所和者因歲月久遠，有前後之別，前和者金華蘇先生平仲書之，後和者則屬余書。末署洪武二十五年倉龍壬申冬十月廿又七日獨庵道衍書。其書旬(?)細瘦硬通神，悠然有靜穆之氣。余另即亭、眉生深賞茲卷詩與字之妙，顧不知中州先生為何許人，意韓然在焉。先生名冀，奇其姓，渊(?)之金華人，洪武六年被徵修書，明年職教金湘，後為湖州府學教授，遷北平教授，坐罪卒。此集中小傳語也。余既得悉中州先生姓名仕履，亟告莫、李二君，共相幸慰。獨惜恭請少好學工詩，即其手錄和陶諸作，用意至勤，亦微仰企請節高風，乃一入燕邸，即密進異謀，篡奪不忍言之事，毅然身任而力贊之，若惟恐計之不速成者。迨後以少師出振蘇湖，至長洲候其同產姊，姊不納；詣其友王賓，賓亦不見，但遙語曰：和尚誤矣。復往見姊，姊詈之，乃自惘然。往讀史，深為恭請惜。今從四百六十九年後見其手蹟，既愛賞之，則益不禁為之深惜矣。蘇先生平仲，名伯衡，洪武初由國子學正擢翰林編修，力辭歸，後復徵至，又以疾辭，最後為處州教授，蓋有文而其行又至高者也。時癸亥季春十有八日，新化鄧瑤伯昭甫跋并書。

廣孝 敬書

雲海玄翁吾友 向者老僧吳中多承
文顧諸慰藉 足見不忘鄉誼之私區、二十
日早到
京即兄
上自後踰日訓瘼人事不暇念言衷暮之
齒友豈可如此之捱、郎以防順路自遣
而已倐喜 可遣在秋涼諒唯
道縣安兩玄者信去敬請
三六過王英保賢典毛毋一説引帶英保
到玄禧諸
足下千萬勿郤撥冗一行又見玄友言
益義之不淺、耶令遣是隷賈廣兒廿二人
齎臨玄顧情鄉力英保与吾友蘇州府
上給一引末高次巳與
尚書公説玄吾友可去一見請 公亦付府上討
取快便立九月九日前須專理一會
蒙養眷常并師冰能仁法友希
遐歉和況昌日幸辛不具僧
八月廿一日廣孝 敬上

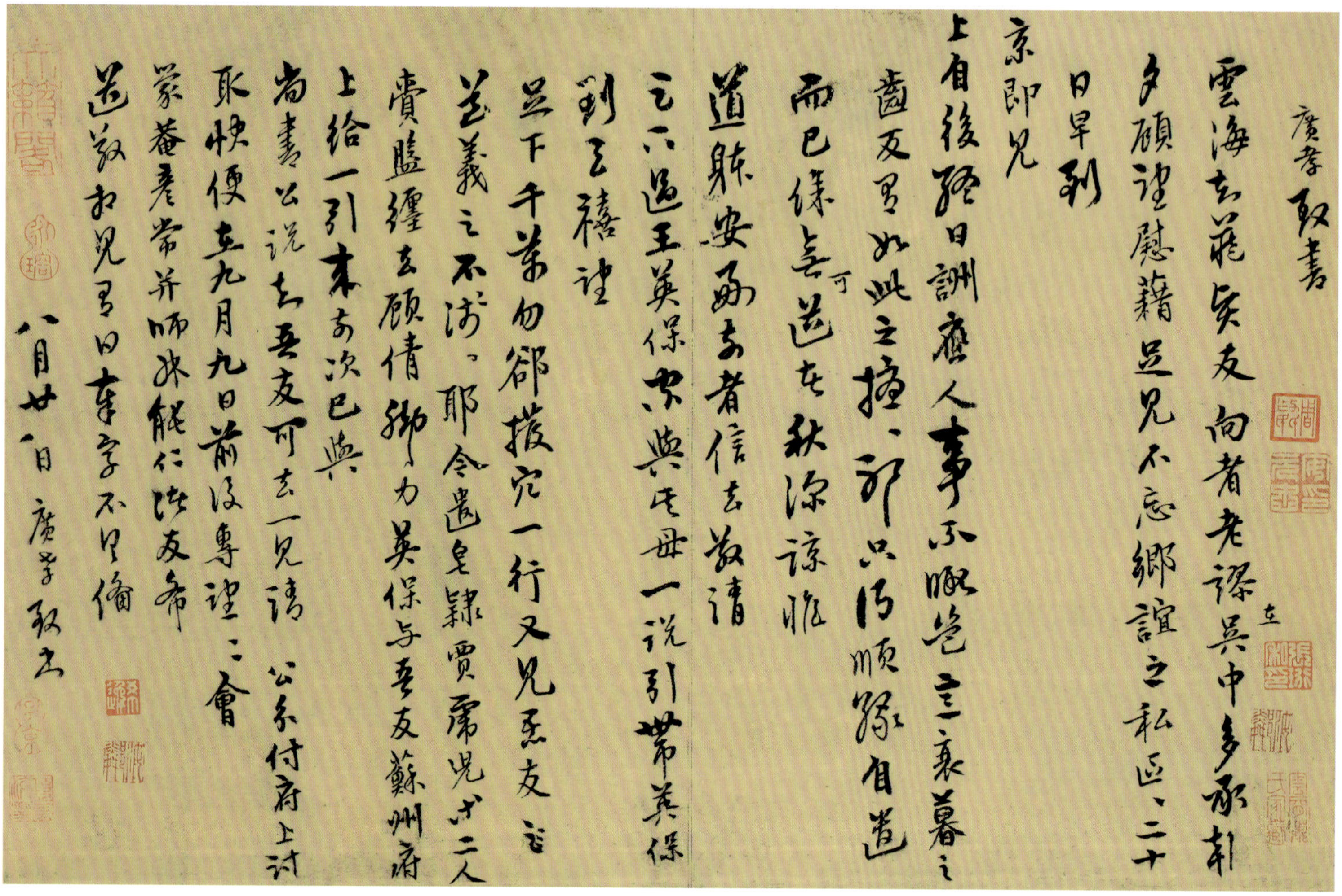

二二　行書雲海帖頁　明　姚廣孝

午疫深沉庭院悄玉人夢
醒聞歸鳥鬢雲鬖
斜羅韈生香鳳鞋小蓮花
滿路金步搖六銖衣薄裁
絞綃破顏一咲生百媚金
屋何須貯阿嬌花妖篇
魚沉水底浪痕圓鴈落秋
三思宅嫁退縮無蹤跡
空楚天碧疑是陽臺為雨
歸香汗氤氳蘭麝飛晴光
歡睨卜靈課默無一語立
斜暉

李迪題

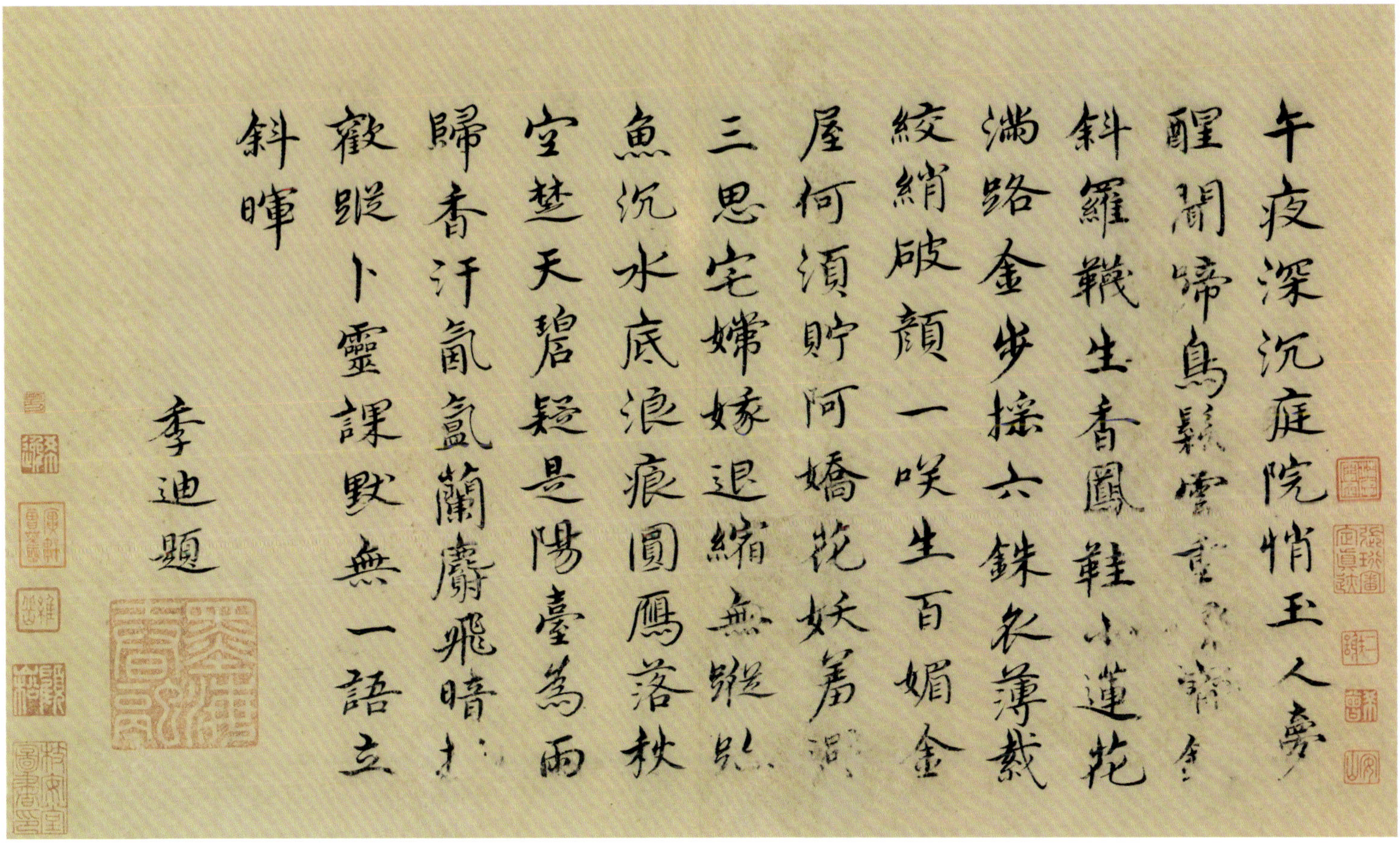

二三　行楷書題仕女圖詩頁　明　高啟

二四　行楷書跋米元暉畫卷　明　高啟

[illegible]
西疇茂之重其書畫
耳予爲書其大略于
後云
崇禎[illegible]丙午六月
七日[illegible]老宗海寫
張[illegible]

元暉書畫真無忝海岱家
聲矣如此幅蒼涵鬱可
愛蓋尤其得意者故其
題識酷自珍惜至比云
巧悟丹青妙理觀者亦
筆之只付之一噱者以唯
以自狀至猶以之妙可
惜乎吾友如卿已在九原
不得更一商訂也季蘇物
寶藏此畫神領默會至
親久矣以予言爲何如
有明弘治壬子四月二日蘭
亭居士在閩海之不波
亭書

山人度藏並後於萬曆元年得自吳郡
王文恪處既符書畫錄所云又於東海後
諸子窺王氏耳目郡守李廷美家者流
傳卷見有緒雅畫幅趁迄均自裁割痕
天籟閣鈐印分印後不下十方及居押縫
之只剩半印更就補題不屬於畫幅
工具已署名且子京二兄在畫幅前後加蓋
印後之付缺如不見與五洲烟雨圖一例
首尾同遭毒手割裂矣爰知至於火秘笈
時有屬完整無缺況濟人伯榮著錄
本題有此本意尤從之言淨而精況
字前列諸跋饒蒼以上要皆張冠李戴
猿猱所爲俾當諸吳已爲訂正惟皆未
見本卷得不免尚有所晦至朱秀錄本
署賜李東者卻與敷文自題與見於李
家一諸未合既稱皇見於此題後先與吾綿
也顏僅多艷翁翁跋又屬指對南宮吳
後繪至見今之精鑒裁者未考目於
何材於宅本而入策錄乃另諫了總寂
四家壽錄敷文山園圖早烜赫書世惟
是烜赫也是以愛好家與大力者爭相
購藏奪取難僧因而截頭裝尾挪移
拼湊甚至妄仿作僞藉以相競射利
故凡古人劇蹟往往不能完全矣　式園栽
勘因記

先是獲石曼卿籌筆驛詩草卷後
後復見舊摹錦本且經裝製筆石
流源覺題詠多謹者之雜有矣不免
割去手跡而下但真贋並見要不待
亞法眼藏也深幸余古有緣吳知仲
日本卷不有延津之合耶
辛卯暮春久雨放晴陰霾消失高
頭披見明淨反復展觀神與古合
探驪得珠意在斯歟　武又誠

海岳老遷非畫工自有丘壑藏胸中大兒揮灑亦莫比妙趣政足傳家風敷文閣下圖書靜夢入空山覺衣冷起拈禿筆寫幽蹤一片飛來楚雲影彷彿三湘與九疑翠峰猶抹二娥眉水生江上鴻鴈後樹暗沙頭春去時蒼蒼遠渡連平蕪烟火參差幾家屋林深谷靜斷行人應有幽禽啄枯木偶向高齋見舊圖斷縑猶費百金沽自緣絕筆人間少如此雲山何處無

勃海高啓題

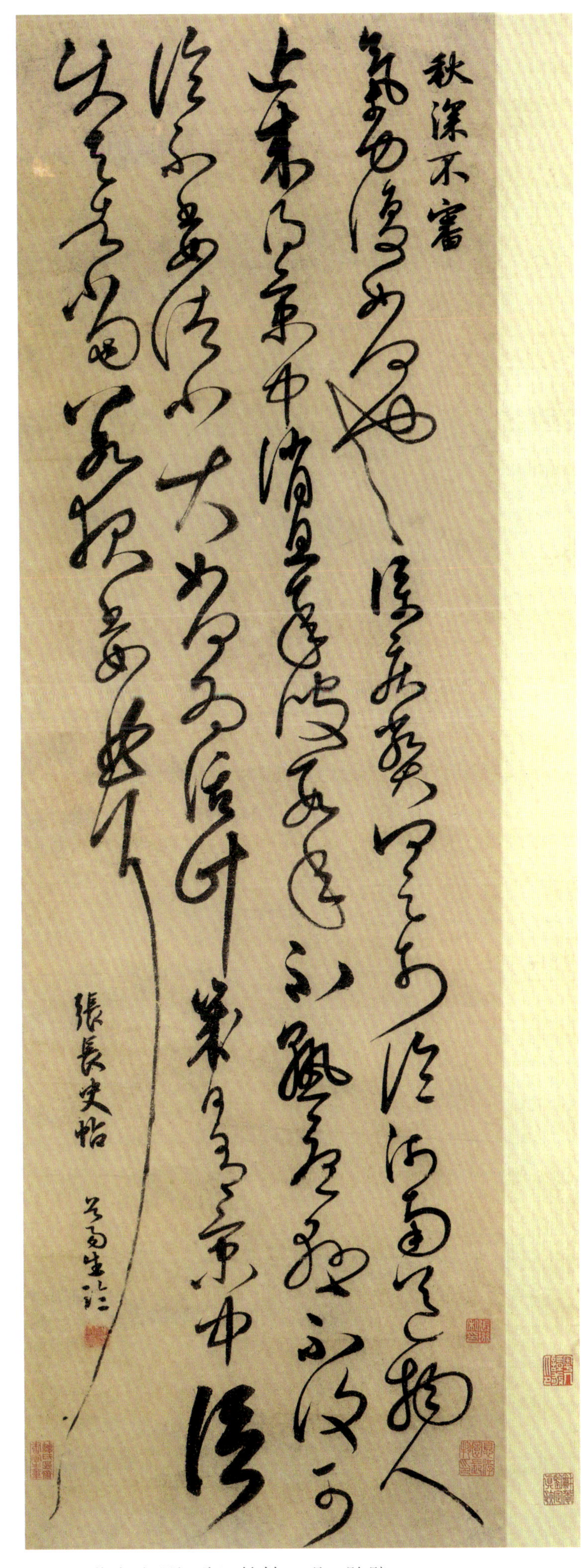

二五　草書臨張旭秋深帖軸　明　陳璧

錫老堂記

沈華亭望族遠有代序元

嘗節先生字翼之者

而後二子長民則號自樂次民望

號簡菴並以材德昭受

陵暨

列聖眷知自樂歷翰院典籍檢討

脩撰侍講學士陞拜學士簡菴

繇中書舍人遷翰林侍讀春坊

庶子以晉今職自樂壽臻八十

終于

賜第簡菴亦年開七袠矣曰思家

世儒素兄弟忝列華要罔極之

恩洪涵無報邇来目昏氣

得乞身歸老念匪

天恩之

錫莫能遂也因扁齋居以俟書来

請記於予老者壽考之蹈榮名而

保終吉都貴勢而躋遐耇今昔難

能也方今

聖人在御膺

重熙累洽之運環四海為一壽域

所謂道德仁義行之於上法兵夭

橫絕之於下斯其時也簡菴已近

大夫致事之年歸老有日矣雖然

士夫君子成身固艱得賢子孫尤

施而麒麟鳳凰之所以瑞文明昭德馨者

有不在區區於服箱也今先生年逾七袠

與從子祠部公皆上章致政而

朝命許之禮也於是先生無任感激乃額其

所居堂曰錫老以彰著盛休於無窮凡公

卿大夫為之歌述者侈矣復不鄙命近為

銘吁世之懷抱才德者得一命已幸矣矧

位至顯要乎至顯要又幸矣矧老而歸佚

乎先生際曠代之言嘉朔

四朝之全盛始焉伯仲鴈行而進今焉叔姪

蟬聯而退金紫煇煌照耀州里而樂之所

存又有人不及知者其榮幸至矣夫豈偶

然之故哉其歸諸

上之所錫而銘之不忘宜也或曰昔詩人之

頌魯侯曰永錫難老以其克明其德而淑

問如皐陶也先生曩由翰林晉拜士師之

重矣其名堂之意豈不曰古之人乎古之

人乎曰彼推本於天而言溢美之辭也此

歸重於君而言謙抑之辭也然聖人先天

而天弗違後天而奉天時者也天之申錫

於人者非聖人之君無以成之也則

聖天子之錫休於老臣也奚間然於天哉先

生歸而保其天年其所以憲式於世者必

不繫夫身之進退而

上之加錫於先生蓋未庸已也銘曰

孰不懋厥功彼惟令終孰不樹厥名彼惟

善成既明且哲知足知止伊誰之賜曰

聖天子就問引年國老是先昔也則然今也

胡不然

文林郎廣東肇慶府高要縣知縣臨川

黎近書

二六　行楷書錫老堂記卷　明　吴訥、黎近、鄒亮

士夫君子成身固艱得賢子孫尤
艱比聞簡菴用
賜金建崇賜堂于遺址刻積善繩
繼之實以貽訓厥後沈氏子孫誠
克是訓是行并以古今不令子弟
殃身玷先者爲誡則曷患弗能
改行而率德耶予也年垂八十壽
域中之一人耳老眊惛蹇筆硯久
絕茲記之作弗克終辭者一以荅
簡菴知舊之情一用以為沈氏後
人勸
正統十二年歲在丁卯季冬十一
月既望嘉議大夫都察院左副
都御史致仕海虞耋老吳訥記

錫老堂 并序
少而學壯而仕老而休儒者之至願也然
非生值亨嘉之運出遇聖明之君則不能
必得此大理少卿華亭沈先生錫老之堂
之所以名歟先生少與其先兄學士公以
累世箕裘之學受知
太宗文皇帝擢居禁密之地文章翰墨傾動
一時已而歷仕
四朝眷遇益隆而先生勤職厲操終始如一
雖內不親案牘外不事馳驅才或未竟所
施而麒麟鳳凰之所以瑞文明昭德馨者

錫老堂賦有序
簡菴先生以清才粹德歷事
四朝天下士大夫皆想慕其風裁嘗卜築於華亭預為
佚老計既落成遂名其堂曰錫老昭
寵恩也先生屢上章懇乞致政
上特許之其優仰燕樂於斯堂之上有日矣先生命 亮為
賦不敢以蕪陋辭因為之賦曰
伊姬文之遐胤兮承奕葉之蟬嫣毓堪輿之清淑兮衍慶
澤之緜延瞻濟美而聯芳兮秉好脩之婞節外薰然其
溫粹兮中湛焉而清潔製芰荷以為衣兮葺芙蓉以為
裳紉猗蘭以為佩兮又申之以蕙纕咀玉芝之菁英兮嗽金莖
之沆瀣賁束帛于丘園兮搴登庸于
昭代聿翱翔于藝苑兮騰茂實於詞林操觚翰于鳳池兮典
中秘之綸音闡經訓之菑畬兮持禮義之干櫓襲道之光華
兮循賢哲之繩矩預編摩於東觀兮啓金匱而校讎炳文采
之陸離兮羌黼黻乎
皇猷結絢縡而寀通兮敷遺經之奧義廣諷諫以從容兮允
能裨乎
盛治濫焉遊此
春官兮緊選德而任賢罄忱恂而開導兮諒佛時以仔肩被
渙汗之
鴻恩兮仍升華於棘署上
鑾坡而儤直兮歷
金門而廓步念知止之不殆兮審明哲之保身抗封章而
謝事兮遂悃款于
楓宸爰投簪與稅鞅兮返枌榆之故里究松菊其猶存兮亦
有先人之桑梓廓高原之膴膴兮構廈屋之渠渠曰藏脩之
有所寔君子之攸居攬秀色於九峯兮挹波光於三泖封蔭
牖而青蔥兮泉循除而縈遶紛芸編其總總兮緬空桑之
朱絲來憧憧之良友兮聊於焉以棲遲醉明月于林坰兮招
孤雲于海嶠步彳亍以微吟兮竊睇眄而清嘯寄閒踪於物表
兮堅晚節於耆年隨造化以容與兮保始終而罔愆懷瑾瑜而無
璺兮幸旅鳶返其初服踵疏傅之清風兮遵留侯之芳躅匪高
蹈而避世兮詎幽隱而逃名惟出處之有道兮寧不揆予之中情
夫豈安逸之是啚兮廼獨為此度也固非憂患之豫防兮亶惟好
脩之故也推陰陽之消長兮驗日月之盈虛察四時之代謝兮尚功成
而不居衆爭趨而競進兮方沉酣乎富貴獨辭榮而引恬兮脫羈馽
之名利兮
賜賚之蕃庶兮耿中心之靡忘揭華扁於堂楣兮焯
天寵之輝光陋輞川之別墅兮鄙午橋之綠野擬耆英之嘉會兮又欲結
乎香山之社壹沖穌而葆真兮冀息養乎頤齡享箕疇之五福兮興
岡陵而作朋縣知命而樂天兮信頫仰其無怍任萬物之詘信兮渺天地
之郛郭睠德人之斯處兮宜過者之肅容式摛辭而稱頌兮播令
譽於無窮
正統十四年歲在己巳八月中澣
都察院司務後學吳郡鄒亮撰

傑曩游齊魯之交嘗見斤石屹立於荒煙野間者上刻盈恐之隸曰元詩人鄧文原墓竊怪焉公文學政事皆卓然有聲於搢紳間豈一詩人可以盡公之抱負哉蓋當時與公游泆知公之深者必不肯妄加毀譽而然也吳門何叔源民澤公家書如季襄以成卷寔公為司業為廬訪會事時所遺其細君慶置家事則皆斬焉有序且不失其賓敬之道觀夫小者槩可以知公之大者矣先儒嘗云有關雎麟趾之化然後可以行周官之法度傑於安定梁用行書

永樂九年二月四日

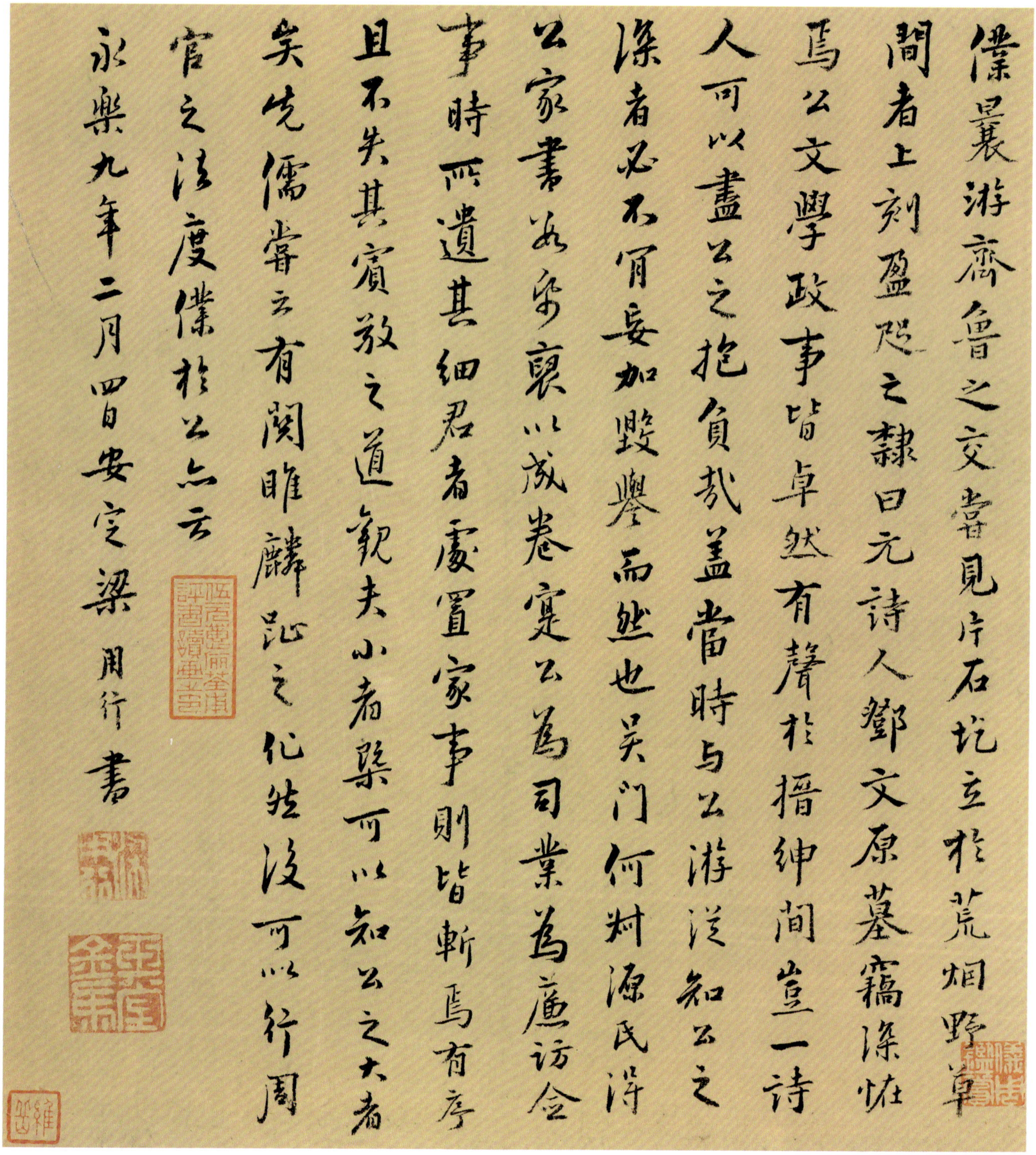

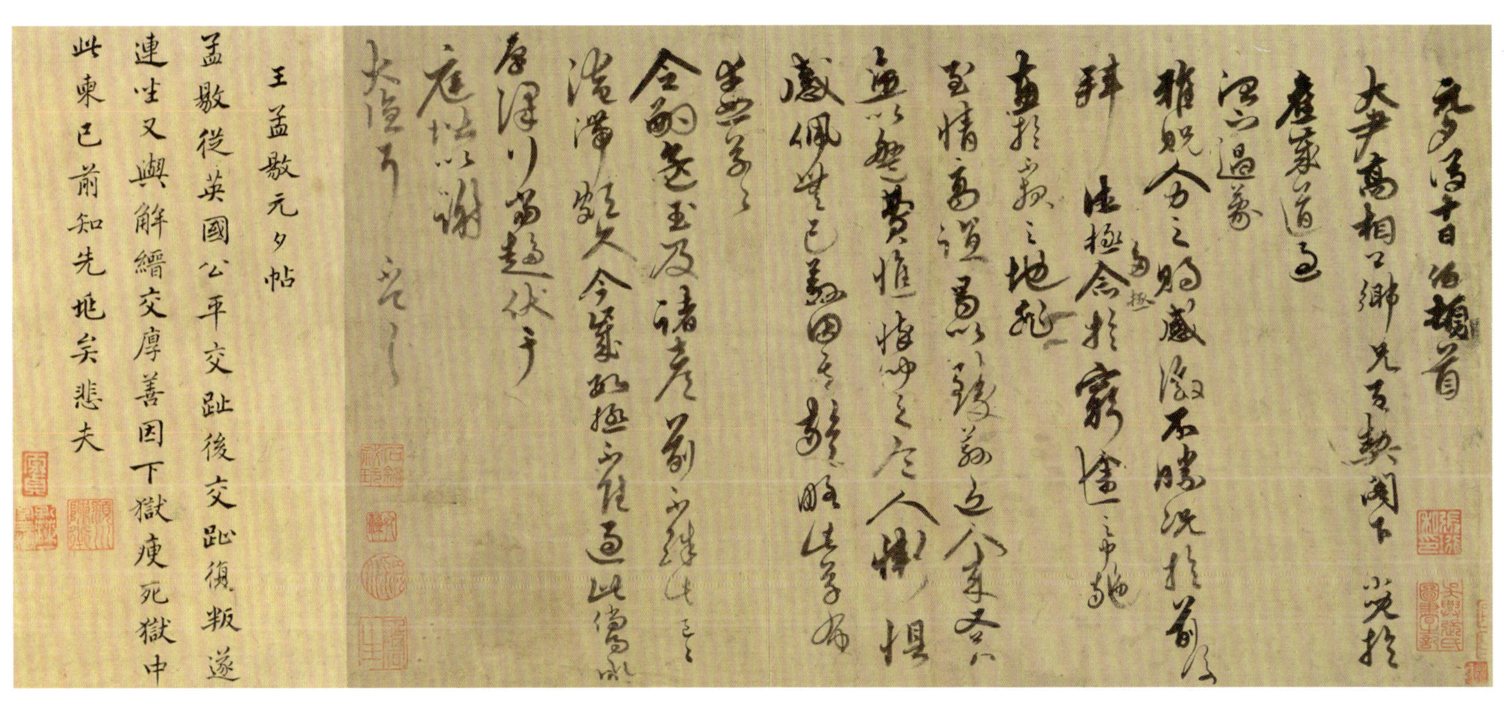
王孟敬元夕帖
孟敬從英國公平交趾後交趾復叛遂
連坐又與解縉交厚善因下獄瘐死獄中
此柬已前知先兆矣悲夫

二八　行書元夕帖頁　明　王偁

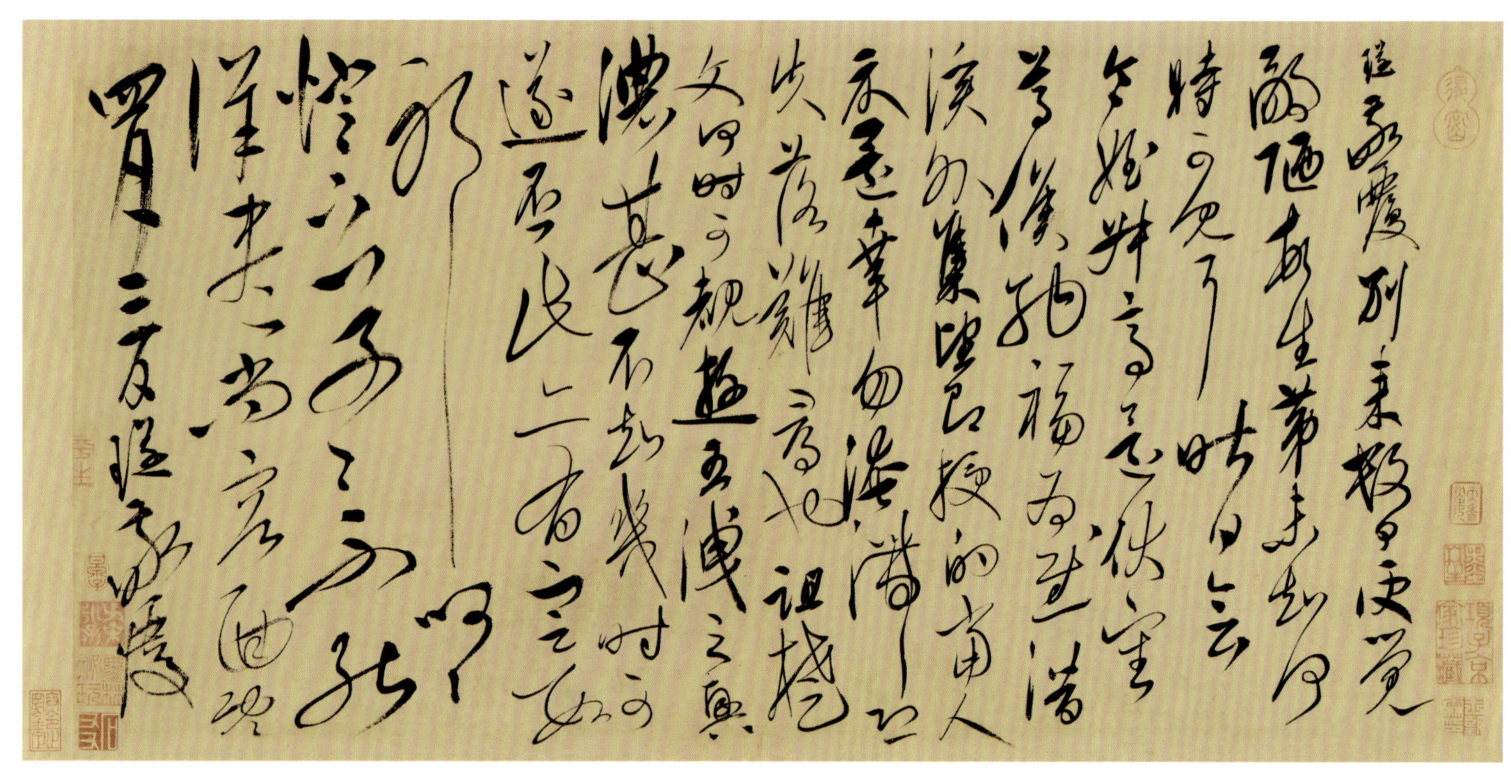

二九　草書敬覆帖頁　明　宋璲

唐玄宗親書脊令頌藏于宋祕府徽宗時有鶺鴒萬數集于後苑龍翔池遂出此書以示蔡京蔡卞京卞因題于後宋巨流落民間指揮方笑明謹之錢數萬購得之余嘗謂玄宗有一李林甫徽宗有一蔡京正鷗集薮日鳳凰漾避之時雖有脊令數萬何益於治亂存亡我雖然此書字畫凝重猶為書家所取云
洪武丁卯冬十有二月望日
天台林佑題

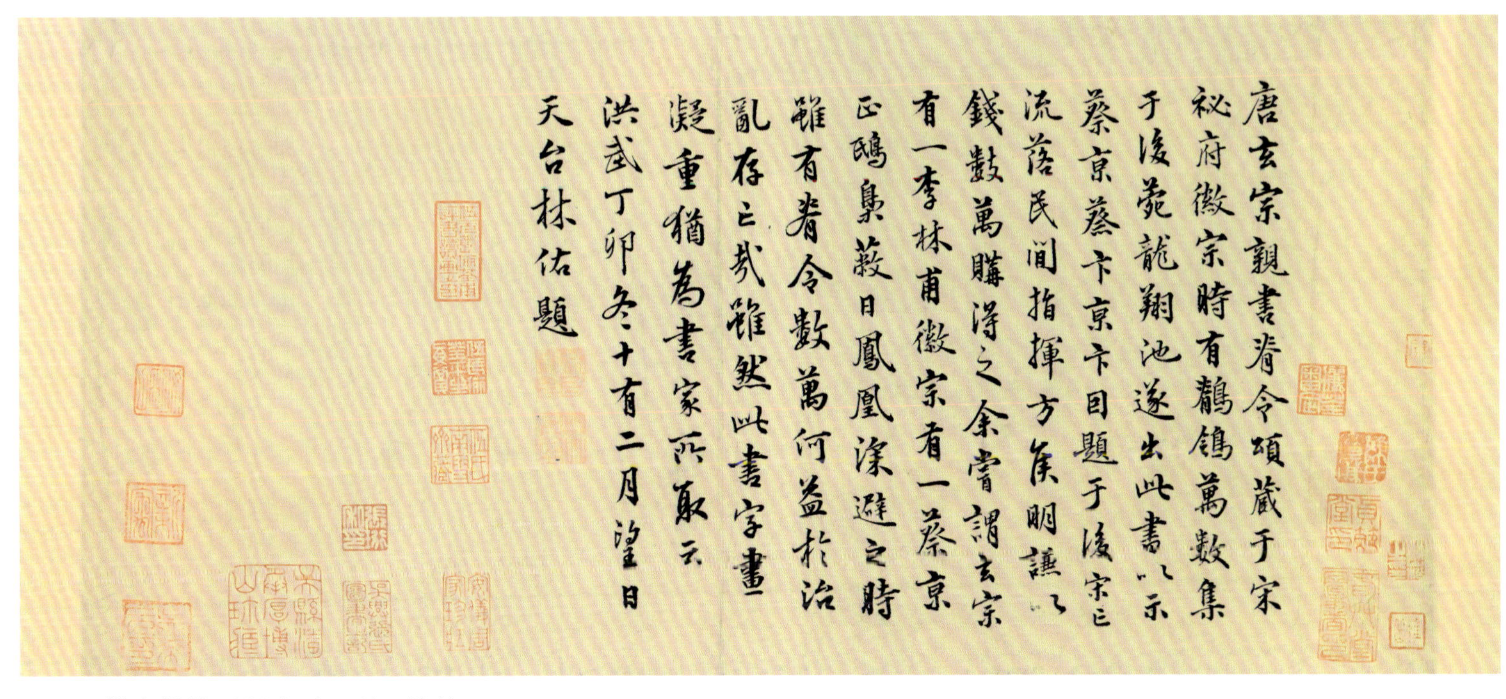

三〇　楷書鶺鴒頌題跋頁　明　林佑

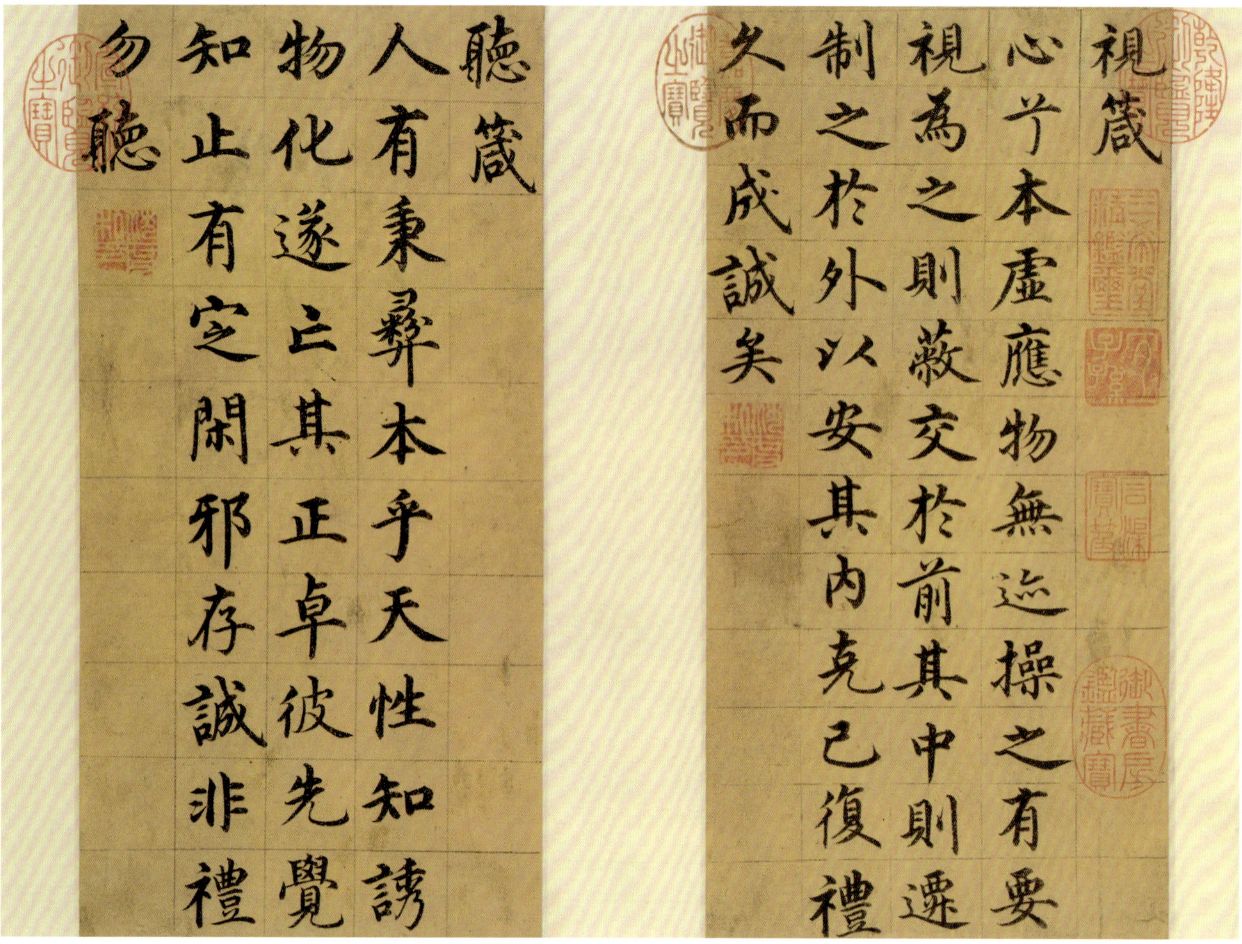

視箴
心兮本虛應物無迹操之有要
視為之則蔽交於前其中則遷
制之於外以安其內克己復禮
久而成誠矣

聽箴
人有秉彝本乎天性知誘
物化遂亡其正卓彼先覺
知止有定閑邪存誠非禮
勿聽

三一　楷書四箴卷　明　沈度（之一）

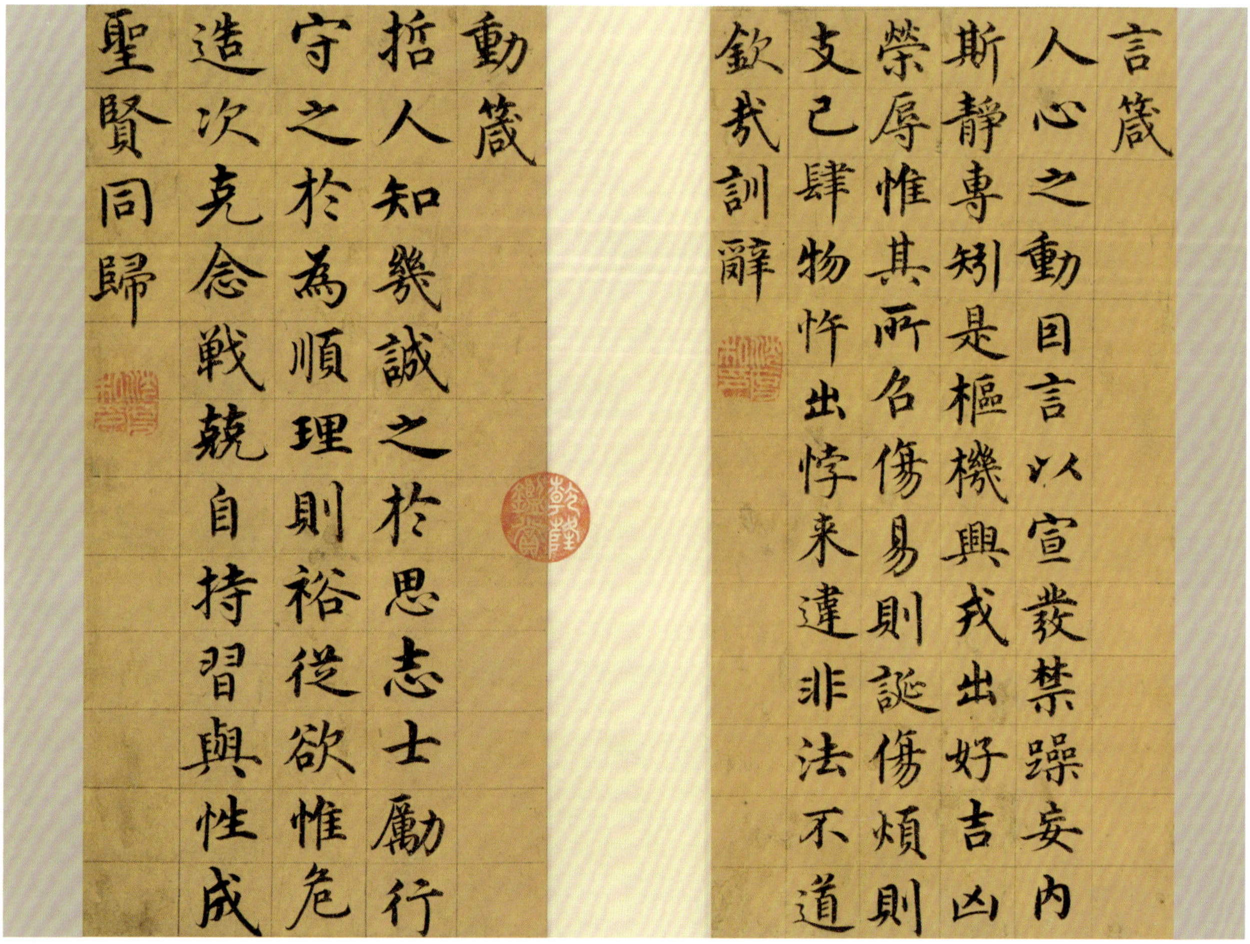

言箴
人心之動因言以宣發禁躁妄內
斯靜專矧是樞機興戎出好吉凶
榮辱惟其所召傷易則誕傷煩則
支己肆物忤出悖來違非法不道
欽哉訓辭

動箴
哲人知幾誠之於思志士勵行
守之於為順理則裕從欲惟危
造次克念戰兢自持習與性成
聖賢同歸

三一　楷書四箴卷　明　沈度（之二）

敬齋箴

正其衣冠尊其瞻視潛心
以居對越上帝足容必重
手容必恭擇地而蹈折旋
蟻封出門如賓承事如祭
戰戰兢兢罔敢或易守口
如缾防意如城洞洞屬屬
無敢或輕不東以西不南
以北當事而存靡它其適
弗貳以二弗參以三惟心
惟一萬變是監從事於斯
是日持敬動靜無違表裏
交正須臾有間私欲萬端
不火而熱不氷而寒毫釐
有差天壤易處三綱既淪
九法亦斁於乎小子念哉
敬哉墨卿司戒敢告靈臺
永樂十六年仲冬至日
翰林學士雲間沈度書

三二　楷書敬齋箴頁　明　沈度

唐韓文公送李愿歸盤谷序

太行之陽有盤谷盤谷之間泉甘而土肥草木藂茂居民鮮少或曰謂其環兩山之間故曰盤或曰是谷也宅幽而勢阻隱者之所盤旋友人李愿居之愿之言曰人之稱大丈夫者我知之矣利澤施於人名聲昭于時坐于廟堂進退百官而佐天子出令其在外則樹旗旄羅弓矢武夫前呵從者塞途供給之人各執其物夾道而疾馳喜有賞怒有刑才畯滿前道古今而譽盛德入耳而不煩曲眉豐頰清聲而便體秀外而惠中飄輕裾翳長袖粉白黛綠者列屋而閒居妬寵而負恃爭妍而取憐大丈夫之遇知於天子用力於當世者之所為也吾非惡此而逃之是有命焉不可幸而致也窮居而野處升高而遠望坐茂樹以終日濯清泉以自潔採於山美可茹釣於水鮮可食起居無時惟適所安與其譽於前孰若無毀於其後與其樂於身孰若無憂於其心車服不維刀鋸不加理亂不知黜陟不聞大丈夫不遇於時者之所為也我則行之伺候於公卿之門奔走於形勢之途足將進而趑趄口將言而囁嚅處汙穢而不羞觸刑辟而誅戮徼倖於萬一老死而後止者其於為人賢不肖何如也昌黎韓愈聞其言而壯之與之酒而為之歌曰

盤之中維子之宮盤之土維子之稼盤之泉可濯可沿盤之阻誰爭子所窈而深廓其有容繚而曲如往而復嗟盤之樂兮樂且無央虎豹遠跡兮蛟龍遁藏飲則食兮壽而康無不足兮奚所望膏吾車兮秣吾馬從子于盤兮終吾生以徜徉

雲間沈度書

三三　楷書盤谷序軸　明　沈度

謙益齋銘

惟天之道好謙惡盈人其體之弗滿
弗矜所以君子卑以自牧温恭自虛
以受忠告大哉易道潔靜精微裒多
益寡物稱其宜至高者山至卑者地
地中有山爲謙之義如處崇高有而
弗居謙尊而光卑不可踰翼翼斯齋
企彼先覺惟謙是持俯仰無怍自視
欿然德業日新惟克處己以守其身
朝斯夕斯持茲勿失永言謙謙以保
終吉

雲間沈度

三四　楷書謙益齋銘頁　明　沈度

雞鳴紫陌曙光寒
鸎囀皇州春色闌
金闕曉鐘開萬戶
玉階僊仗擁千官
花迎劍佩星初落
柳拂旌旗露未乾
獨有鳳皇池上客
昜春一曲咊皆難
雲間沈度隸古

三五　隸書七律詩頁　明　沈度

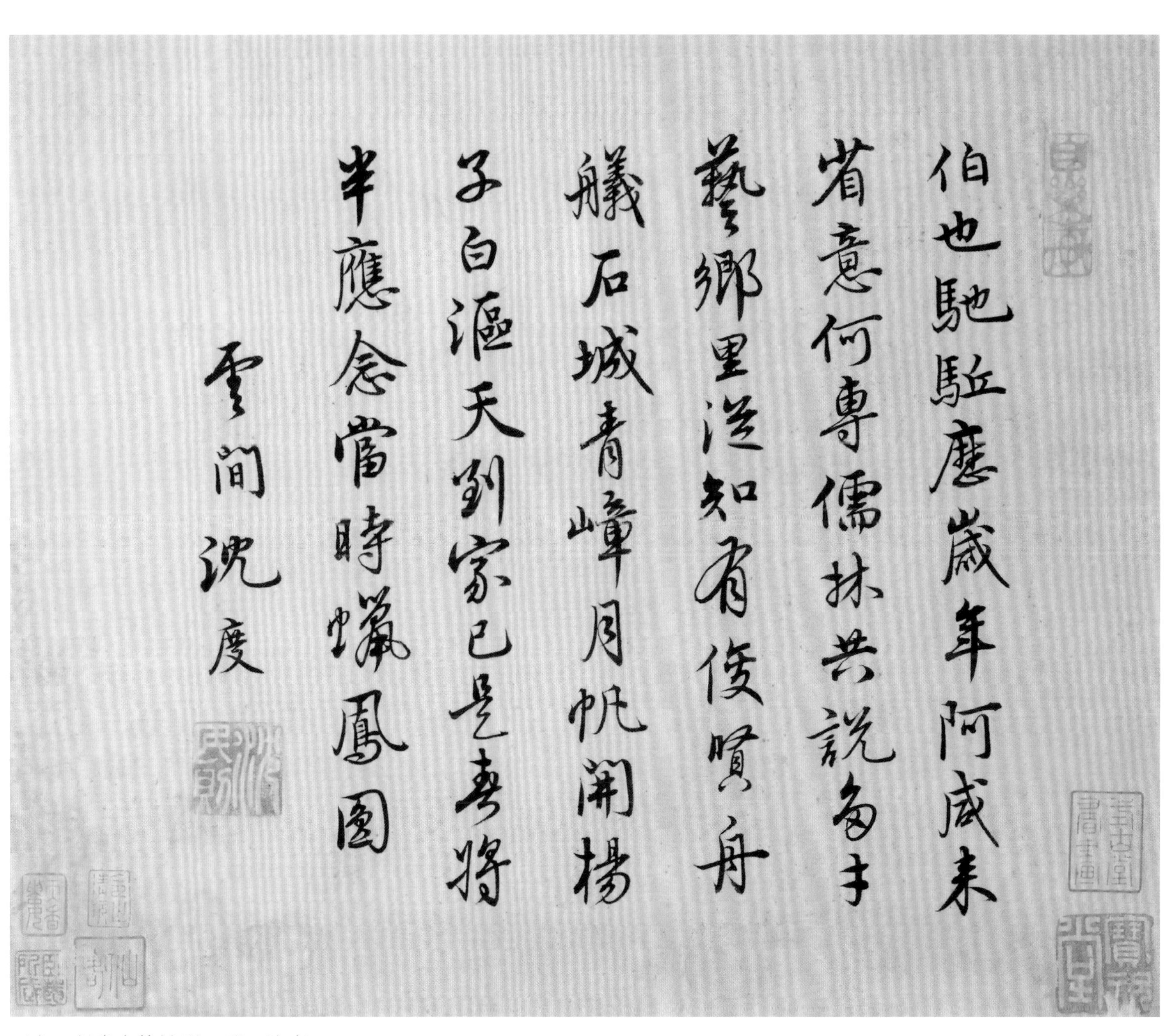

伯也馳驅歲年阿咸來
肯意何專儒林共説多手
藝鄉里從知有傍賢舟
艤石城青峰月帆開楊
子白滬天到家已是春將
半應念當時蠟鳳圖
雲間沈度

三六　行書七律詩頁　明　沈度

東郭草

出蘇郭之東有澤瀦焉有溪縈焉溪故多葑地志舊名葑溪夾溪民居數百家皆竹樹迤帶雞鳴犬吠相聞宛然自成聚落亦蘇郡一佳境也王仲遠氏自松陵來居緝草為堂以游以宴因自頡為東郭草堂來請記於余久未暇記而其請益勤乃詰之曰昔東方曼倩居長安東郭時人目為東郭先生杜子美歸成都結草堂于浣花溪而草堂之名遂傳布於世子豈有慕於二子者耶仲遠曰不然曼倩抱有用之才而恩時之不容是以沉浮里巷大隱市朝圖引身以自免子美驅馳險阻間獲返其故里殆欲屏交息游為終焉計若僕者幼而失效學長而無所併貿貿焉與世俗相追逐泊乎若將不逮浩乎無所底止恒竊自念人生如駒過隙富貴不可力為功名難以強致惟順其素而行弗求出乎其外釣於水足以給晨昏耕於田可以供伏臘衣取其禦暑寒居求其蔽風雨不知何者之為榮何者之為辱乃所願也而未遂焉尚何曼倩子美之敢慕也余聞而作曰仲遠其知分者矣世之人惟不自知其分是以躁進妄圖而終莫省者往往有之也其去仲遠何如哉雖然余又有進仲遠者蘇為東南名城仲遠麗郭東以居視居長安東郭殆無異葑溪之上水清而田腴與成都浣花未論孰優劣凡天下之景皆不能自勝必因人而後彰仲遠年富力強其來方未艾烏知葑溪之勝不因之而益彰使長安之東郭成都之浣花不得專美於前則仲遠雖欲無慕乎曼倩子美

璲復家僮至辱

手畢并詩並承錄示

雲翁先生泊

孫學和章浩然切

雲霞之思亡日因山中右師於浸仍

三八　行楷書手畢帖並詩頁　明　王璲

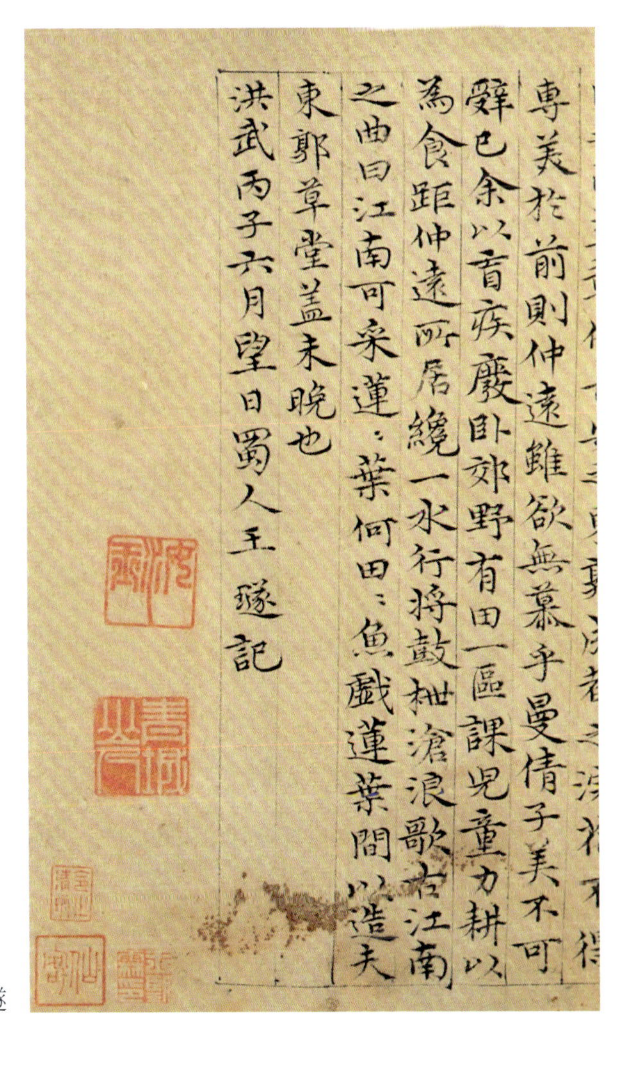

專美於前則仲遠雖欲無慕乎曼倩子美不可辭已余以盲疾廢卧郊野有田一區課兒童力耕以爲食距仲遠所居纔一水行將鼓枻滄浪歌古江南之曲曰江南可采蓮蓮葉何田田魚戲蓮葉間以遣夫東郭草堂蓋未晚也

洪武丙子六月望日蜀人王璲記

三七　楷書東郭草堂記帖頁　明　王璲

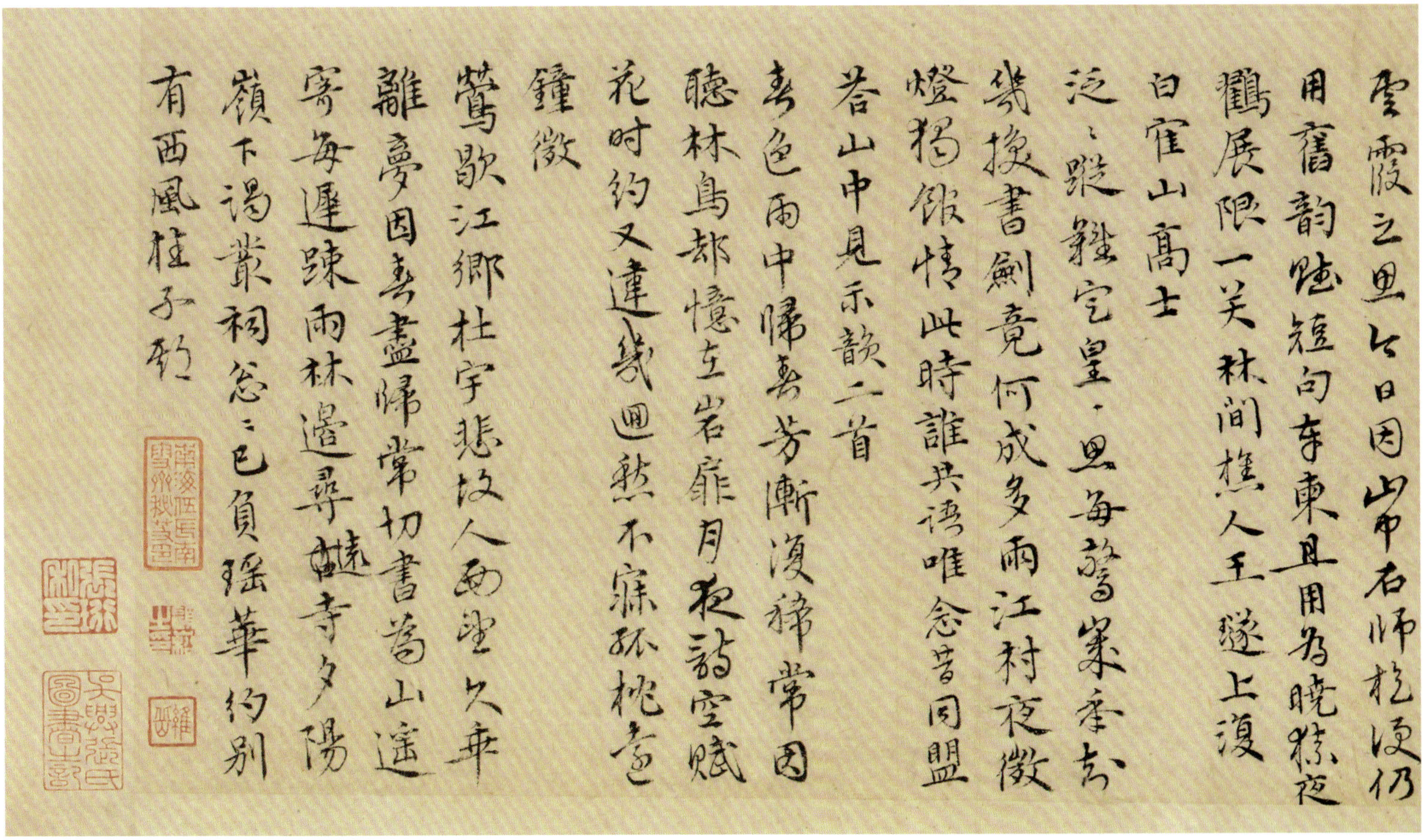

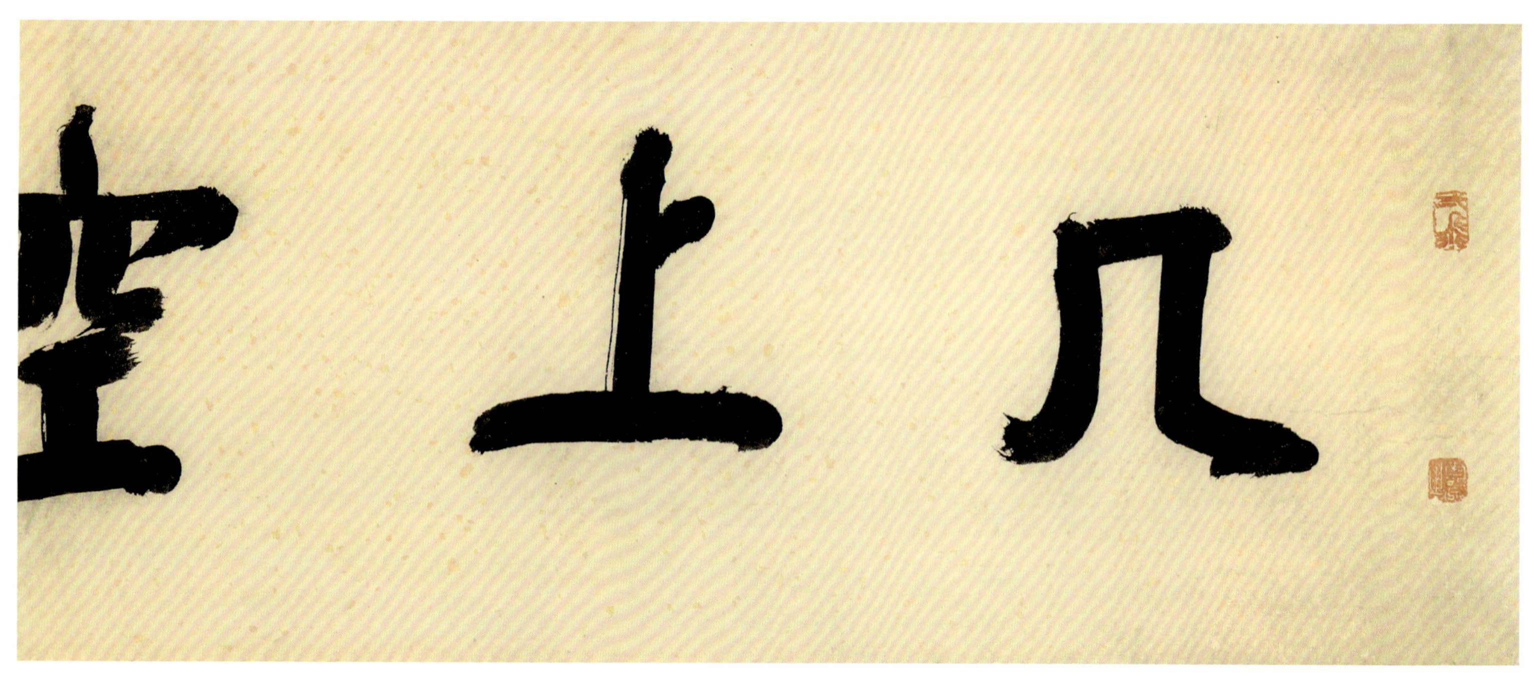

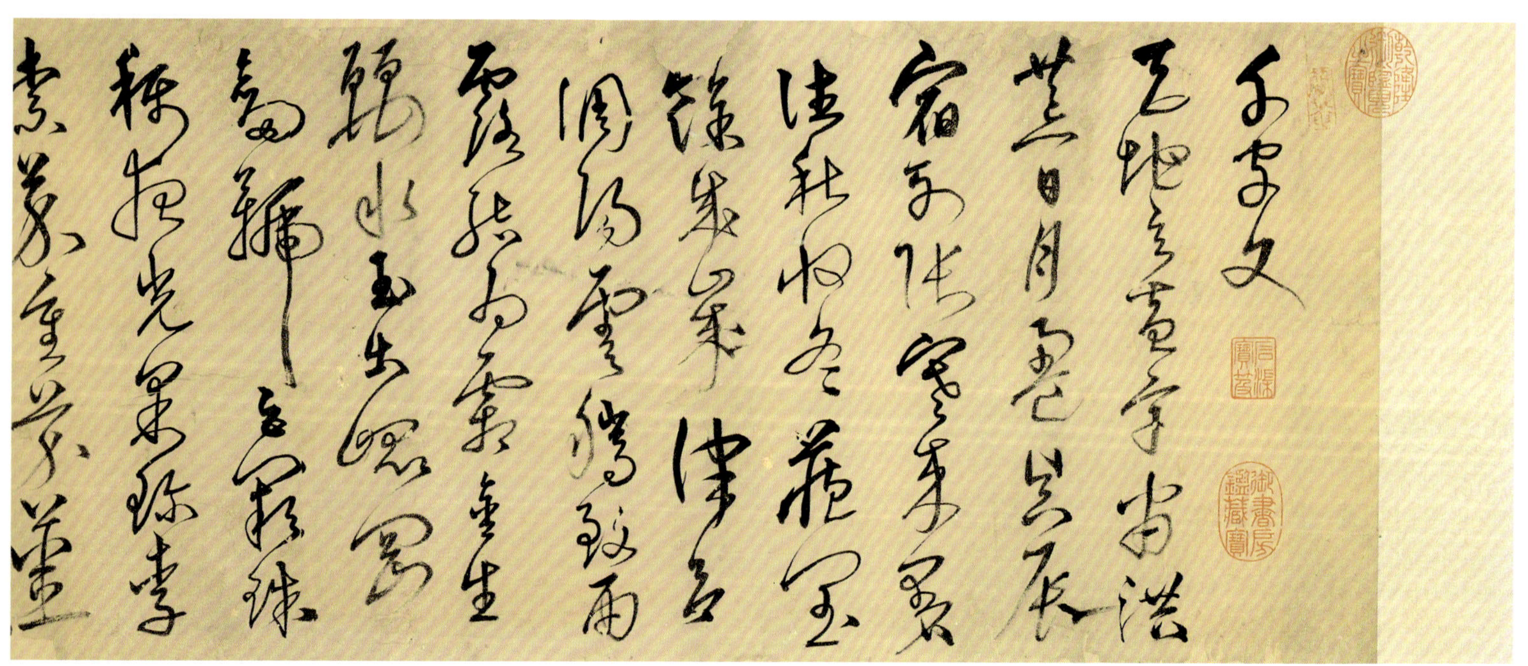

三九　草書千字文卷　明　沈粲（之一、之二）

空青

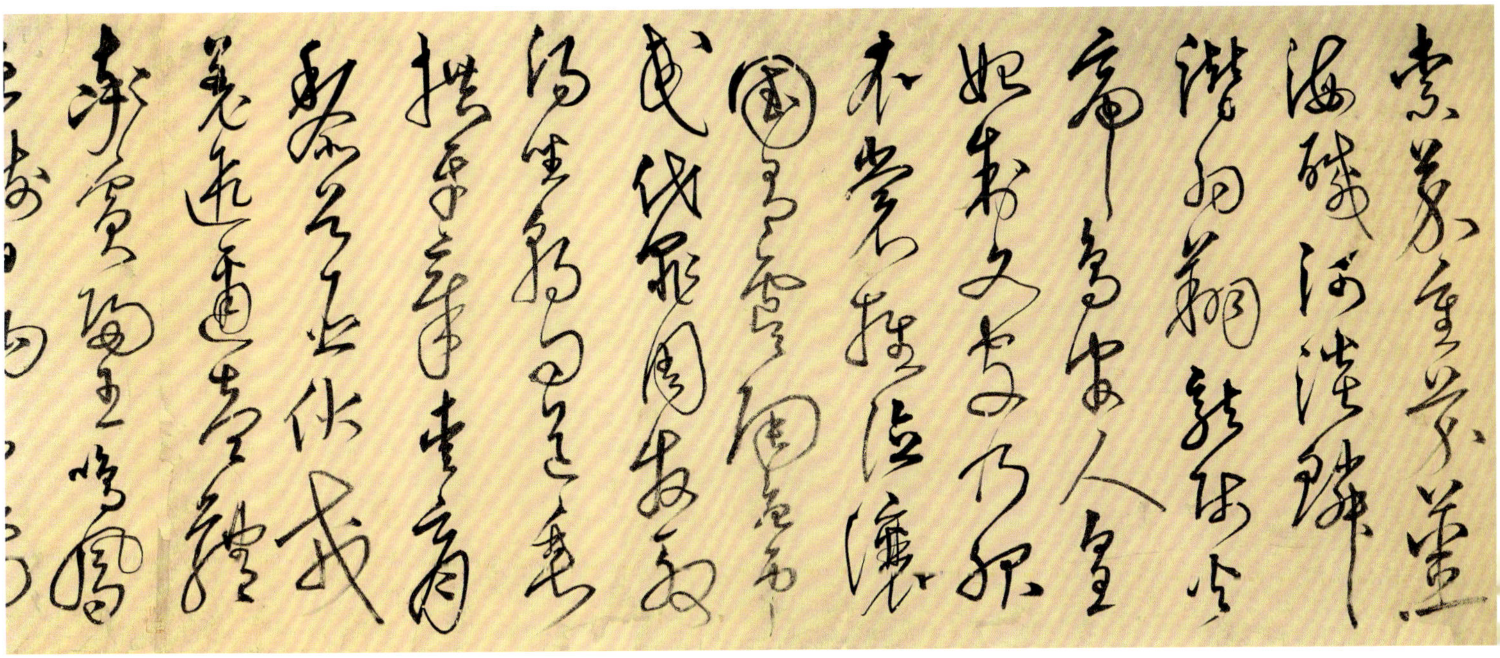

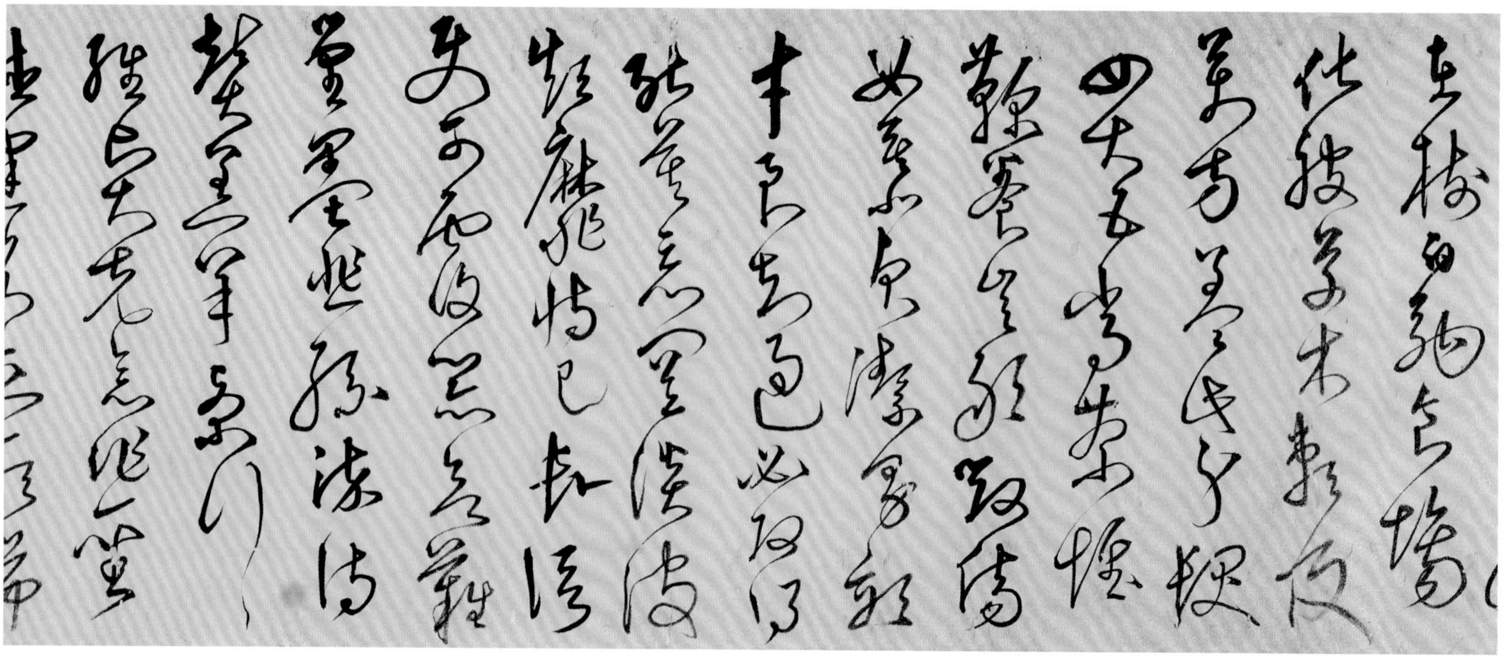

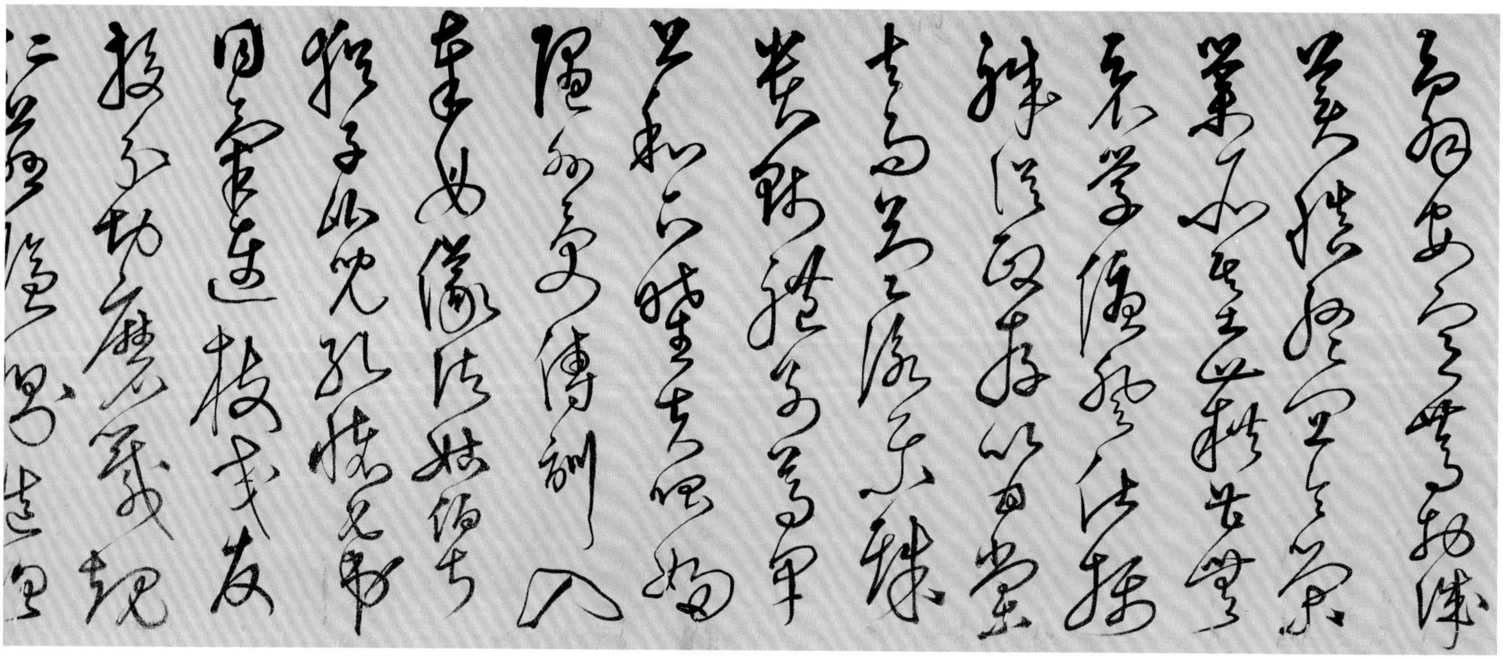

三九　草書千字文卷　明　沈粲（之三、之四）

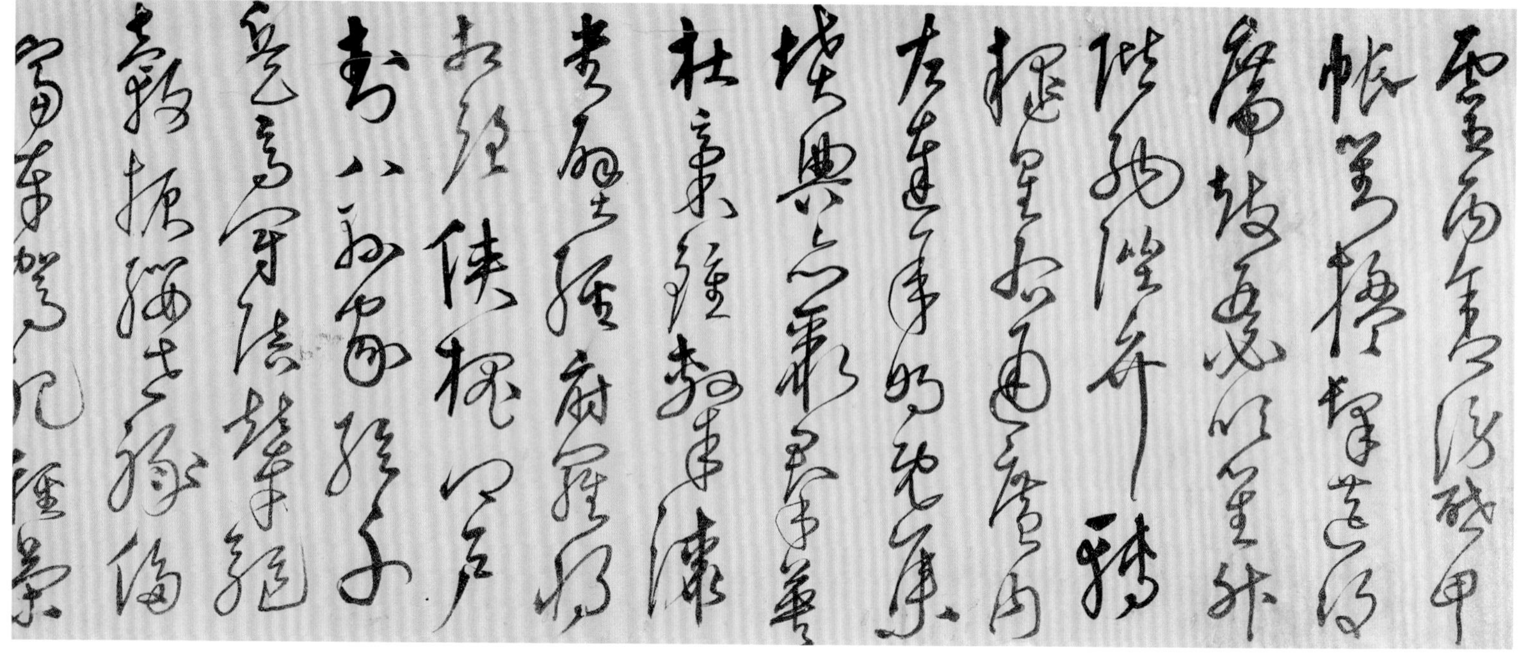

三九　草書千字文卷　明　沈粲（之五、之六）

三九　草書千字文卷　明　沈粲（之七、之八）

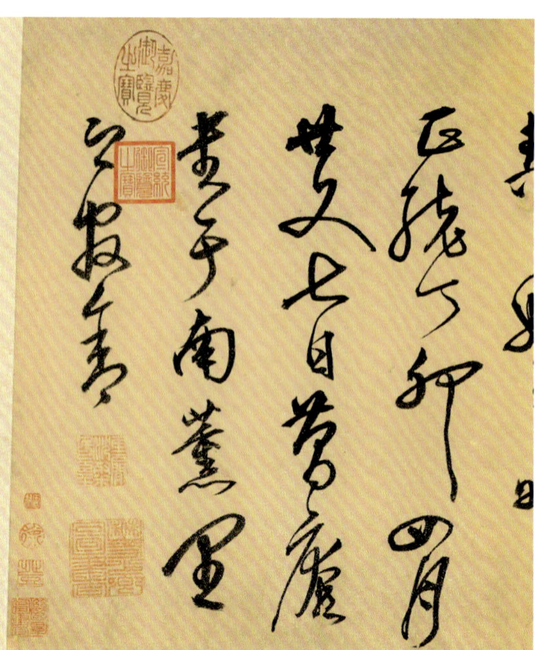

三九　草書千字文卷　明　沈粲（之九）

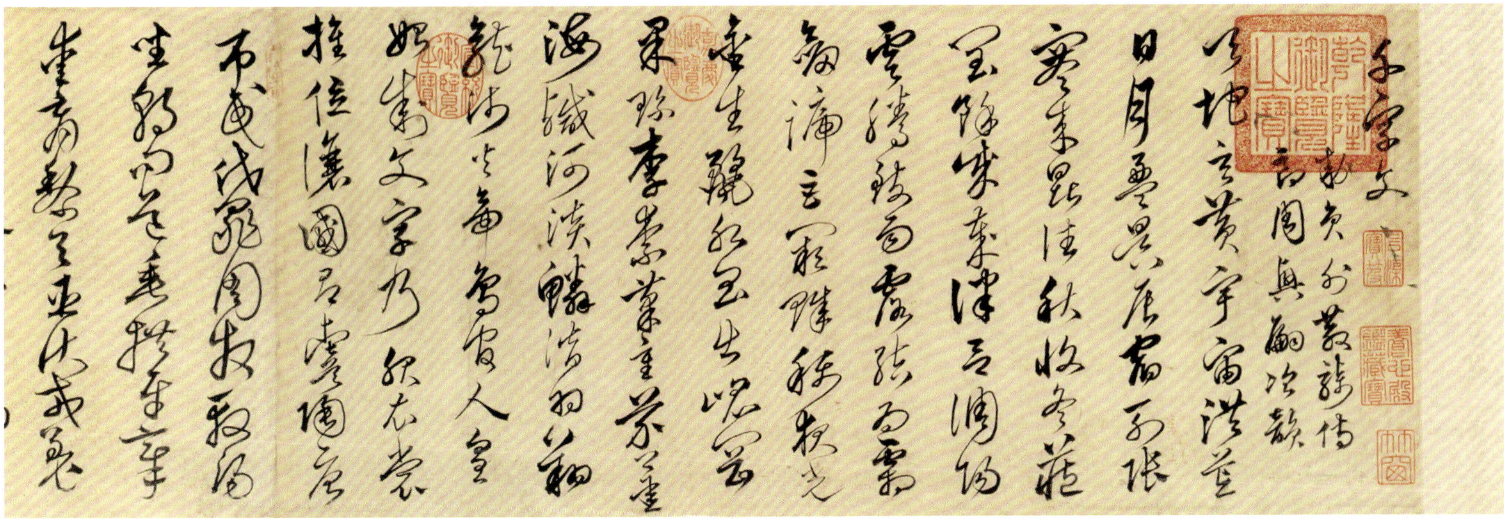

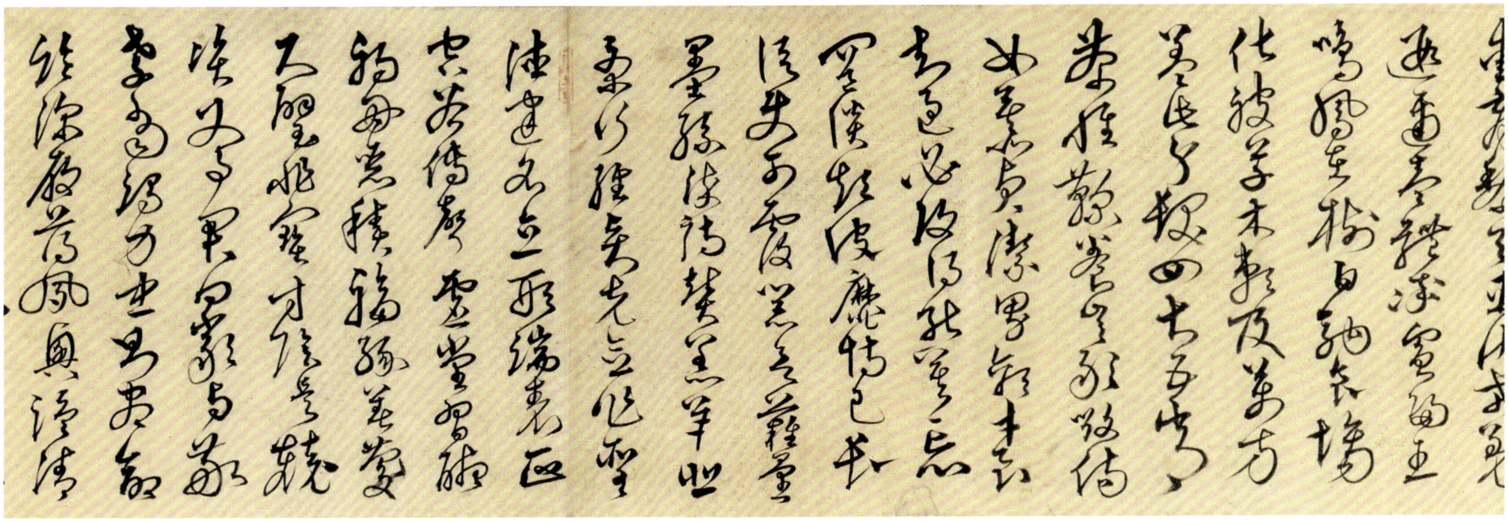

四〇　草書千字文卷　明　沈粲（之一）

四〇　草書千字文卷　明　沈粲（之二、之三）

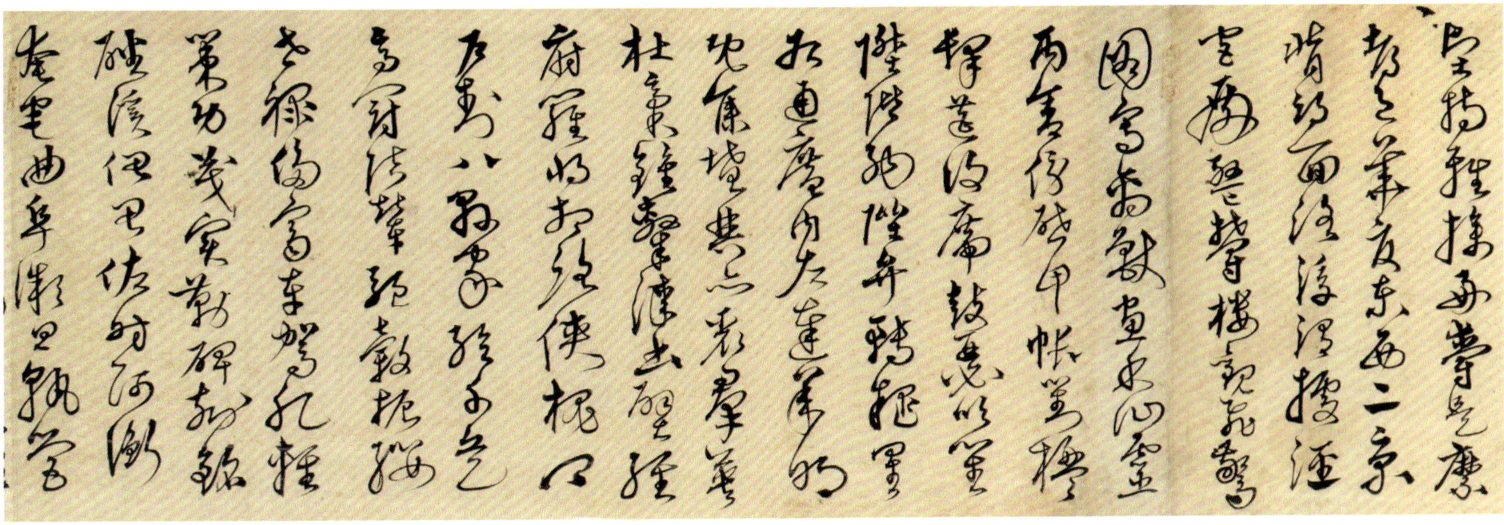

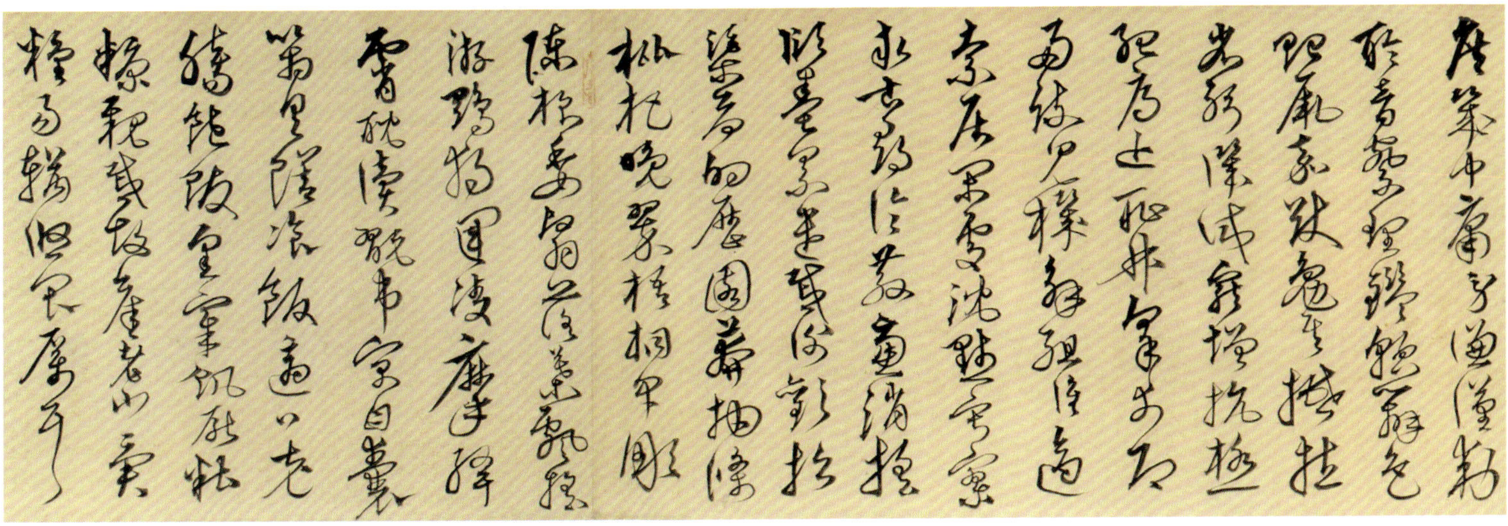

四〇　草書千字文卷　明　沈粲（之四）

憶著洪崖三十年青之山色故依捫
當時洞口逢張盍四雪人間有傅顛
陰瀑倚風寒作雨晴嵐飛翠
曉生煙陳留宵次如摩詰丘壑
能令畫裏傳
憶著澄崖三十年夢中林壑思
倏控天邊拔光神超遠樹秒騎驢
嘆息真顏勤鵷鶵蒼竹霞月明
猿嘯綠蘿煙笑來枕上情如渴
此意難將與俗傳
憶著澄崖三十年笑回南宏興
飄控展圖忘覺氣生席握披邕
驚雲上紙夢入碧溪噦素月手
攀丹壁出蒼煙永田四舍非吾事
家吧靖士久海倩
永樂甲午春正月顧廣重題

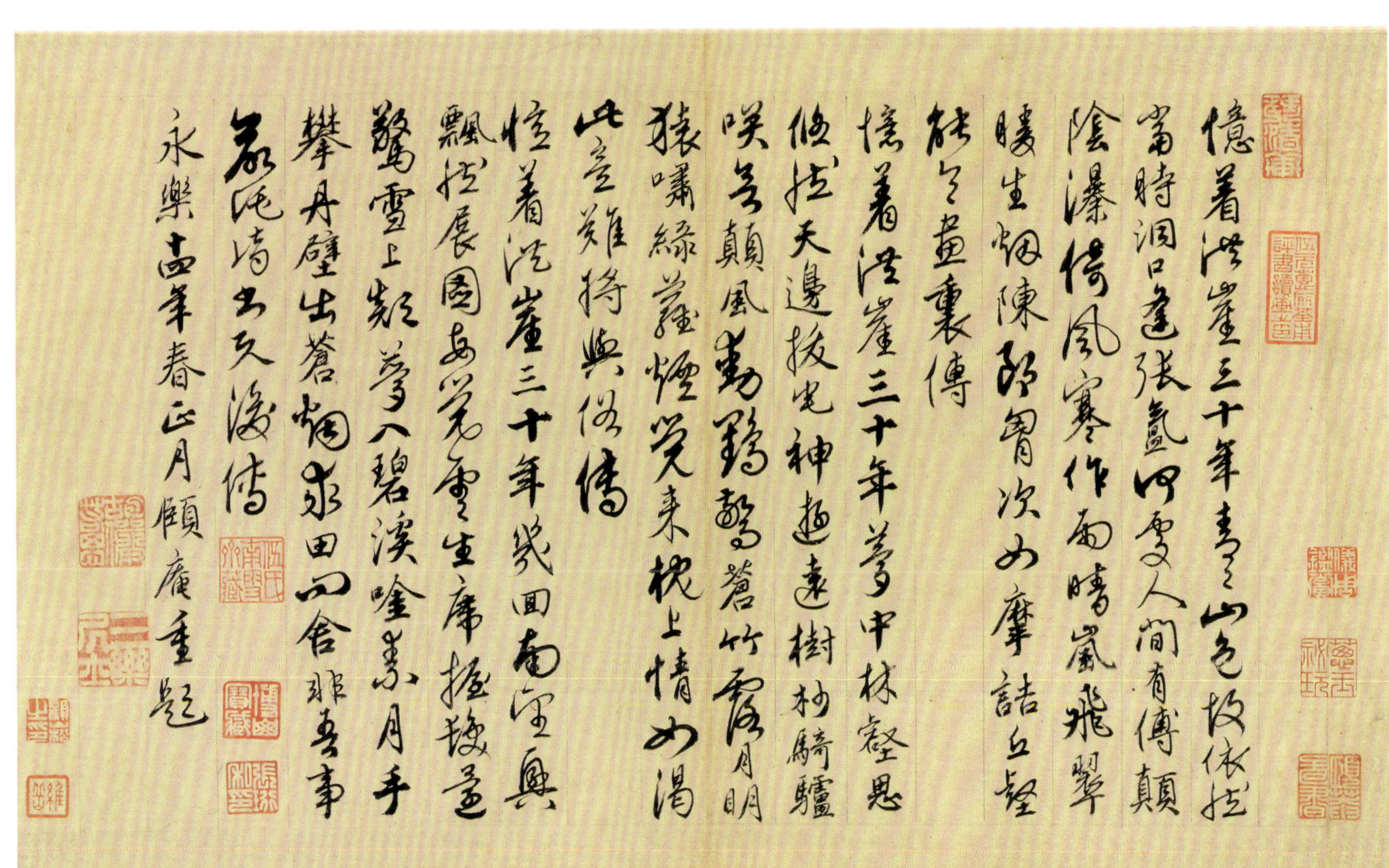

送周孟敬還江陰序
嘗觀天下之物必先豐其積而勢隆
後其源而流遠故家鉅族豈非由其
先世積累之深後嗣繼述之善是致
世澤綿永有引而無替也余同郡
義民周珪孟敬世居江陰之顧山以
詩禮傳家其祖伯源抱道肥遯心
存利物貧不能自存者賙給之死無
所歸者殯瘞之由是家道日隆族漸
繁衍然惟孟敬夙喪其父與兄孟德
同室廬以處合釜爨以食凡
無異其休戚怡怡如也閨門之正
乎有序大小之事井井乎有倫與夫
吉凶慶吊隣里尊卑恩義敷施
咸中矩度無愧前烈遠近德之人
無間言正統辛酉歲因小歉
朝廷恐民艱食發粟賑濟孟敬因
念祖宗餘慶家致饒益慨然出
粟六千石助官賑民時巡撫亞卿
周公恂如重其孝義具實奏
聞遂蒙賜
勅褒其祖墓仍獎諭孟敬旌其門
閭復其徭役郡邑由是而增輝
鄉黨以之而歡洽孟敬室家之慶
豈有涯哉蓋其能盡孝義之實
之所致也盡孝義之實則必能延
孝義之慶觀周氏祖作孫述而存
沒獲非常之
恩寵者焉尤信矣而其後裔尚懋
勉之詩書所謂聿脩厥德追配
前人斯又余所願望於孟敬之來
裔也因其辭歸書此為贈
正統七年歲次壬戌六月六日資德
大夫正治上卿禮部尚書前
太子賓客兼國子祭酒毘陵胡濙序

四二　行書送周孟敬還江陰序頁　明　胡濙

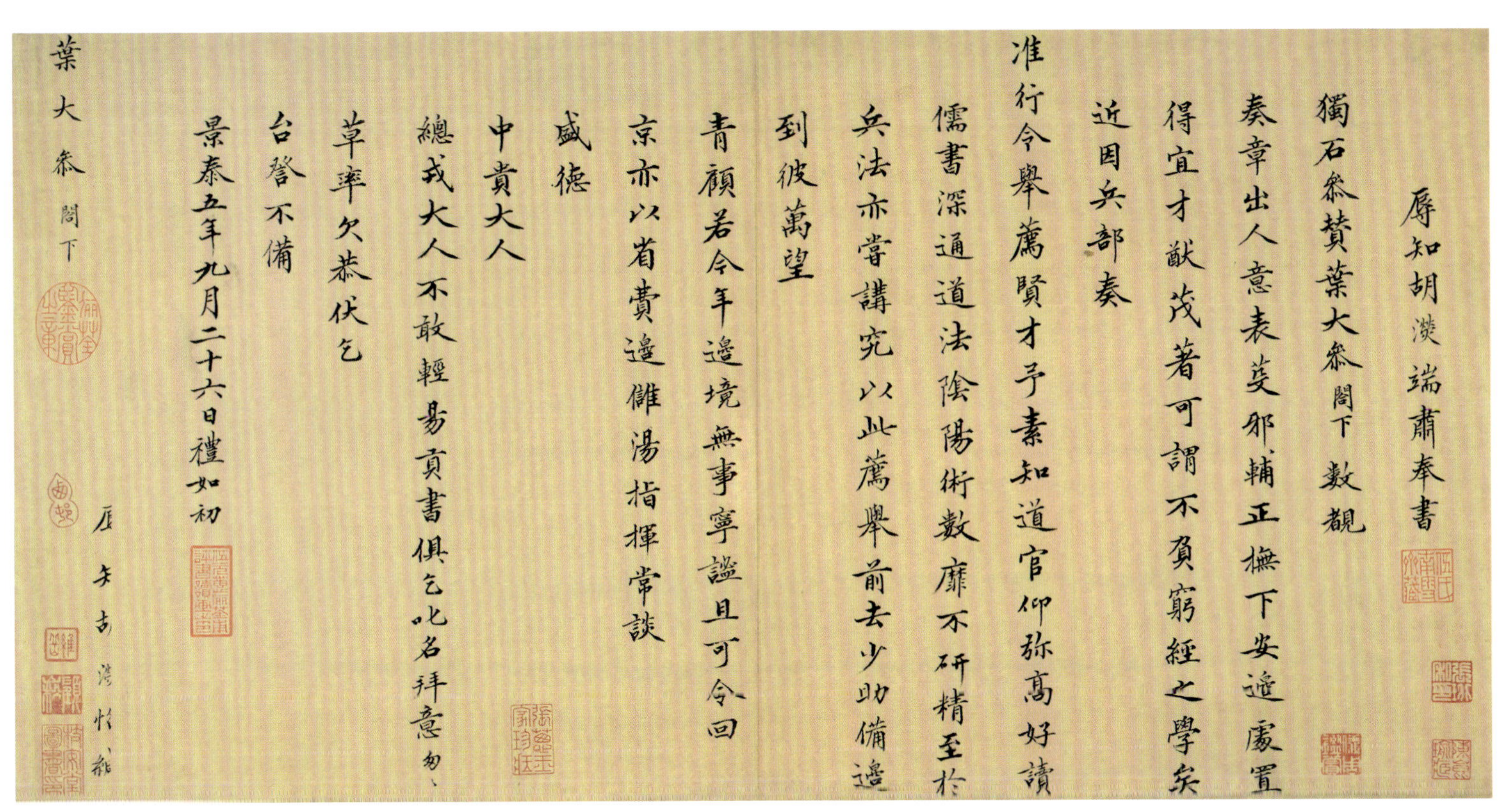

辱知胡濙端肅奉書
獨石叅贊葉大叅閣下 數覩
奏章出人意表茇邪輔正撫下安邊處置
得宜才猷茂著可謂不負窮經之學矣
近因兵部奏
准行令舉薦賢才予素知道官仰弥高好讀
儒書深通道法陰陽術數靡不研精至於
兵法亦嘗講究以此薦舉前去少助備邊
到彼萬望
青顧若今年邊境無事寧謐且可令回
京亦以省費邊儲湯指揮常談
盛德
中貴大人
總戎大人不敢輕易頁書俱乞叱名拜意匆、
草率欠恭伏乞
台督不備
景泰五年九月二十六日禮如初
葉大叅閣下

四三　楷書獨石帖頁　明　胡濙

重過慶壽寺
此日偶因休沐暇上方臺殿喜重登自知性拙難諧俗暫
得身閒且訪僧華雨散時香風瀉、香雲凝處樹層、秊
來頗解無生樂欲謝塵緣愧未能
遊海印寺
紅藕香殘海子灣梵宮飛影海波間殿藏兜率諸天
界門對蓬萊萬歲山西域異僧翻貝葉前朝遺翰
鎮禪關此行自信多奇覽不獨能偷半日閒
經廢萬壽宮
琳館荒涼亦可悲山雲應咲我來遲苔侵古壁餘殘畫
樹老空壇有舊碑白鶴不知滄海變玉笙誰向碧桃吹
前朝道士今頭白猶解逢人話昔時
晚過海子橋寫懷
海子風高老芰荷到京又是半年過身閒勝地遊應徧
住久居人識漸多官寺分題吟興好仙家留酌醉顏酡
此身自咲渾無補浪迹登臨柰老何
右詩三首在北京所作
脩譔沈君民則一日出此册命錄于上㫖
永樂辛卯三月清明前十日也　益端

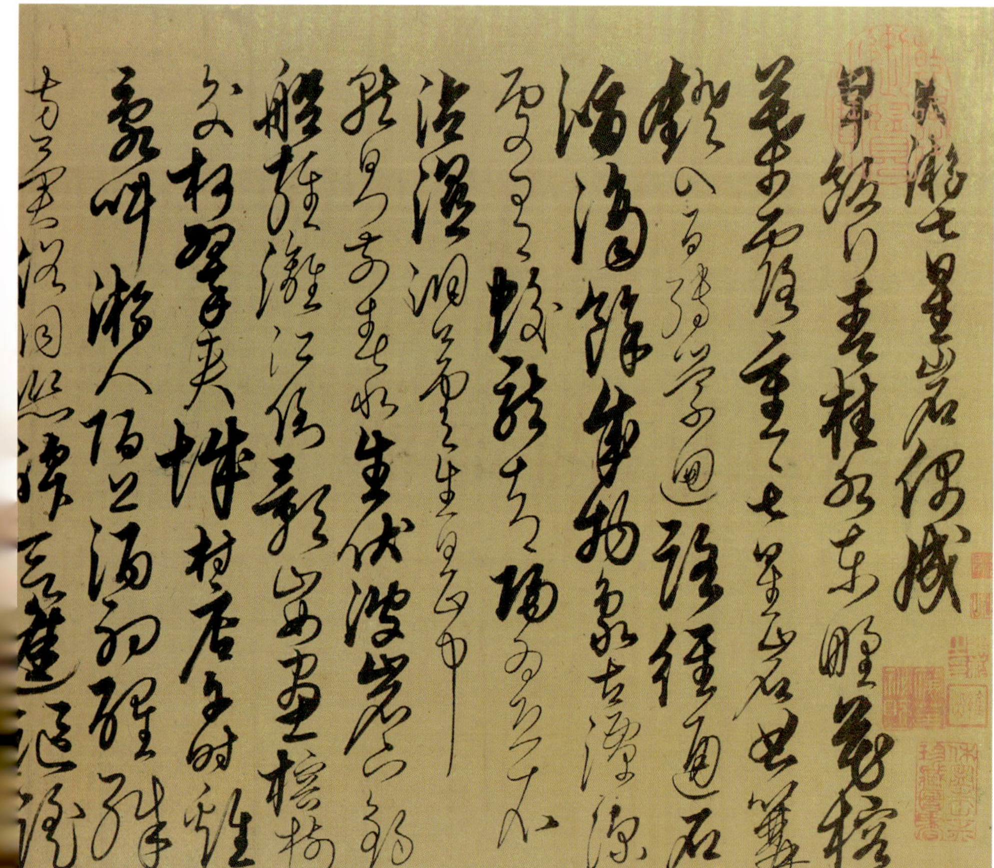

四五　草書遊七星岩詩頁　明　解縉

四四　楷書重過重慶壽寺等詩帖頁　明　王紱

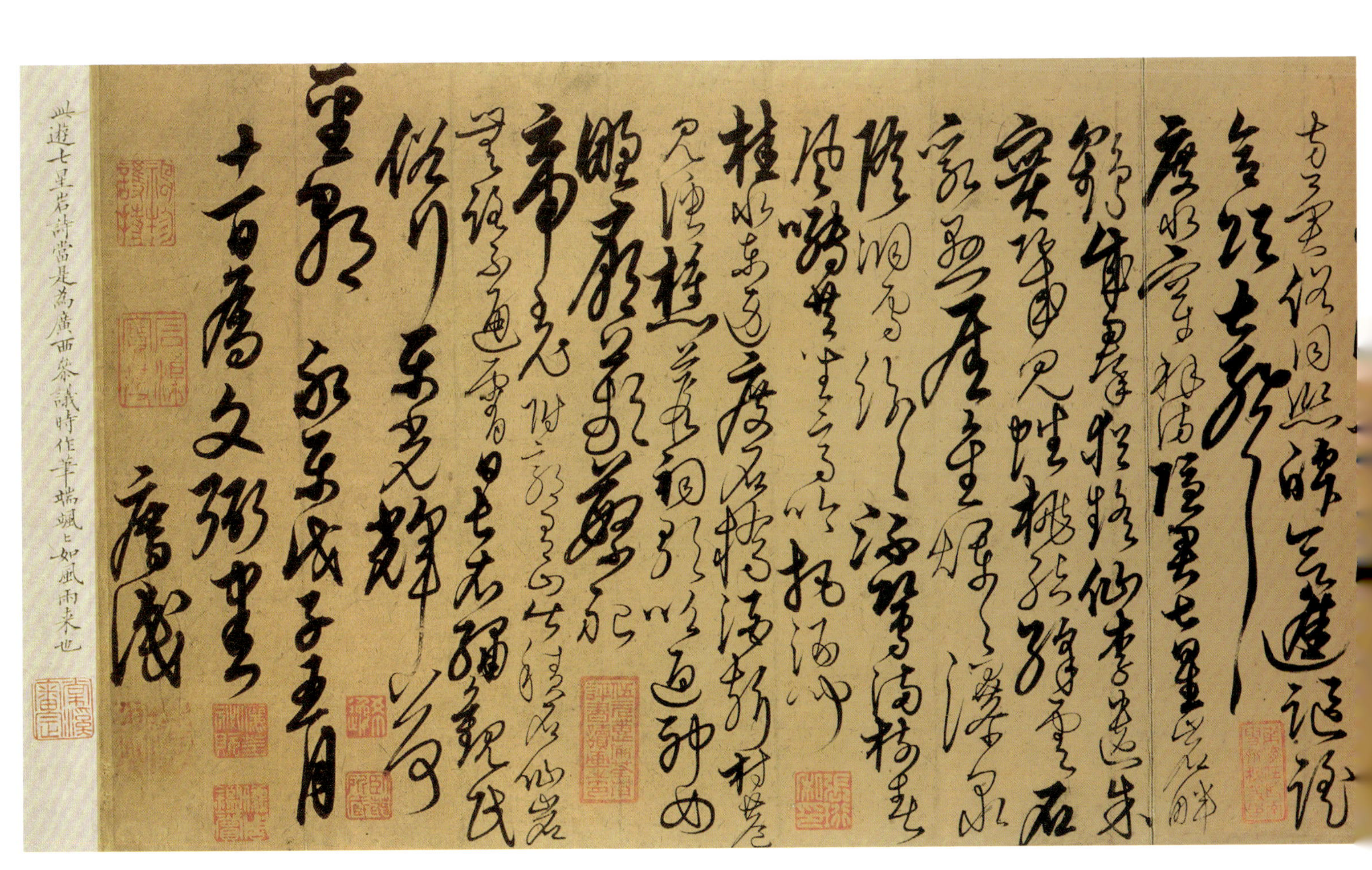
此遊七星岩詩當是為廣西參議時作筆端颯颯如風雨來也

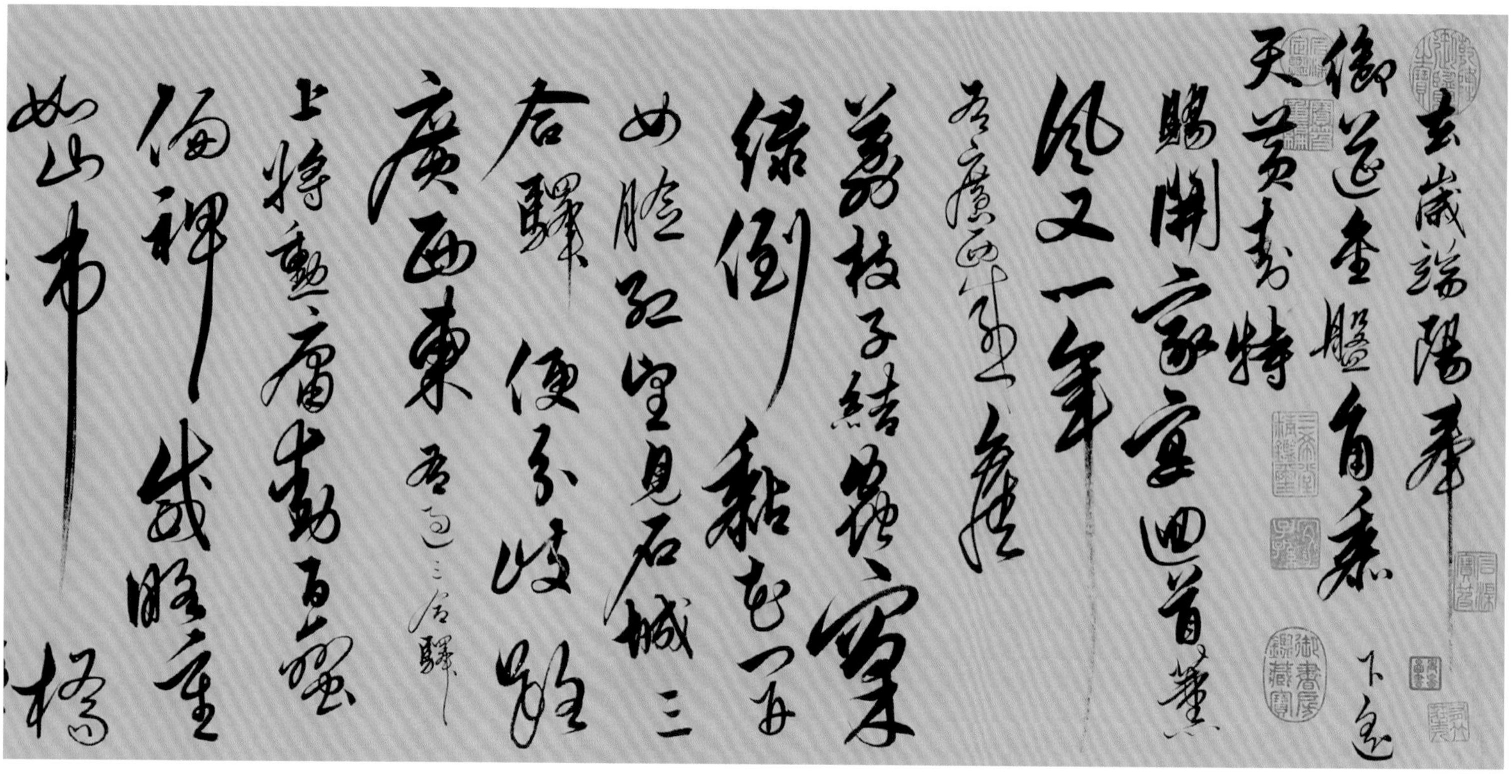

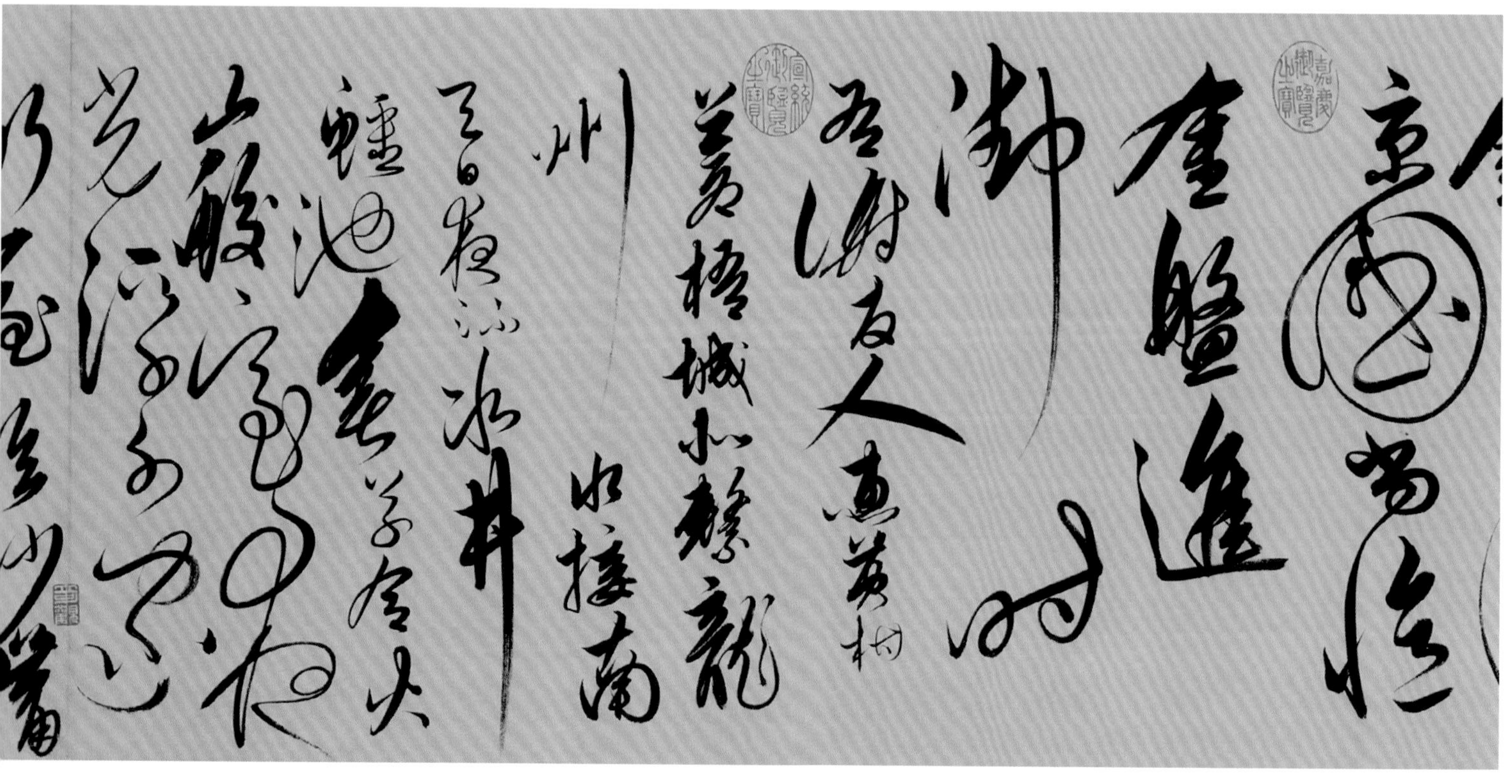

四六　草書自書詩卷　明　解縉（之一、之二）

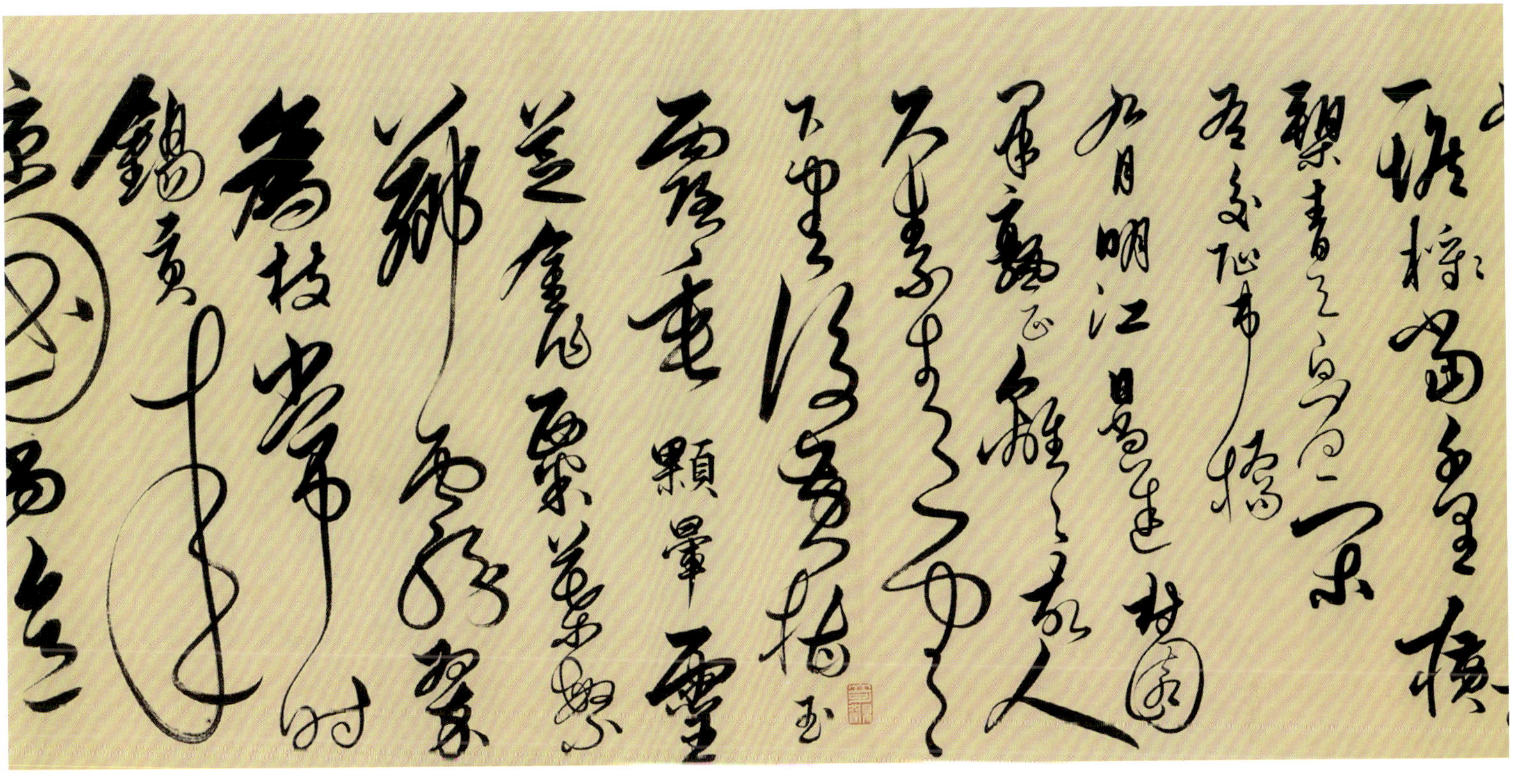

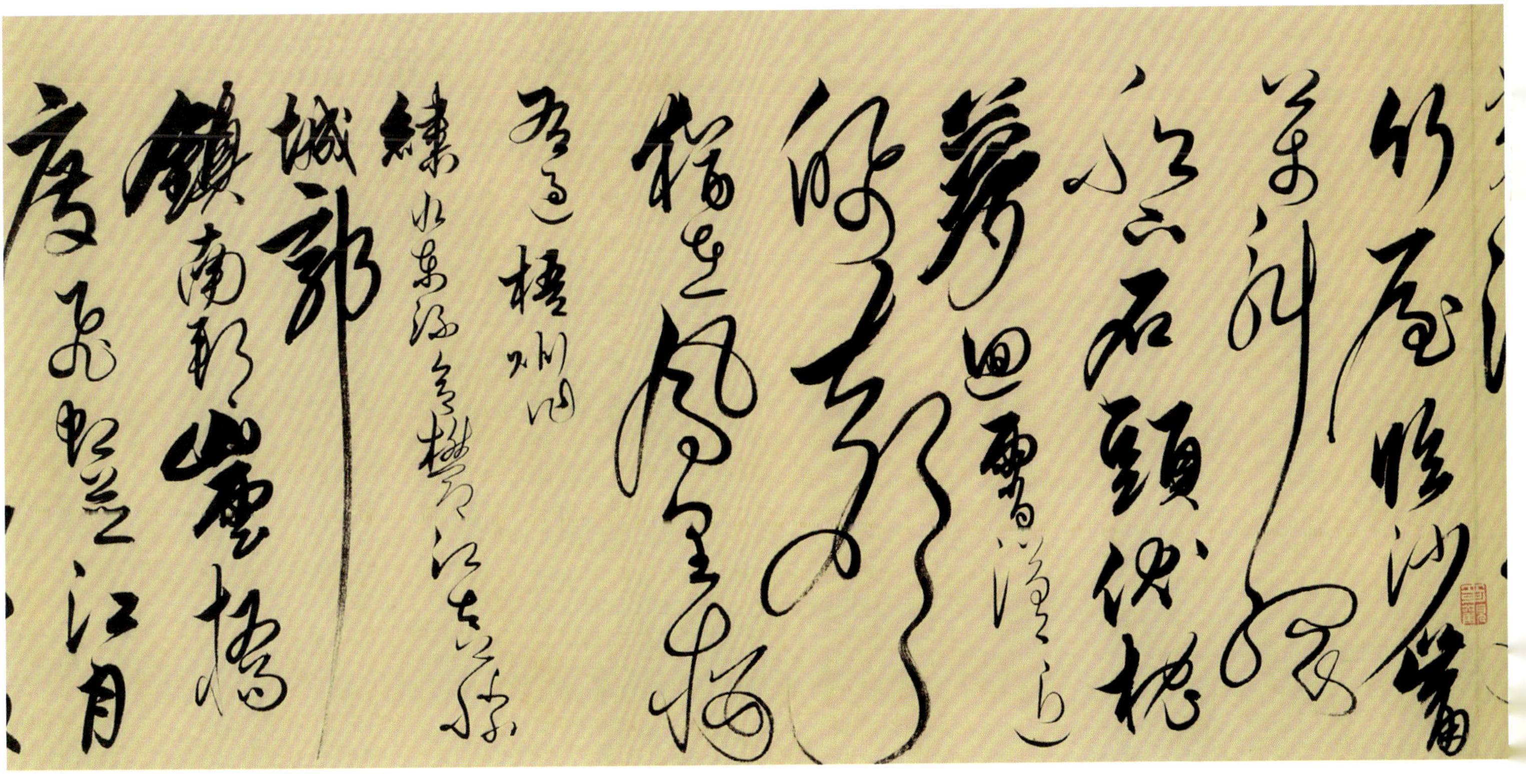

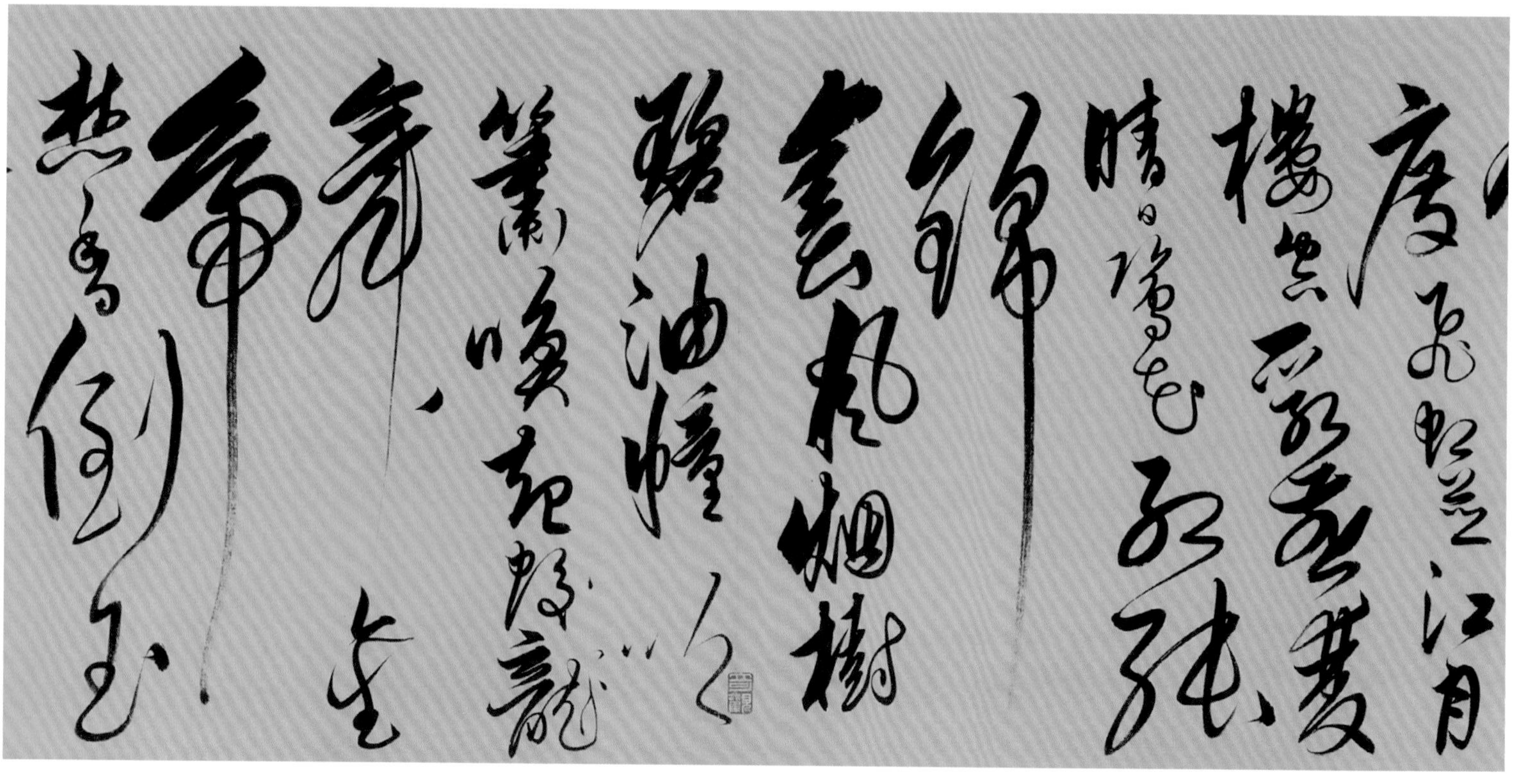

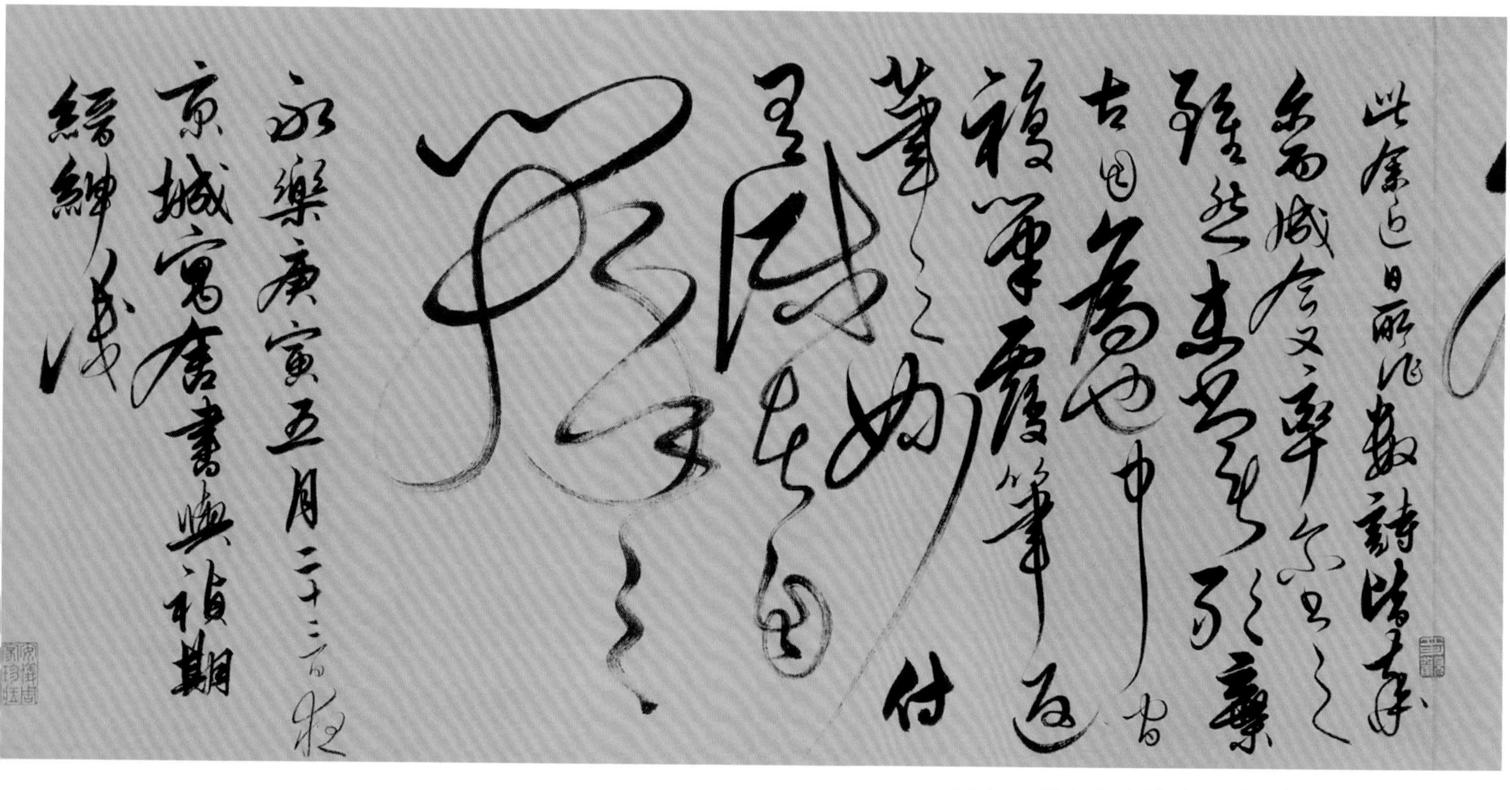

四六　草書自書詩卷　明　解縉（之三、之四）

久客懷歸
便使鄉園隨
處輒潸然淋
漓宮錦
千鍾醉蜀
人間萬戶
偶作 右歸鄉

解學士嘗澄鑑放詩云林浪性之為縉紳
脫韝之鶻此卷盡其左遷及歸田時作書
尤悲憤感歎抑鬱不平所謂傲兀以洩其
硯磕者鄧李將軍醫邦臥藍田無聊
事不為嘔射之飲盃汲羽視之石
也再射則矢鏃已蹟其事大類殘劉古
來豪士秋屋伏枕之將戲戟憤畫歎觀
主麥仲歌老驥伏櫪壯懷唾畫歎觀
書毋謂詞先生備次奴子慧也壬午仲
月十五壬稚登湯書

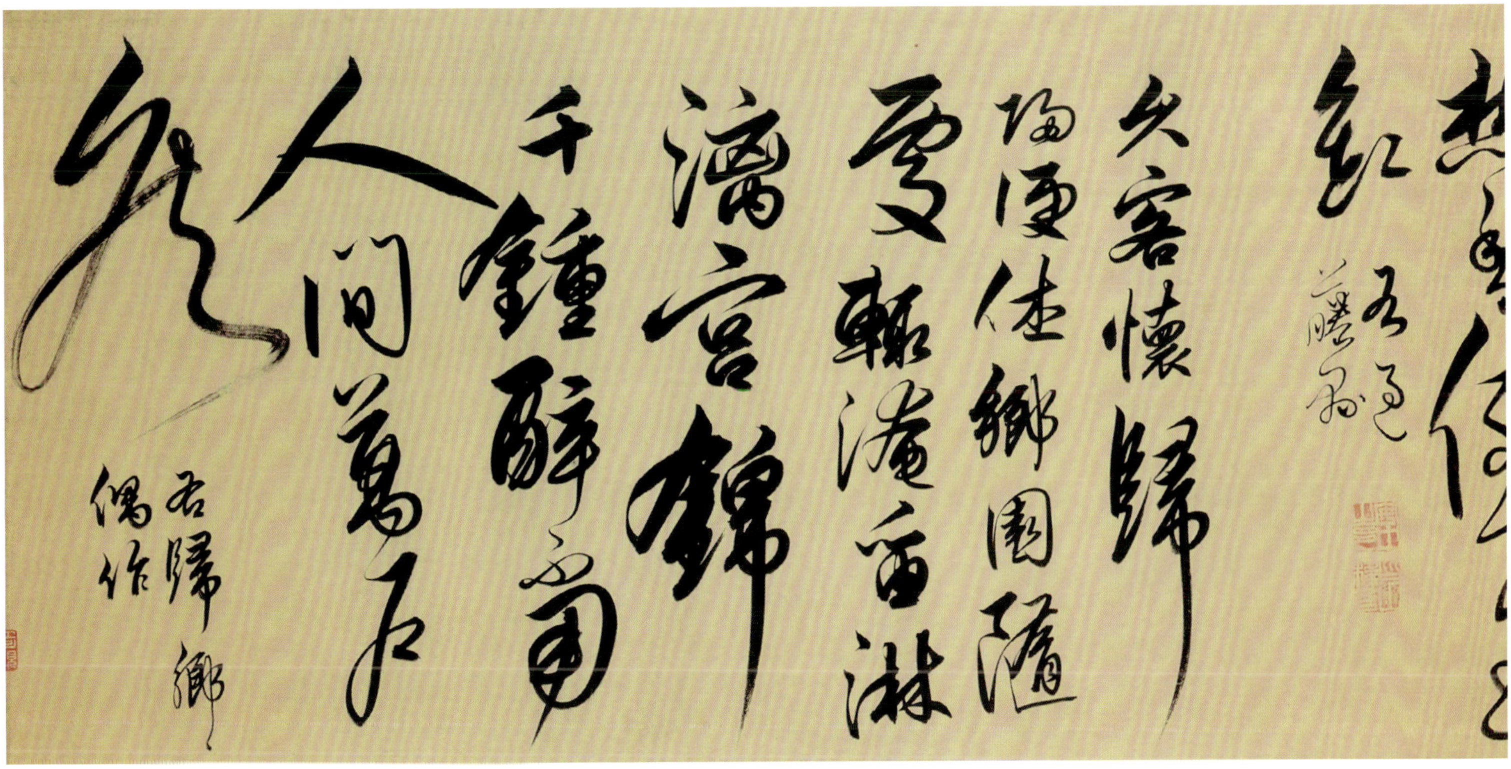

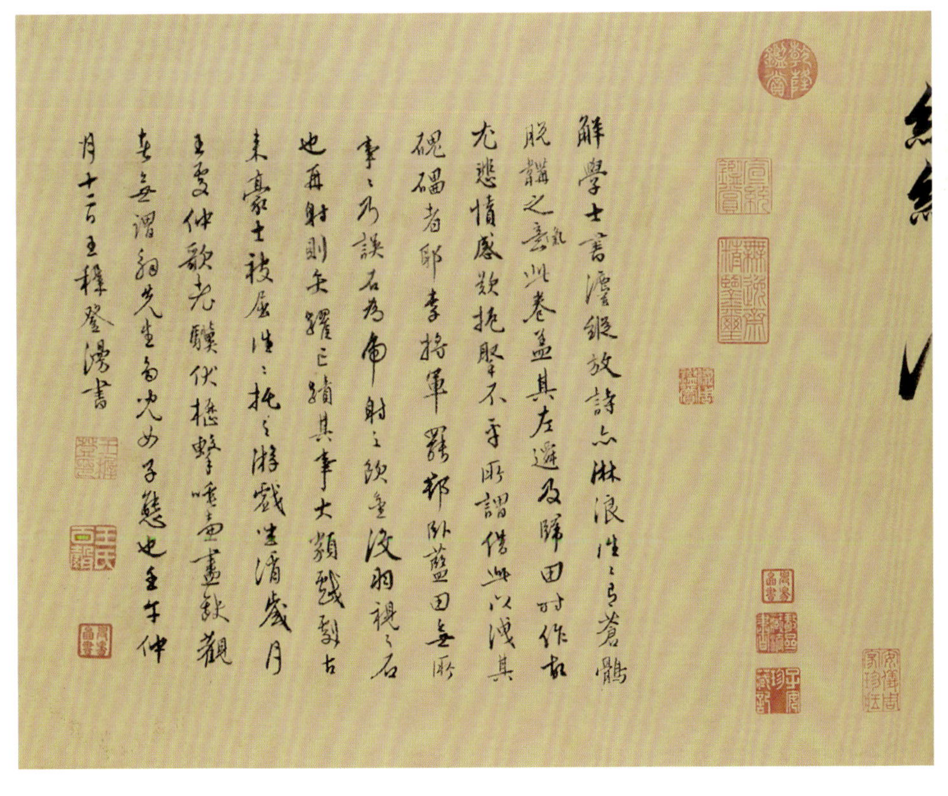

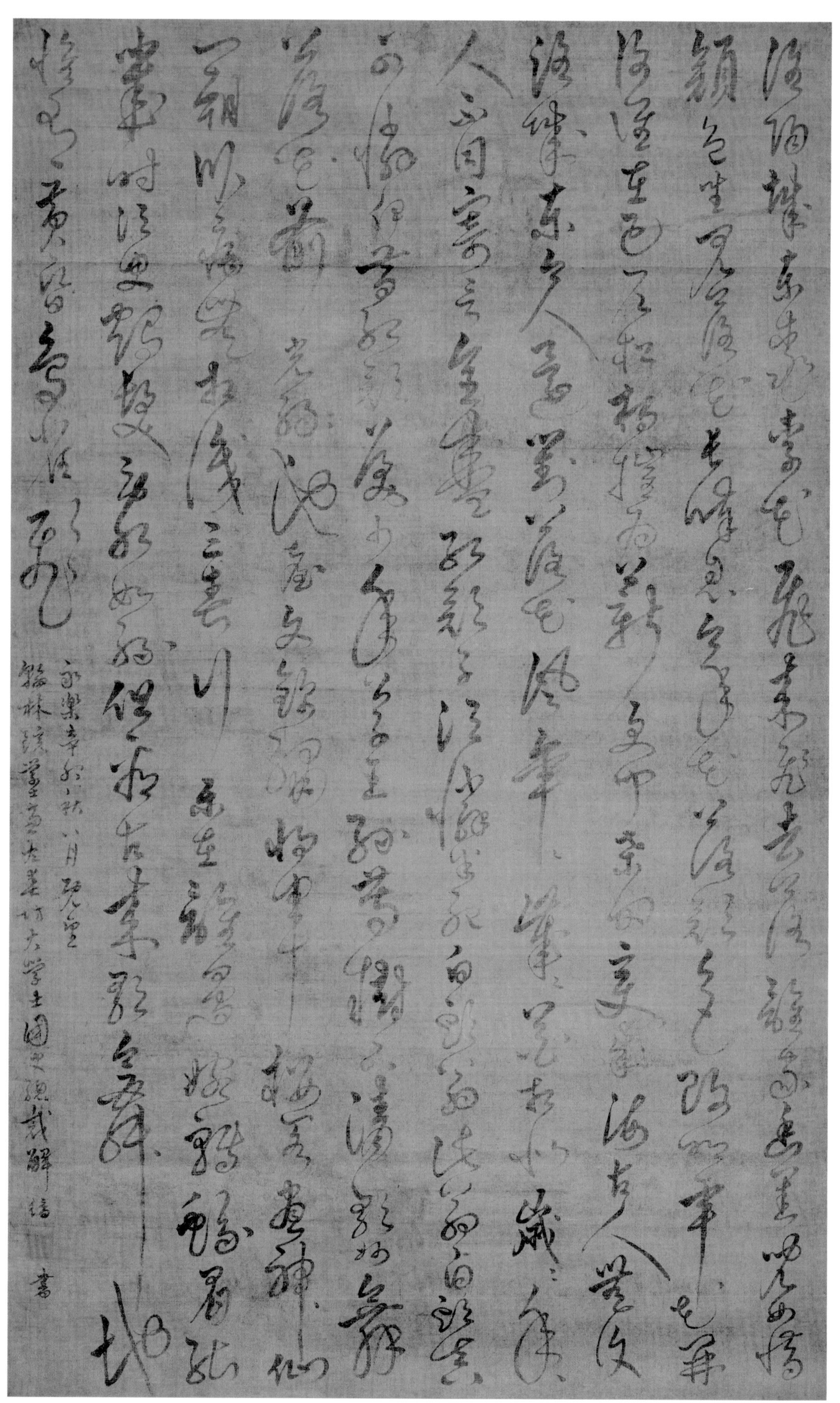

四七　草書詩軸　明　解縉

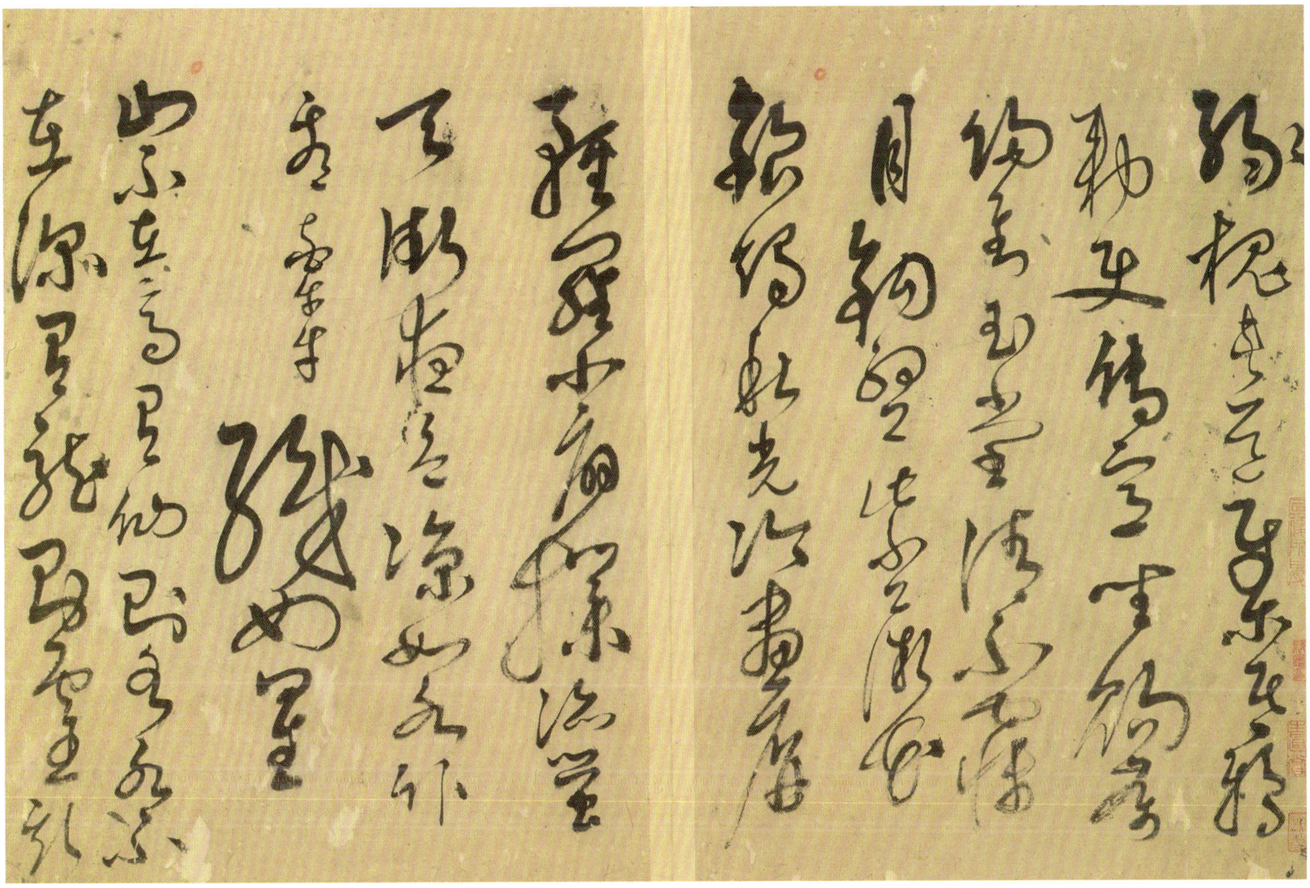

四八　草書詩帖册　明　解縉　（之一）

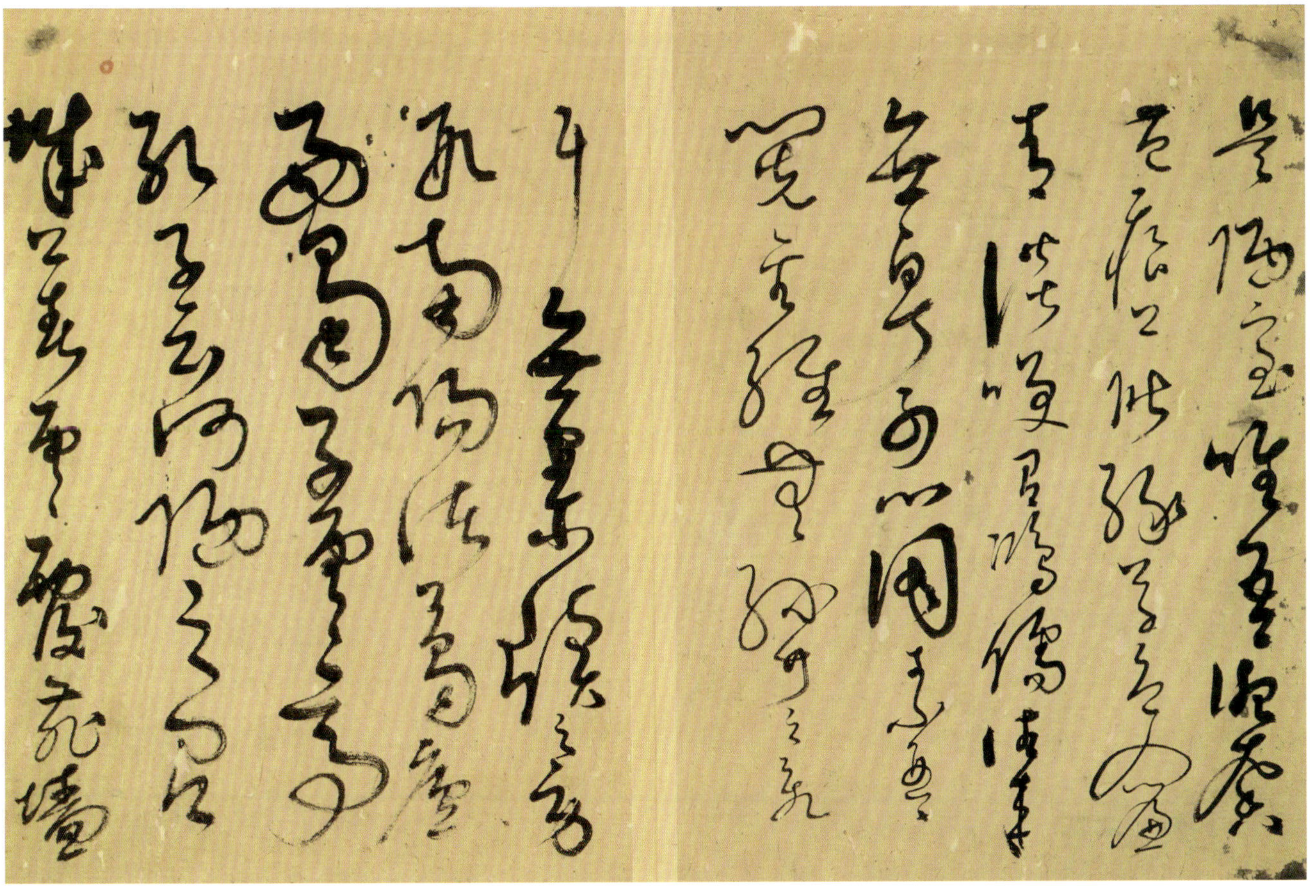

四八　草書詩帖册　明　解縉　（之二）

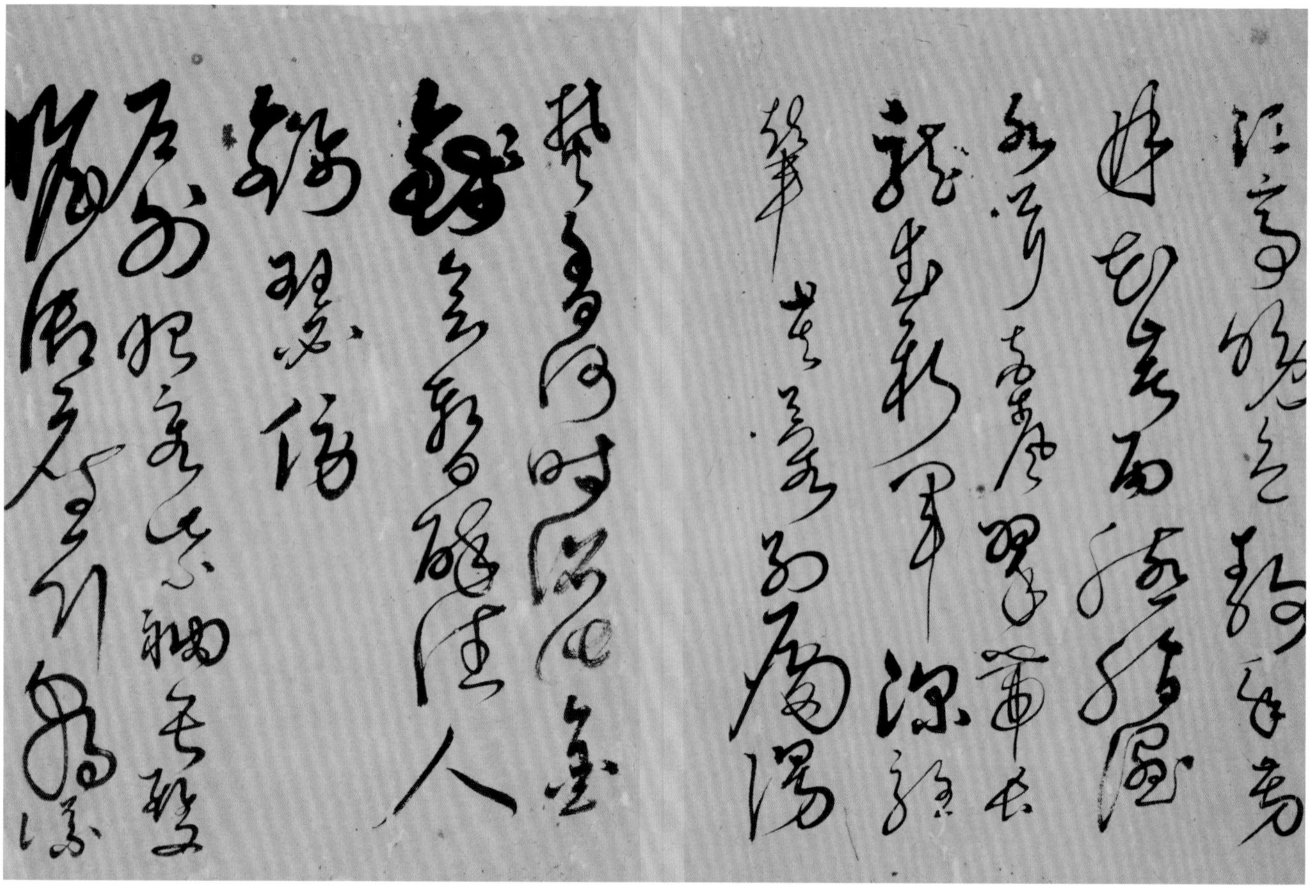

四八　草書詩帖冊　明　解縉（之三）

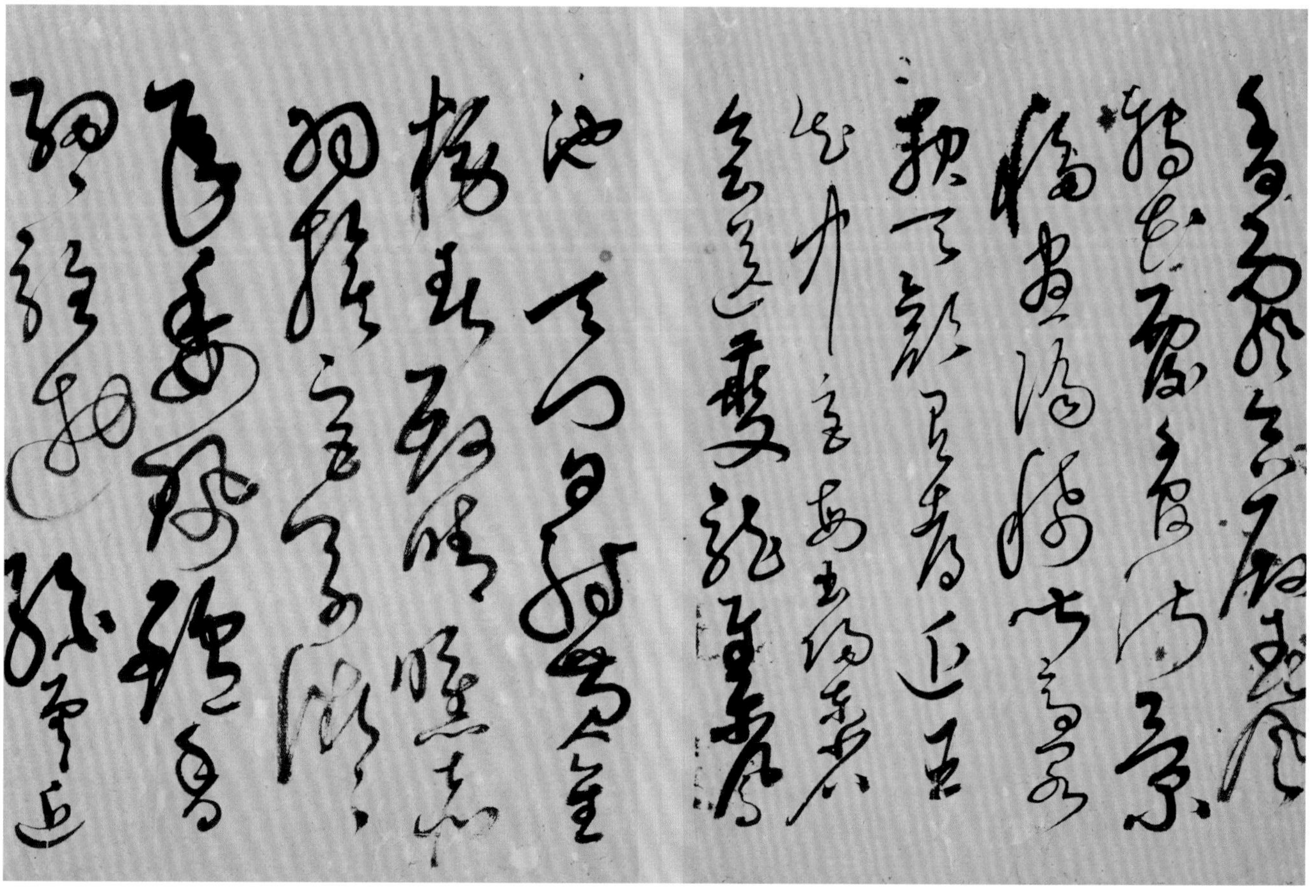

四八　草書詩帖冊　明　解縉（之四）

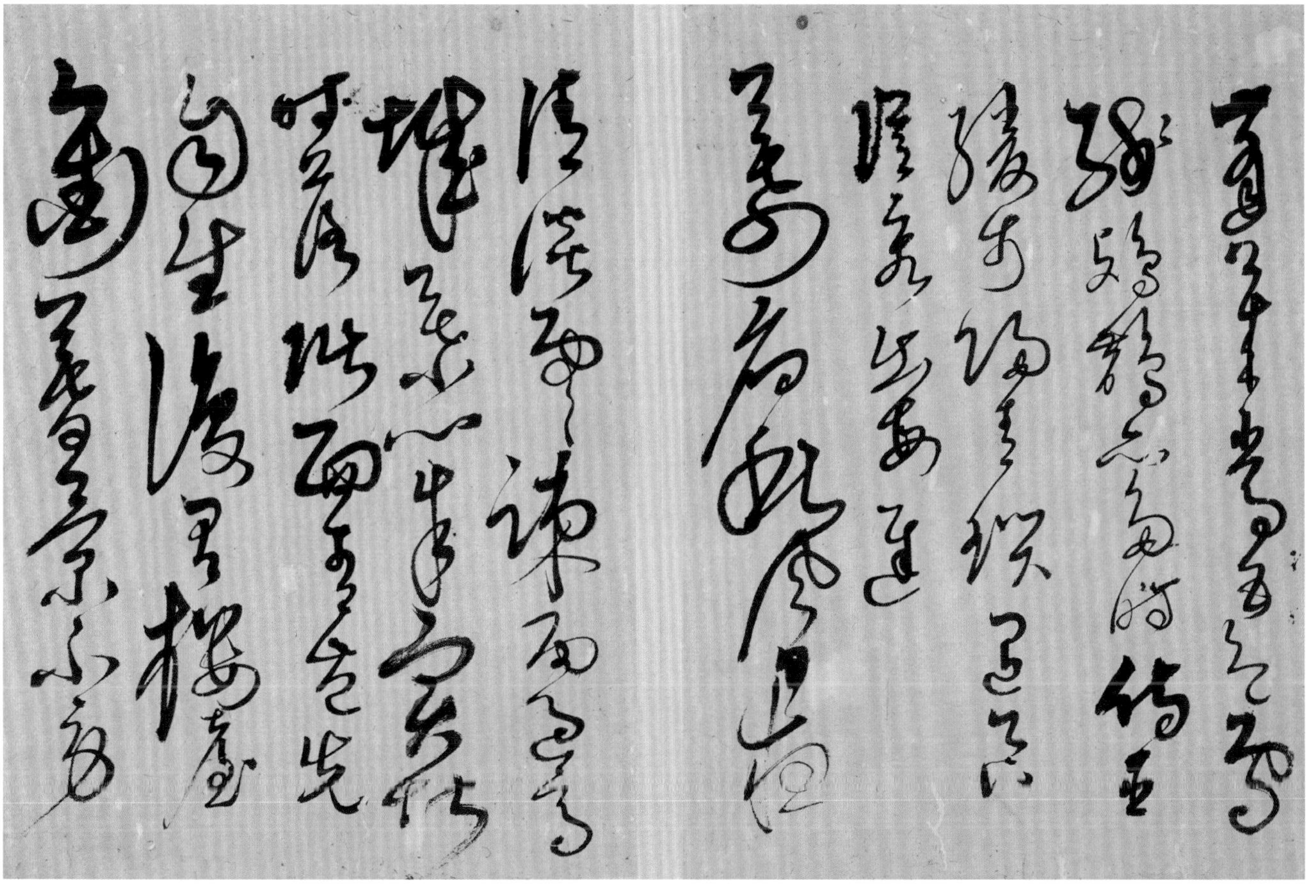

四八　草書詩帖冊　明　解縉（之五）

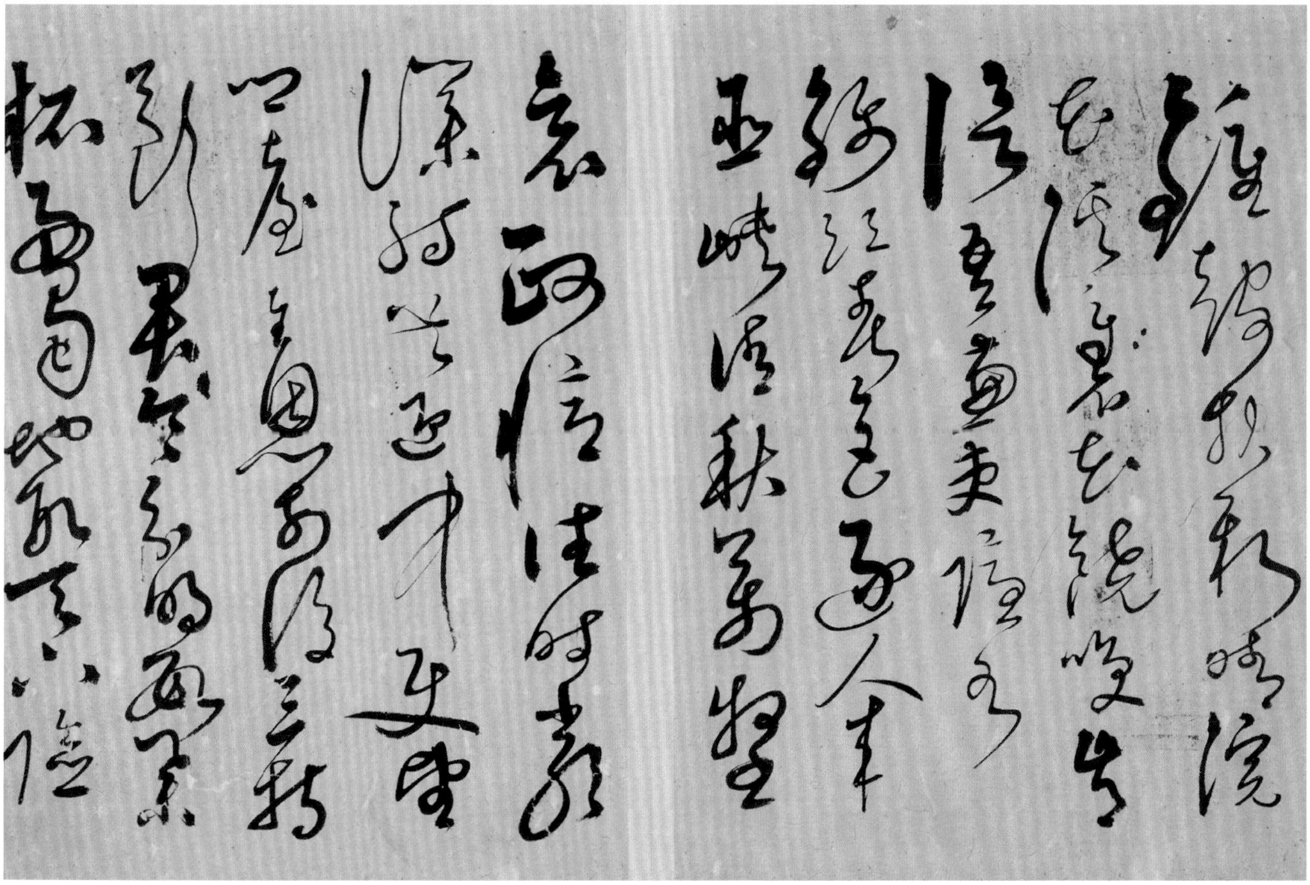

四八　草書詩帖冊　明　解縉（之六）

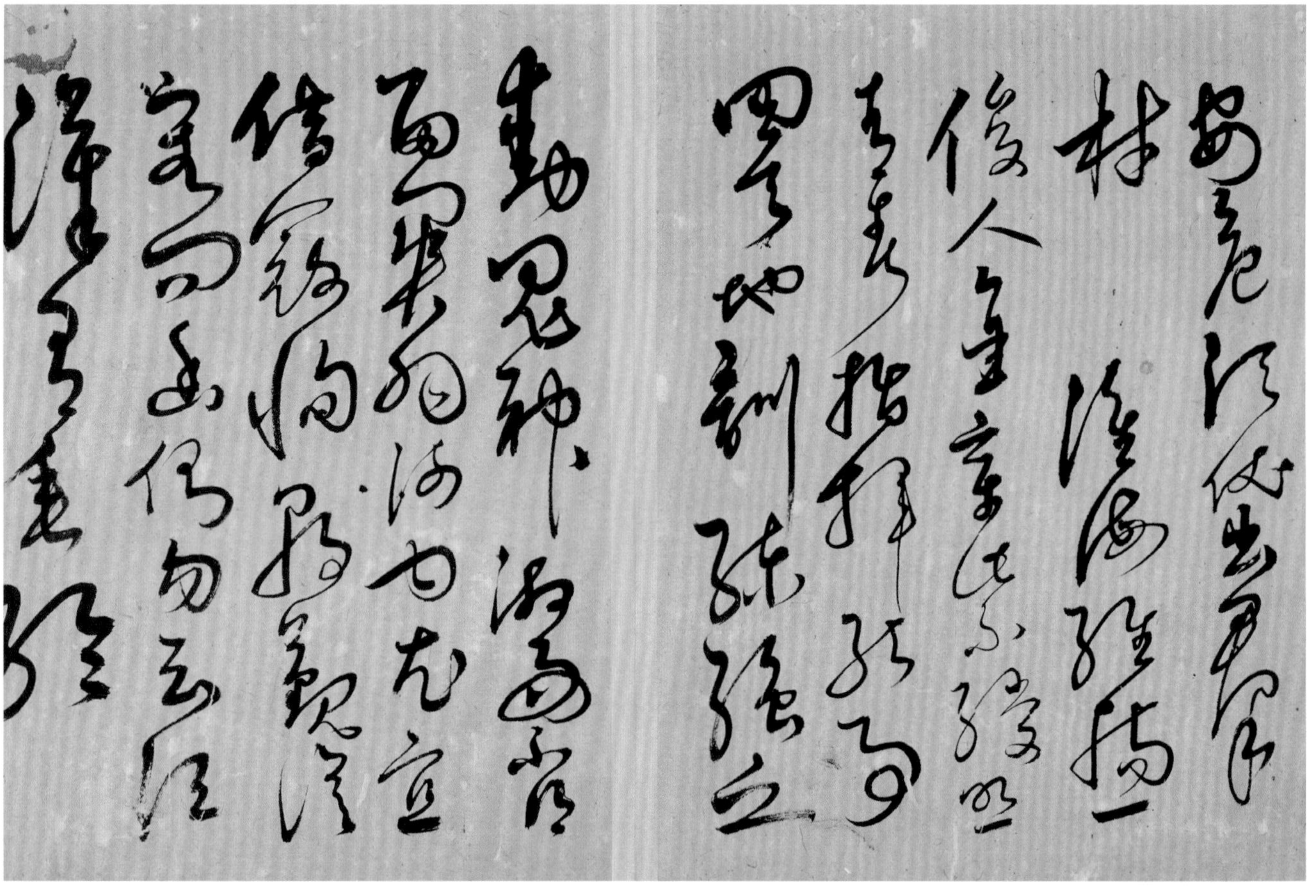

四八　草書詩帖冊　明　解縉（之七）

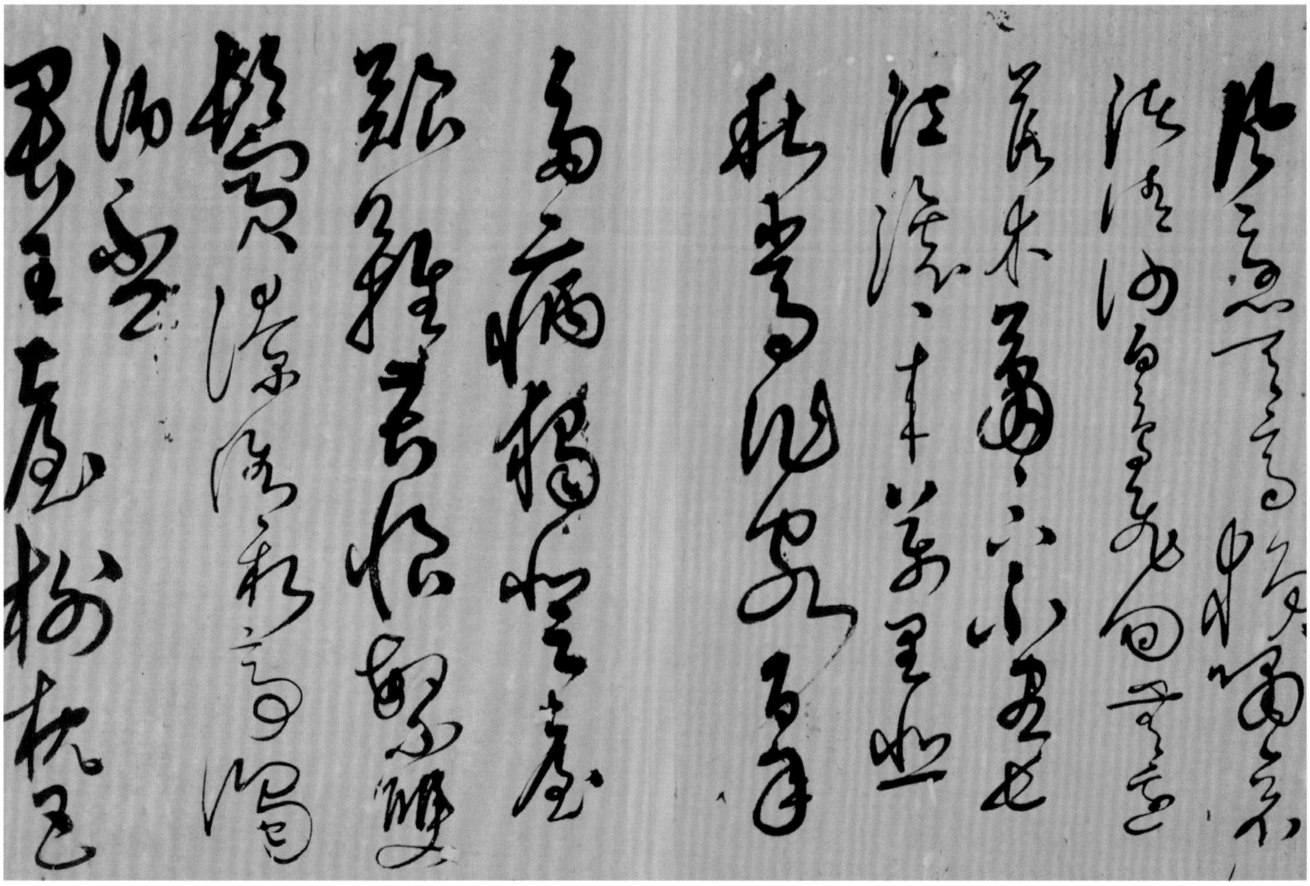

四八　草書詩帖冊　明　解縉（之八）

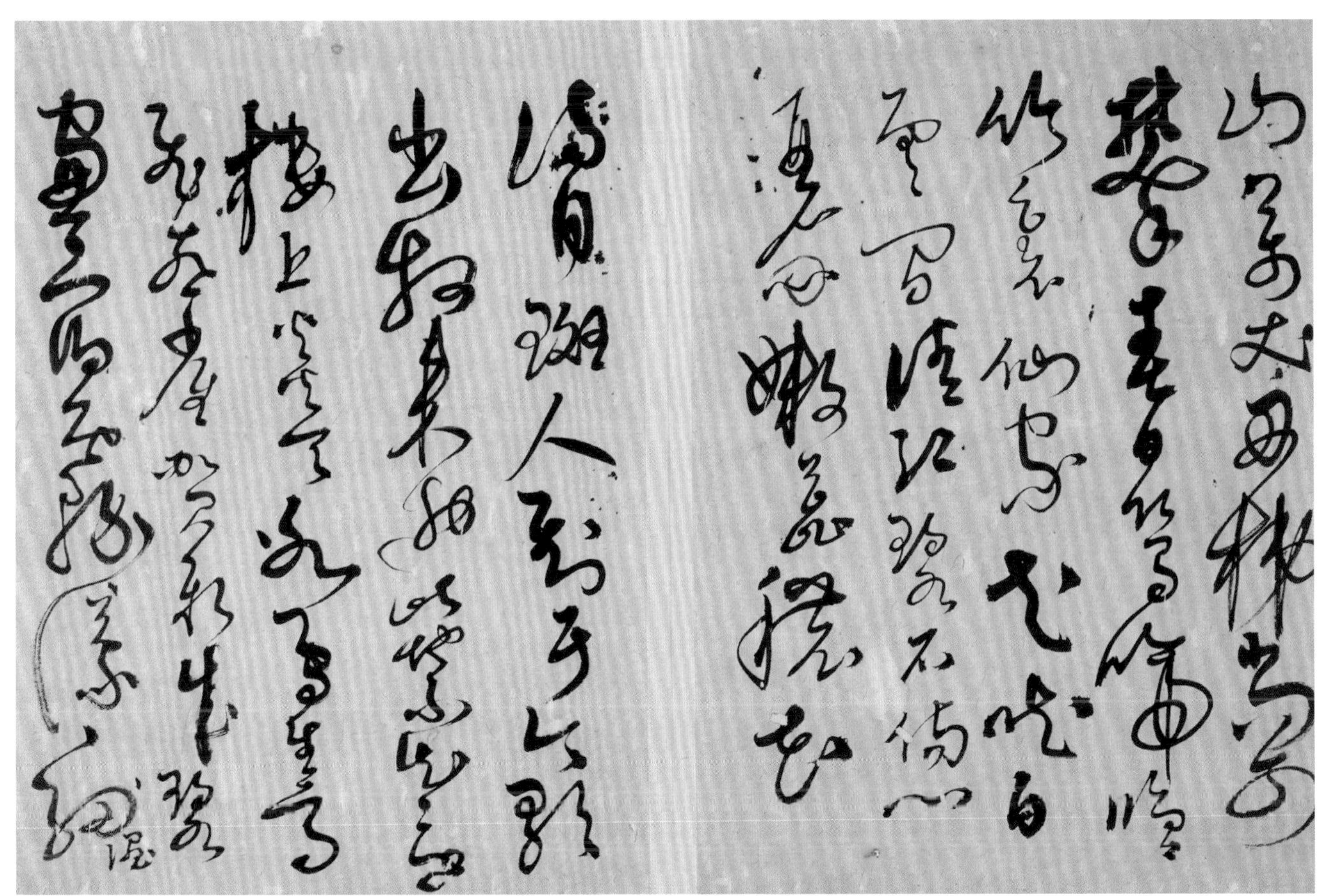

四八　草書詩帖冊　明　解縉（之九）

四八　草書詩帖冊　明　解縉（之一〇）

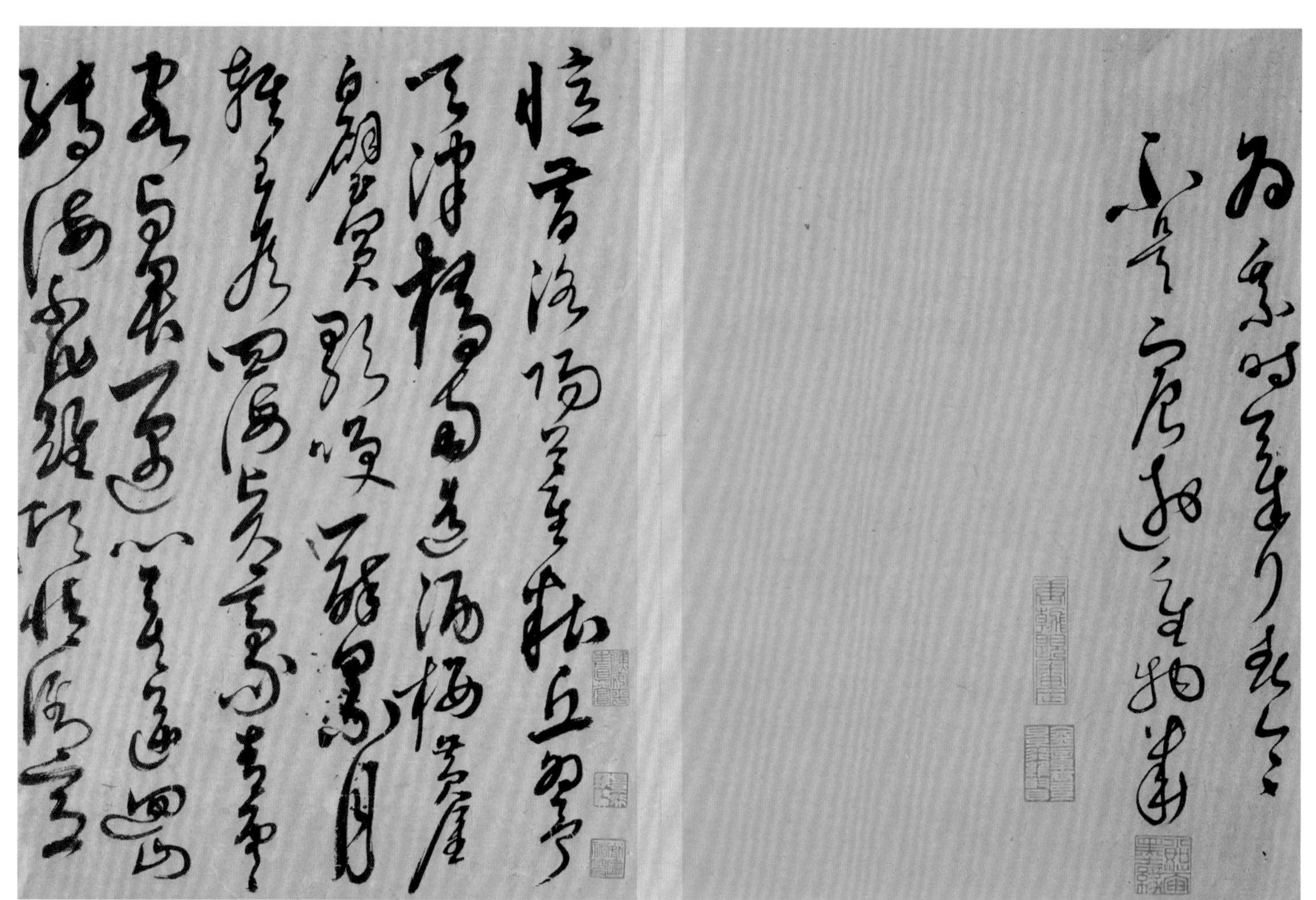

四八　草書詩帖冊　明　解縉（之一一）

四八　草書詩帖冊　明　解縉（之一二）

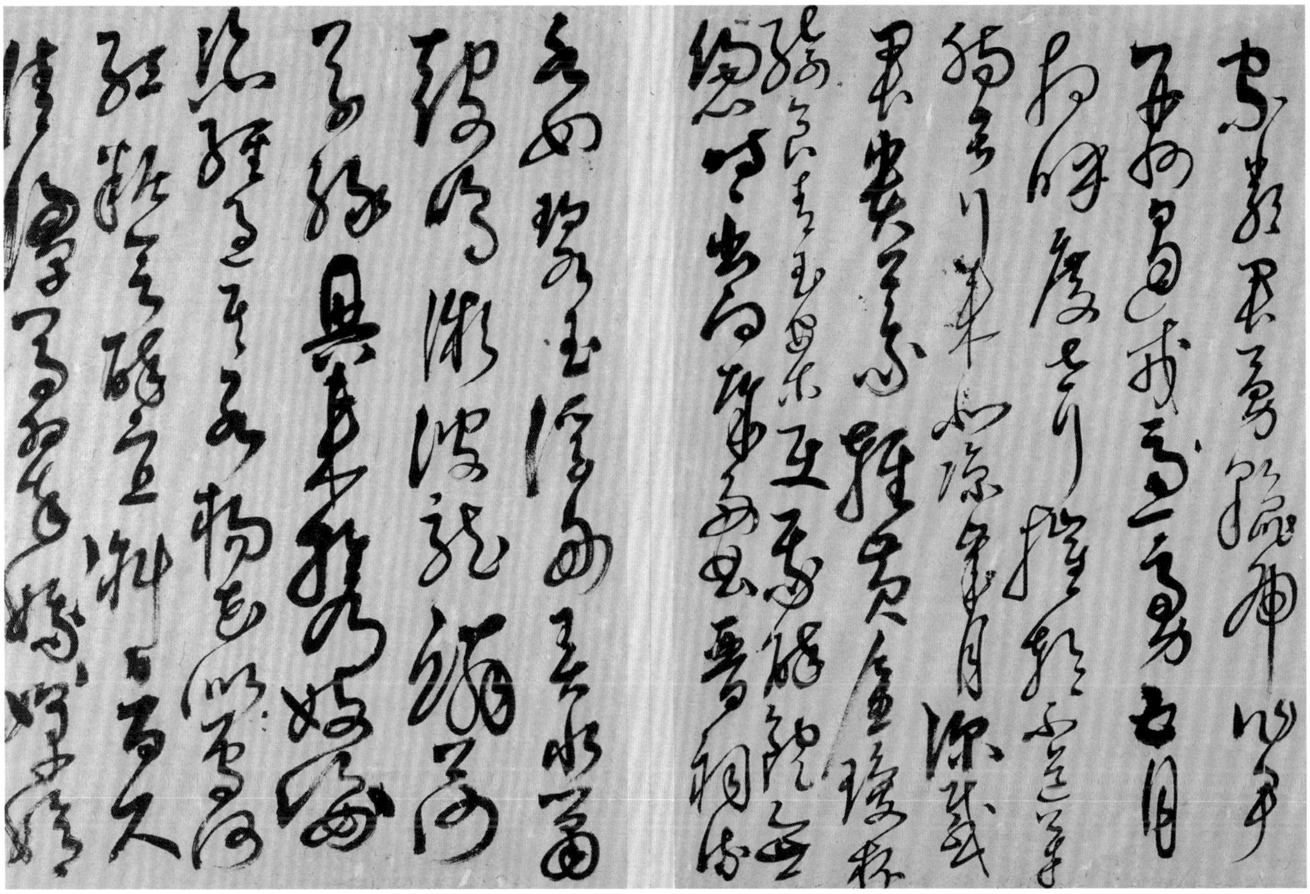

四八　草書詩帖冊　明　解縉（之一三）

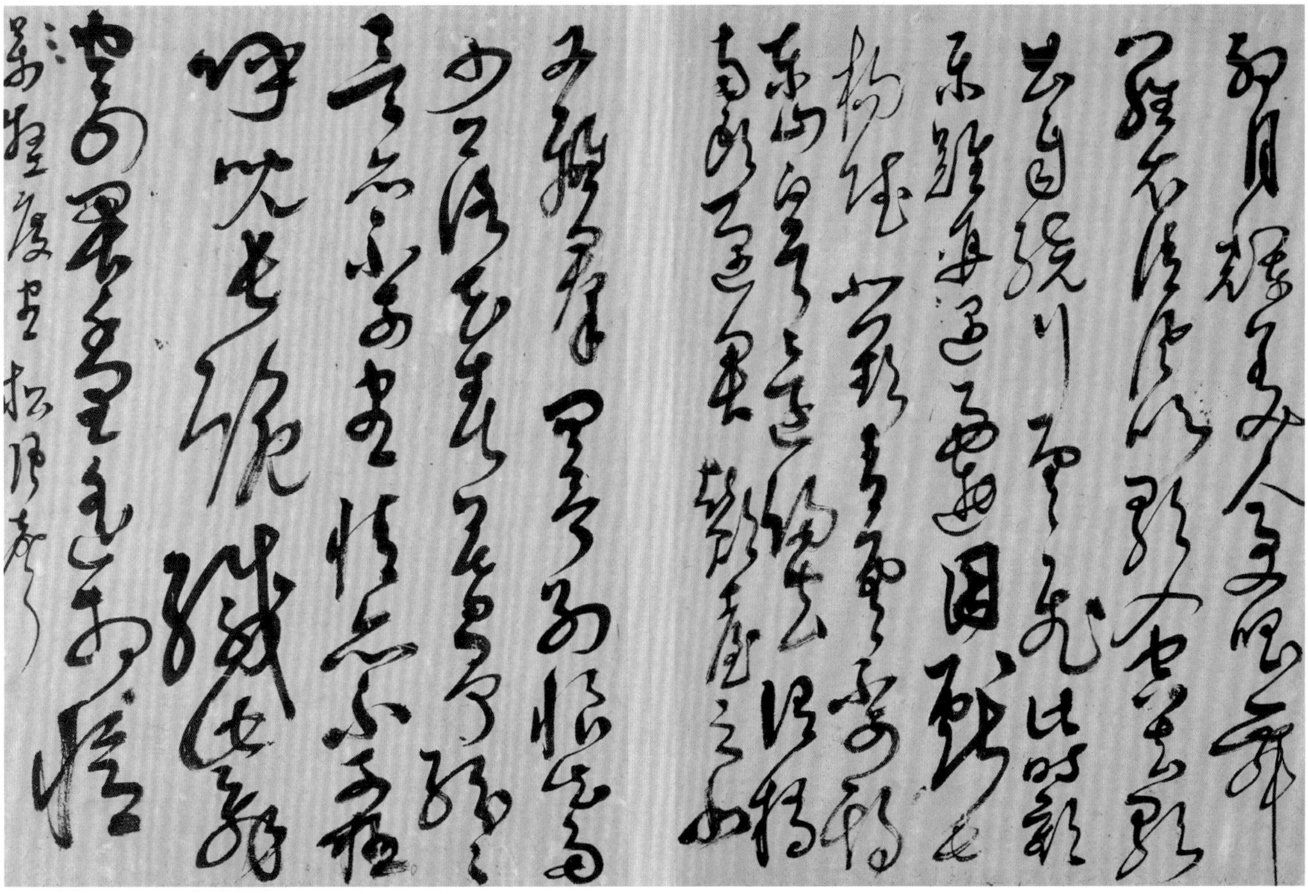

四八　草書詩帖冊　明　解縉（之一四）

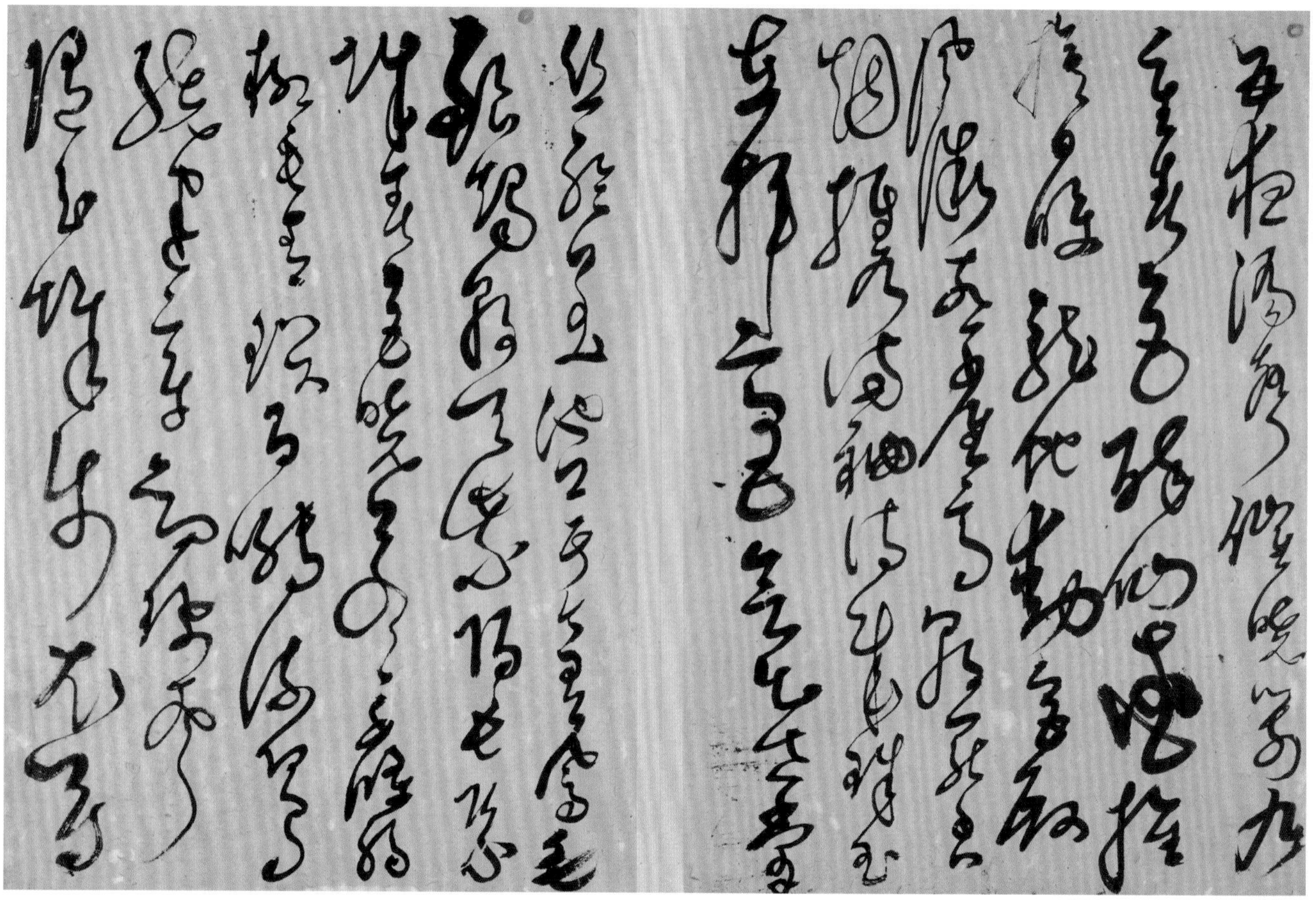

四八　草書詩帖冊　明　解縉（之一五）

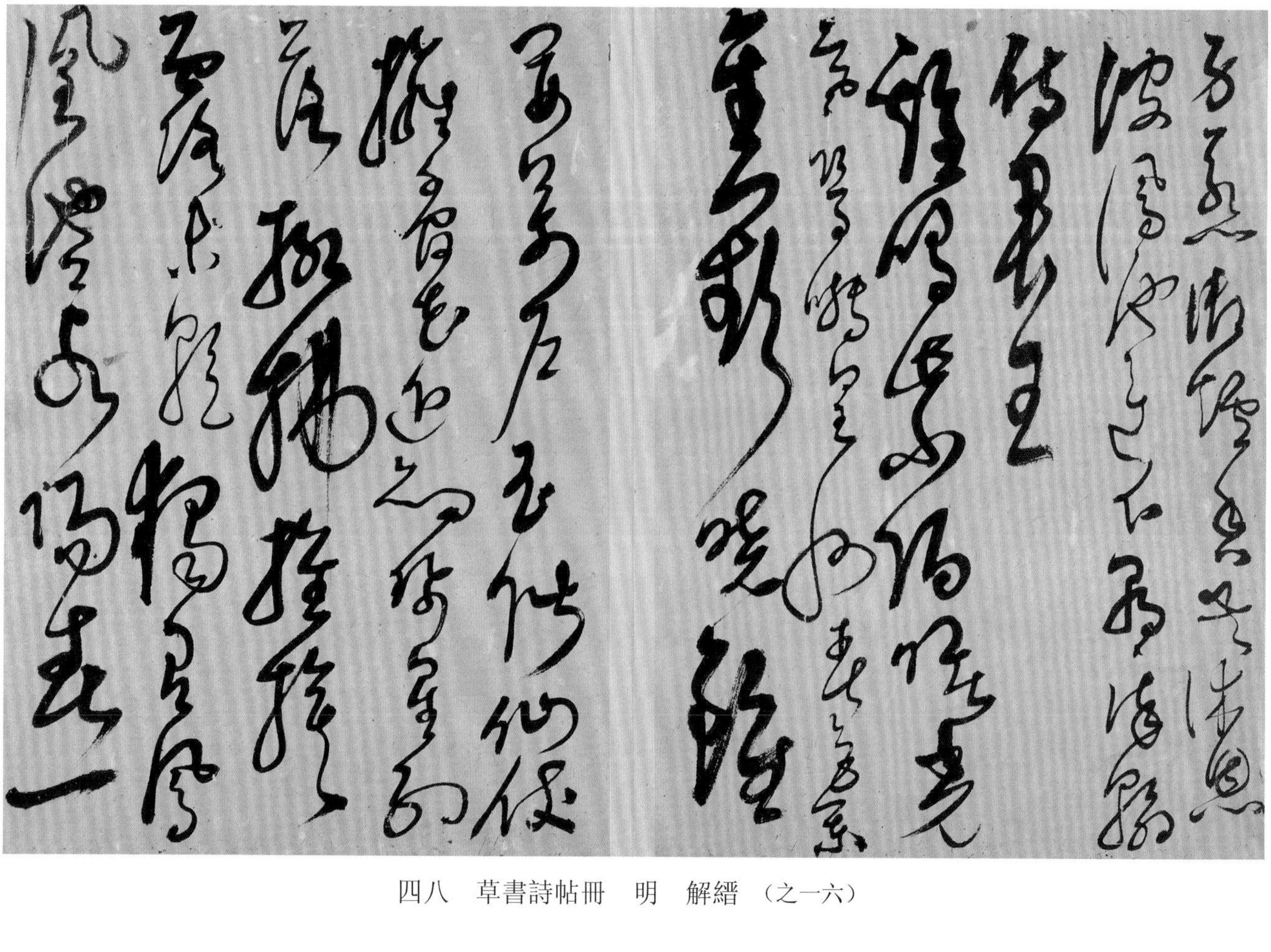

四八　草書詩帖冊　明　解縉（之一六）

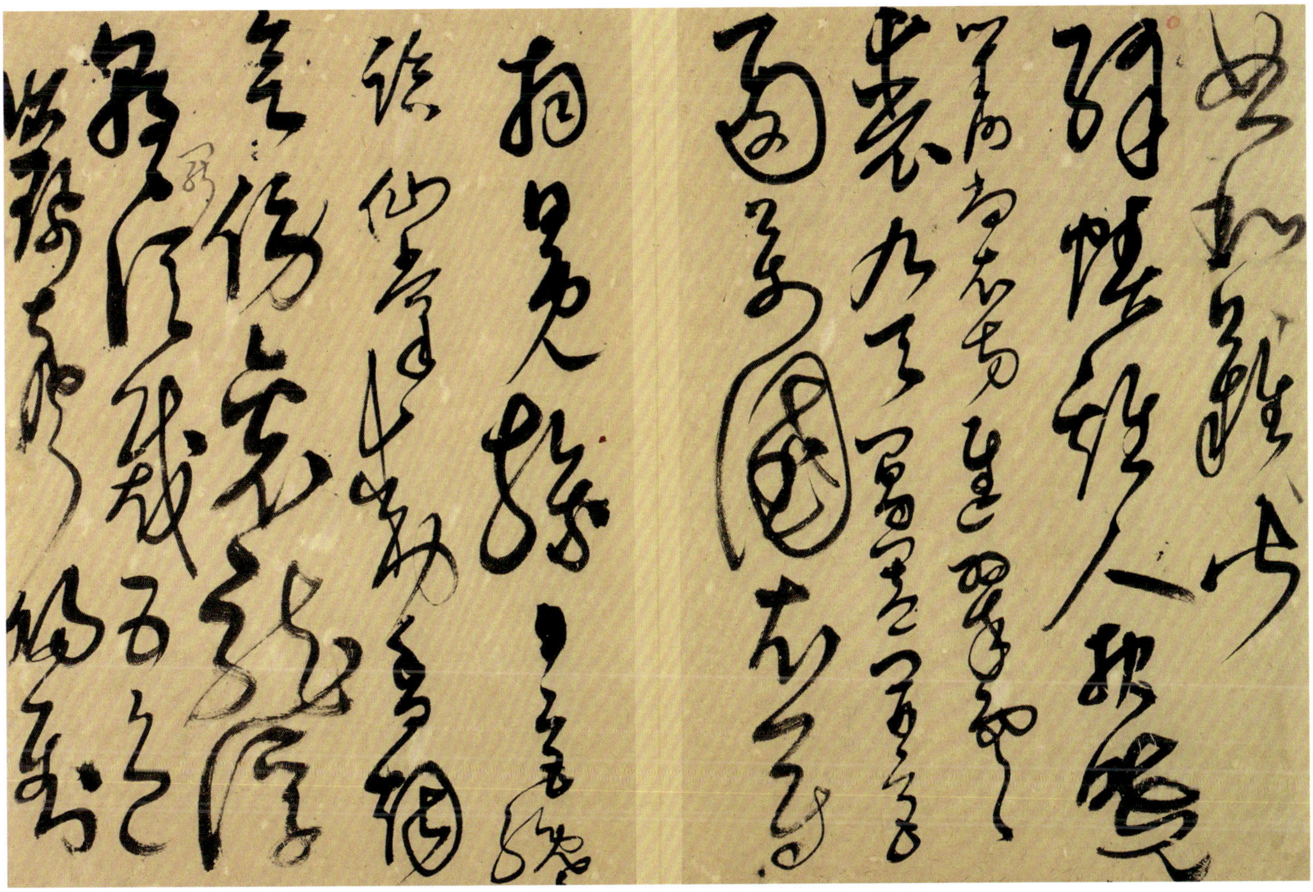

四八　草書詩帖冊　明　解縉（之一七）

四八　草書詩帖冊　明　解縉（之一八）

平生不慕洪崖仙為愛洪崖
好山水先生家住豫章城
志在洪崖白雲裏洪崖山
高幾千丈遙與達庵屹相
向三秋烟雨〇溪漢六月陰崖
氣甫英晴虹挂天飛瀑泉脆
風灑蘿聲淙然上有仙為
煉丹井下有仙畫種玉田玉田
可耕水可漁春来笋蕨堪
為蔬黃精可斸自鉏春
秋釀成不用沽蟹紫蓴新菜香
出烟柴關日携無人呼許
令門前庭邃尺坐挹西山
看畫圖謝却紅塵此中
老長松之下安茅廬只今作
宦束可去要謁丹乘報
明主他年力衰好謂還移家
便向洪崖山任收拾殘書教
子孫如彤樣抒男當門太
平無子樂熙皥白首誦
聖君
　　彭譽
廬陵胡廣

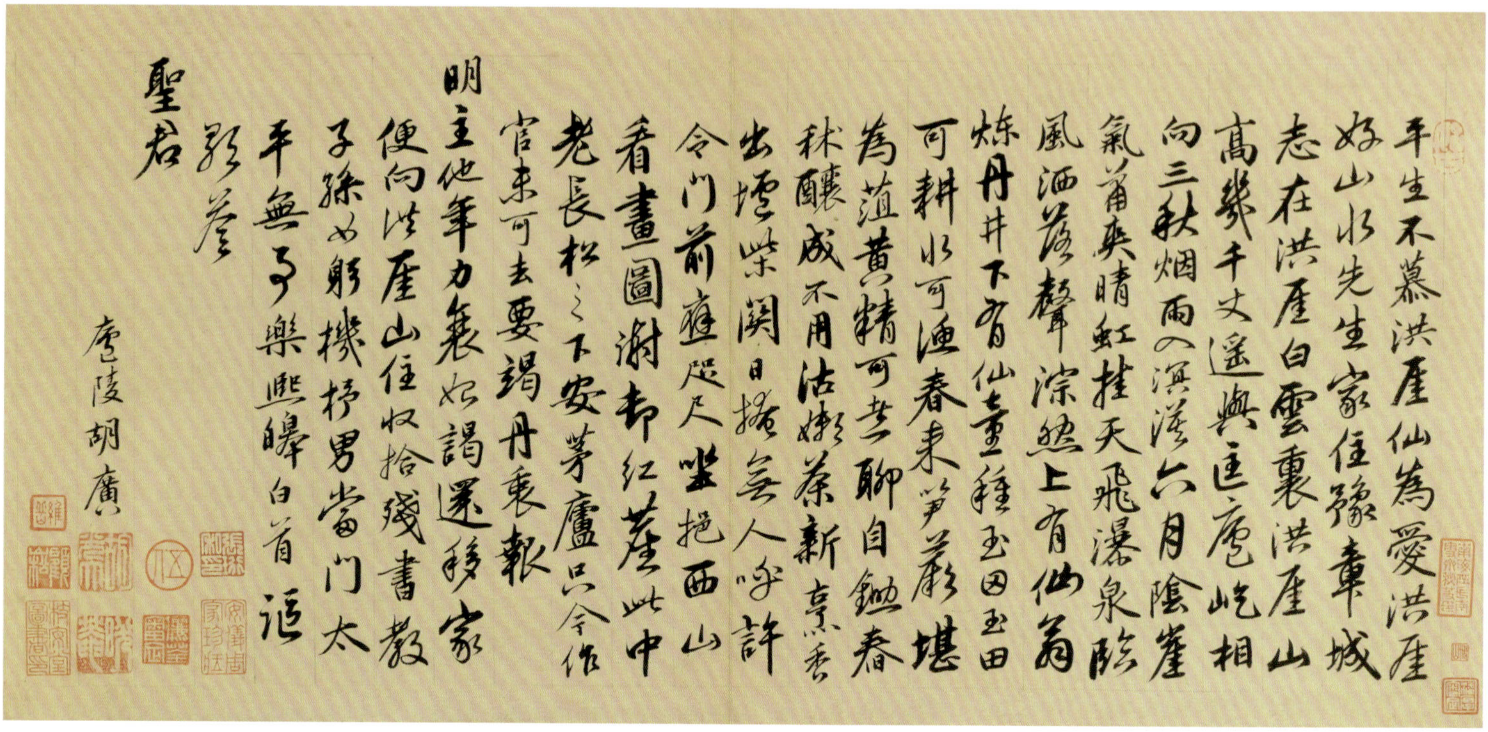

公茂文其子太醫院御醫傳用
裝表為卷閒出示臣廣令識
聖天子以至誠撫萬方以德禮待臣下凡有勞勩者報
賚優獎無間始終逮古所未有也為臣子者何幸
遭逢如是有若公茂光榮際遇生被
寵眷之隆沒有無窮之譽其名遂不泯矣抑孰使之
然歟寔
聖天子之恩也於乎公茂尔何縣而致此哉良由克盡
臣子之職而已誠非幸而得之傳宜什襲珍藏永
詒後人俾倬其世業以無忝於公茂無負於
聖天子之恩也
永樂十六年歲次戊戌二月甲辰
文淵閣大學士兼左春坊大學士奉政大夫 臣 胡廣
頓首謹書

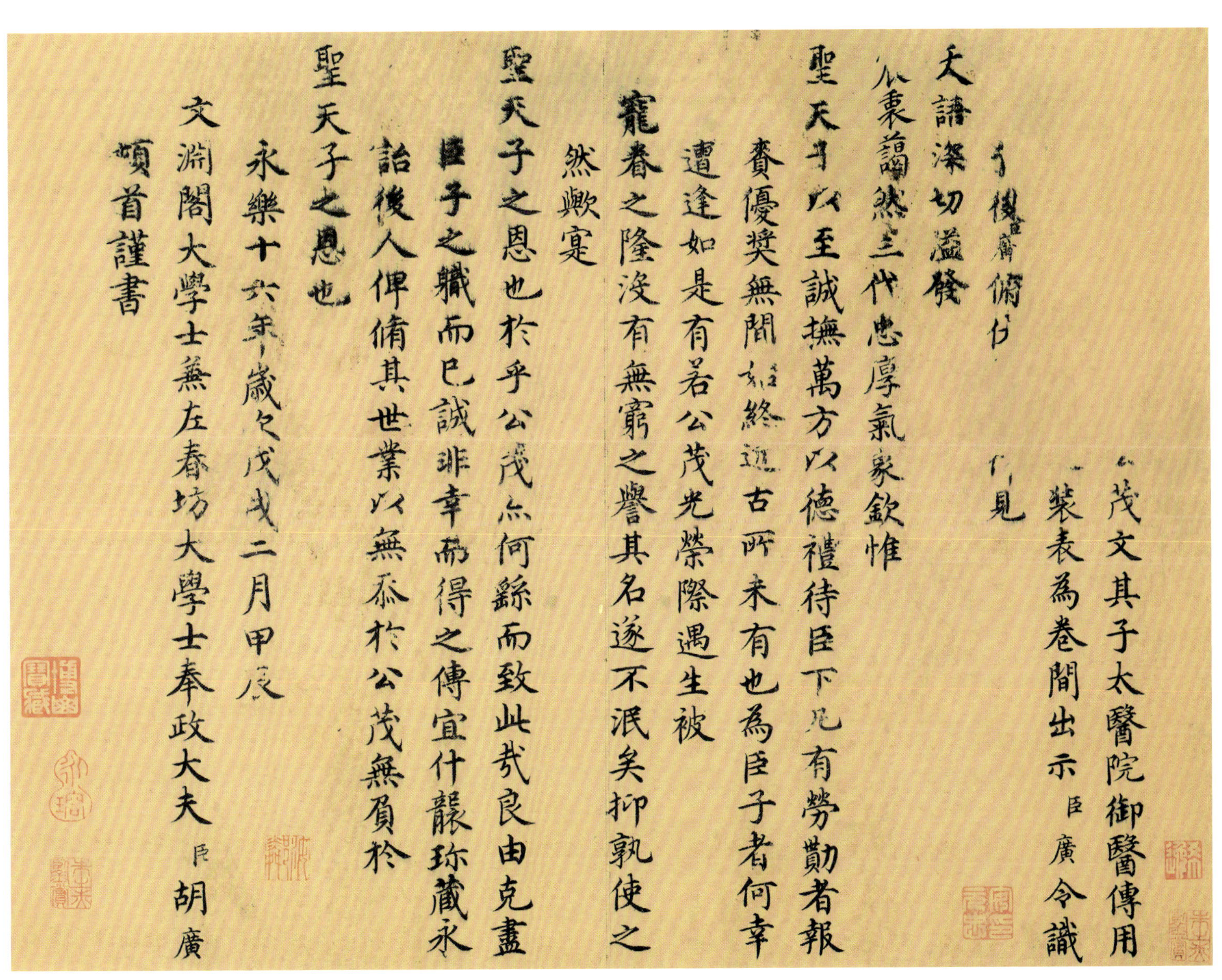

五〇　楷書題韓公茂文頁　明　胡廣

醫院使韓公茂卒于京師
聖天子矜念其勞特加哀卹
親製文勅禮部以三品禮祭之所以褒嘉寵異
之者厚矣其子太醫院御醫傳感荷
恩乃以
御祭之文泥黃金書之裱池成卷且以屬臣榮
識其後嗟夫人臣之所以竭忠盡職者固
皆分內之事而公茂乃能蒙
上知遇始終顯榮如此誠非人所能及今雖歿
矣而其聲光譽望賴此而益彰因之以
不朽此誠千載之幸遇也於乎為韓氏之
子若孫者宜珍藏什襲以詒後世用昭先
人之光斯可以無忝矣故敢拜手書此于
末簡庶韓氏之後知所寶焉
永樂十六年歲次戊戌三月朔旦翰林
學士奉政大夫兼右春坊右庶子臣楊榮
頓首謹書

五一　楷書題明太祖祭韓公茂文　明　楊榮

按穎中山管城贈號秦殿喜傳
新製鉛槧無功凍書潢滅讓取
絲毫精銳燕許如搖夢吐五色
漫此即添文勢是何人一擲封
侯郎是尊閒榮貴親曾見雲
擁媯頭月明影直天上戰回嘶曉
玉署頻呵烈蘭斜點徧慈御爐
烟細頻倒鍾直別橫裾薜撐濺
晉唐風致筆洋前陣掃千軍
不負半生豪氣
右蘇武慢一闋為吳興王孟安作
盖孟安王製筆能選其毫手生用之
善不如意故作此詞以讚美之
永樂十三年秋七月翰林侍講曾棨識

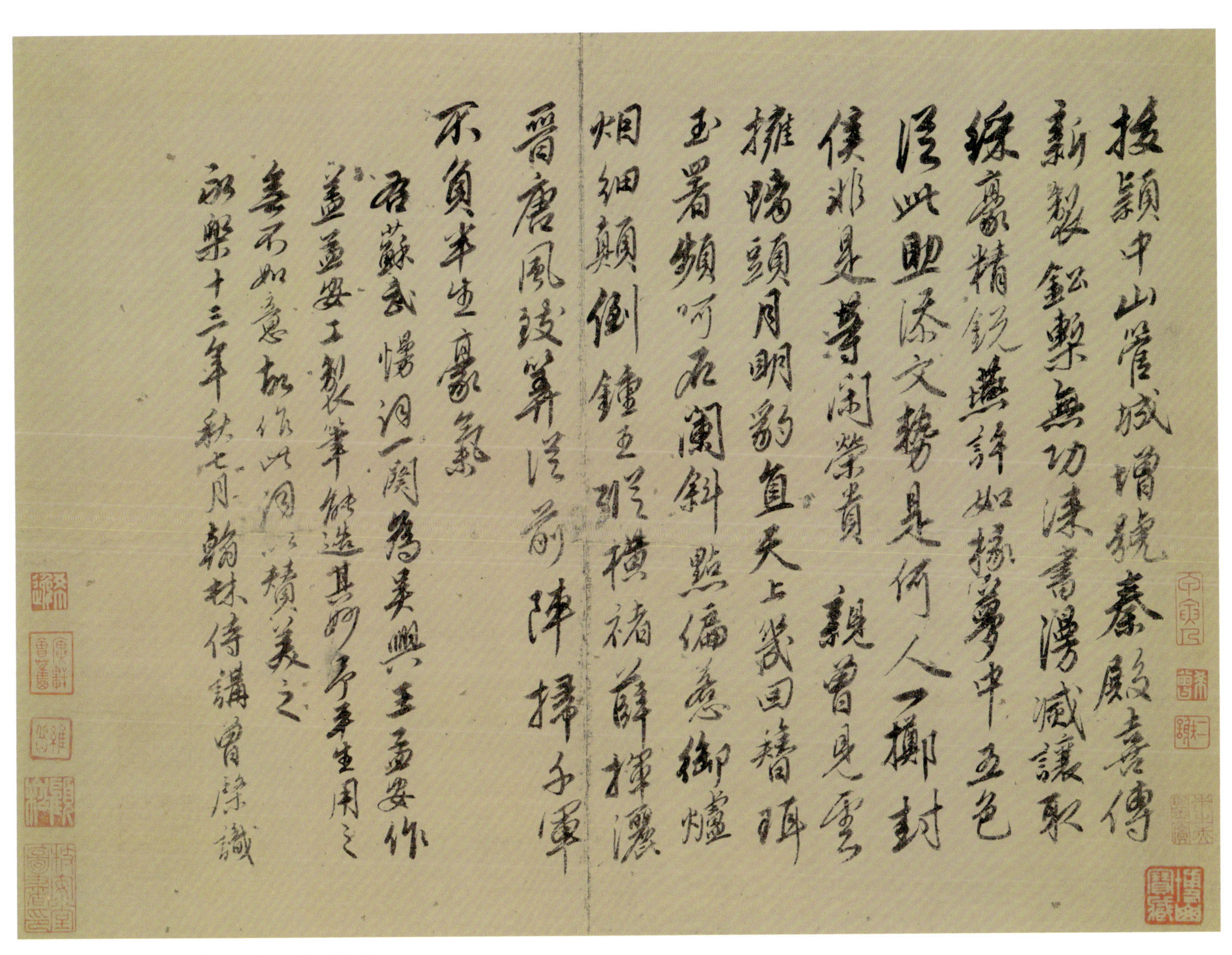

五二　行書贈王孟安詞頁　明　曾棨

侍生魏驥端肅奉書
頤菴大人尊先生函丈　驥不奉
誨益者雖踰十有餘年然而
泰山北斗之仰則無時無之往歲亦嘗具一書托北京精膳
員外朱忠以候
起居不想其人沒於安仁之紫雲驛其書竟莫知其浮與
沉也嗣是則殊缺
候問負罪：：近者重辱
齒錄賤名於吏部尚書黃公書中則知
大人先生不鄙夷於驥之意甚厚而驥之踈慢於
大人先生者其罪誠不可逭也茲托　侍郎趙公使敢懇
先世墓銘及像賛通已錄作一卷嘗蒙學士沈先生題
其首曰先德巳今頓求
大人先生一言或記或序以冠其端倘沐
慨然則存沒之感當何如也臨書不勝惶悚惟冀
鈞察不宣　侍生魏驥肅奉
十月十八日

五三　楷書誨益帖頁　明　魏驥

千字文 天地玄黄 宇宙洪荒 日月盈昃 辰宿列张 寒来暑往 秋收冬藏 闰余成岁 律吕调阳 云腾致雨 露结为霜 金生丽水 玉出昆冈 剑号巨阙 珠称夜光 果珍李柰 菜重芥

姜 海咸河淡 鳞潜羽翔 龙师火帝 鸟官人皇 始制文字 乃服衣裳 推位让国 有虞陶唐 吊民伐罪 周发殷汤 坐朝问道 垂拱平章 爱育黎首 臣伏戎羌 遐迩一体 率宾归王 鸣凤在树 白

五四　行書千字文册　明　程南雲（之一）

五四　行書千字文册　明　程南雲（之二）

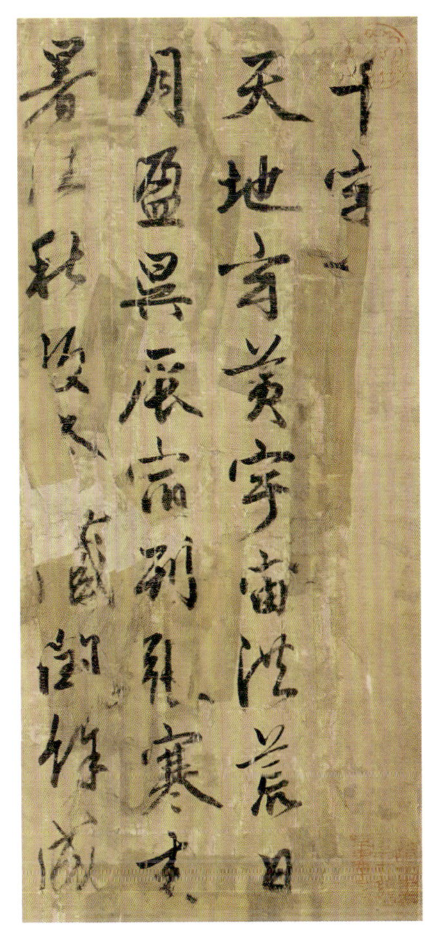

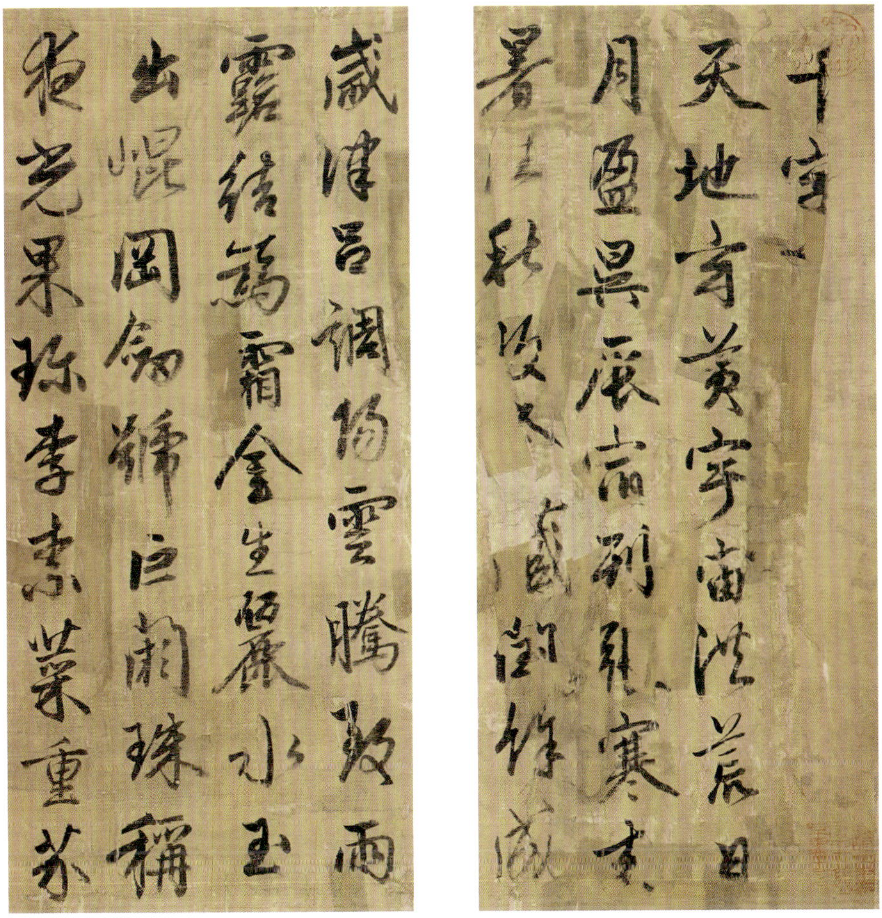

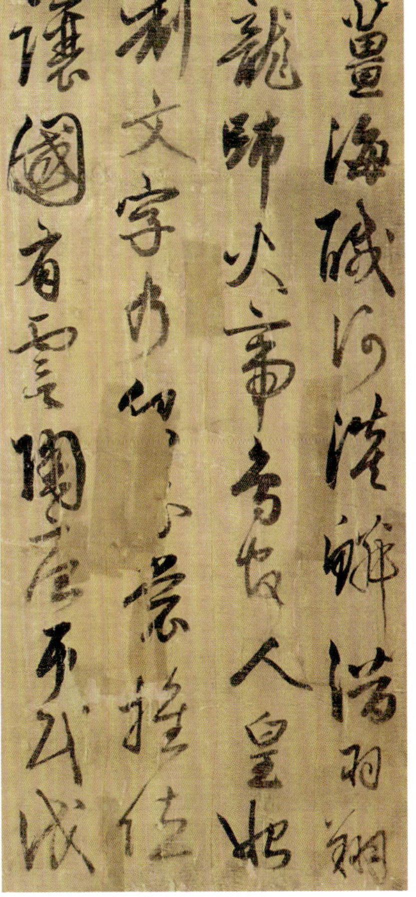

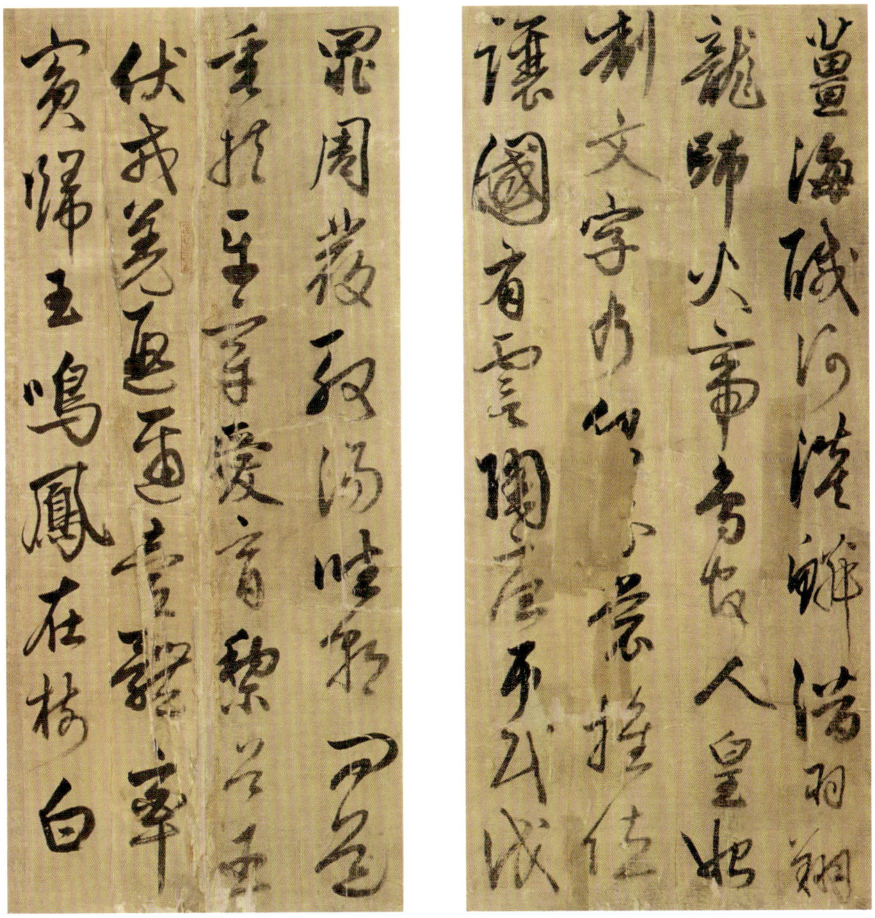

五四　行書千字文冊　明　程南雲　（之三）

五四　行書千字文冊　明　程南雲　（之四）

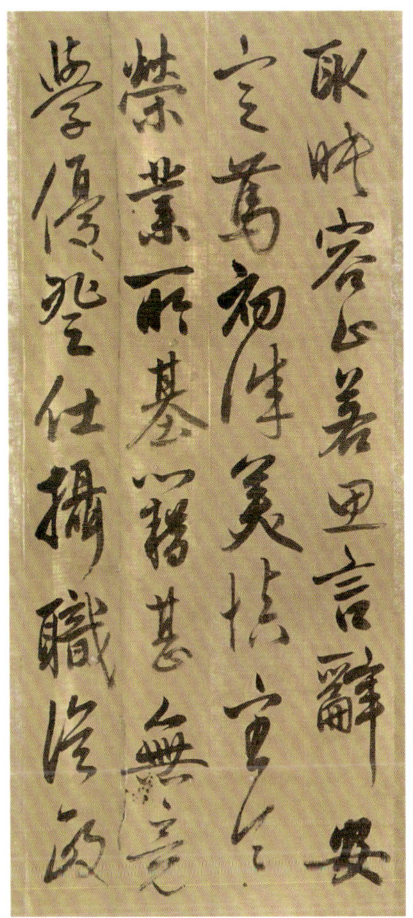

五四　行書千字文冊　明　程南雲　（之五）

五四　行書千字文冊　明　程南雲　（之六）

五四　行書千字文冊　明　程南雲　（之七）

五四　行書千字文冊　明　程南雲　（之八）

俊乂密勿多士寔寧晉
楚更霸趙魏困橫假途
滅虢踐土會盟何遵約
法韓弊煩刑起翦頗牧

用軍最精宣威沙漠馳
譽丹青九州禹跡百郡秦
并嶽宗泰岱禪主云亭雁
門紫塞雞田赤城昆池碣

五四　行書千字文冊　明　程南雲　（之九）

石鉅野洞庭曠遠綿邈
巖岫杳冥治本於農務
茲稼穡俶載南畝我藝
黍稷稅熟貢新勸賞

黜陟孟軻敦素史魚秉
直庶幾中庸勞謙謹敕
聆音察理鑒貌辨色貽
厥嘉猷勉其祇植省躬

五四　行書千字文冊　明　程南雲　（之一〇）

識誡寵增抗極殆辱近
恥林皋幸即兩疏見機
解組誰逼索居閑處沉
默寂寥求古尋論散慮

逍遙欣奏累遣慼謝歡
招渠荷的歷園莽抽條
枇杷晚翠梧桐早凋陳
根委翳落葉飄颻遊鵾

五四　行書千字文冊　明　程南雲　（之一一）

獨運淩摩絳霄耽讀
翫市寓目囊箱易輶攸
畏屬耳垣牆具膳餐飯
適口充腸飽飫烹宰飢

厭糟糠親戚故舊老少
異糧妾御績紡侍巾帷
房紈扇圓潔銀燭煒煌
晝眠夕寐藍筍象床絃

五四　行書千字文冊　明　程南雲　（之一二）

五四　行書千字文冊　明　程南雲　（之一三）

五四　行書千字文冊　明　程南雲　（之一四）

誚謂語助者焉哉乎也

右梁周興嗣次韻千文歷代能書之士因其文不重疊率多書之以為學者模倣至元趙文敏公以學識之邃人品之高凡所書千文諸帖皆精妙入神是以媲美晉唐擅名當世後人雖極力摹擬但克髣髴其形似識者輒能辨之

五四　行書千字文冊　明　程南雲　（之一五）

公實先文憲公所薦先著作公蓋嘗從學者也故余家所藏公書諸體墨跡先世碑誌為尤多至今寶之幼時承父兄之教朝夕臨倣邈若出洋監來京師從事祕閣縱觀前代典公之書及待詔閣老與夫四方賢士大夫游處日有講益為幸固不少第以鄙拙迨今

五四　行書千字文冊　明　程南雲　（之一六）

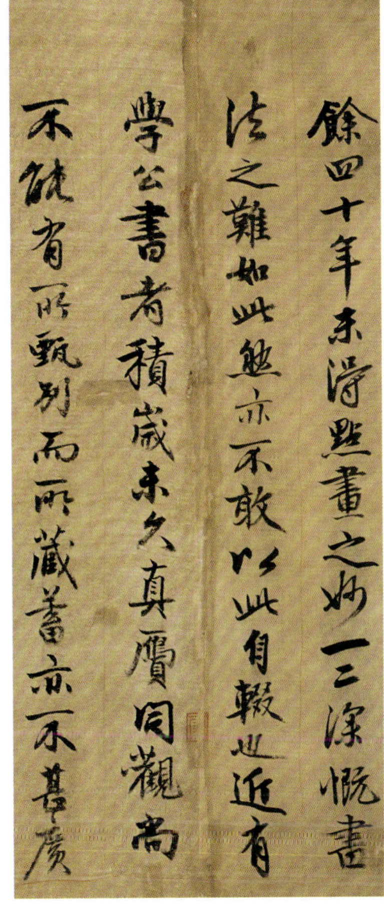
餘四十年未得點畫之妙一二深慨書
法之難如此然亦不敢以此自輟也近有
學公書者積歲未久真贋同觀尚
不能有所甄别而所藏蓄亦不甚廣

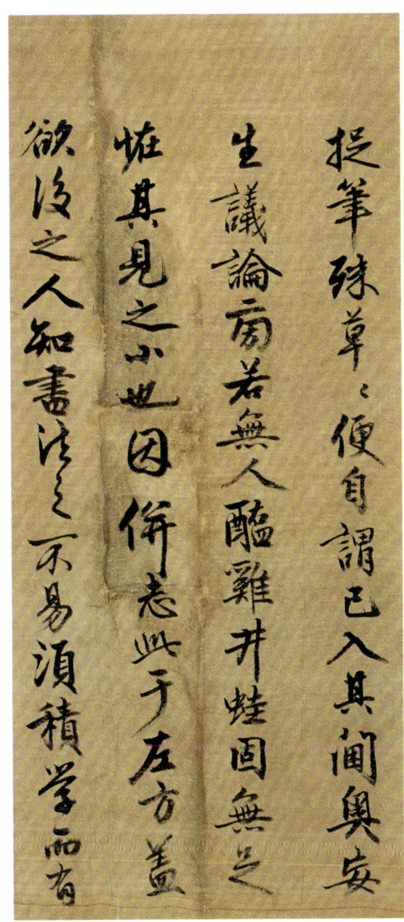
提筆殊草草便自謂已入其閫奥妄
生議論旁若無人醯雞井蛙固無足
怪其見之小也因併志此于左方蓋
欲後之人知書法之不易須積學而有

五四　行書千字文冊　明　程南雲　（之一七）

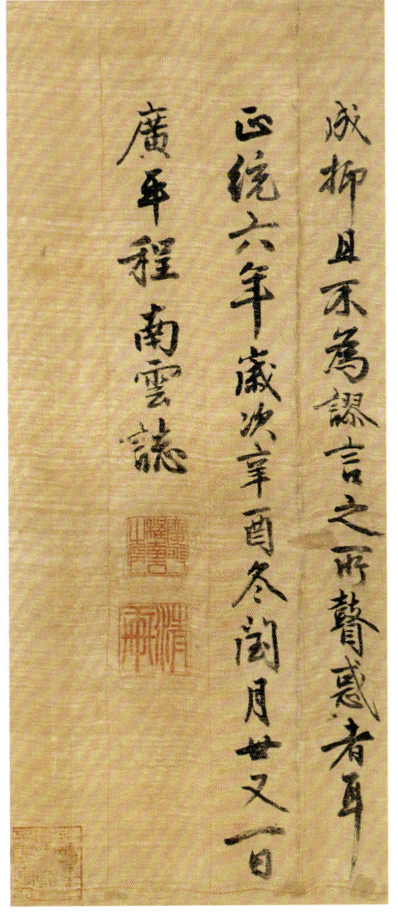
成抑且不為謬言之所瞽惑者耳
正統六年歲次辛酉冬閏月廿又一日
廣平程南雲誌

五四　行書千字文冊　明　程南雲　（之一八）

橘頌

后皇嘉樹橘徠服兮受命不遷生南國兮深固難徙更壹志兮綠葉素榮紛其可喜兮曾枝剡棘圓果摶兮青黄雜糅文章爛兮精色内白類任道兮紛緼宜脩姱而不醜兮嗟尒幼志有以異兮獨立不遷豈不可喜兮深固難徙廓

五五　楷書橘頌頁　明　沈藻

其無求兮蘇世獨立橫而不
流兮閉心自慎終不過失兮
秉德無私參天地兮願歲并
謝與長友兮淑離不淫梗其
有理兮年歲雖少可師長兮
行比伯夷置以為像兮

華亭沈藻書

儀部此書全倣虞永興廟堂碑筆筆圓湛
今刻入石渠寶笈中

黃州竹樓記

黃岡之地多竹大者如椽竹工破之刳去其節用代陶瓦比屋皆然以其價廉而工省也子城西北隅雉堞圮毀草莽荒穢用作小樓二間與月波樓通遠吞山光平挹灘瀨幽闃遼敻不可具狀夏宜急雨有瀑布聲冬宜密雪有碎玉聲宜鼓琴琴調虛暢宜詠詩詩韻清絕宜圍棋子聲丁丁然宜投壺矢聲錚錚然皆竹樓之所助也公退之暇披鶴氅衣戴華陽巾手執周易一卷焚香默坐消遣世慮江山之外第見風帆沙鳥烟雲竹樹而已待其酒力醒茶烟歇送夕陽迎素月亦謫居之勝槩也彼齊雲落星高則高矣井幹麗譙華則華矣至於貯妓女藏歌舞非騷人之事吾所不取吾聞竹工云竹之為瓦僅十稔重覆之得二十稔噫吾以至道乙未歲自翰林出滁上丙申移廣陵丁酉又入西掖戊戌歲除日有齊安之命己亥閏三月到郡四年之間奔走不暇未知明年又在何處豈懼竹樓之易朽乎後之人與我同志嗣而葺之庶斯樓之不朽也

宣德元年歲次丙午秋八月初吉雲間沈藻書

五六　楷書黃州竹樓記軸　明　沈藻

送周孟敬歸江陰序
兵部尚書徐公為予道其友周
孟敬孝義之行曰孟敬常之江
陰人也自其祖伯源以来世為
富家積穀至萬石伯源能斥其
餘以周人之急既以是自力其
行又教其子若孫世世以吾濟
人之心為心勿怠孟敬克奉乃
祖教固不忘值
國家大脩儲蓄之政既增價糴民
間羨餘之粟以備荒又
詔富民出穀至千石者賜
璽書褒嘉之且旌其門閭復其戶事
孟敬喜曰吾先祖濟人之心今
其益彰乎遂出穀六千石以應
詔且
懇于巡撫少冬官周公曰是粟
之積發自先祖出以濟人實先
祖之遺志孟敬幸遭
聖朝舉勸分激賞之典孟敬固不敢
當願移旌孟敬者以旌先祖庶
少遂愚民知所以不忘厥初之
意周公義其言為請于朝

詔以孝義旌其門并旌其先隴且復
之
恩命既下孟敬之一門歿被
褒嘉生蒙寵錫鄉人莫不榮之今
年夏孟敬来拜
恩闕下歸有日矣吾與孟敬相好也
乞予一言以贈其行予即徐公
言觀孟敬為人能推乃祖濟人
之心不私其有以佐
國家之用又歸厥美而知所本遂
獲顯受
寵光恩及存歿其義孝之行蓋可嘉
矣視彼守先財為己私吝不發
一錢以濟人使世目為專利之
愚夫弗克與被
國之光榮者聞孟敬之風亦少知
愧哉是為序
正統壬戌六月望日中順大夫
大理寺左少卿河東薛瑄書

五七　楷書送周孟敬歸江陰序頁　明　薛瑄

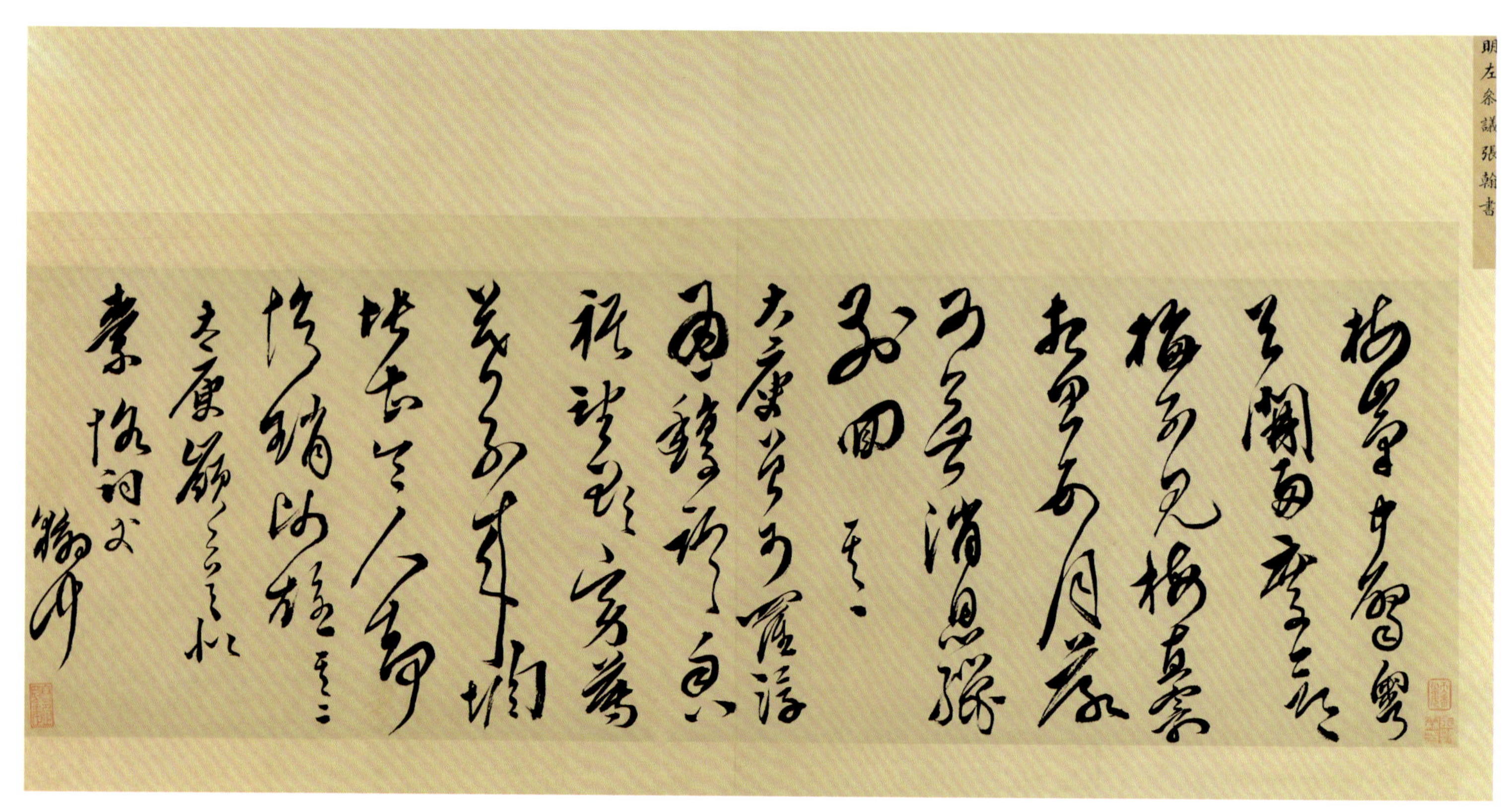

五八　草書大庾嶺詩頁　明　張翰

原博狀元脩譔閣下 自
閣下榮登二元名聞天下誠不負所
學如此
捷音遂來芝朽輩知之豈勝欣躍
即欲為詩相賀奈緣䋈病鮮驚不
能成句欲寫扎升天之難所以一向負
譴惟心諒之此門又不得頻詣
府為慶惟荷
令尊老大夫常:拍請以陪上賓此情
此意何可當哉然愧之少向
小園延綠之亭近為大風爾一所摧兒輩
乃重建之使不絕欵賓逸老之所莊是
亭也前有陳永之記吳中縉紳繼
作長篇短章已盈卷矣令欲拜求
閣下作重建延綠亭記一首倘
不鄙而賜兒必有勉厲吾兒曹及有
激芳棄懦者惟 閣下於之僕犬馬之
齒將及八旬誠氣息厭:之日百事皆懶
之特獨於好賢好文之心則念:不忘
焉惟 閣下於之不宣
小畫一紙乃舊日所寫圖書一事脩織
壬辰中秋辱知杜瓊奉書

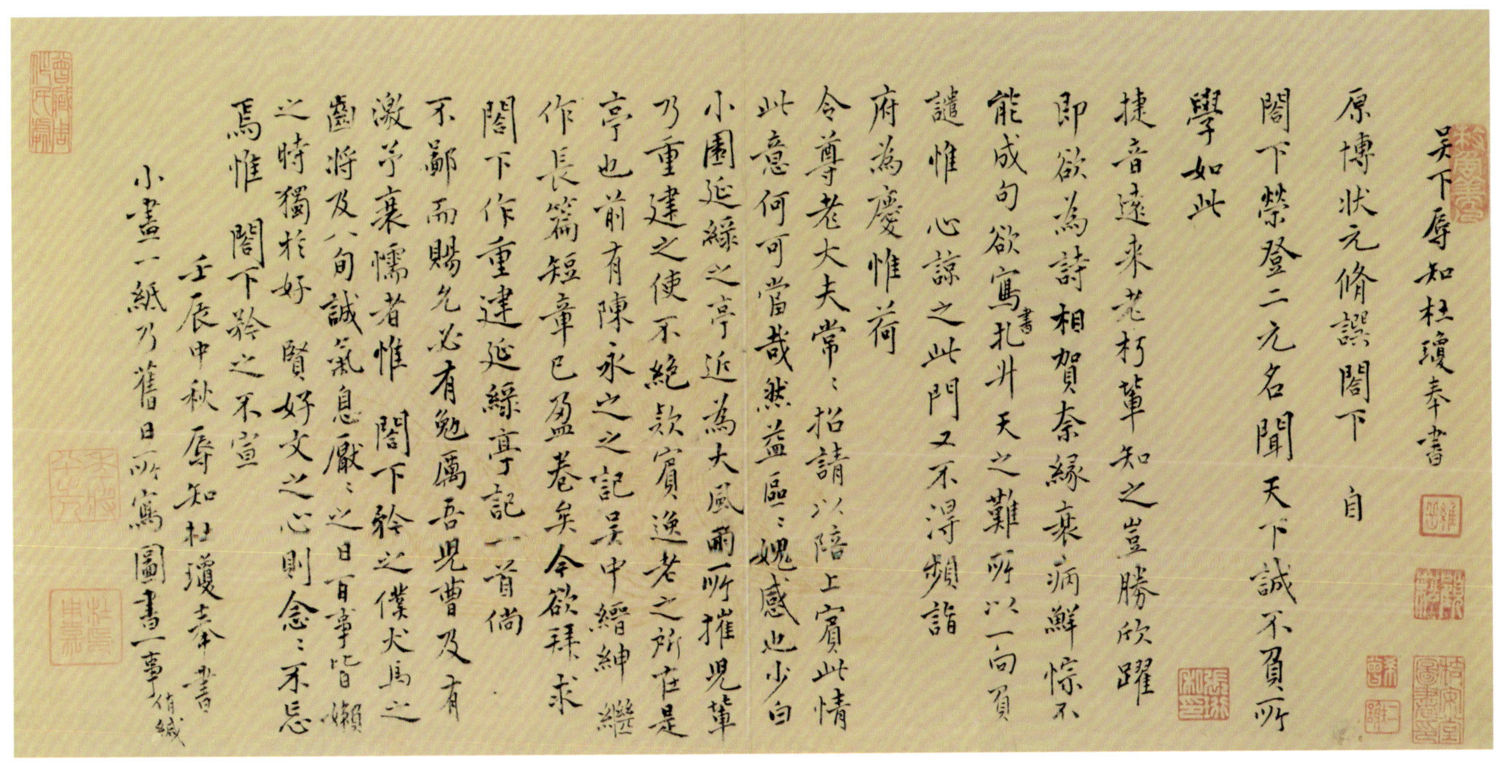

五九　楷書榮登帖頁　明　杜瓊

余以巡撫奉
命還京道過都城東南之夕
照寺有僧普朗者出其師
古拙俊禪師所遺公中塔
圖并贊語和南請余題余
惟師之是作蓋易所謂立象
盡意者也圖以立象而意已寓
於象之中言以顯意而象不出
於意之外所謂貫通一理而
包括三教因境悟道而舍妄

六〇　楷書題公中塔圖並贊頁　明　于謙

歸真者也非機鋒峻拔性
智圓融而深造佛諦者烏
足以語此哉普朗能寶而
藏之日夕觀象以求其意
則於真如之境也何有焚
香讚歎之餘書此數語以
遺之
正議大夫資治尹兵部
侍郎于謙書

御製

布和煦六合萬象皆維新山中
消流動泉脉長河堅冰一旦釋
淡靄輕雲弄野姿魚躍鳶飛咸
自適人間無俗重元正況兹黑
歲禾麥登必門清簡無台役壺
觴陳列簫鼓騰南隣北里憧相
聚白叟青髫居有序年年新

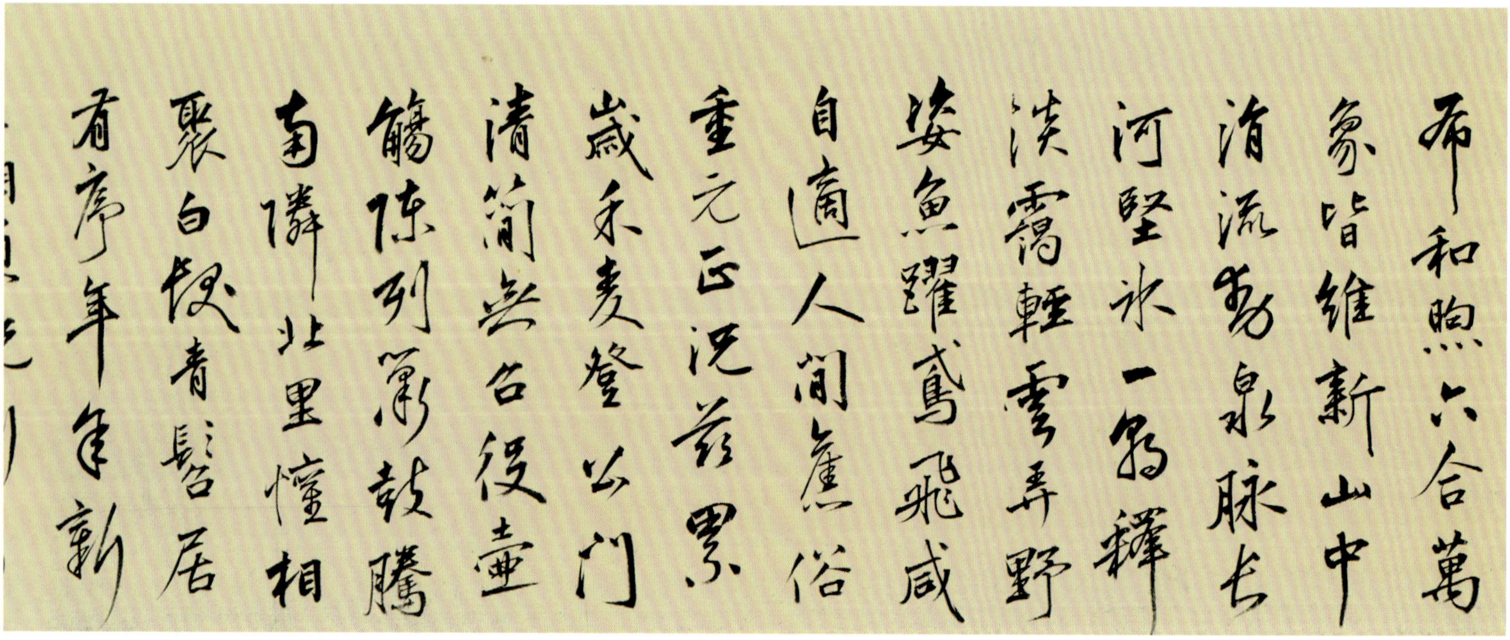

六一　行書新春詩卷　明　朱瞻基（之一、之二）

宣德四年正月八日
御武英殿書賜弘慈
普應禪師淨觀

御製新春詩
三元鳳曆開彩
春乾坤一氣回
洪鈞秉風東來

旦相頌祝側丁
殷勤皆好語繼
統守成合在兹
何幸四海清
無虞人君至樂
以天下斯樂宜
與臣民俱五雲
上繞蓬萊島紫
閣彤樓倚晴昊
龍琴高張鳳管
吹野聲清按
春來好翠壺之
醑鬱金香雕盤

绮馔白玉肪羣
臣文武才且良
相与岁寒同乐
康壶沙饮酒
孔茶传武词每
祝纯暇尽令仪
明良相顾在永
久眈酖不忘歌
柳诗

御制中秋诗

乾坤八月秋
气中琼轮瓦出
蓬莱东长空万

物康阜象心宁
华筵龙鹤酌红
玉金石嘡嘡间绿
竹舞绘自传
南薰歌天乐宁
传紫云曲飞翔
日月行古今中
秋有月子黄金
至明无私照万物
爱出明月同象
心晓宫桂子兵舍
瑞一统光辉极
天地碧汉莹云

六一　行书新春诗卷　明　朱瞻基（之三、之四）

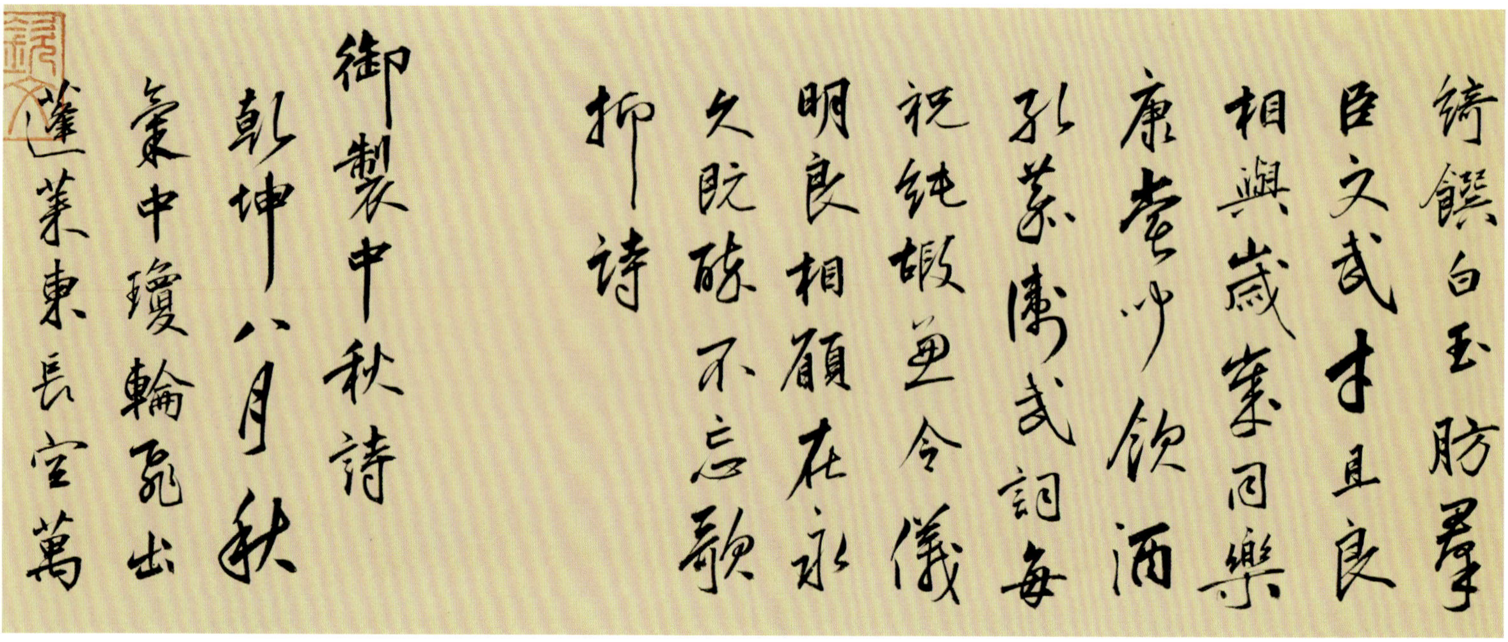

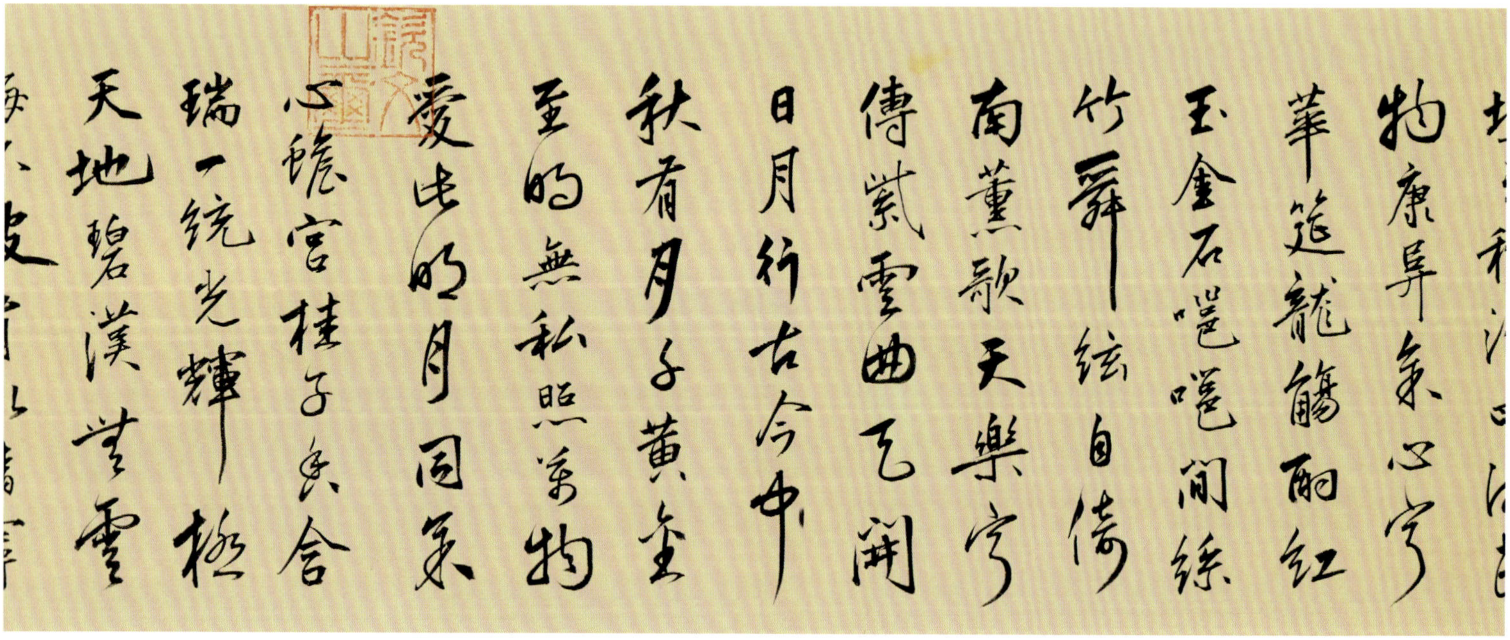

霄長空萬
里淨纖翳滉瀁
上下清光同照澈
毫芒洞溟海蕩
蕩山河影無礙
中天高炯玉華
宮大地清涵銀
色界萬幾之暇
氣無營慕對時
物心穆清一塵不
驚衆籟靜金波
瀲灩浮光晶是時
邊庭新奏捷風
雨時順百穀登如
坻之積洽四海成

海不波看似清寧
泰和世
上帝降康時晏
然六合之廣同嬋
娟會當斟酌海
水作恩澤普潤
成物周八埏

御製喜雪詩

十月六日東風和
雪花繽紛瑞彩
多西山咫尺迷翠
黛玉蓮萬朶開
嵯峩凝華合

六一　行書新春詩卷　明　朱瞻基（之五、之六）

大明麗正雲翔

收坐看浩蕩增

洪流行當法天

霈天澤施自

九重滋萬物

御製喜普庵禪

師至

如來啓教濟群

蒙皇度清世

所崇一念萬年

天地通氣惟賴爾

揚宗風爾心自堅

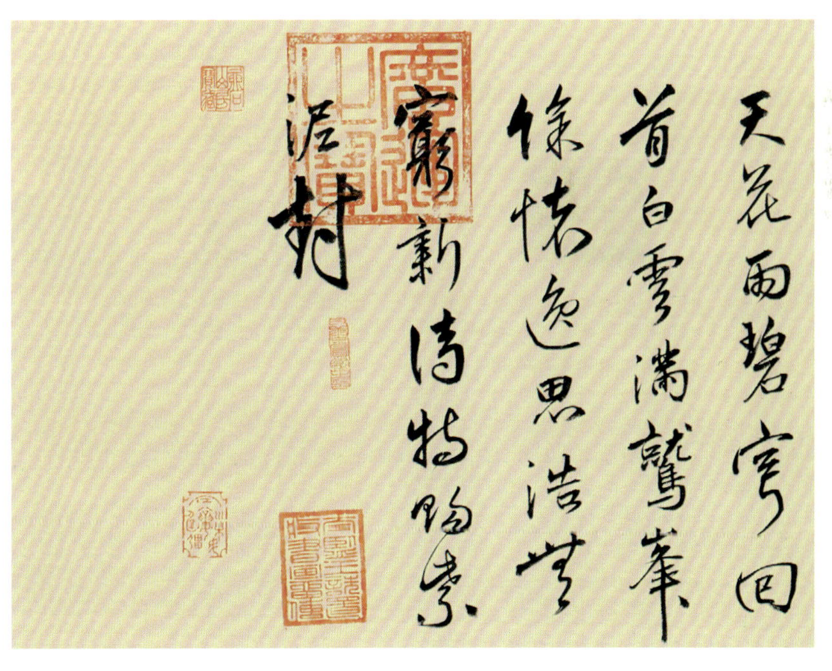
天花雨碧穹回
首白雲滿鷲峰
條情逸思浩無
窮新詩特賜崇

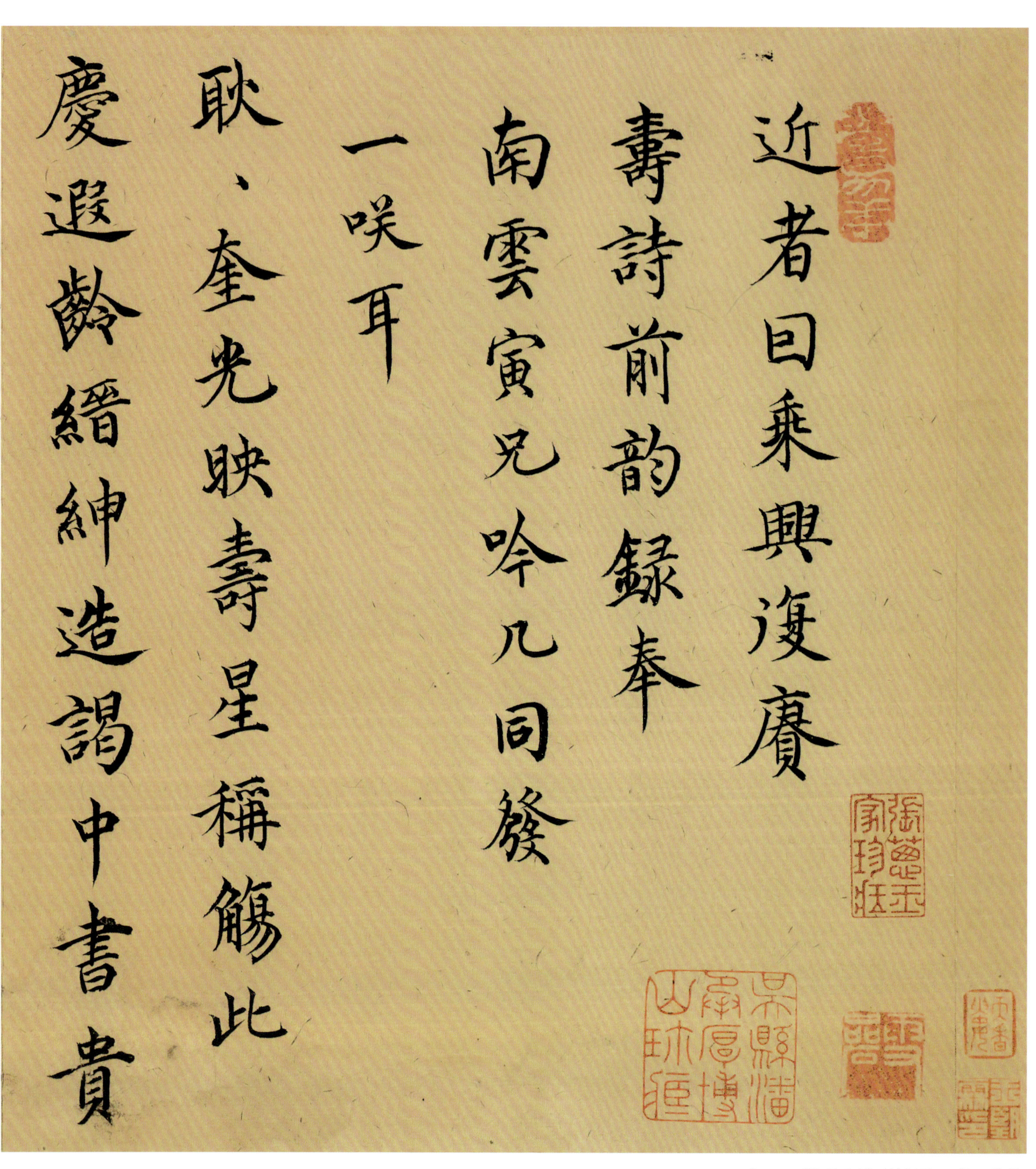
近者曰乘興復賡
壽詩前韵録奉
南雲寅兄吟几同發
一咲耳
耿、奎光映壽星稱觴此
慶遐齡縉紳造謁中書貴

六二　楷書南雲壽詩頁　明　朱祚

琴瑟和諧百事寧慈母心
閑頭未白故人情重眼偏
青醉来莫怍踈狂處一曲
高歌請試聽
洪熙元年季夏十又一日寓
金臺官舍寅末朱祚稿呈

我年十五游黌宮嘗從舅氏松雲中風晨月夕聆教
誨諄諄勉勵期成功伯禎仲禧舅氏子以我年少猶親
弟舅能一視推誠心不似它人分彼此兄兄弟弟懷深情左
提右挈常齊行朝出從師事文墨夜歸讀誦同韓檠
數載即郎動情愈密意契心孚比膠漆棠棣花開爍爛
花鴈行雲接參差翼凡流始達業未成舅當考績之
京流光如梭去忽忽客中歲月漏易更動如參商不相見幾
度相思徒眷眷一朝倏爾得佳音聞舅之官廣昌縣廣昌夫
豈非尋常山凡人物適它方勤勞撫字施善政編氓感激
推贊良我守螢窗十載後鐵硯磨穿材始就歲當丁酉
闢文場讜論嘉言待敷奏攜書直上鳳凰臺四方賢
俊皆英才駑駘自愧無所取鄉闈撤棘名登魁晝錦歸
榮年正少況是萱親未衰老洋洋和氣溢庭闈嘖嘖鄉人
道榮耀自慙何幸逢
唐堯九天雨露恩波饒光祿琼筵特儲養翰林風月從逍遙
舅氏西江遠相憶重重煙水雲山隔翻思童稚讀書時寸

六三　楷書詩帖頁　明　楊珙

草報旨慚未得令年舅氏来南昌緑袍革帶朝
明堂長安街上驚相見蕭蕭兩鬢垂秌霜客邸擁衣叙疇昔
酒杯深處情何極坐談人事熱中腸細論親情如舊昔茲
辰無奈復治裝承
恩暫許還故鄉朝辭
玉陛歸心急潞河便買江南航追送沙頭情轉切纔得相逢
又相別深恩報荅乏瓊瑶渭陽情思匆匆說舅初期我早成

名我今奮志罽前盟殫力
天朝効先哲秌霜烈日同光明羨汝舅榮華歸故里路過姑蘇
家在迩親朋接踵遠相迎兒女登堂奉甘旨大兒載拜祝壽
康筵前滿進彤霞觴小兒定學老萊子翩翩戲舞斑爛裳
南村北村尋社友此樂人生復何有緣知此樂自
天恩千載遭逢諒非偶我從為客居
京師思親夙夜徒含悲舅今歸去無它囑平安報我
雙親知

楊珙

煩求芝下士亨鄭公三詩㐂于冊葉上乾用圖書一二日空付下勿䘉昨夕硯夫堂小酌而言挫他之更和之徑理老爱牽稽

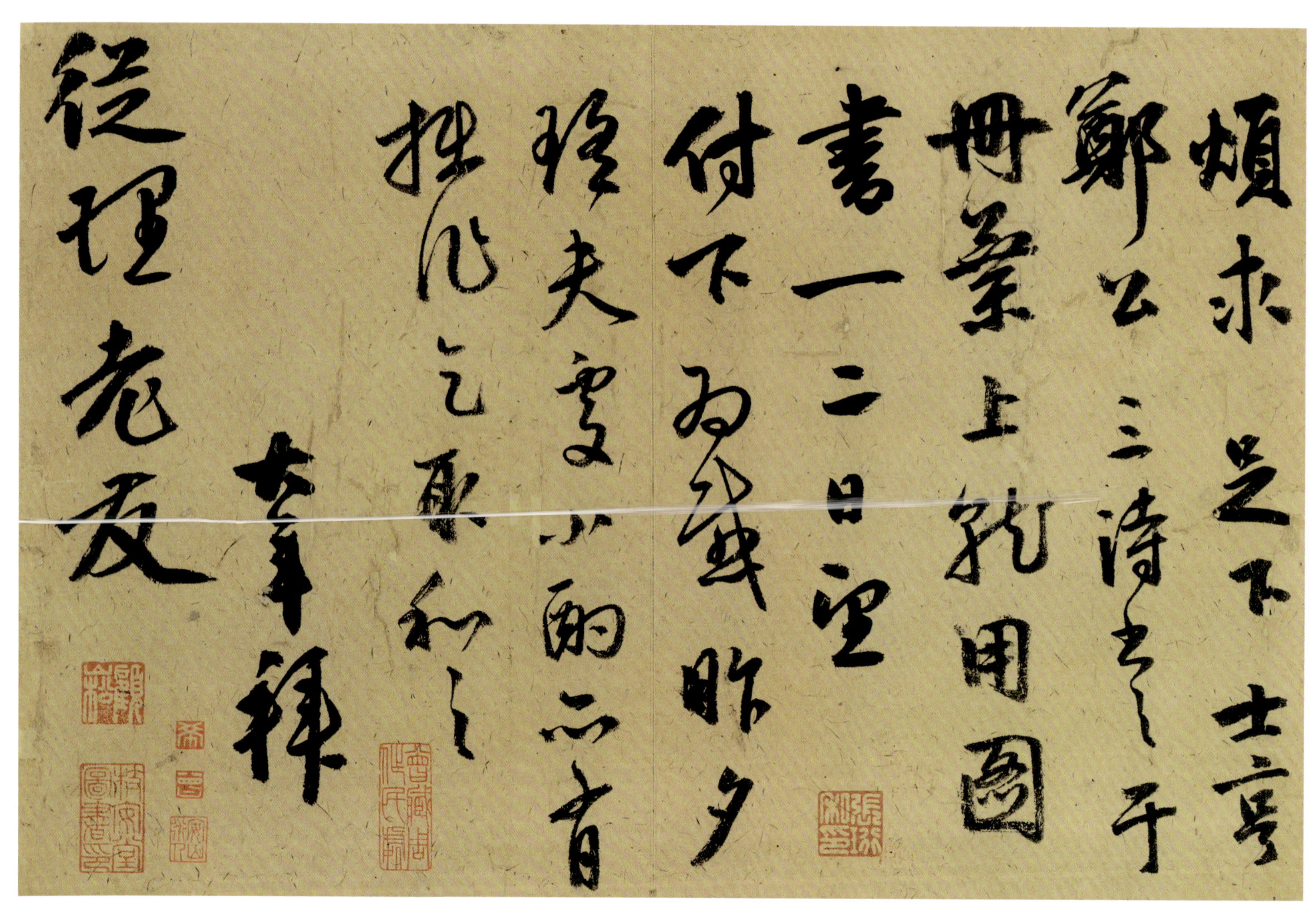

六四　行書煩求帖頁　明　聶大年

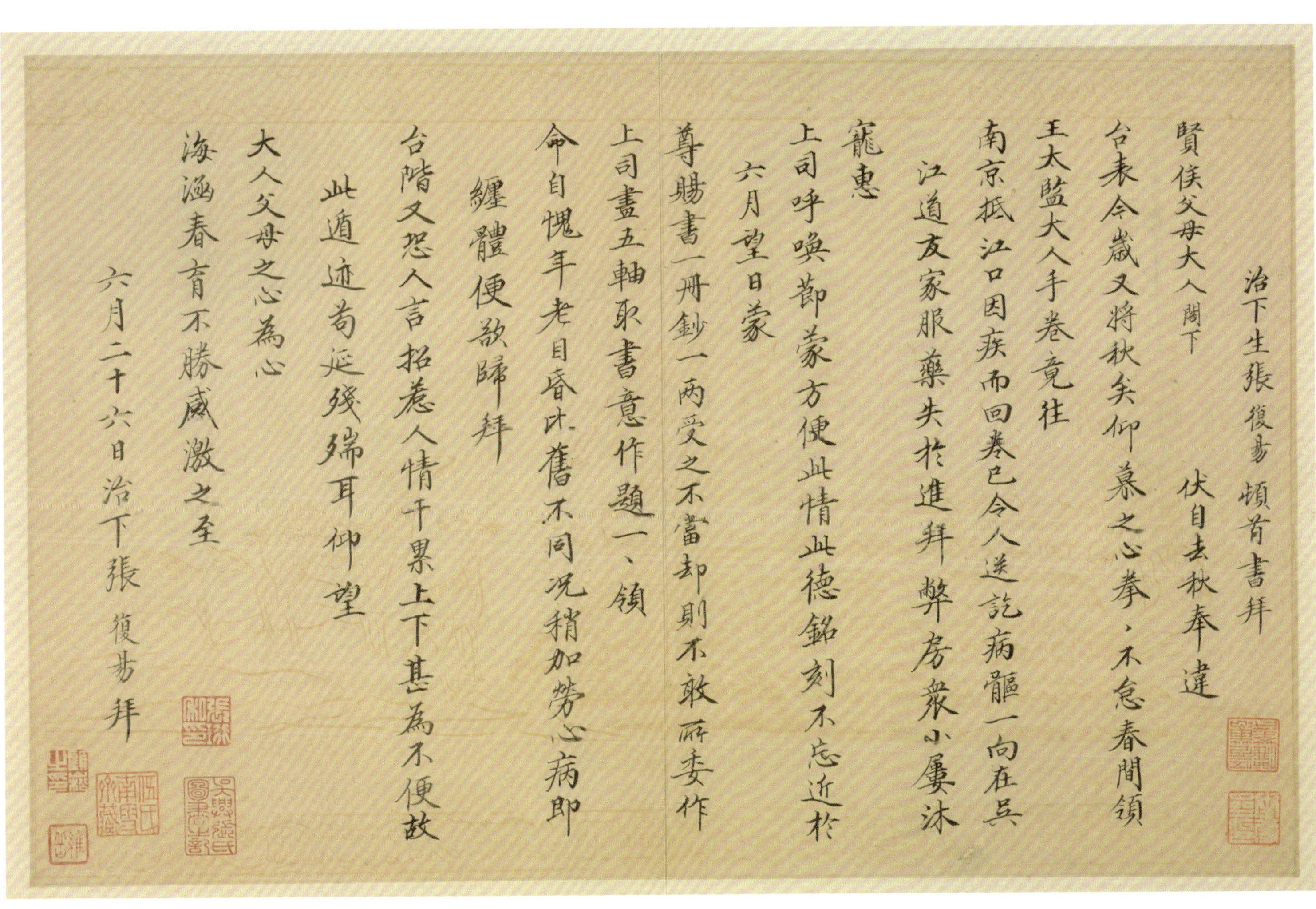
賢侯父母大人閣下　治下生張復惕頓首書拜
伏自去秋奉違
台表，今歲又將秋矣。仰慕之心拳拳不怠。春間領
王太監大人手卷，竟往
南京，抵江口因疾而回，卷已令人送訖。病軀一向在吳
江道友家服藥，失於進拜，弊房衆小屢沐
寵惠。
上司呼喚，節蒙方便，此情此德，銘刻不忘。近於
六月望日蒙
尊賜書一冊、鈔一兩，受之不當，却則不敢，所委作
上司畫五軸，取書意作題一一領
命。自愧年老目昏，比舊不同，況稍加勞心，病即
纏體，便欲歸拜
台階，又恐人言招惹人情，干累上下，甚爲不便，故
此逌逌苟延殘喘耳。仰望
大人父母之心爲心，
海涵春育，不勝感激之至。
六月二十六日治下張復惕拜

六五　行楷書去秋帖頁　明　張復

六六　行草書古詩頁　明　祝顥

雲居子

祝顥

書東溪書舍後

予友唐君以安築室於東溪之上貯書以訓其子而名之曰東溪書舍典之交且舊者皆為詩文以美之後求予言夫世之人積金玉以遺其子者不少也求能如以安積書以教其子孫者百中一二耳漢之時賢父子俱以明經世位至丞相黃金滿籯不如教子一經世率以為美談以安鋭意以教子其知此道也且以時敏譽於未闚步韓歐諸公之造乎原成詞章之明效然予又有說焉當諸記詞章之是務然記誦未為至也若先正所謂先聖明道心以知此與所之學者往往成法而端其趣以至於儒為下必以原章繪句以事為儒俗賢之成法亦有書舍而讀書者必出東城讀諸而斷聖賢之學可在是為住戴經籍槁本其事明白而告之意子特舉聖賢之學明白而告之意子特舉聖賢之學明白而告之正統十四年歲在己巳十月既望蘇州府儒學教授吉水劉諭識

我愛東溪處士家臨流築室靜無譁不求勢位詩三窟自喜書富五車淡泊趣邊春正永吾伊聲裏夜偏餘從來麗澤資文會近得山人水北涯
嘉禾劉稽

而卜居劬文杏以為梁子檜辛夷以成寶岡薜荔以完悵兮尾江蘺於素壁樑木蘭之參差兮楸其陸離桂梅於莽其當軒兮薦鼎芳之菲菲龔芸香以辟蠹兮萃縹籖與紳帙紛紜今奼挾其以積洩光之沉洛兮將伴予神之澹此也積予虛而窅澤兮又歟考心之清如研覃坻理之出膦兮孫索聖賢之間奧究兩姚之與予玩山文之遨妙鈎驎經之肯趣兮詢三傳之是非於禮樂刑政之制度於味典訓譜之文辭阮逸咏玄擊之碑訓纓明老莊之美華於雜竹諸家之絲誕予識葡楊之疵醇執多斯又之文渾言聖之久絕亨廓玉源分系泳洄之原委羞於遠學圖以諸史彌釆言得失之由於原治歌老之諧七年兮習同塗而異軌謫伊洛之淵岐兮夕冥同氣而異家芳之懼修之之理其猶涉蒼荏蓽藭道於守賁之用友兮末討論之儕侶期継踵於前修膚無忝於厥祖思古人而不見兮宣藏脩其在芸頷相逍遺而揭息於聊抒情而感辭

正統十二年歲在丙寅秋七月下澣
南京刑部司務吳郡鄒亮撰

東溪書舍銘 有序

故家詩禮之曾為之若孫者必讀書務學庶有以繼承先世德美益英為栢後有何傳之以詩禮名家而後之人無以繼述則世澤

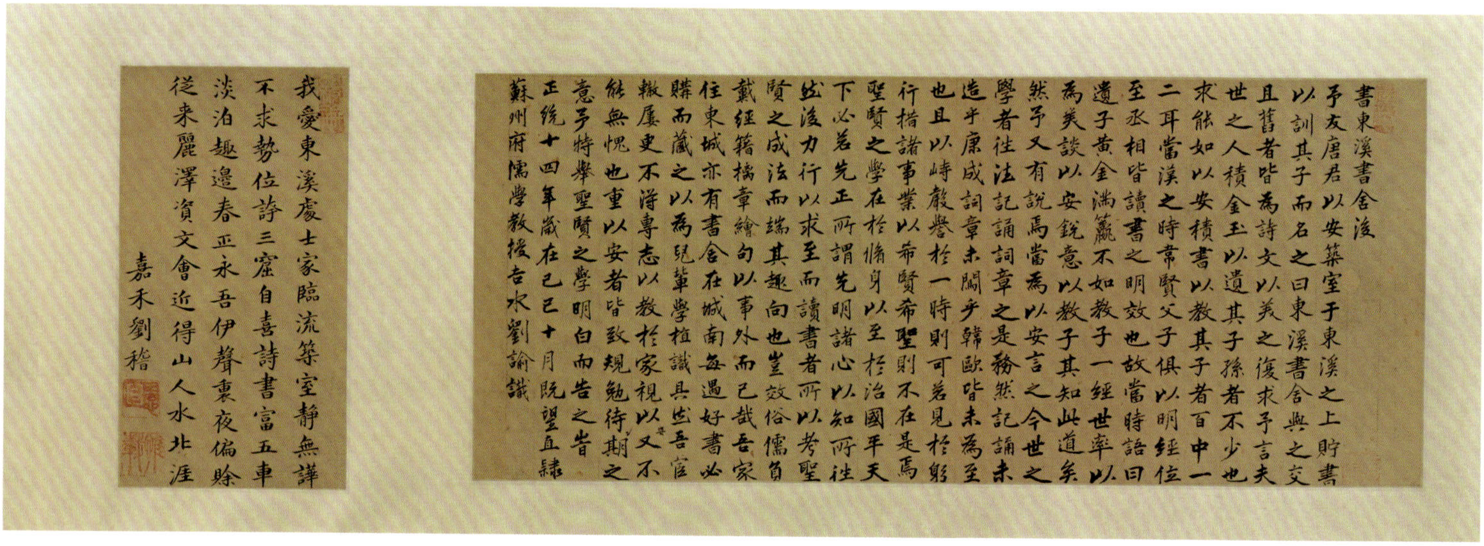

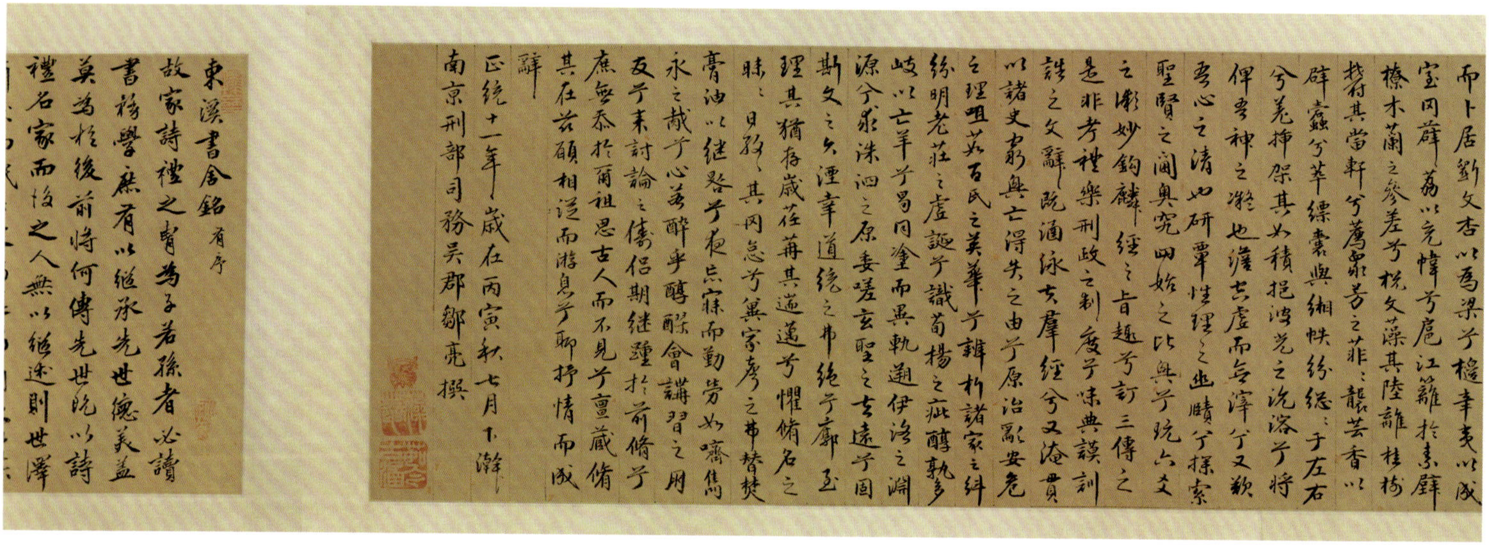

斬然而滅矣使為農為副且以謀
生而獲利致為技藝小道之可觀
者非詩禮之傳無足尚也夫唯逍
志述事乃為賢乎姑蘇唐君此
安而謂詩禮之曾乎始蘇唐君以
任義隱晦昔有清譽以要念
世德不可以不紹乃肆力書史教
掄禮義於是聲譽勒。照楷
尚德紳士夫聞又念绪述之道
在已晚能盡之而後之人必不可
不為也嘗作室數楹於東溪之
命其子墩。讀書其中扁曰東
溪書舍墩。喜於書吾為肉
不致力勉於績學之所得即於書
志而悔流者往。有之今觀
之作以安貽謀之善也而喜悔
辟之所且以績學自任墩。克
肯矣寧常觀於迩世名門著
族後昆或不能振。不一二傳而降
為白丁賤流者往。有之今觀
唐氏父子如此不其賢乎書曰
考作室既底法厥子乃弗肯堂
矧肯構釘不能述事者也
而唐父子則肯堂肯構雅異是
矣寧為銘辭間以觀相墩之
志銘曰

譽以靜成爰居于此以承世德
以寬經史勝波東溪潺。而邁盡
夜不息達海方止譽必以之韜臻
極至一電未時句少休廢辟如為
山未成一簀其不自強荷功盡亲
顧子勗之以永終譽

正統十一年歲次丙寅十二月長至
日蘇州府長洲縣儒學教諭臨川
王祐書

東溪書舍賦有序
吳城中文正書院之左有東溪為其地幽
夐寮聞蘭閩車馬之喧囂市廛也吳郡
唐以安氏乃築精舍於其上度琴書圖史
於其中令其子文墩朝夕諷誦於斯禮部
郎中令蔣辰履為書東溪書舍四字掲
諸楣而錦州守蘇民性初繪之為圖間
未求予為之賦以安先考子嘗住泉石別
駕有惠政而自稱玉坡雲
之勝句吳之奧區芳薈山川之相繆臨東溪
唐地方濬匯於清流歷活水之有
源寧湛一鑑其千頃兮演漾以澗潯
溪天光與雲影兮邊王坡之華瀲木敷榮而荔
厦屋湛。兮梁。趨玉影兮愛於荔
而卜居勤文杏以為梁乎楹卒夷以成

東溪華搆何巍。扁為書舍儲
書多于籤剳玉照秋水相簾
捲碧摧晴波馮夷驚起老伊
戴太乙飛檐叢拱遇會見父
風播遙迩芳聲耿。長不磨
鄱陽程貺

結屋東溪上藏書萬
卷條波光涵墨泛芸
草秀階深苟新情
方割之意未有餘子
西和曷子姓是醬畲
臨川黎擴

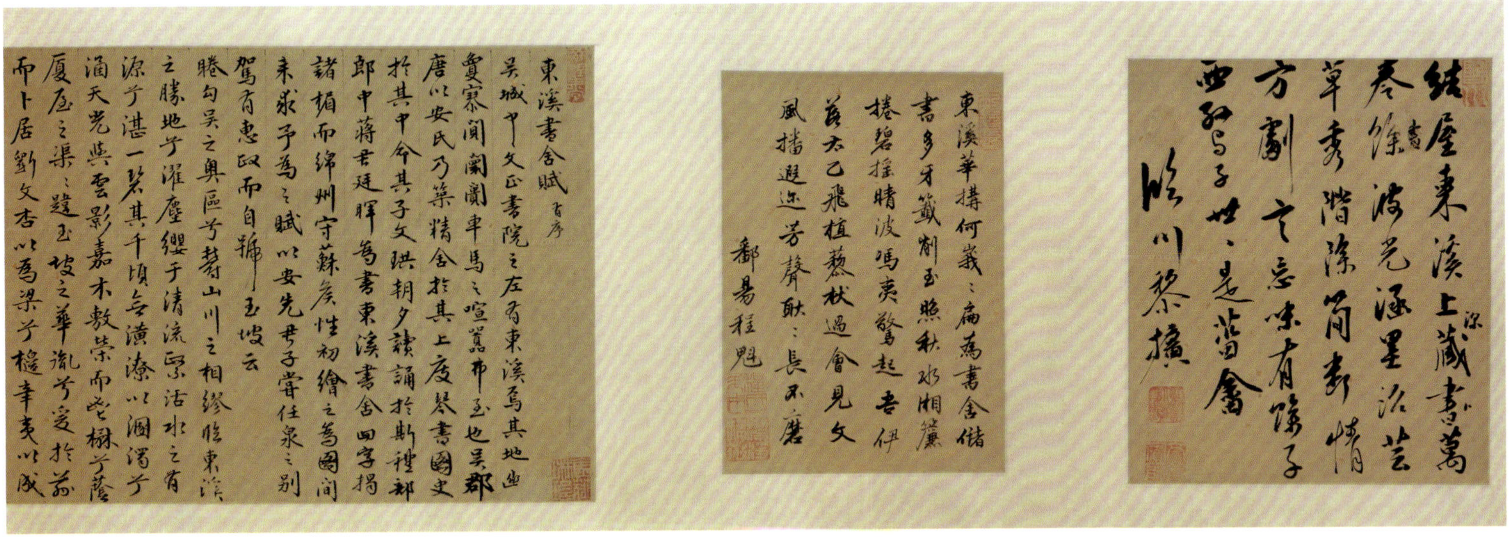

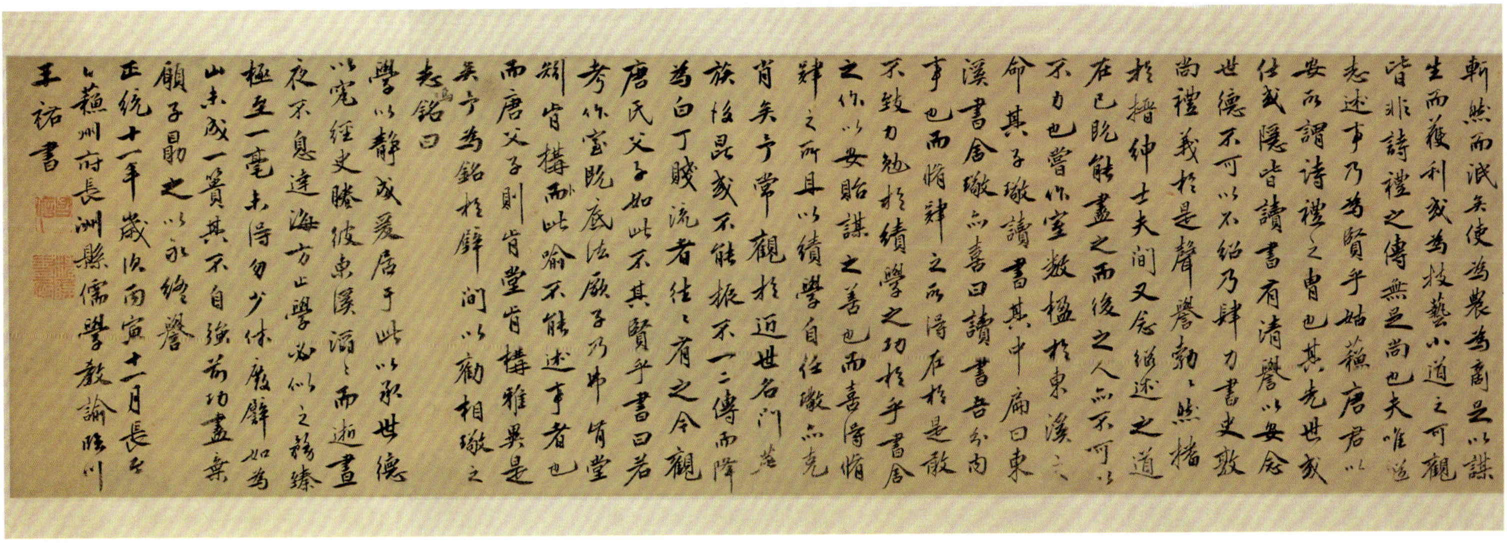

有竹居歌
庭中无雜陽宅
門外無章臺術
只有脩脩深竹
萬竿綠滿舍
前連舍後窓櫺
們主人重
培植生不愛堆
金積玉競豪富
黄金白不垂雲乗

可以矣琴可以
金石可以乘白日
絶可以渡白
子以樂吾志
窓可以延吾
古人敦可以康
吾一生之所
窓而主人
言樹其嘉卓嘆而
王叔明為綱宣纪
書上山堂兴六士

六八　行書有竹居歌卷　明　徐有貞

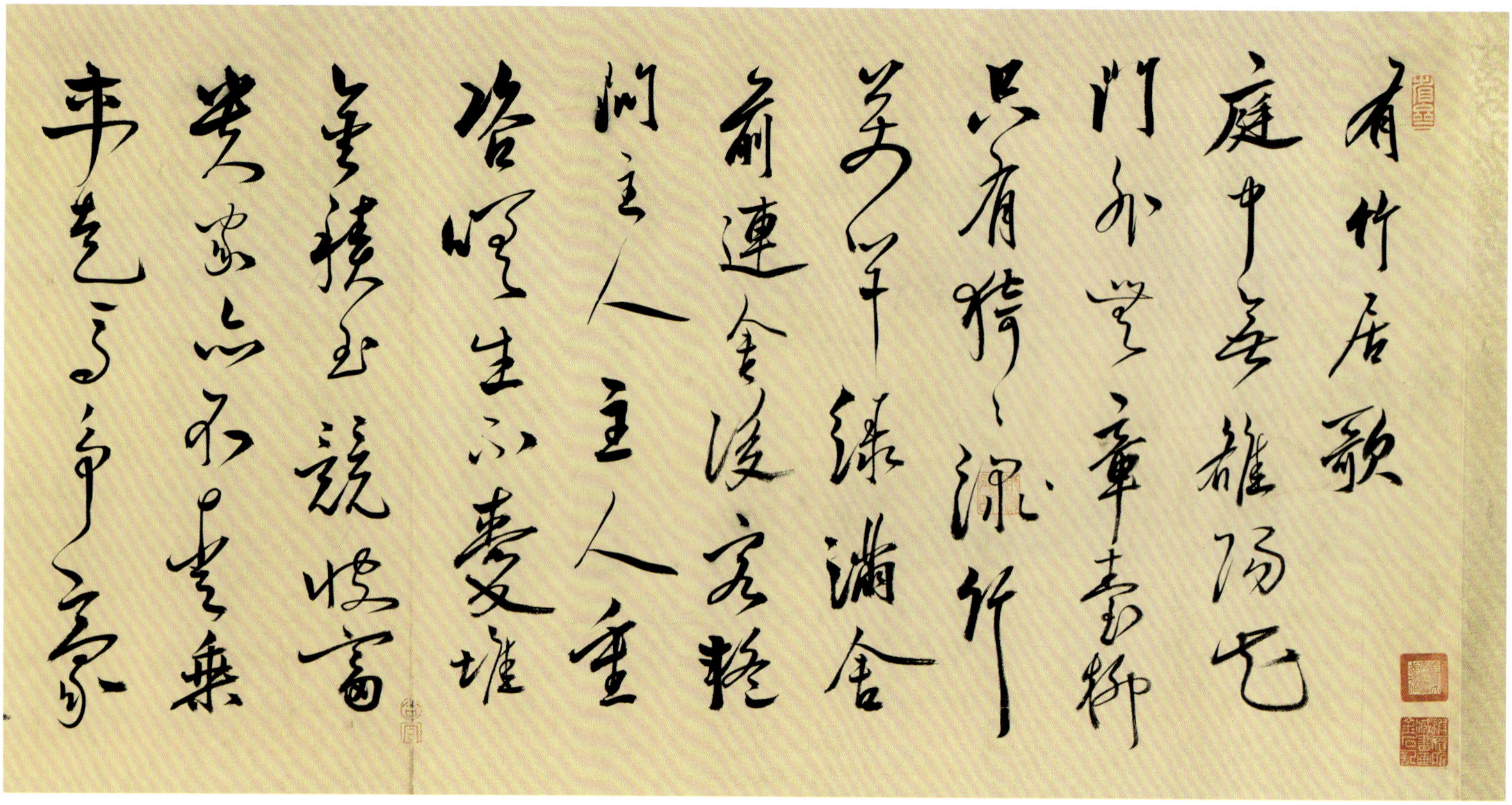

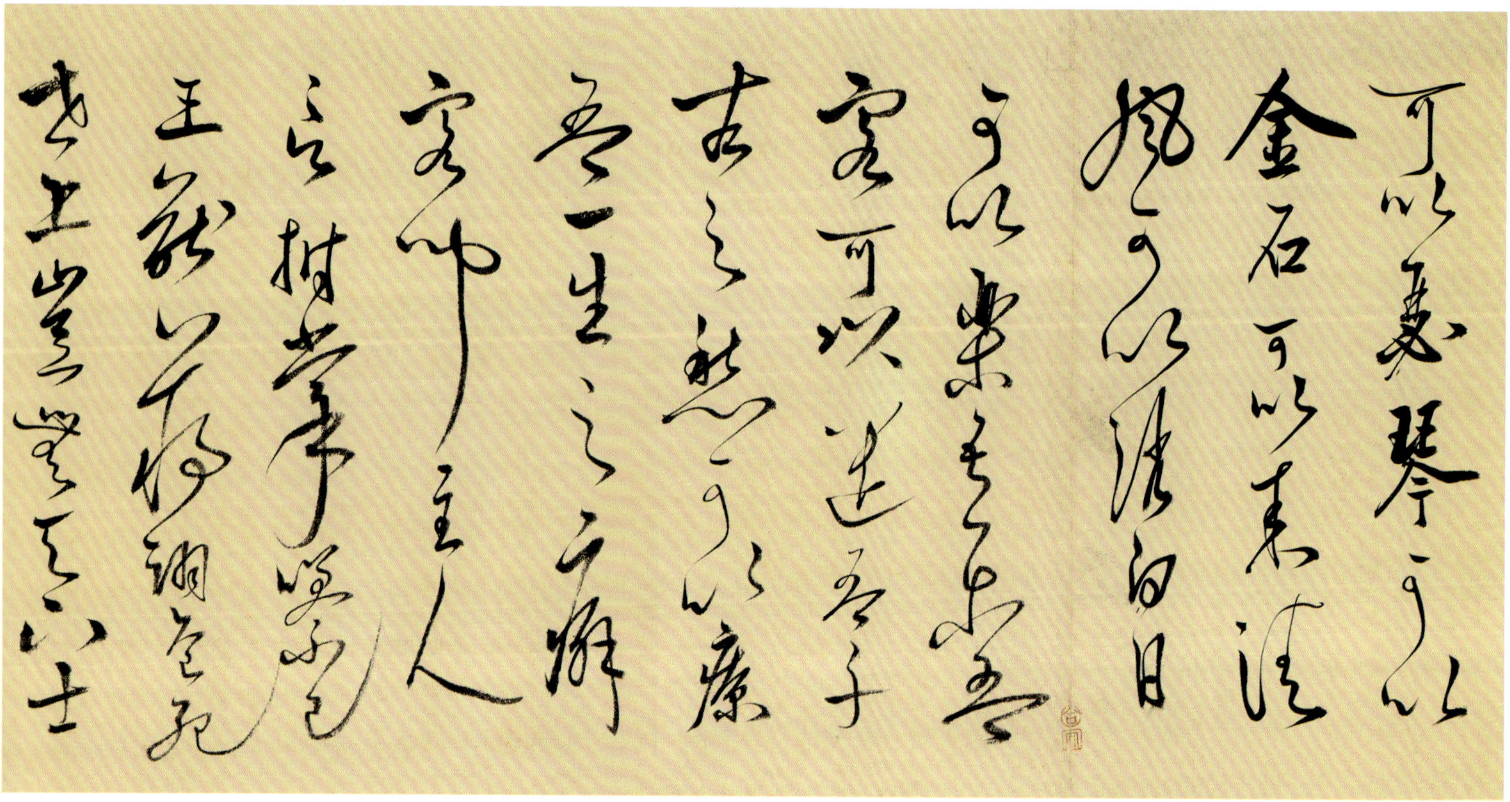

華但愛枝虫把節芉游且息游自惟將佳情適性情定不必在淇之東西南不必走澤之南水竹間西地總為天可以銷可以處

我乞與可彼此已借此為不一兀論焉心馨耳引之聲馨郎形骸風如已武己武功天全公題

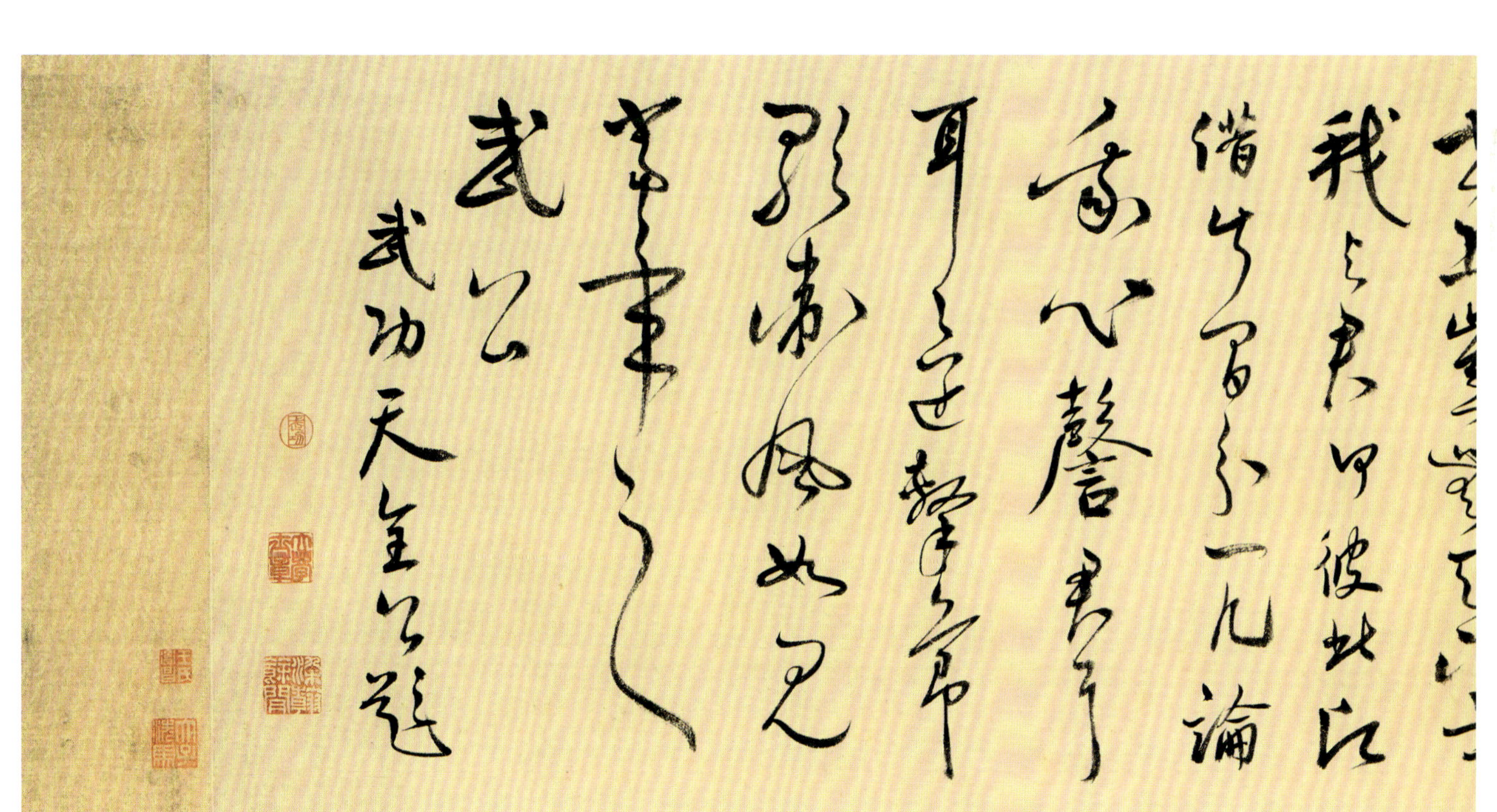

六九　行書別去後帖頁　明　徐有貞

以申一所笑而益不懷抱收以我
步聊為
以少年意之暇來一覽可也匆以
睹誌大方
搖雨新開出百聲中歌彈令
古之人安事乎稅語傳來好西庭
于今有一歸　一自無能辭禮乎
要因聽而復思果復高梁向足南
望不見暮極見碧雲

端陽後一日有貞再拜

淇澳清風
石雪居士徐宗浩題
夏太常長卷一段

七〇　行書題夏昶歌卷　明　徐有貞

茆舍諫議君不厭春尽春雨長兒孤湘北湘南淘宗族貢屋得君不覺貢氣味自中君子親江應湄市人間冕餘力掃清天心薩夏卿与君寓此真儼然畫得君丰神吾欲置之賞座右旦夕与君為主賓壬子五翁有貞書

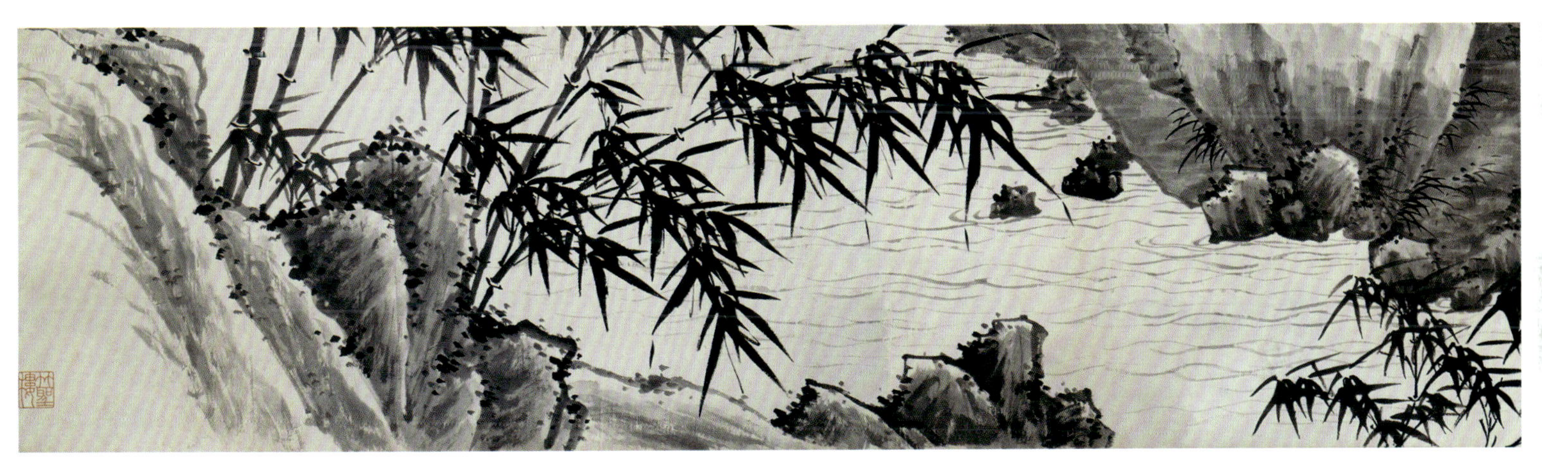

方菴翰林終制起復班賦詩為別情見乎詞覽者重怨其不工而取其不浮也時成化二年歲次丙戌孟夏上澣山西按察僉事翰撼楮山種致仕邑人劉珏廷美書于居第之松巋亭

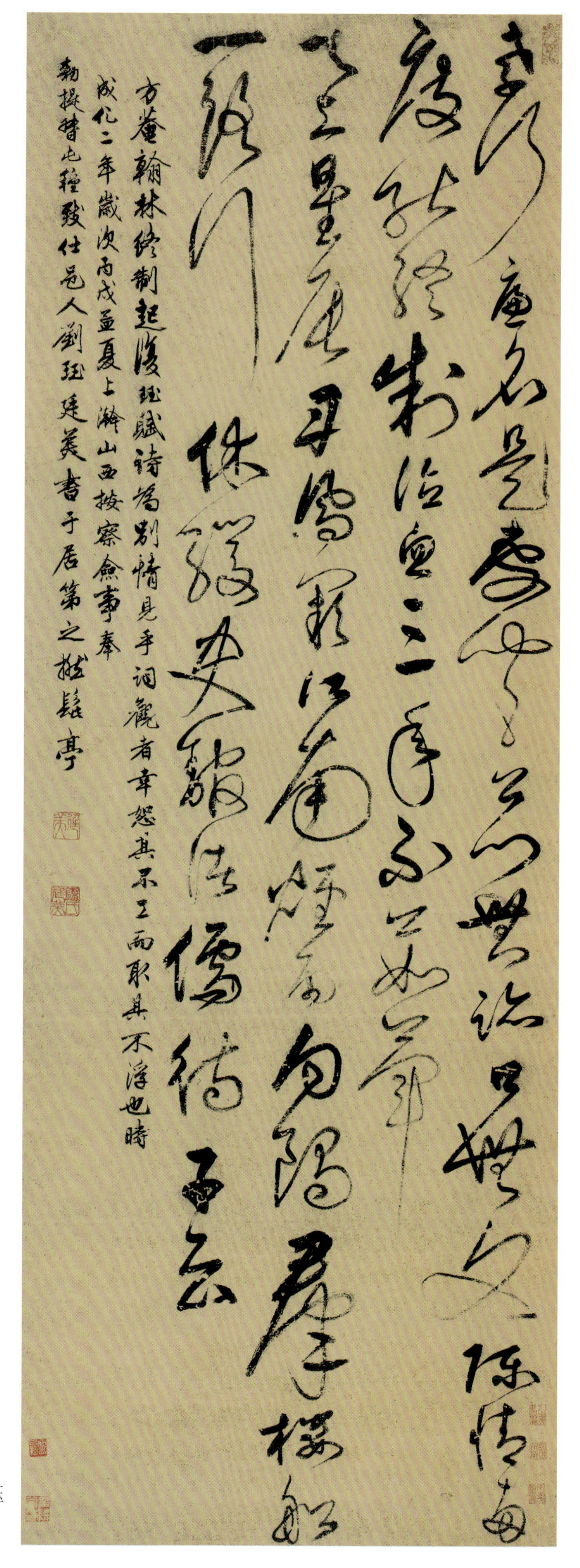

七一　草書七律詩軸　明　劉珏

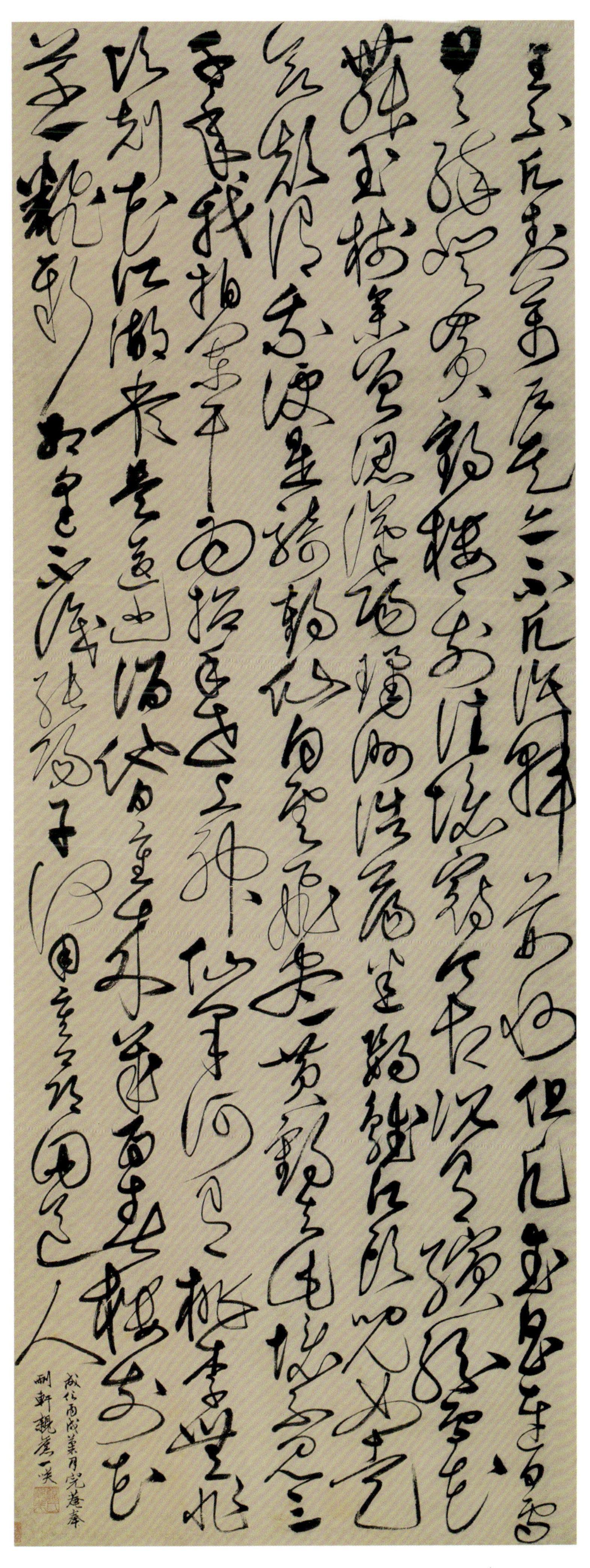

七二　草書七言歌軸　明　劉珏

仰間承
見示范寬秋山圖觀之
石潤林深筆力蒼老誠
縱橫滿幅真有古意難
未敢也其為觀華然
善人吾而見之矣
得見為恒者斯可矣
那以是復之不然當
何如至夫許至直則左
手棄有不識收者為幸
聖至寶至弊疑不然以
金玉兩宋易以易之也固
後係回脫此而
復併以小詠圖去
觀不宣　　　珙瑞頓
玉日賢戚待聘

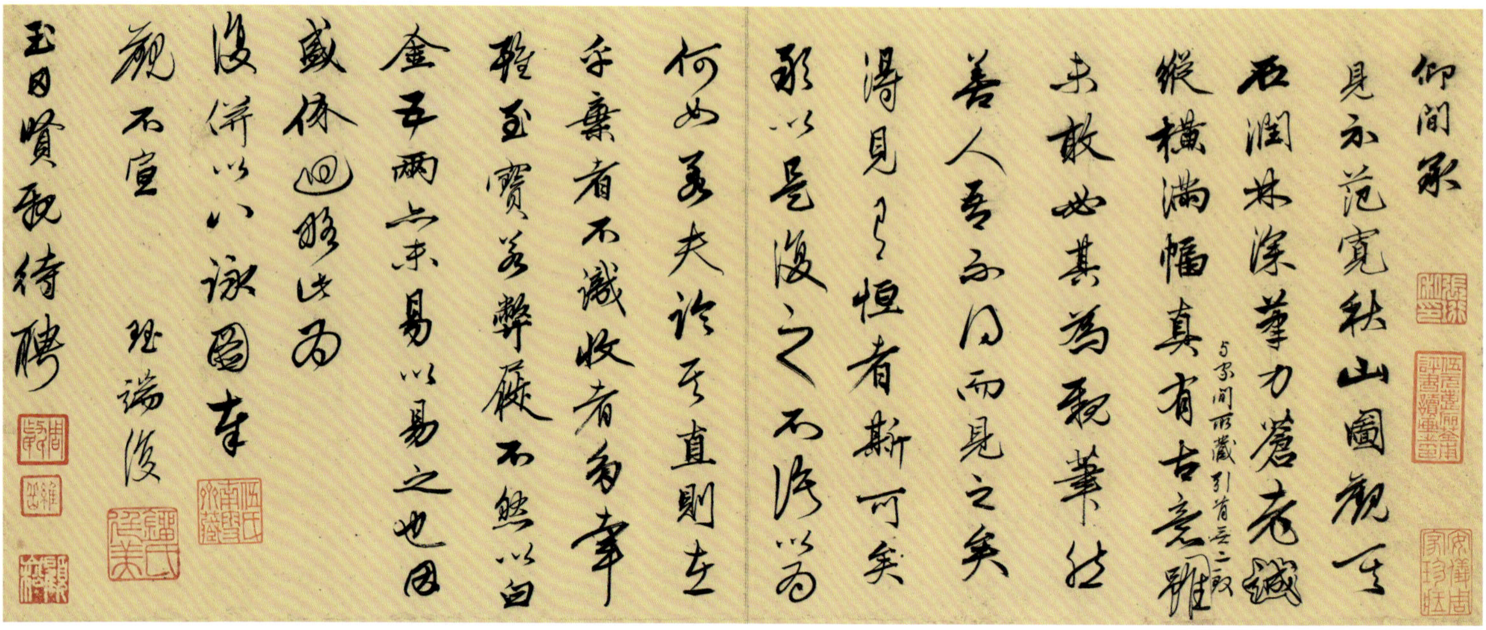

仰間忽辱
書問俾及
華箋見示顧予雖非造五鳳樓手課領
佳惠豈能默、因成謝箋一律語粗意淺
不可呈諸
蘭室先生隱德丞文
大方然冒進不容已者良欲取正於
函丈也中秋後三日晚生劉珏錄奉

敦幅含香質更華寄來新自浣溪涯
素遠陰醫三冬雪紅尊東江一片霞拂
拭頓輕南國頤保藏勿異玉堂麻他年
擬寫天人策拜上
唐堯
聖主家

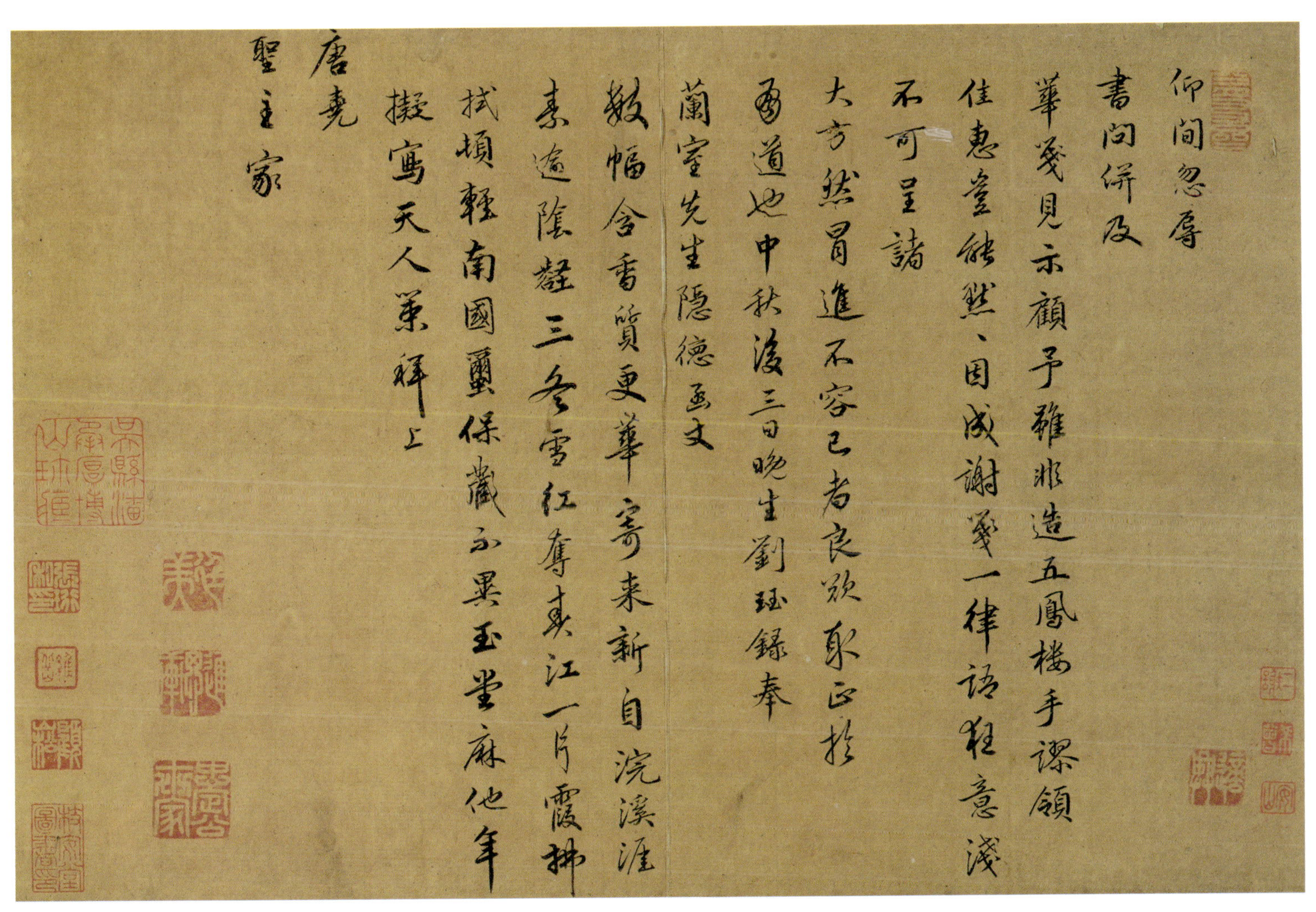

七四　行書仰問帖頁　明　劉珏

地鄰東海接蓬萊世際
昇平壽域開青鳥使從雲外
至綵衣人自
日邊来光分蜀錦鴻龜軸色泛
流霞酒滿杯問花長生笑何
許六句花甲是初回
進士葉君与中方念
尊翁初度六十欲一称觴而未得
也忽有奉
使湖南之行取便道以遂其私則
所樂當何如哉因賦一詩為其
尊翁壽云
正統丙寅暮春初吉
翰林雲間錢溥書

七五　行楷書為尊翁壽詩頁　明　錢溥

聖皇御宸極壽域開八荒垂髫與戴白處處
哥時康先生自是婁江客百世傳家在清
白生平無意夢刀州野服綸巾甘遁跡
時畊龐老田日醉麻姑酒逍遥復尚羊
乾坤一間叟買書教子登科名
京華籍籍馳芳聲祗今已書分祿養行
翰
錦勅來褒崇緬懷曠遊閒道遥無由去
心逐片雲飛憑高每延佇初秋況復華誕
臨欲見不見情尤深預令難弟拜家慶
霞觴代向花前斟先生壽彌崇賢郎孝
彌極罔之感詞林題詩慰相憶懸知綺
席開華堂羣僊宴集歡無疆玉宇風清
郤煩暑金莖露白生新涼賢郎際此風
雲會忠孝從詩而無媿晝錦趨來尚有
期載祝莊椿八千歲 幾

雲間錢博

七六　楷書詩頁　明　錢博

滕王閣序

王子安撰

南昌故郡洪都新府星分翼軫地接衡廬襟三江而帶五湖控蠻荊而引甌越物華天寶龍光射牛斗之墟人傑地靈徐孺下陳蕃之榻雄州霧列俊彩星馳臺隍枕夷夏之交賓主盡東南之美都督閻公之雅望棨戟遙臨宇文新州之懿範襜帷暫駐十旬休暇勝友如雲千里逢迎高朋滿座騰蛟起鳳孟學士之詞宗紫電青霜王將軍之武庫家君作宰路出名區童子何知躬逢勝餞時維九月序屬三秋潦水盡而寒潭清煙光凝而暮山紫儼驂騑於上路訪風景於崇阿臨帝子之長洲得僊人之舊館層巒聳翠上出重霄飛閣流丹下臨無地鶴汀鳧渚窮島嶼之縈迴桂殿蘭宮列岡巒之體勢披繡闥俯雕甍山原曠其盈視川澤盱其駭矚閭閻撲地鍾鳴鼎食之家舸艦迷津青雀黃龍之軸虹銷雨霽彩徹雲衢落霞與孤鶩齊飛秋水共長天一色漁舟唱晚響窮彭蠡之濱鴈陣驚寒聲斷衡陽之浦遙襟甫暢逸興遄飛爽籟發而清風生纖歌凝而白雲遏睢園綠竹氣凌彭澤之樽鄴水朱華光照臨川之筆四美具二難並窮睇眄於中天極娛遊於暇日天高地迥覺宇宙之無窮興盡悲來識盈虛之有數望長安於日下指吳會於雲間地勢極而南溟深天柱高而北辰遠關山難越誰悲失路之人萍水相逢盡是他鄉之客懷帝閽而不見奉宣室以何年嗚呼時運不齊命途多舛馮唐易老李廣難封屈賈誼於長沙非無聖主竄梁鴻於海曲豈乏明時所賴君子安貧達人知命老當益壯寧知白首之心窮且益堅不墜青雲之志酌貪泉而覺爽處涸轍以猶歡北海雖賒扶搖可接東隅已逝桑榆非晚孟嘗高潔空懷報國之心阮籍猖狂豈效窮途之哭勃三尺微命一介書生無路請纓等終軍之弱冠有懷投筆慕宗愨之長風舍簪笏於百齡奉晨昏於萬里非謝家之寶樹接孟氏之芳鄰他日趨庭叨陪鯉對今晨捧袂喜託龍門楊意不逢撫凌雲而自惜鍾期既遇奏流水以何慚嗚呼勝地不常盛筵難再蘭亭已矣梓澤丘墟臨別贈言幸承恩於偉餞登高作賦是所望於群公敢竭鄙誠恭疏短引一言均賦四韻俱成滕王高閣臨江渚佩玉鳴鑾罷歌舞畫棟朝飛南浦雲朱簾暮捲西山雨閒雲潭影日悠悠物換星移幾度秋閣中帝子今何在檻外長江空目流

乙酉十四年己巳秋七月既望雲間錢博集琴川尚默周君書

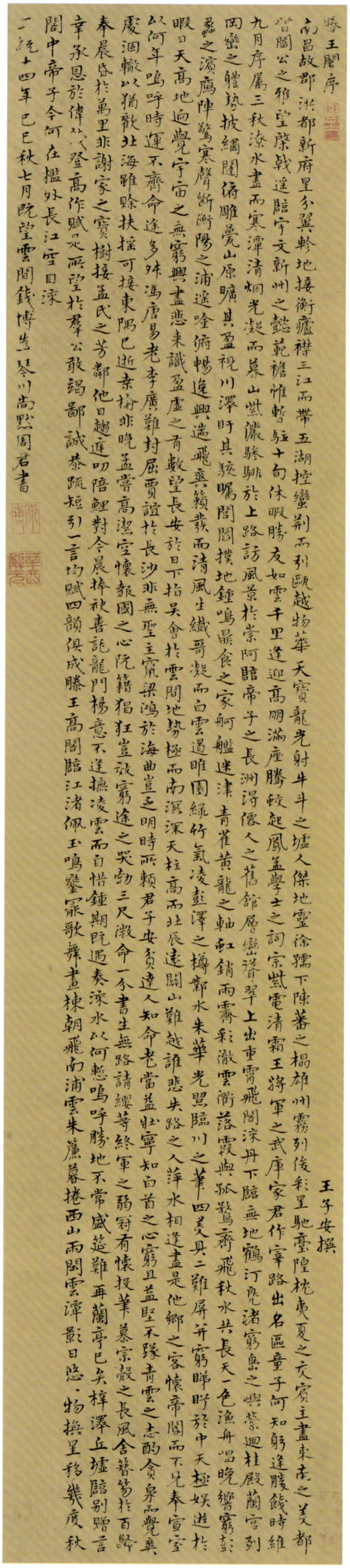

七七　楷書滕王閣序軸　明　錢博

滕王閣序

南昌故郡洪都新府星分翼軫地接衡廬襟三江而帶五湖

督閻公之雅望棨戟遥臨宇文新州之懿範襜帷暫駐十旬

九月序屬三秋潦水盡而寒潭清烟光凝而暮山紫儼驂騑

岡巒之體勢披繡闥俯雕甍山原曠其盈視川澤盱其駭

蠡之濱鴈陣驚寒聲斷衡陽之浦遥吟俯暢逸興遄飛

暇日天高地迥覺宇宙之無窮興盡悲來識盈虛之有數

以何年嗚呼時運不齊命途多舛馮唐易老李廣難封屈

處涸轍以猶歡北海雖賒扶搖可接東隅已逝桑榆非晚孟

奉晨昏於萬里非謝家之寶樹接孟氏之芳鄰他日趨庭叨

幸承恩於偉餞登高作賦是所望於羣公敢竭鄙誠恭

閣中帝子今何在檻外長江空自流

二紀十四年己巳秋七月既望雲間錢博塏琴川尚默周君

贈承德郎戶部主事趙公配封太安人
王氏墓表
朝議大夫南京國子祭酒前翰林
侍講同脩國史兼
經筵官安成吳節撰文
賜進士及第嘉議大夫戶部左侍郎

關西楊鼎書丹
承德郎南京都察院經歷豐城孫
恭而安篆額
贈承德郎戶部主事趙公諱秉才世為
關中涇陽著姓曾祖 祖均玉父仲良
皆隱居以貲產自娛鄉稱長者母翟氏

七八　楷書趙秉才暨王安人墓誌冊　明　楊鼎（之一、之二）

以賢淑聞公生而孤家道中微能力自
勤苦經營生計久而復裕為人剛介明
敏篤於孝義重然諾遇事毅然有不可
犯之色然當為即為無所顧忌從兄四
翁嘗以王事留京病不能興齒髮皆脫
落鄉族聞而危之莫肯往視公慨然請

行比至京躬代其行事昕夕為調藥餌
果得痊瘥護持而還從姪真合室病疫
死者至八九公與好義者為之舉喪遺
一男一女無所依疑公收養教育至于
成人為畢婚嫁如己出者宗族有忿爭
不平者詣門求直公據理折之未嘗有

七八　楷書趙秉才暨王安人墓誌冊　明　楊鼎（之三、之四）

所假借而人自怙服里中有貧不能葬
者推所有以與之男女匹配有過時者
引大義以勸之邑大夫聞其賢舉為耆
宿凡邑之戶婚田土獄訟鬭爭皆令公
剖決無不允當貳令有同姓者每見公
呼為宗兄其見重於時若此嘗曰易稱

積善之家必有餘慶吾趙氏自祖父以
來躬行德誼子孫必有興者永樂癸巳
而子謚生公聞其聲曰他日必能名吾
家遂命曰名家暨長俾從族姪勉游繼
從長安董先生經宣德辛亥入補弟子
員越明年壬子秋七月初十日而公歿

七八　楷書趙秉才暨王安人墓誌冊　明　楊鼎（之五、之六）

歿之日有大風折庭樹鄉人異之公生
洪武丙辰六月二十五日得年五十有
七配王氏太安人同縣王　之女也
洪武辛未歸于公有婦德貞靜柔一操
持恭謹治家儉約内外親姻無不稱其
賢者孝養姑氏晨昏逾謹未嘗有違禮

遇諸婦以恩雖甚怒未嘗形於辭色居
常躬勤織紝孜孜不少暇是以家道日
進於豐裕者實有所賴也暨公歿太安
人躬撫諸孤及諸從姪飲食衣服動止
若一其於婚嫁奩幣皆親自營辦無或
彼此姑氏臨終曰我翟氏無後汝肯為

七八　楷書趙秉才暨王安人墓誌冊　明　楊鼎（之七、之八）

我承祀乎太安人曰諸自是歲時祭掃必親行者四十餘年臨歿復屬子婦行之其篤於孝慈又若此正統甲子子謐中陝西解元辛未登柯潛榜進士擢南京戶部山東清吏司主事推

恩贈父為承德郎官與子同母封太安人

妻如制命服下臨光賁州里太安人曰吾足以下報所天矣未幾謐秩進員外郎欲遣人迎致而太安人以天順二年戊寅十一月二十四日歿于家其生之歲與夫同得年八十有三子四人長曰肅次曰寬曰謐即員外郎次曰整女三

七八　楷書趙秉才暨王安人墓誌冊　明　楊鼎（之九、之一〇）

人長適典史李肅次適大使符溫次適士人劉凱孫男八人臬穟梅柏杞蘭竹芝孫女四人曾孫男二女一公自壬子歲歿殯于淺土距太安人歿之日凡二十有八載矣謐以內制還合父母二殯葬同里廣吉鄉之原祖塋之左從先兆

也嗚呼公之平生行誼卓卓足稱于人固為賢矣而太安人又以慈德煦育一門晚而壽考令終光被命服以增耀于里閭茲皆素儲善慶故天錫此以報之也謐能勉於官守以榮二親又趙氏之亢宗者焉今以二親之善行具狀來徵

七八　楷書趙秉才暨王安人墓誌冊　明　楊鼎（之一一、之一二）

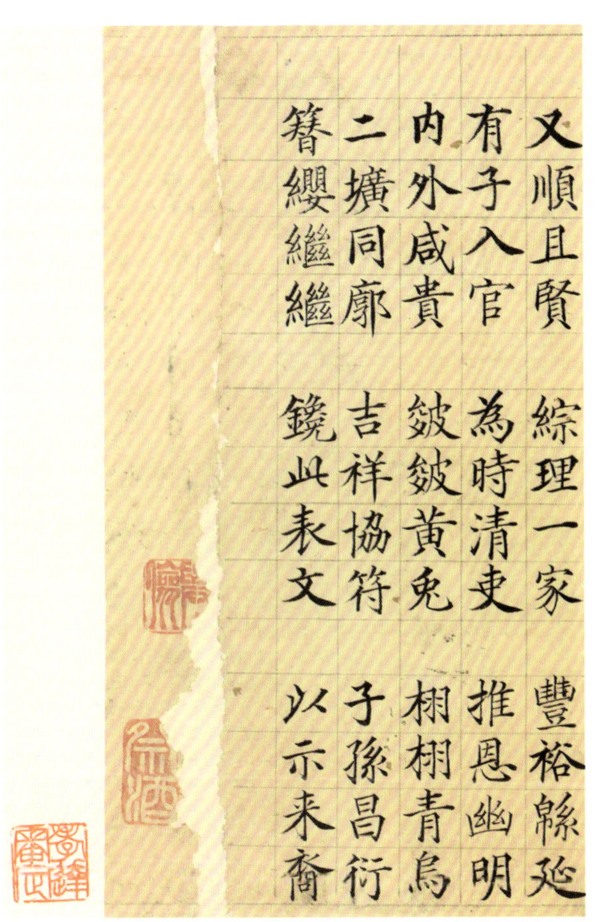

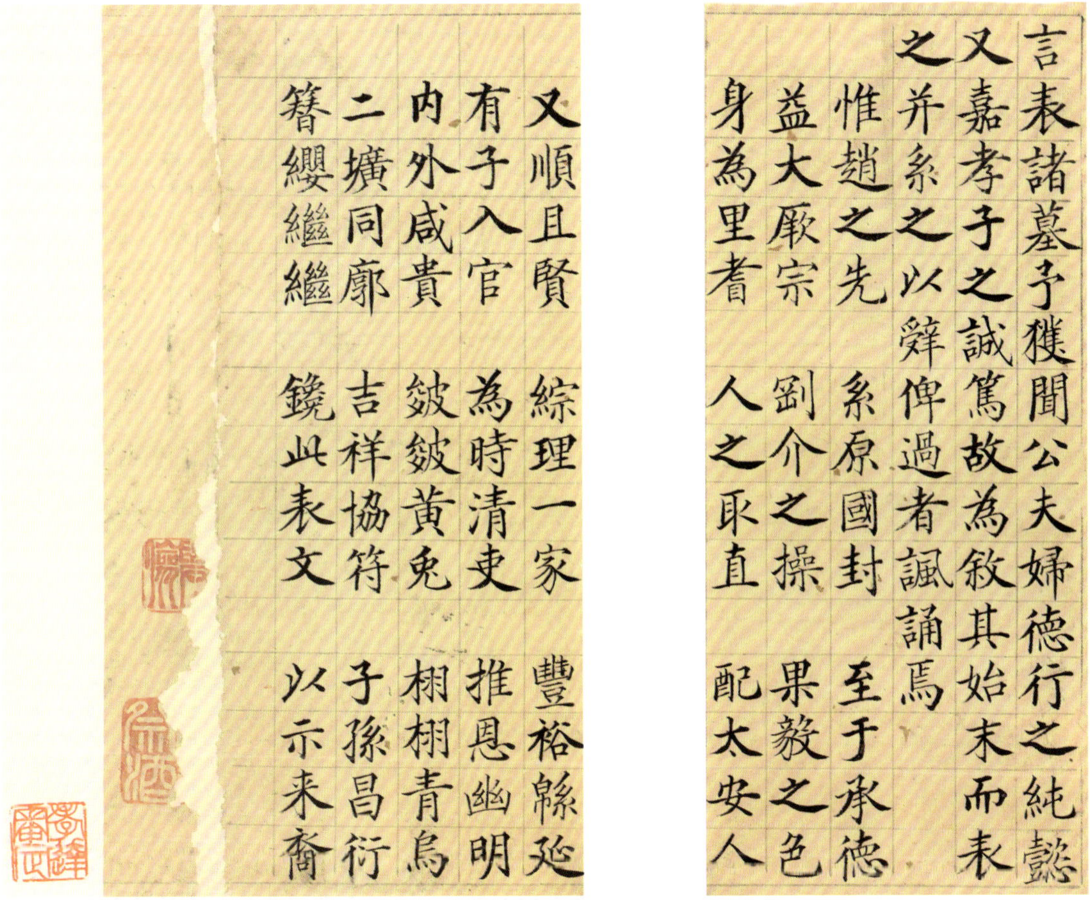

言表諸墓予獲聞公夫婦德行之純懿
又嘉孝子之誠篤故為敘其始末而表
之并系之以辟俾過者諷誦焉
惟趙之先系原國封至于承德
益大厰宗劉介之操果毅之色
之身為里者人之取直配太安人

又順且賢綜理一家豐裕綽延
有子入官為時清吏推恩幽明
內外咸貴皴皴黃兔栩栩青烏
二壙同廓吉祥協符子孫昌衍
簪纓繼繼鏡此表文以示來裔

七八　楷書趙秉才暨王安人墓誌冊　明　楊鼎（之一三、之一四）

光緒壬寅三月阮北張之洞觀

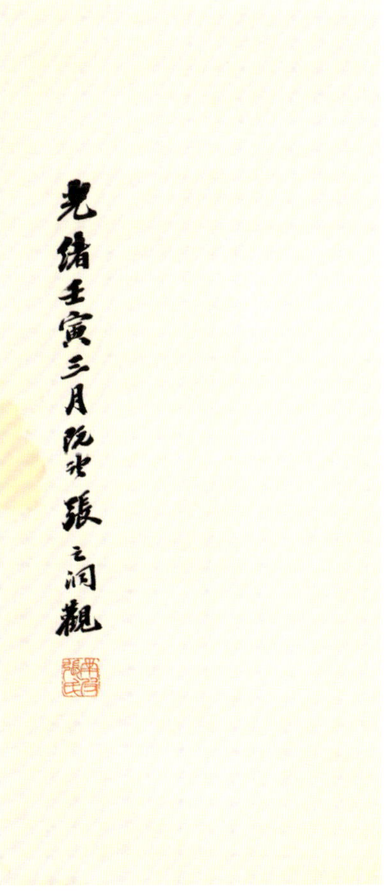

七八　楷書趙秉才暨王安人墓誌冊　明　楊鼎（之一五）

时正顿首言闲寓中独承存䘏不忘是何忠厚至情古毋乃加也下舍人还巳具一二谢悃托之杭州泊附奉惟吕迫促愧莫罄所怀耳兹區區激之私六岂楮墨所可尽兹自南归向居村落有如井底四方信息一切杳然即日不审恭惟挥麈迎挹百辟岂胜欣下忱恋恋入春老怀愁与俱烦恼春寒未减湖山之趣尚未遂未恐公暇或念及聊及去之乡友沈预之玄谨此斋一粲预之勤敏長慎有用之材也知莫逃于衡鑑之下伏将有所琢磨吕咸笑庸昌多言不具春仲望燈下时正顿首奉都宪大人先生合座

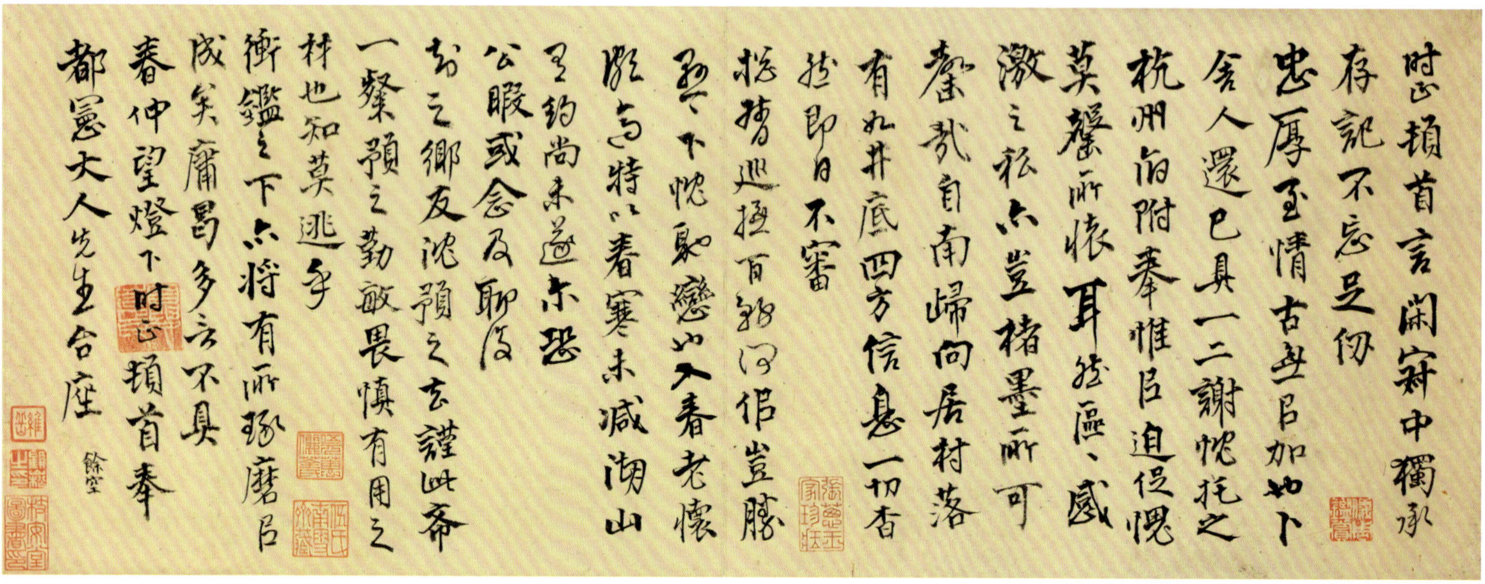

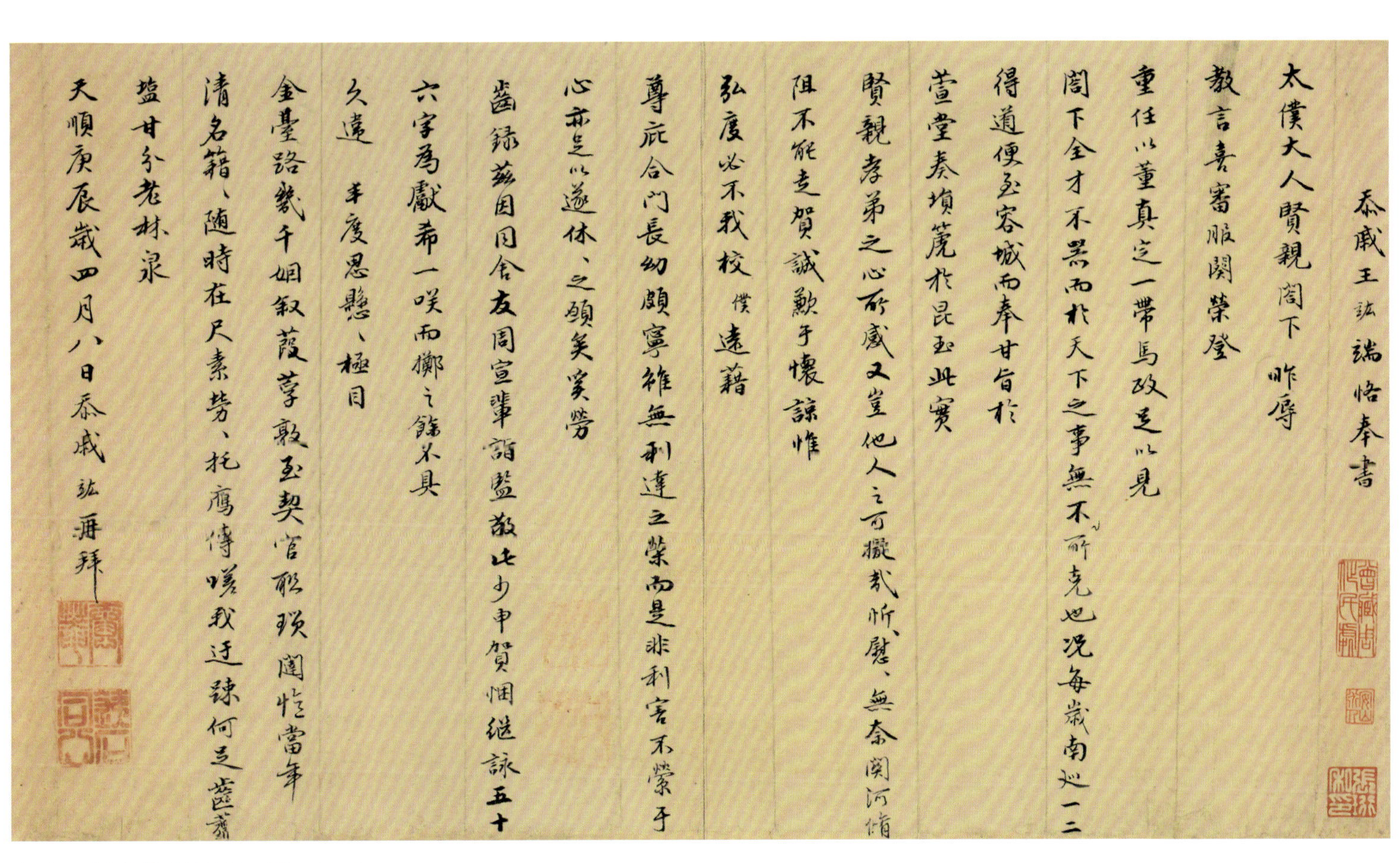

泰戚王竑端恪奉書
太僕大人賢親閣下　昨辱
教言喜審服闋榮登
重任以董真定一帶馬政足以見
閣下全才不器而於天下之事無不所克也況每歲南巡一二
得道便至容城而奉甘旨於
萱堂叅墳塋於昆玉此實
賢親孝弟之心所感又豈他人之可擬哉忻忻慰慰無奈関河修
阻不能走賀誠歉于懷諒惟
弘度必不我校　僕遠籍
尊府合門長幼頗寧雖無利達之榮而是非利害不縈于
心亦足以遂休休之願矣奚勞
齒錄茲因同舍友周宣輩詣盖敬此少申賀悃繼詠五十
六字為獻希一哂而擲之餘不具
久違　年度思懸懸極目
金臺路幾千姻叙葭莩敦至契官聯瑣闥憶當年
清名籍籍隨時在尺素勞勞托鴈傳嗟我迂疎何足薦
塩甘分老林泉
天順庚辰歲四月八日泰戚竑再拜

八〇　行書教言帖頁　明　王竑

江上孤煙連遠樹高原一望孤煙連四柳此生當盡日

孤煙楊樹東連村遠村高原地勢低一點五柳枝葉樂事此題回望當節古賢人山有皆倦之狀豈七人之所上問亲妙樂事皆不乱盡人秋亭錐二
了不知善當實主堂中朝夕自飽似飛廬手左之賢人若名語吾清言者黃初始之部
一是日 成化戊子元月姚綬書

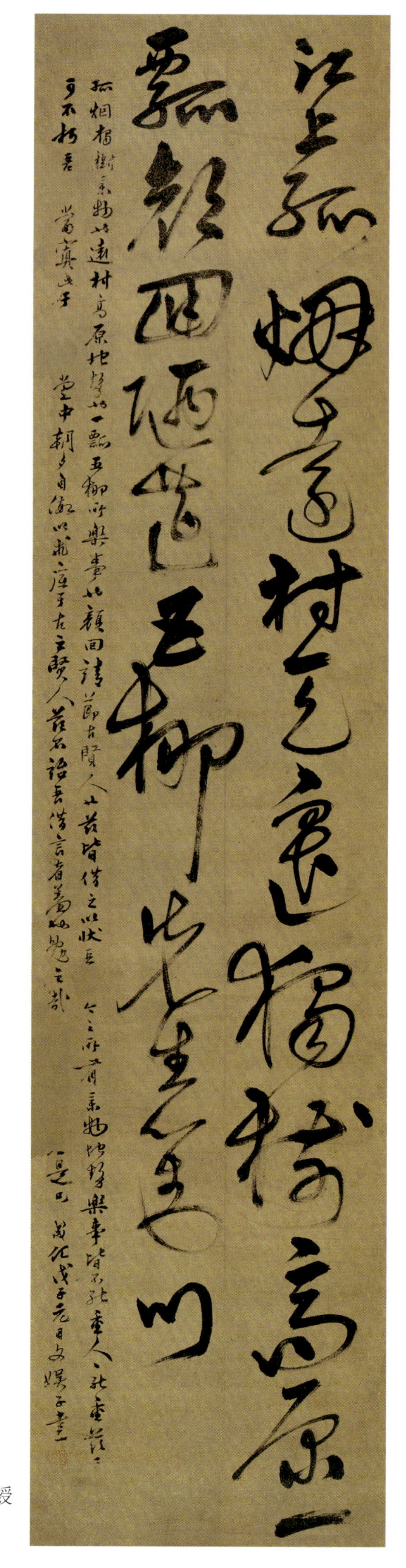

八一　草書六言詩軸　明　姚綬

江上孤烟

雲孤鸿西

孤烟树树二东横出远村高原地静也一点五

可不相看

当寘也乎

堂中朝

張君伯雨湖元講師句曲外史詞翰名海內者百又餘年予愛君書度越北海私淑久之墓在雲石南陽戊戌十月省楂

予文神及姚江魏孔㲀以權真華以祝昔之所缺于勿替以眞詞㷊於其墓酒以奠其餘泉兮道龕俑山下毛敦崖芳俊餘詩領請予作詩況之乃

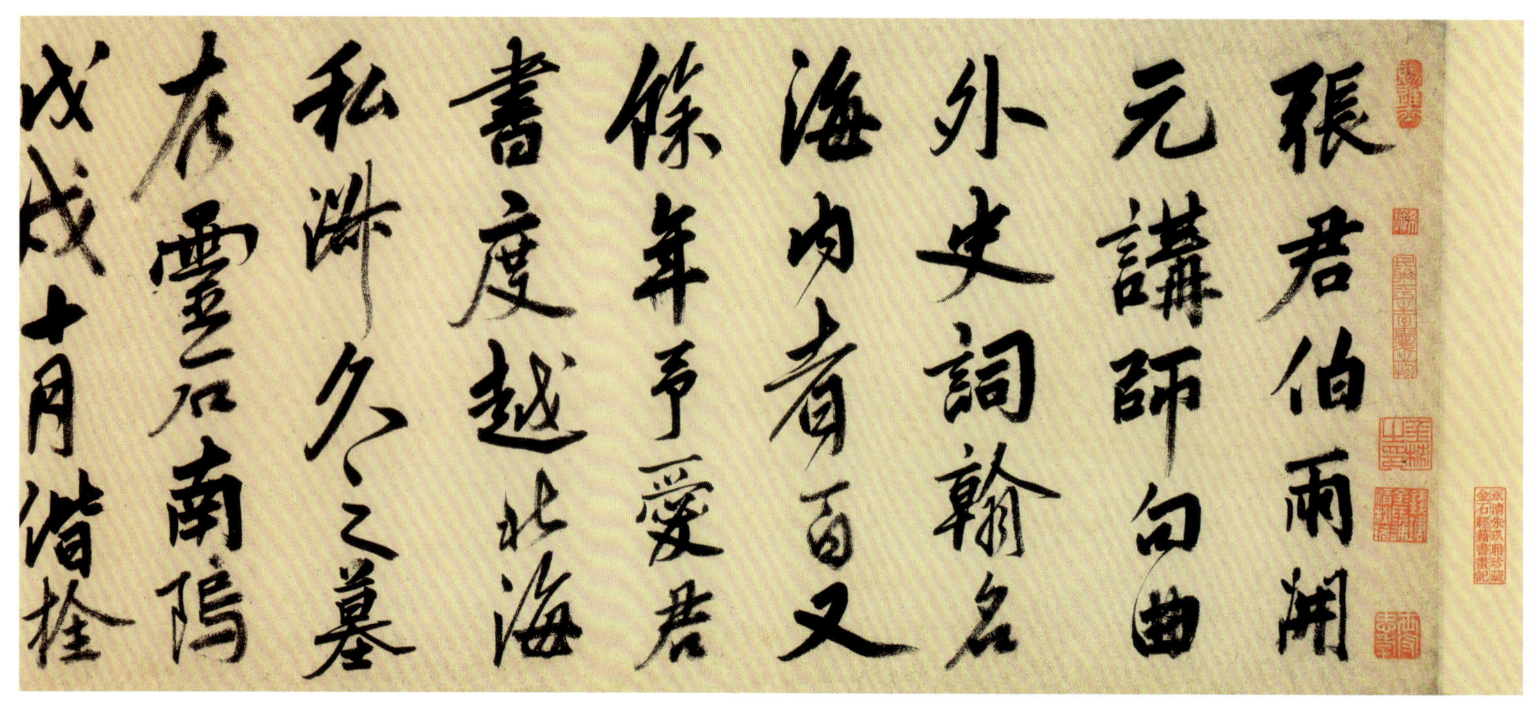

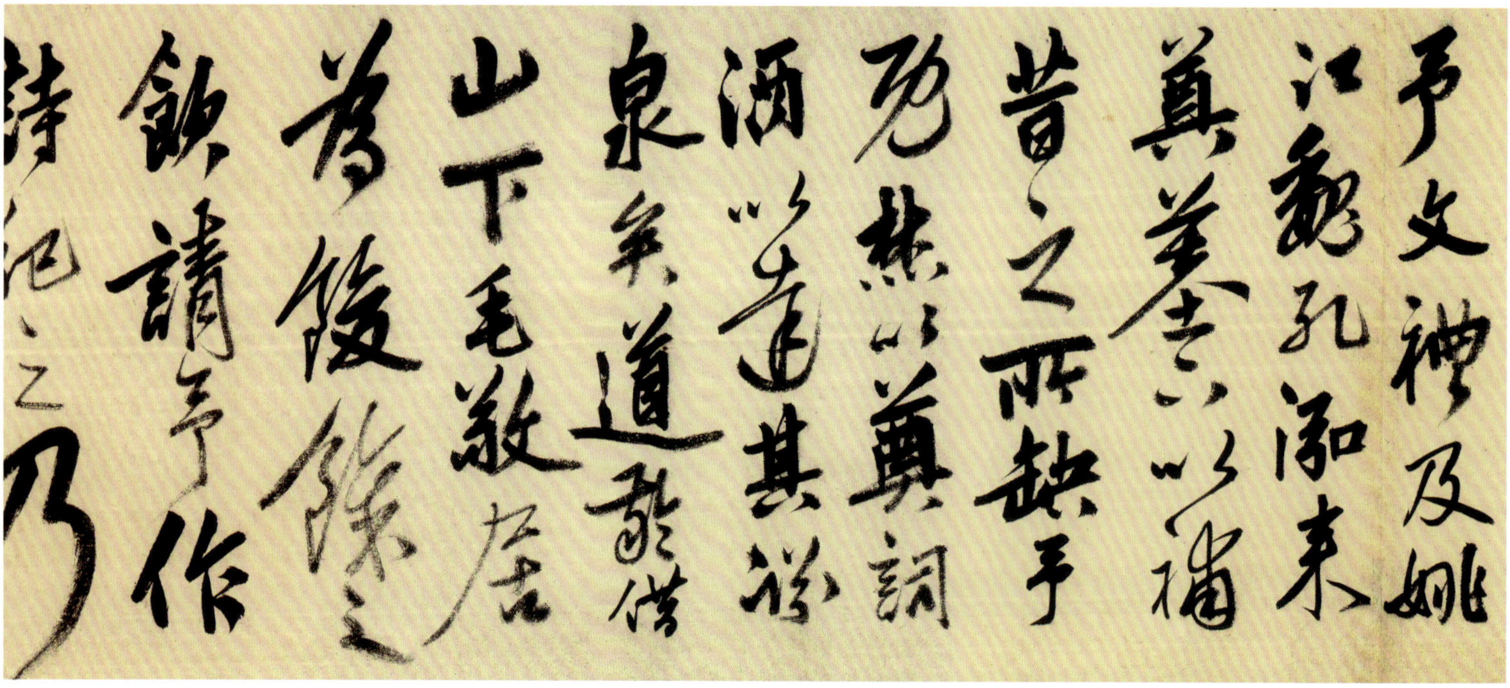

八二 行書詩卷 明 姚綬 （之一、之二）

戊戌十月偕栓
德史玄隱杭
人丁文禮及閔
人生持酒將
之作詩呈之
齋子巳月其
開元嗣人陳
道齡與其弟
士真士祥具
隨菓菜醴過
予文禮及姚

詩純之乃
復乳之
重來靈石
澗又廢寺
鈎樞地
主何曾識
傑人不待
招山花看醉
酒聖野

酒瓶待後霄回首茅家步西湖夕識處

是日具研墨進者乃士真之弟子李玄靜也

毛氏彩屋

峰書玄詩罷匆不日見南兩山突如詢之毛氏名曰填筆架乃毛之居尾使不忘馬山名既然則

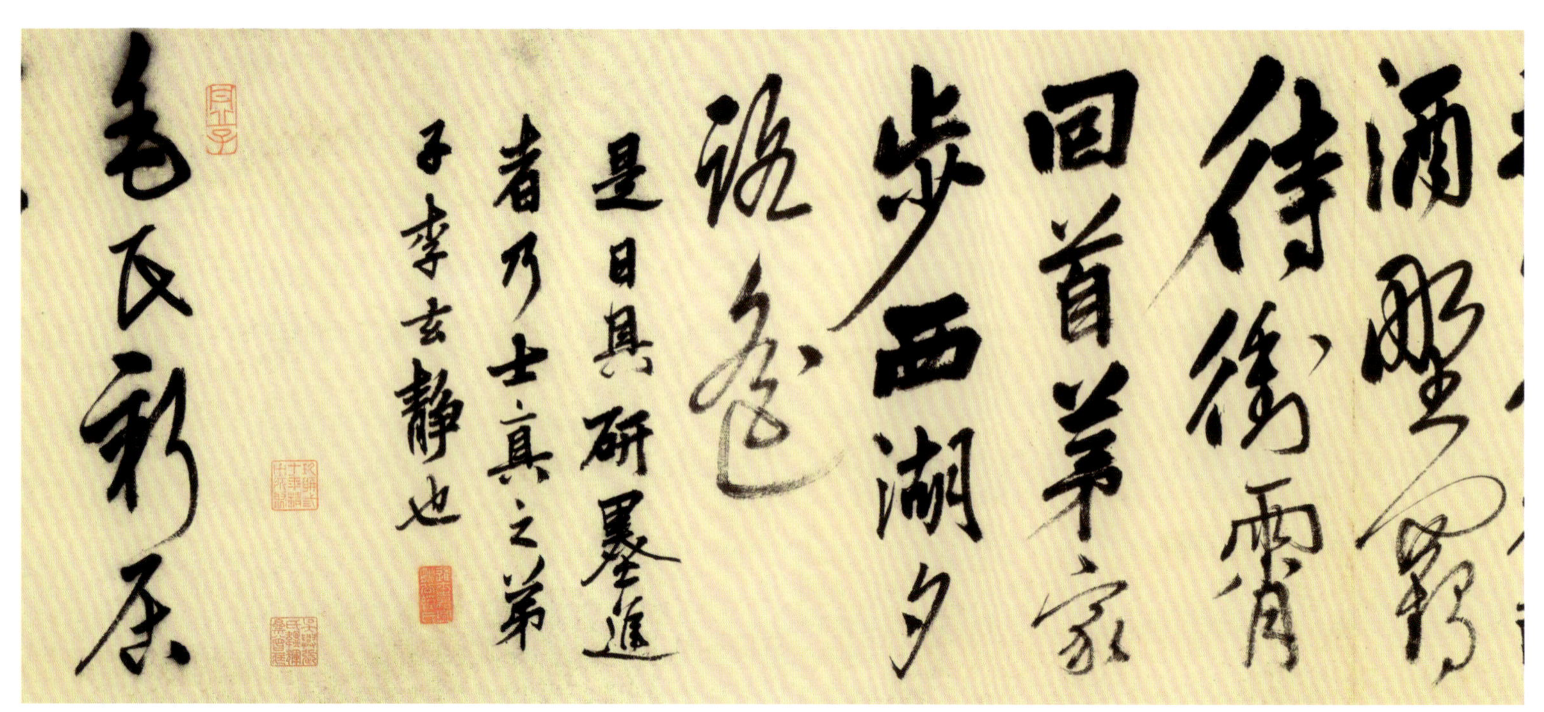

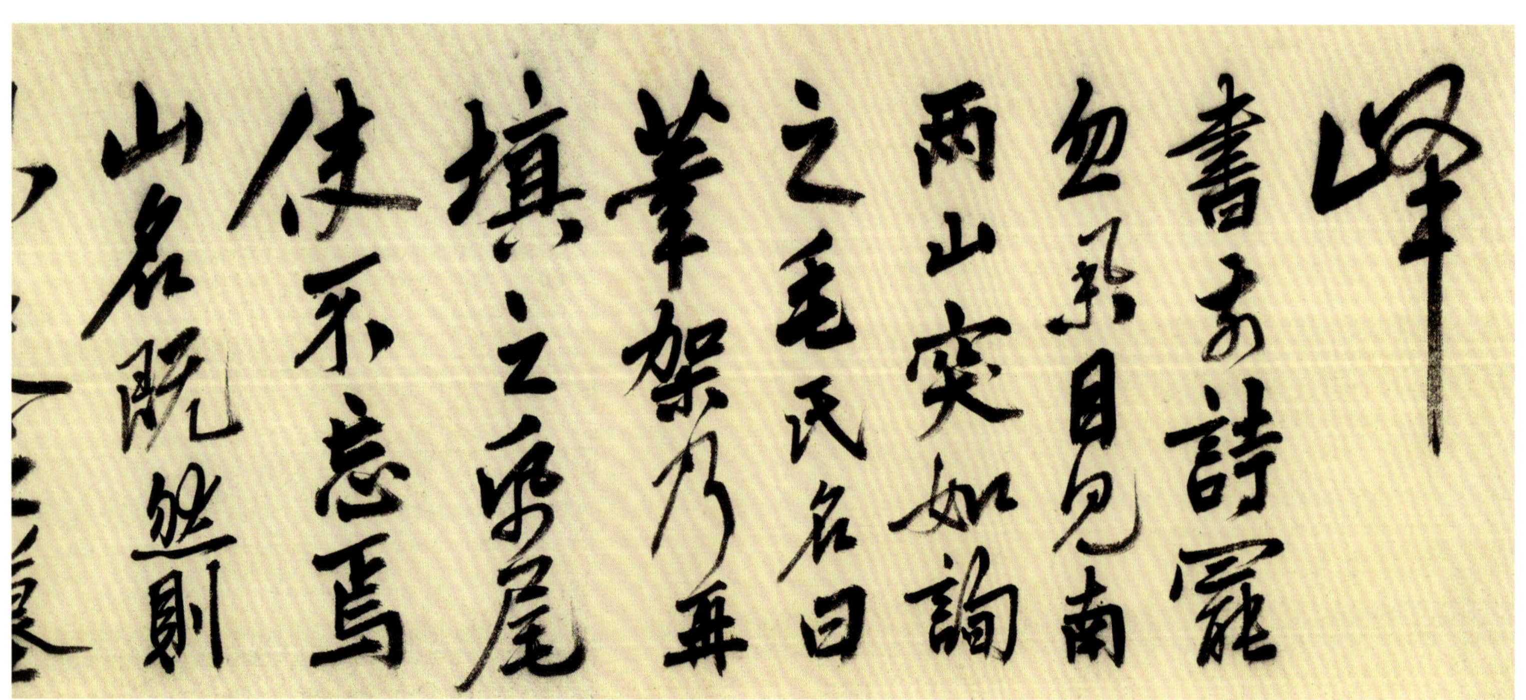

八二　行書詩卷　明　姚綬（之三、之四）

以筆墨不淩扣松如夢風藝孫可翁高

久耶逸史徽言相為此与其下可不外史之墓

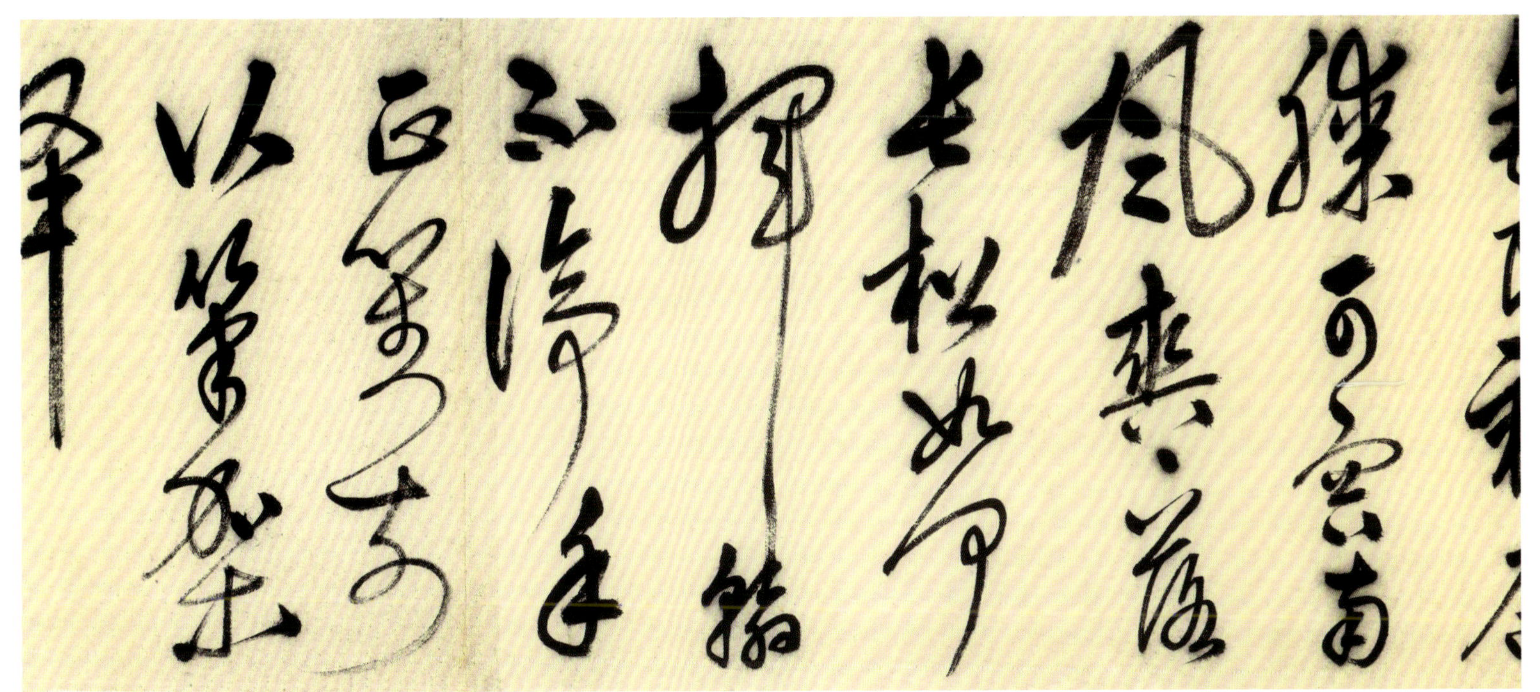

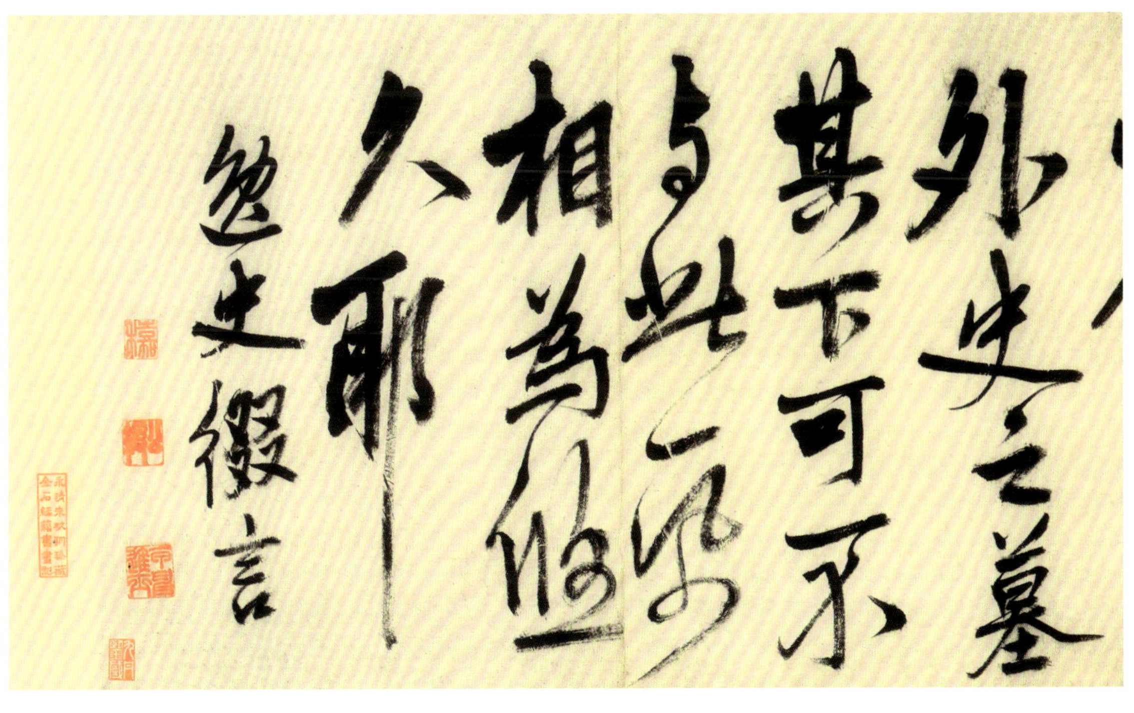

夜行十首

不識更長短 歌溪路長有人間坐話何
處是他鄉
風葉敲蓬響 緣溪有樹林燭花灰未書
應識世人心
銅博香如篆銀杯酒似餳都憑排遣意

乘月且宵征
缺月隨雙櫓微雲暗數峯莫教吹玉笛
水底起魚龍
繞過裏柳渡又上折蘆灘談笑數十里
不知行路難
撥遣睡魔去攤書下數行英雄多角逐

八三　行楷書夜行詩冊　明　姚綬（之一）

今古啦興亡
候吏散去久親文陪坐長輕裘寒氣龍
蓬上有微霜
愛書論晉帖眈旬尚唐人歲月殊滋久
深戟未得真
蟹眼湯初試金葉茗獨香容嘉相對

啜笑殺老坡狂
冬夜夏之日無眠趣亦佳侵尋經渴睡
約器詠乖厓
成化壬寅五夏之雪余自走水天龍子筆運以
悟淨道中秉燭弦此將以情對百之分信為
客進之一哂耳
雲東逸史記

八三　行楷書夜行詩冊　明　姚綬（之二）

178

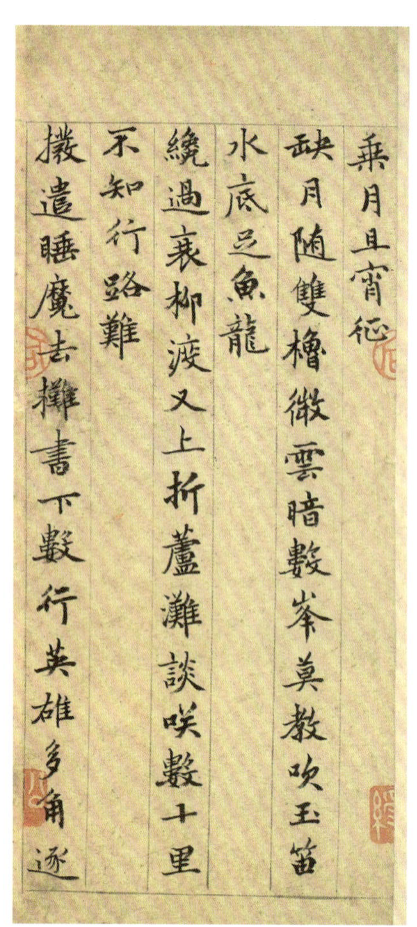

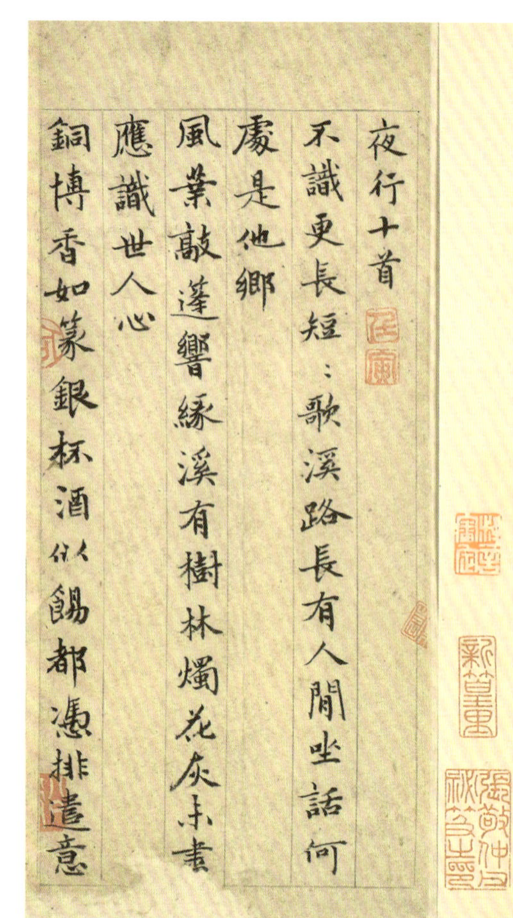

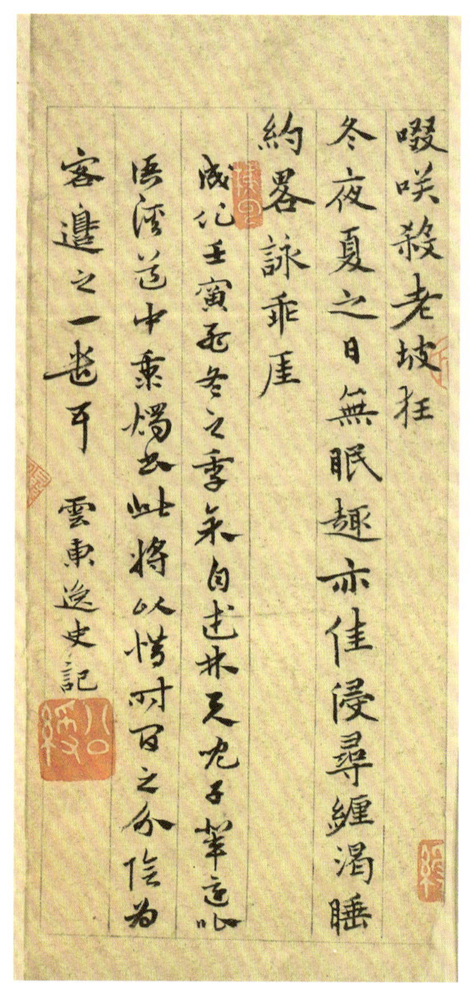

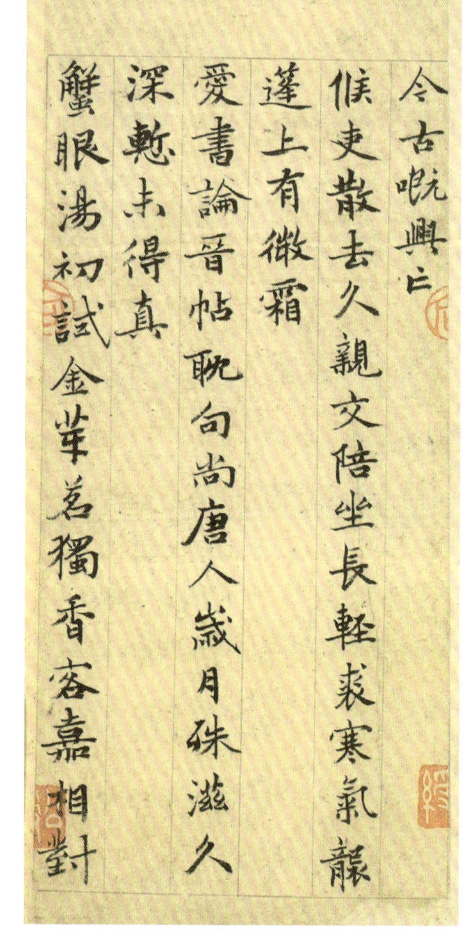

八三　行楷書夜行詩冊　明　姚綬（之三）

八三　行楷書夜行詩冊　明　姚綬（之四）

八三　行楷書夜行詩冊　明　姚綬（之五）

八三　行楷書夜行詩冊　明　姚綬（之六）

碧壇高敞羽人居此日
重来我慶初賤傳月也月
下瑶臺香麝散鶴翻珠
樹曉風珠
龍旂鳳翣開仙伏紫霧
紅雲捧
玉輿何幸
郊禋叩奉引侍臣冠盖绝
瓊裾
侍生屠勳拜

八三　行楷書夜行詩冊　明　姚綬（之七）

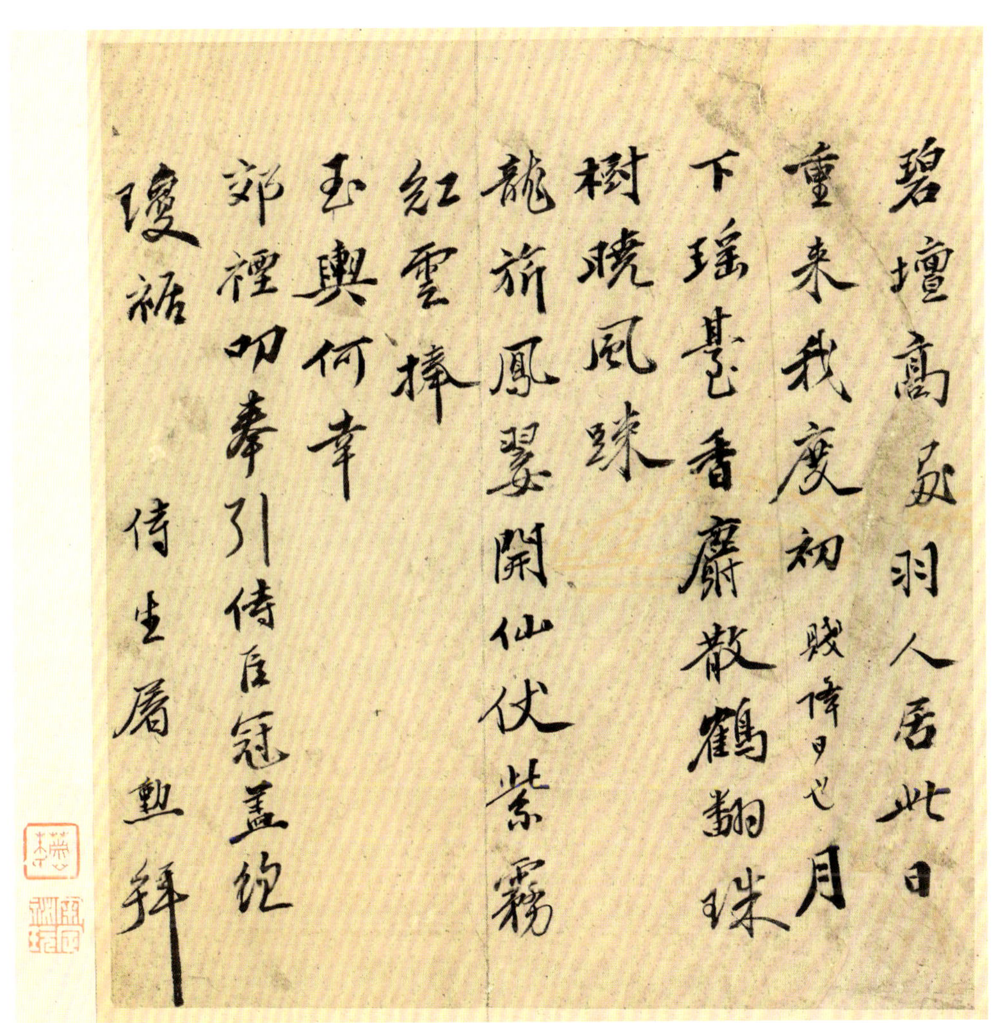

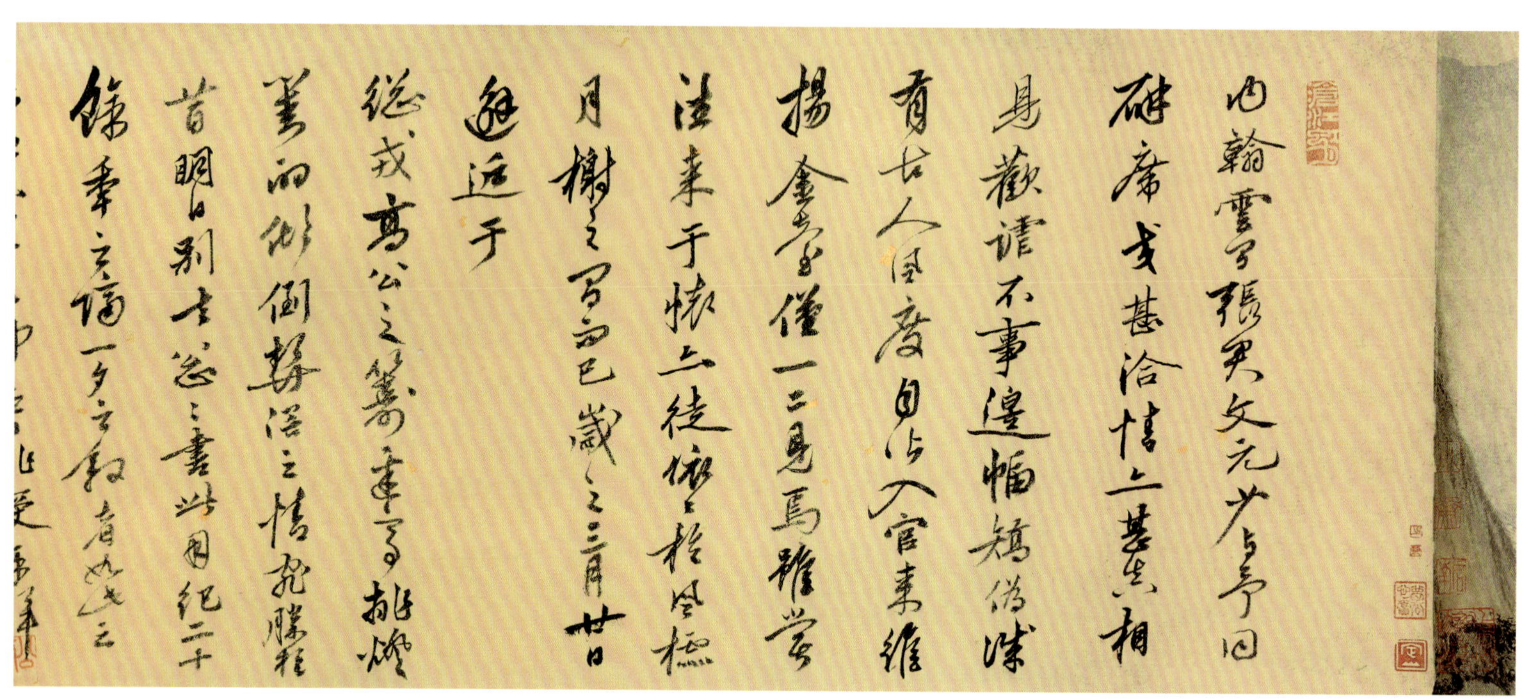

八四　行書送張文元詩並序卷　明　姚綬

弘治八年乙卯春日姚綬再拜

春暮相逢話昔年羽觴飛雪

多歡娛叙情未久移船向

垂波盡聽祖席離〻怕柳

下歸舟片〻落花亦臨行爲

看家何處更結當時翰墨緣

丙戌秋日來蘇廬主持此索題予以若波山水

屏四幀鶴逸畫冊十二頁易得之白石翁擬耕明

妙見是卷古穆蒼奇黃鶴山樵之韵味此而無一筆

翁畫得之可謂冰寒於水矣

耕庄記

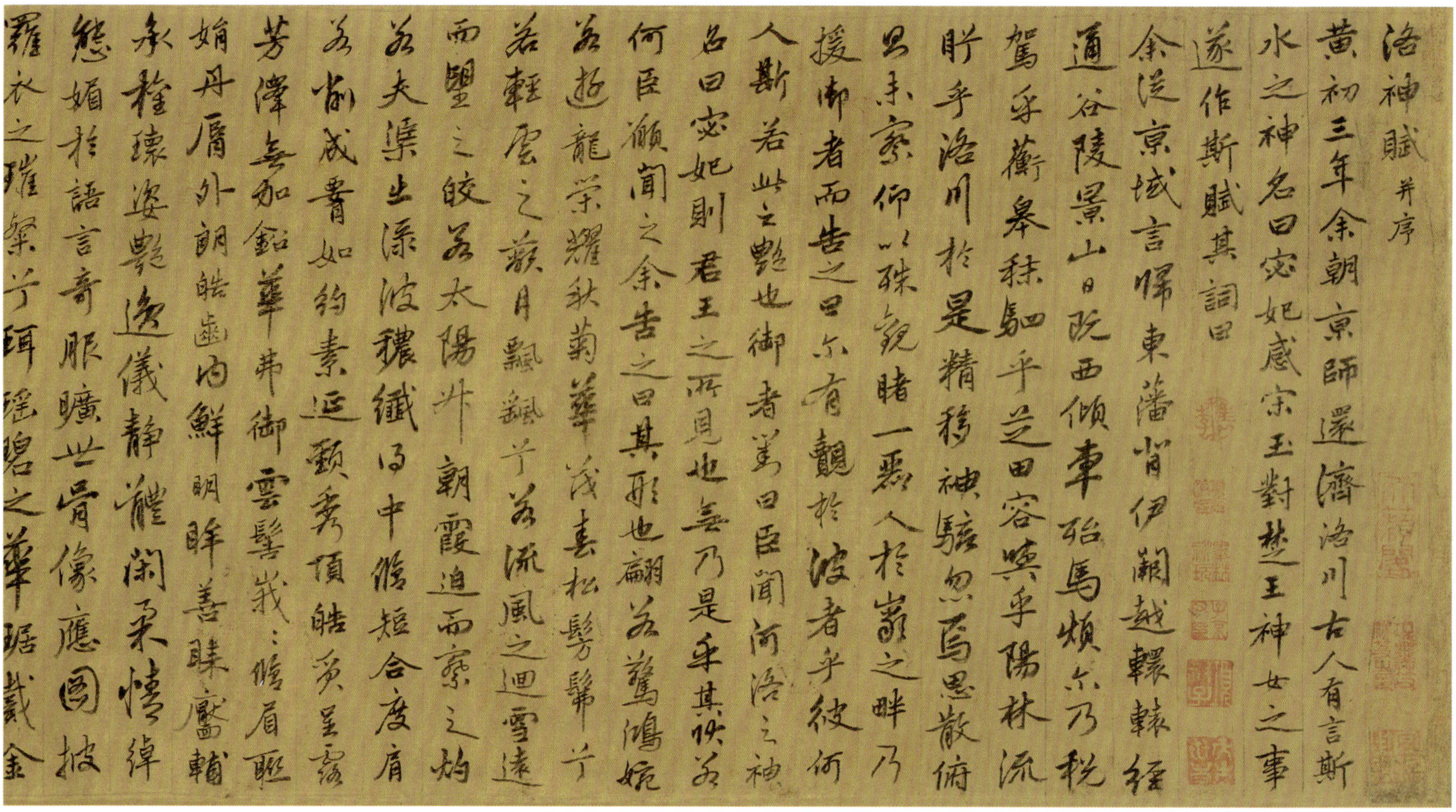

洛神賦 并序

黃初三年余朝京師還濟洛川古人有言斯水之神名曰宓妃感宋玉對楚王神女之事遂作斯賦其詞曰

余從京域言歸東藩背伊闕越轘轅經通谷陵景山日既西傾車殆馬煩爾乃稅駕乎蘅皋秣駟乎芝田容與乎陽林流眄乎洛川於是精移神駭忽焉思散俯則未察仰以殊觀睹一麗人于巖之畔乃援御者而告之曰爾有覿於彼者乎彼何人斯若此之豔也御者對曰臣聞河洛之神名曰宓妃則君王之所見也無乃是乎其狀若何臣願聞之余告之曰其形也翩若驚鴻婉若游龍榮耀秋菊華茂春松髣髴兮若輕雲之蔽月飄颻兮若流風之迴雪遠而望之皎若太陽升朝霞迫而察之灼若芙蕖出淥波穠纖得中脩短合度肩若削成腰如約素延頸秀項皓質呈露芳澤無加鉛華弗御雲髻峨峨脩眉聯娟丹脣外朗皓齒內鮮明眸善睞靨輔承權瓌姿豔逸儀靜體閑柔情綽態媚於語言奇服曠世骨像應圖披羅衣之璀粲兮珥瑤碧之華琚戴金

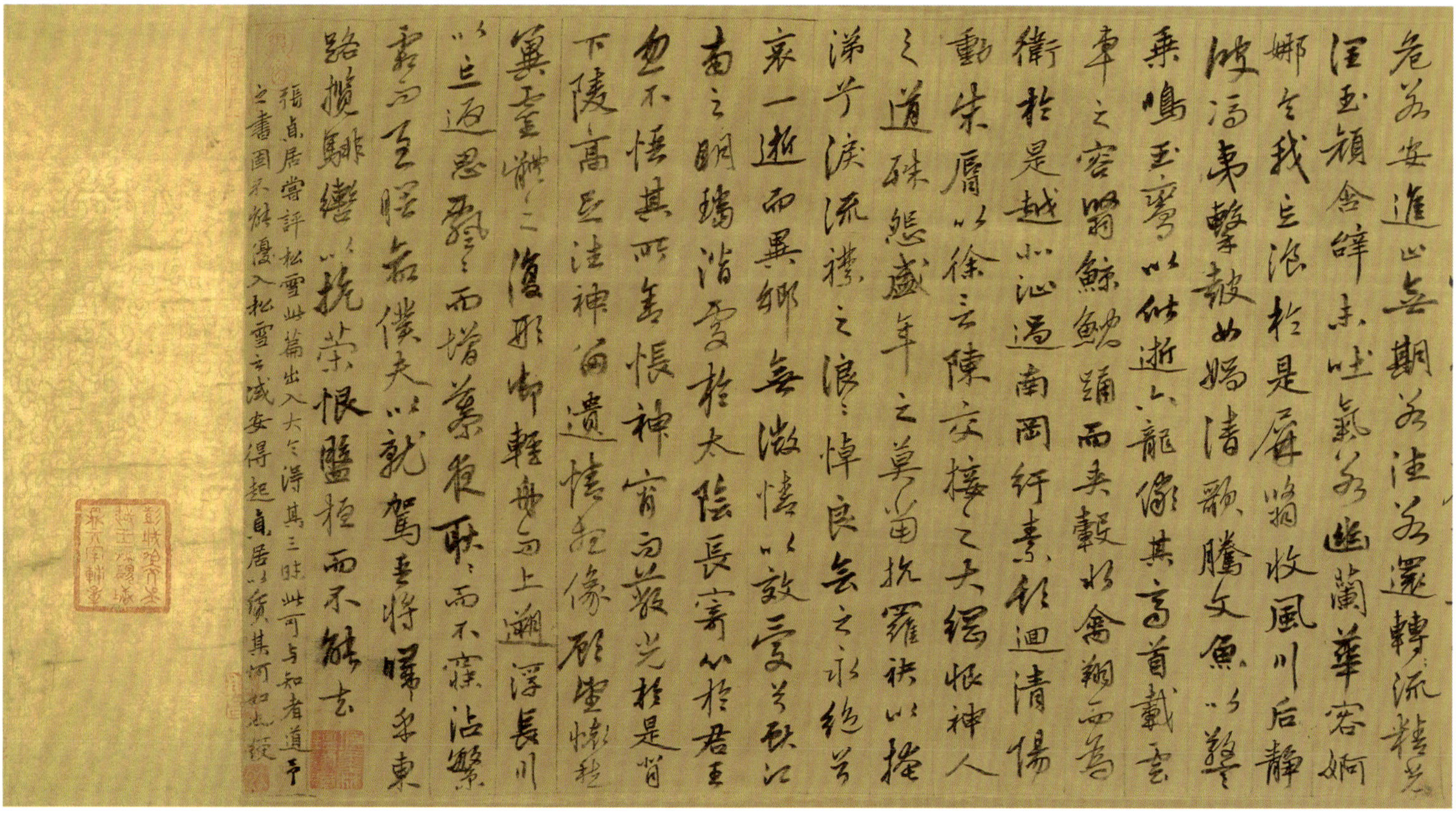

危若安進止難期若往若還轉眄流精光潤玉顏含辭未吐氣若幽蘭華容婀娜令我忘飡於是屏翳收風川后靜波馮夷鳴鼓女媧清歌騰文魚以警乘鳴玉鸞以偕逝六龍儼其齊首載雲車之容裔鯨鯢踊而夾轂水禽翔而為衛於是越北沚過南岡紆素領迴清陽動朱脣以徐言陳交接之大綱恨人神之道殊兮怨盛年之莫當抗羅袂以掩涕兮淚流襟之浪浪悼良會之永絕兮哀一逝而異鄉無微情以效愛兮獻江南之明璫雖潛處於太陰長寄心於君王忽不悟其所舍悵神宵而蔽光於是背下陵高足往神留遺情想像顧望懷愁冀靈體之復形御輕舟而上溯浮長川以忘返思綿綿而增慕夜耿耿而不寐沾繁霜而至曙命僕夫而就駕吾將歸乎東路攬騑轡以抗策悵盤桓而不能去

張貞居嘗評松雪此篇出入大令得其三昧此可与知者道予之書固不能復入松雪之域安得起貞居以質其何如也綬

羅衣之璀粲兮珥瑤碧之華琚戴金翠之首飾綴明珠以耀軀踐遠遊之文履曳霧綃之輕裾微幽蘭之芳藹兮步踟躕於山隅於是忽焉縱體以遨以嬉左倚采旄右蔭桂旗攘皓腕於神滸兮采湍瀨之玄芝余情悅其淑美兮心振蕩而不怡無良媒以接歡兮託微波而通辭願誠素之先達兮解玉佩以要之嗟佳人之信修羌習禮而明詩抗瓊珶以和予兮指潛淵而為期執眷眷之款實兮懼斯靈之我欺感交甫之棄言兮悵猶豫而狐疑收和顏而靜志兮申禮防以自持於是洛靈感焉徙倚彷徨神光離合乍陰乍陽竦輕軀以鶴立若將飛而未翔踐椒塗之郁烈步蘅薄而流芳超長吟以永慕兮聲哀厲而彌長爾乃眾靈雜遝命儔嘯侶或戲清流或翔神渚或采明珠或拾翠羽從南湘之二妃攜漢濱之游女歎匏瓜之無匹兮詠牽牛之獨處揚輕袿之猗靡兮翳脩袖以延佇體迅飛鳧飄忽若神陵波微步羅襪生塵動無常則若危若安進止難期若還若

雲東逸矢書洛神賦真蹟卷為鉛家衍詒相國家藏雅與為文敏爲寶庭張伯雨作神道充庚寅八月二十六日觀題丁君頤中同觀嘉興錢子樵識

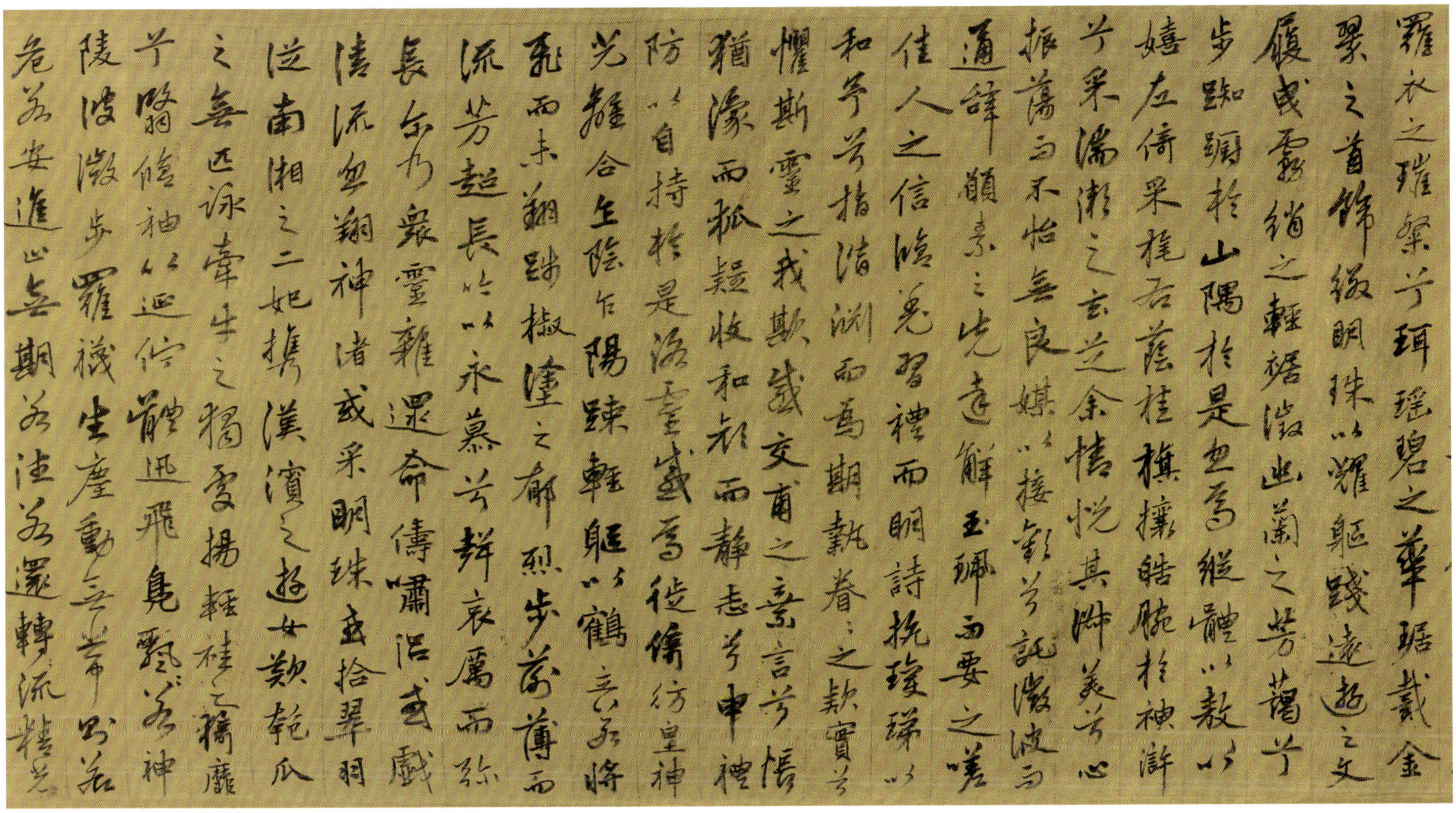

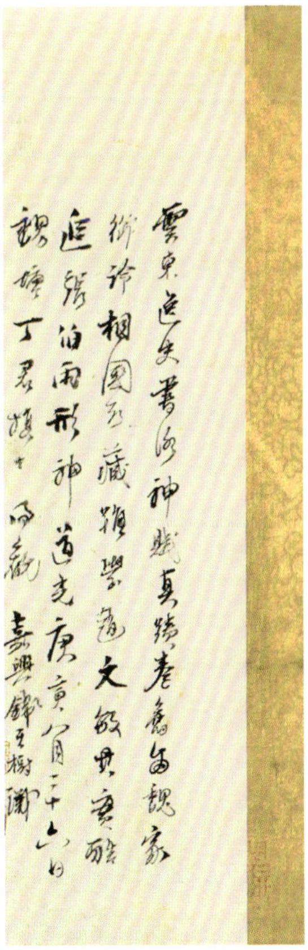

八五　行書洛神賦卷　明　姚綬

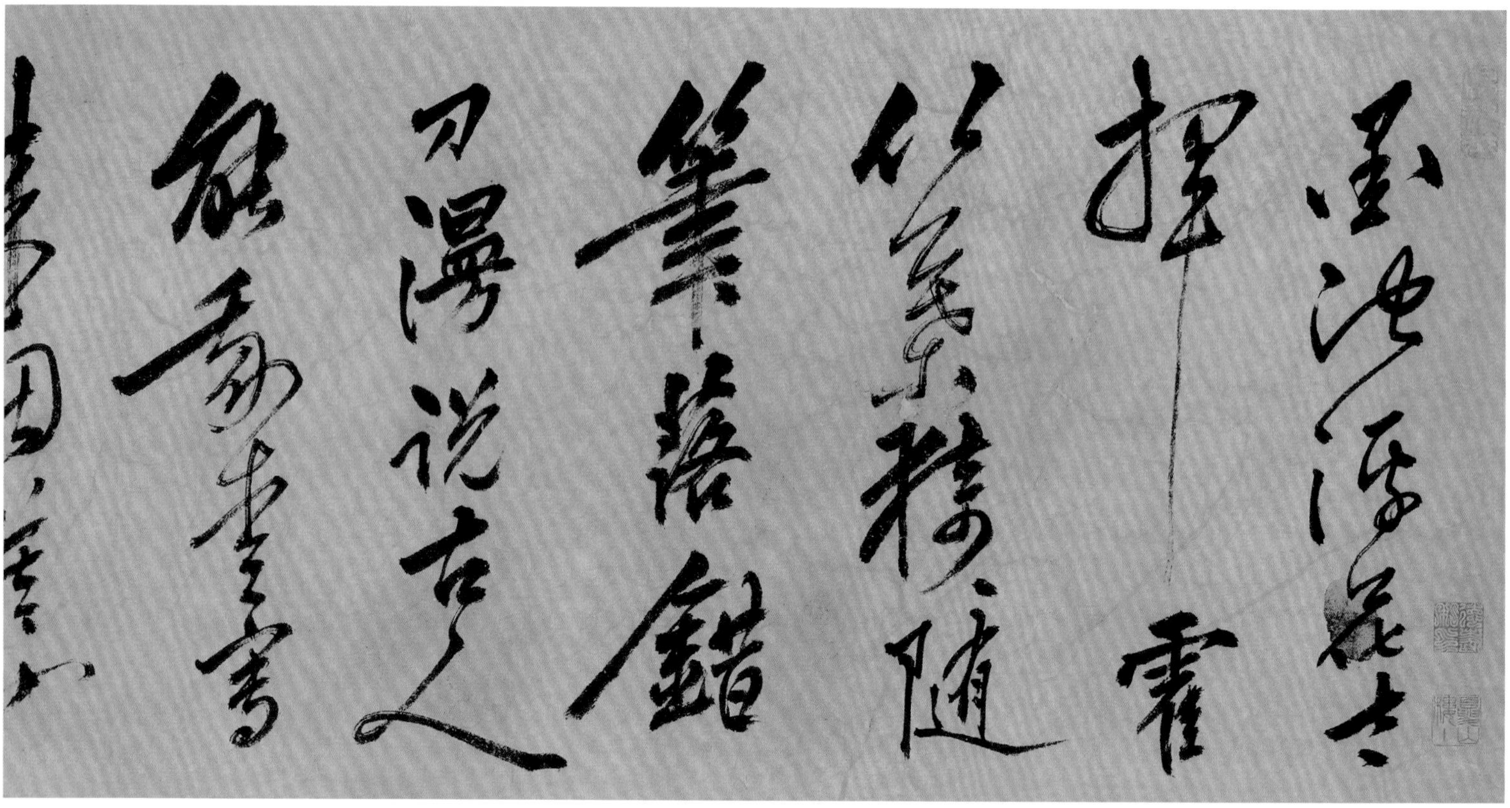

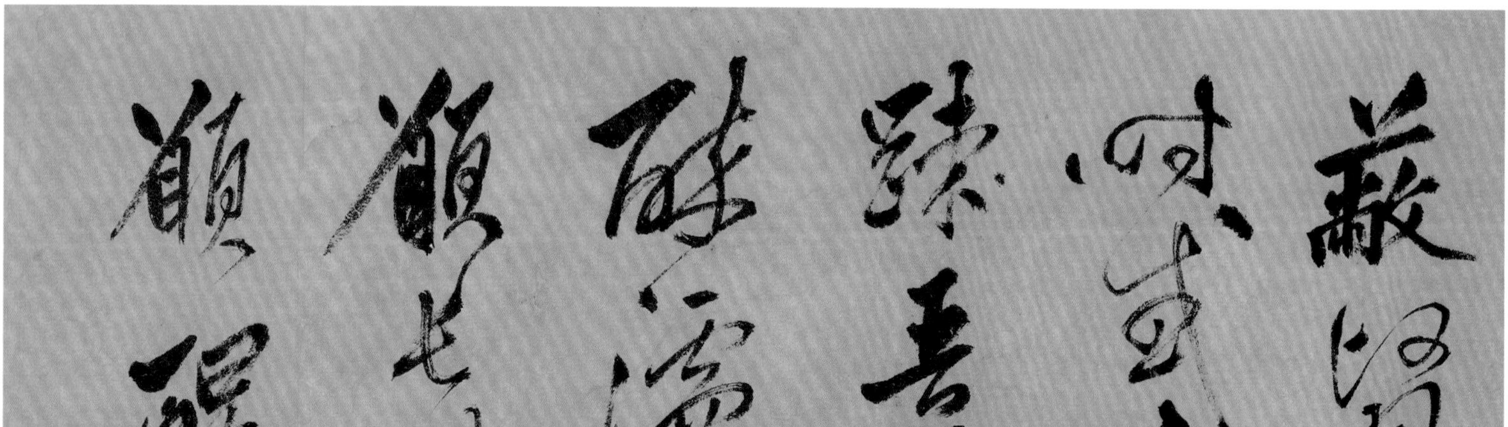

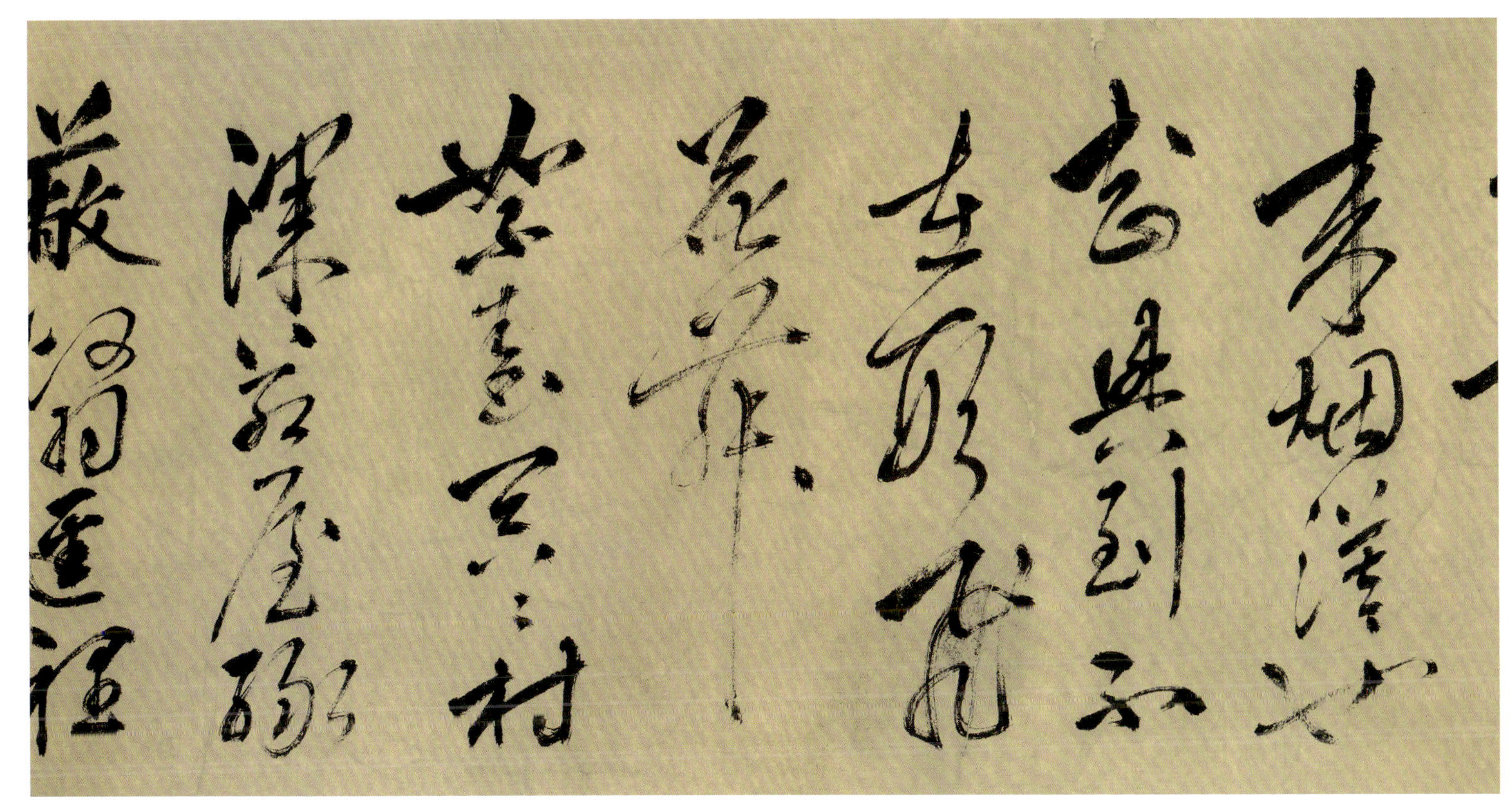

八六　草書七古詩卷　明　姚綬

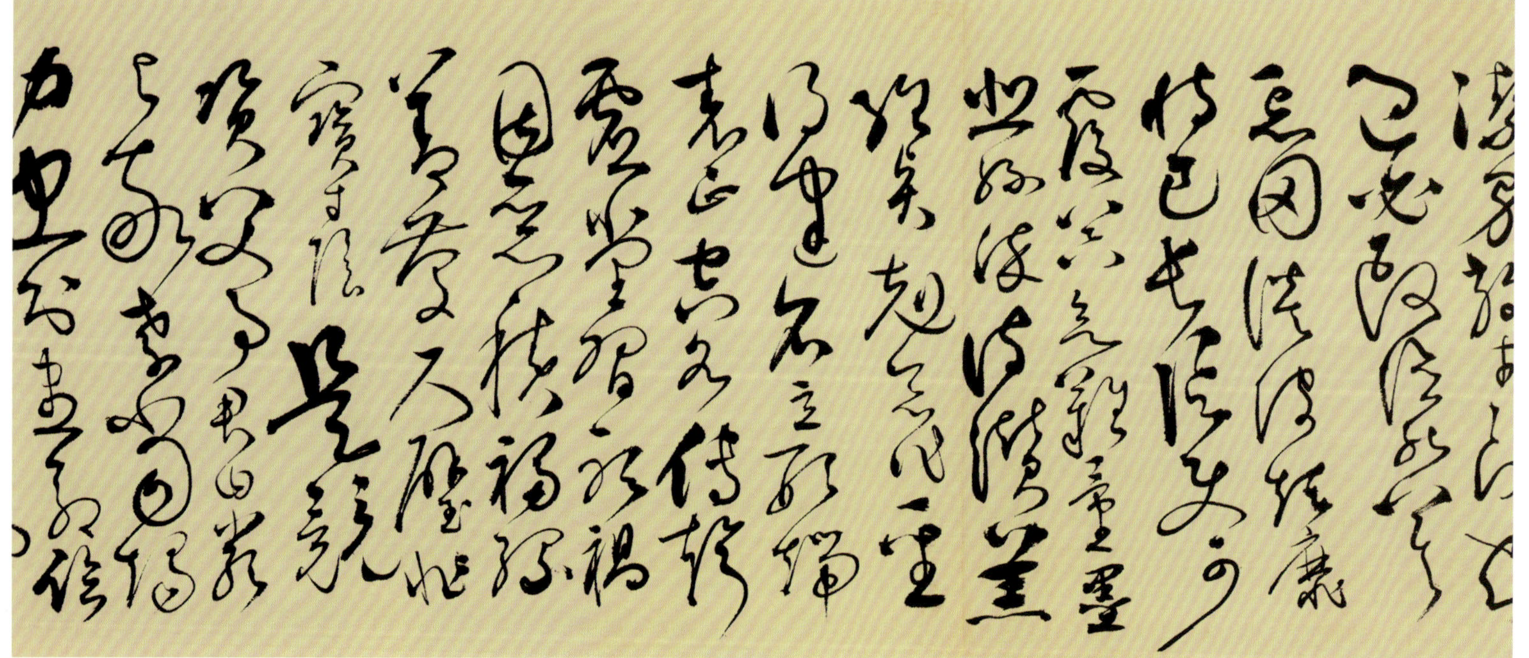

八七　草書千字文卷　明　張弼（之一、之二）

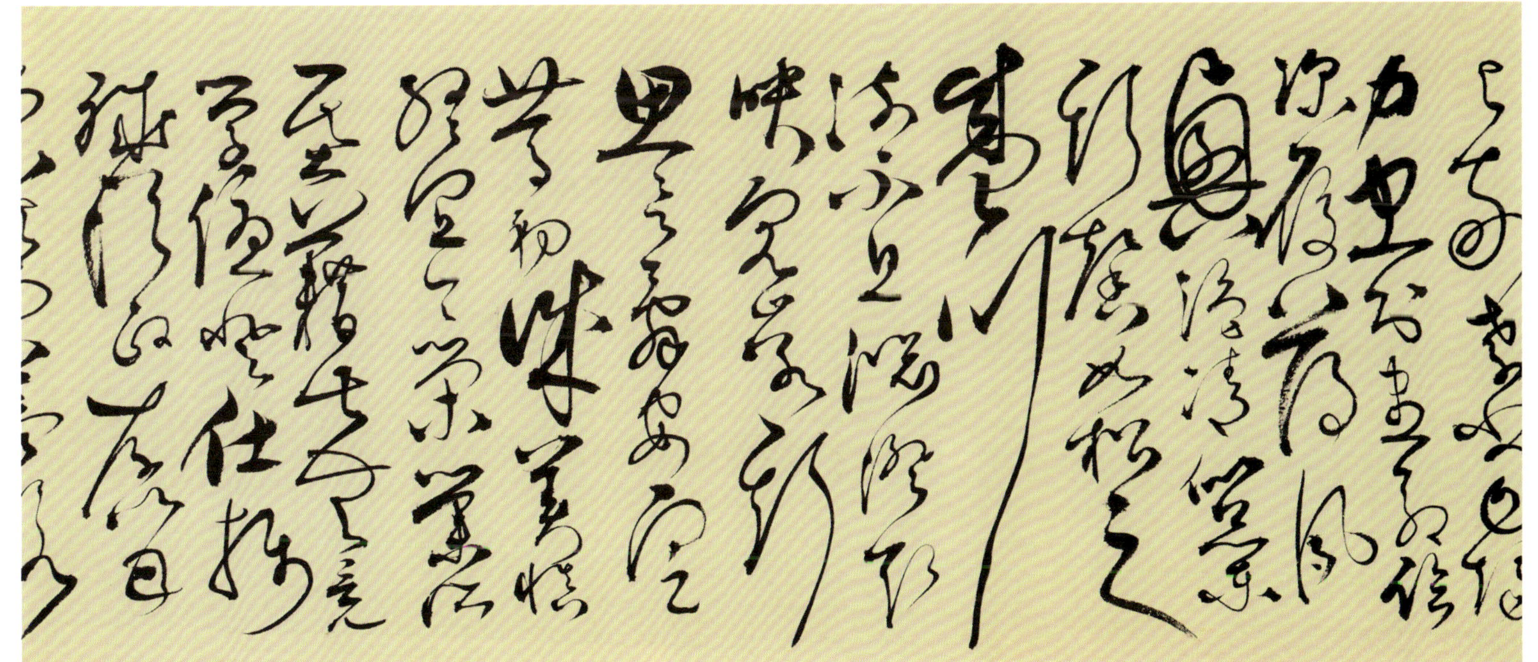

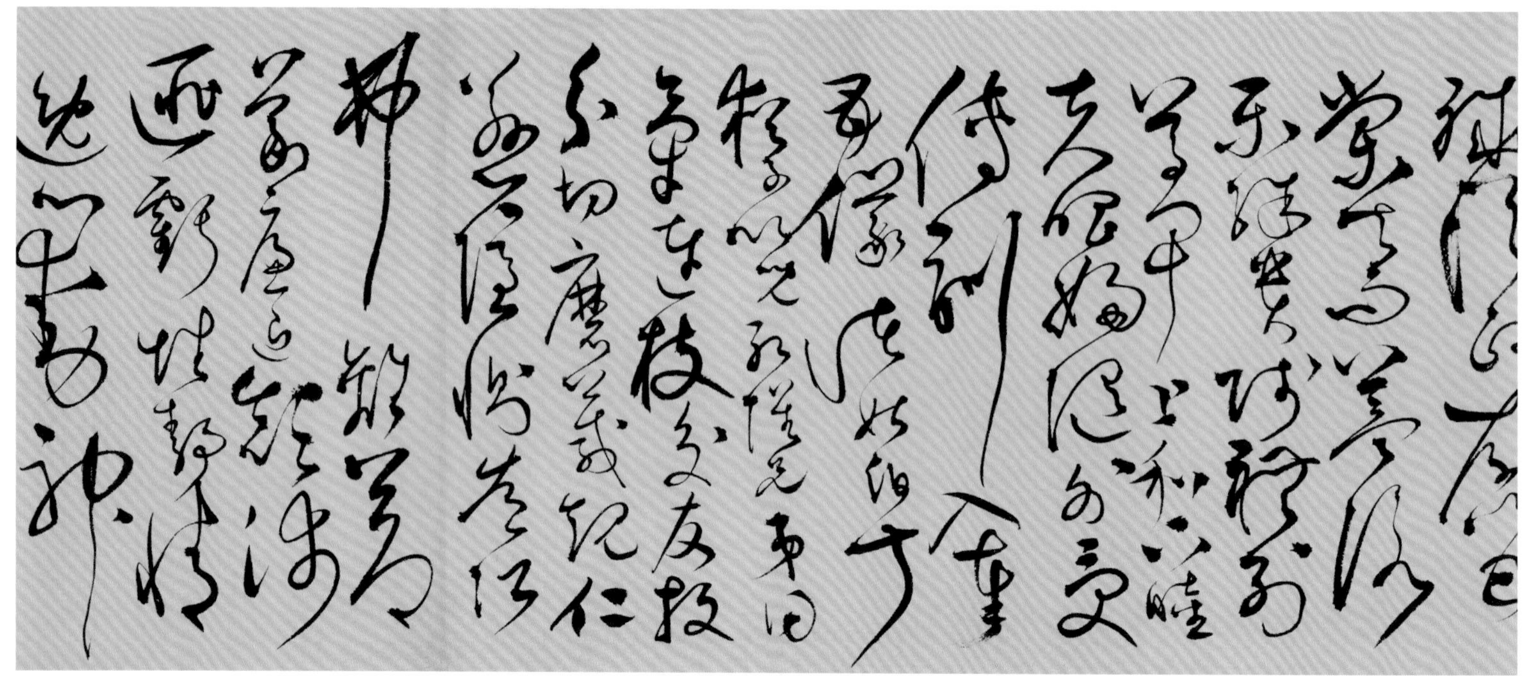

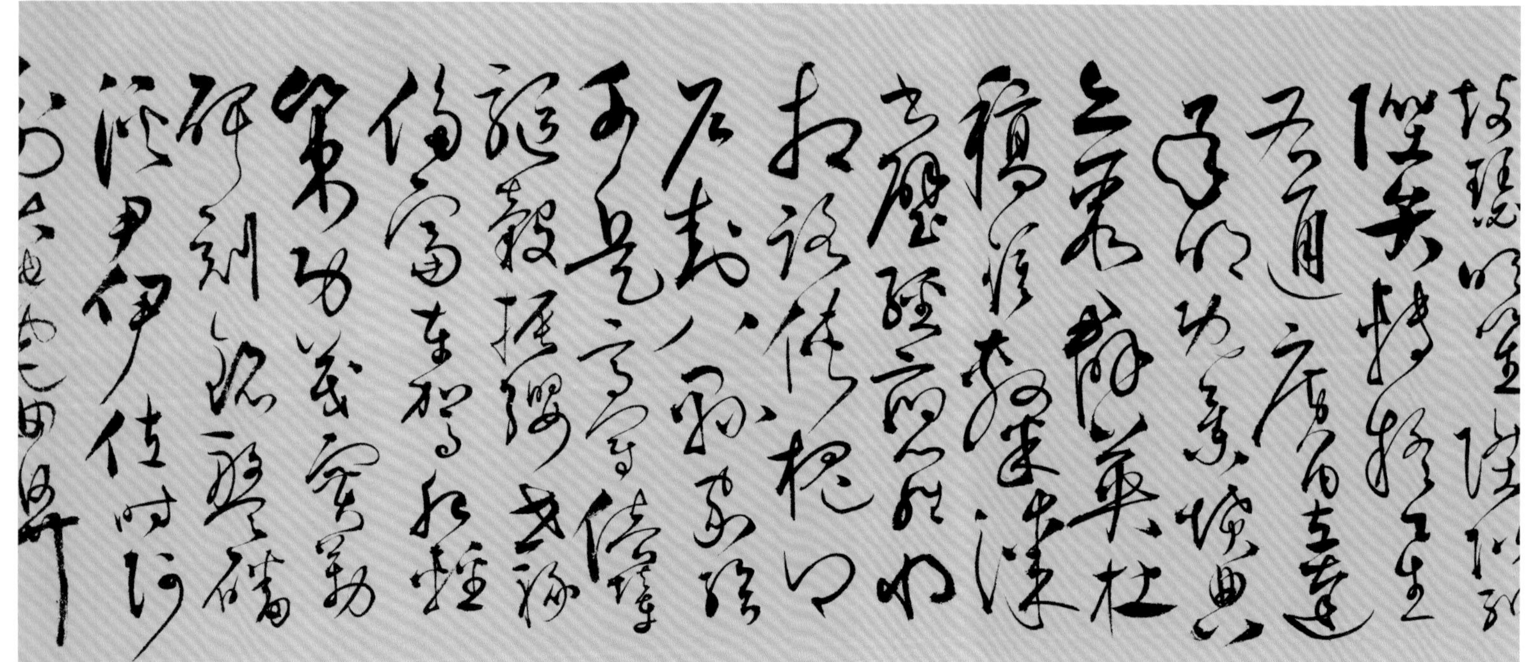

八七　草書千字文卷　明　張弼（之三、之四）

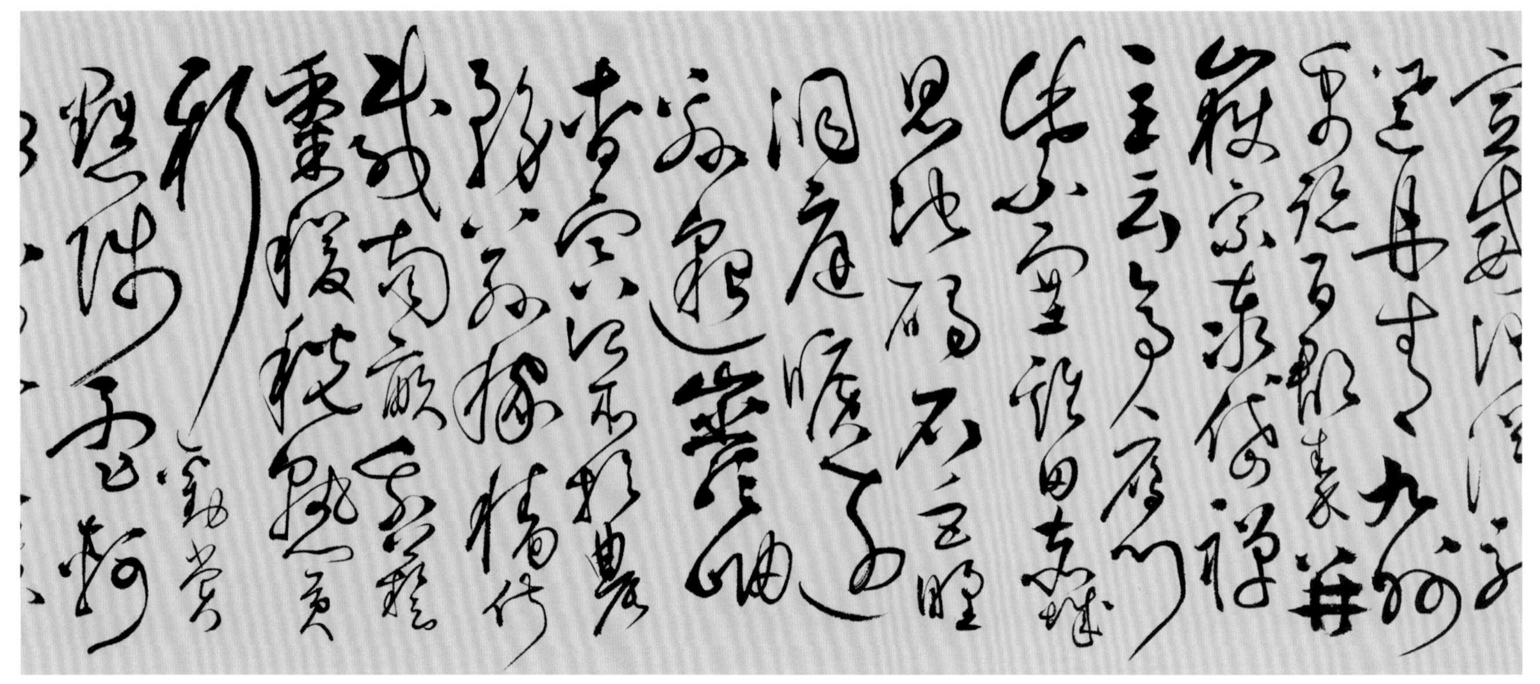

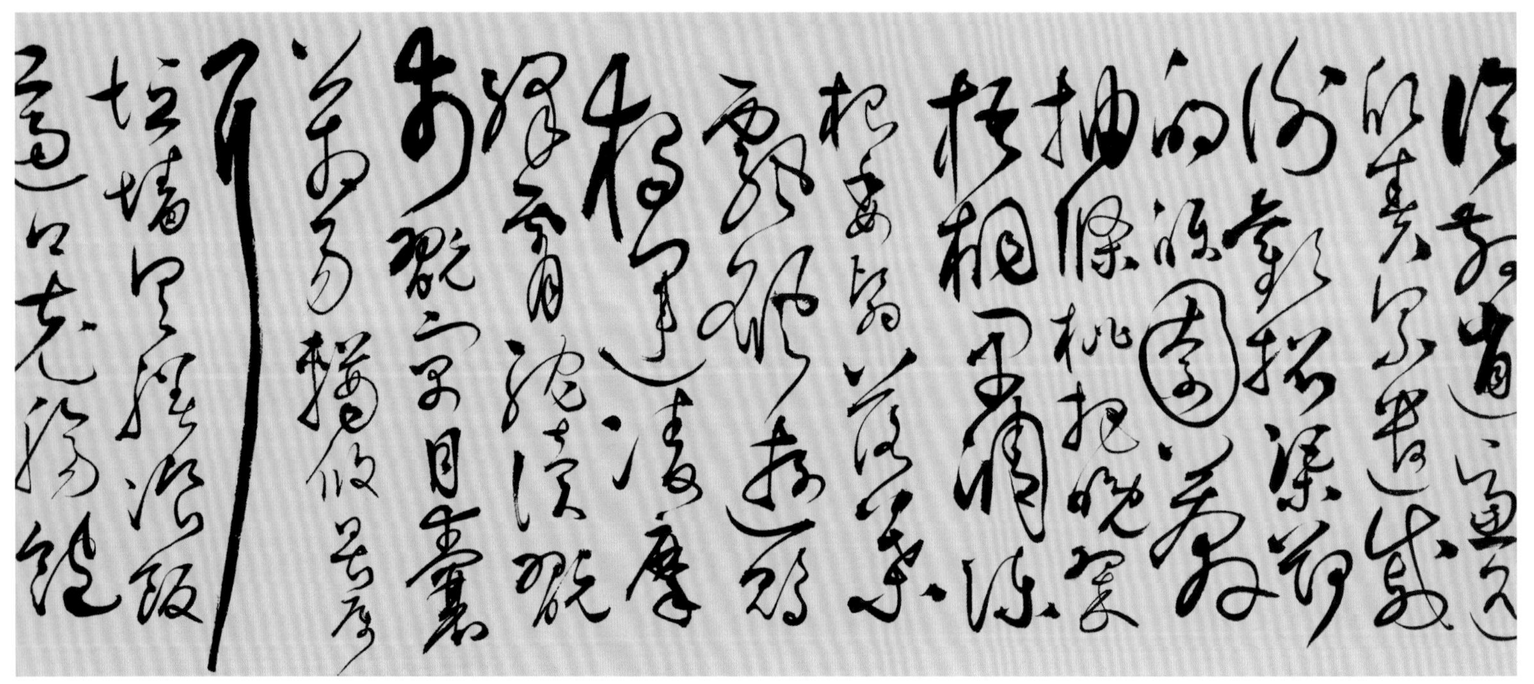

八七　草書千字文卷　明　張弼（之五、之六）

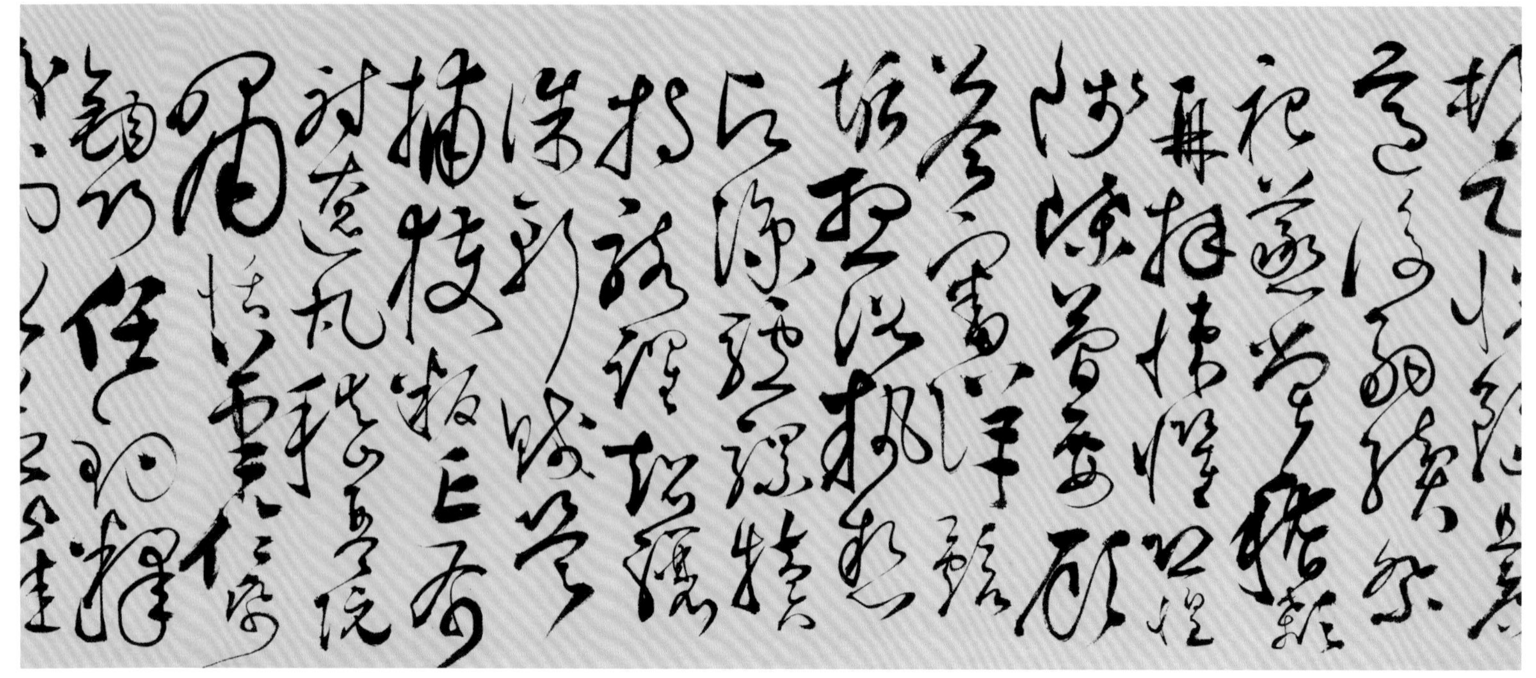

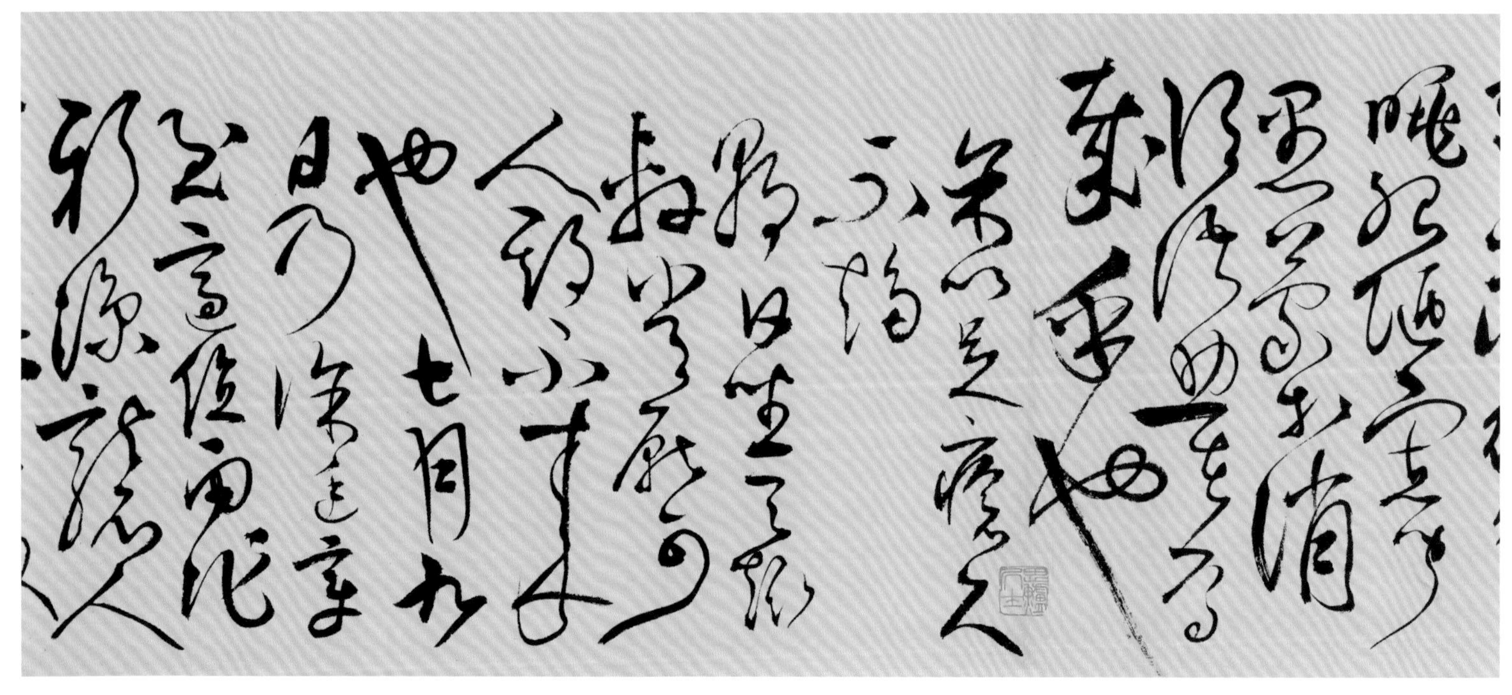

八七　草書千字文卷　明　張弼（之七、之八）

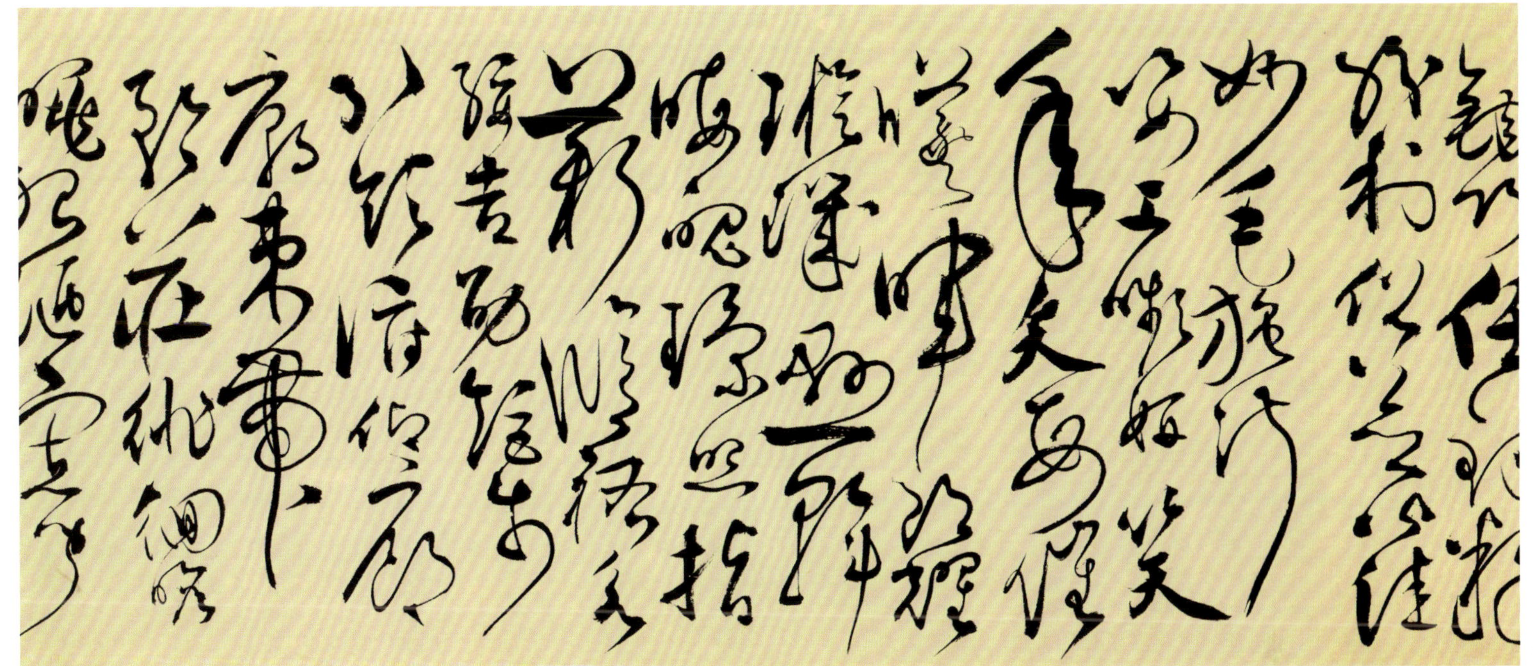

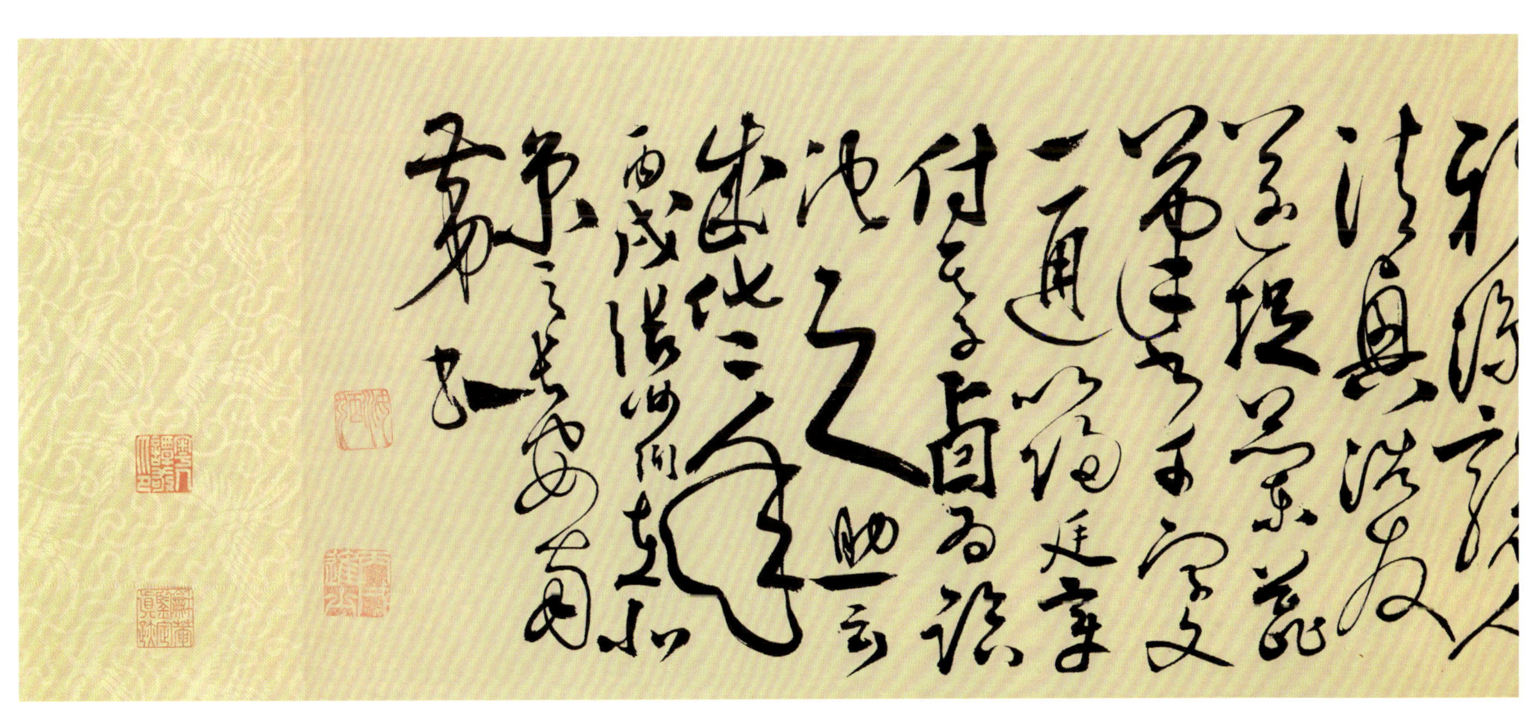

送陝西吳憲副仲玉守備洮岷詩一首
福橋長氣多寒意迤邐岷山復幾重玉月鐘裘
鶻冰雪三丈荻坡報烽烟巴蜀亂烽峰倍隆冬
羌漢溪書文譯史傳且喜班超頷赤老賢孝清
聖明明憐

宽禽張弼

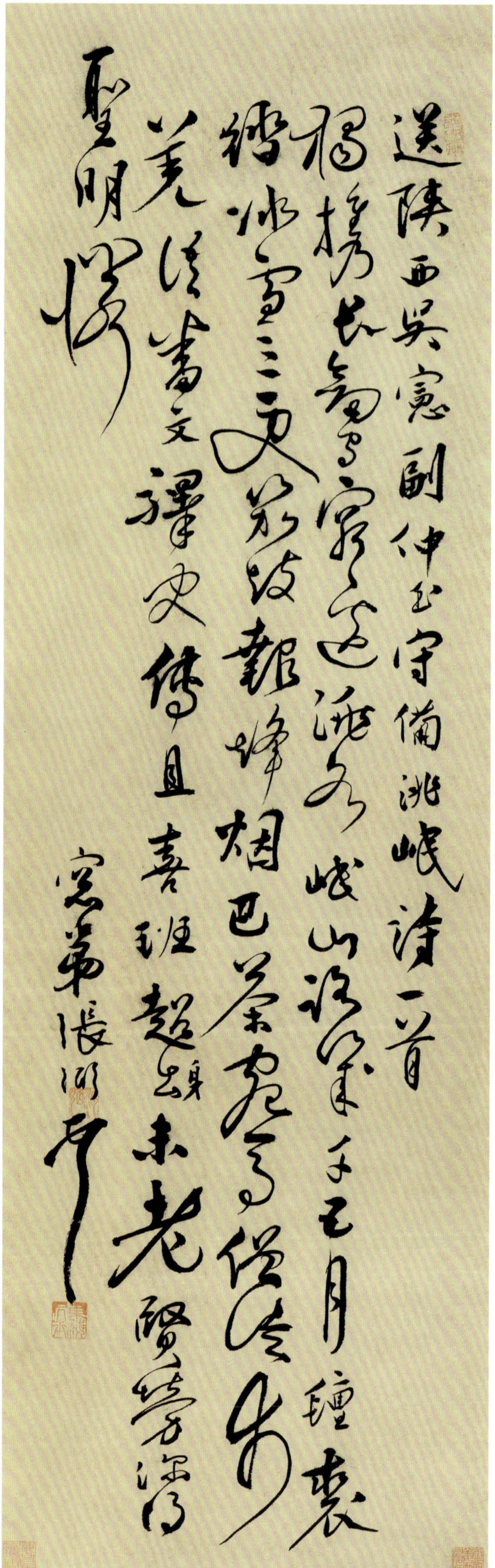

八九　草書登遼舊城詩軸　明　張弼

題崖山大忠廟

宋臣本無罪元人曾何
功師以志士懷千載恨
怦怦海崖一片石鏡兒
宋運終當時二三子戰方
抱遺弓事以今競敢
謂天昭朦朧天朗陰自
燎天水漲無窮南東
合沙子又生穹廬宮
及霞復宛轉帕斷
二冥蒙君子惟畫
已天人任逼洚海湯
屹祀廟春秋禮方思
遺民一掬淚迢灑灕
瀰滿中
勝王閣

傍王高閣瞰江崖此
日來登風顧遠遠
近山川供酒懷東人
人物在詩碑乾坤

行草書詩文卷 明 張弼（之一、之二）

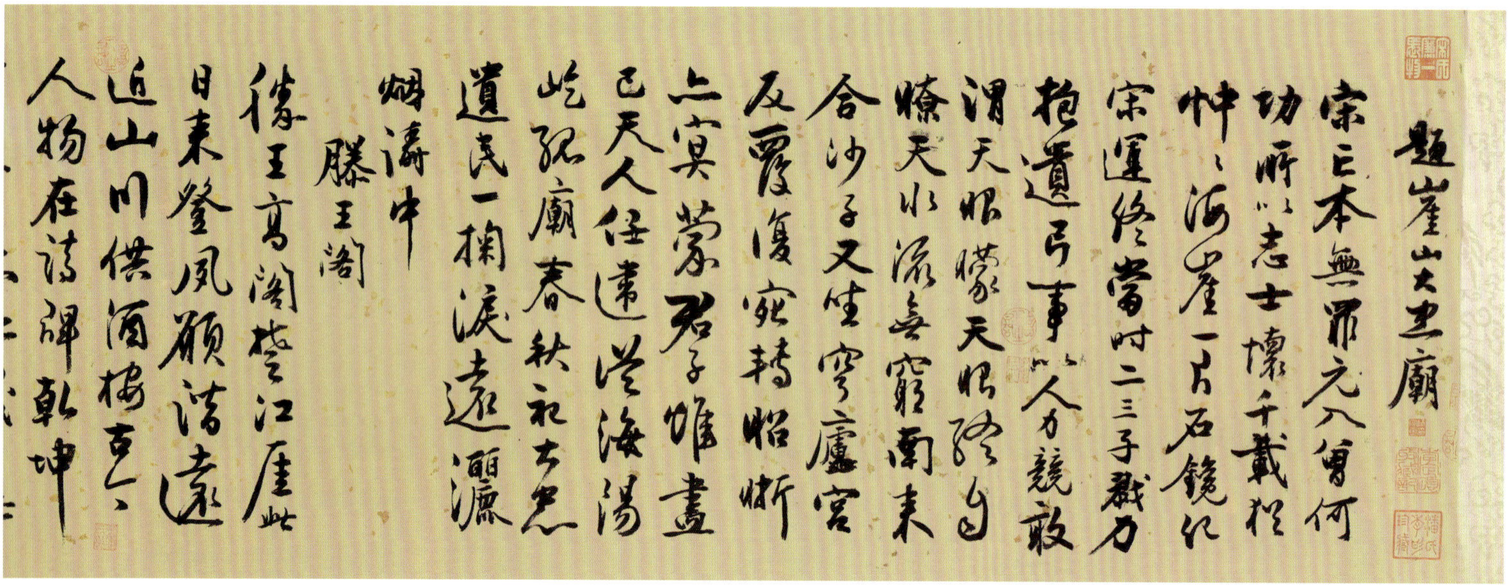

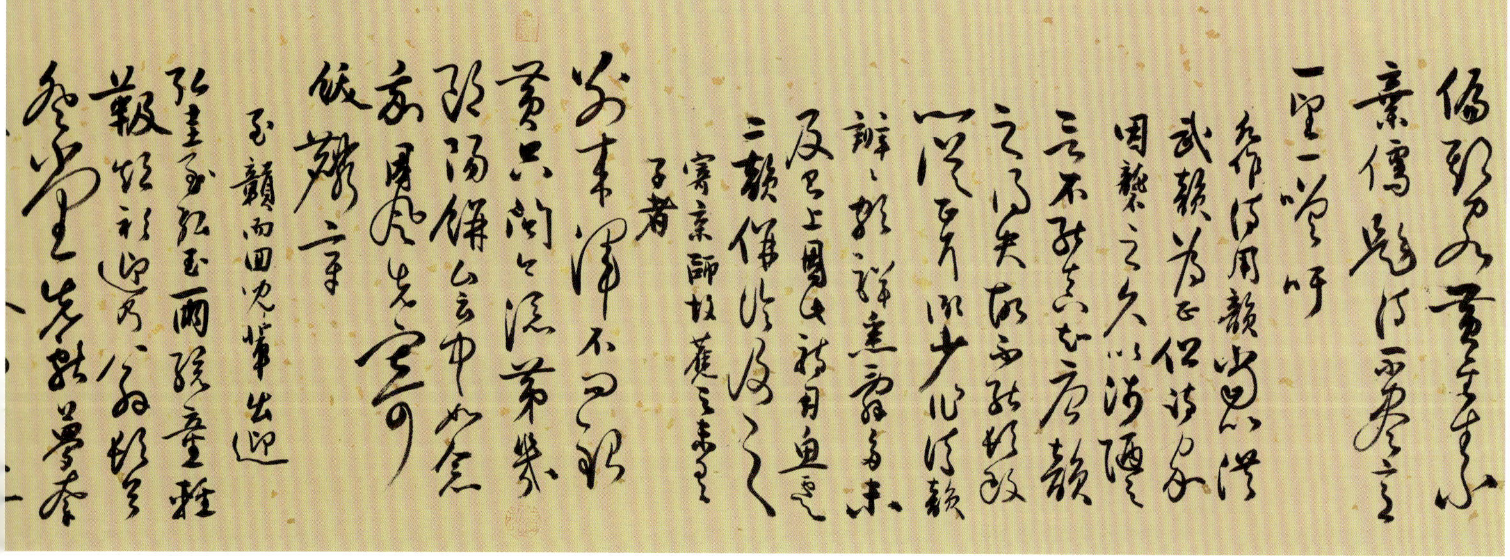

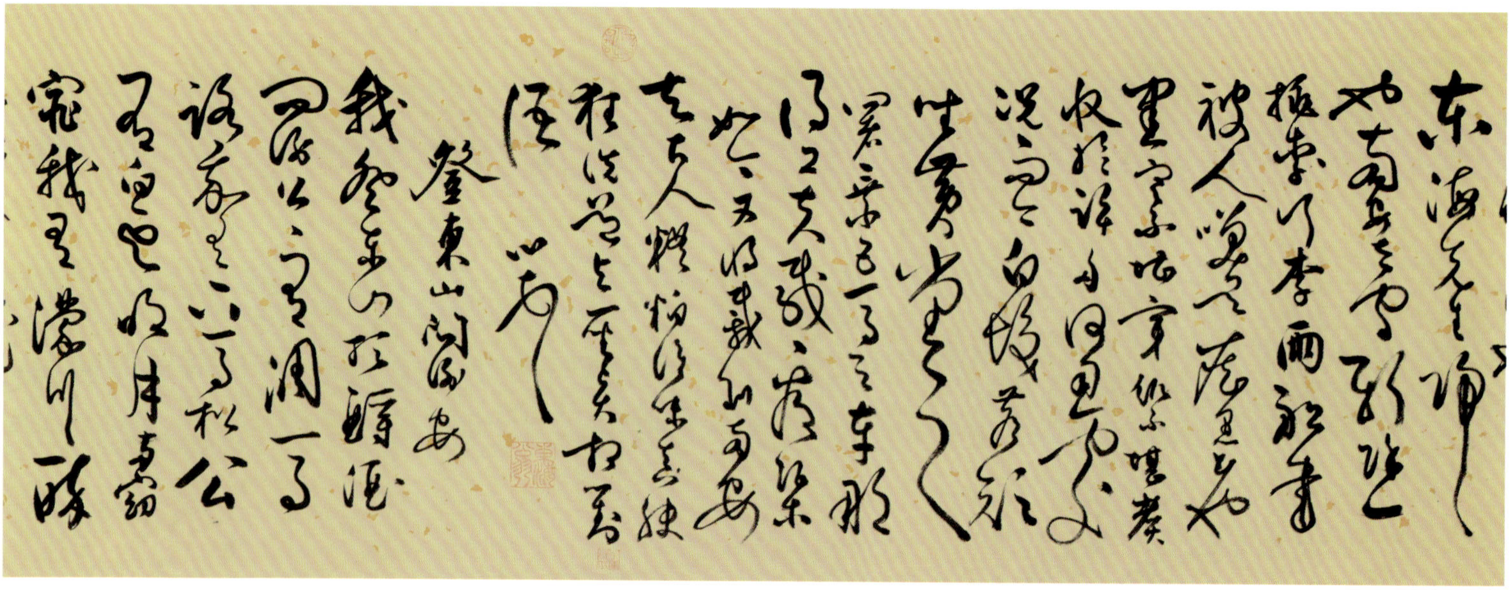

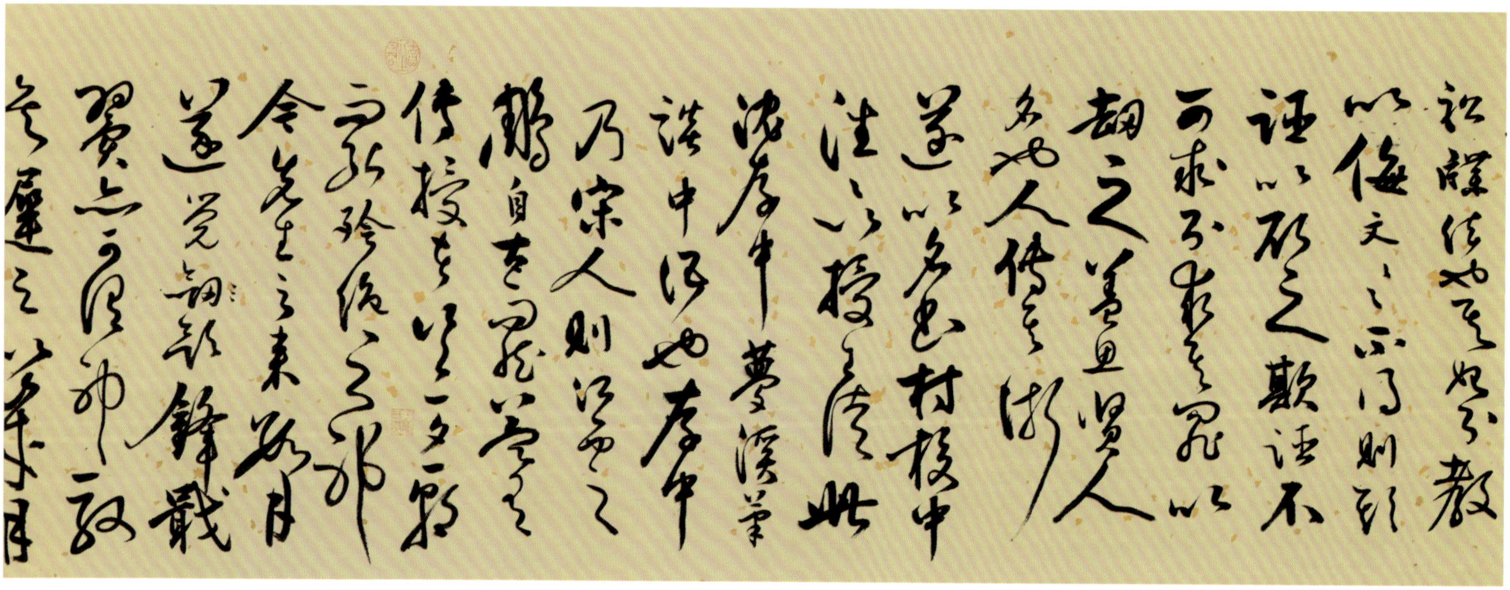

九〇　行草書詩文卷　明　張弼（之三、之四）

張弼字汝弼號東海成化丙戌進士授
兵部主事出守南安適陳郴郡罷兵
議賞士卒人皆只願得東海墨妙
繼而桂林文人求書者絡繹不絕竟以
筆劄佐郡費此草書卷一筆呵成
筆形未至毫已吞吐強趣迹懷素而參
以孫過庭老諳亦清健有唐遺音
道光乙酉四月跋於龍帆樓　潘正煒記

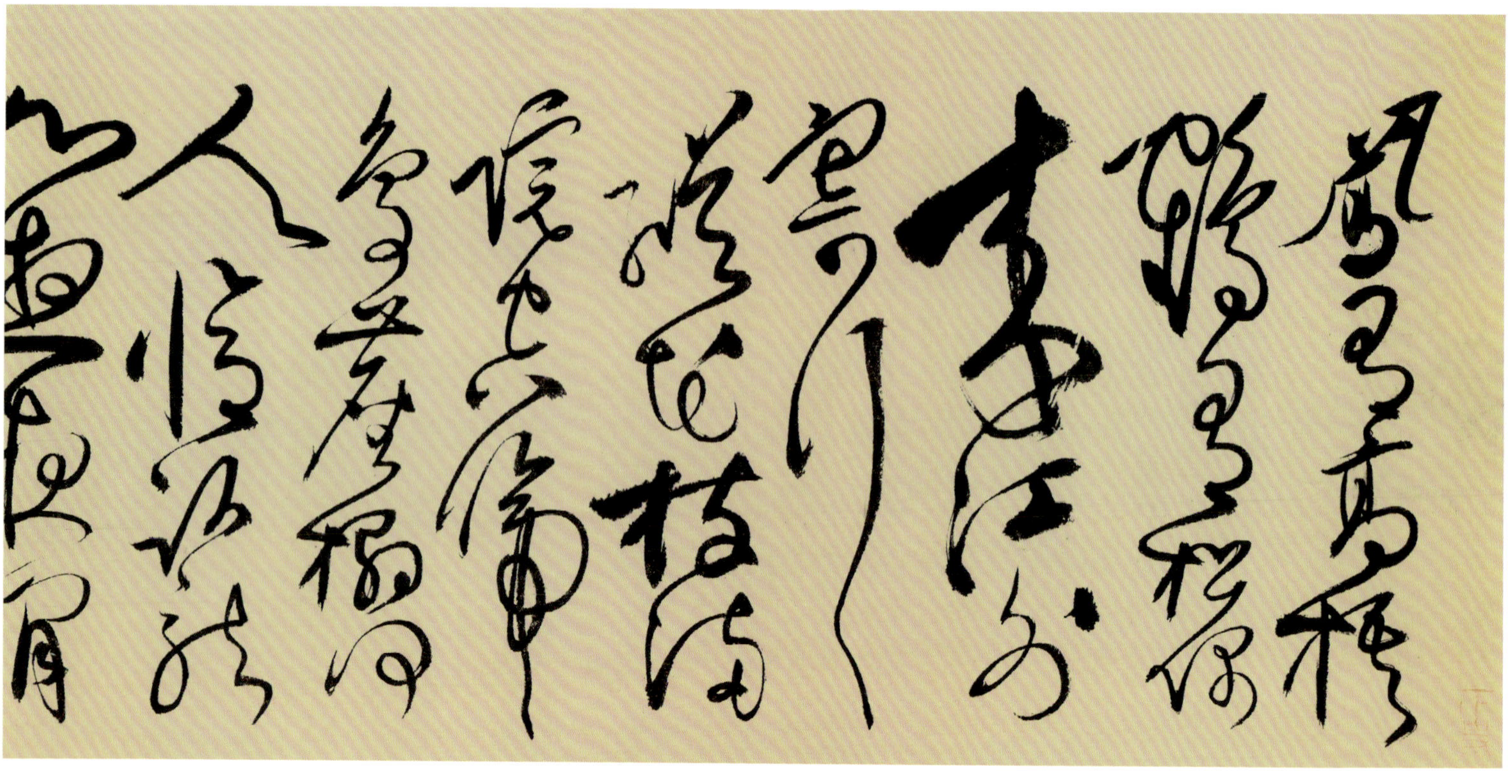

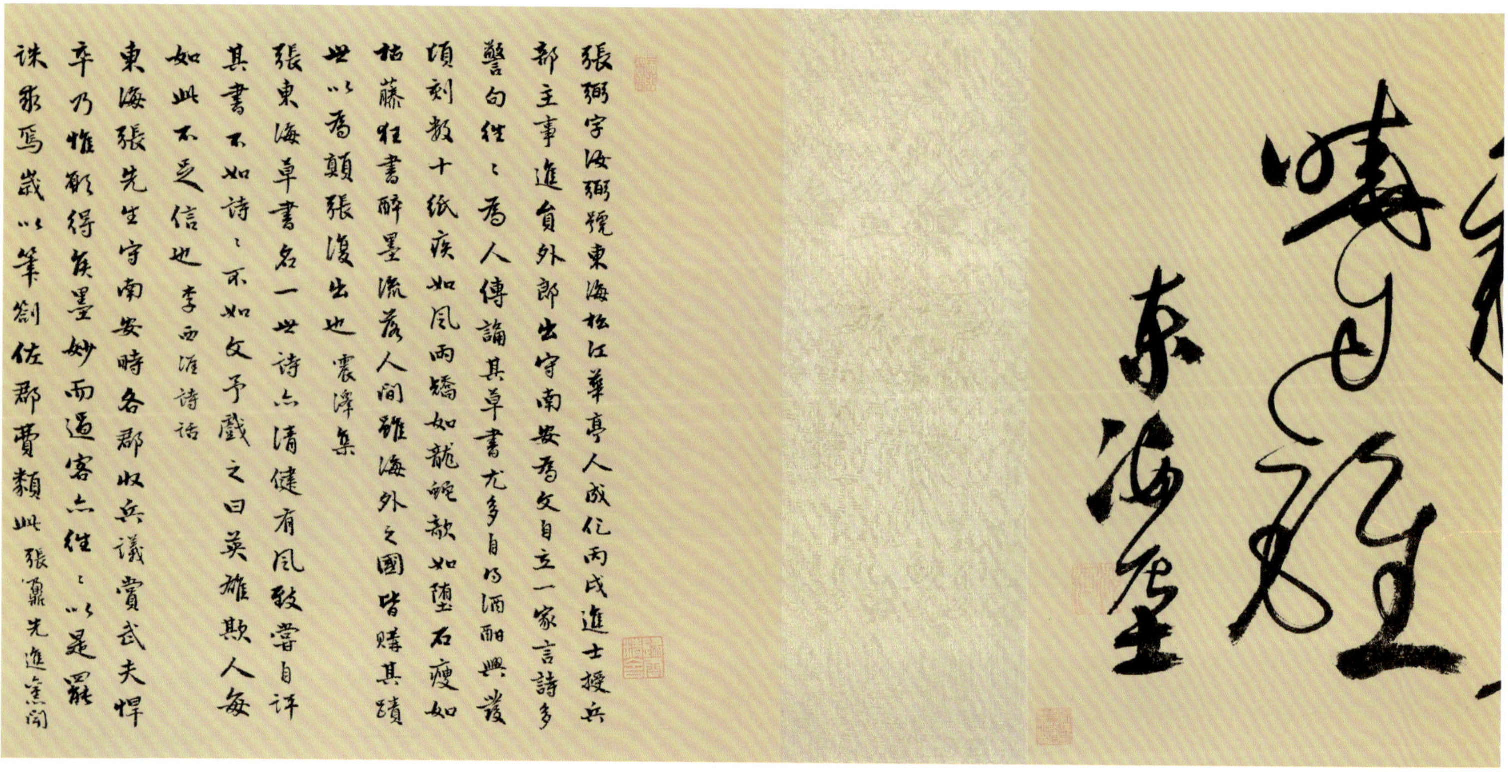

張弼字汝弼號東海松江華亭人成化丙戌進士授兵部主事進員外郎出守南安爲文自立一家言詩多警句往往爲人傳誦其草書尤多自得酒酣興發頃刻數十紙疾如風雨矯如龍蛇欹如墜石瘦如枯藤狂書醉墨流落人間雖海外之國皆購其蹟世以爲顛張復出也 震澤集

張東海草書名一世詩亦清健有風致嘗自評其書不如詩詩不如文予戲之曰英雄欺人每如此不足信也 李西涯詩話

東海張先生守南安時各郡收兵議賞武夫悍卒乃惟欲得其墨妙而遁客亦往往以是羅誅求焉歲以筆劄佐郡費類此 張鼐先進遺聞

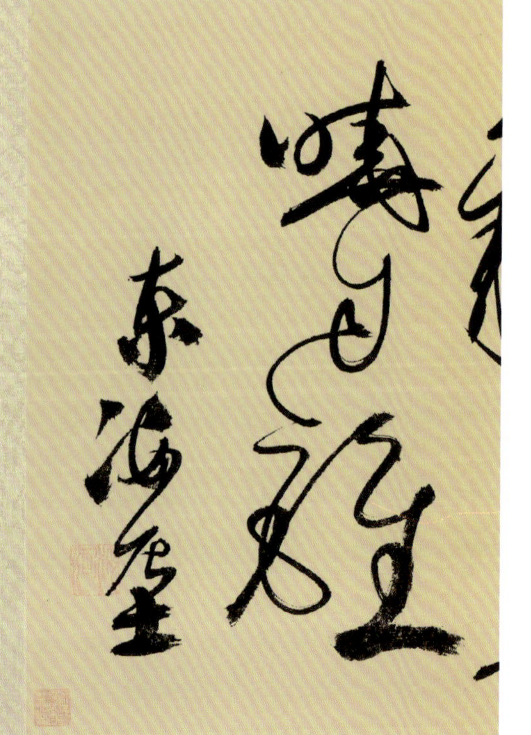

九一　草書七律詩卷　明　張弼

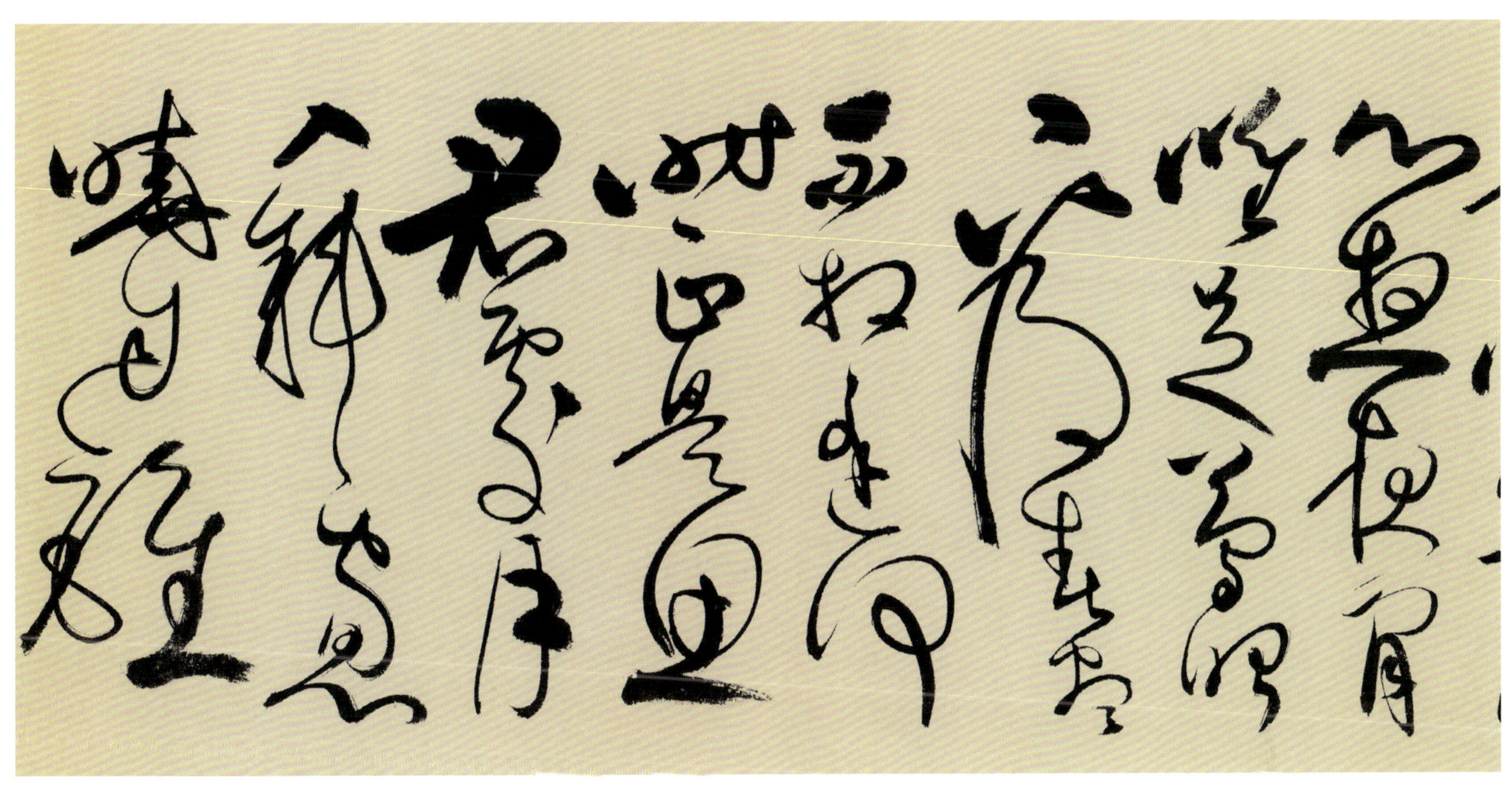

東海在當時以氣節重其書學懷素名動四夸
自是吴中書家輩出聲價少減然行狎書尤
佳今見者少耳 容臺集

草書宗元兩代惟米海岳鮮于伯機為
工多宗二王明時張東海祝枝山則宗
素師昔人評東海書疾如風雨矯如
龍蛇欹如墮石枯瘦如枯藤洵非虛
語其才氣與唐之李太白極相近名
動四夷宜矣此卷筆墨堅蒼圓勁
蓋心手雙暢時也昔人論述四則錄於
右并識數語幸藏者寶之辛卯冬
十二月石雪居士徐宗浩时年七十有二

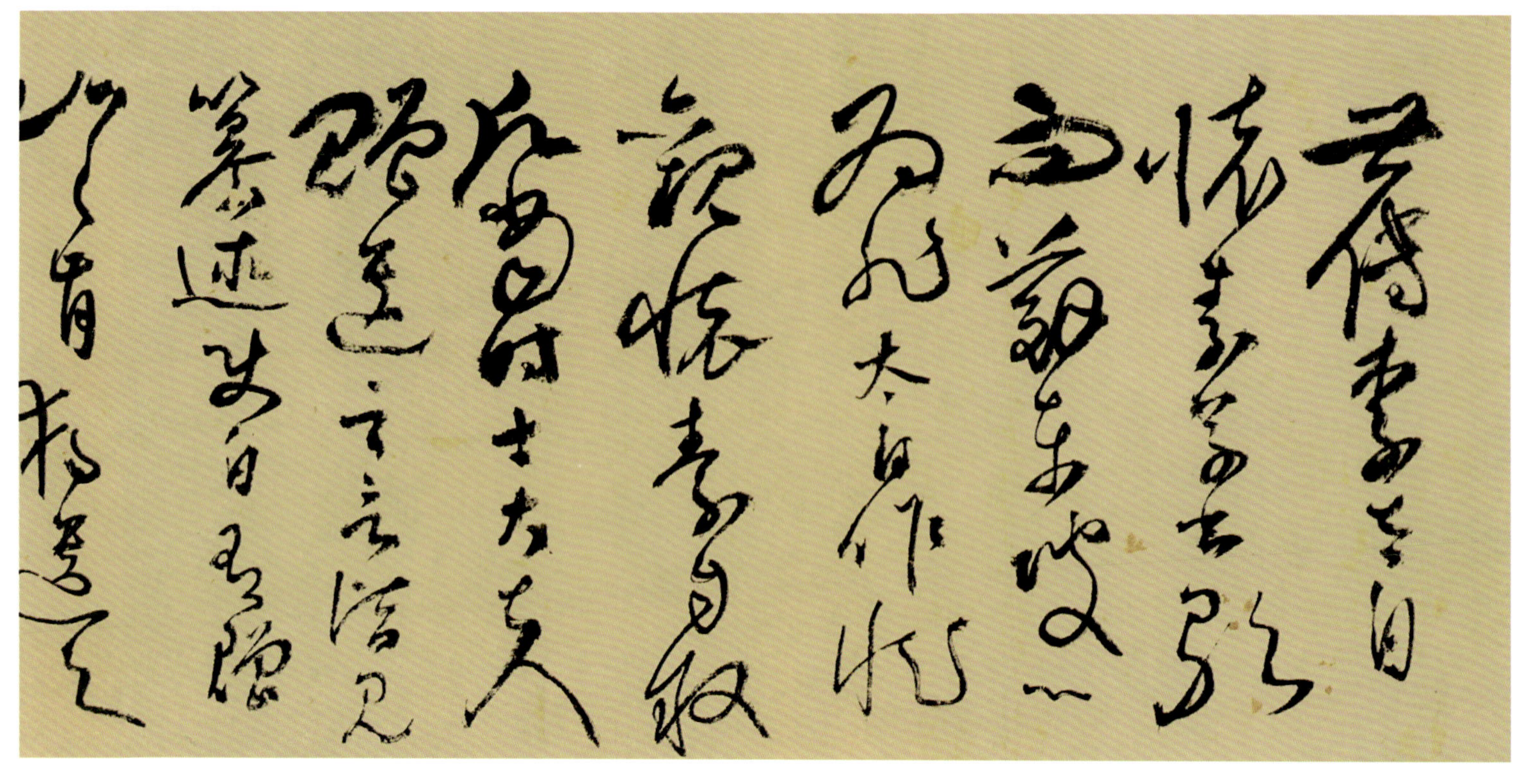

九二　草書懷素歌卷　明　張弼

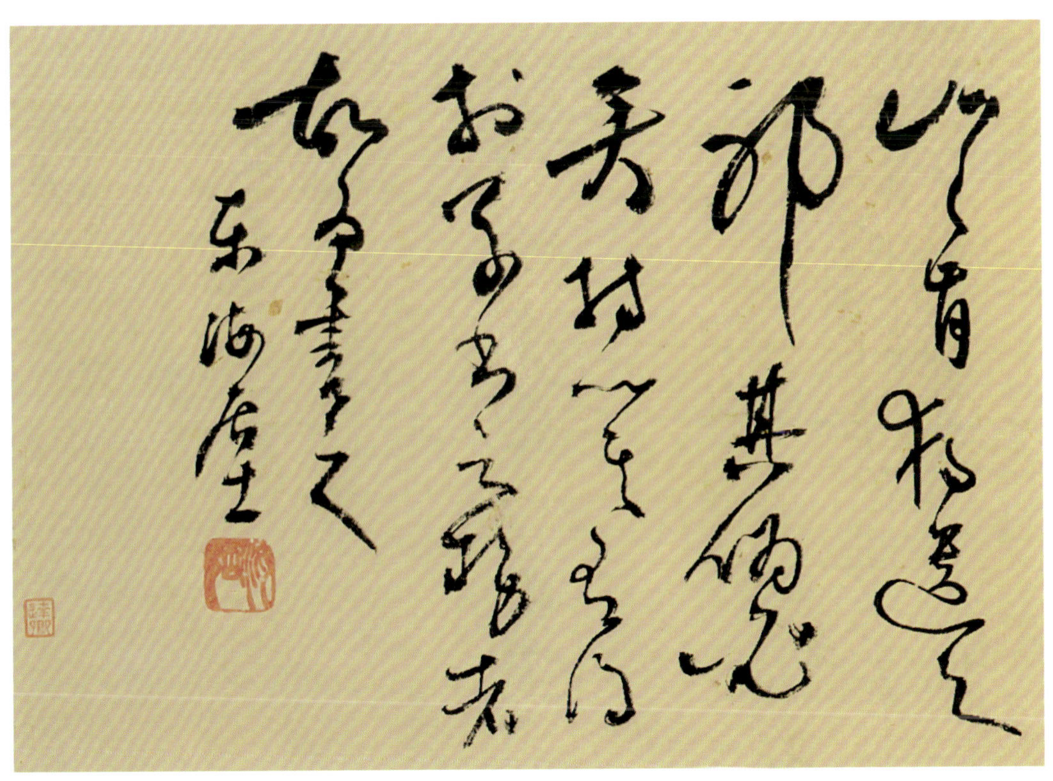

九三　草書火裏冰詩扇　明　張弼

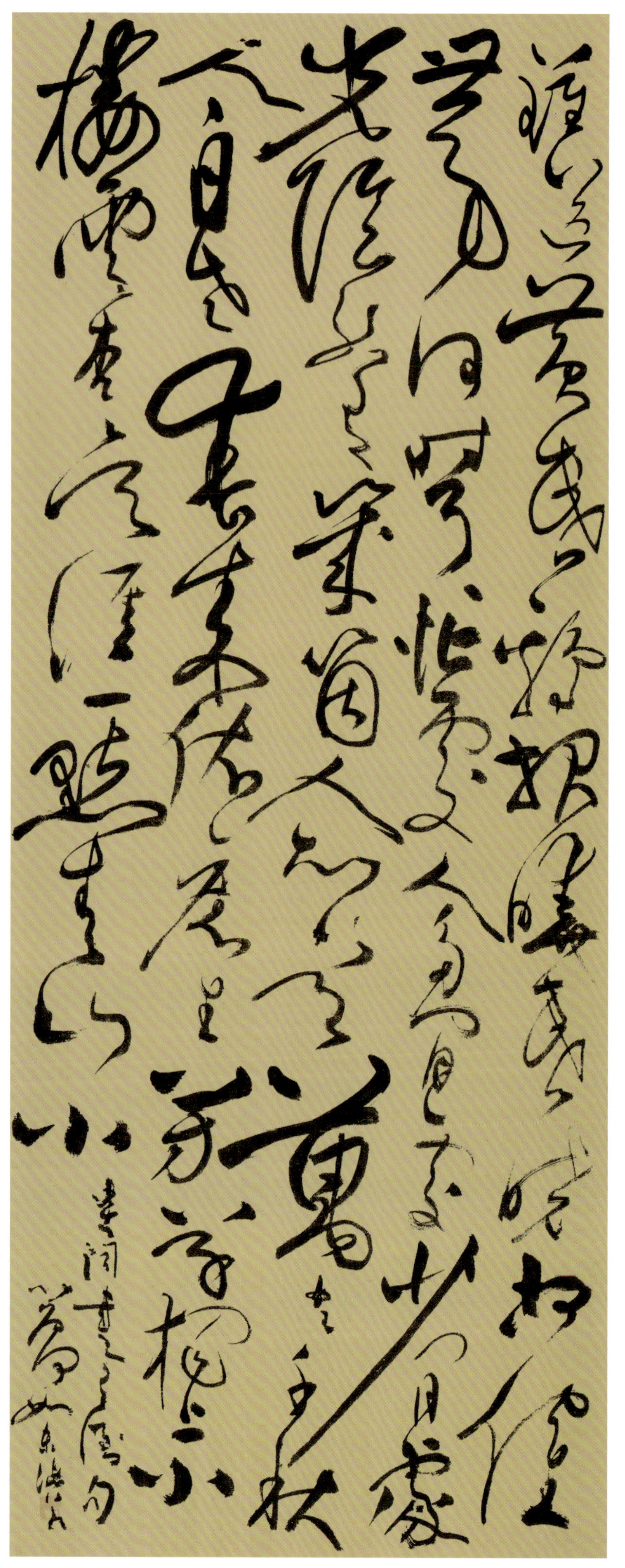

九四　草書蝶戀花詞軸　明　張弼

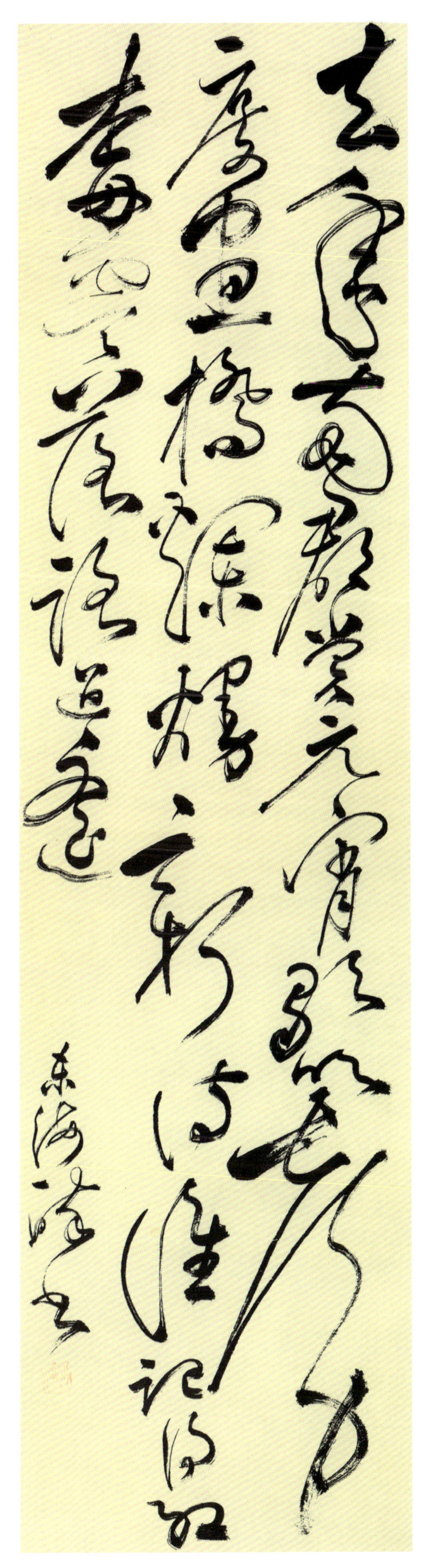

九五　草書七絕詩軸　明　張弼

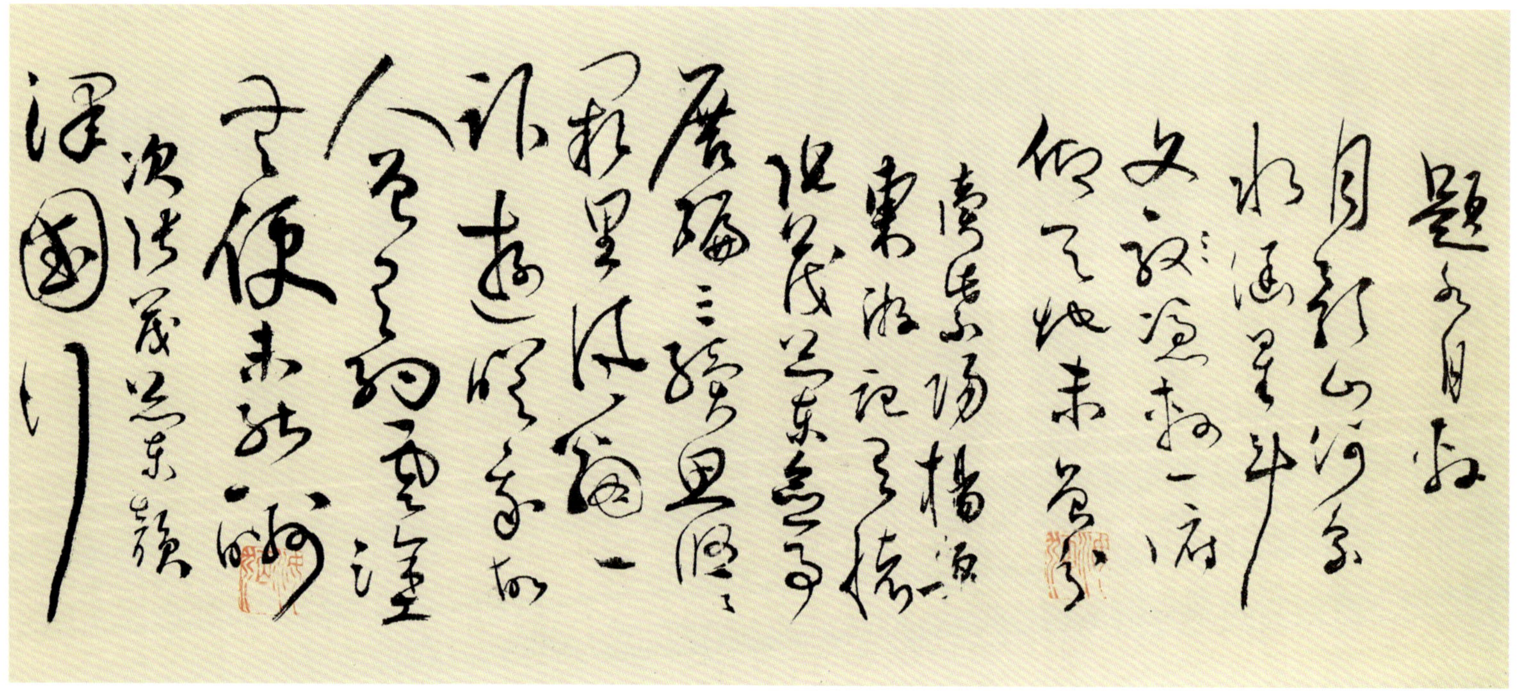

九六　草書題水月軒卷　明　張弼（之一、之二）

颖

于陵丞許題
東海先生墨蹟似
伯畫諸兄記室

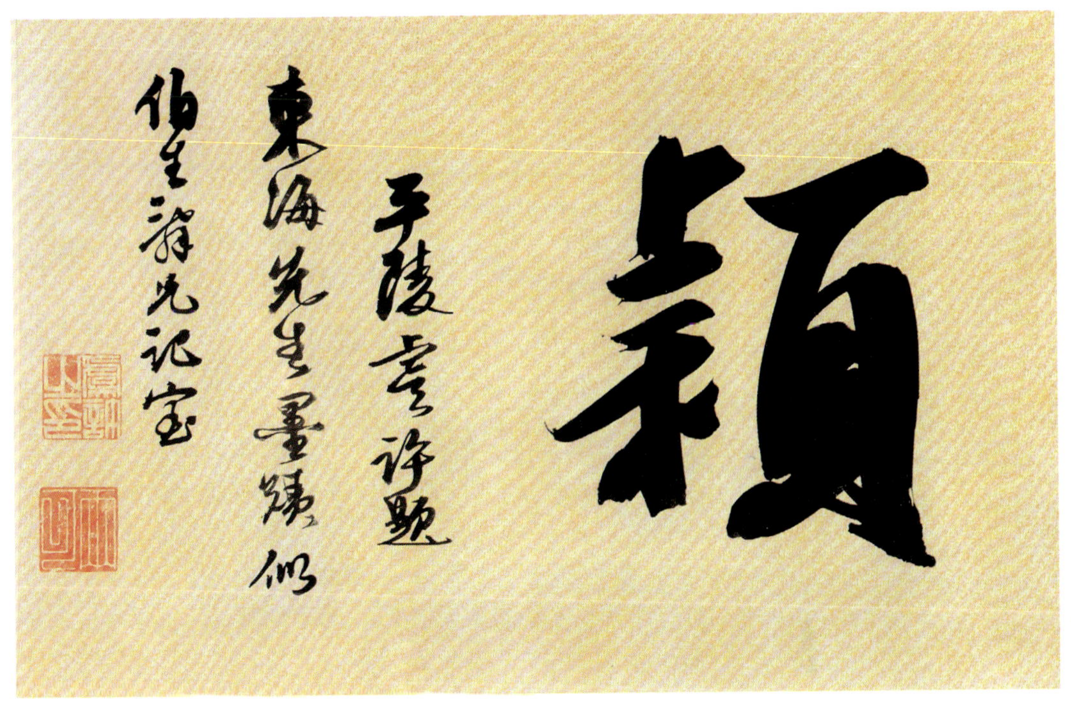

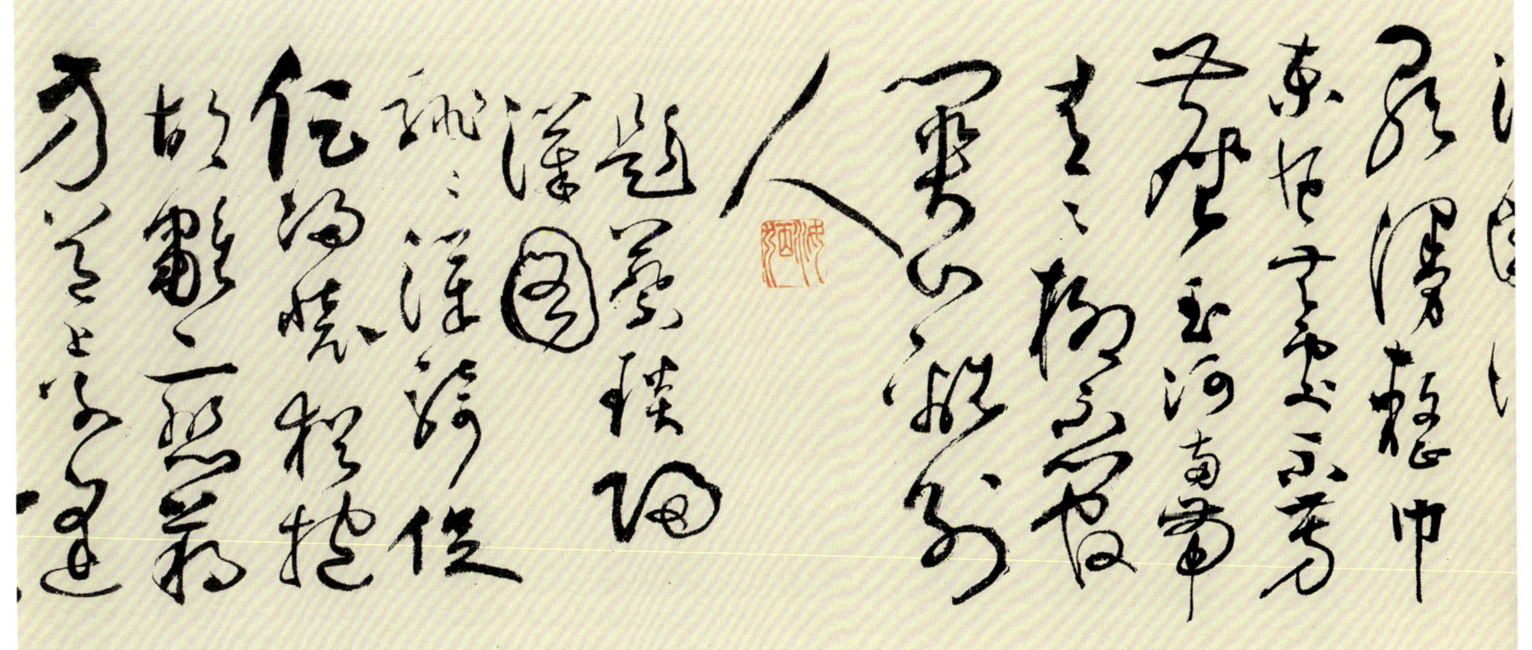

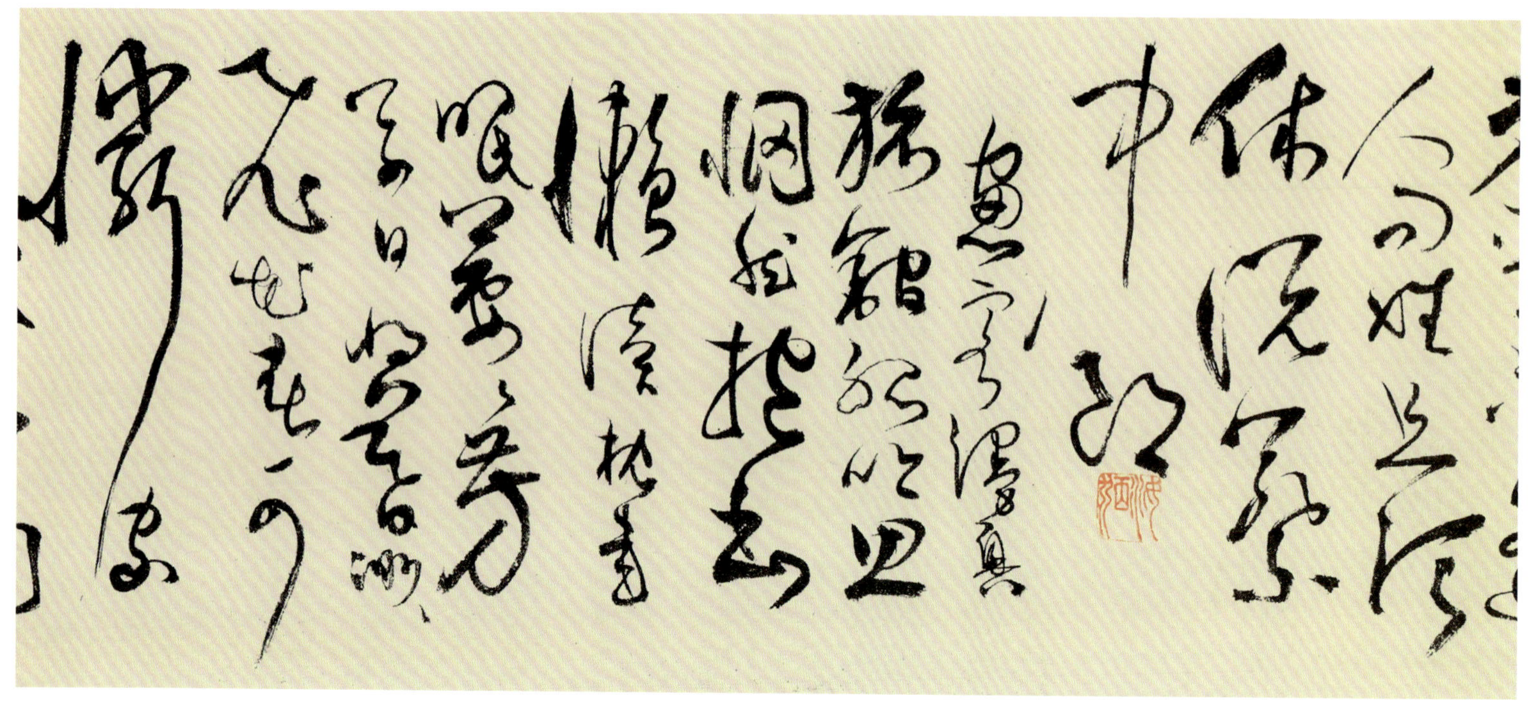

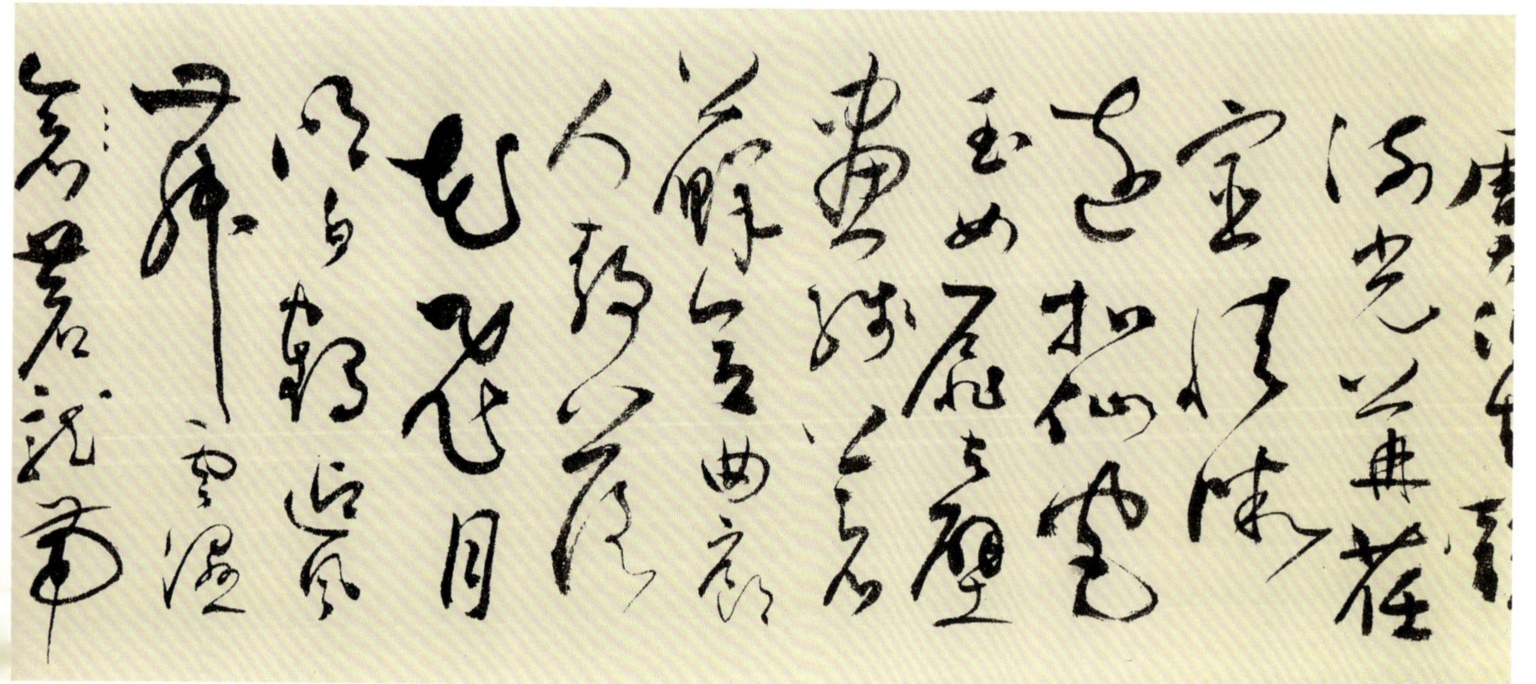

九六　草書題水月軒卷　明　張弼（之三、之四）

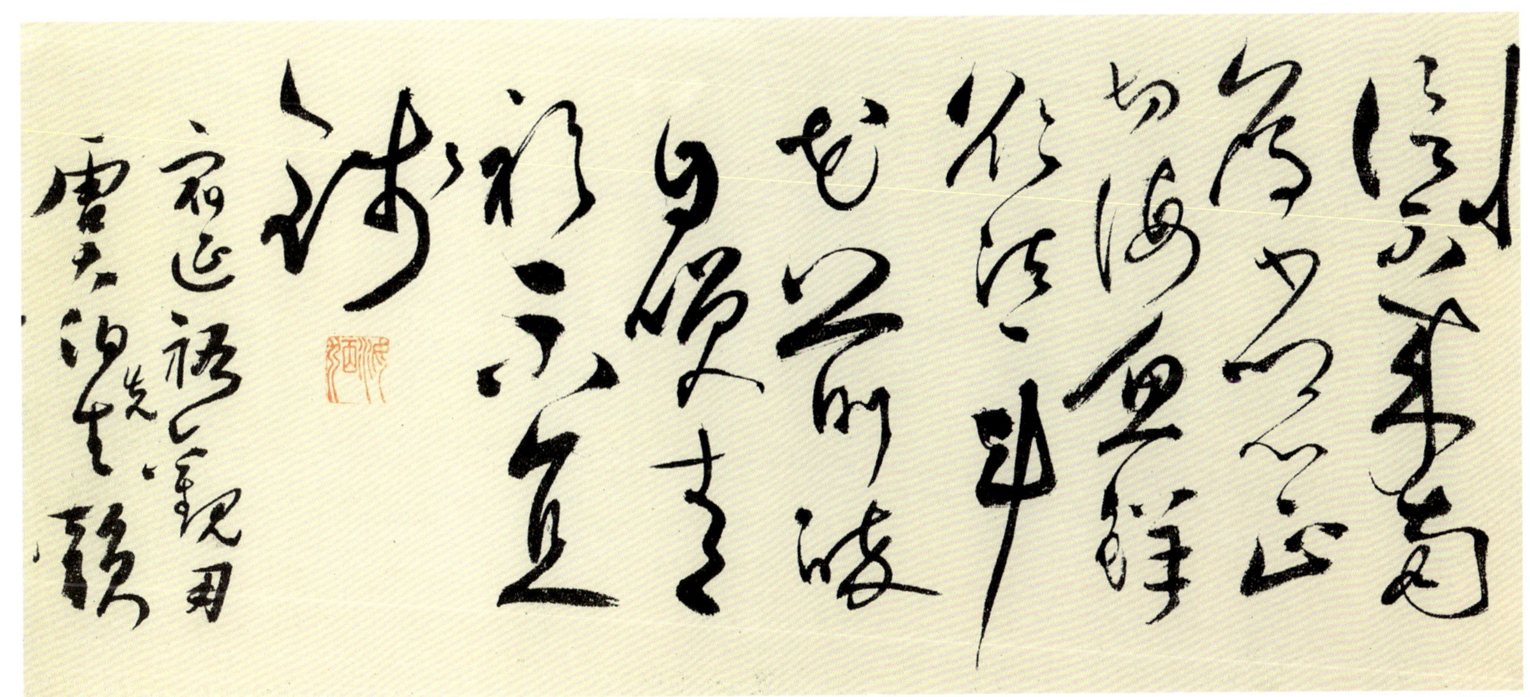

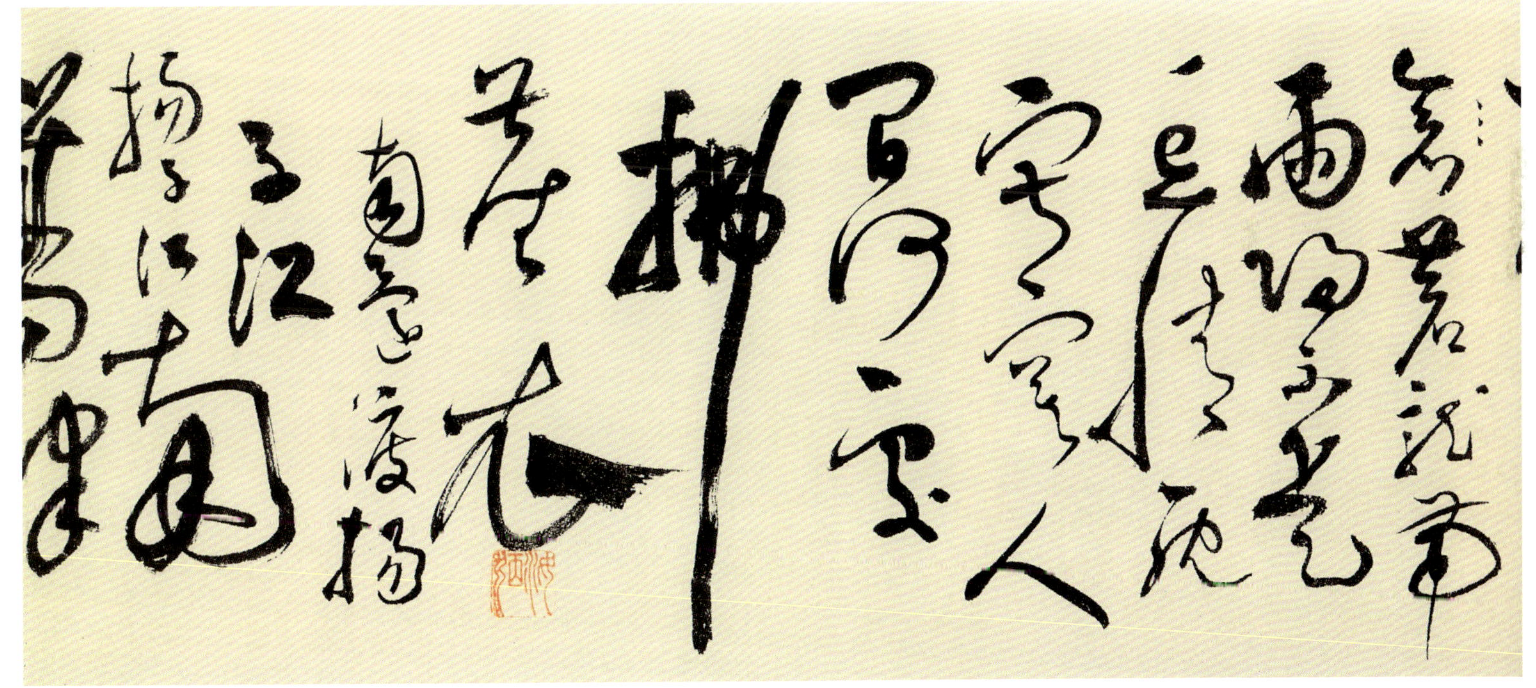

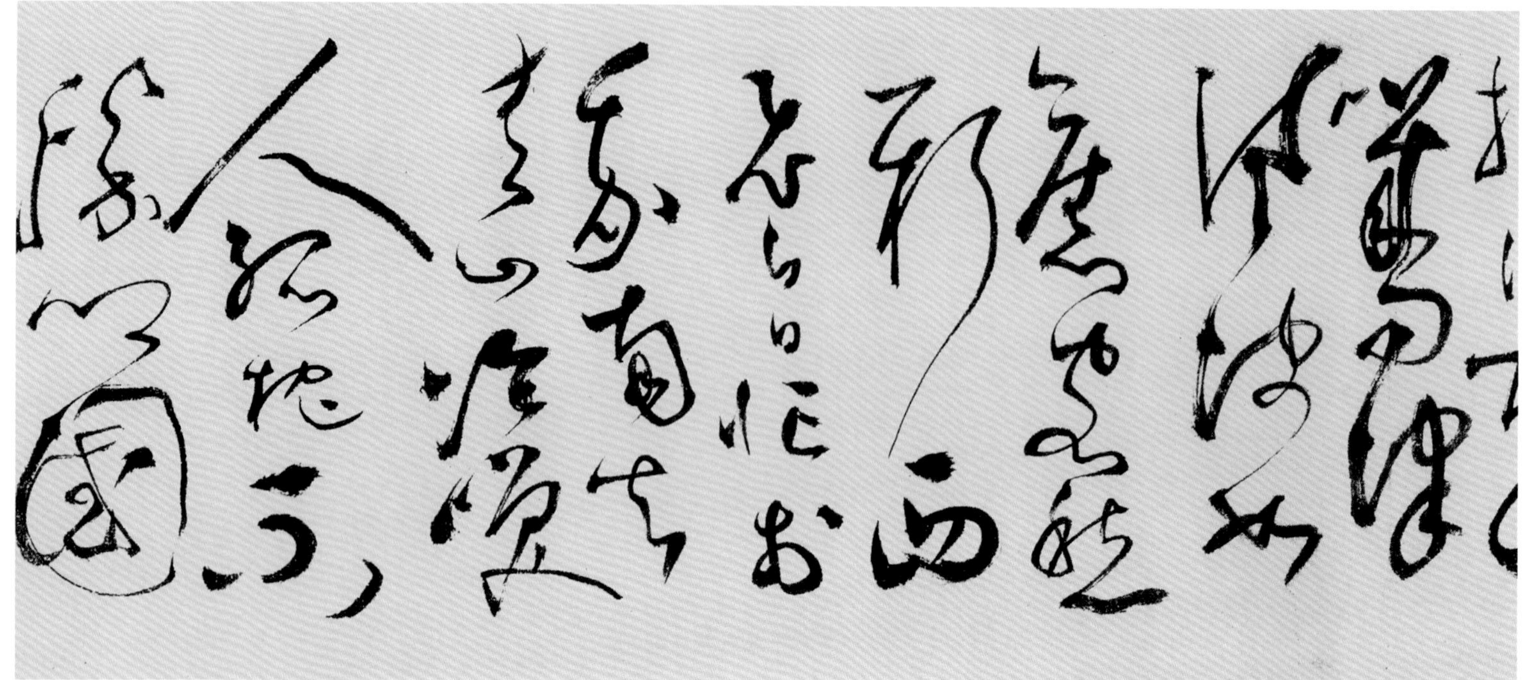

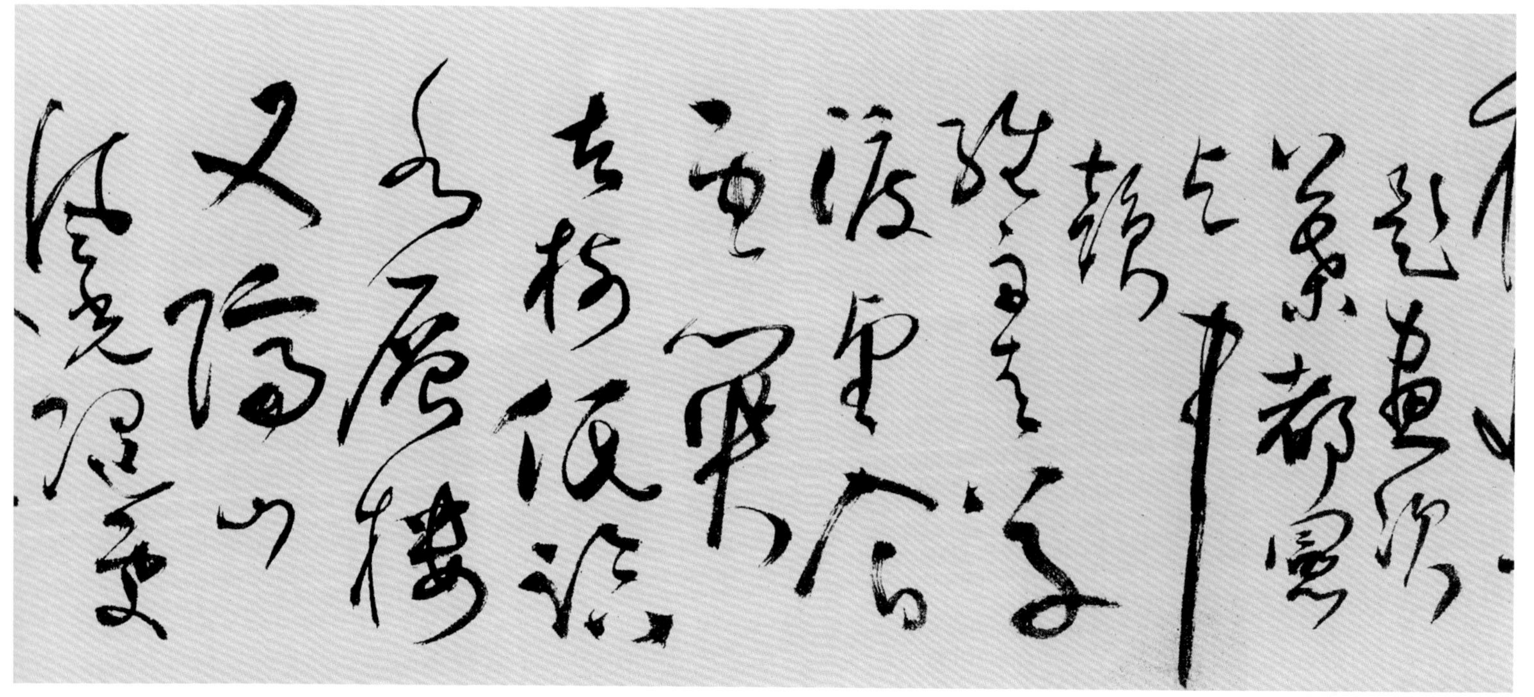

九六　草書題水月軒卷　明　張弼（之五、之六）

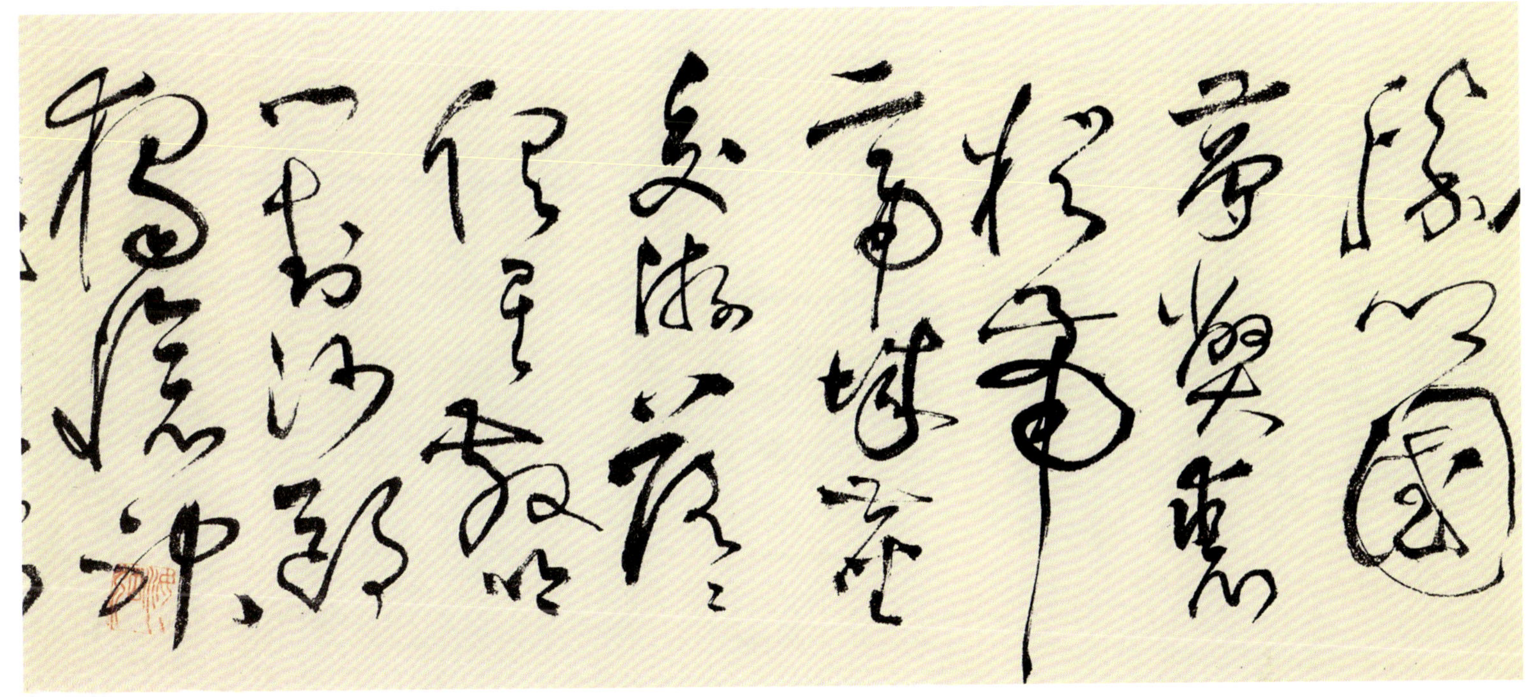

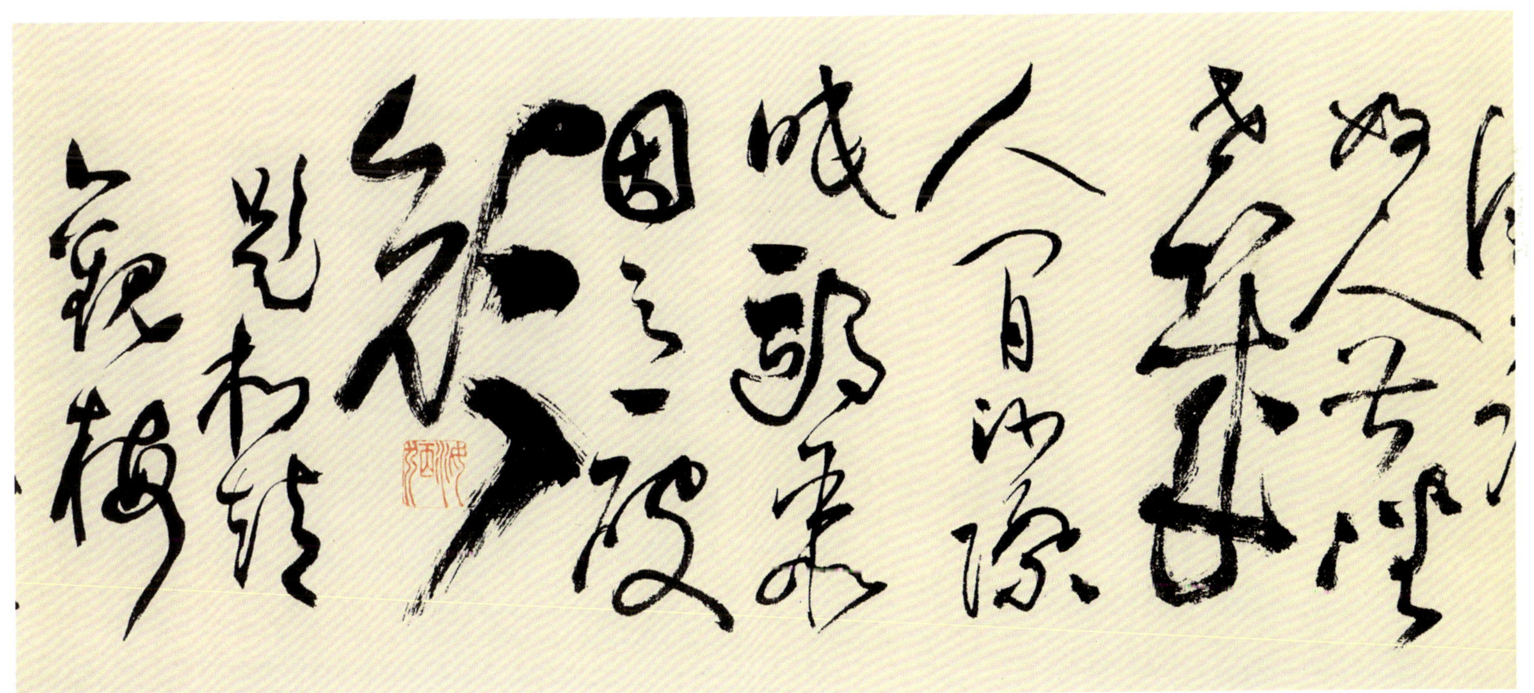

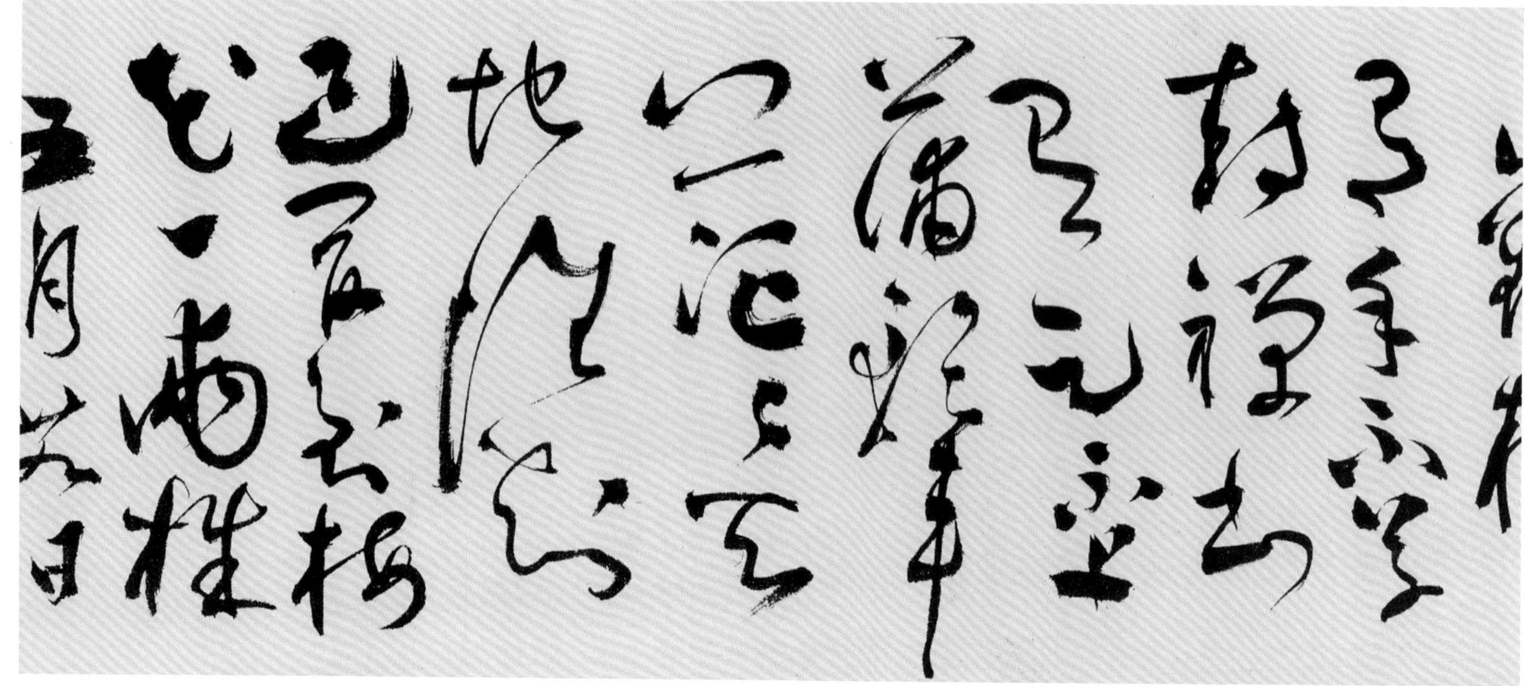

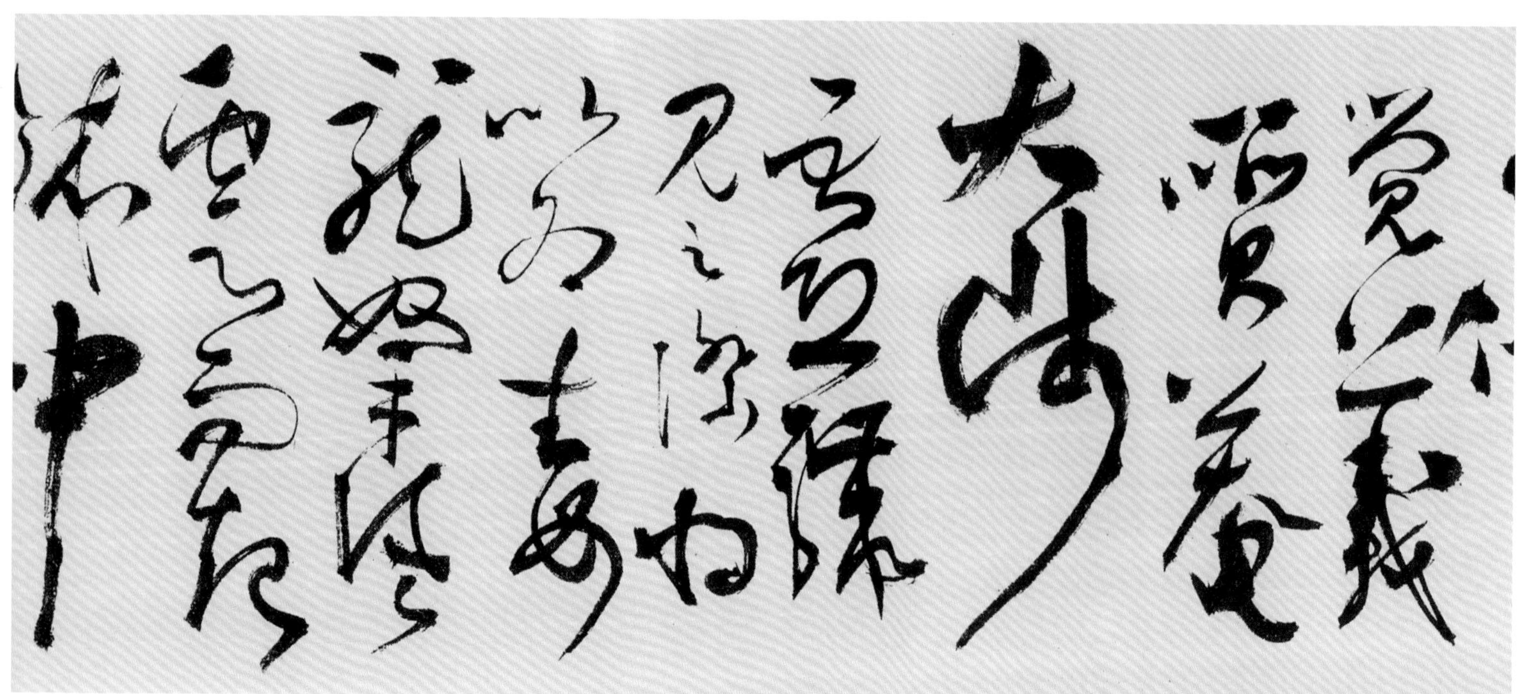

九六　草書題水月軒卷　明　張弼（之七、之八）

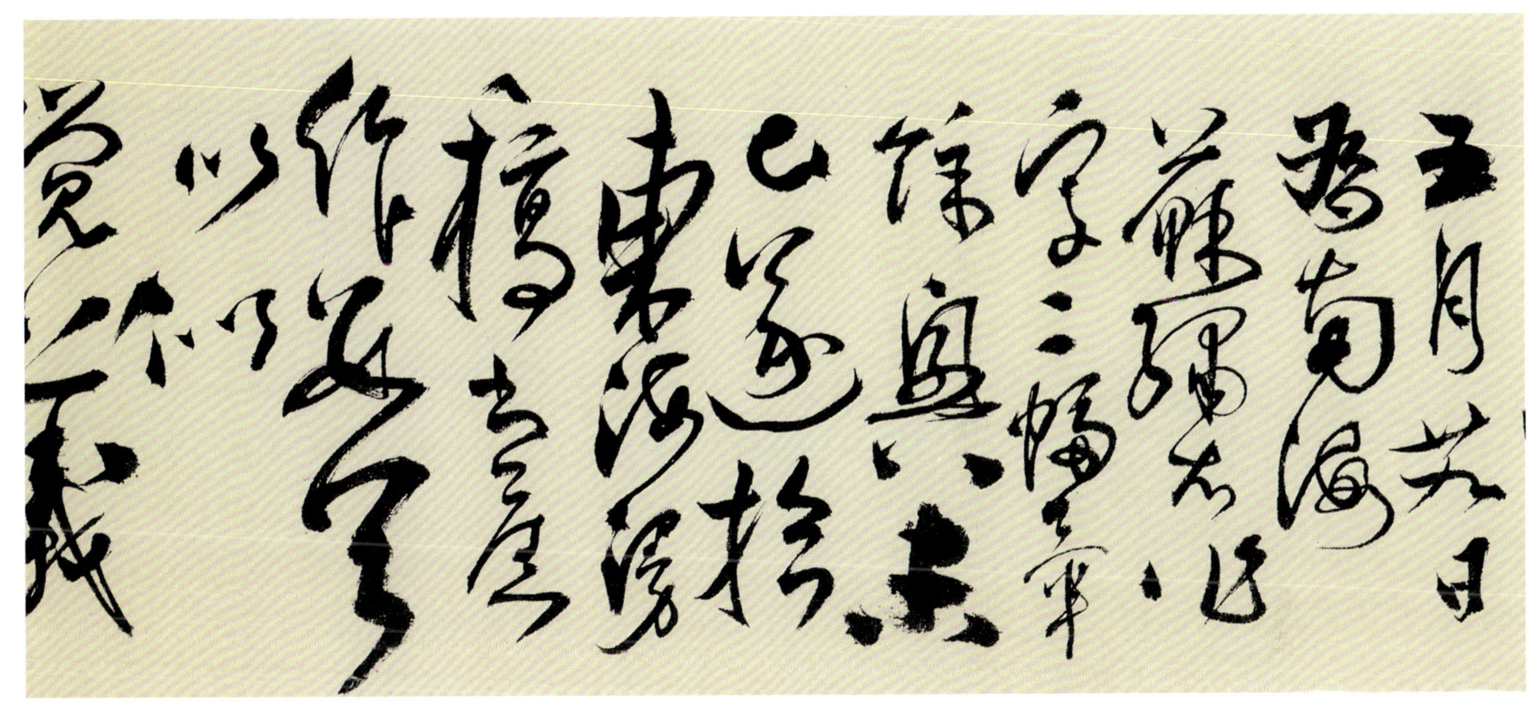

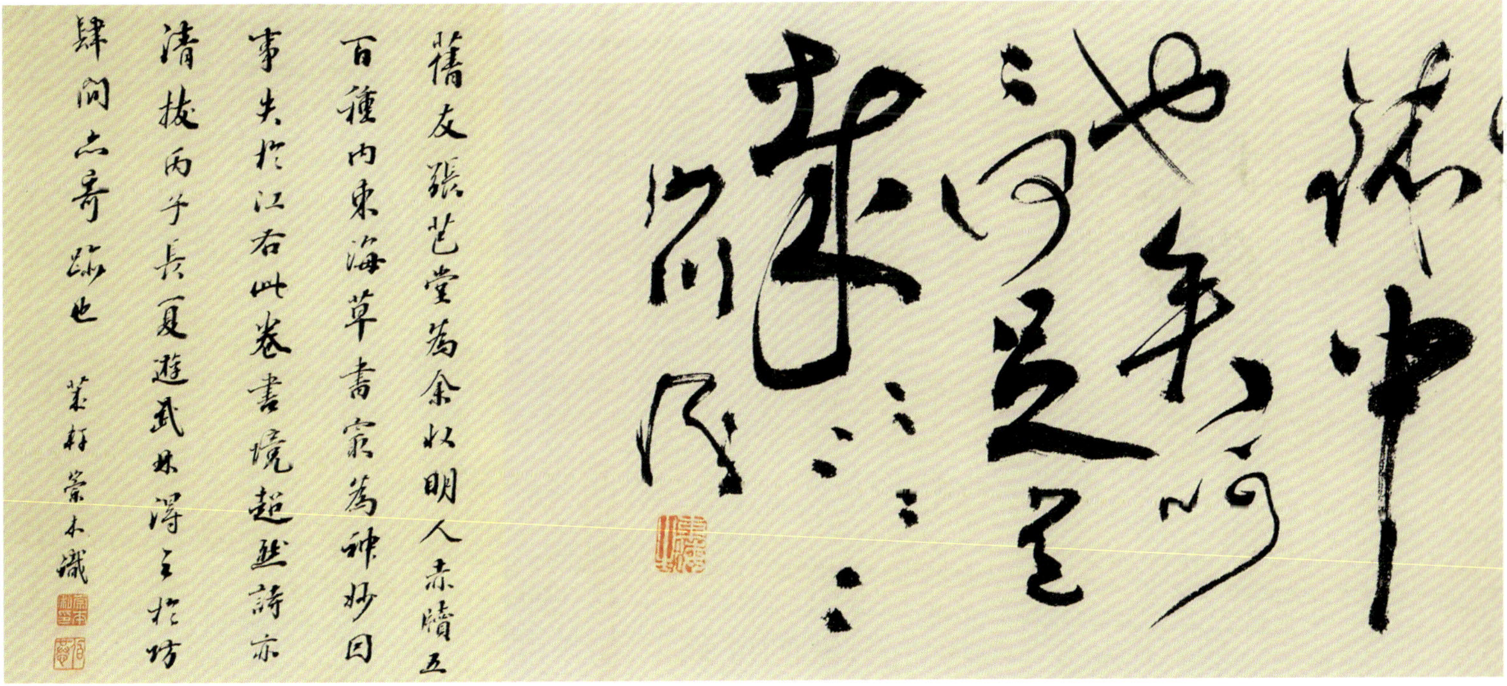

舊友張芑堂為余以明人赤牘五百種內東海草書最為神妙因事失於江右此卷書境超逸詩亦清拔丙子長夏遊武林得之於坊肆間亦奇跡也　萊軒崇本識

捧領不寄雲陽集不膺九鼎大呂蜀後寶重然檢六百人之言已無幾尚不能編也送及一扁頒補八蒼枝也九侍程等先生跋語异照式寫成重於寄去本前後編檢為雲下虔一下付

九七　行書書札卷　明　李東陽、張弼（之一）

正言不報些誤為佳盖前所裝釘不前而後出板也小沈玄秋已成婚不岳翁果八薦章合為待語各條傳邸報美承達恵威一尋此附謝不能悉有雲日友生李東陽云月吉守先生考兄

九七　行書書札卷　明　李東陽、張弼（之二）

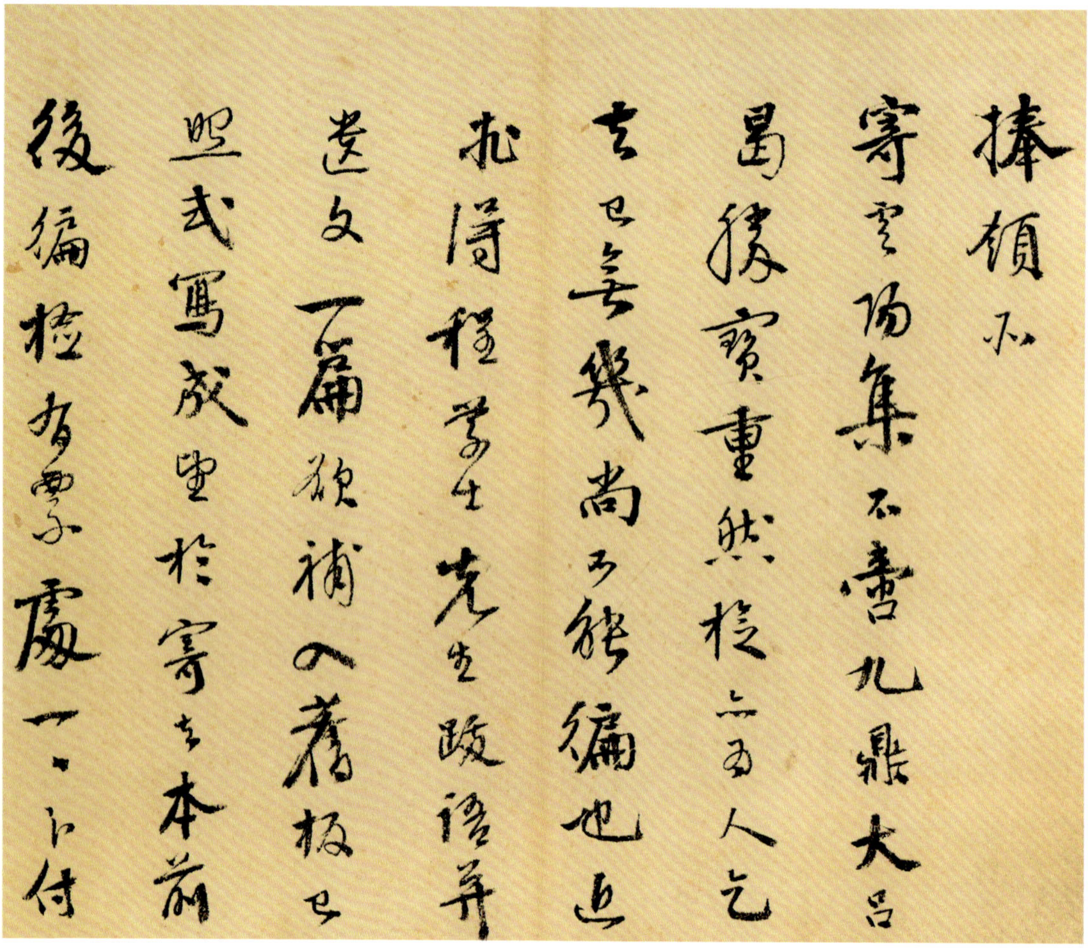

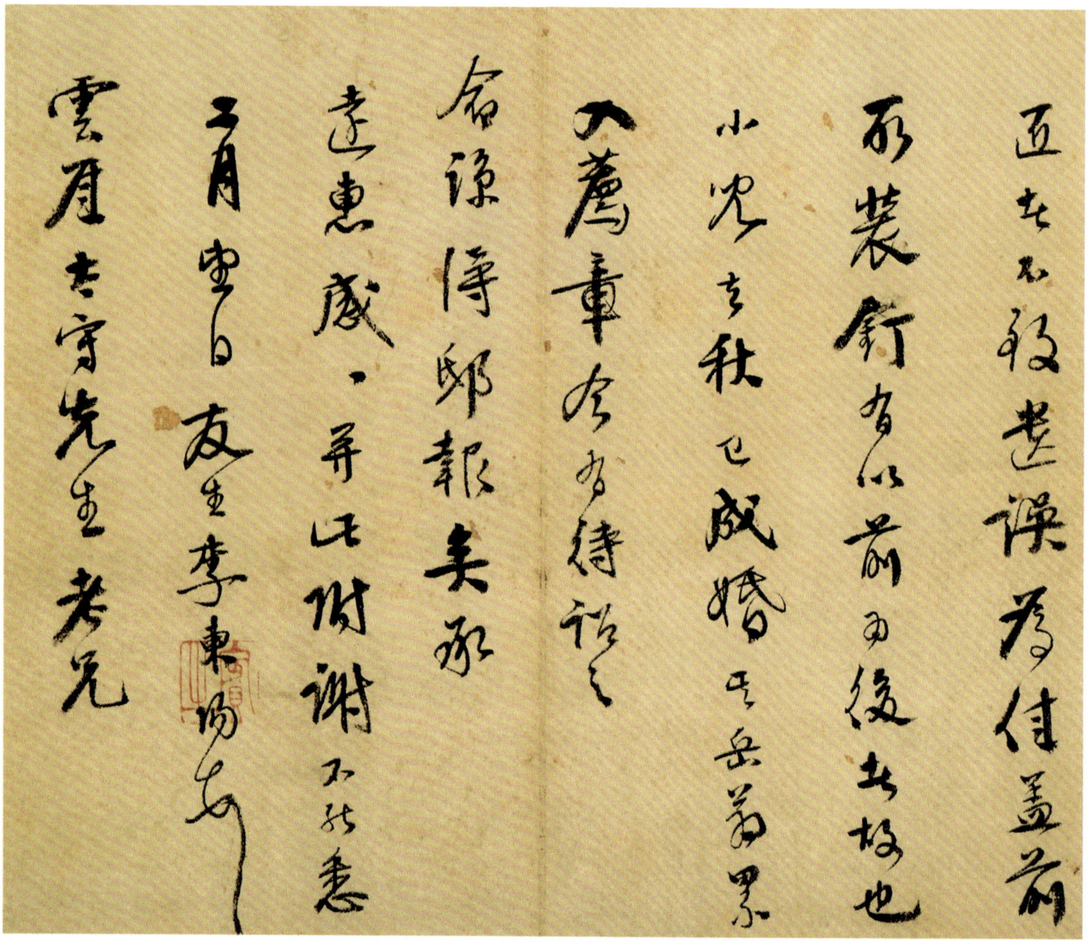

此書久不能寄今始附上書
並石硯稚之甲已久不至弟
當是七月十旬東坡子瞻

九七　行書書札卷　明　李東陽、張弼（之三）

白鷺嶸東新日喧逢
空高落殘當終百
後者是便舞路畫城
洞達知和好音

成化庚寅三月丙戌與王華屏
自月後三房五出些舉漬畢書
一征嶸潭 張弼

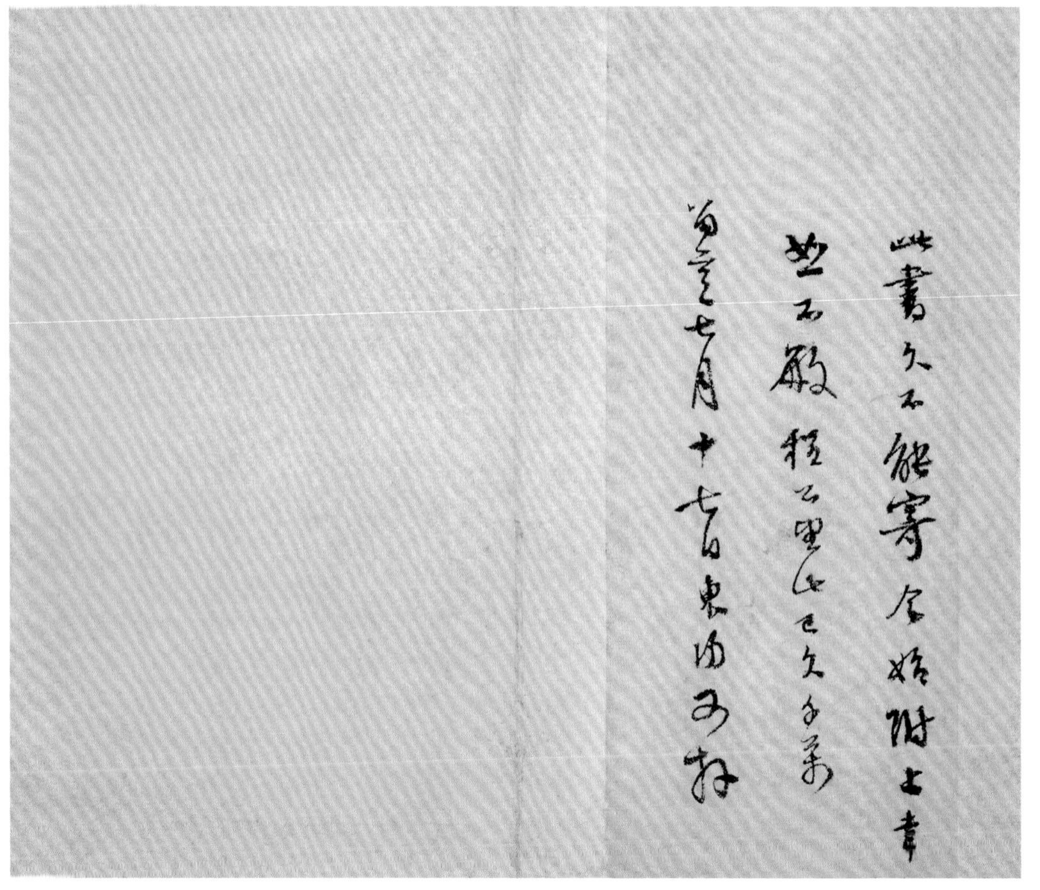

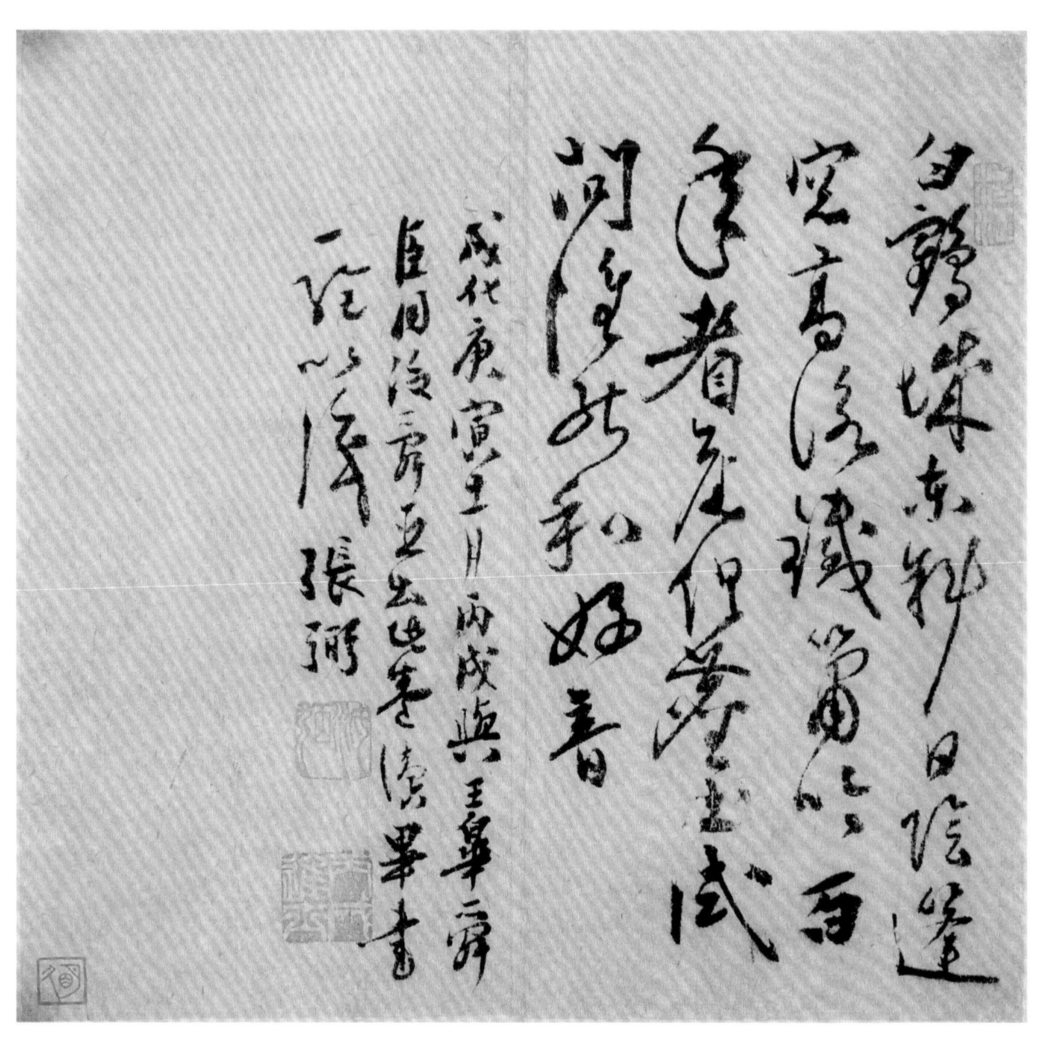

九七　行書書札卷　明　李東陽、張弼（之四）

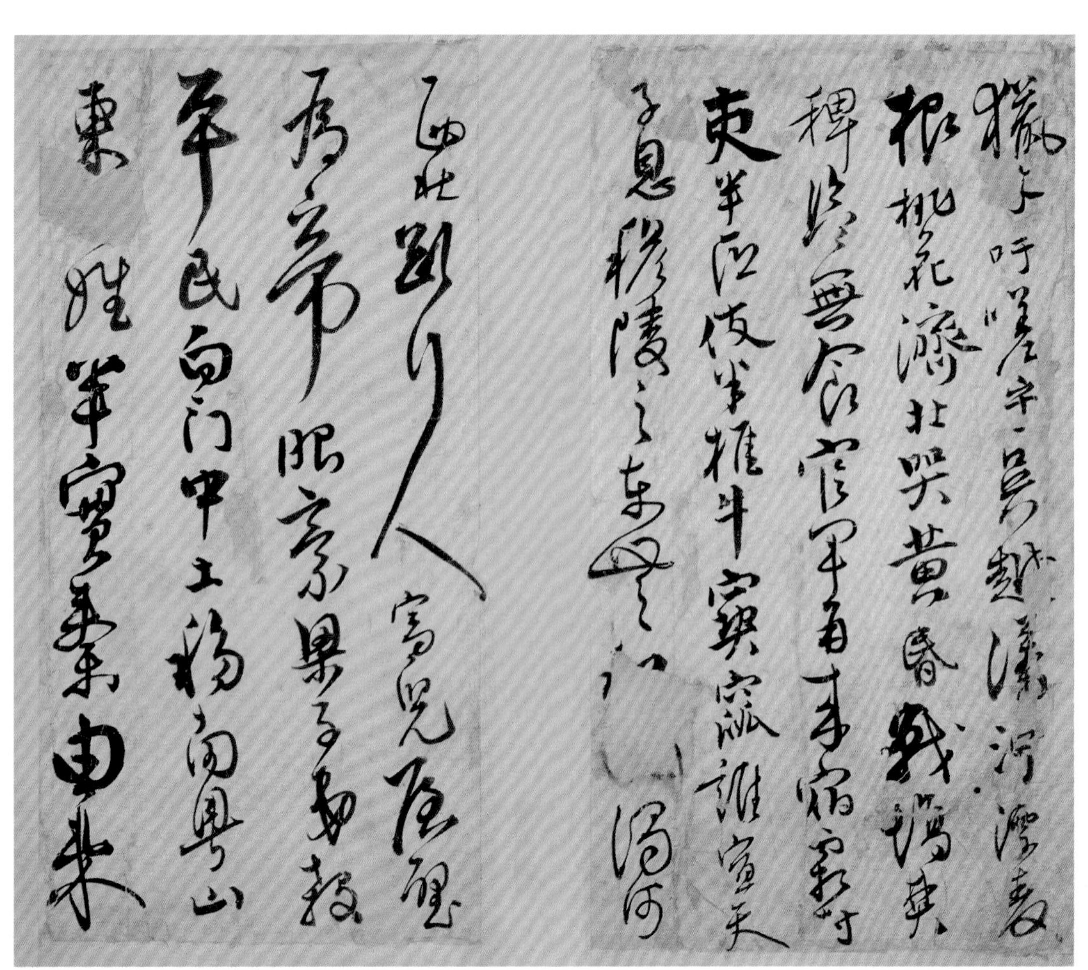

九七　行書書札卷　明　李東陽、張弼　（之五）

九七　行書書札卷　明　李東陽、張弼　（之六）

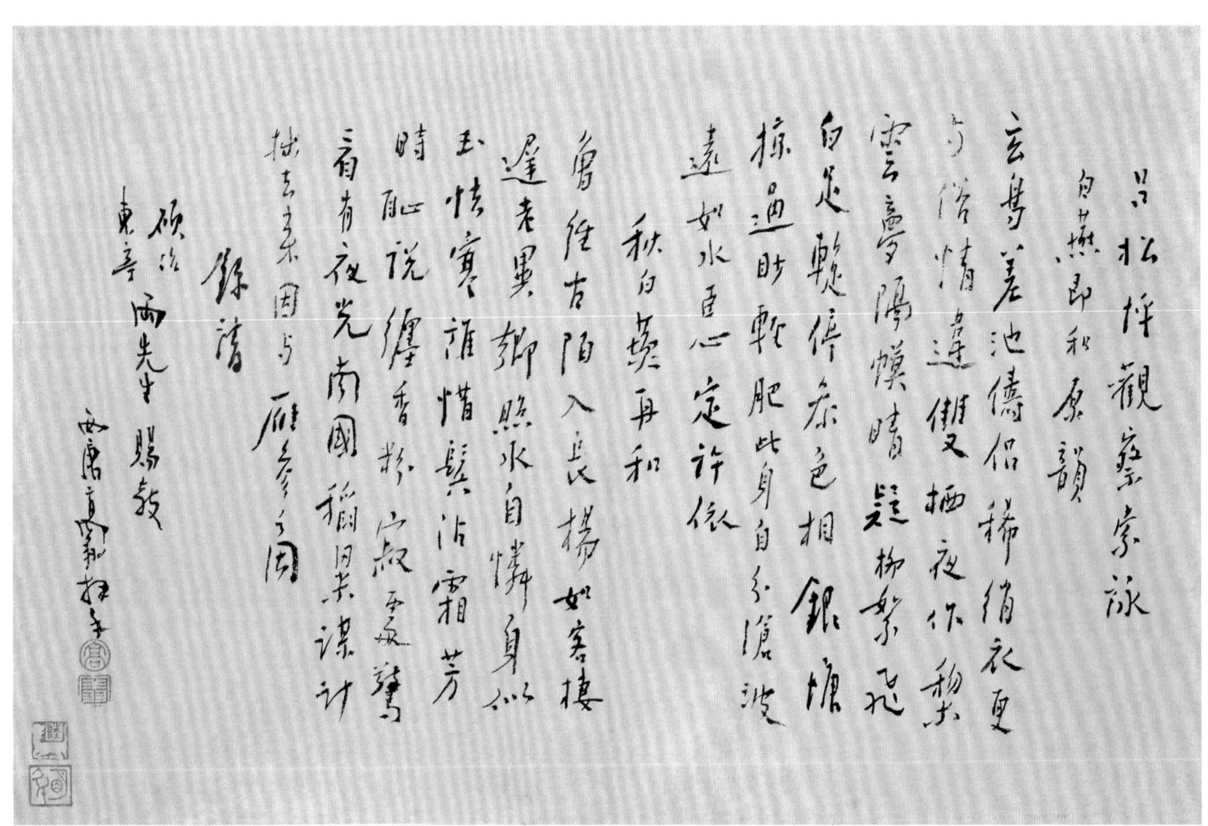

九七　行書書札卷　明　李東陽、張弼（之七）

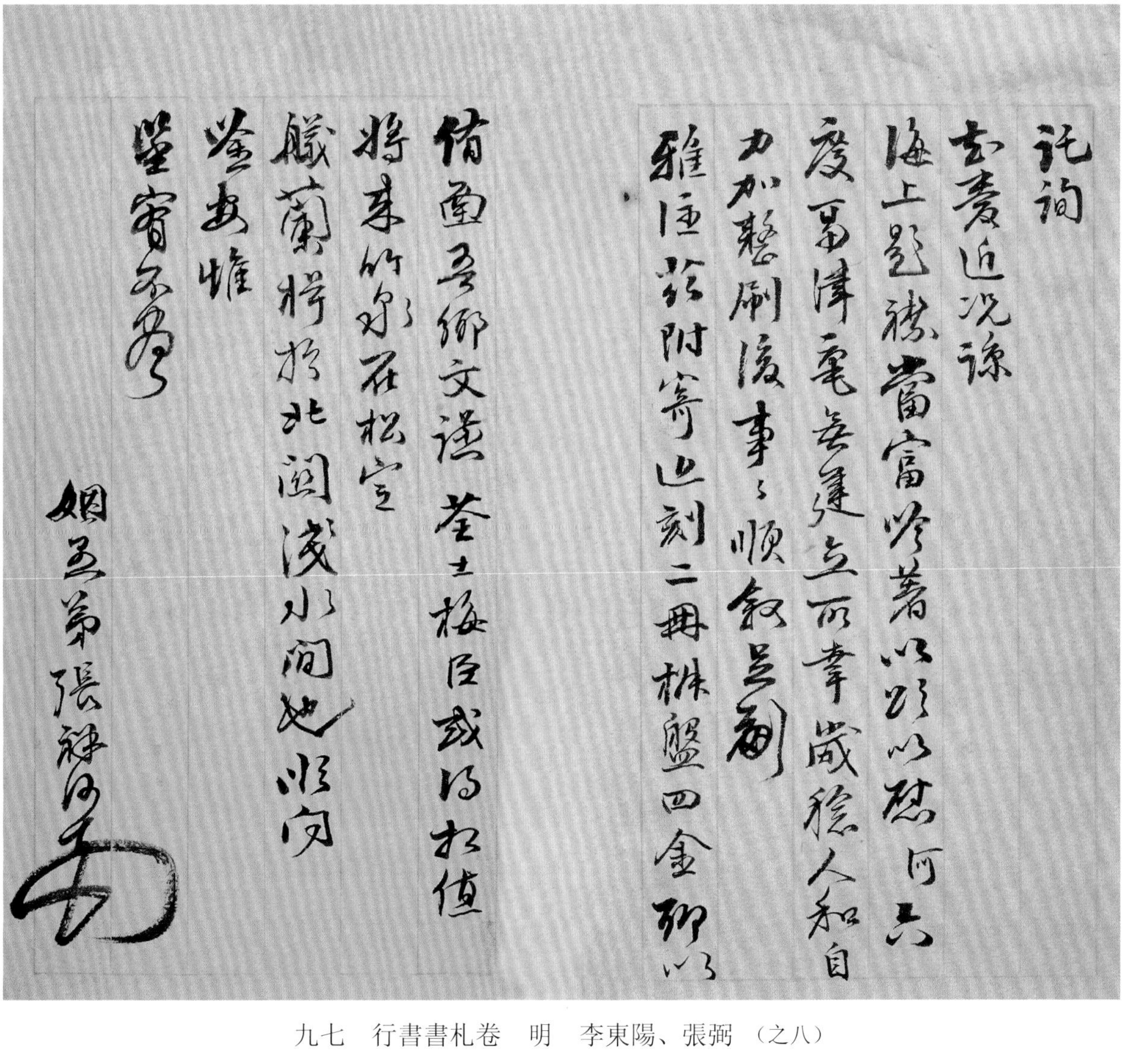

九七　行書書札卷　明　李東陽、張弼（之八）

白蹄棗騮蹄虎歌
世言馬畏虎虎能制
馬此豈盡然朕有良
馬曰白蹄棗騮俊逸
猛迅非羣馬比天順
二年十一月二十三
日邊將擒送一虎甚
猛置于圈中尚咆哮
可畏偶縱此馬與之
角虎欲前搏且噬而
此馬奮厲雙舉後連
蹄之虎鼻口俱傷幾
斃矣於乎虎乃陰類
馬實陽畜陽能勝陰
理固宜然其畏之者

同羊羖霜蹄霹靂向空
舉虎欲跳梁氣摧沮爪
牙雖利頭顱傷吻血淋
漓灑紅雨是時見者誇
豪雄雄於武將鏖
才堪服猛有如此天閑
不愧芻秣豐驊騮驊騮
吾所惜見爾為爾生顏
色丹青貌出雄武姿要
使芳名永無斁
天順二年　月十五日

九八　楷書白蹄棗騮蹄虎歌卷　明　朱祁鎮

理固宜然其畏之者
非常理也不然則此
馬亦異矣哉朕奇此
之異常特命
畫工圖以傳并作
歌贊之曰
騂騮俊逸駿尾輕儲祥
自是天駟精驕嘶睨影
山欲動過都越國人盡
驚誰云良驥不在力力
與德齊更難得尋常可
及龍並馳緩急知非虎
能敵猛虎咆哮突地来
陰風颯颯紅塵開鋸牙
鉤爪百獸懾此馬蔑視
同羊狹霜蹄霹靂句空

別後拙作數首奉呈
豫庵先生請
教　　　　侍生沈周上

無雨庸心壽兄長門前萬事付茫
漢翁到老何辭拙華子于今且
信忘掃地焚香秋月峰科頭箕
踞午風涼小覺候我薑驢地說
吟清吟可半籌
囊中摸索久無錢頼得霞翁
心醒眠百歲有誰酬大齊五句
使余作希年容他事擾心先
佇圖一不閑意已仙自愛茅檐冬
日短天寒耐別何孽前桃葉不成
歌貧知求路交遊少老向殘年感
慨多行李信雞霜下發江關逈雁
雨中過還家已覺衣裳獰慈母猶
能認平梭
　右殘年送久客還家
雪屋寒深閉草簾蕭蕭鳴玉迸風
簽花面紅燭陪年謝迹說青袍
態面沾晉甲卿冬慈母花□誉丁

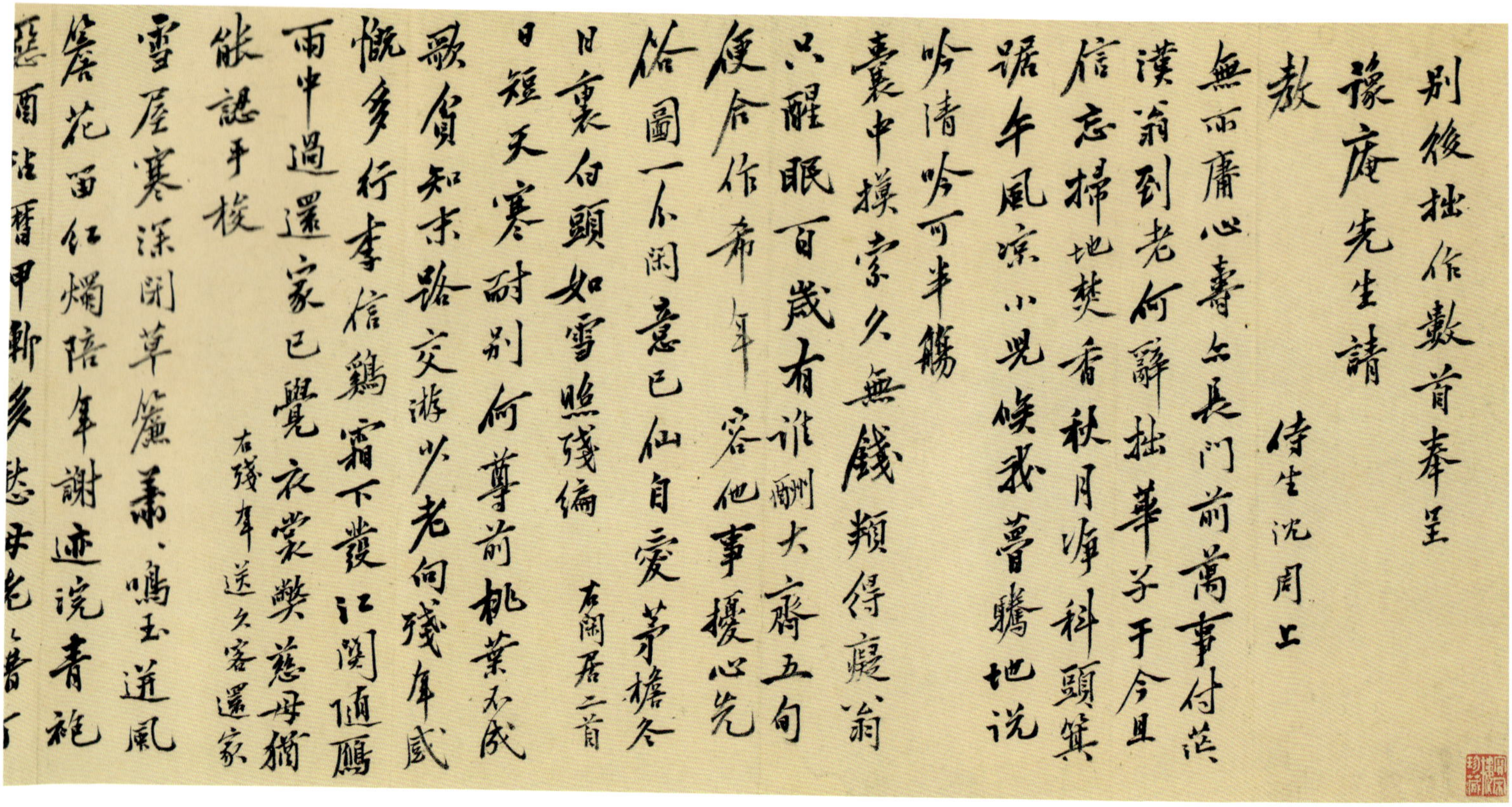

簷花留紅燭陪年謝迹浣青袍
甚酒粘曆甲瀟多愁母老籍丁
今歲望孫添明朝又辨農桑計
打尾還須作歲占　右除夜雪作次穆村劉先生韻
先生非不仕、道竭君房措足
星辰動棹頭山水長碧祠紅
葉路黄鶴白雲卿　再讀范公
記凛然如在堂
去來能自信詹尹復何占　黄
鵠漫高舉赤龍非昔潛　密容
存太古秋色寫清廬千載漁
竿在無人敢借枯　右和桃君漢題子陵祠堂二首
尚書學士聯遊戲興到水村
還夜山不道新
恩霑故紙便令　天上與人間
錦褾收遂龍驤遠摩匣室
留鼠迹須若使當時畫無
送已果應先奉
萬機閑　右聞徐氏高房山夜山趙松雪水村二圖經取入內府

民部索和西涯閣老
舊韻
儘有風流往往還又
因名勝使人攀天將
白玉浮諸水誰以黃
金姓此山欲就一竿
漁浩蕩更憑雙足
美潺湲老僧莫作
誰何問只借中泠
洗醉顏
登妙高臺
登臺見青草綿綿感
今昔江山本舊觀形
勝我新識江山不因

飲中泠泉
此山有此泉他山無此泉
泉名與山名並為天下傳
山泉兩合德珠璧輝江
天兜在水央中天使塵
土縣山本一江石泉水井從
石穿非見不可鑿人其
知其源點滲貫龍窟
不溢亦不虧我久負渴
心始修一啜緣憑(闌)引酌(勺)
冰雪流荒咽再灌肝
與肺化作清泠淵泌泌
若沆瀣逐逐空腥羶至
味謝若薙亦不以真煸
謬我康王谷歆勝宜未
然未伺鴻漸知但飲必推
先由我口舌得亦獲參其

一〇〇　行書雜詩卷　明　沈周（之一、之二）

臺流峙自天闢臺
固爲江山亦當爲遊
客往来其無窮有
得有不得坡老莫可
呼舉酒酹江色

望江

一源万里勢成三截
地分明限北南長
塹悠、天所設奔
流浩、海相涵獨
憐孽𣙜存遺
誓可嘆囊沙是謾
談頭白妙高方縱
目落霞孤鶩晚猶
貪

玄世多未沾者莅、尚垂涎
灩注兩大罌載歸下江船
搖光蕩江月泛影雲亦
鮮分潤及鄉人七椀同
通仙

郭璞墓

氣散風衝豈可
居先生埋骨理
何如日中數莫
逃兵解世上人猶
信葬書漂石龍
涎春霧後交沙、

鳥跡晚潮餘

祇憐玉立三峯好浮委江心月色虛

鶻石

海東飛鶻力不續就此一拳聊息足聲波勞怪晃莫攄引手近疑人可觸嶼嵯水寶候潮鳴歗歡雲膚借䕃綠金山此恐順

慎莫妨學櫓老酣自弓、目中但不屑貝教耳
弘治癸亥上巳日長洲沈周

石田學摩圍書浮其勁骨憂以為歎齩廣之於坡公有形神之別識真者當不河漢斯言也此卷自書其所為詩瀟劎多

一〇〇 行書雜詩卷 明 沈周（之三、之四）

綠金山只恐順
江去誰插鰲
簪關地軸千
年奇觀豈無
賞疑有坡詩
刻蒼玉

頃年遊金山次第得
詩數篇擬托吉公呈
州中諸名流未果
光甫來顧出秋山諸
作見示嘆服不已遂
乘便附光甫轉似秋
山可竊與竊可和
和之是所望也光父
情雅好學於老醜

態尤為跡儁入古
翁鄉仁兄出以相賞謬謂於書
有相似處屬之憮然如佛所云
精進學道要惟有一慚二愧
余少知慚愧者或他日因此日
進嘗再為翁香跋之
嘉慶丙子十二月十四日部慶識

道光庚寅秋中觀於滬城
舊雨軒蘭谿陳鑾識

庚寅秋偕雨橋薄遊海
上三宿舊雨軒主人
子園仁兄出示斯卷展玩
累日覺古藻幽馨僾然埃
壒之外而與放賞者久之
因識時日
華亭劉韜馨

向自金仲孚呈蘇合九珍佩、
日來知徐興信稱聲光向隆可見
德門舊族風致自殊衛中運
士還極言佩荷足激鄉里近時
薄風儉薄、寒舍飢塾中又
以則戶點辭村儘皆愚於料物托
攬好弓而引交納利害暑又知頭
結出有核桃一色知待新方收周不
敢費價去緣僮俱那惜家有几
百事為恃在
故舊之愛希為
指點幖懷當銘刻不淺远錄
尊光大夫心耕詩清須
裁教外有小筆山水一幀將意而
已未間伏惟
為國
自玉不宣
金鄉象史親家閣下　姻生沈周拜奉
錦帕二方伴儀　　　三月九日

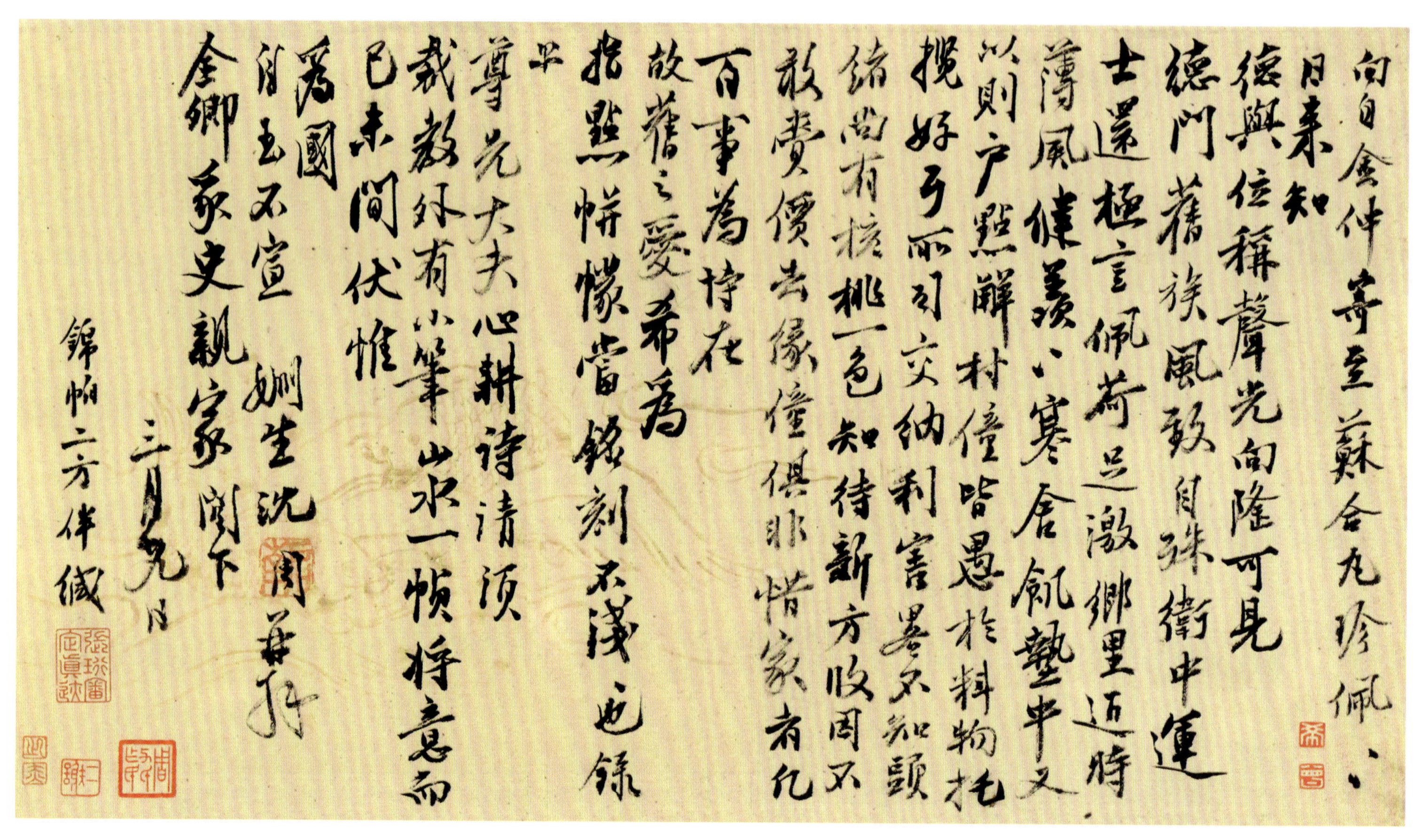

一〇一　行書聲光帖頁　明　沈周

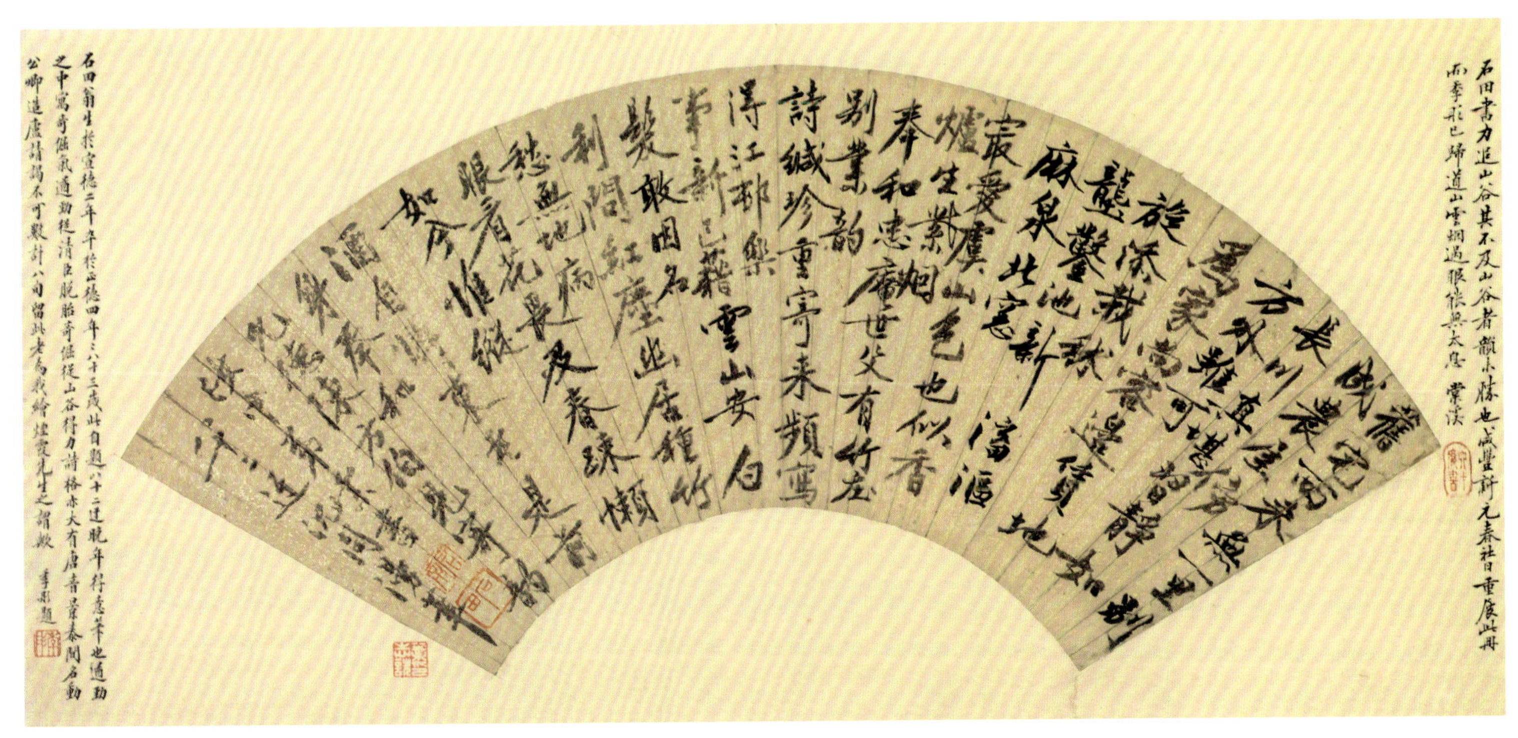

一〇二　行書訴老詩扇　明　沈周

沙樹歷歷沙草荒，江上誰開萬騎牧。場牽馬匹聚，何助攆飯餘，而俯嘶而昂訛，蹄浴滾逐且驤。或乳或卧或軋，瘠三縱五橫不咸，行五花祿㬢，駁而黃烏雛赤，菟照夜白連錢。桃花闕义章牝子

請看溝汗流，血漿爭前歡，縛左賢王還，風逐電一般，走五十之中當有強。

右馬五十足畫者，各極其態。余鑒為趙仲穆，觀筆而題其上如此。

戌巳歲春乙酉十…

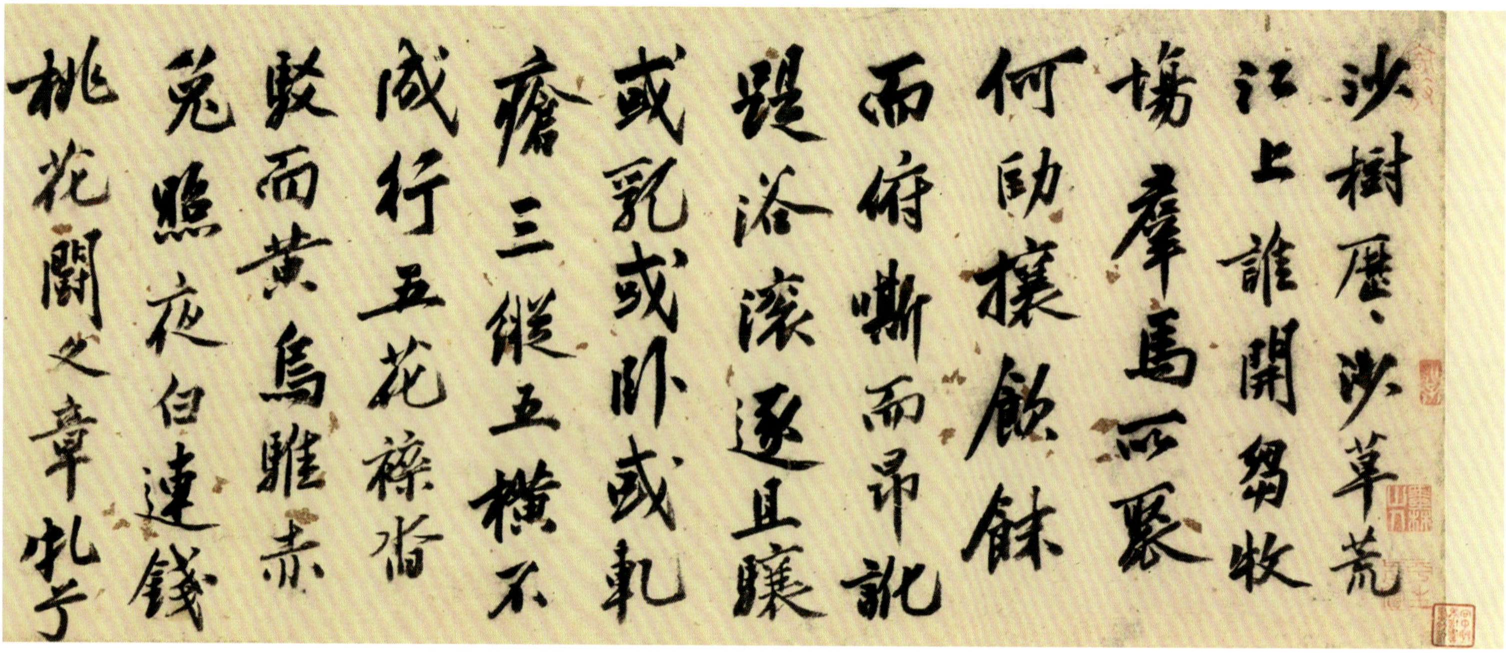

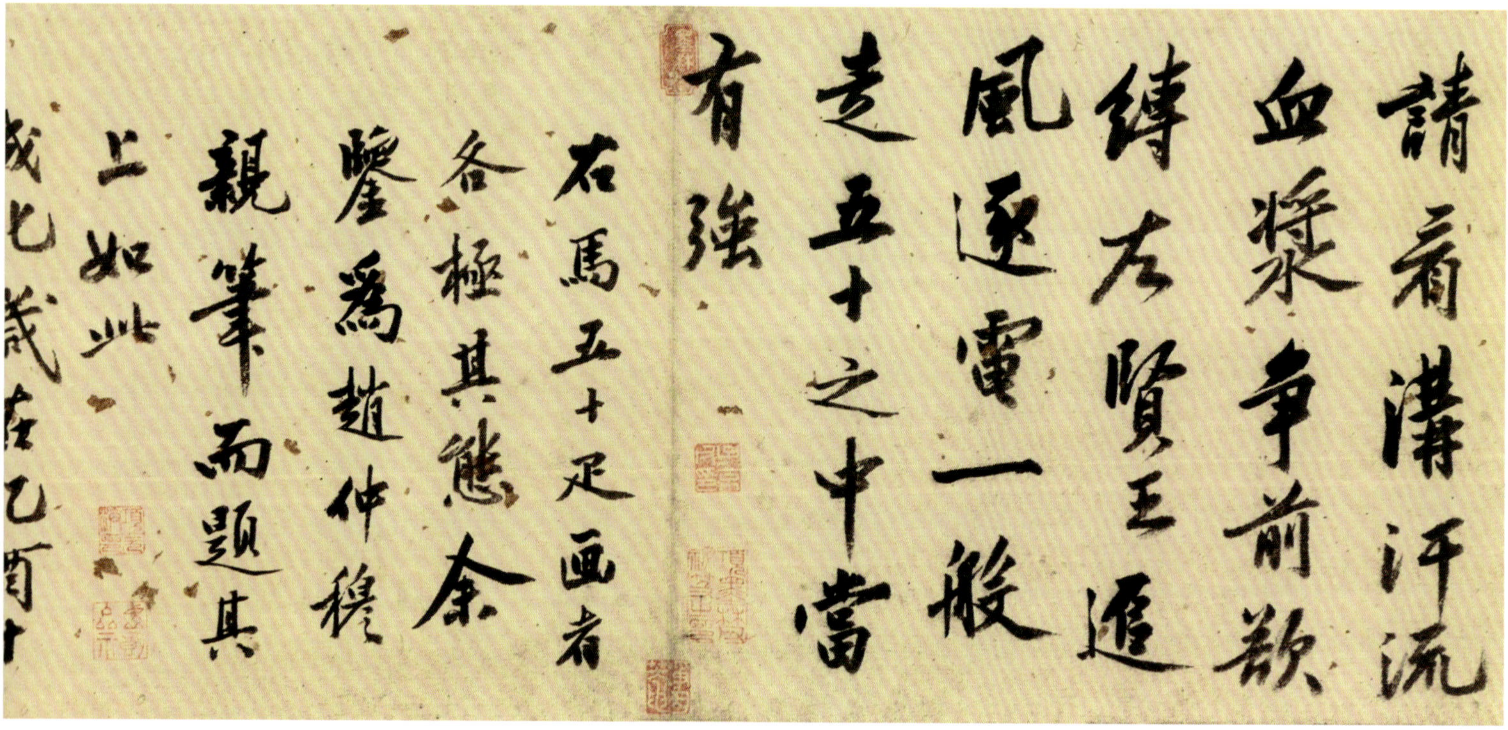

一〇三　行楷書跋趙雍沙苑牧馬圖卷　明　沈周

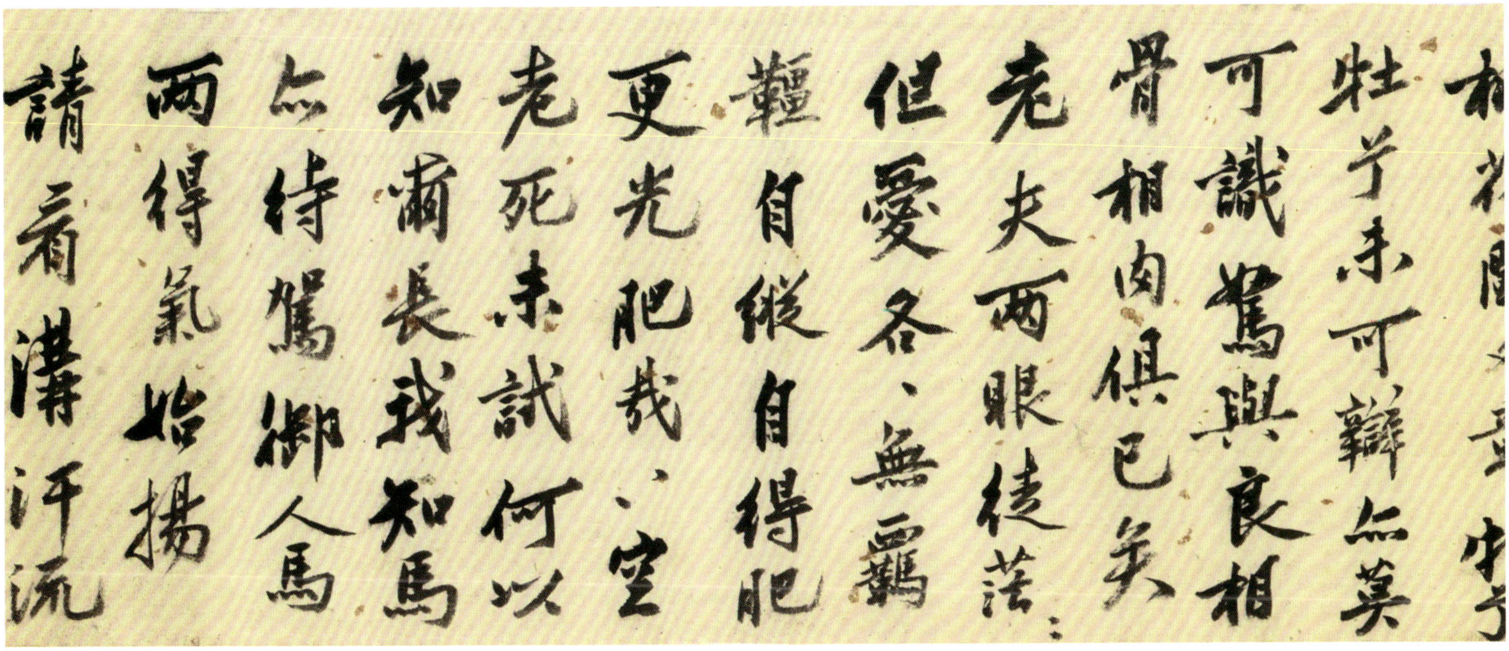

牡兮未可辯，亦莫
可識，駑與良相
骨相肉俱已矣
老夫兩眼徒茫茫
但愛各無羈
韁自縱自得肥
更光肥哉，空
老死未試何以
知爾長哉知馬
亦待駑御人馬
兩得氣始揚
請看溝汗流

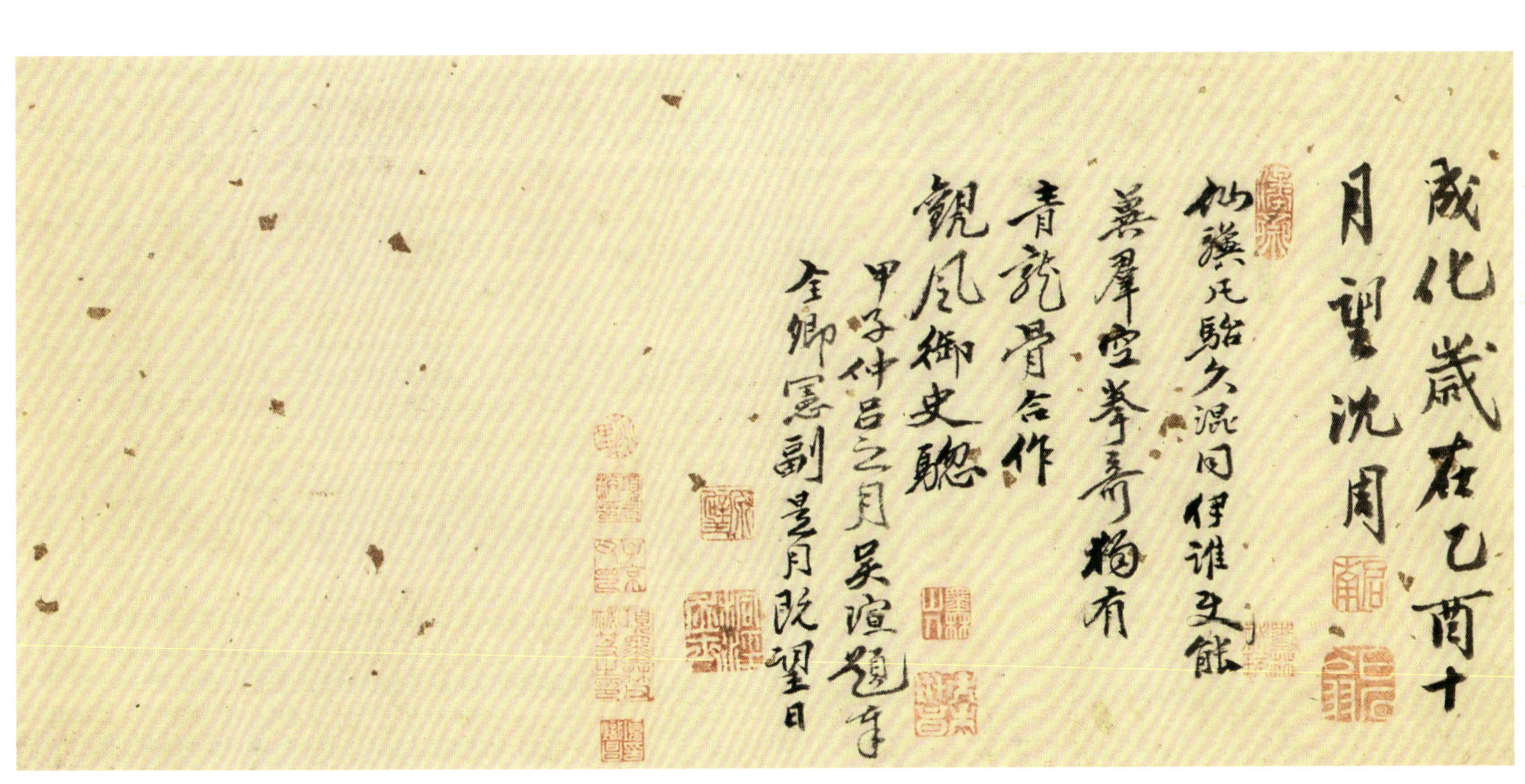

老夫衰足之人遊事與我
隔山川夢中物皆然空
白頭之子本吳產結廬太
湖洲山在水中央沉岩
萬斛舟佳此奇觀汗
漫未足酬浩歌出門去雲
帆過湘流買酒醉黃鶴
倚劍長天秋自去司馬
史豈藏壑與丘胸中一
有名勝更在身外求
江山固有助豪吟動公
族族未足動要與造化

一〇四　行書五言詩卷　明　沈周

遊我尚伺子歸燒燈話
南樓楚漢落霏屑亦
厭吾生浮
王君原德詩學有聲挾
此爲楚遊者有年余老矣
衰足不能出門莫與原德倡和
山水之間自以爲至事造此
拙語聊發其汗漫之興云
弘治丁巳七夕日長洲沈周

滿船書畫三湘路老去詩名客
裡多歸釣五湖湖上水舟中
新得楚人歌　南垣劉[illegible]

丹陽道中一首

抖擻山邊水際身廿年重踏舊京塵依殘夢丹陽月元、輕車

和周院判元己巳日登雨花臺韻一首

巳巳乘春上古臺登臨不為昔人哀青烟萬井城中見白練長江地底來且遣

一〇五 行書自作七言詩卷 明 沈周（之一、之二）

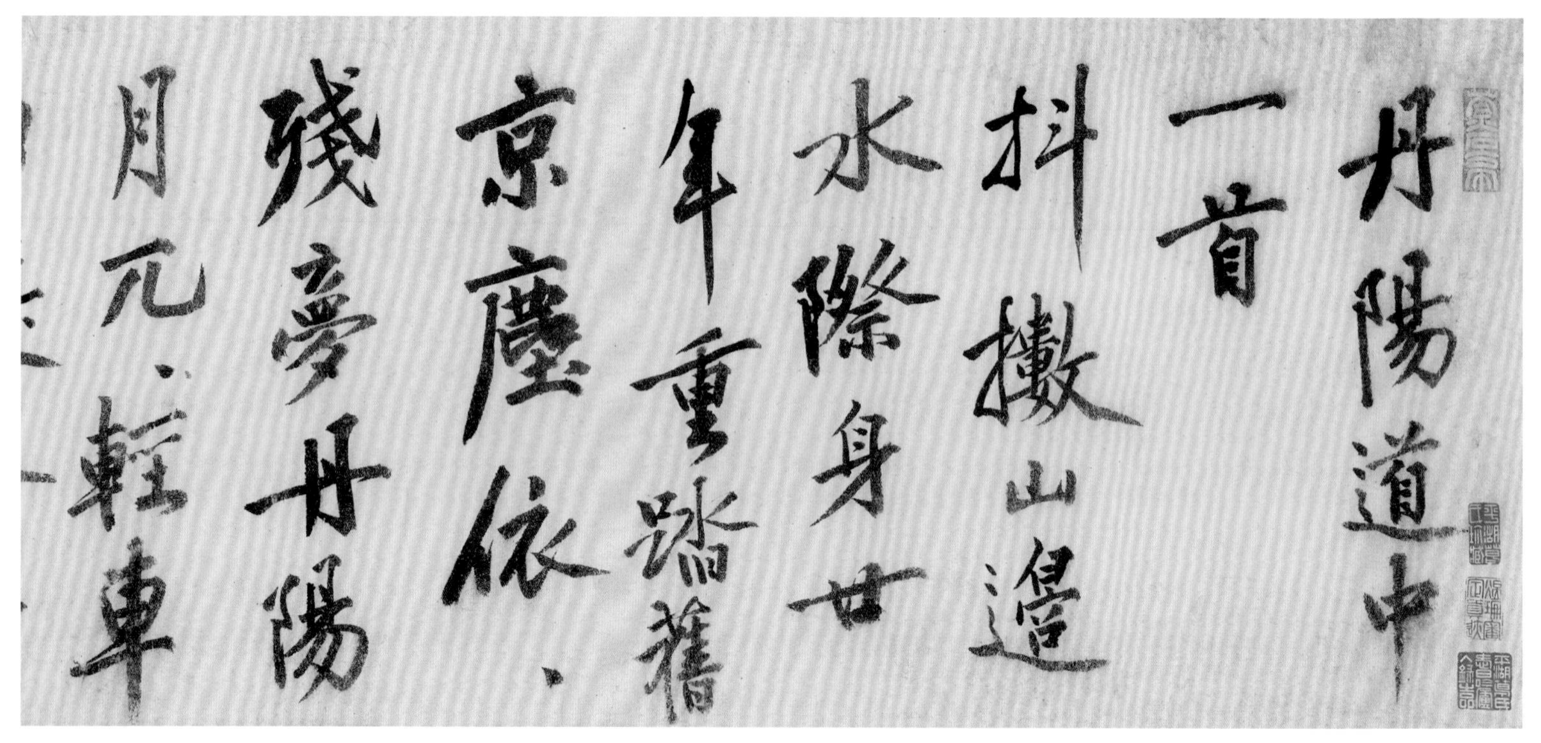

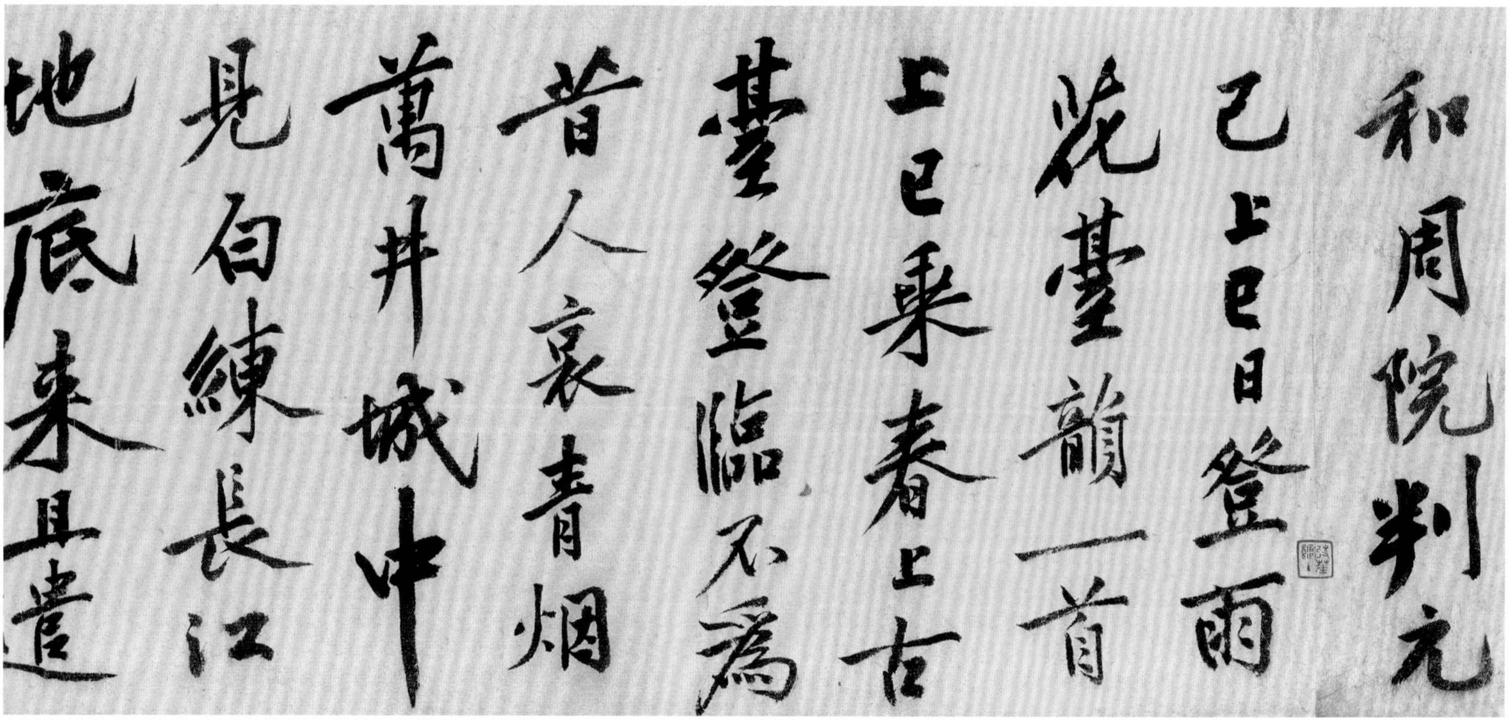

白髮人料
自去來無
箇事趣他
花柳未不
春關津莫
作誰何問
詩酒秉承
平一老民

地底來且遣
天花作談栖
莫歌桃葉
惱心灰老年
毋到應難
卜須盡浮生
看限杯
鳳凰臺

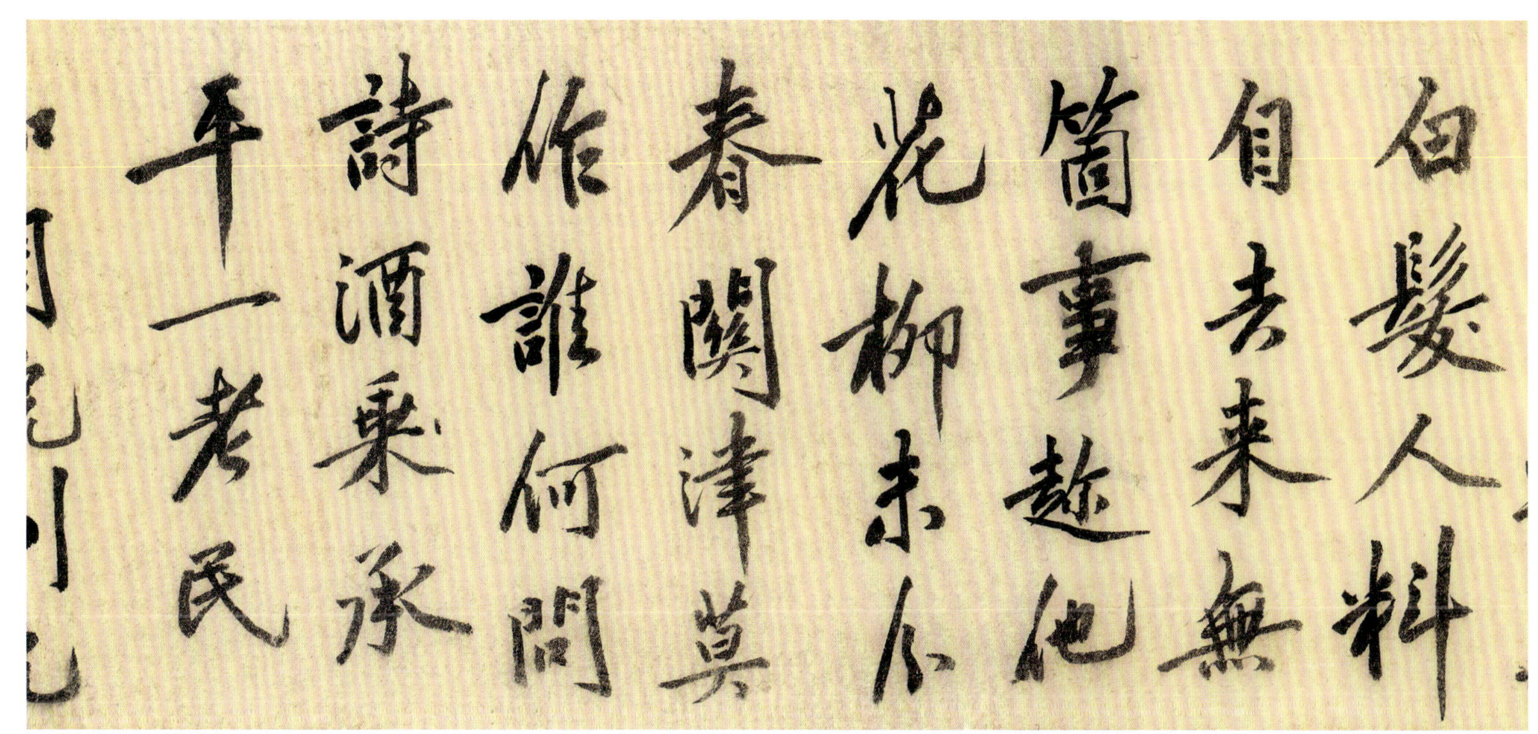

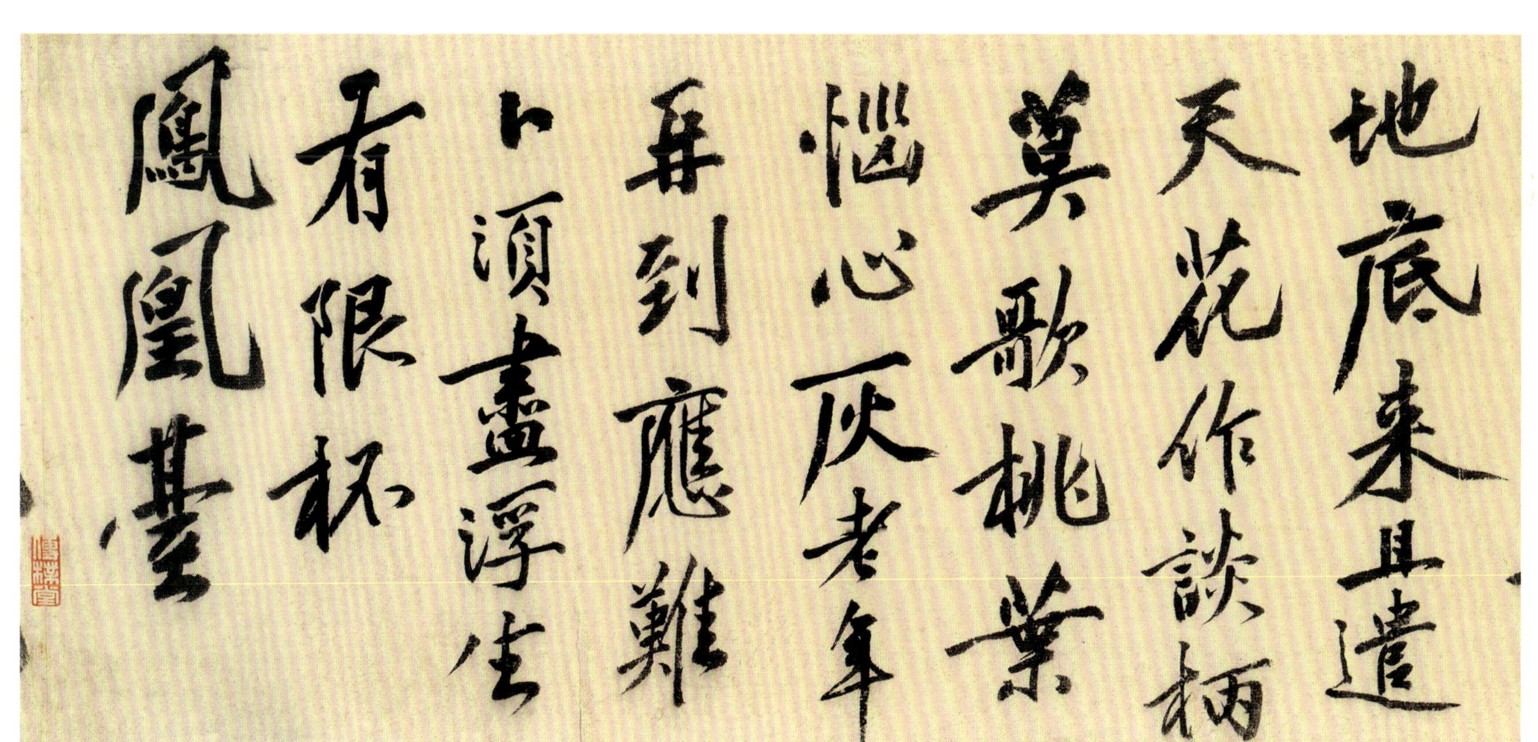

嘆息鳳凰招莫來登臨惟有此荒臺千年矣往事不復笑一簡虛名安因哉飛紮遊絲

太常寺卿陳少卿牡丹燕清卿南軒春有光點綴蔦綠茵紅芳臨軒撩亂難比數楊家肉

一〇五　行書自作七言詩卷　明　沈周　（之三、之四）

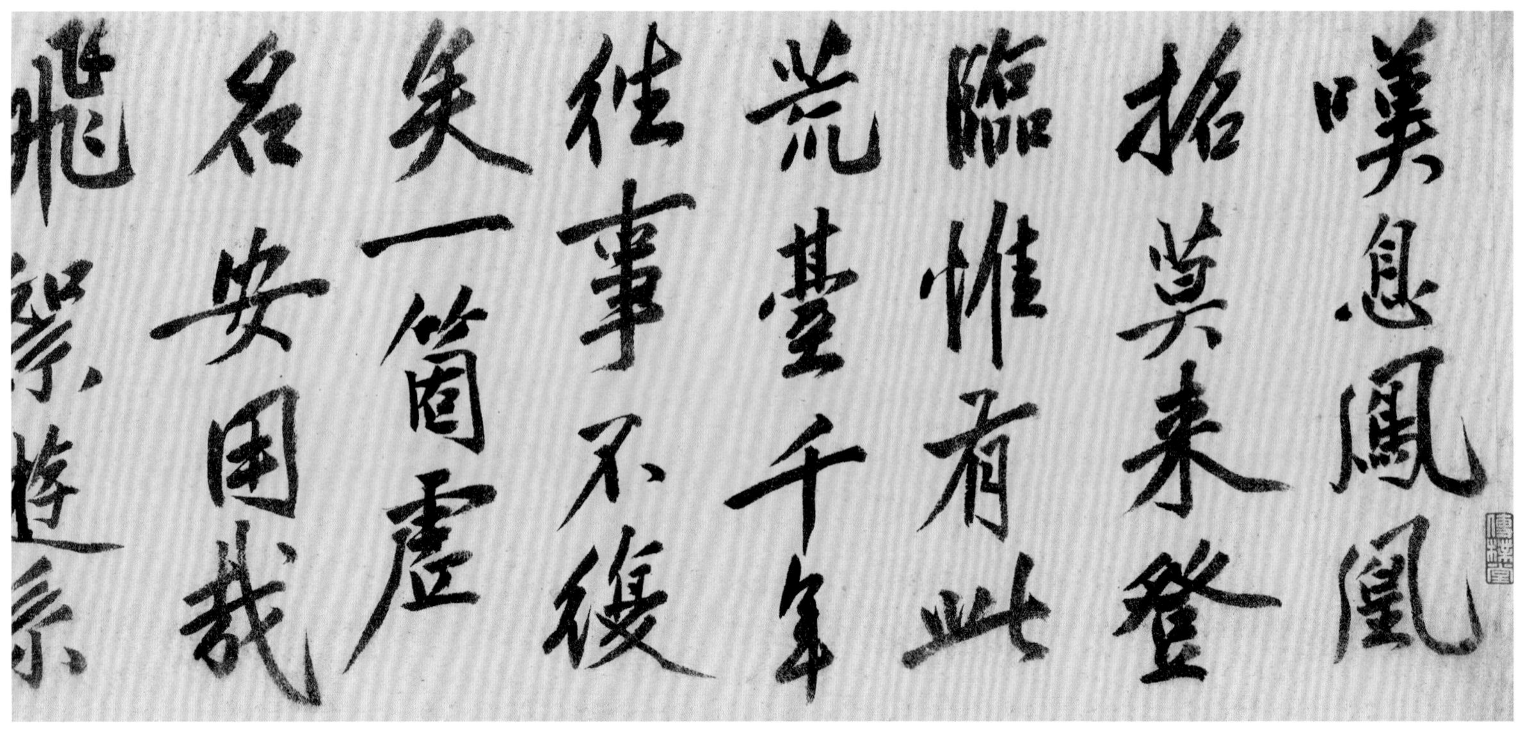

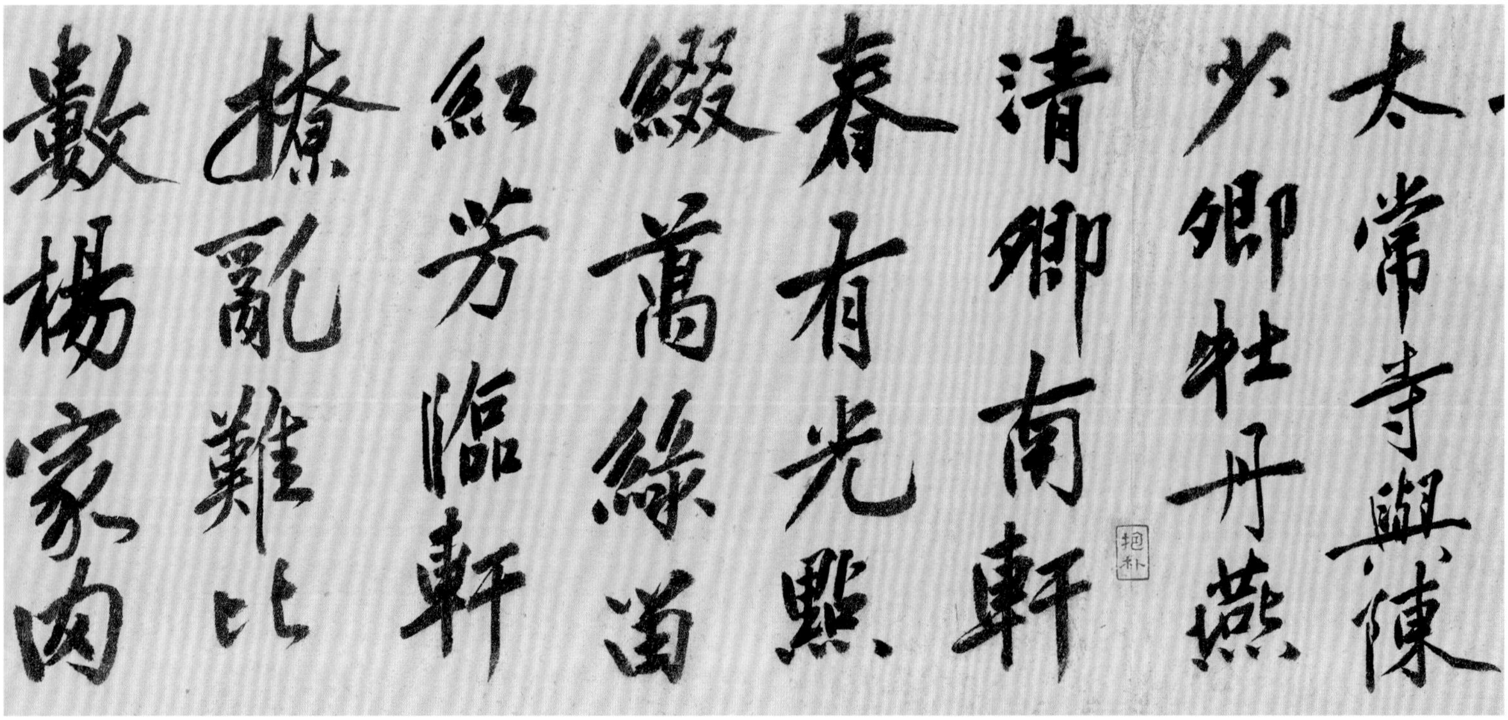

飛絮遊絲
果何物浮
雲落日且深
杖但頭荷篠
空歸去快
觀心存首
重回
太常寺湖東

叢林家
屏當面張
南都根本
元氣壯此
花盛得當
推王天於
清高補留
貴人與草
木爭文章

本余文章
春盤厭飣
客自家一株
嘆惜俱作
酒飫口簪纓
壺塵中飛
烟草荒平
章往事不
復較在有
花皆洛陽
主人勸客
莫辭醉更

觴暑無絲
竹賠清論
澹有風日
舍新粘暖

一○五　行書自作七言詩卷　明　沈周（之五、之六）

238

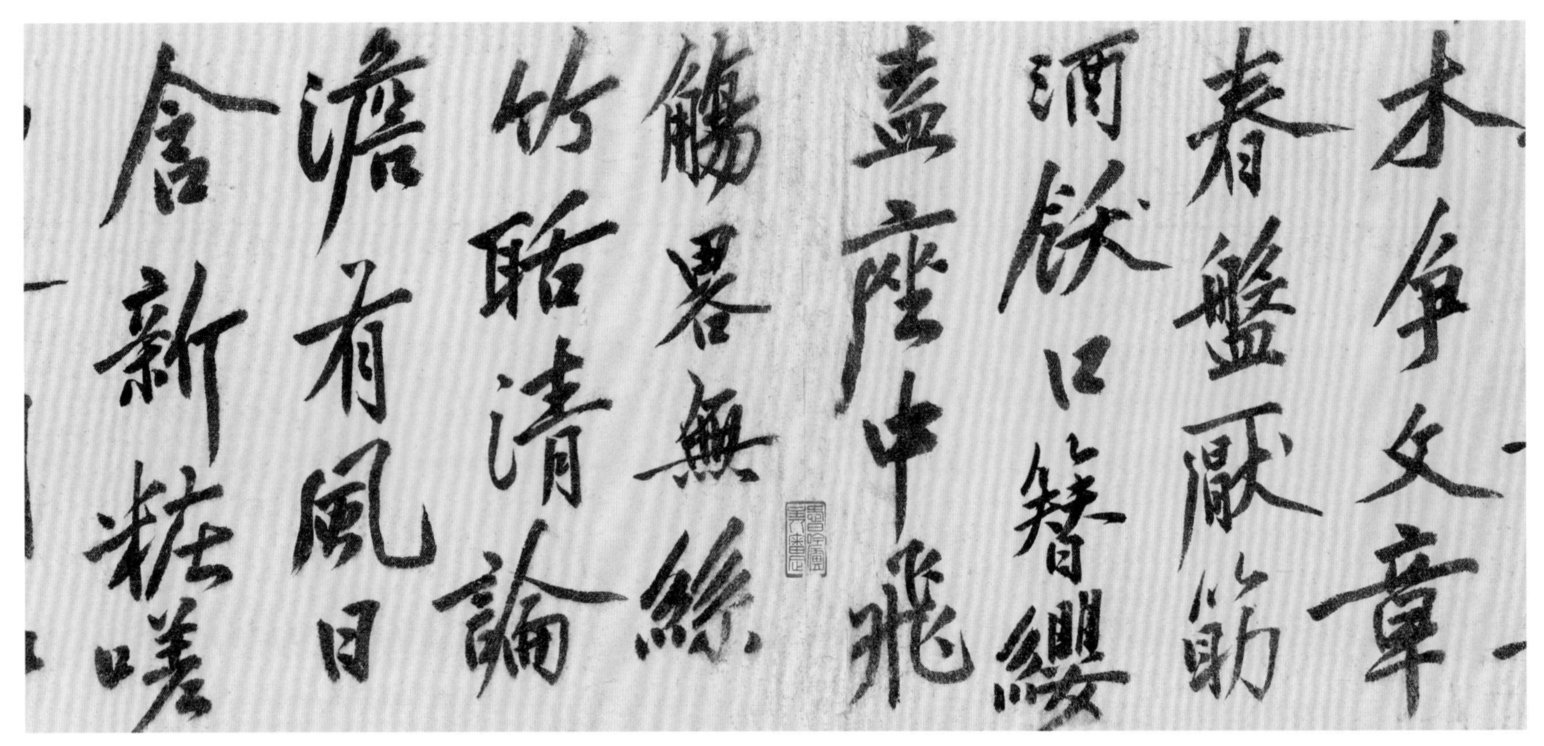

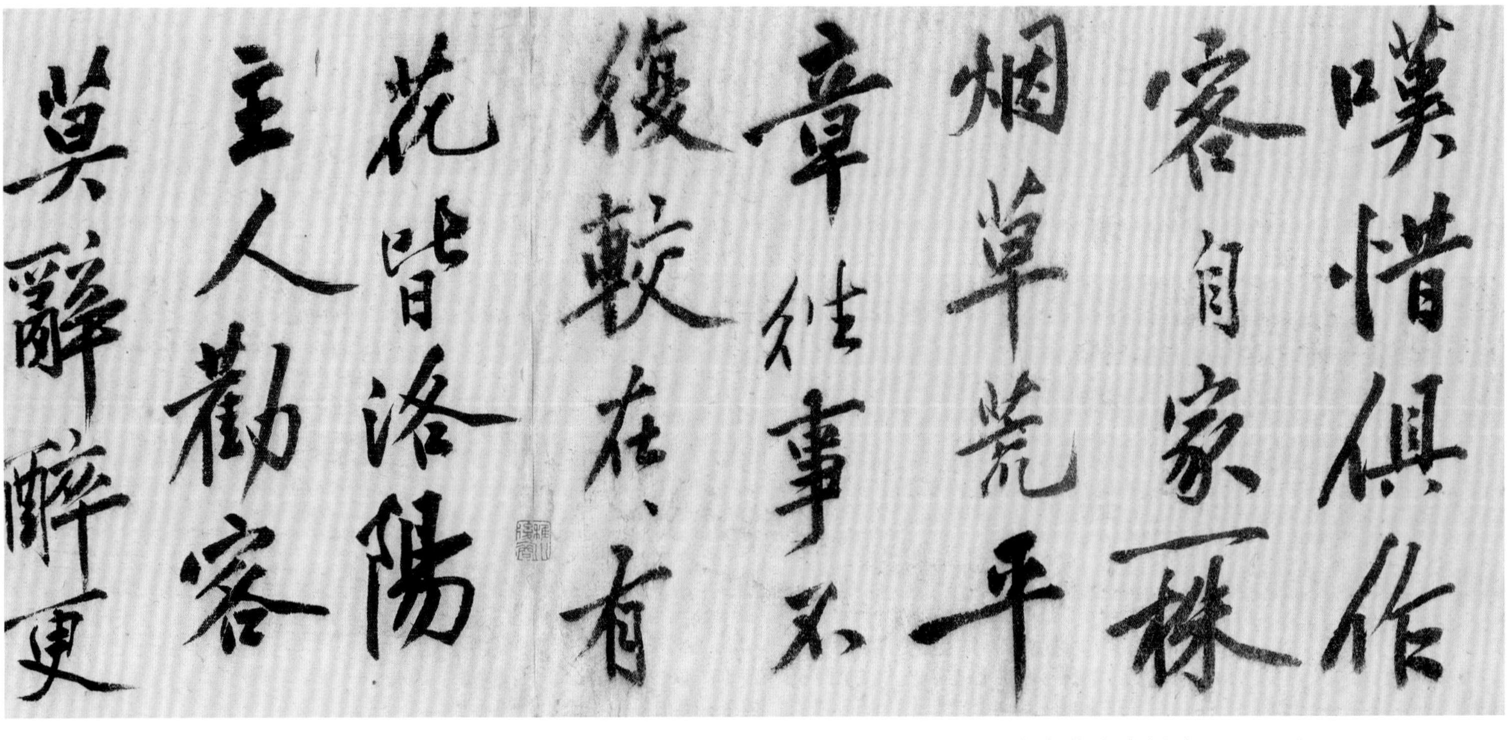

予潦倒似
傖父布袍
也拂春風
香白鷗本是
世外物參
鸞附鵲來
翺翔兩年

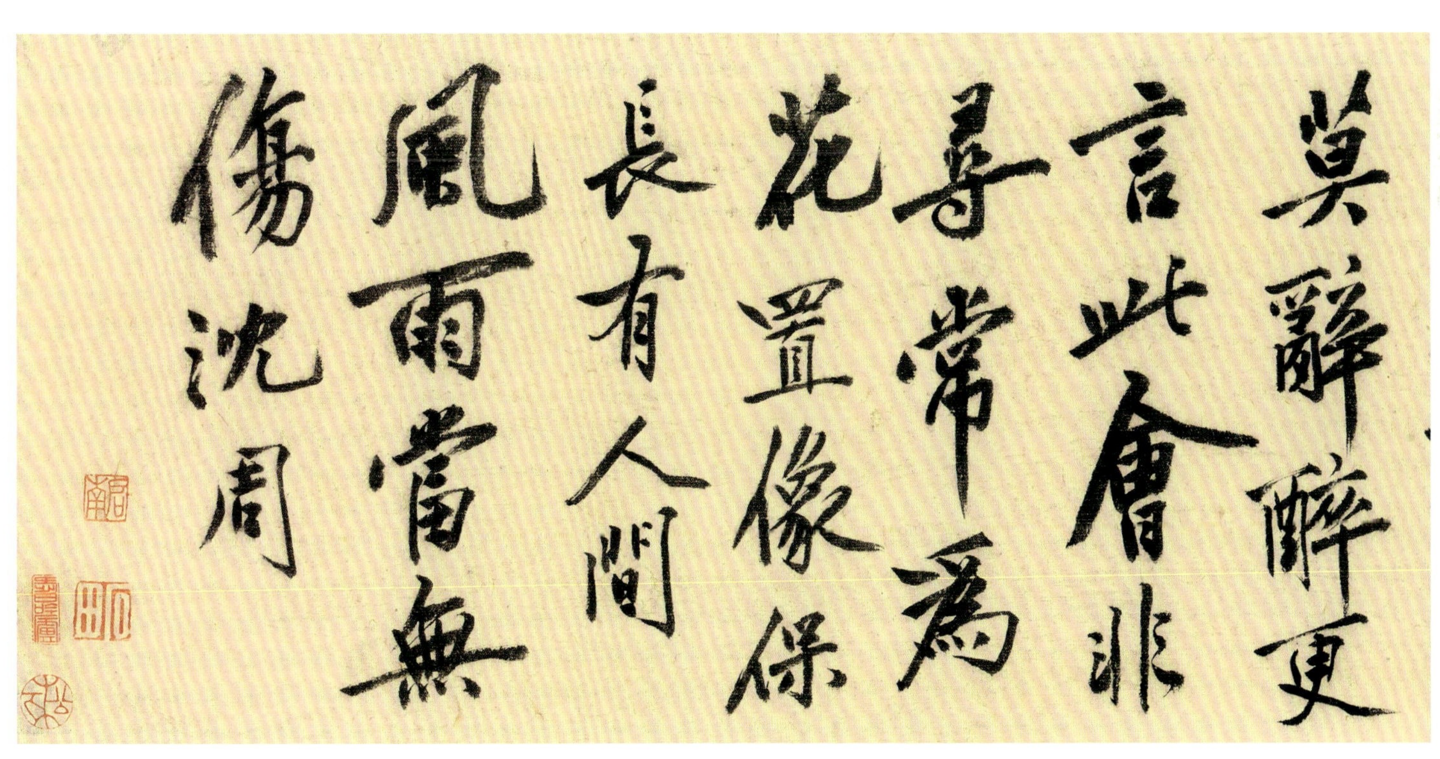
莫辭醉更
言此會非
尋常為
花置像保
長有人間
風雨當無
傷
沈周

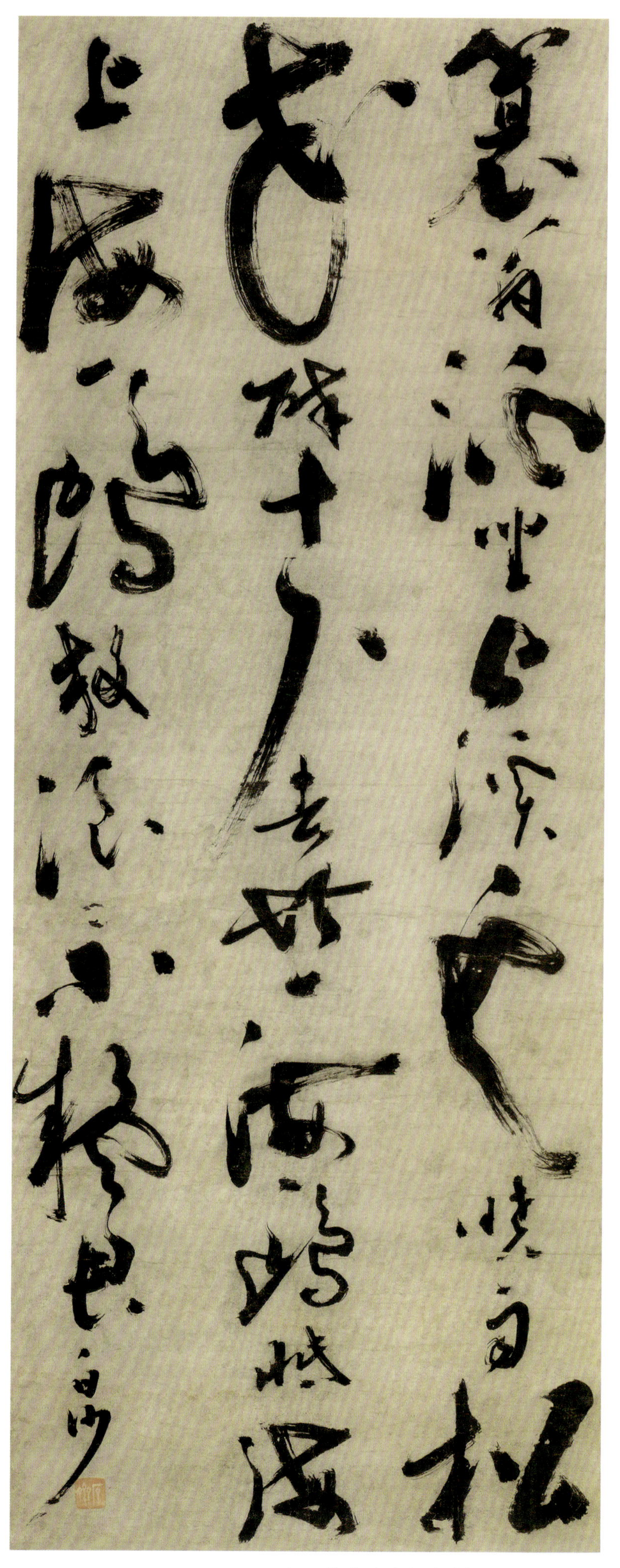

一〇六　草書七言絕句軸　明　陳獻章

一〇七　草書朱子敦本章軸　明　陳獻章

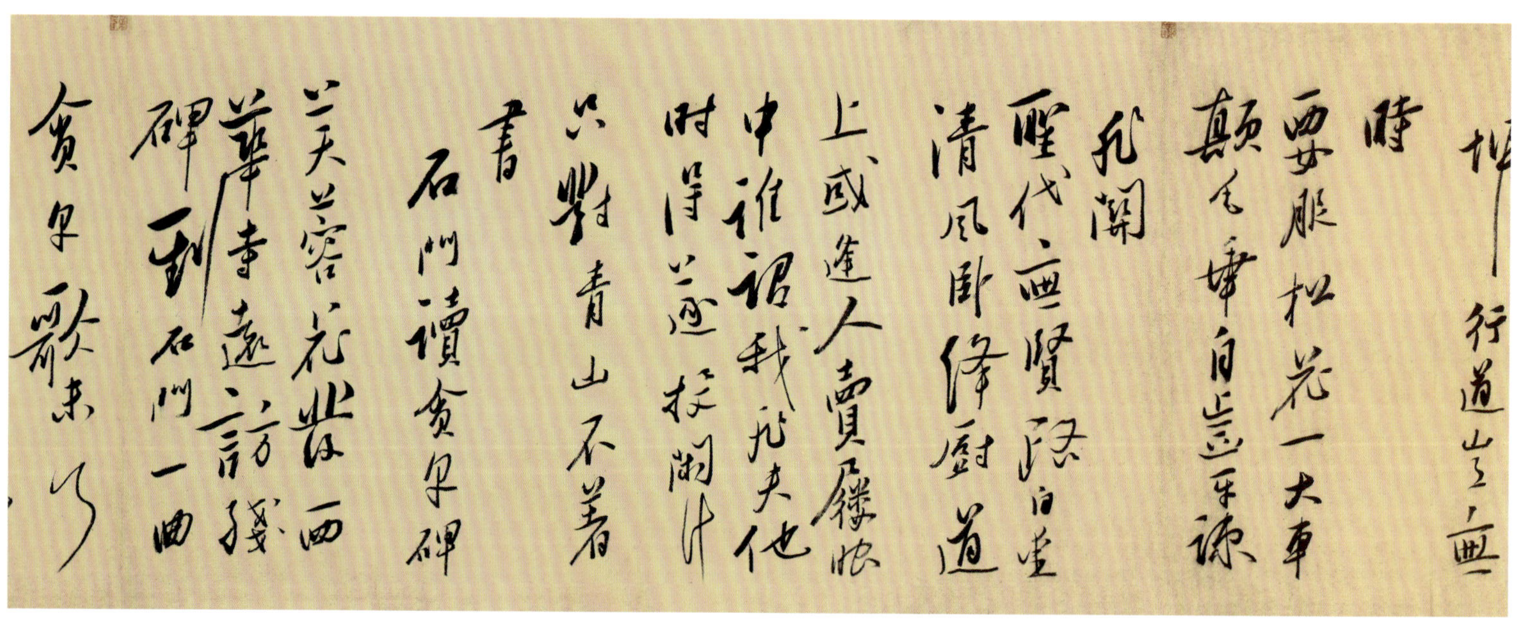

一〇八　行書詩卷　明　陳獻章（之一、之二）

鷗疑都將老子
行藏意分付東
溟十月知自昔頗
從菜許役兩令
之異
帝堯時道君寄
語張東所更與
飛雲作淡殺
思命西北是官陂
幾踪煙霞我自
遲惆悵恐逢江上
雪相思還寄隴
頭板風雲想見
千年會消息終
還七日期總為
高堂雖離別耽
憐 行道山之無

貪早歌來
夕陽紅豆水西村
江韻林猶臨石
門黃昆誤東所
與君傾蓋定前
言來值青山十
五年老我自知難
周此方君相送過
貪早清之晚對
江邊寺離思秋
生馬外天留取西
華一尊酒春
來還縣上江船
至四岐
四岐接水樹其之文
是朝系一日程西
耳如聞重譯語
[illegible]

一〇八　行書詩卷　明　陳獻章（之三、之四）

采鷄何如老子
坐青牛為情安
事總何補得
意雲山亦易僊
又說參變龍滿軒著
九重應許放巢由

題南平卷

南平老人愛南平
遠山近山畫中
看青煙半横綠
楊渡白鳥低掠紅
蕖灣卧聞風雷
韓易久起視星
半光芒寒顧棄
崔事上野擬與
子對食鏡中鑒
清溪道中

傳川設人說是
曹侯七七
溪懷一川
送江呈送行詩
友
相隨征役亡白
餘喚指尔山窮
老夫却對尔山
心來了西風能
鴉雨飛[illegible]

莊定山題東所
老生飛雲送之
年白頭東所坐
神仙句山居士知
還否以甫先生
喚之言醉能

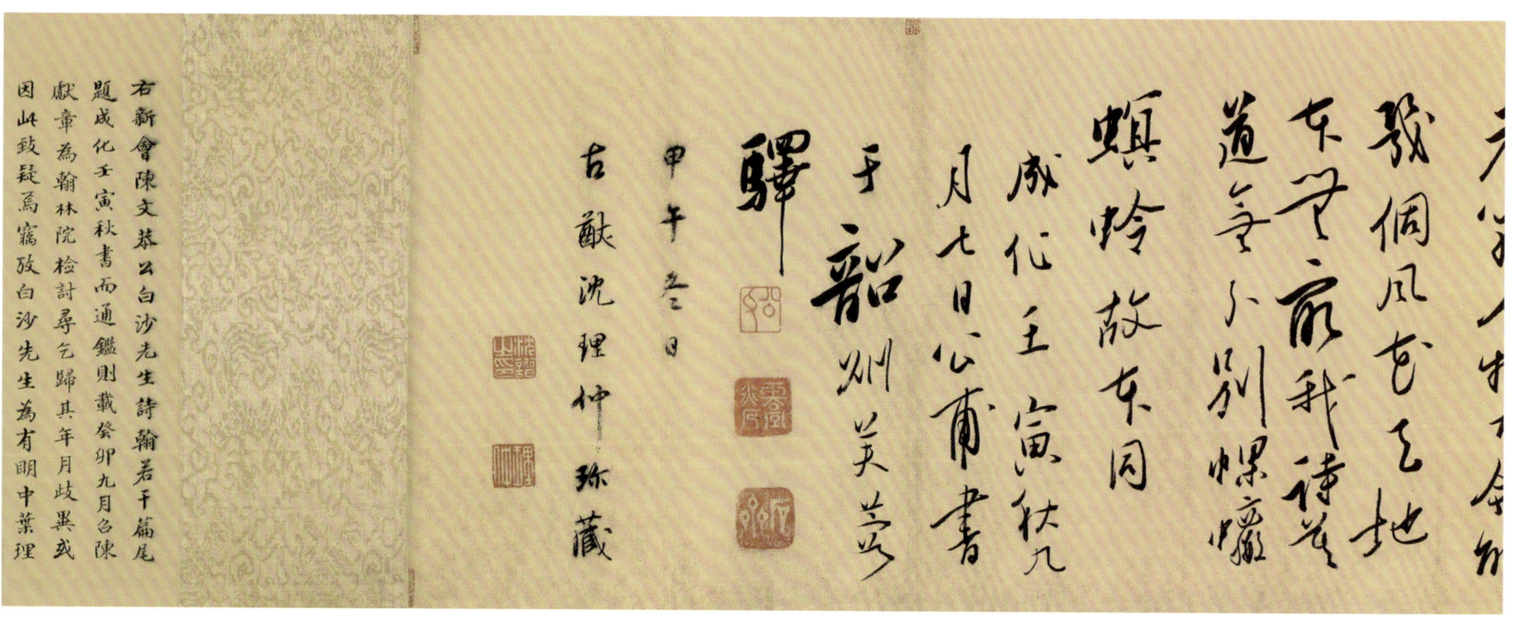

甲午冬日
古歙沈理仲孫藏
右新會陳文恭公白沙先生詩翰若干篇尾
題成化壬寅秋書而通鑑則載癸卯九月白陳
獻章為翰林院檢討尋乞歸其年月歧異或
因此致疑爲竊玫白沙先生為有明中葉理

一〇八　行書詩卷　明　陳獻章（之五、之六）

贈莊昶

每見江門說莊
雲白山夜夜遠
吟〻兒小童自抱
來何客野鶴
日印然立我門
江中山前詩無
數手寫莫其芳
杖一拄一語未終
遠別去月明人
自白沙村

題東圃

不墮人皆業果中
此身元屋是拙忠
一無人敢唾長江
水和手仓〻看花
老翁人物古今殊

學名儒事母稱至孝其隱居求志之念甚堅
已流露於詩句間故奉名後優游恬靜遲〻其
行也即以閩津道里計亦非數月不克抵都門
至都後復屢辭不試其間為友朋所敦勸者有
日為胥小所摘置者有日計工踪候旨此中躭延
濡滯者當亦有數月之久悠〻度春夏矣雖于
今無可攷然可意而知也再明史本傳內稱召至
京令就試吏部屢辭疾不赴疏乞終養授翰林
院檢討以歸據此奉年月計之益足徵壬寅秋應
召赴京延至癸卯秋始獲放歸耳通鑑所載蓋
合録前後事撮要書之也不然癸卯秋始下召而
嶺南至北地道路遼濶詎能朝發而夕至奚以
即乞歸耶僕檢先生年譜再詳攷焉今重為裝
潢敬識數語於後
旹宣統元年正月易水後學陳初頤謹識

冣峰先生出示白沙詩卷癸酉九月傅
增湘周肇祥江庵同觀江庵題

一〇九　行書論大頭蝦軸　明　陳獻章

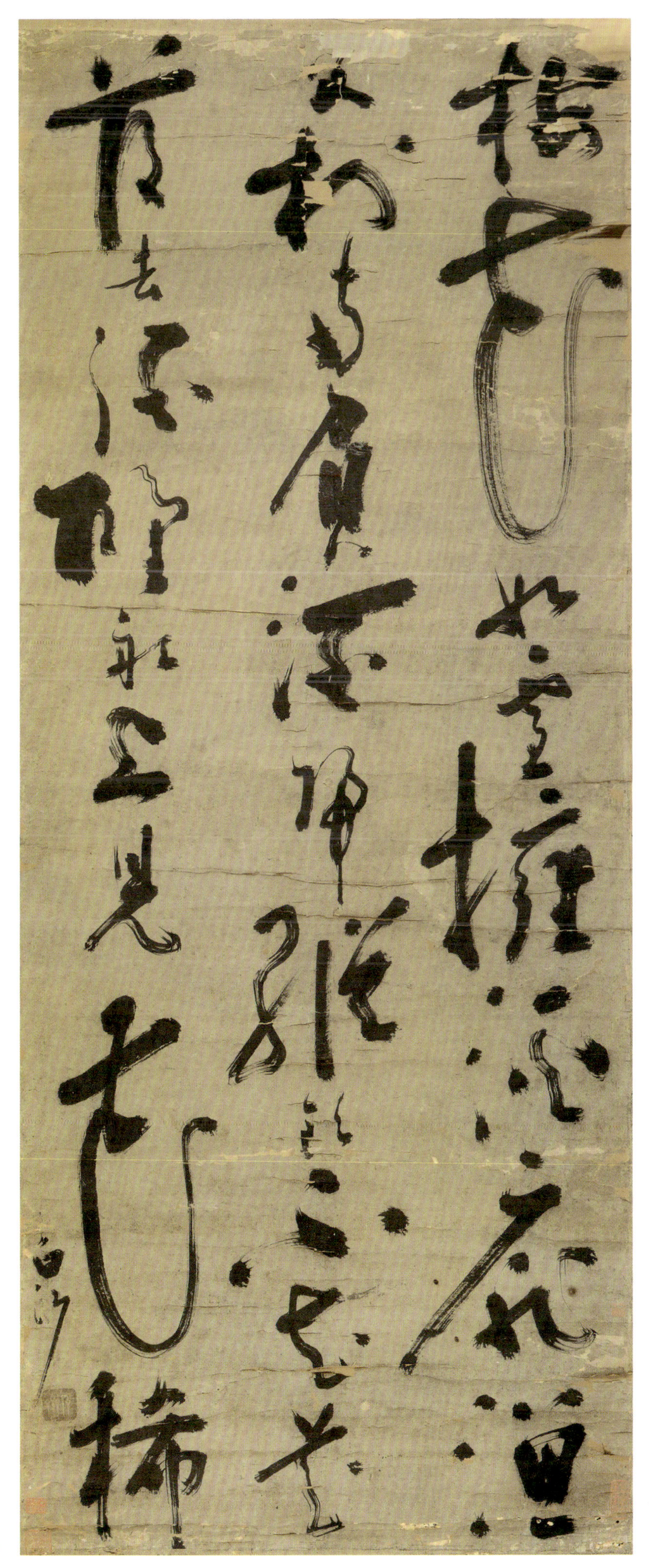

一一〇　草書軸　明　陳獻章

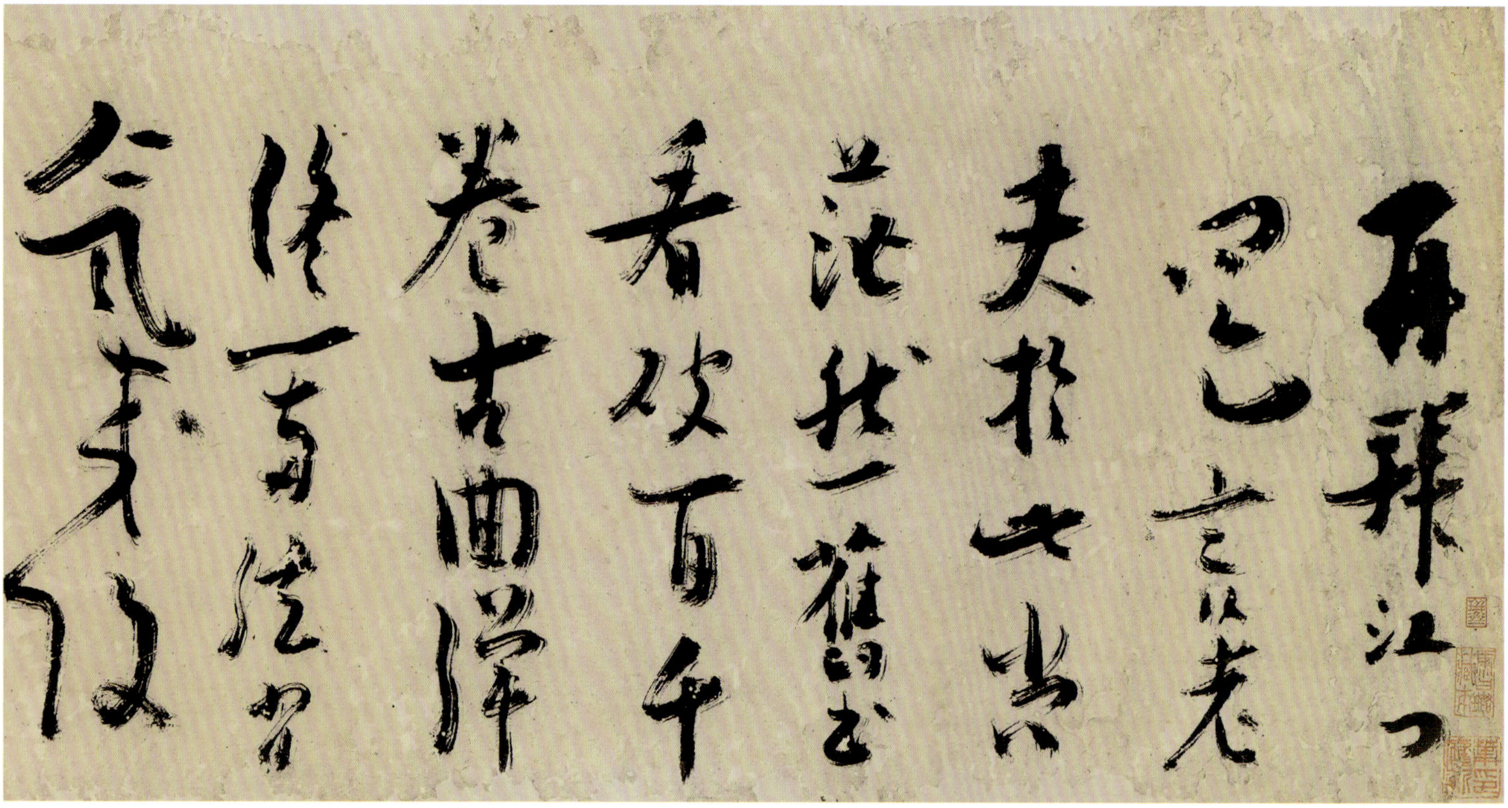

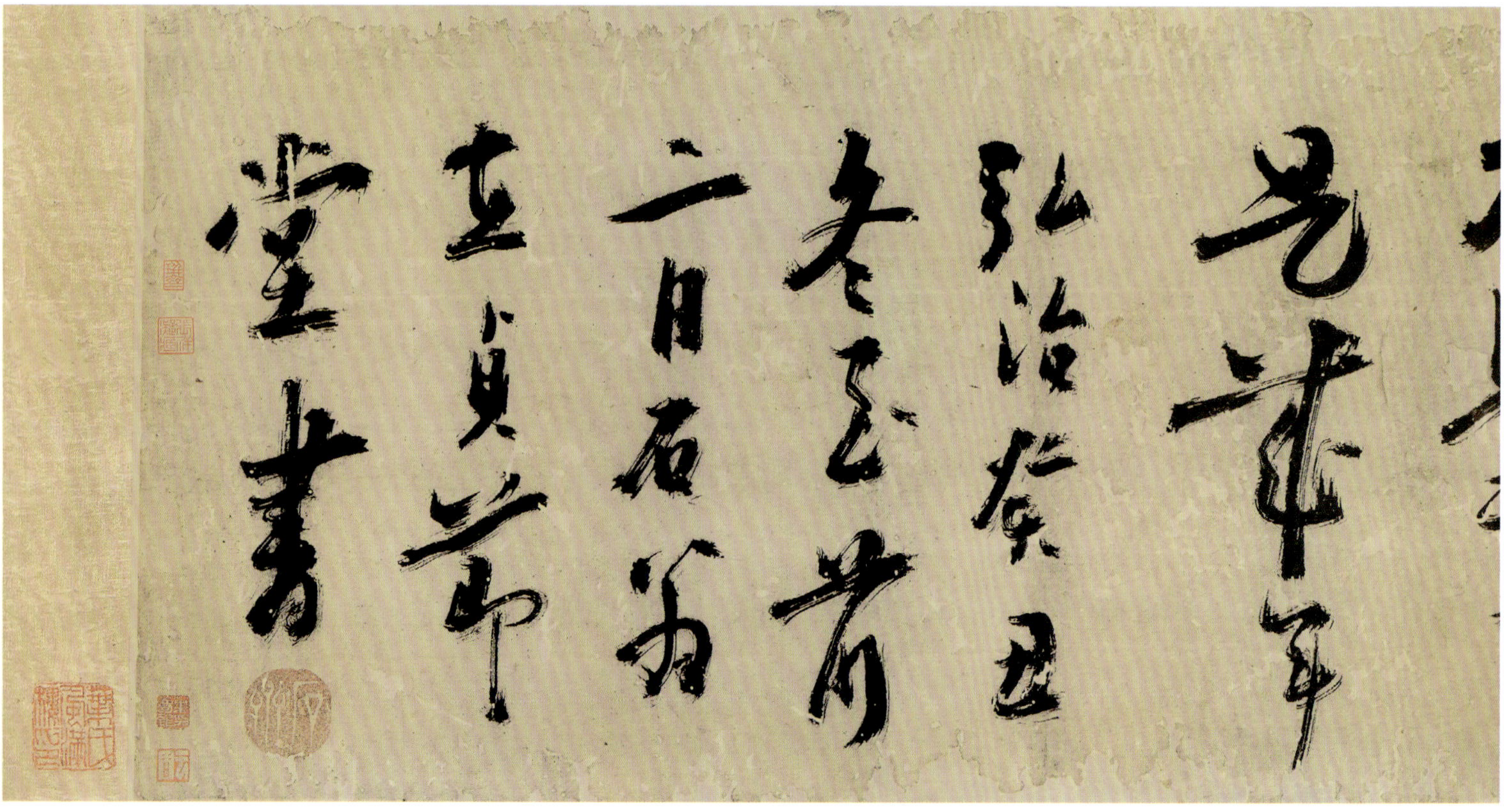

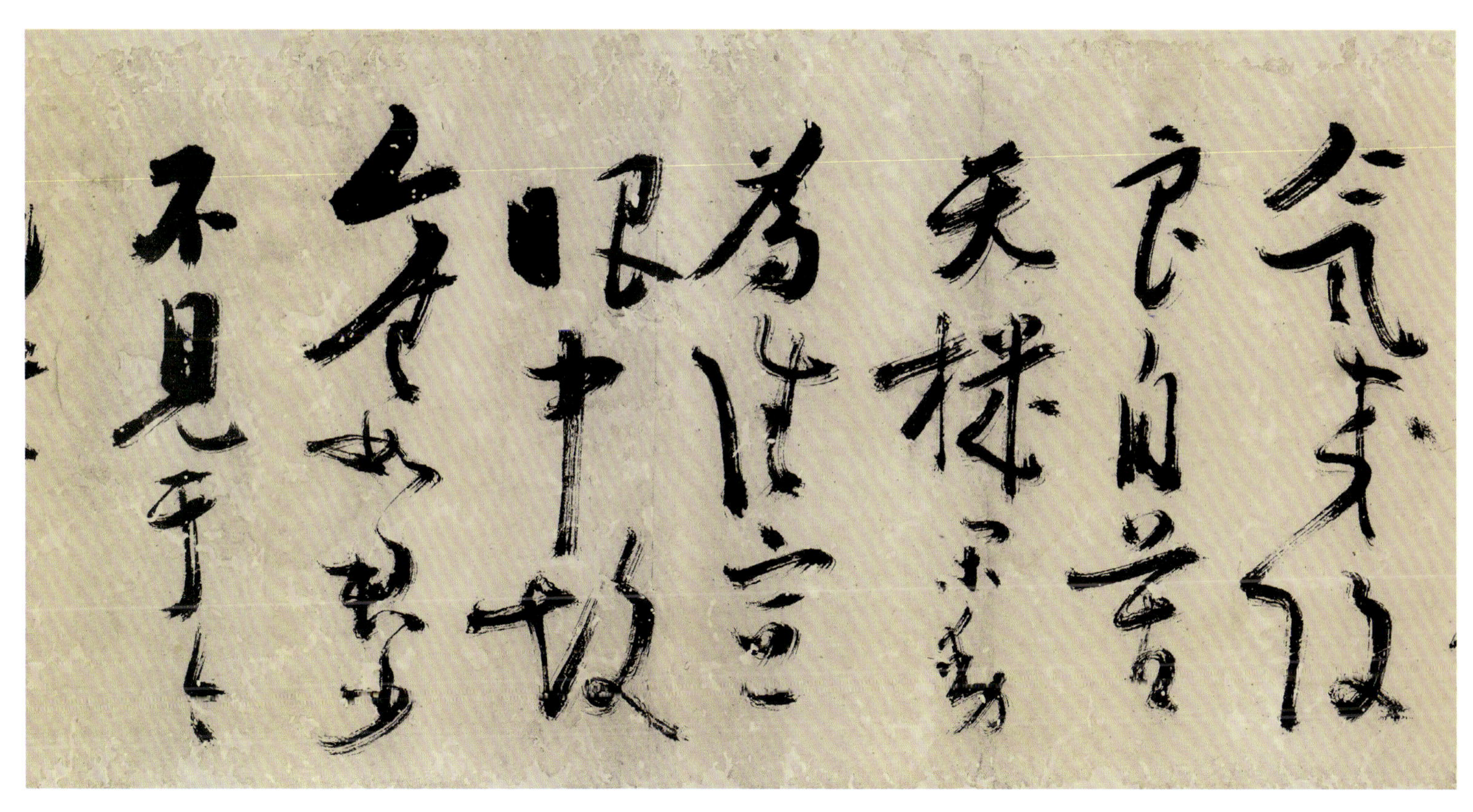

一一一　草書七言詩卷　明　陳獻章

送劉岳伯伯堯舜安獻驥氣山北非傲夫夫四海心山豈日挺枯槁寓莫飛我徒功名為

我時不著枕衾鳴度嶢宵靜日未宰芋穹了所遼汶韻逢眞進士

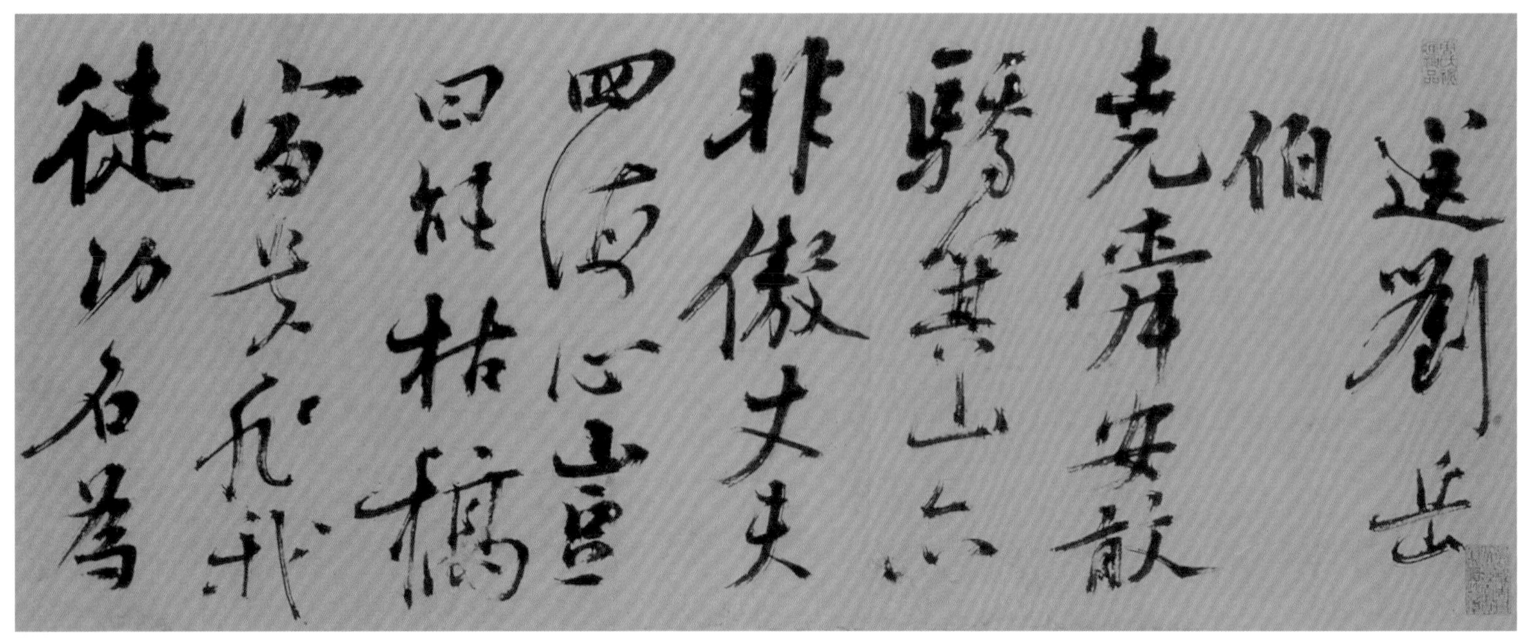

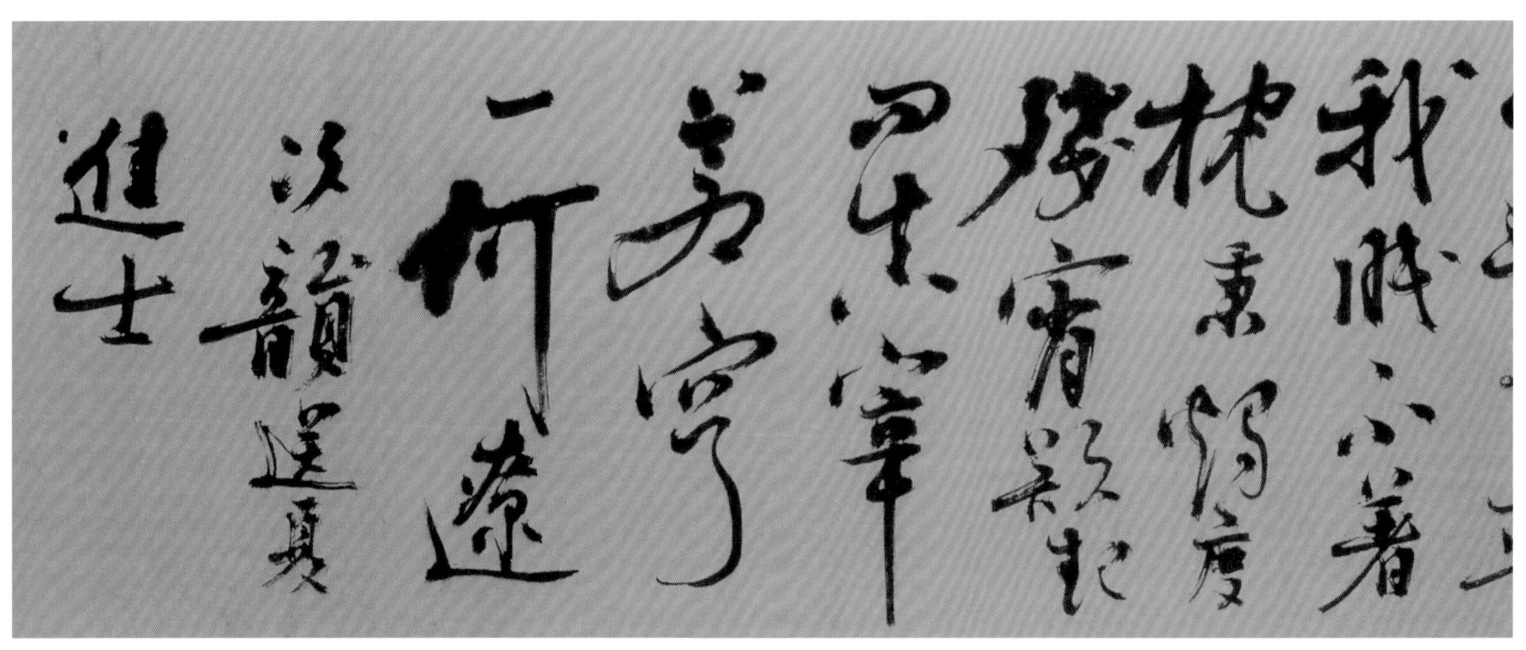

一一二　行書送劉岳伯詩卷　明　陳獻章（之一、之二）

誰好皇
東山夏朝
夕不離牀
千門魚龠
照花雨風
蕭蕭竹木
荒長夏江
山非昔朝
我非昔著

走日武風
江漢沙沙
官和不些
買山家山
扪呆山
醉笑照
甘棄
別江門三章
當華

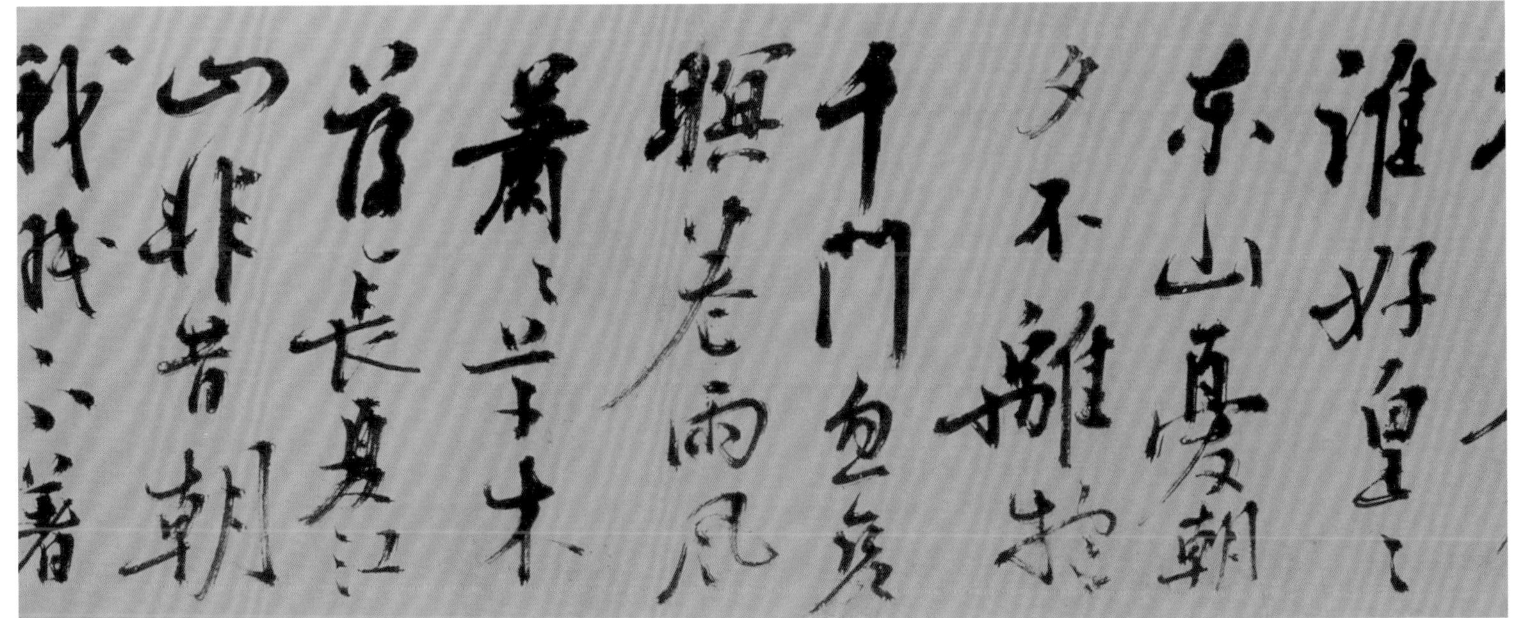

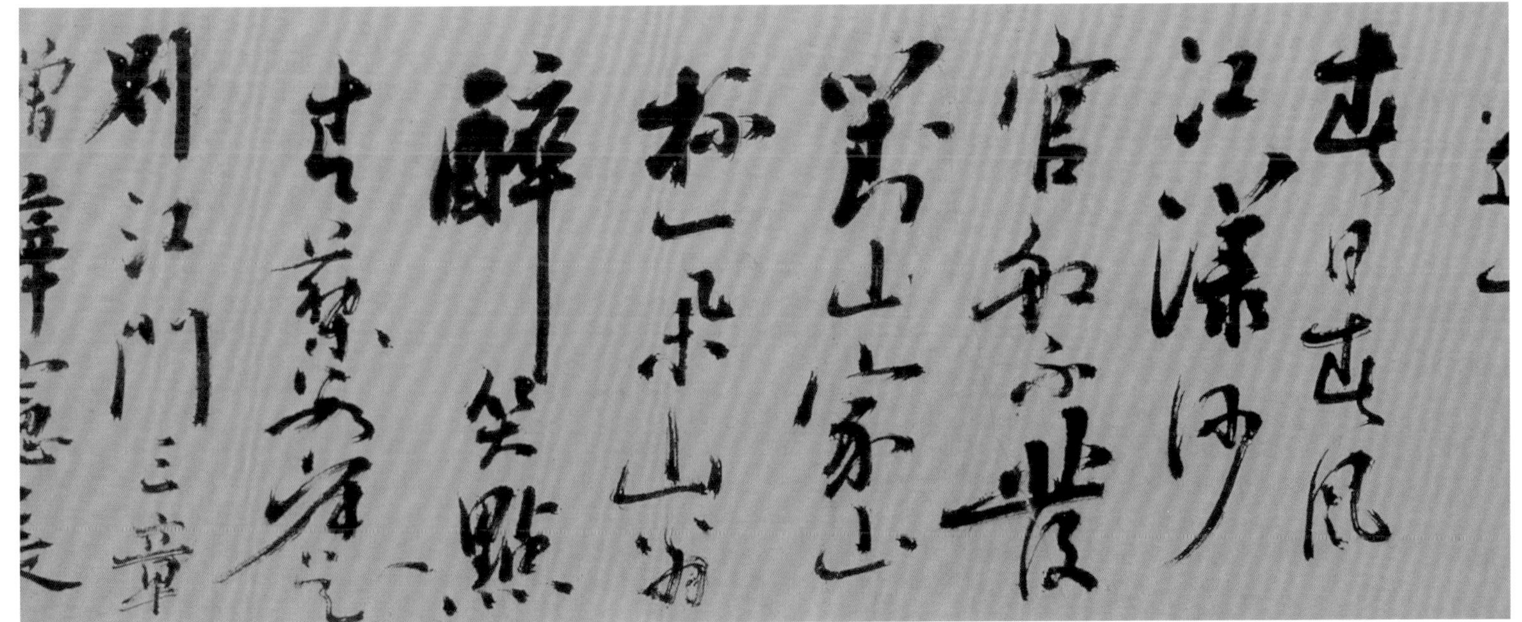

贈薛憲長
江上看雲府
送君廬山雲
六千山雲
解衣半坐
飽雲中坐
才出雲又
路又不誰於
聲色詫盲
聾 四首

爽風吳上
孤不相接仁
蓴不施
別離無奇
顏年已
足人綾了
以繫東山
束荊棘
如已別

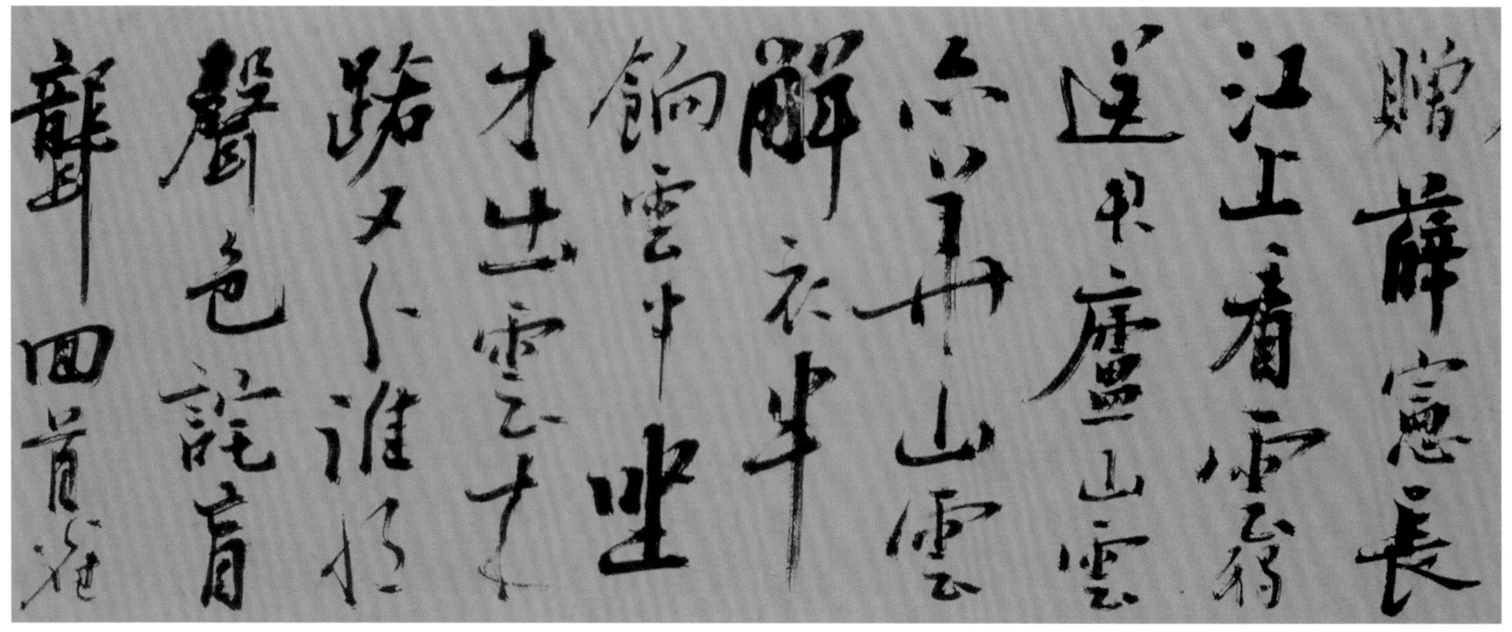

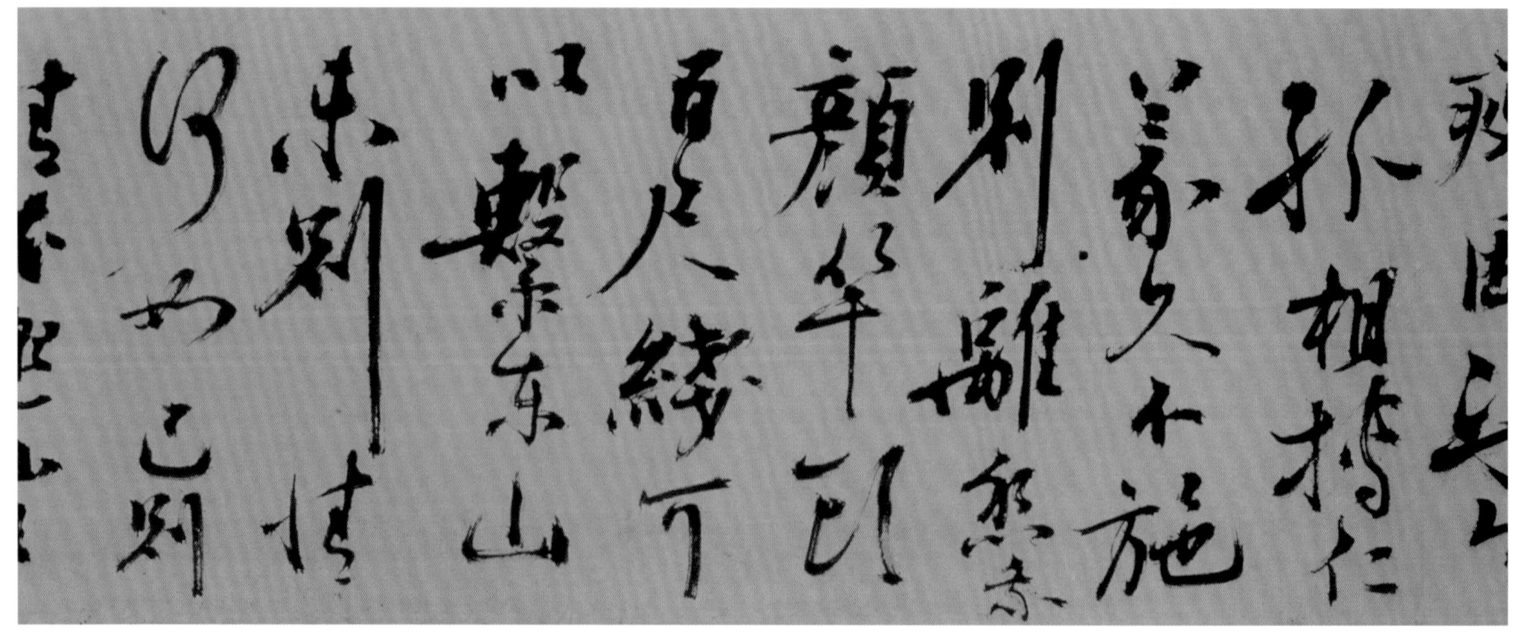

一一二　行書送劉岳伯詩卷　明　陳獻章　（之三、之四）

横野中筹星垂天之日送江门津口帆风东南空郡乃在沙诸问斯于日疫国廷守

情不知止入人素也之室天一为江汉烟舵泊醒气衣冠明月照古松情风溅松鹤皋

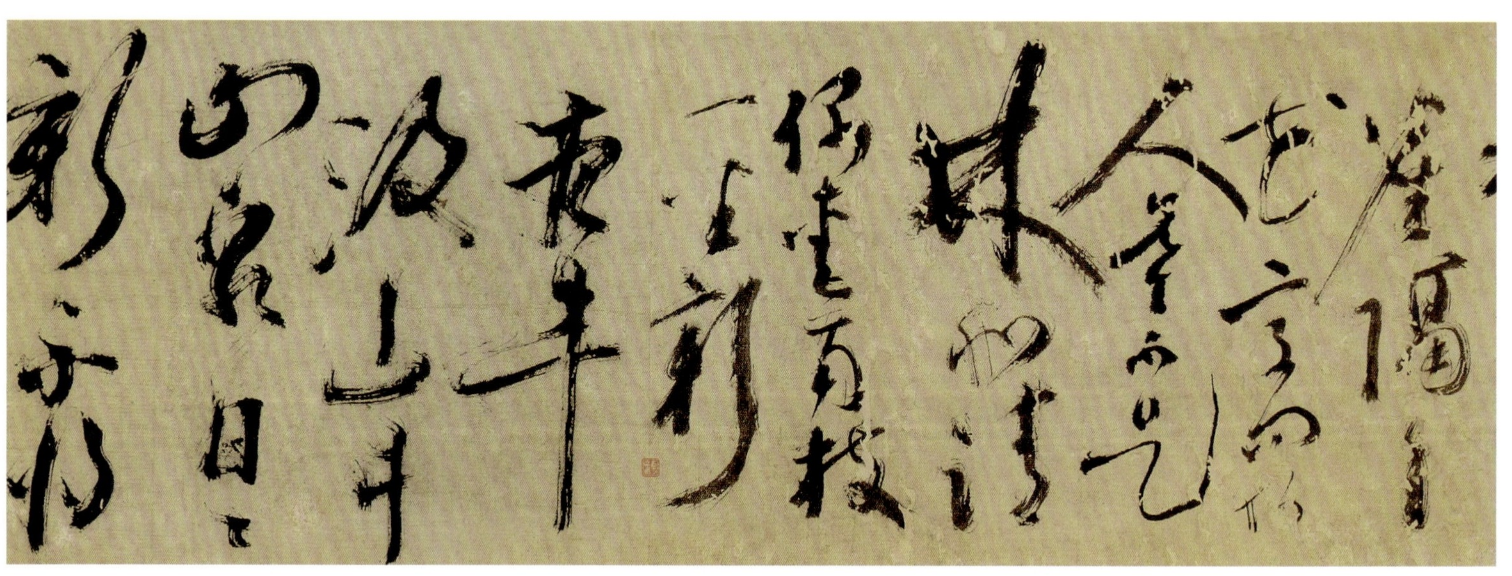

一一三　草書詩卷　明　陳獻章

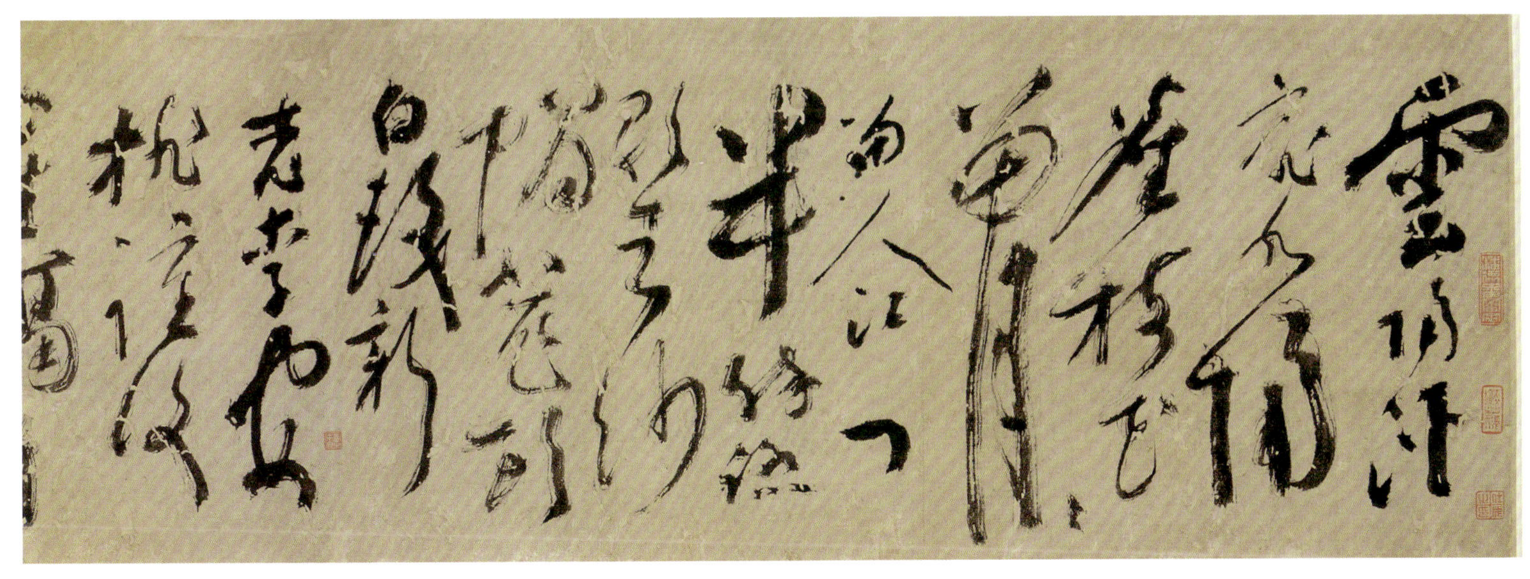

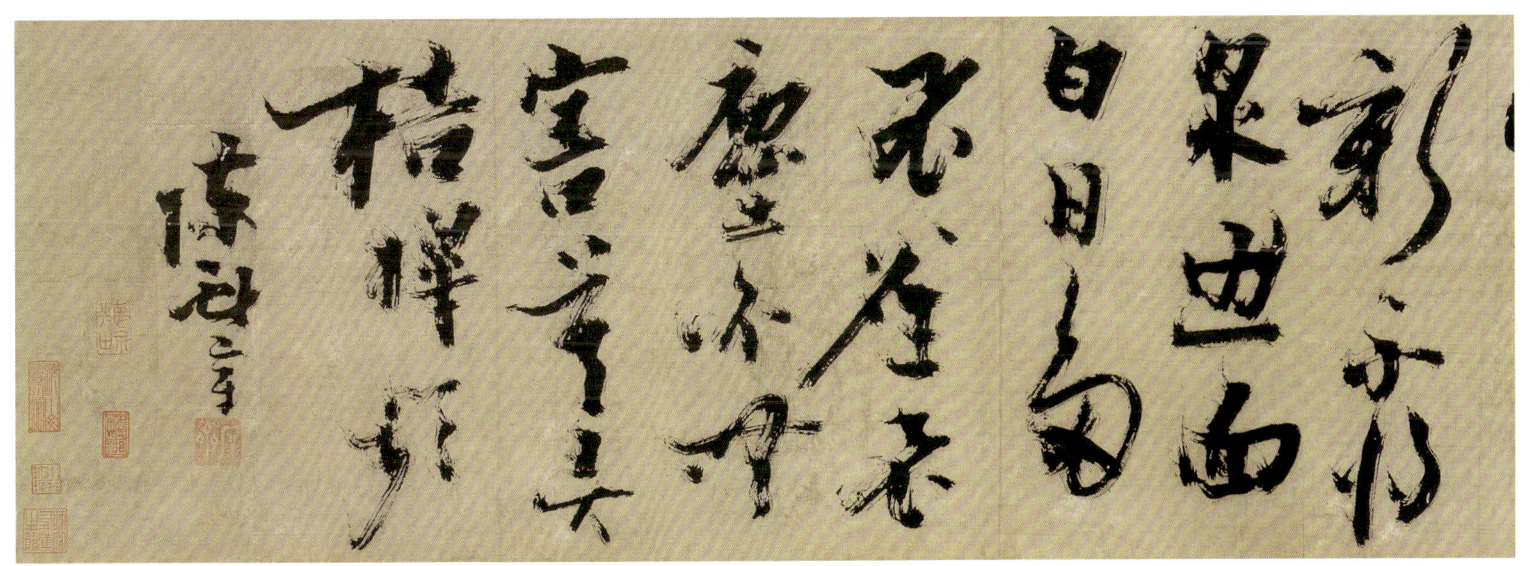

一一四　行書詩卷　明　陳獻章

九重天上玉心丹
简自万生灵
卯已侣岁丹
往给南大展
省官森雨编
先怀赠一同
我老常了经
左圖中氏首
詩
蓬政污步捐
檀誉香遷多
妄沐南浦
荣花
春初睡母菱
西江雨正楼
分郡一方為
上旧玄恩于
恩

為白沙中年作已驅
使等就矣其拘强要
精見寫致以為不可
及也蒙經徐健盫畢
秒驱遠蔵今各雖元
迩于故鄉賢遺翰獲
粤郷
觀堵敬因淺敬語
民國三十七年清明日
番禺後學葉恭綽

後學子順德鄧蒼敬觀

緘
鈴重

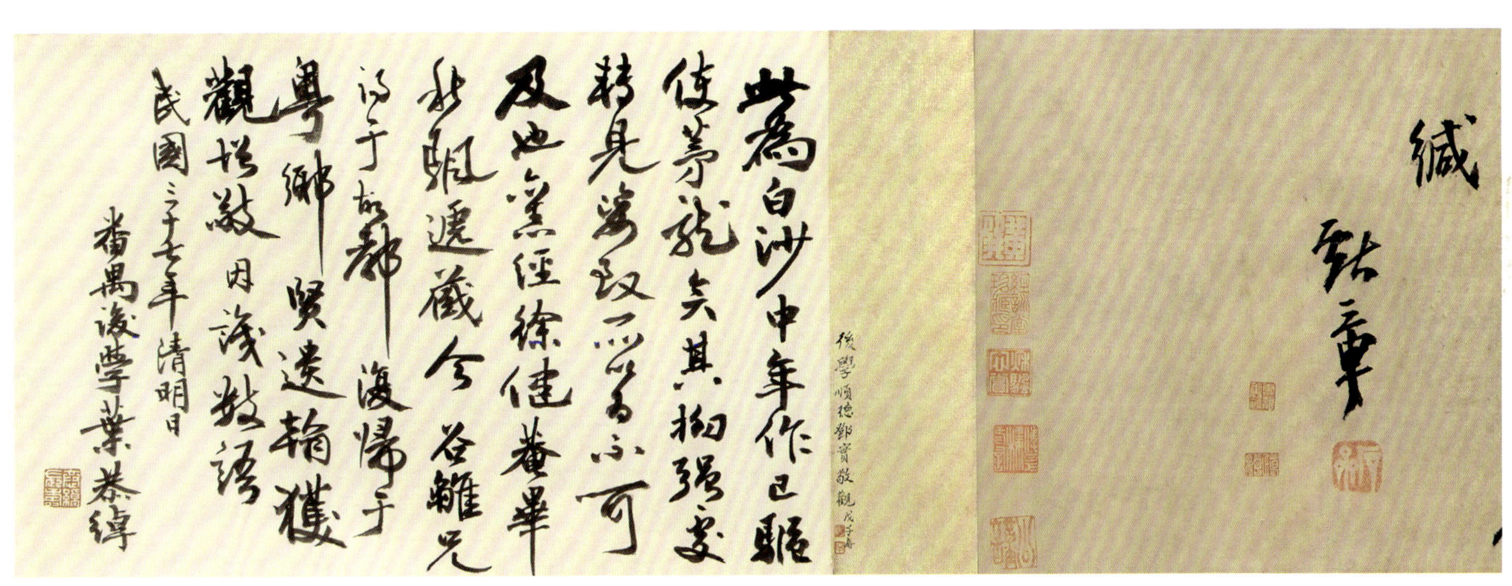

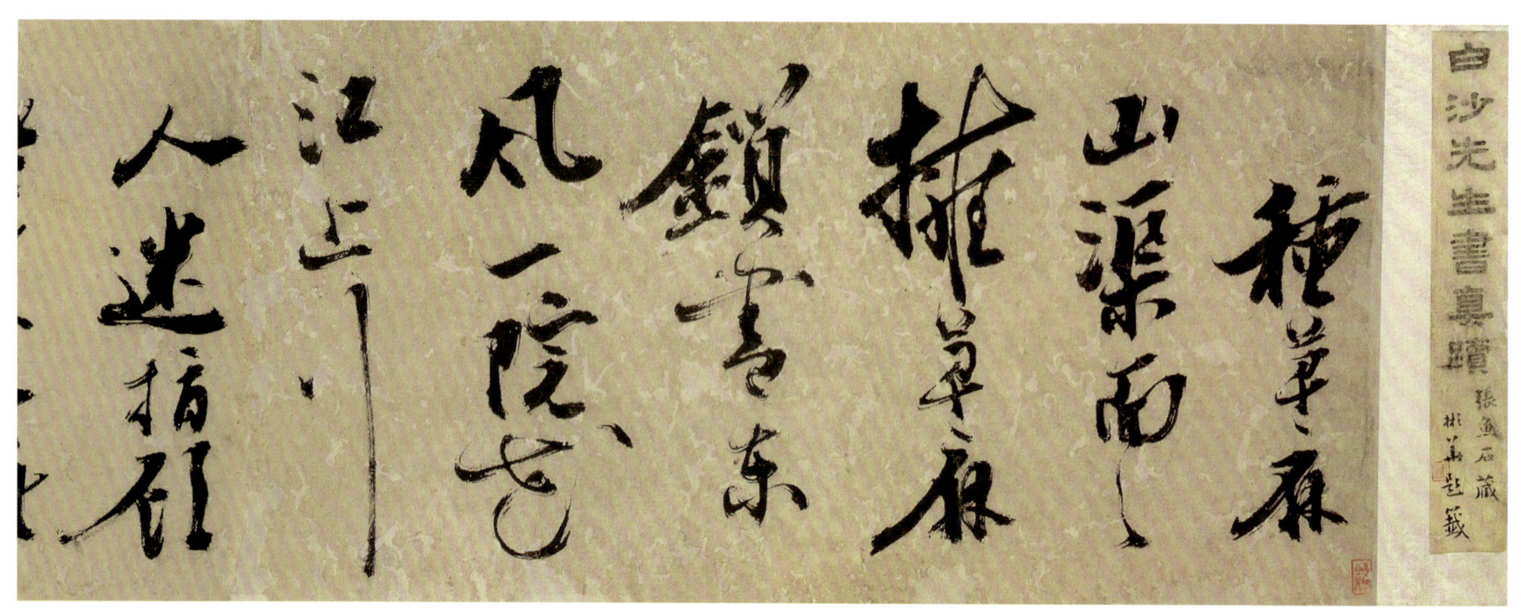
白沙先生書真蹟
張魚石藏
桃華題籤

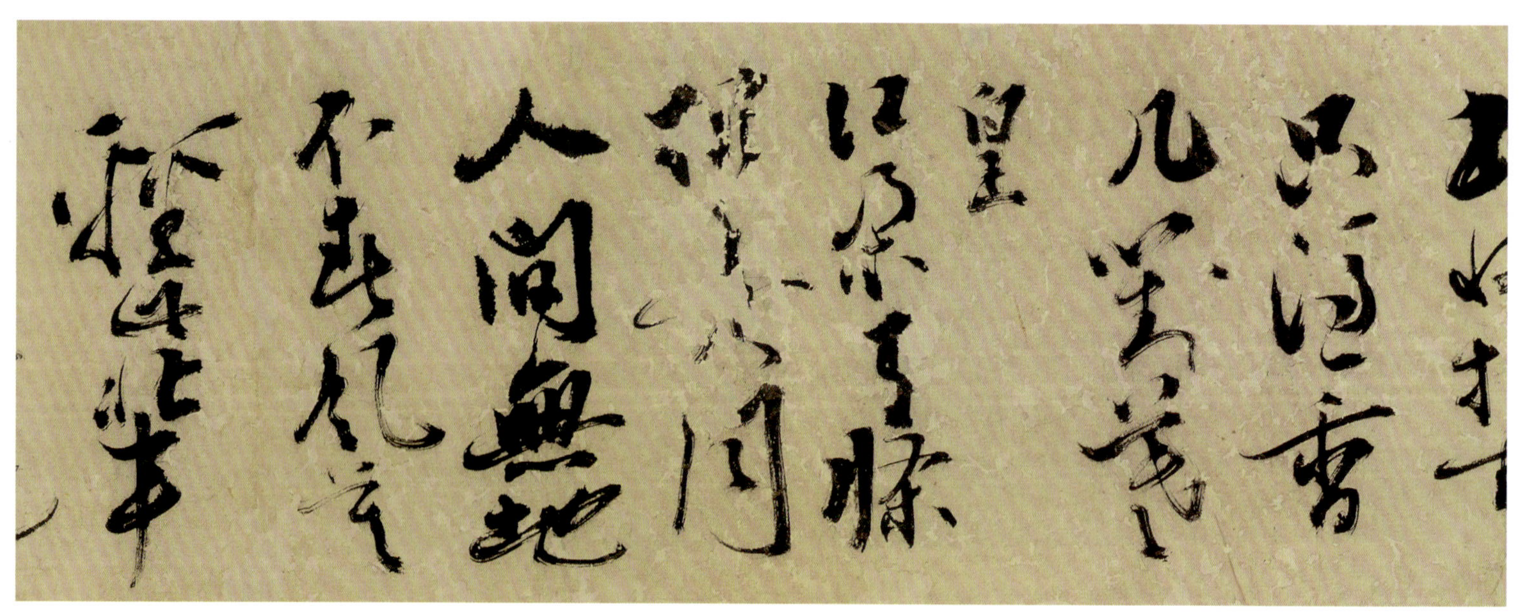

一一五　草書種蓽麻詩卷　明　陳獻章（之一、之二）

老夫殊
漁舟釣
短策傴
夜吐石林
一巖中
廣也偶然
夫老圖
如此誓

草君忘
在北山茂
圓中
草重得
兩岸忽時
山色也光
水芒然
飯流蓬

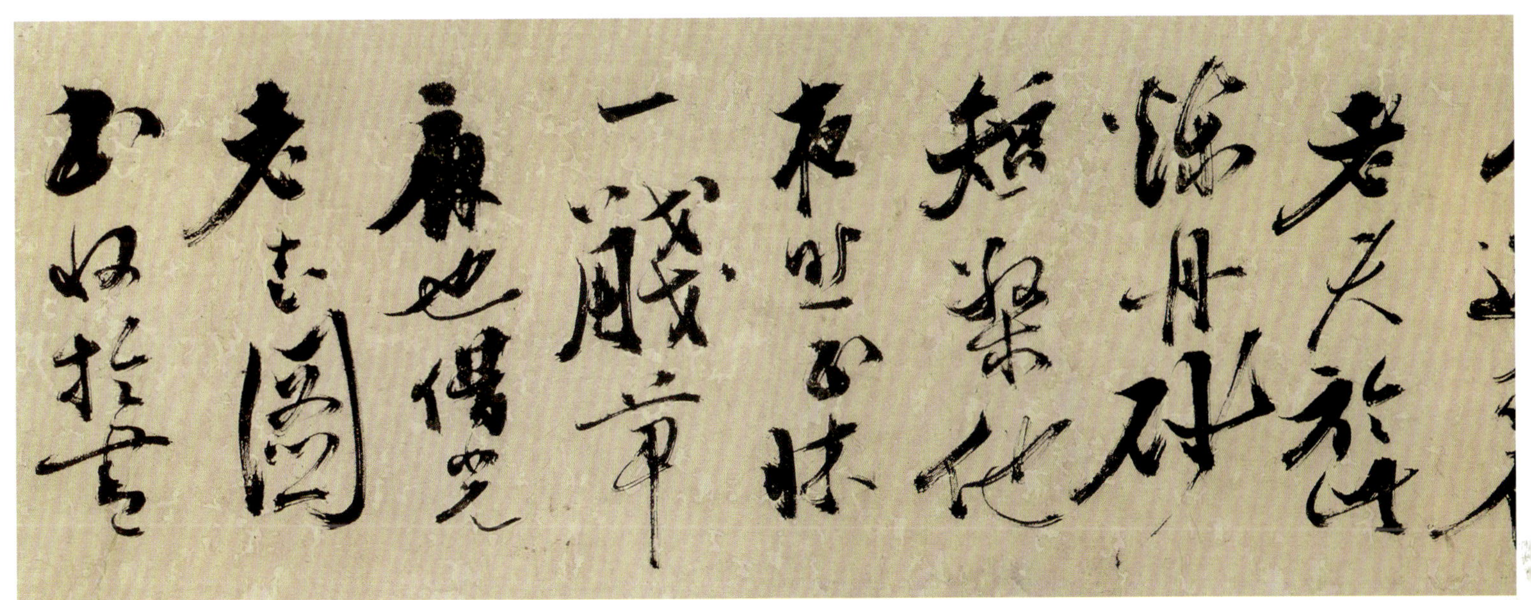

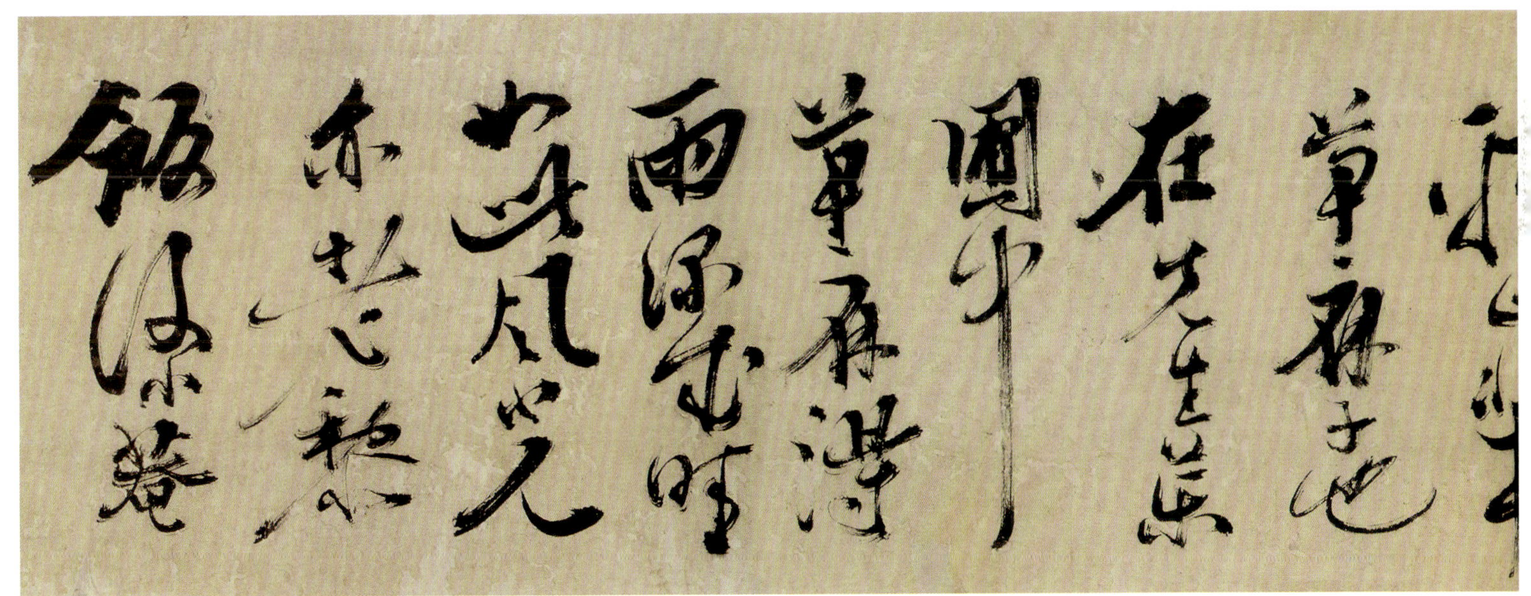

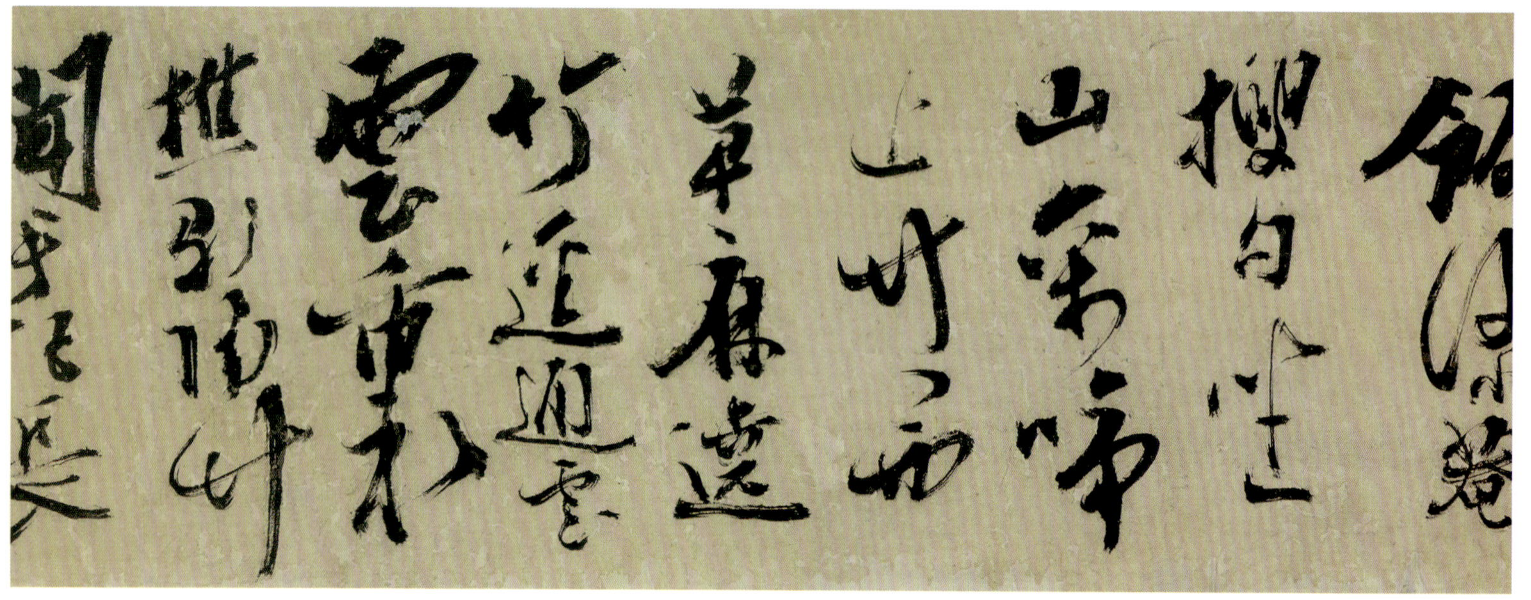

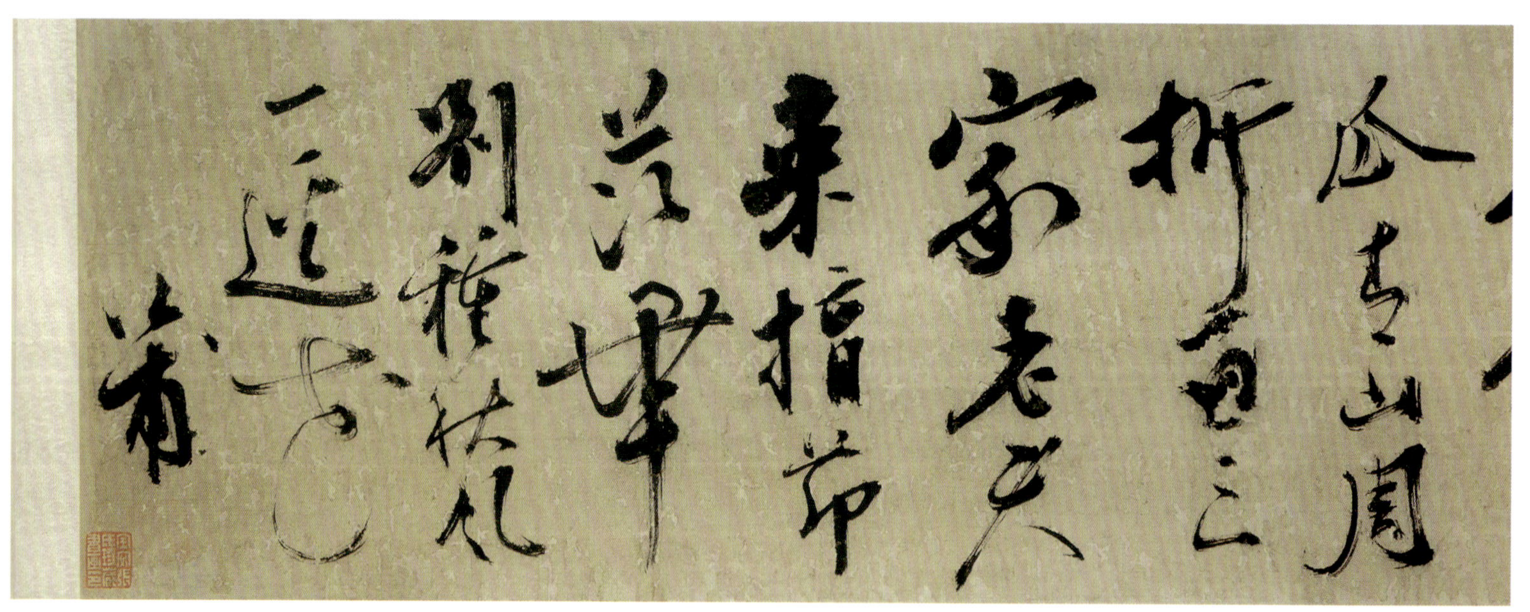

一一五　草書種蓴麻詩卷　明　陳獻章（之三、之四）

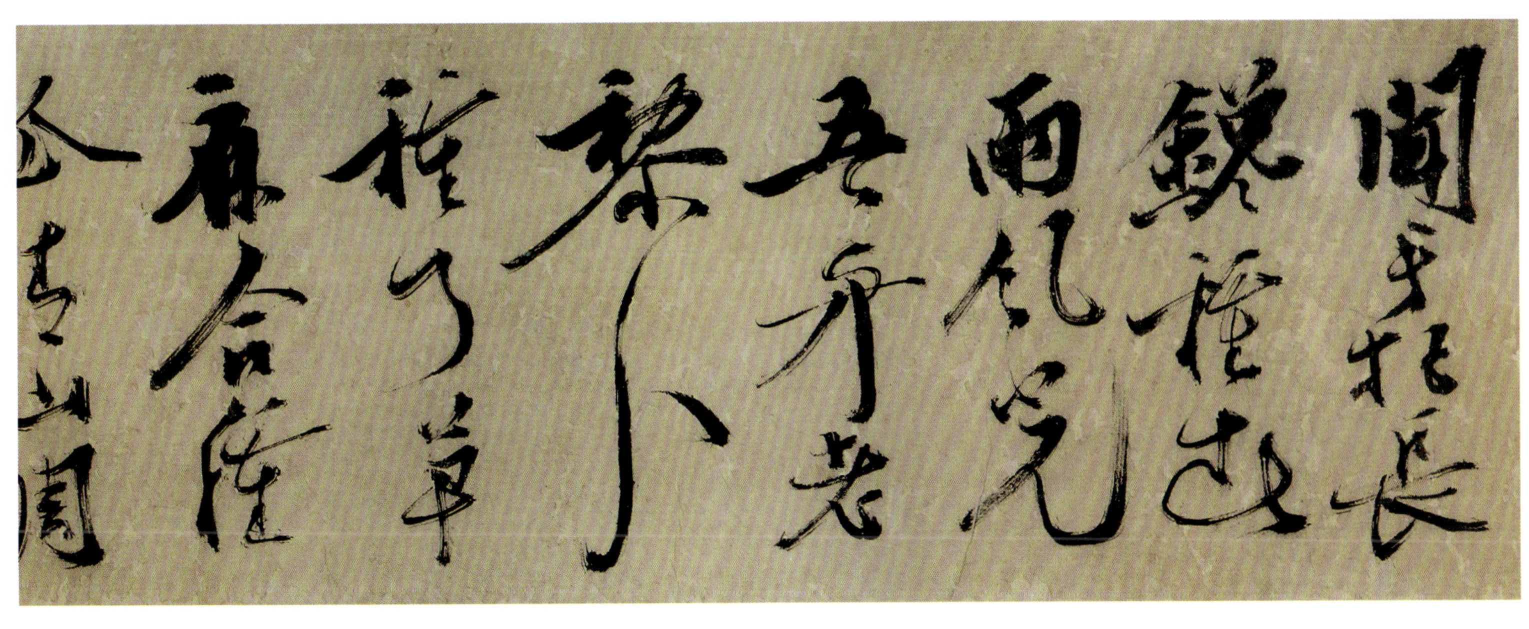

此書種莽蘇詩綴田
庵讀詩一冊筆意尤
妙莫輕此筆莽蘇了
也在先生藥圃中何
等胸襟何等氣象春
風沂水之趣可於筆墨
外會之 嘉慶乙亥六
月望後三日既跋田庵讀
冊復跋此 番禺劉彬華

白沙先生為明代理學純儒其見重於世者原不在翰墨小
技後人景慕前哲凡得片縑隻字皆珍若拱璧字以人傳
信不誣也今觀此種草麻詩卷心通造化筆妙天機確
為 先生晚年創用茅筆時所書無疑余家向藏
先生真蹟二冊紙尾有紫水歸人小印与此冊筆意略
同展玩此冊墨香盎然不忍釋手 漁石道兄得此其
珍之寶之
道光三年歲次癸未八月廿日跋於京邸旅舍南海龐森

癸未冬至後三日晤 漁石先生於虔州舟次流連
竟日出示此卷道德之氣盎然在楮墨間敬題卷
尾用志厚幸 吳川林召棠

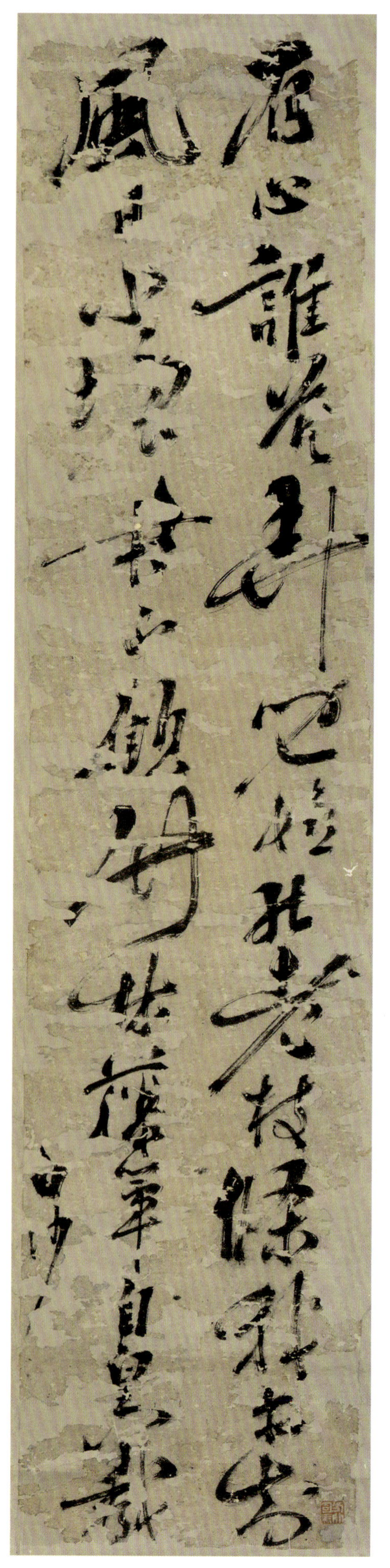

一一六　草書軸　明　陳獻章

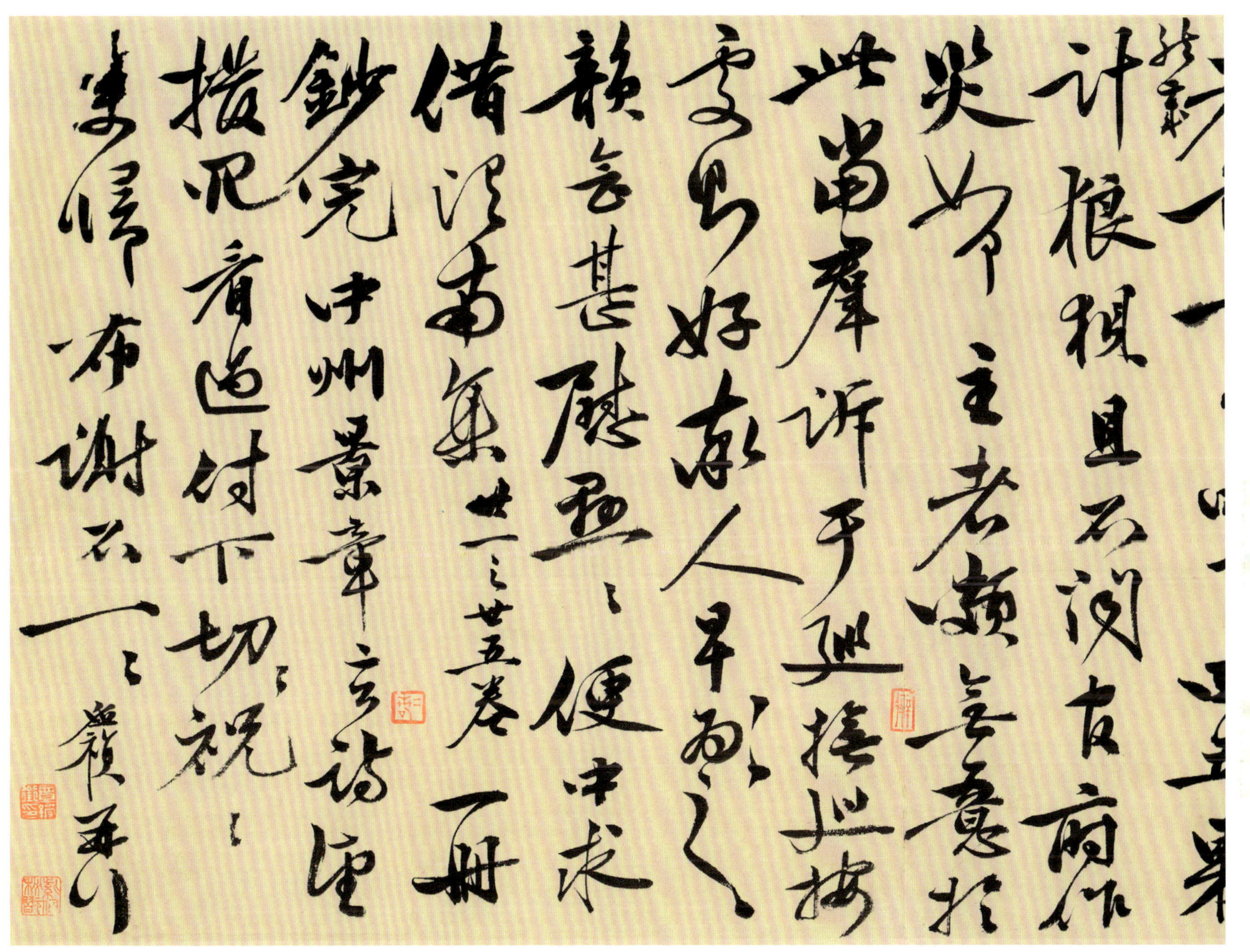

一一七　行書枉問帖頁　明　李應禎

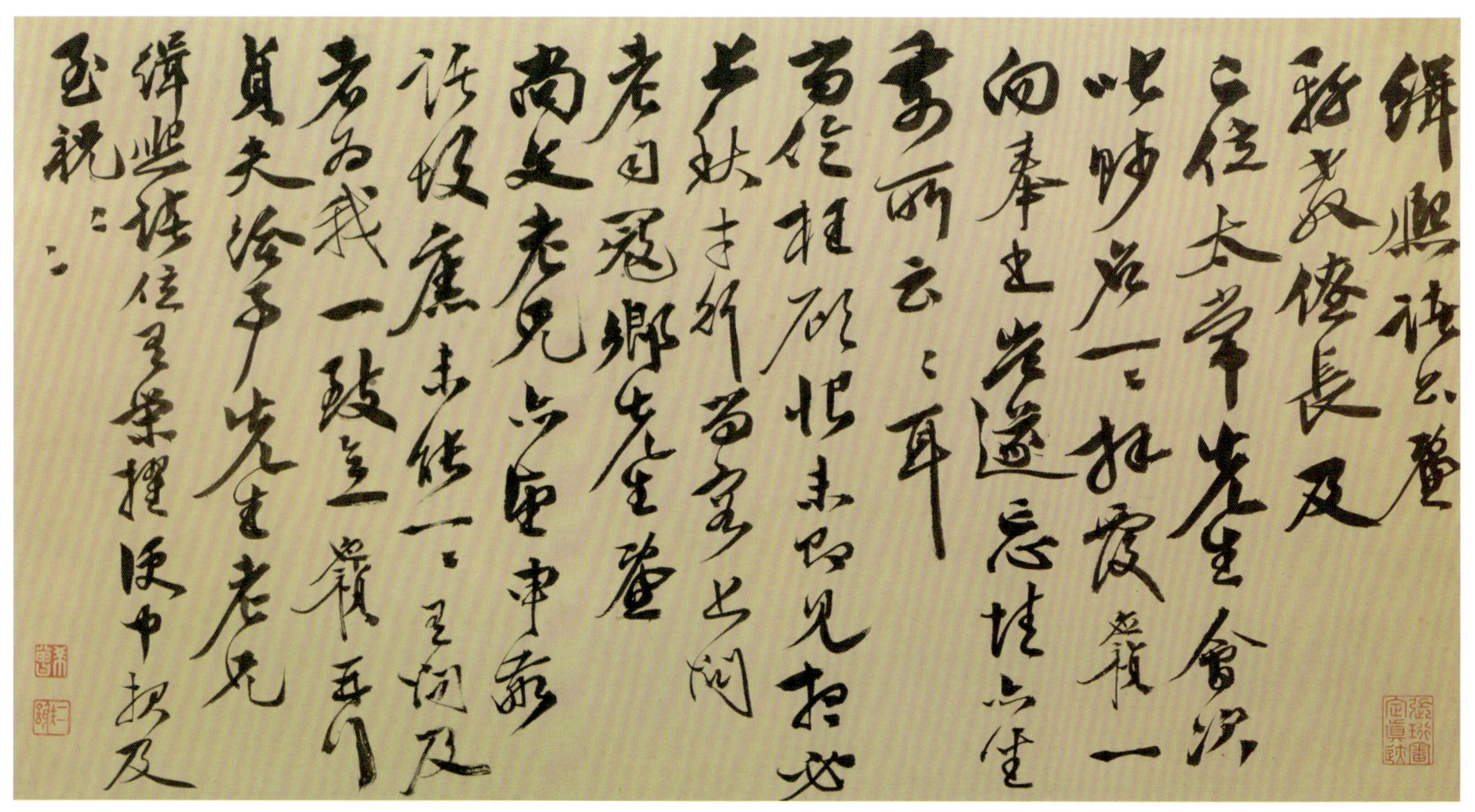

一一八　行書緝熙帖頁　明　李應禎

暑氣初平頗有馀思十一日敬潔一觴邀請移玉過寒舍話舊及時惟不外是前馬兢奉

醫相杜先生閣下

柳芝有清癖立名此書骨力排原縱宕不羈可想見其為人 棠溪

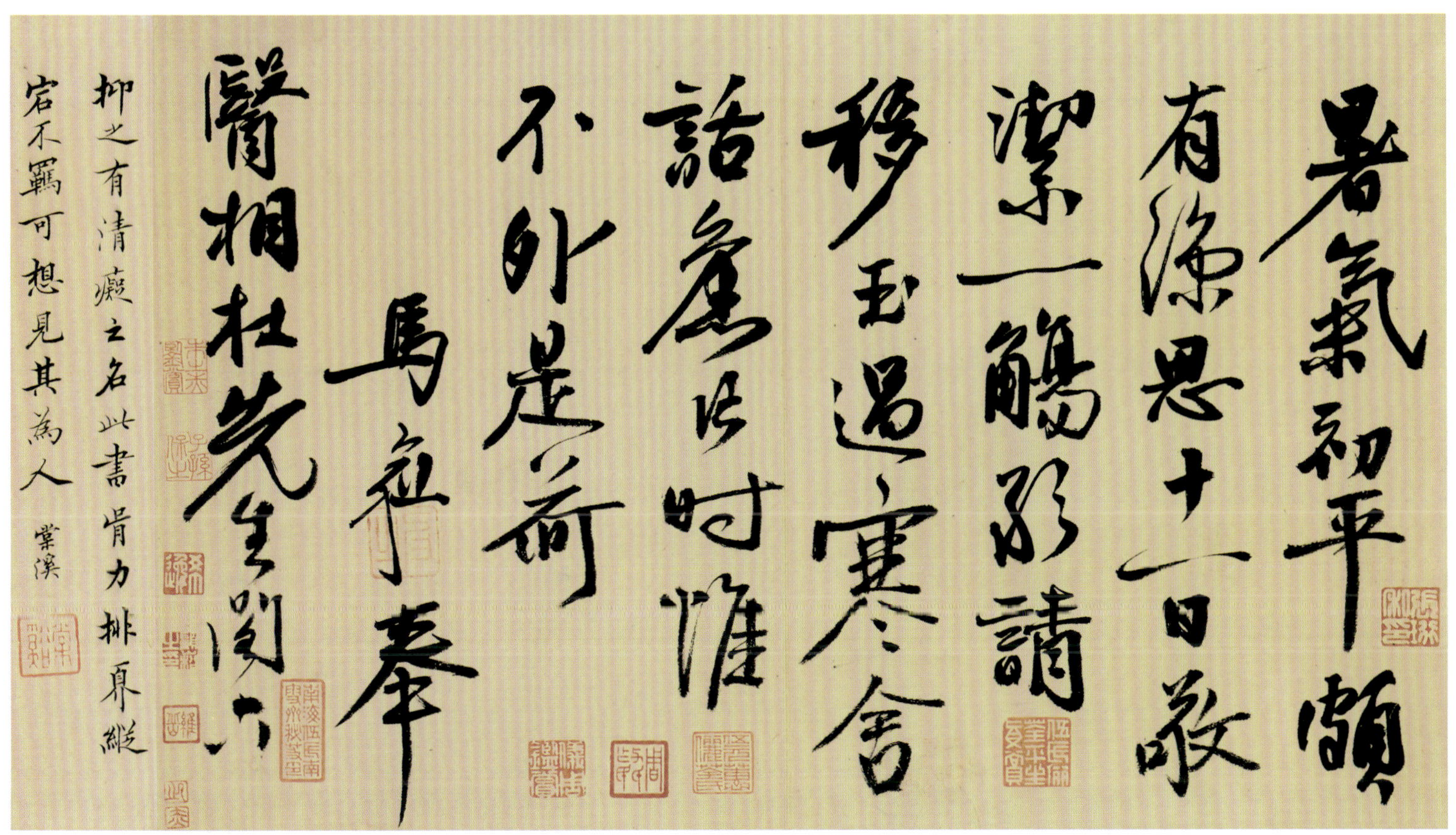

一一九 行書暑氣帖頁 明 馬愈

工部主事徐公墓表

公諱諒字公信蘇之長洲人其先為嬴姓後封於徐因以國氏在周有偃避王難投會稽再傳章禹為吳所執公族子弟散之徐揚二州間事載韓文公偃王廟碑蘇於禹貢屬揚於漢屬會稽故多徐氏代有聞人不絕然自公近世皆隱於農無顯者其所居在邑東南當震澤吳淞二水匯為汶涇而田其上相傳以為業公幼而端重如成人資更穎敏父曰文質善士也初教以學書既通其意再以九數之法授之凡所謂方田粟布之類人所未易通者習之輒精遂以其藝為閭里所知宣德末

朝廷遣中貴人浮海入島夷取奇物凡一藝之良者皆選以從公在選中藉以母老憂幸而事寢則時方以足食為事故工部尚書周文襄公初至吳中巡撫求能濟其事者訪于郡縣得公厚遇之一時徵斂轉輸之法論及田野而取於公者為多公感激亡竭所能事之世謂文襄善理財賦如唐劉晏公之贊助有焉大臣繼是號能稱任必守其法者以公嘗事文襄率訪之

一二〇　行書徐諒墓表、墓誌銘卷　明　吳寬、李東陽（之一、之二）

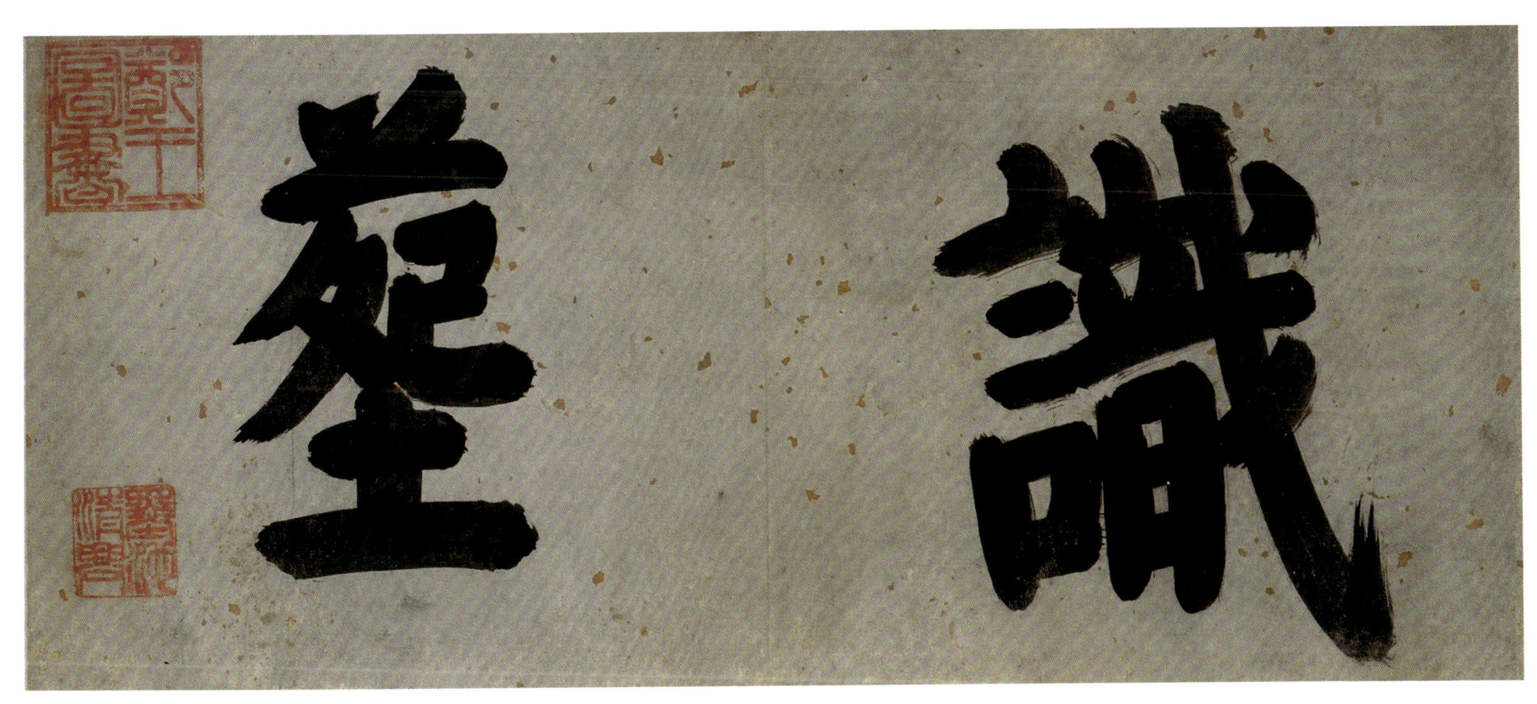

守其法者以公嘗事文襄率訪之
比歲公益老不任事而亦辭矣公
年十五喪父事其母陳撫其弟瑄
孝友兩盡平生質實無矯飾尤以
信義自持至老好聞善有所得必
謹錄之三子曰淵源潑教之有法
嘗恨少孤廢學俾務其大者無以
一藝成名其後源以明經竟登進
士第為兵部屬潑游鄉校且有聲
而公亦從受封曰承德郎工部都
水清吏司主事用源初官也當
命下公與其配任安人同拜于庭
下命服煌煌鄉人方羨之未幾而
公以疾卒矣其卒為成化十八年
三月丁亥享年七十有四訃至兵
部君將歸卜其年月葬于
吳縣阪陂鄉堯峯之原乃來請其
友吳寬文其墓上之石而泣告曰
自吾官于
朝吾父數遺書教以忠勤清慎其
說不一今手迹宛然皆未能行也
而吾父遽焉棄世非子誰慰吾之
悲者寬敬諾蓋公則沒矣至其老
而貴吳人皆曰公嘗有力於文襄
文襄嘗欲薦以一官不果宜其終
得之也噫此殆知其淺者夫吳中
財賦甲天下維尋常之地圭撮之

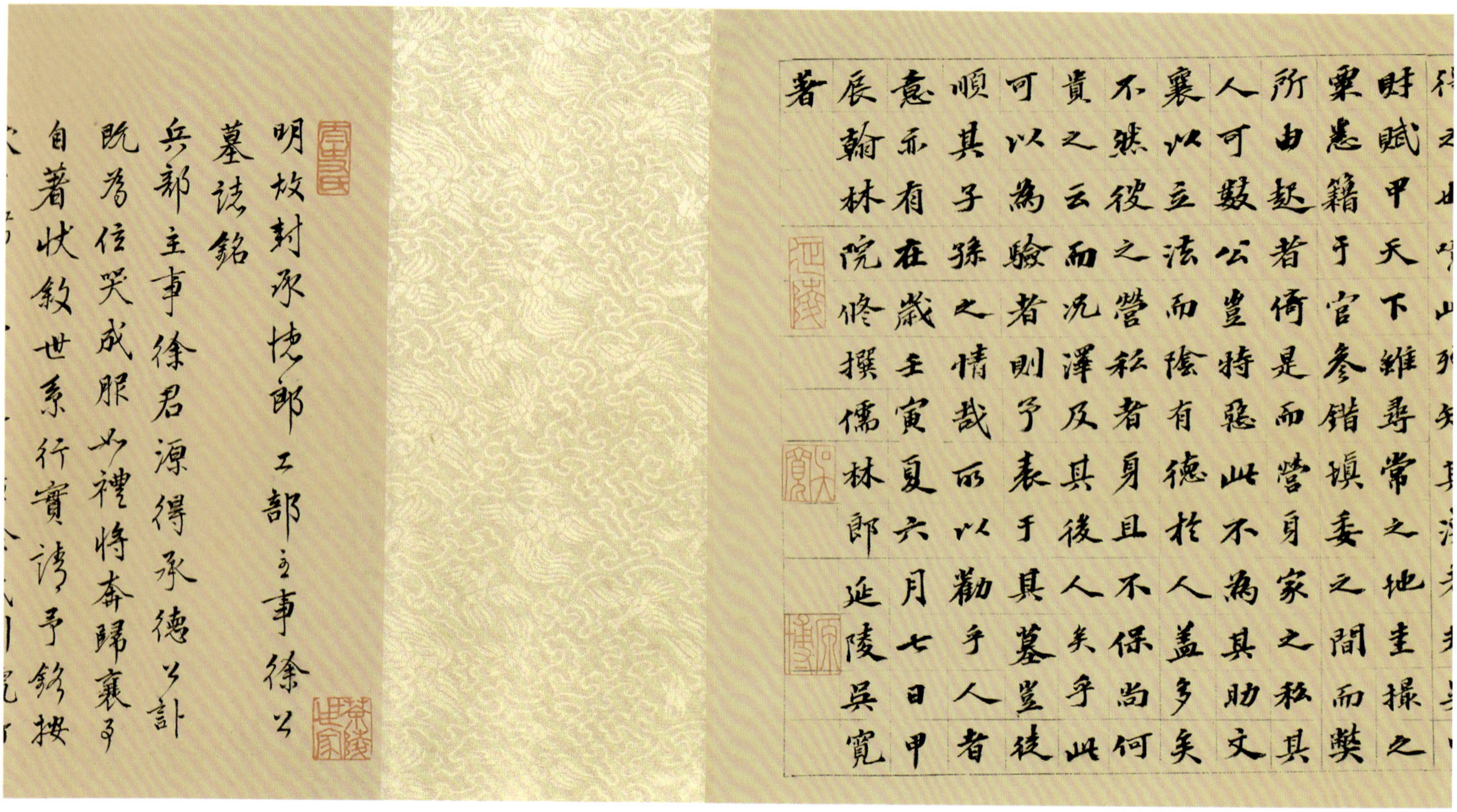

財賦甲天下雖尋常之地圭撮之
粟悉籍于官參錯填委之間而奬
所由起者倚是而營身家之私其
人可數公豈特恐此不爲其助文
襄以立法而陰有德於人蓋多矣
不然彼之營私者身且不保尚何
貴之云而況澤及其後人矣乎此
可以爲驗者則予表于其墓豈徒
順其子孫之情哉所以勸乎人者
意亦有在歲壬寅夏六月七日甲
辰翰林院修撰儒林郎延陵吳寬
著

明故封承德郎工部主事徐公
墓誌銘
兵部主事徐君源得承德公訃
既爲位哭成服以禮將奔歸襄事
自著狀敘世系行實請予銘按

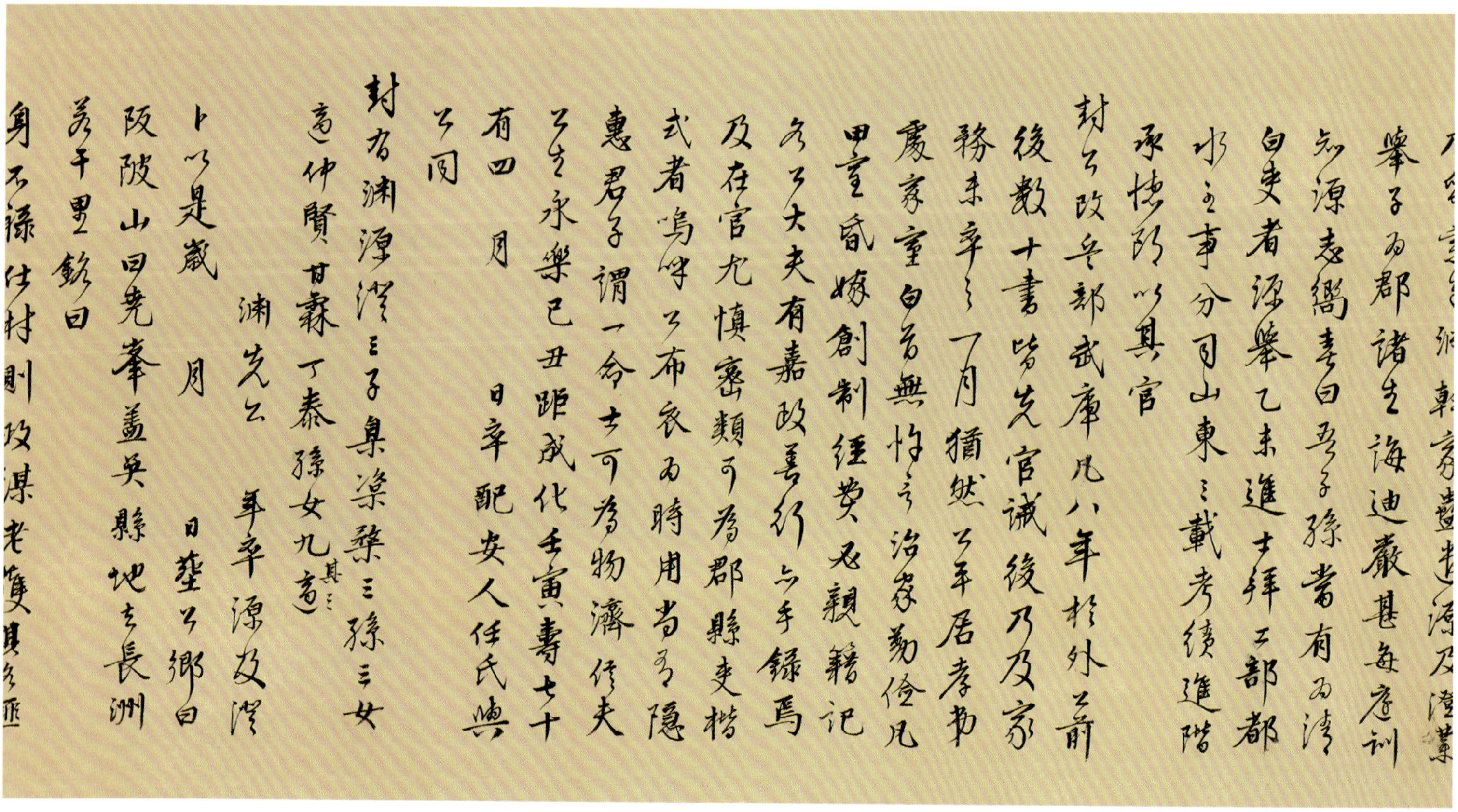

一二〇　行書徐諒墓表、墓誌銘卷　明　吳寬、李東陽（之三、之四）

自著狀敘世系行實請予銘按
狀公諱 字公信姓徐氏別號竹
菴蘇之長洲人也居縣東南之瓜
涇有田甚良曾祖華二祖某三考
諱文質世以農隱故人稱瓜涇徐
氏公生十有五而喪父喪之四月
弟瑄始生公藉其世業奉母陳
及育幼弟雖弱冠殫力如老成人
父嘗教以六書九數之學久益精
數法能目數行下室懷間
詔中使通西洋諸域下州郡簡藝
能士以從公用數法為郡守所薦
會
英廟即阼不果行周文襄公巡撫
南畿諏訪者復至無遺策得公喜
甚凡財賦計出納籌畫必親咨
問公感文襄知己亟竭智力事之
一時政事陰惠及民者為多文襄
欲薦用公公不果後繼文襄者數公
以文襄故亦替禮接然竟無薦者
公恒歎諸子曰吾雖不仕頗自試然
用之粗耳必欲充其濟時非仕乎
乃留子浦幹家蠱者遣源及澄業
舉子為郡諸生海迪嚴甚每庭訓

若千里銘曰
身不祿仕材則政謀老獲其名遜
我自求天鑒寶章靡功弗酬矧
植德者易乃有秋易以喻之農
者流公有賢嗣出贊
國猷澤則弗窮公有餘留公德不
刊弟銘在丘
賜進士出身翰林院侍講兼修
國史 經筵官長沙李東陽撰

弘治丁巳三月十六日雨中自支硎過天池得二絕句書遺主僧善慧華時同游者國子祭酒李傑世賢太常少卿馬紹榮宗勉南雄太守林符朝信太僕寺丞文林宗儒并

欸冒雨來游事亦奇石壁巉然畫中見癡翁能事復何爲

黃大癡有天池石壁圖

一二一　行書題劉珏天池圖　明　吳寬、馬紹榮、文林、沈周（之一、之二）

子姪奕也吏部
侍郎吴寬原博
志

一泓清水識天池
絕入千峯勢
更免頭白老僧
和出定不知何
事亦求詩
山頭雲起還如

遊雨后堪巔
岫崎岠參鸞
且喜峯
密樹比亦
參天如峭
壁瀑流澗
野寺危坡
擁翠山自
是
聖恩深似海
清時行樂
許朝簪
馬紹榮

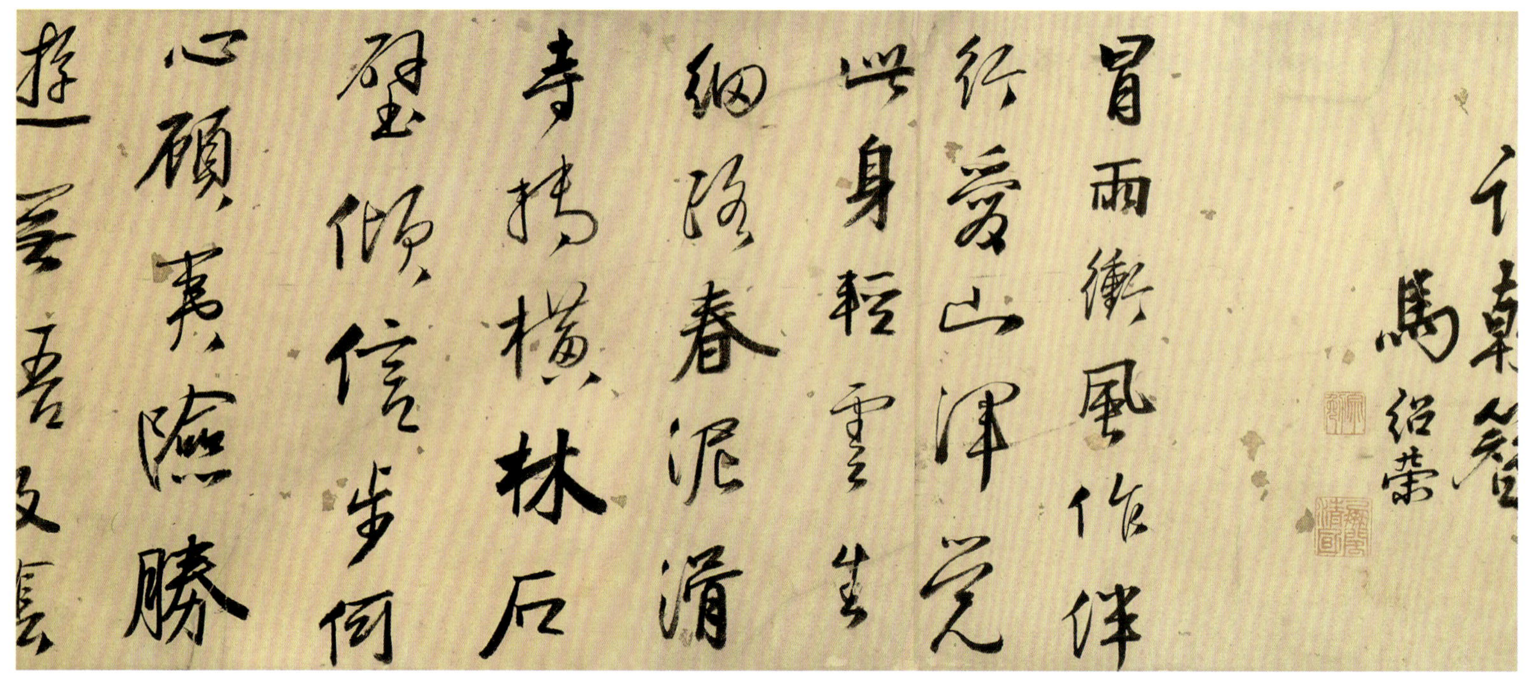

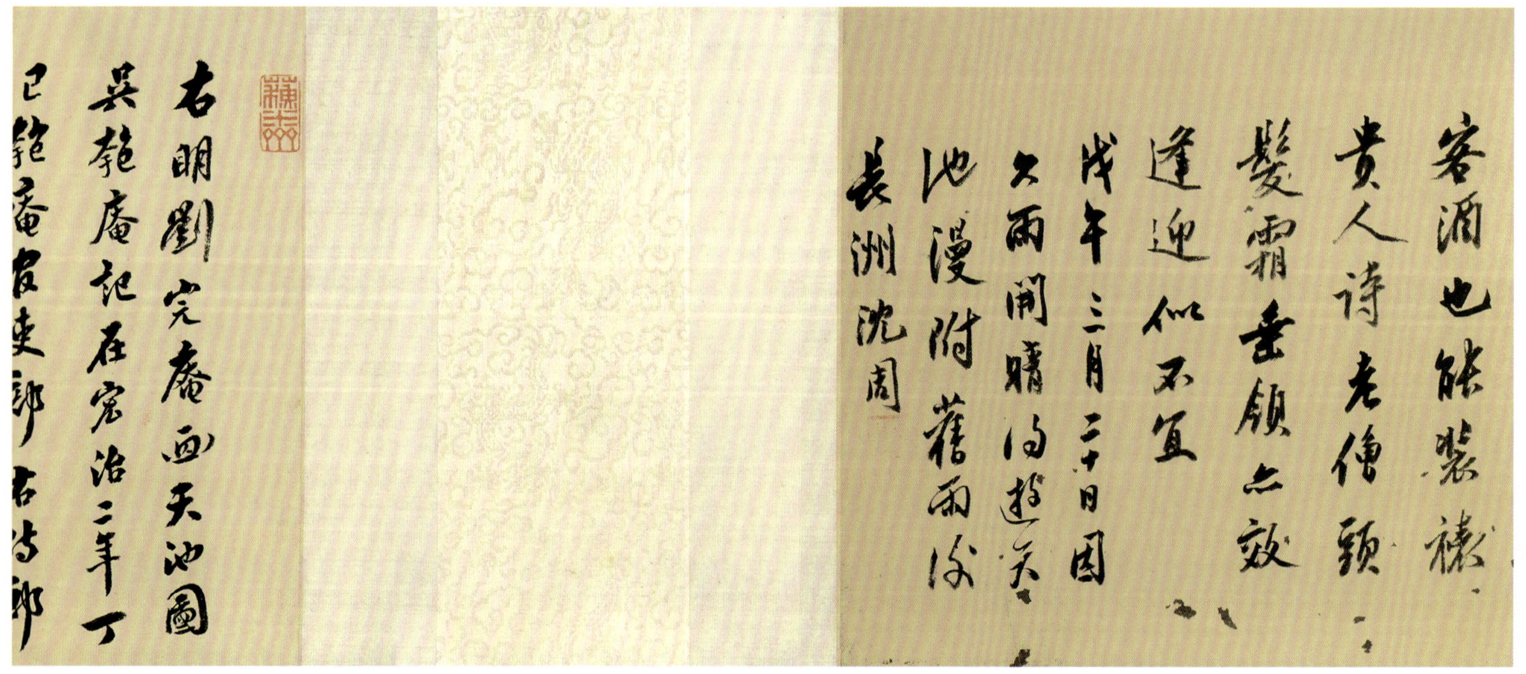

一二一　行書題劉珏天池圖　明　吳寬、馬紹榮、文林、沈周（之三、之四）

遊無語及陰
晴老僧幺與
市城隔頭雲
鬅鬆是客鬍
文林

雨裏遊騎園好奇砌
令我愛雨晴時可
傷白石疑無皺（山有石皺）
不見青蓮喜有
池未許淋漓遊
客酒也能裝（？）

已匏庵官吏部右侍郎
年六十三其從子奕字嗣
業號茶香居士即此求完
庵作圖者也文宗儒即
衡山待詔之父此在其守
溫州之前一年年五十三沈
石田詩在其明年戊午春
石田年七十二矣茶香工書
亦深得蘇法而此圖沒
茶香卻無詩也大癡原
蹟不可見而完庵此幅用
筆秀勁深摹匏庵詩若
擬以補大癡卷者為作歌
系於後
天池石壁非極理直
造大癡之戶述吳茶
鄉為慧老贈完庵筆

綸　先塋老眼完庵筆力〔融〕滄溟宏治丁巳季春半四五書共筏與傳史部東廟寫書手禪字偈記還窗櫺温州太守東之郷茶香居士甫壯齡是日露衣披宿雨油傘十里来支硎逕尋玉枕秘記露上有千葉蓮花青蓮座陸绝不可上豈到雲外圖節亭盤上平杯下霄漢削起當面横翠屏天平俯揖莫

展向蘖齋硯屏側巾箱五岳来真形李少翁乞縮地術偷桃兒僮泣語聽卷還琴几作喝茶松風石磵泉泠泠

嘉慶丁丑夏四月望日八十五叟方綱

天池石壁圖大遠完庵可補黄大癡蘇山一峰秀特起秦臺諸嶺環繞之絶巘一泓浸山腹逾數十丈名天池漾洄停澈蘊靈異石蓮千葉肹倒垂宏治丁巳三月望翫庵携玄亨越嬉詩偕名自盛文藻雨淫郵借治塗泥茶香居士亦據侶遂倩作圖

一二一　行書題劉珏天池圖　明　吳寬、馬紹榮、文林、沈周（之五、之六）

翠屏天平俯揖華
筍筠東西挾帶雨
洞庭石林蟠根連
地肺飛潤靜轉
風輪鈴老僧不為
逐遊客巖洞自誦
止觀經借畫留山
當說法淋漓墨溼
通真靈龍翁一家
接蘋學季孟尚久山
卿銘軸來三百廿載
後何曾賡和陪短齡
展向蘋齋見屏列

[illegible]沾塗泥茶香居士亡獲付遊借[illegible]
貽慧師發麻皴出濃墨點至今箏上
猶淋漓北平先生賦長歌同遊並志知
其誰李傑林符偶來招遊覺伴侶東
參差武君生畫家畫理一一考補棗
我詩雪泥鴻爪偶然尔一日之作千秋
朝
林符字桐信吳縣人成化丙戌進士官至副都御
史李傑字世賢常熟人年十七中應天鄉試成
化丙戌舉進士選庶吉士授編修仕至禮部尚書性
行純粹不能詭隨尚同以新忤劉瑾加誣致仕瑾誅更
部有為傑不起年七十
卒贈太子太保謚文安
我曾遊此記辛酉朝
天下易看森青到此良梅繁新若石
磴高滑難攀躋滴滌為具尚慵懶
塑失真境嗟悔遲感君名蹟到老
眼睛總新展卷年夜山陰隱約寺
眷露便欲從之度燕曦
為
道光丁亥六月立秋前三日陽城張敦仁
小谷明府題時年七十有四

萬笏支硎景艷奇蕭遊若訖華春
時
甲申三月為天
平支硎之游
古香快讀龍菴志淥侶
似臨石壁池杖屐消搖泉上雨雲烟活
潑畫中詩蓮華千葉迴在陸自之山
其引與宜
用卷中石田翁韻為
小谷明府題
仁和魏成憲

ケ歳置秋闈又見秋將闌客居貯秋色幸復有東園凡ケ百種花孰不畏天寒胡此斕斑者節去將來瓦盆圍板屋毎坐于其間玉律既高隆金錢更相連籤下仔來菊不為陶省室堂如花耶章堂高也山

東園玩菊之作ケ歳園居菊開頗盛郎復次韻一至原會好種菊派溢吳中來以花事問之因寄贈此詩云甑也

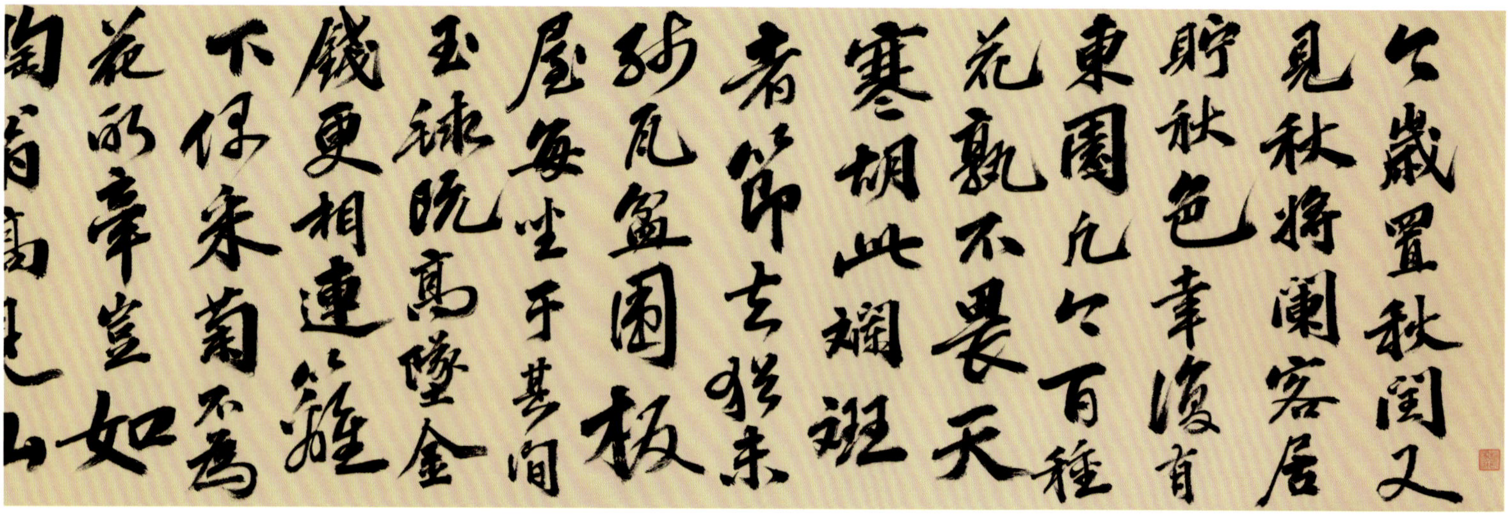

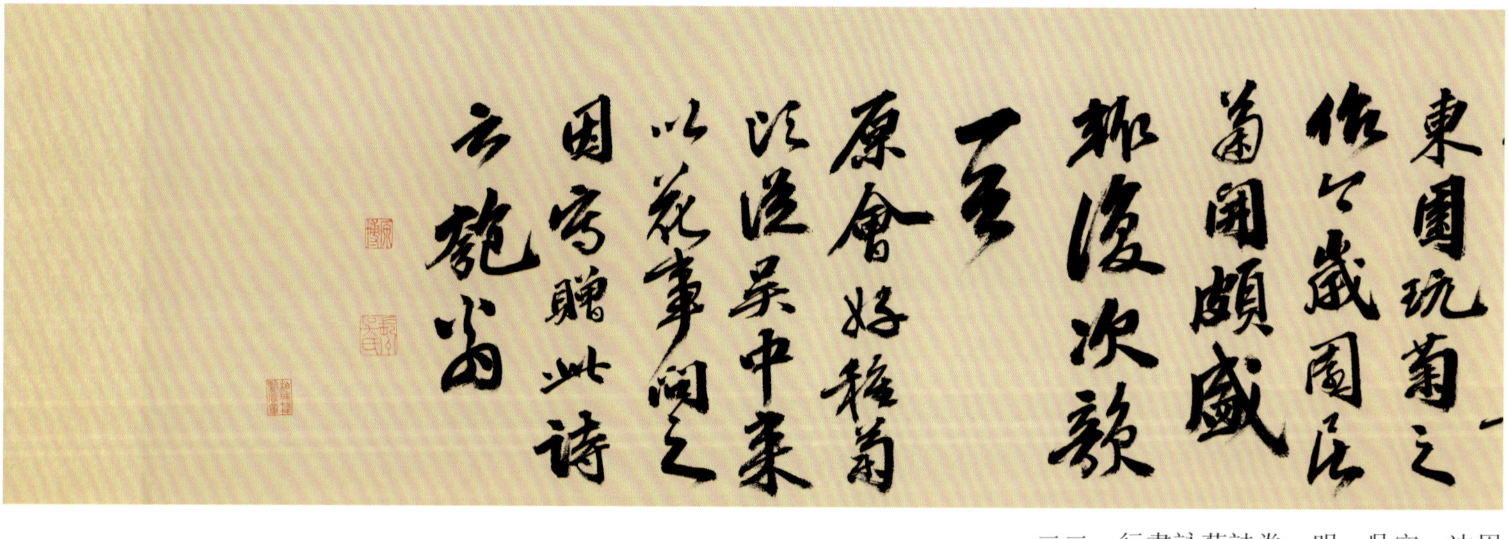

一二二　行書詠菊詩卷　明　吳寬、沈周

陶翁高見山
獨悠然我欲
學此翁無菊
非所難翁如
醉學我色
酒郎鮮能
園有松与竹
秀色俱新
鮮呼之作
三友席以
怡衰顏
偶閱白集有
東園玩菊之

奉次前韻
京師喜見鞠黃白
蜀秋閑鮑老坐對
之憶在白公園此地
早霜雪此花特宜寒
衆草皆委靡傲睨
無摧殘西屋餘百
木香霏凝座間顏
色相媚美枝葉還
糾連朝掇汎清
酤浥露衣袂霑
客從故鄉來冠
裳何衰然便問故
鄉事未慰行路難
互菊頗似此緣物生
清憐仙鮑老已化遂
遺墨寫眼鮮吾咏
再感嘆雪涕交我
顏
八十翁沈周

一二三　行書自書詩卷　明　吳寬（之一、之二）

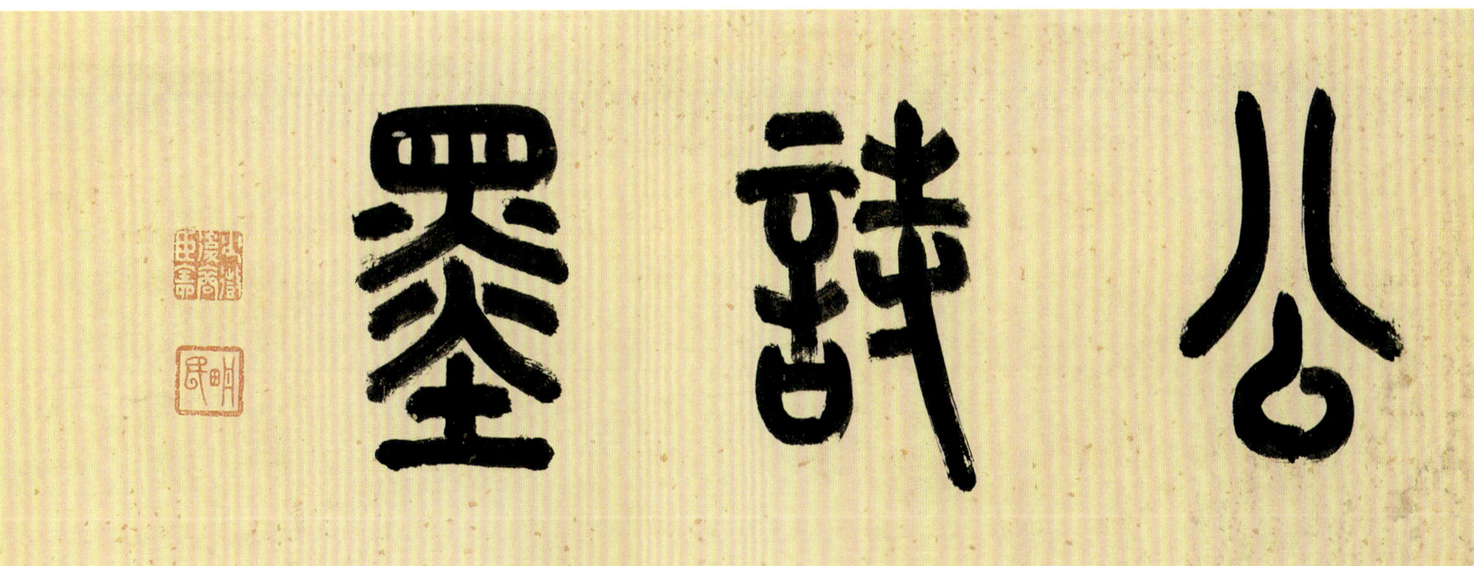
公詩墨

燈獨上床
病中讀周益公集以
術家謂甚身生磨
蝎宮宜退不宜進余
命与公偶同但名賢
德望不及遠甚甚退
尤宜因成二詩
術家蚤已論身宮淺薄
安能比益公止豈人為
當有命退如時序況
無功過從郄愧高車
海請乞雖憂短疏空
無穀南方風雨甚病
[illegible][illegible]自笑年華
益公論命居磨蝎歐子
作詩思潁州合志不須
分後學乞身終是負

光憂買田附郭仍俟
稅種樹臨溪擬泊舟
更欲范村陪一老月中
常作石湖游
秋雪歎
吾生本江南不慣見秋雪
見之自此都人亦不說知
惜兩旦零忽逆風急刮
淅肴瓦溝平仍畏名
城闉隨處無作寒威貧
家勢難活米炭幾時
儲鹽鹽何豪辦至于
裘曲身況也無衣褐病
軀強自支憂世亦頗切
諸事已兩見浹旬未息間

步東巷隔及此遙相
坐南窻與東壁寄示
至兩篇此意吾已識
黄葉溪邊飛雪窻
破紙軒
近作如首聞中書家
渝媿欲知老耶
況味何好耳
壬戌十月二十日
匏翁

匏菴人書俱重識者以為近
蘇長公余意懸之夫壁
美何妨擬坡壁畫擴此
時人不察故作俯首一

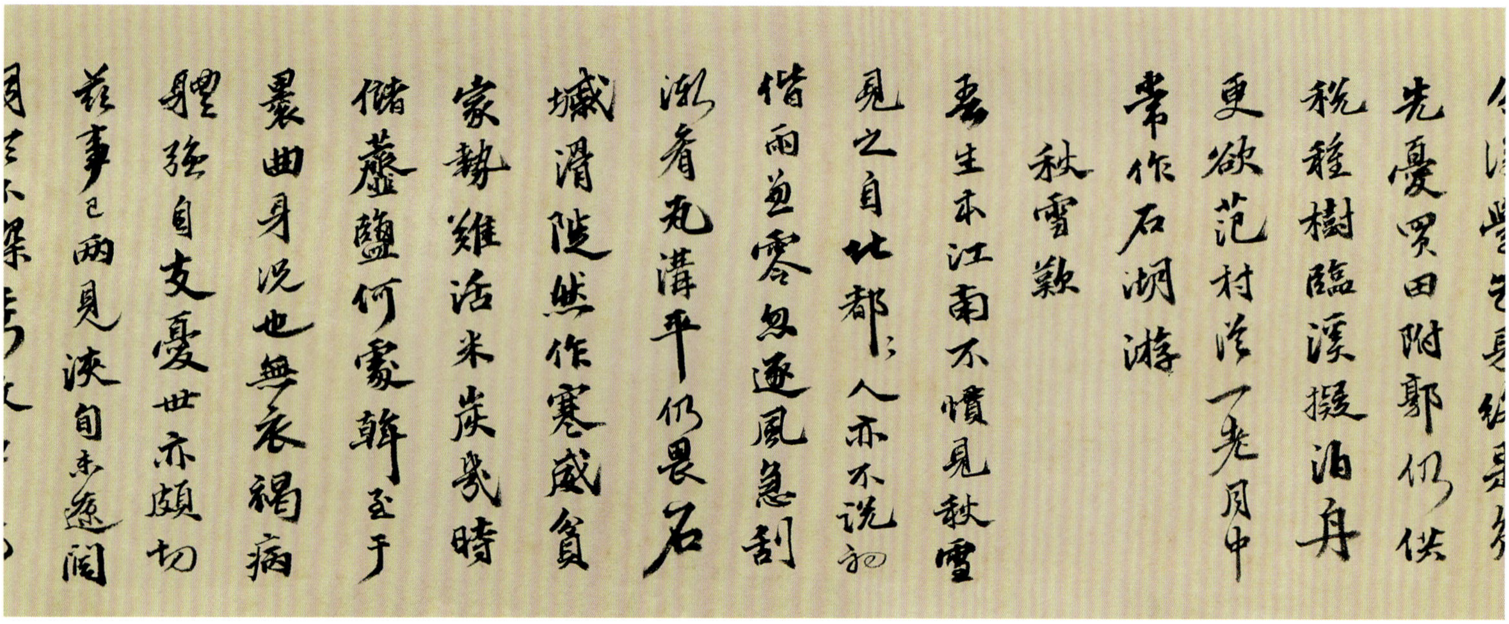

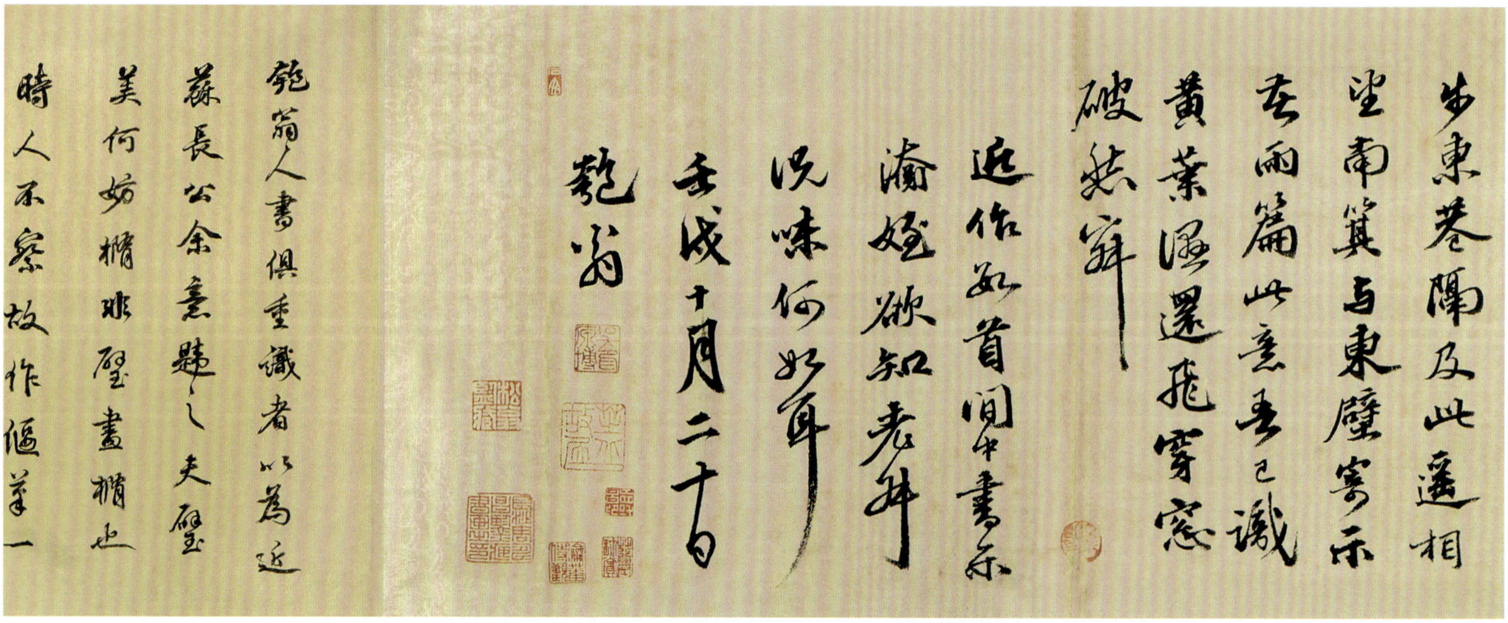

周生不深考政事何
以欽唯天量有容陽氣
終虧發赤日中天行
竅搖徧昭晰涼颸
只凄然勿遽變凜冽
霖〻嘉瑞成即待
嘉平節

和王守溪齋居苦雨

病臥三月餘幽憂淵
懷積索居當杪秋更
為雨聲迫涼〻瀉空
堦豈但作點滴緬懷
同心人恨不坐連席
齋居掩〻署紀異稽
載籍向來明月共數
步東巷闌及此追目

時人不察故作偪筆一
味閑蕩嘯太過矣此卷
詩多峭潔逼真韋柳
而當時國故若累焉
邁孫先生精鑒賞賅富
家累入秘笈長夜以燭
苦熱日取端人法書臨
對青蠅蒼之側翅正不
必別設薪草招涼也
咸豐己未小暑

雁門馮焌敬木謹跋尾

文定公之學蘇不必拘〻尺寸間
自有以之真在此其所以冠絕
一代也此卷詩字甚妙尤為
公平生極用意之作較不易
遘至公人品忠篤傳誌言詳
區〻筆墨尚未足盡一斑也
同治初元仲夏月十日録於洋川
之借陰山閣長沙後學周壽昌

病卧玉延亭

高卧真如隐士间病来
受用未为悭平池绿
水漾清长尽日清风
自往还短杖好扶宜

成化十四年二月十六日吳興張淵
子靜松陵史鑑明古長洲李甡
應禎吳寬原博潁川陳瑄庭
璧入雲泉菴觀大石聯句
巖巖渚大石李奇觀人所誦
遐想十載餘吳來遊五人共
舍舟始登陸張杖策不持鞚
是時日當夕史茲山氣逾滃入

一二四　行書觀大石聯句並跋冊　明　李應禎、吳寬、沈周（之一）

門信突兀李拾級駭空洞落
星何破碎吳靈鷲宜伯仲
仰觀神欲飛張俯瞰心屢恐
鱗皴苔蘚剝骨立冰雪凍史
神軀道揭訶李兕殤文錯綜
尊嚴凜君臣吳張拱儼賓送
環列盡兒孫張擁護等僕從
欲假愚公移史大謀匪雍伯種

一二四　行書觀大石聯句並跋冊　明　李應禎、吳寬、沈周（之二）

一二四　行書觀大石聯句並跋冊　明　李應禎、吳寬、沈周　（之三）

一二四　行書觀大石聯句並跋冊　明　李應禎、吳寬、沈周　（之四）

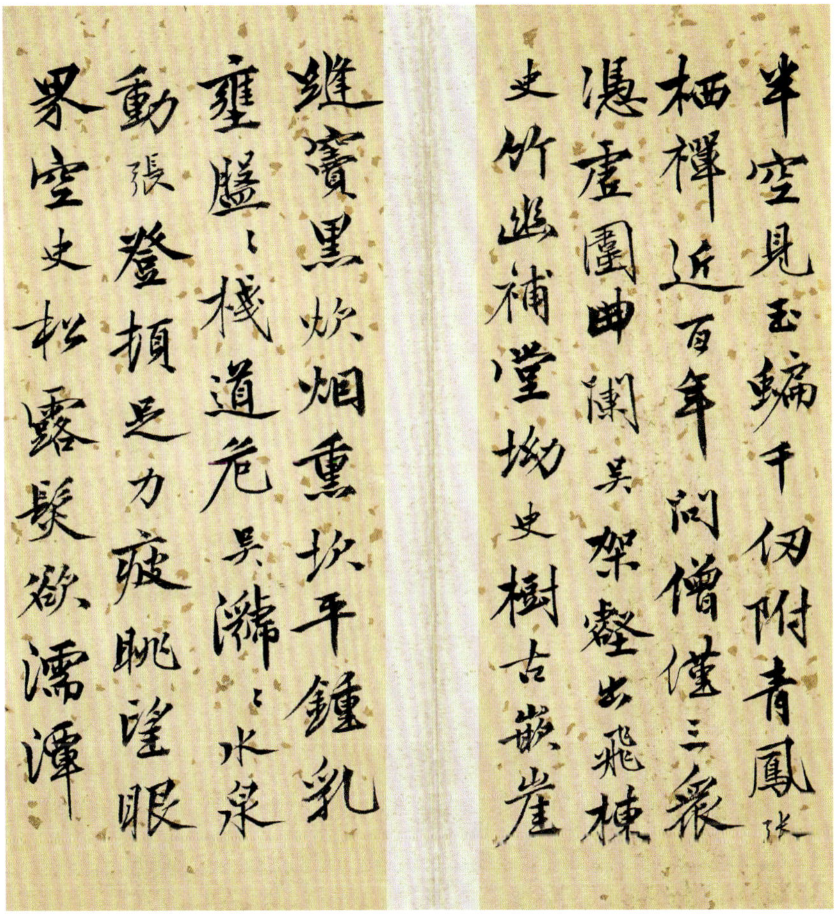

半空見玉蝙千仞附青鳳 棲禪近百年問僧僅三衲 憑虛圖曲闌吳架鏊出飛棟 史竹幽補堂坳史樹古嵌崖

繼寶黑炊烟熏坎平鍾乳 甕鹽棧道危吳瀰瀰水泉 動張登頓足力疲眺望眼 界空史松露髮欲濡渾

一二四　行書觀大石聯句並跋冊　明　李應禎、吳寬、沈周（之五）

月手可弄吳竊攀任生敏歉 李醉吟微帶魎列坐對彎 踡張大呼應鏗硠嗜癖牛 李愚史詩戰郃魯斷吳拜

奇得顏名陳憂隆戎蟇夢 吳試與邛山靈肩集揹薄 俸李

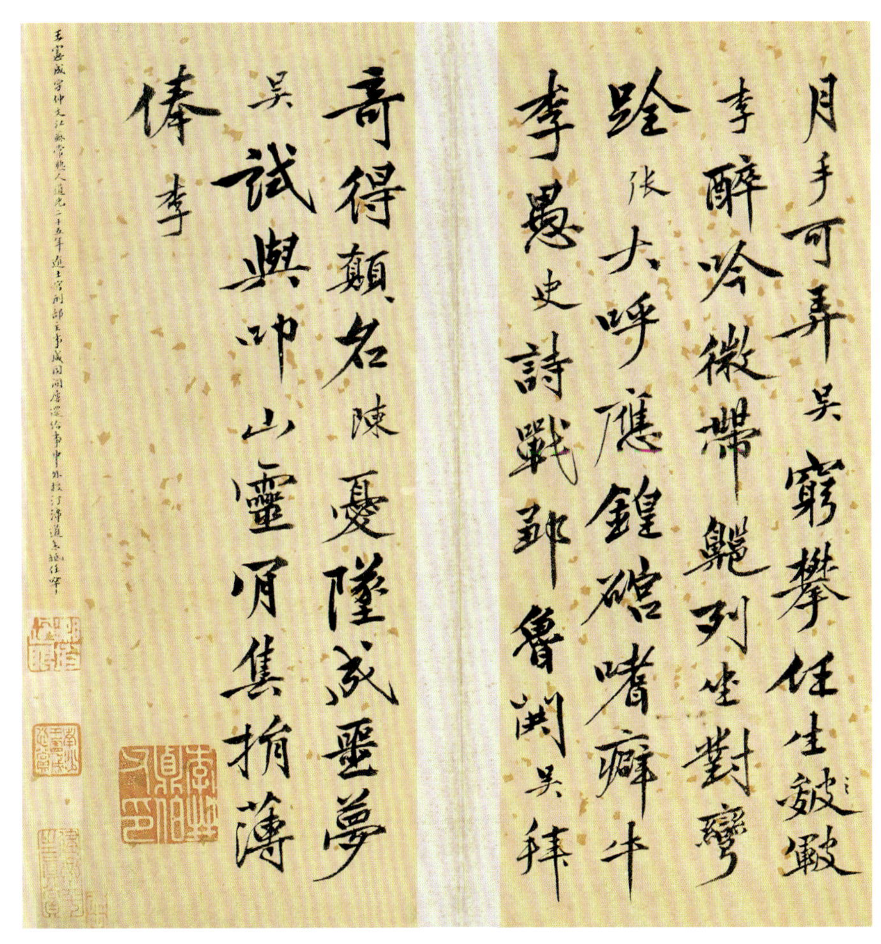

一二四　行書觀大石聯句並跋冊　明　李應禎、吳寬、沈周（之六）

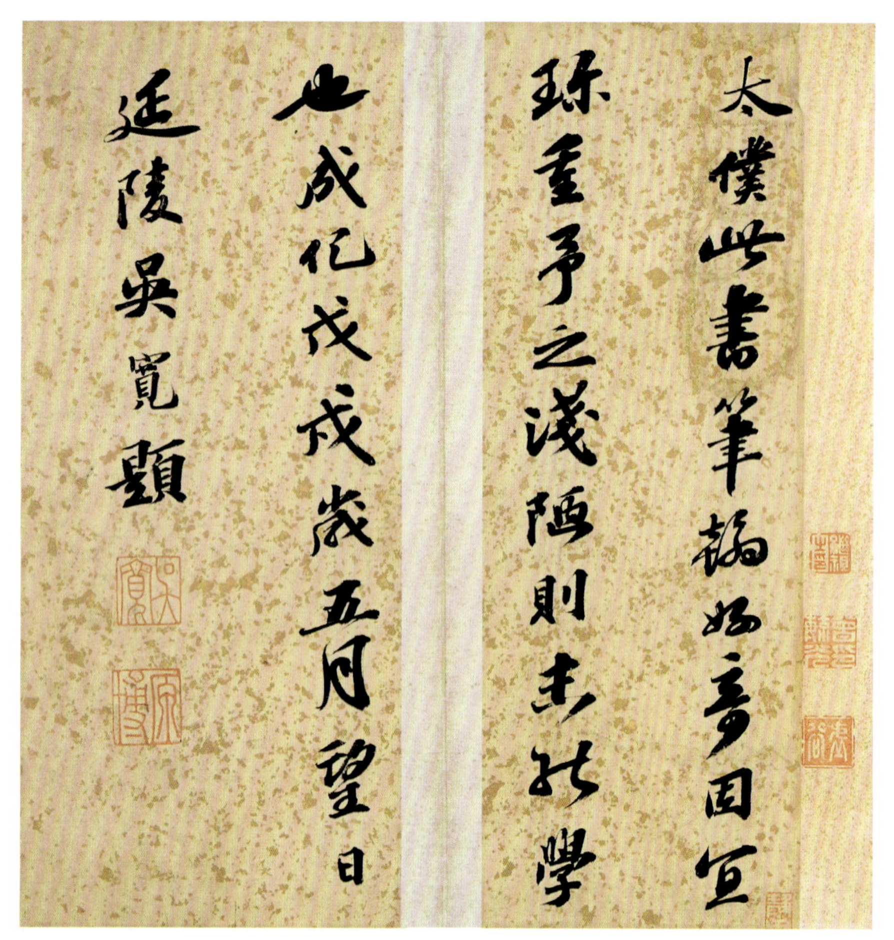

太僕嘗書筆韻妙夢固宜
孫曾予之淺陋則未能學
也成化戊戌歲五月望日
延陵吳寬題

一二四　行書觀大石聯句並跋冊　明　李應禎、吳寬、沈周 （之七）

昔聞大石會我亦思載
酒三年耻獨遊開戶廢
緒首拘束非達士疇人
信無偶閒路始奮行
不避飛磴叫登頓風
披身笑語雲入口直上
怱左旋方塞復傍剖
誇空紫玉楨下穿龍

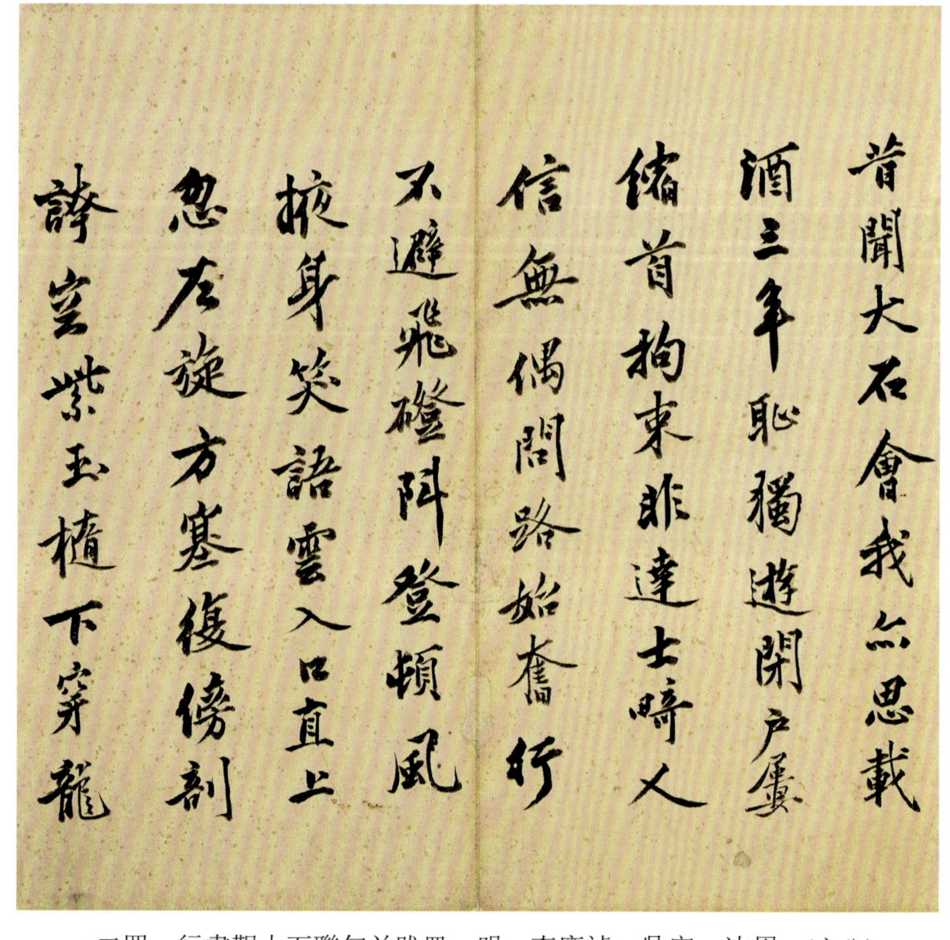

一二四　行書觀大石聯句並跋冊　明　李應禎、吳寬、沈周 （之八）

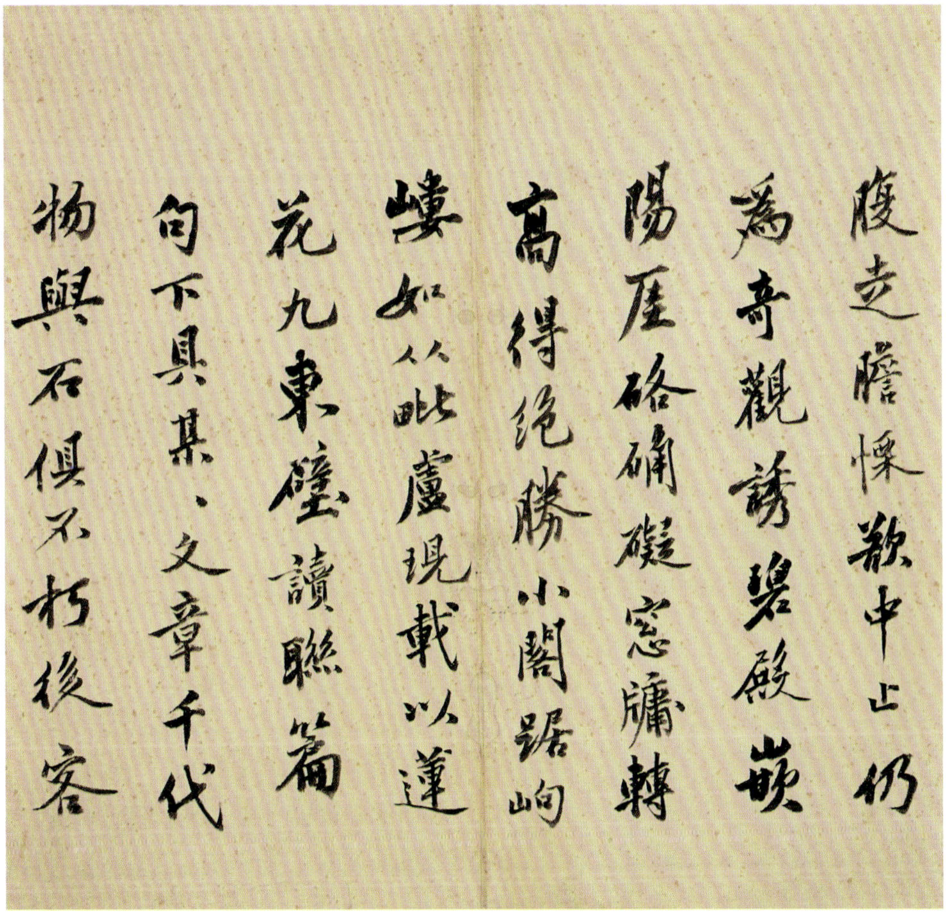

腹走膽慄歎中止 仍
為奇觀誘碧巘嵌
陽厓硞礥窻牖轉
高得絕勝小閣踞岣
嶁如从此盧現載以蓮
句下具其、文章千代
花九東壁讀聯篇
物與石俱不朽後客

一二四　行書觀大石聯句並跋冊　明　李應禎、吳寬、沈周　（之九）

莫容續令人議豻狗
裳者先人就定
李太僕吳少宰張憲坡
史西村諸君子皆厚會
葵而至是日轉登大石
諸君遂成聯句此中
越三年余始獲往讀
亦賦此數語以寄慨

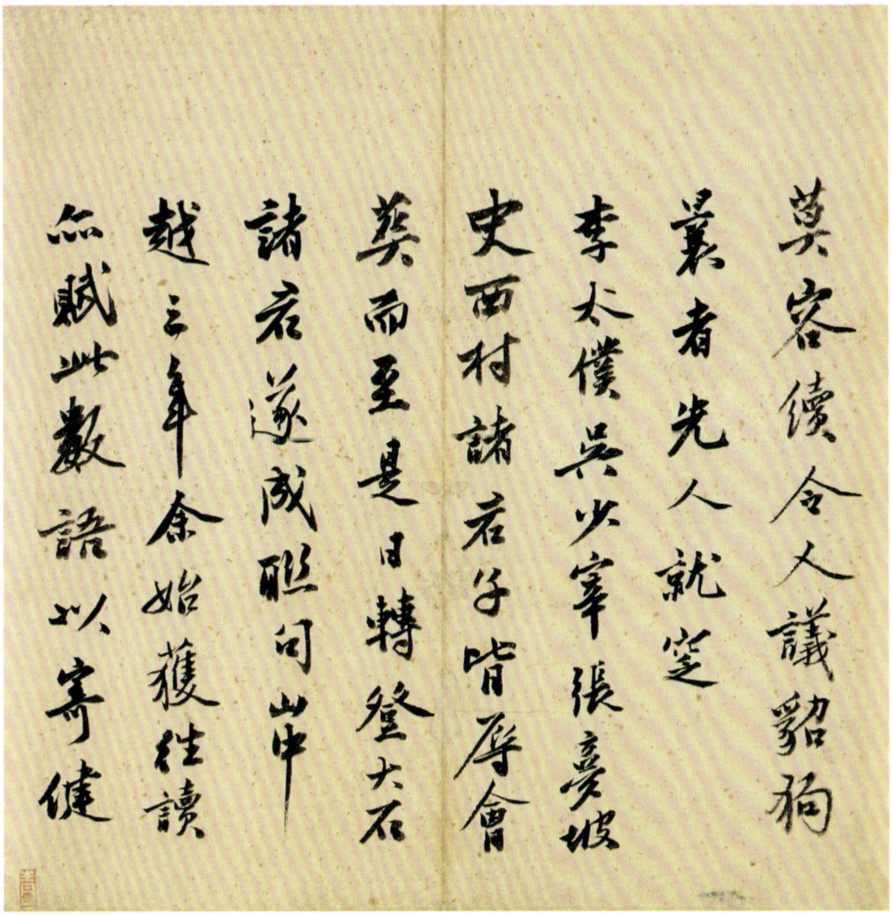

一二四　行書觀大石聯句並跋冊　明　李應禎、吳寬、沈周　（之一〇）

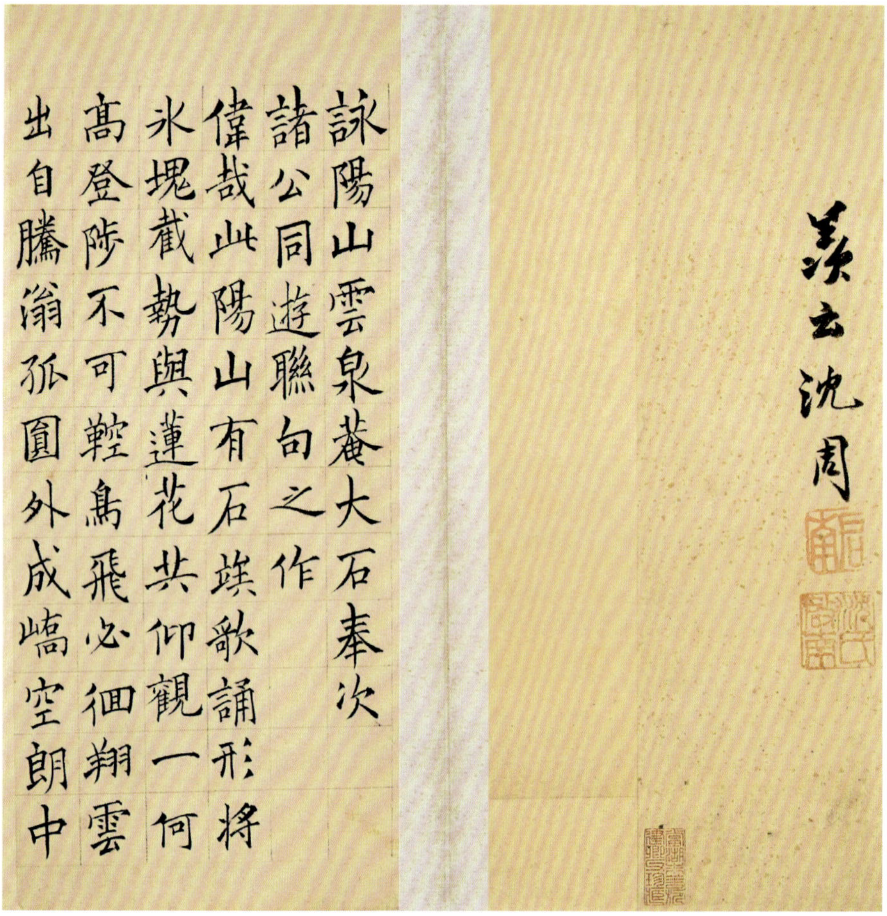

詠陽山雲泉蕃大石奉次
諸公同遊聯句之作
偉哉此陽山有石崚歌誦形將
冰塊截勢與蓮花共仰觀一何
高登陟不可鞿烏飛必徊翔雲
出自騰㴞孤圓外成嶐空朗中

長洲沈周

一二四　行書觀大石聯句並跋冊　明　李應禎、吳寬、沈周（之一一）

大石聯句諸公蓋為
送先人之葵乃集西
山是夕後宿雲泉
庵聯句始作此後
僕未知其韻亦有
長句尋題已錄贈
匏庵亞卿此
太僕手書精神
艷

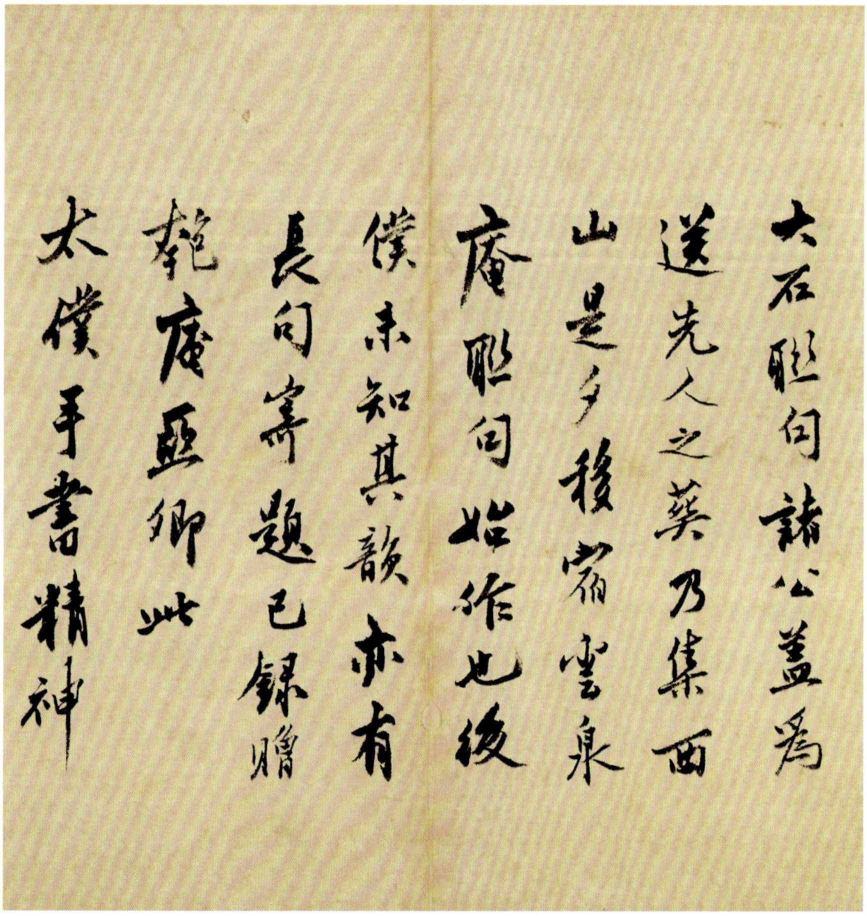

一二四　行書觀大石聯句並跋冊　明　李應禎、吳寬、沈周（之一二）

飛動可愛此詩當
爲僕贈信有由也僕
二嘗求而吝与今見滿
低矣覺垂涎嗚呼
人那物是臨書慨然
沈周

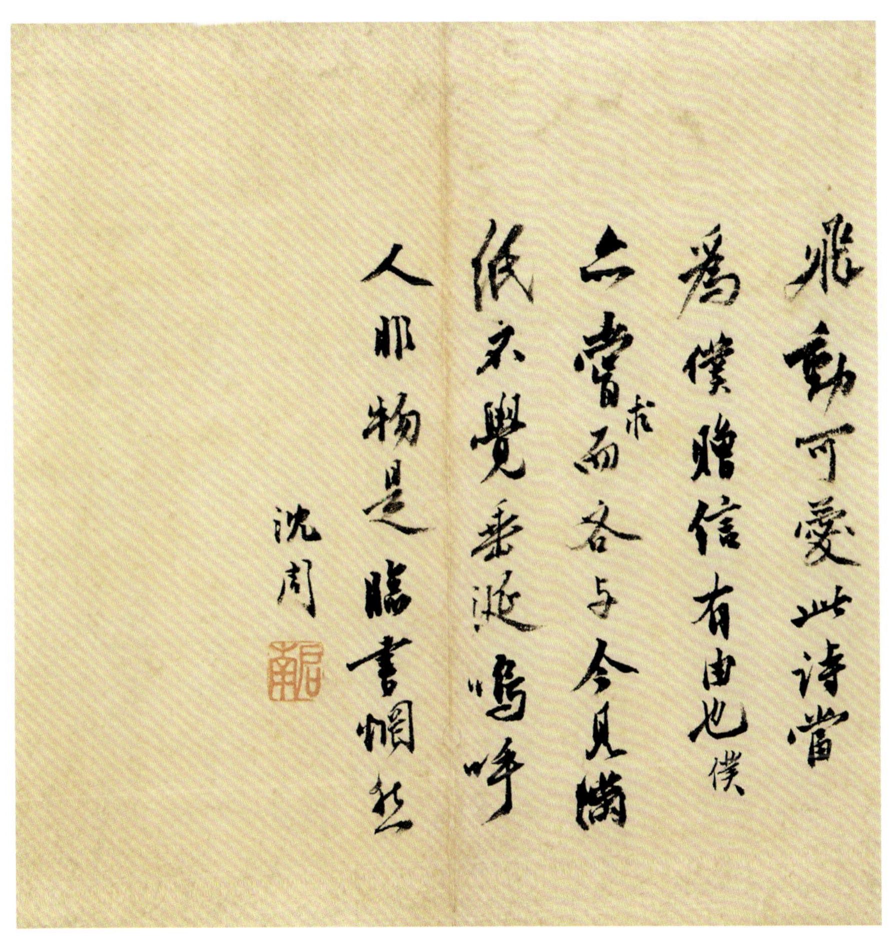

一二四　行書觀大石聯句並跋冊　明　李應禎、吳寬、沈周　（之一三）

人間此日六月六獨臥北窗迤
暑游趨來手校百家書種
樹新編存舊籙今朝推竹
雲最宜況是深之雨初足城
西佛寺許見分墾往气之
誰待侶泥塗十里何遽之健
步携笻驅雨僕蟄林夏半
發葉稱新笋織之簀塚
玉雨餘蒸砌更傍尋土潤
長鏡還易勵入門便作
摩戛聲一眼中遂有簧
簣谷連年生意殊寒之
淨掃虛庭無寸蓋此君

欲忘味一任達毛并脫粟長
慶詩中紀似賢白傅名言斯
實錄敢依尋常末者
選次下堂踖蹐慄平生求
友益者交勁節虛心盡忠
告豈學清狂倚阮徒散髮
唇之用醒醐困懷舊隱澗
小園一笛茆亭四圍綠坡
儼為我製詩藏楣上分明
揚醫俗扁鵲往閒藥力神
平居肯費黃金贖醉眠歌
枕石床危放步戍節菩徑
曲中林憤玄倭憒來鳥獸
相忌先驚觸場開町畽伏

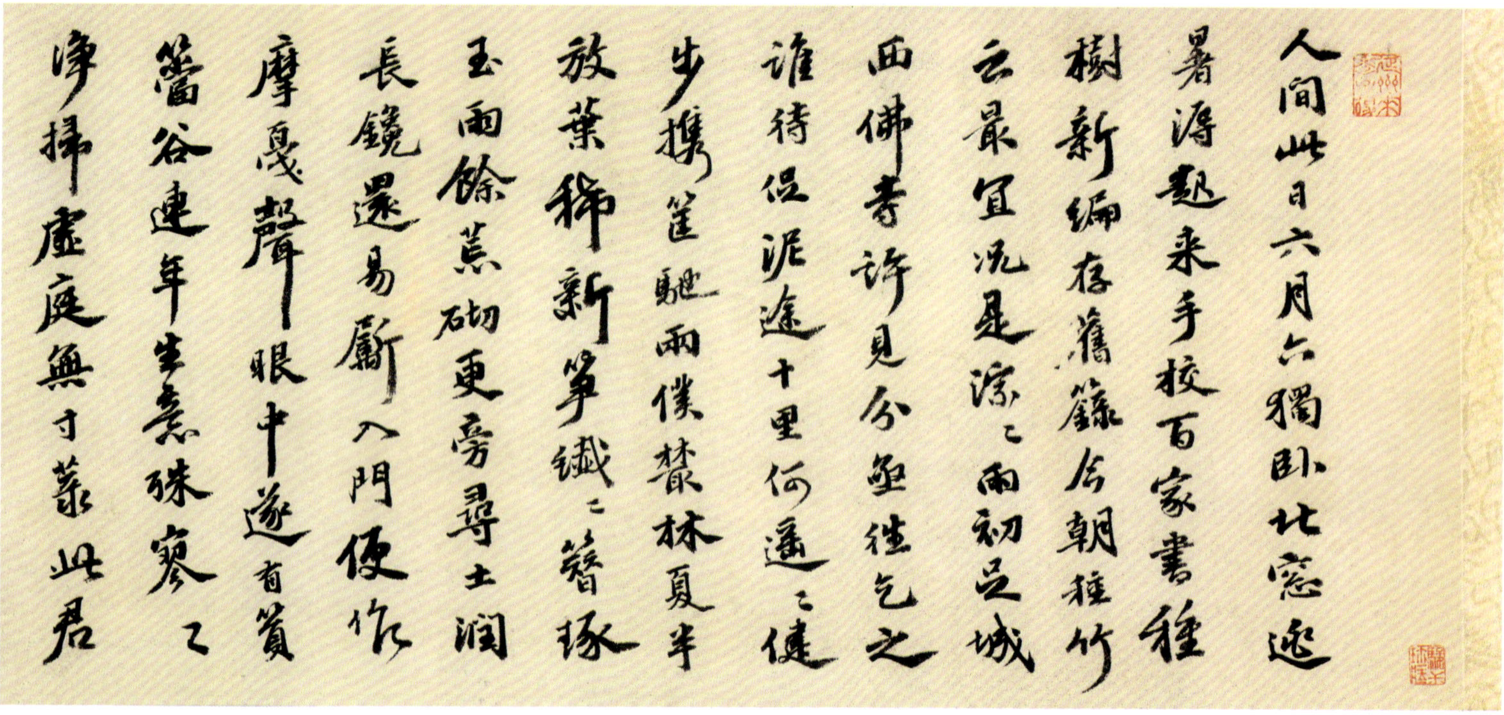

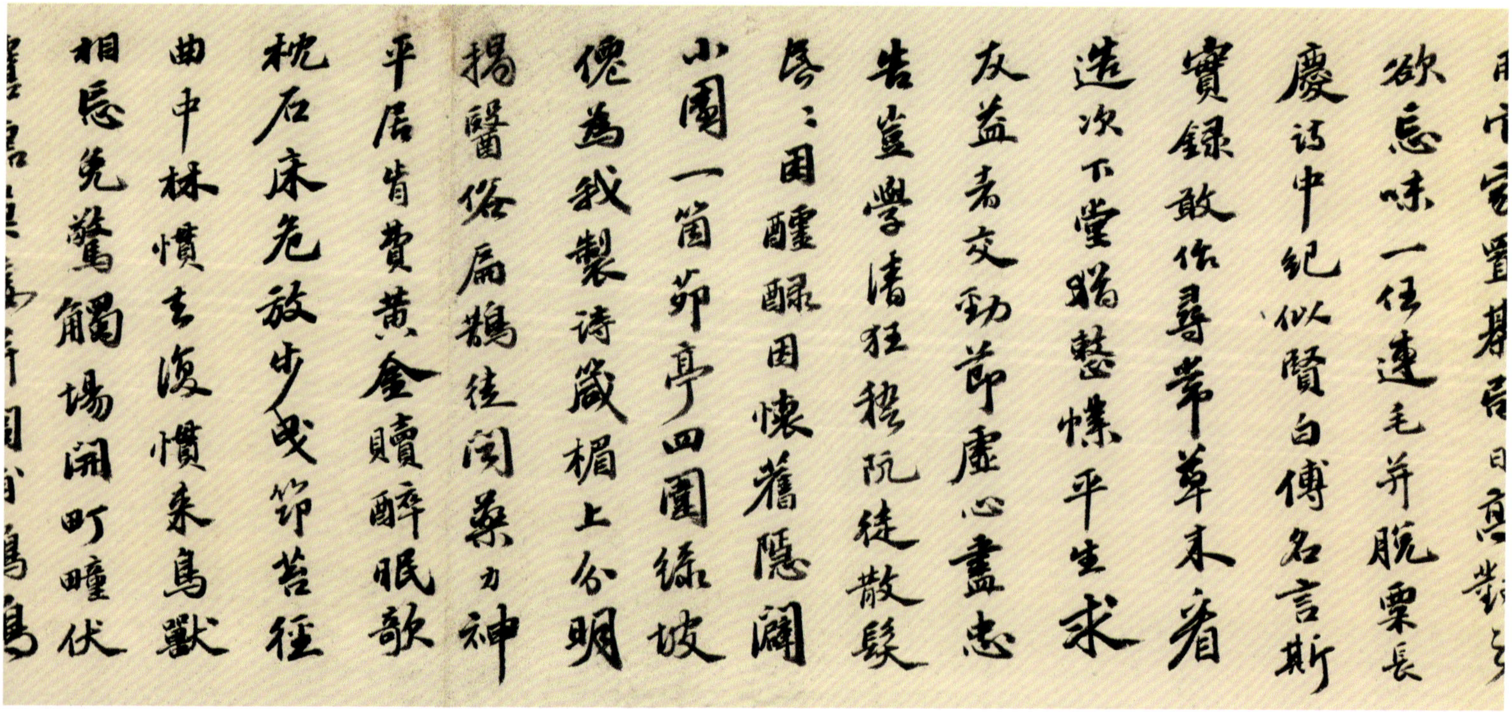

一二五 行書種竹詩卷 明 吳寬（之一、之二）

掃塵庭無寸草山君
与我多宿緣不鄙閒官收
臨辱長身婿氏六華夜
骨稜〻鏡〻一乘淺深拂寥
種如法更記南枝水頻沃
清風屢為拂緇塵何異
振衣新出浴脩然採勤
久參差墻下踈陰散朝旭
詞人墨客會登堂須作詩
壇建手纛素張語陋歌伐
檀多識名嘶收來薈青春
高宴桃李園尤恠謫僊錯
夜燭好來此地倒壺觴安
用它家置碁局日高對之
欲忘味一任遠毛并脱粟長

麞麛巢攙㮶桐哺鸜鵒
燕都再住又三年俗病無
瞽日憂篤北地高寒木易
凋難同吳越兼閩蜀不國
致此到吾廬信是此君多
眷屬春來雷動籜龍行
尚情地空身蹤踽鄰家
隙地半畝餘久矣棄為牛
馬牿迹來見售敷掃除歎
見踈槐蘿繁蓊古井西偏
棄壤平福種終當操畚
掬濟滄循行防旱乾雪天
障護逆寒緣瘠之如簣且
必包放出子竿恆吾欲

卿家舊例如可援小結
竹亭工自贊交游倘
識匏翁情昔去詩篇
煩再續

成化庚子夏予從城西護國寺
分竹六莖種之遂為和祖田作
此詩匏翁隱翁性好竹他日致
素卷求書卿為執筆時入
夜已深見頭侍立數刻燈
華、不成字也弘治甲寅
正月十七日匏翁書

翛然數君子蔚之俱

記處中草木有詩之
十六因竹為翁隱寫
不合種去田錄附之

次韻陳給事種竹

帶雨初移碧玉枝編成
萬个當疎籬細香漸
覺風吹際長影須看
月落時應與東鄰添
故事敢全射得新
詩名家醫句能援為
報給之此筆知

雨中對竹

一二五　行書種竹詩卷　明　吳寬（之三、之四）

翛然數君子旅旅俱
長身東家每借秀
步去不嫌頻移栽幸
許我已自前年春
自我得此華園
居豈爲貧但憂積
雨霽日曝少精神
終然勤灑溉拔葉
還如新因之快爲
學道勉在斯晨
記園中草木有詩二

雨中對竹
亂葉雖披風羽搖秋深
疏雨助蕭蕭韓門豪士
垂青幕空谷佳人
濕翠翻細影不浮當
叢酒醒音如送隔墻
簷塵庭莫道修寥
旅歲晚相依有雪蕉
五月十三日故園種竹
時舊竹俱已醫俗亭
之撤去擬別搆數椽允
之因復竹
東園不見綠紛紛二

東園不見綠紛紛
十餘年別此君健
儻荷鋤乘醉日老
夫攜枕欲眠雲盡
支散霜慘無恙
舊記猶存愧不文
擬向牆陰結伍屋
楣間題字是云之
竹
賦蒼翠桂堂前鏗
喬卷多惰竹胡為

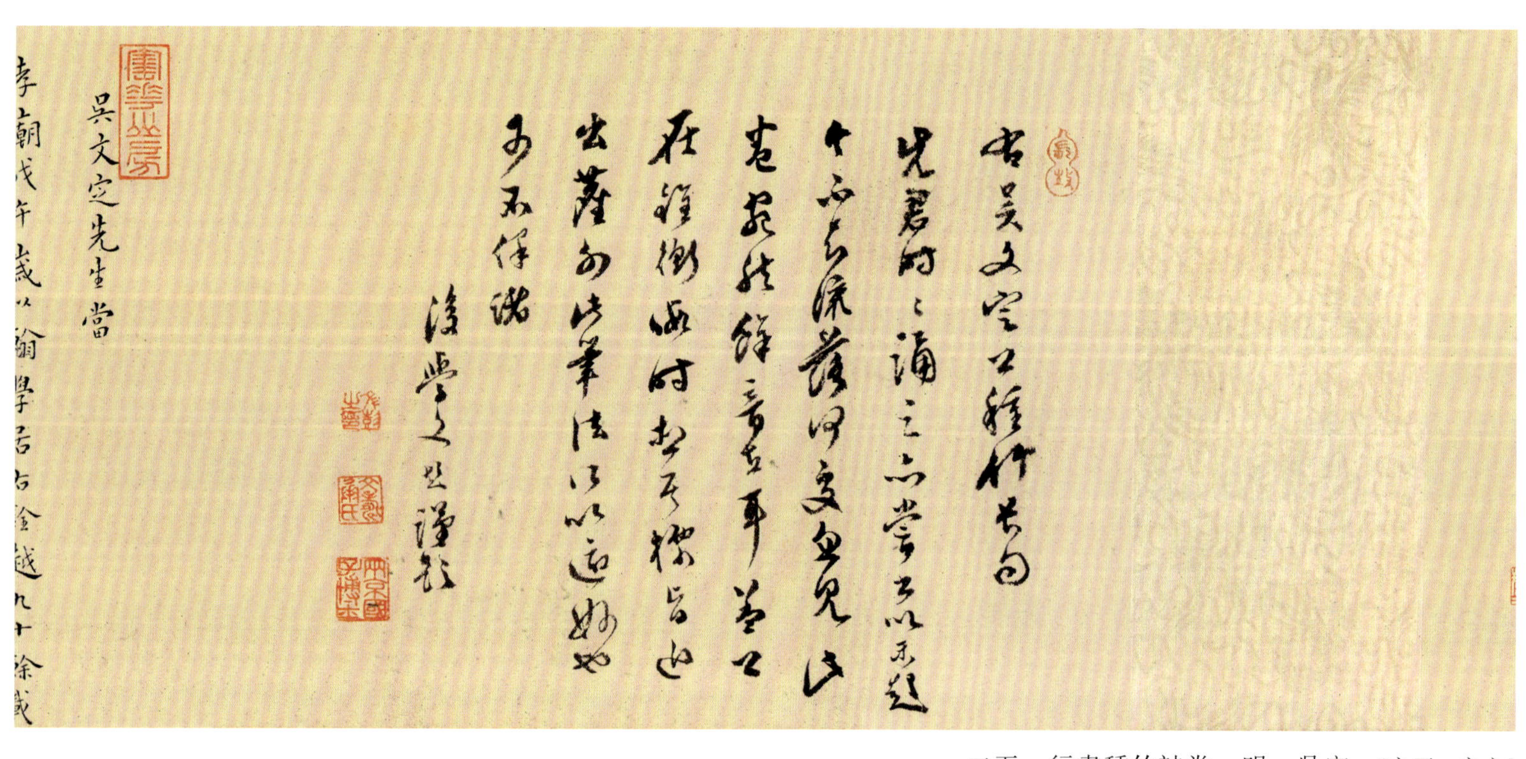

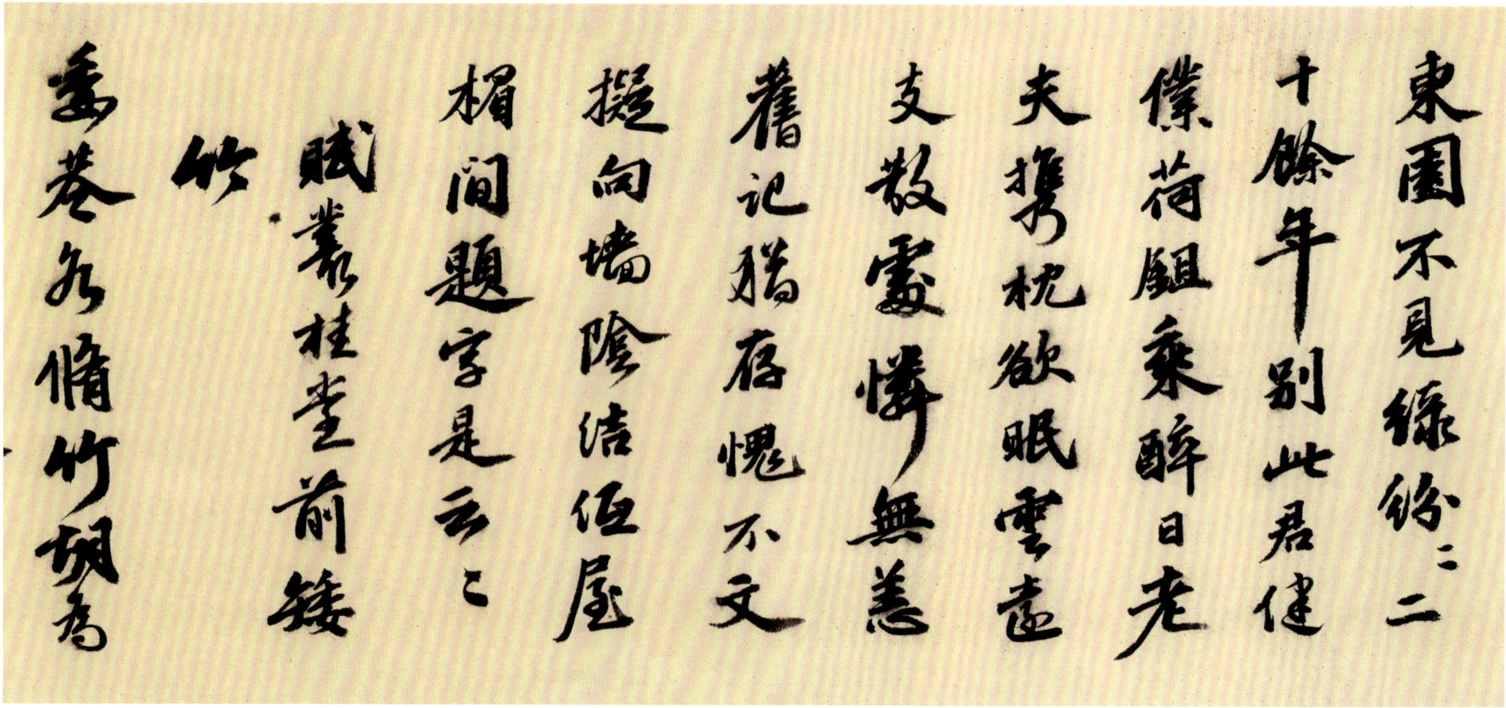

一二五　行書種竹詩卷　明　吳寬（之五、之六）

秀巻無脩竹頌為
不稱無空庭孤月
簌短影娟詩評
娟娜因風舞端
珊着地行仰
看松有人能結
歲寒盟

追稿後有此紙首尾餘文
録歸之戊午秋左吏部
右廂記艿菴

孝廟戊午歲以翰學君右銓越九十餘載
而不佞適以同里末學承乏于斯
太宰海豐楊公出　文定手書種竹諸什
示余以　文定在右廂所書也筆態遒逸
得眉山風度詩更琅琅有戛擊金石聲
昔人以書法画竹以画竹法作書若此卷又
兼二義于詩奇矣然　文定以右廂多暇得
揮灑翰墨固宜
太宰公總攬衡鏡不遑吐握乃獨以道素
自居簡要涖事五六年來乎允畫一銓法
肅清　公左圖右書時時披詠脩然有物
外之致設　文定居此又未知能如　公不余
俯仰今昔感愧不及聊書此以識所遇之
偶云　時萬曆戊子冬十一月也
長洲後學徐顯卿

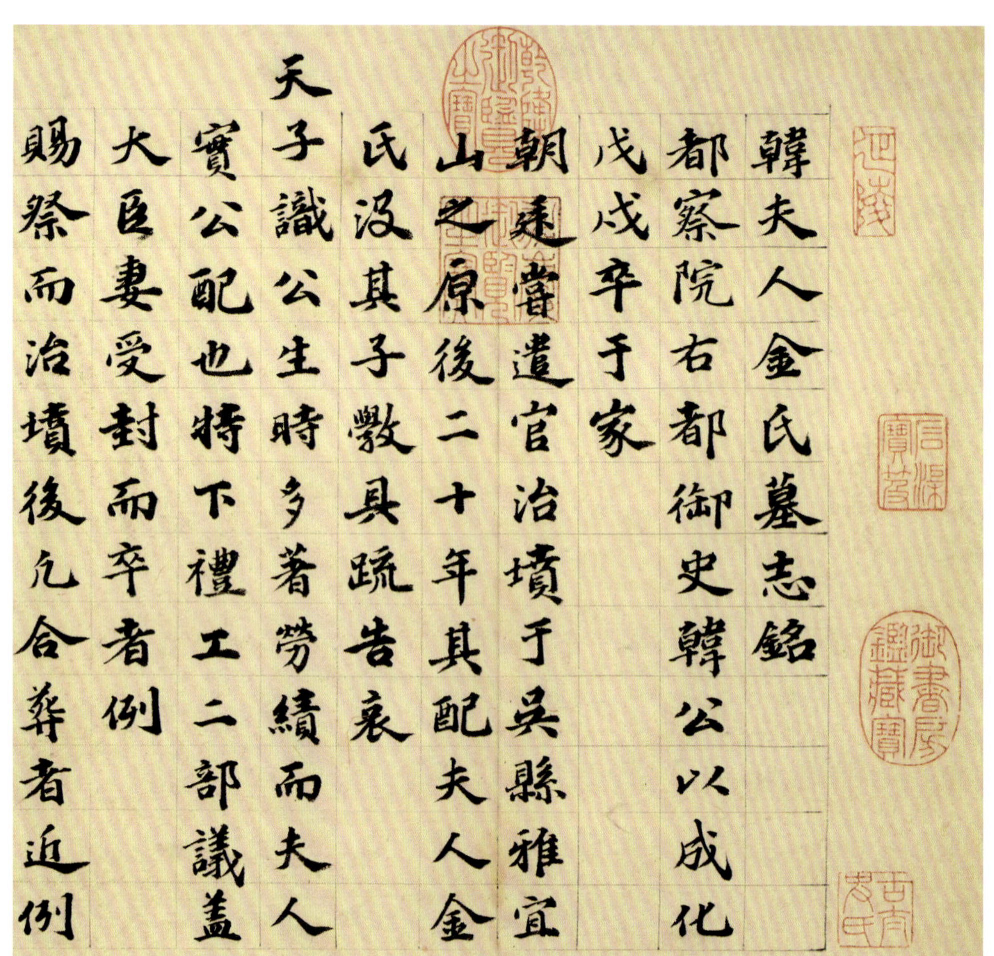

韓夫人金氏墓志銘
都察院右都御史韓公以成化
戊戌卒于家
朝廷嘗遣官治墳于吳縣雅宜
山之原後二十年其配夫人金
氏没其子數具疏告哀
天子識公生時多著勞績而夫人
實公配也特下禮工二部議蓋
大臣妻受封而卒者例
賜祭而治墳後凡合葬者近例

一二六　楷書韓夫人墓誌銘冊　明　吳寬（之一）

顧特令具家啓壙而有司無預
也至是工部以為非卹典意遂
從之數歸將與其先文圖葬事
來乞予銘惟都憲公為
國朝名臣其擇配必得其人之
稱者當其未貴時其先府君以
富民徙居京師生公初娶夫人
王氏早亡遺一子即文繼娶得
夫人夫人之先世為宛平人有
曰大和者豪俠人也娶魯氏生
夫人其弟某方為工部員外郎
与公有仕宦之好知夫人賢而

一二六　楷書韓夫人墓誌銘冊　明　吳寬（之二）

可配始娶之未幾公以監察御
史出巡江西夫人謂公曰長洲
故鄉也無第宅可居他日公何
所歸乎公以為然明年還過吳
中始卜居東城下而公竟歸老
于此公歷仕中外至長憲臺功
業烋然夫人亦從受封可謂富
貴矣然處之自如未嘗有矜喜
色中間公以直道忤人三被降
黜夫人亦不憂且時慰公曰公
心無愧造物者豈令公終在人
下耶已而皆驗夫人居家則奉

一二六　楷書韓夫人墓誌銘冊　明　吳寬　（之三）

舅姑以孝從行則事公以順公
性爽邁少暇輒具酒饌与賓佐
樂飲夫人治具畢獨以麤澹自
奉平居衣服亦無紈綺之麗人
不知其為命婦也及公致仕後
儉德益甚迨至寘居尤嚴於治
家僮奴輩帖帖無敢縱者當病
亟子婦請醫禱輒戒以有命則
使啓篋視之凡殮具無弗備者
可謂明達矣蓋年六十九而卒
其生宣德戊申八月二日卒于
弘治丙辰閏三月二十六日葬

一二六　楷書韓夫人墓誌銘冊　明　吳寬　（之四）

以戊午　月　日子男三
文先禄寺典簿娶吉安知府張
某女數工部司務娶浙江布政
司參議甯某女敵側室王氏出
娶安吉主簿朱某女女一適蘇
州衛指揮使謝瑛夫人出也孫
男三勲勤勳勲府學生女三曾
孫男四女三銘曰
憲臺恭〻維韓公江嶺植立功
尤崇夫人秉嬪婉德容受
恩錫彌榮則同閨閫內助嗟成
功倏歸于兹全厥躬

一二六　楷書韓夫人墓誌銘冊　明　吳寬　（之五）

帝命守臣爰啓封雅宜山氣俄鬱
慈女婦孰克榮始終子孫來視
當無窮　嘉議大夫吏部右
侍郎前史官里人吳寬撰

一二六　楷書韓夫人墓誌銘冊　明　吳寬　（之六）

碧甕泉清初八夜銅煙火暖自生春具區舟揮來何遠易歎旗槍淪定新妙理勿傳醒酒客佳名誰與生禪人游陽城裏無車馬至笑盧仝半飲塵

飲洞庭山悟道泉 匏翁

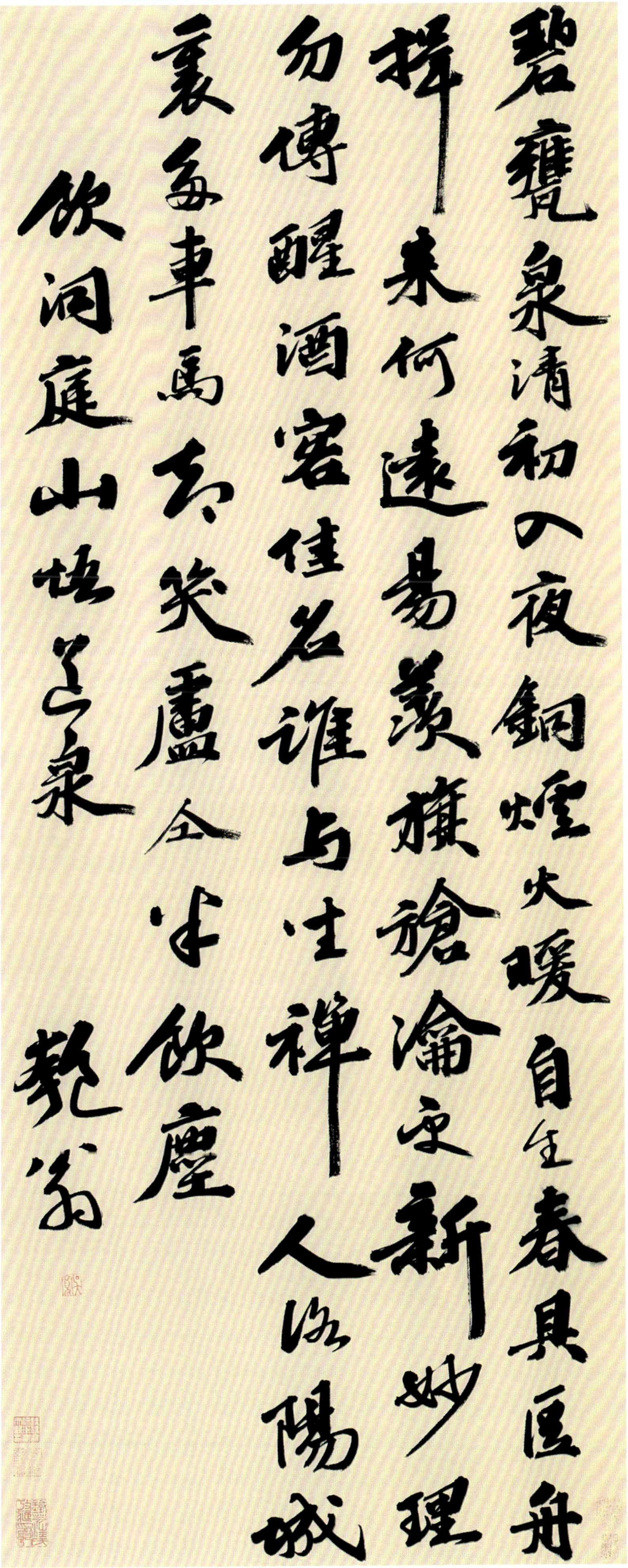

一二七　行書飲洞庭山悟道泉詩軸　明　吳寬

南都之太卿赴太常樓船向何處直到石頭城下住江上人迎訪故廬當齋我憶

帶為清卿老我平生忝相知已不得泛附舟尾宓駐初沾燕子涇附張桃

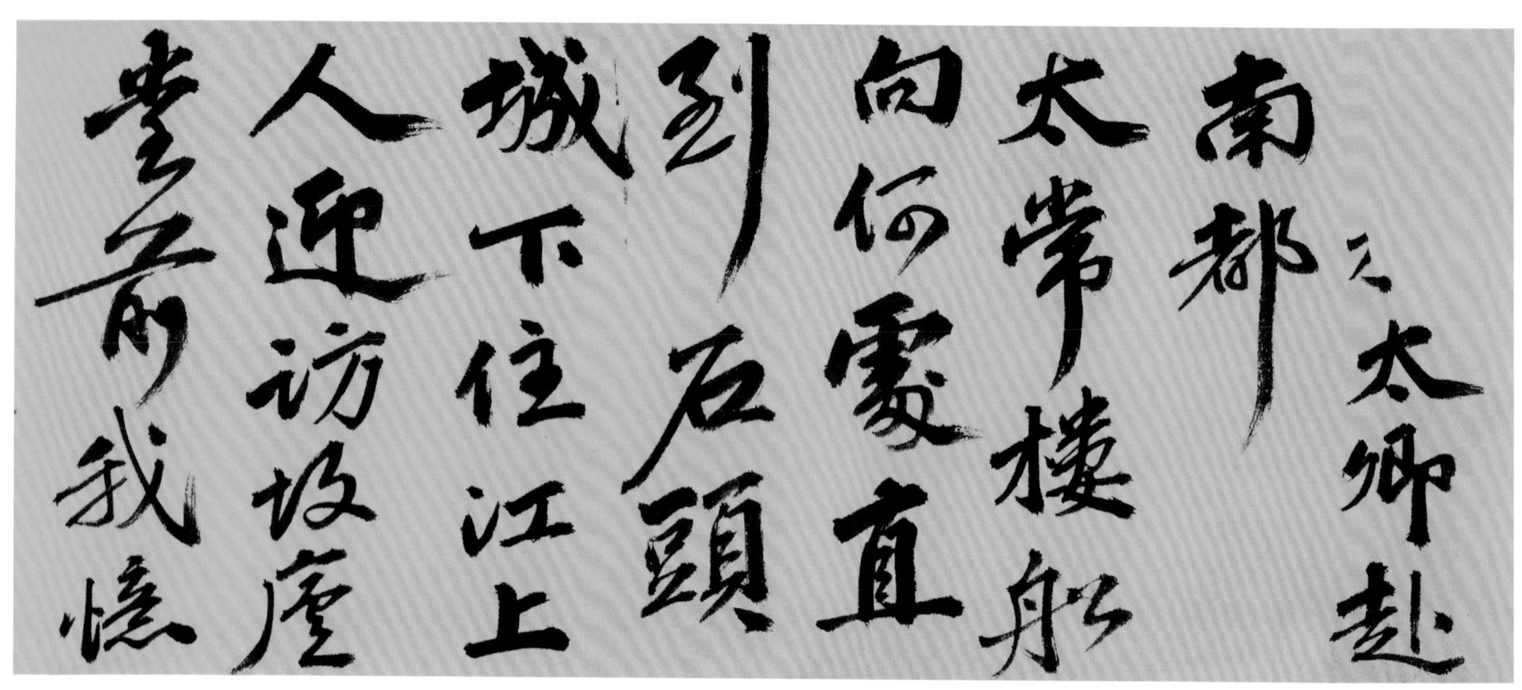

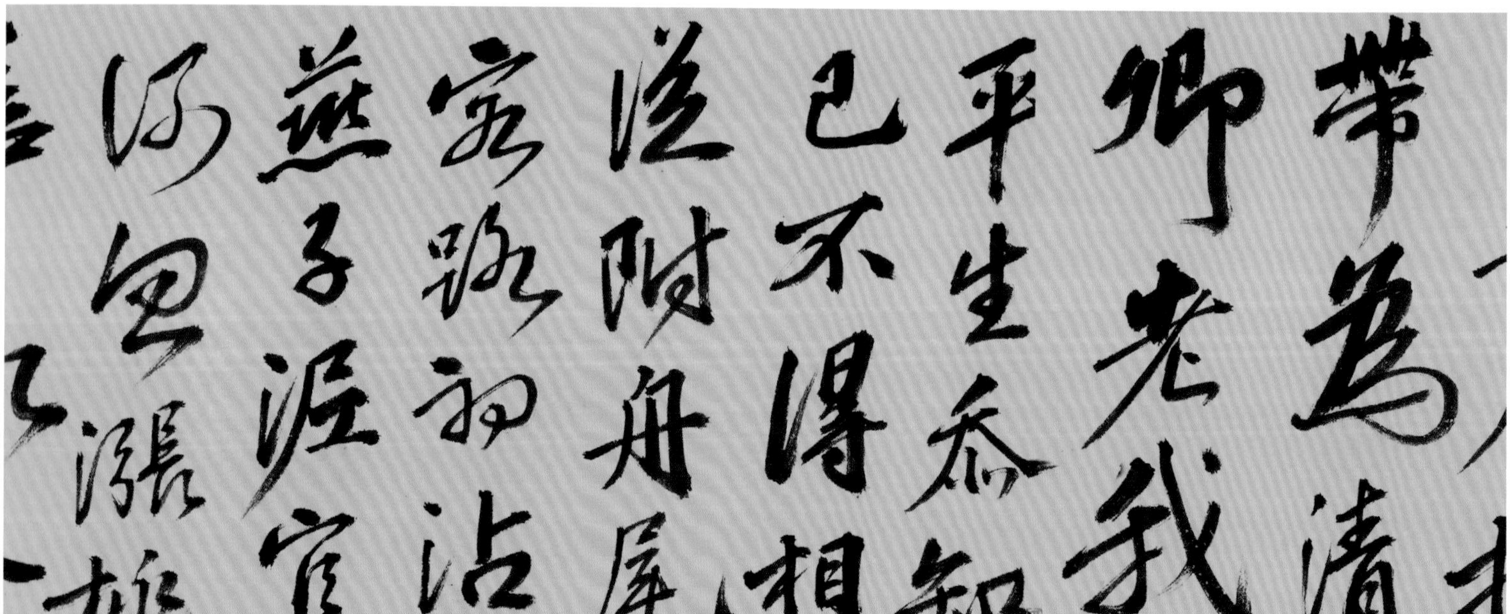

一二八　行書玉洞桃花詩卷　明　吳寬（之一、之二）

聆嘉樹南
人只愛江
南行江
南樂為無
宦情爭如
去家纔百
里黃金撲
帶為清

華水金
陵自古
帝王州高
臺依舊
鳳凰遊
知君到
日詩興發
佳句送人

一二八　行書玉洞桃花詩卷　明　吳寬（之三、之四）

翠倚西江千
仞高玉笋山
前子孫住一
溪流水漱雲
樹万根桃花
遮洞门落
紅滿硐漁舟
在宛然此地
武陵村里人

話山中人
少遲歸来
三百春如今
誰能福壽
域桃源只
入畫来真
新作二首
偶暇書之
范曾

記園中草木二十首

東園憶初購糞壤頻掃除牆下
古槐樹憔悴色不舒況遭眾
手折高枝且無復愛護至今
日濃陰接疊廬數步已仰視
傳栽鉅人如非藉此蔭庇誰
結幽亭居立為眾木長奴僕
待隱蔽陰成客能坐七年日
姑我種三榆近東亭之左面
長漸萬家葉已交鏤生錢聞
可厭貧者當果蔬甚一息憤
悼嚙腹緣蟻螺持斧欲伐之
材未中舟舵藤蔓方附麗不
肯用駿 榆
伐亦負吾古人無棄物守園

　　　槿與榆槐

柏芳渡岳鈴幸水雨石間自在
金餘齡古槐雖老大秋到已
凋零閣堂霜雪冷見此獨
青々　　　檜柏
南方編短籬木槿每當絲
少為貴翻編短籬護要知一
物小貴賤以地故夏未蕊累
生意含曉露花開可觀別
少見萱草花開似朝菅
不棄蕊當固應外此理真自惜
　　　　　　　　　　　槿
園亭盆花開已巧相競都下
朝々板市此為盛我獨解
甚縛亭板遂其性參差花更
繁緋綠錯相映名名已蒙
　　　　　　　　　　榴
依然如君子藹々俱長兒東家西
借看少吝不嫌頻移栽幸許我

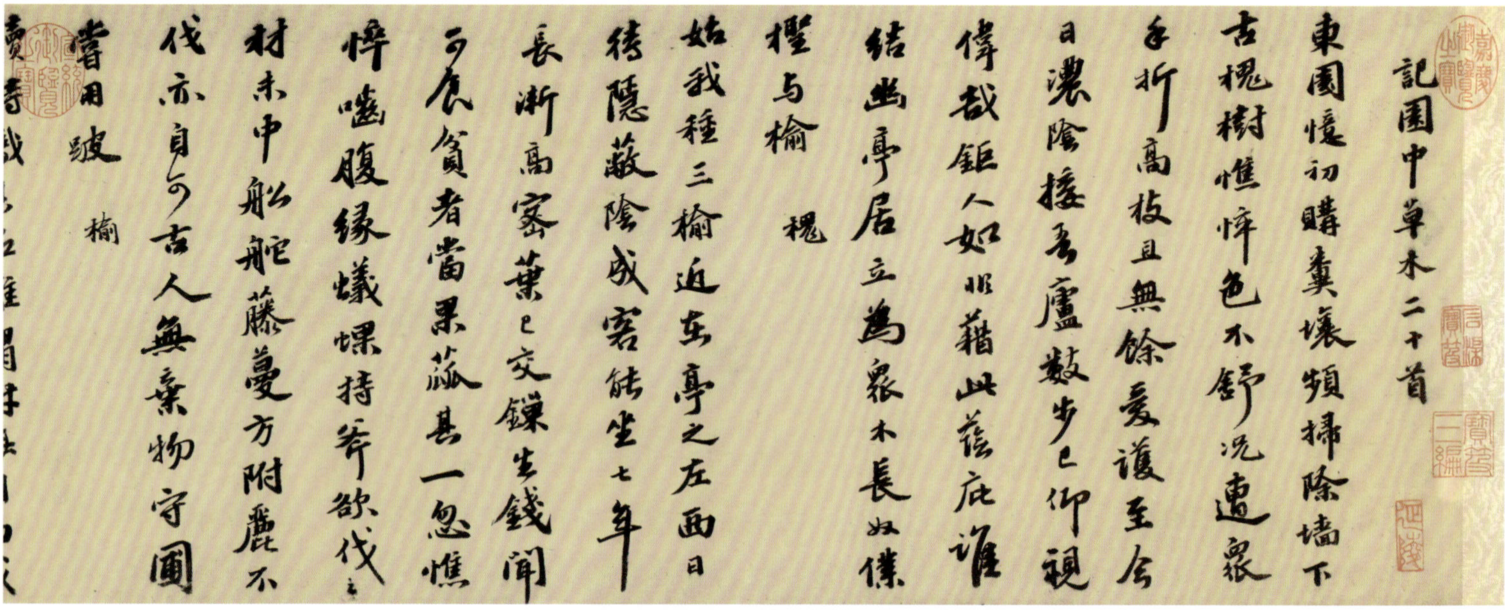

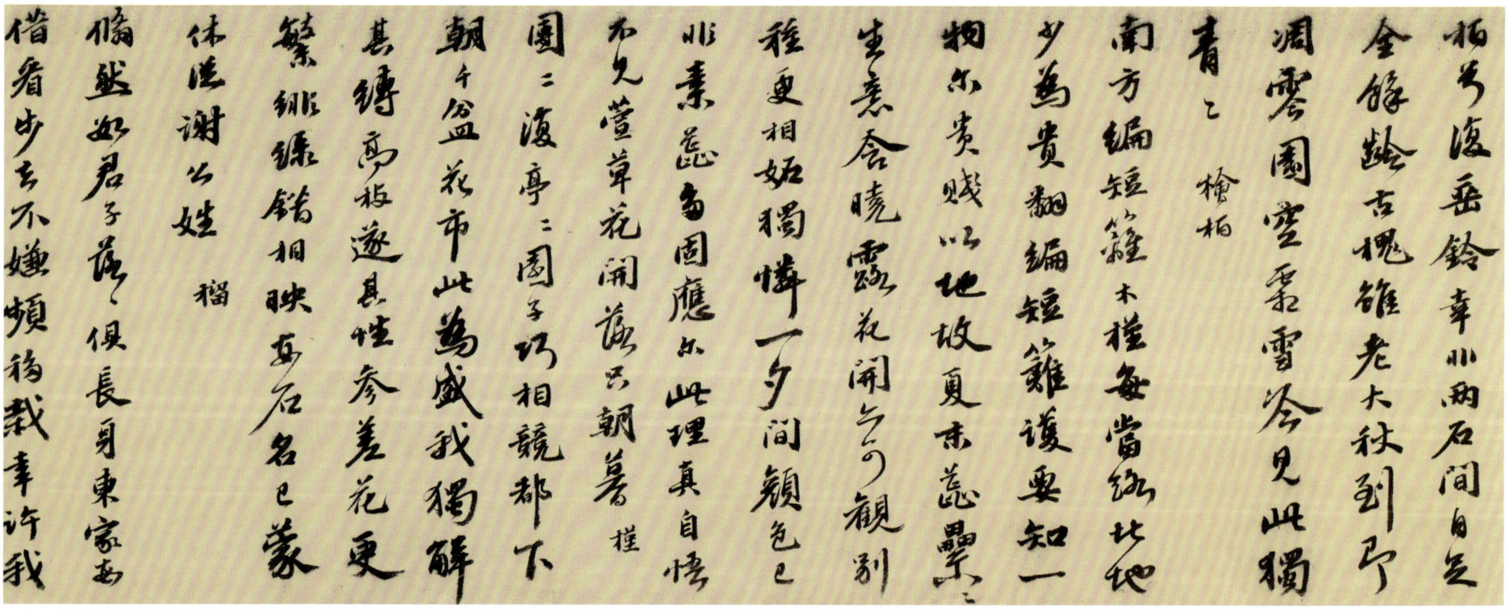

一二九　行書記園中草木詩卷　明　吳寬（之一、之二）

讀詩識其名誰謂材無用西戎
每度河此木能載重所以人字
之豈在作梁棟兩株倚東籬計
六七年種相對垂青綠蔭地
未二仲 檉
蕉園之佳果棗樹八九株纂〃
争結實大率如枇杷此種味
甘脆南方之所無日炙色漸赤
兒童已窺覦剝擊盈斗斛
舍或采須簽知寶之良何須種
種榆此木性耐旱地宜土不濕所
以齊魯間斬伐充薪芻近後
得異種孽拳類人病曲木未分
惡性天付形軀良材節矯揉
不見筍與弧 桑
檜柏性相似安論不同形城南久
移植用以護幽亭檜色漸生粉
柏色後歲終幸小兩石間自足

借看步去不嫌頻移栽幸許我
已自前年春自我得此葉園
居豈為貪但愛積雨霽日暴
少精神終然勤灌溉枝葉還
如新因於悟為學黽勉在
斯晨 竹
花開不結實是謂香名枝頭
綴紫粟旖旎香非輕乃知博物
者名以香而或者樹相類惜
未南中行初栽只一窠肥壤
移爭萌分移坡園內不知把與
生經當問來使亦欲如淵
明 丁香
有樹吾不識人云馬檳榔〃
產南海結實因瘴鄉平生
聞其名豈亦如丁香白花細而
密實甘聊分嘗其葉與麻同
沃若澤且光麻馬音或譌欲

一二九　行書記園中草木詩卷　明　吳寬（之三、之四）

觀其書云鮮傾心識忠臣衛足
存古典作羹滋小家名同
亦須擷　葵

黃花隨緣葉雨過仍離披不
為杜老歎來是涼風時脂食
清自有香時來擷之不須
更買藥園丁是醫師　決明

花細山桂然階下不堪嗅野人
斷其根之長節應九苦節
不可貞服食可資壽甚功
利於病有害雖苦口錢乎
勿復種味苦和雜受嘗不
見甘苦百藥無不有　黃連

惟芥本菜類秋深擷而藏
此種乃野生已向春初長紫花
布滿地葉嫩亦堪嘗氣味
既不辛苦與芥同則北人
無不食木樨并草芒入盤

花仍稠日高見雜錄豈是
朝菌儔培葉得獨青不剖
則久收無限花卷誰與
送吏課　牽牛

江湖渺無極孫生皆蒲蘆
本水濱物久植平陸無豬
根仍種此漥澤土不污瑕
擷思循地蔓蔓為蔬葉白
花可為紫玉繇作人採無
當風雨夕篇之亦江湖究
此病無過物人共形吟詩
能發陶奧山亡為思為題　茭

夏日在告賦此以遣病懷
弟臣過訪園居偶談及之因
請錄一過亦為識草木之義
也純翁

江左之賢寔惟安石
高臥東山累辭徵辟
出為蒼生茂揚聲實
談笑折奸從容勝敵
王室尊安厥功誰匹
簪組蟬聯丰華後特
文武一門有光載藉
遺像儼然望示無斁

太傅之後子孫散處江東
西昆衆若新淦莒州謝氏
實其派系謝氏之良曰師
軾者讀書好禮家藏李伯

一三〇　隸書謝安像贊卷　明　徐蘭

軾舊讀書好禮家藏李伯
時所寫太傅像筆意精到
卷軸如新非嗣世之賢什
襲之謹能如是乎師軾閩
託其鄉親予邑令丁侯錬
持以求題故敬為之賛

成化十九年歲次癸
卯春二月之吉
榮祿大夫少保吏部
尚書兼
謹
身殿大學士致仕淳
安商輅賛
卯明徐蘭謹書

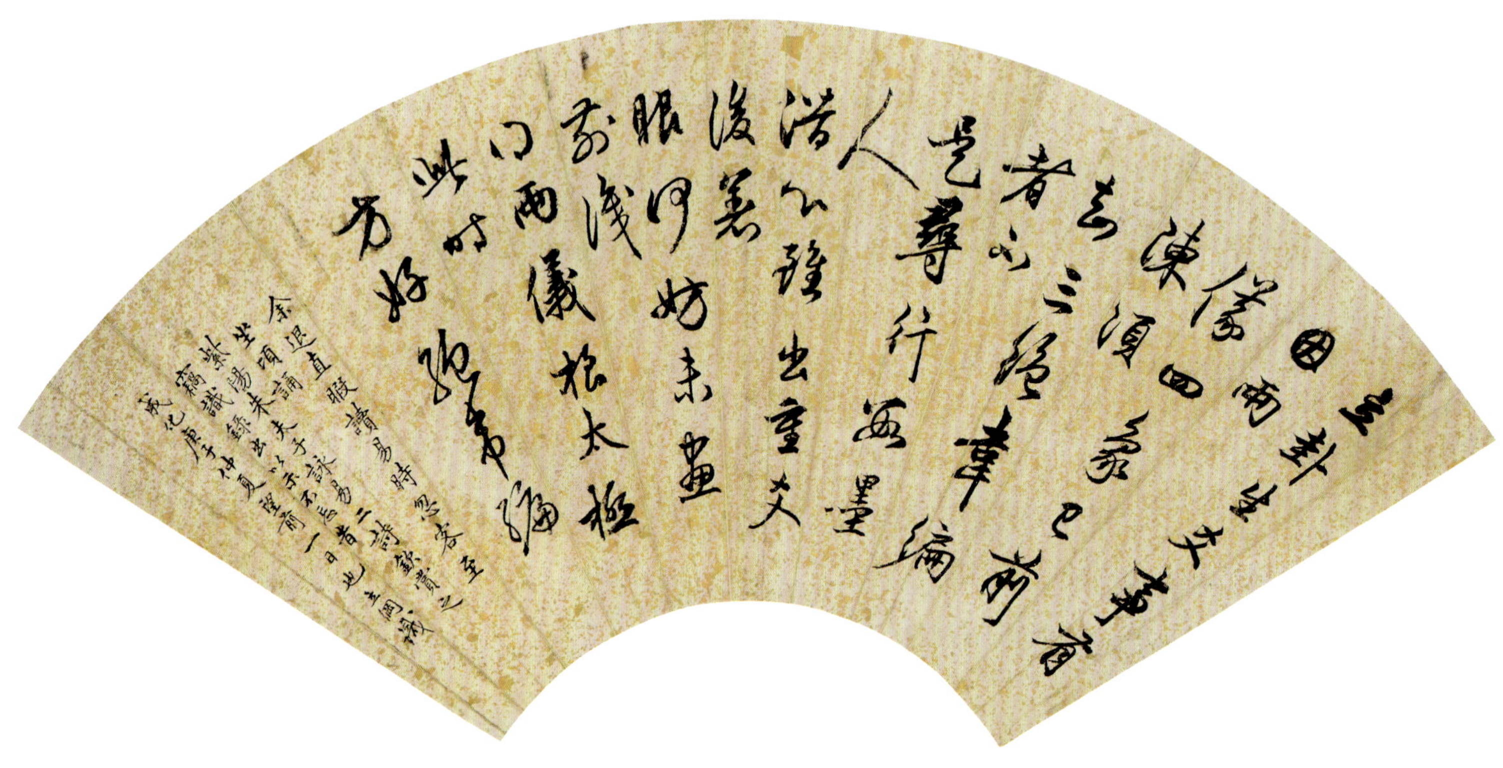

一三一　行書朱熹詠易詩扇　明　姜立綱

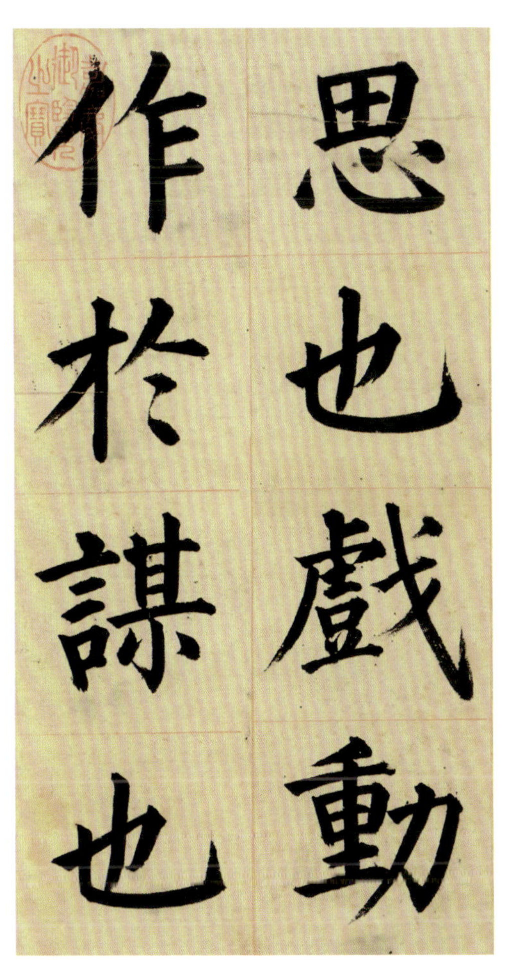
思也戲動
作於謀也

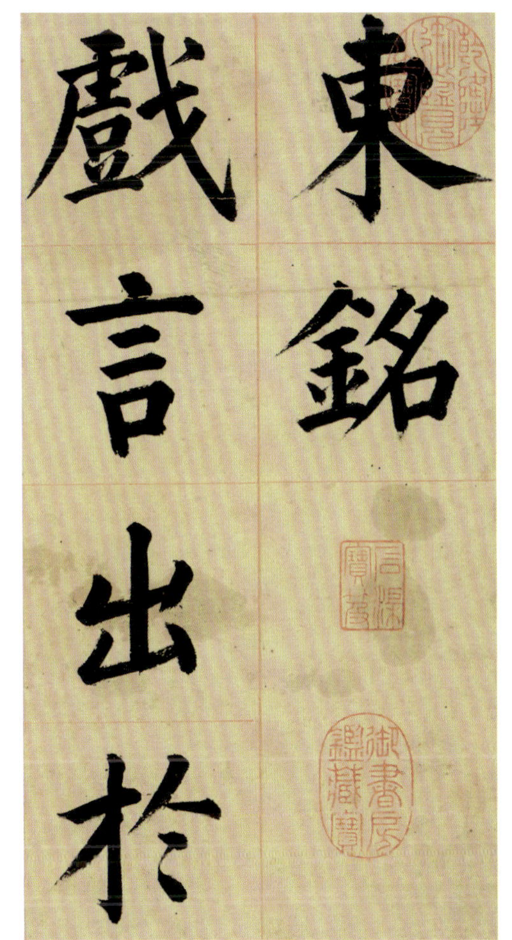
東銘
戲言出於

一三二　楷書東銘冊　明　姜立綱（之一）

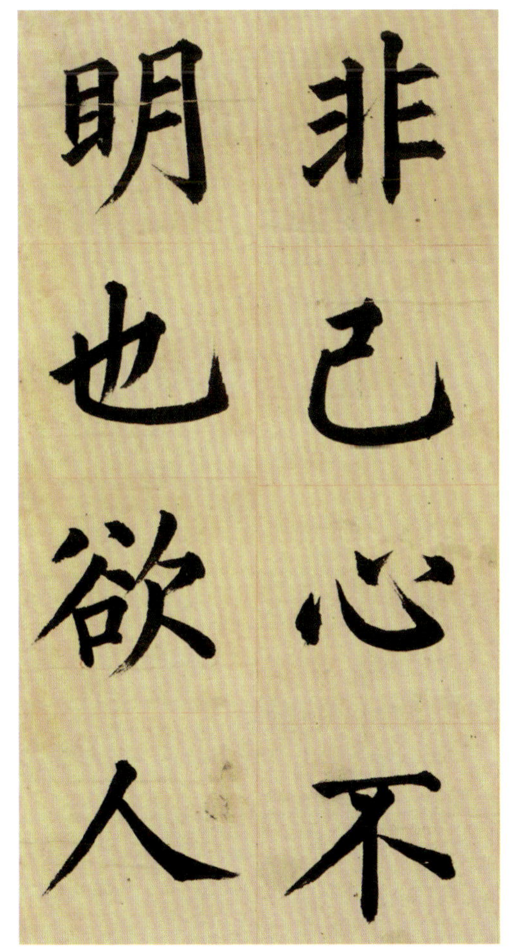
非己心不
明也欲人

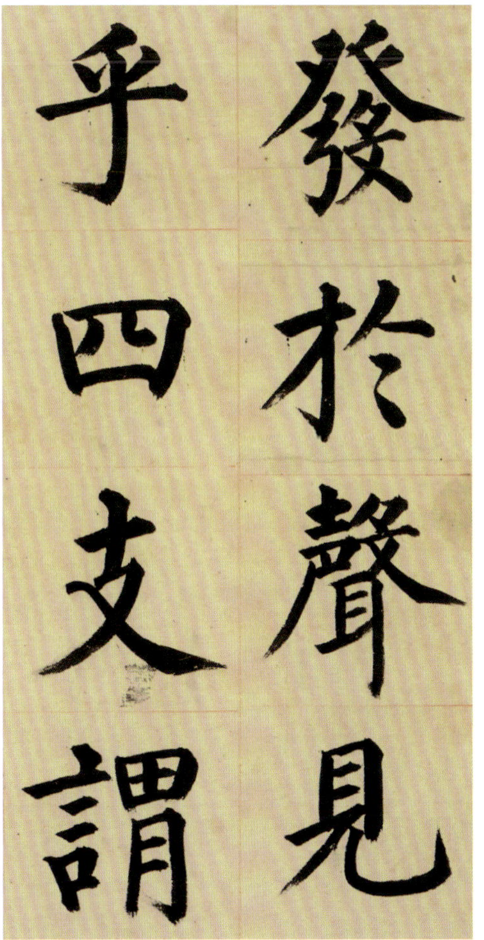
發於聲見
乎四支謂

一三二　楷書東銘冊　明　姜立綱（之二）

無己疑不
能也過言

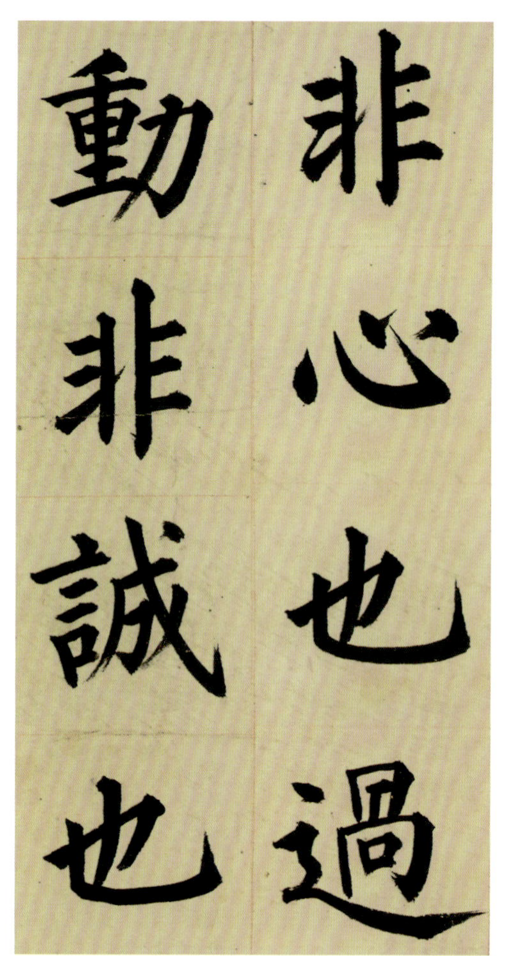
非心也過
動非誠也

一三二　楷書東銘冊　明　姜立綱　（之三）

失於聲繆
迷其四體
謂己當然
自誣也欲

一三二　楷書東銘冊　明　姜立綱　（之四）

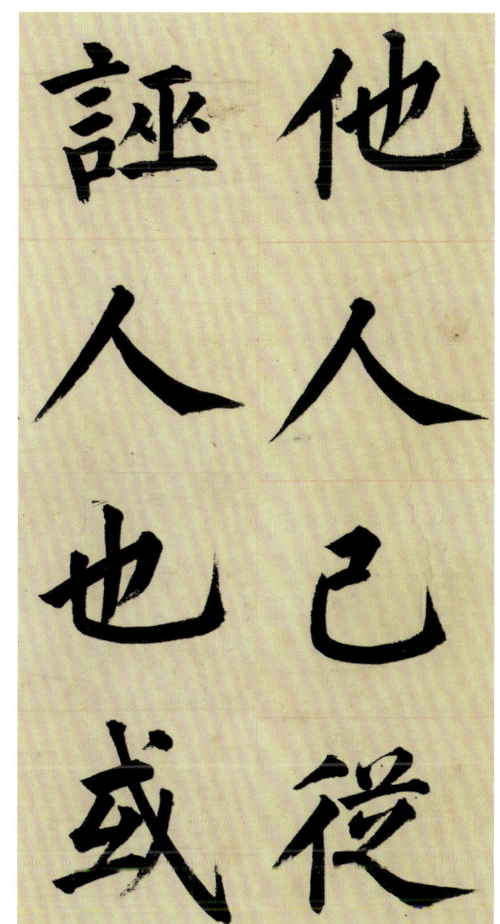
他人己從
誣人也或

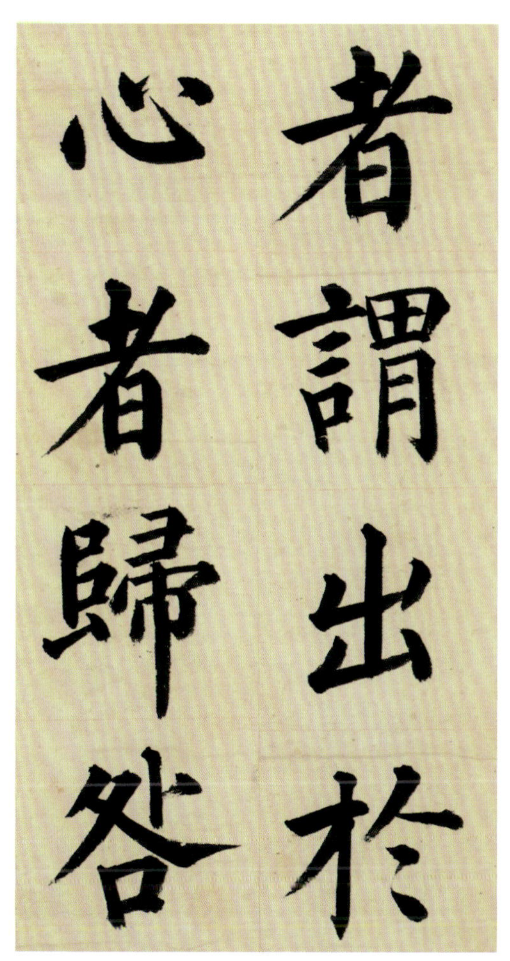
者謂出於
心者歸咎

一三二　楷書東銘冊　明　姜立綱（之五）

為己戲失
於思者自
誣為己誠
不知戒其

一三二　楷書東銘冊　明　姜立綱（之六）

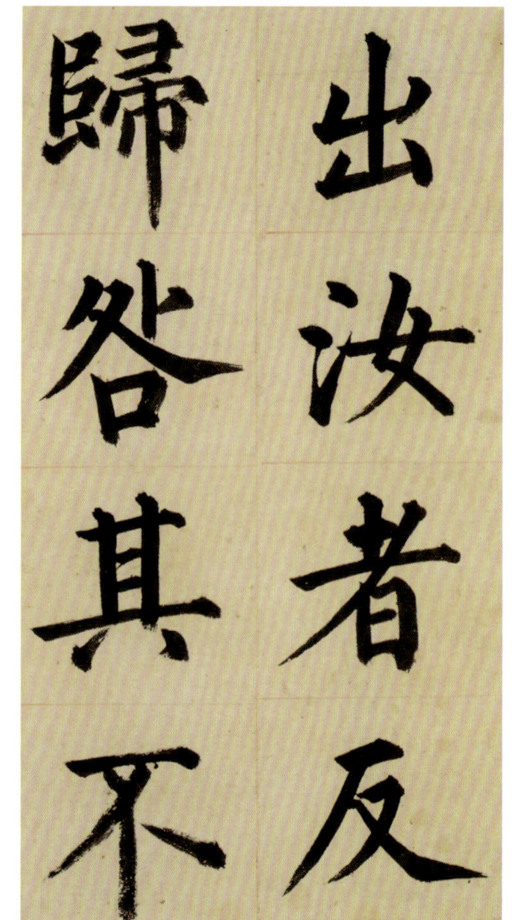

一三二　楷書東銘冊　明　姜立綱　（之七）

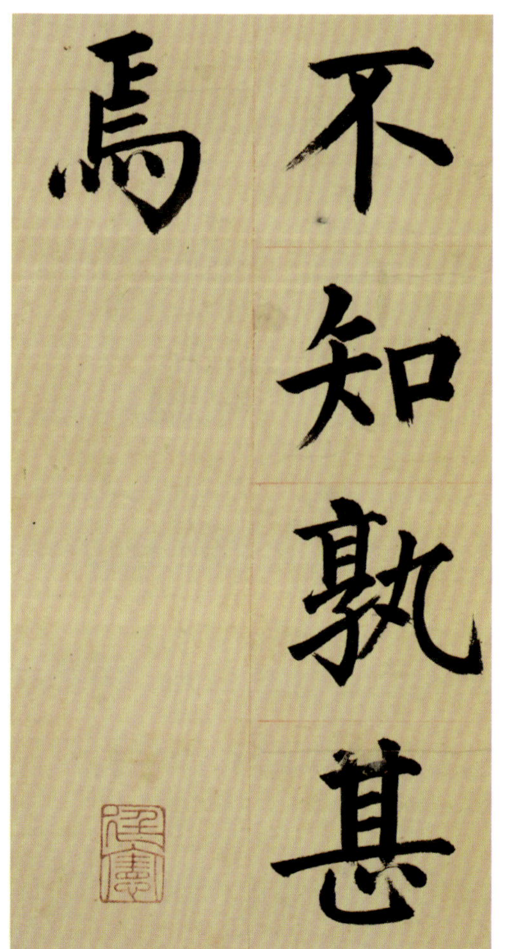

駙馬崔侙屏易與姜先生友善得親筆大小書若干
帖充勤攻習竟不能得其要後值余　西直同侍
皇上公餘之暇出此帖邀余視之余備道其美隨索余書
覽而駭詫謂其必獲真傳妙訣不然何太相似也余曉
以讀書作文有傳寫字無傳茲欲求相似何有而求其所
以相似者吾不可得而知山谷云世人要識蘭亭面欲換凡
骨無金丹是也　嘉靖乙卯立秋次日記東廬

一三二　楷書東銘冊　明　姜立綱　（之八）

名家文物冠羣倫□□芳
葉葉春累世相承應不膠
經分授更能親慶源自是昌
來襄
恩寵由來屬近臣聞說公侯元
有種爭看次第對
楓宸
山南六桂真絕倫森森環立
庭闈春過目經書即成誦接
人禮度何其親緣知家宰有
陰德竚見諸孫爲世臣明當
一一擢科去袍笏滿林朝
紫宸

永嘉姜立綱

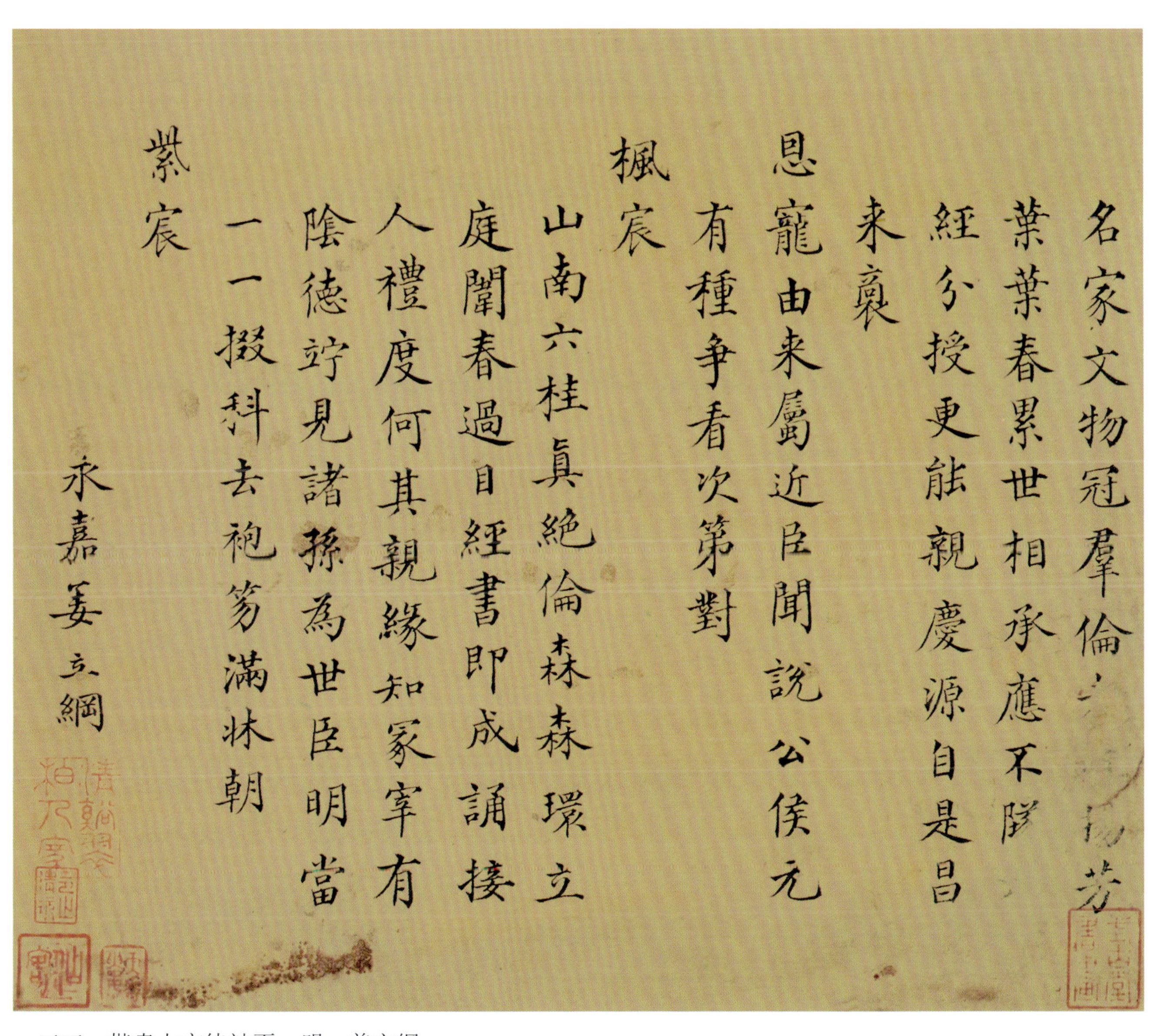

一三三　楷書七言律詩頁　明　姜立綱

一三四　草書贈廷韶詩軸　明　李東陽

一三五　行草書甘露寺七律詩軸　明　李東陽

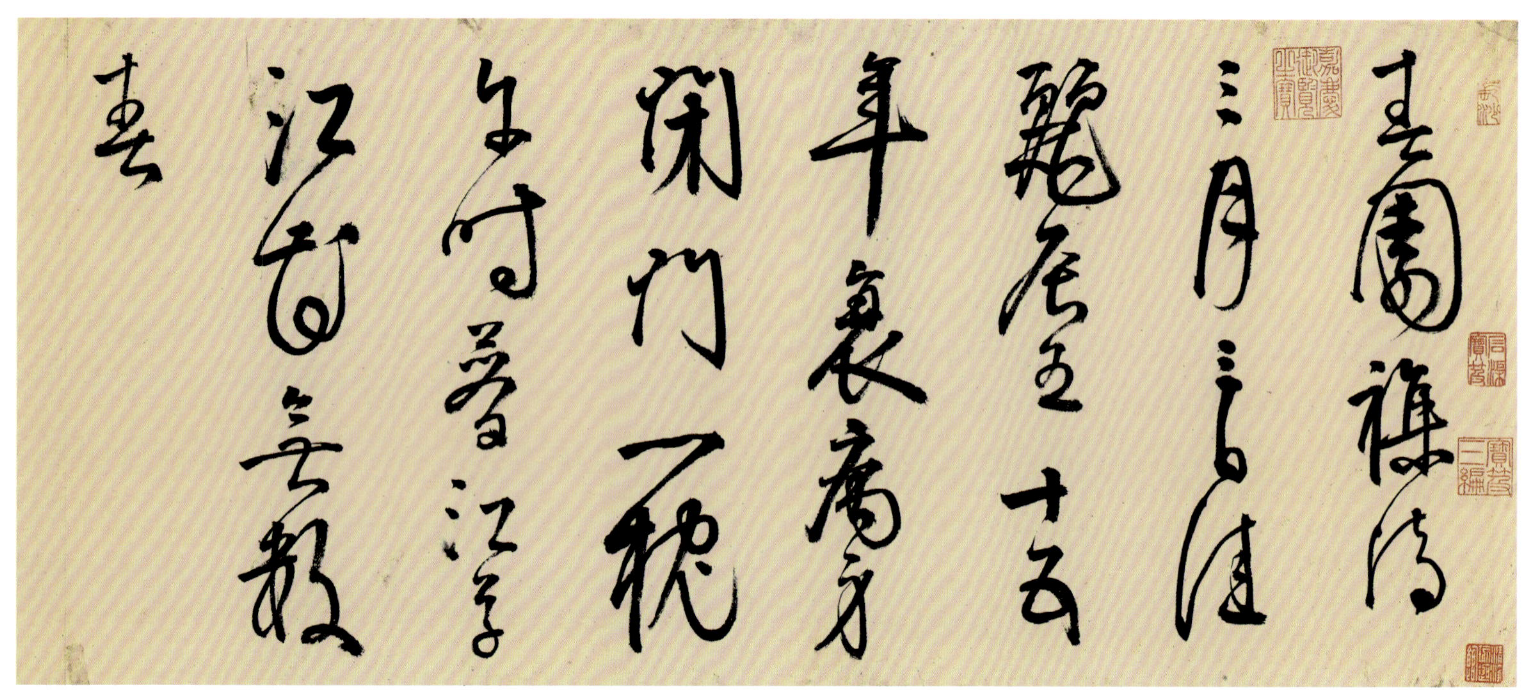

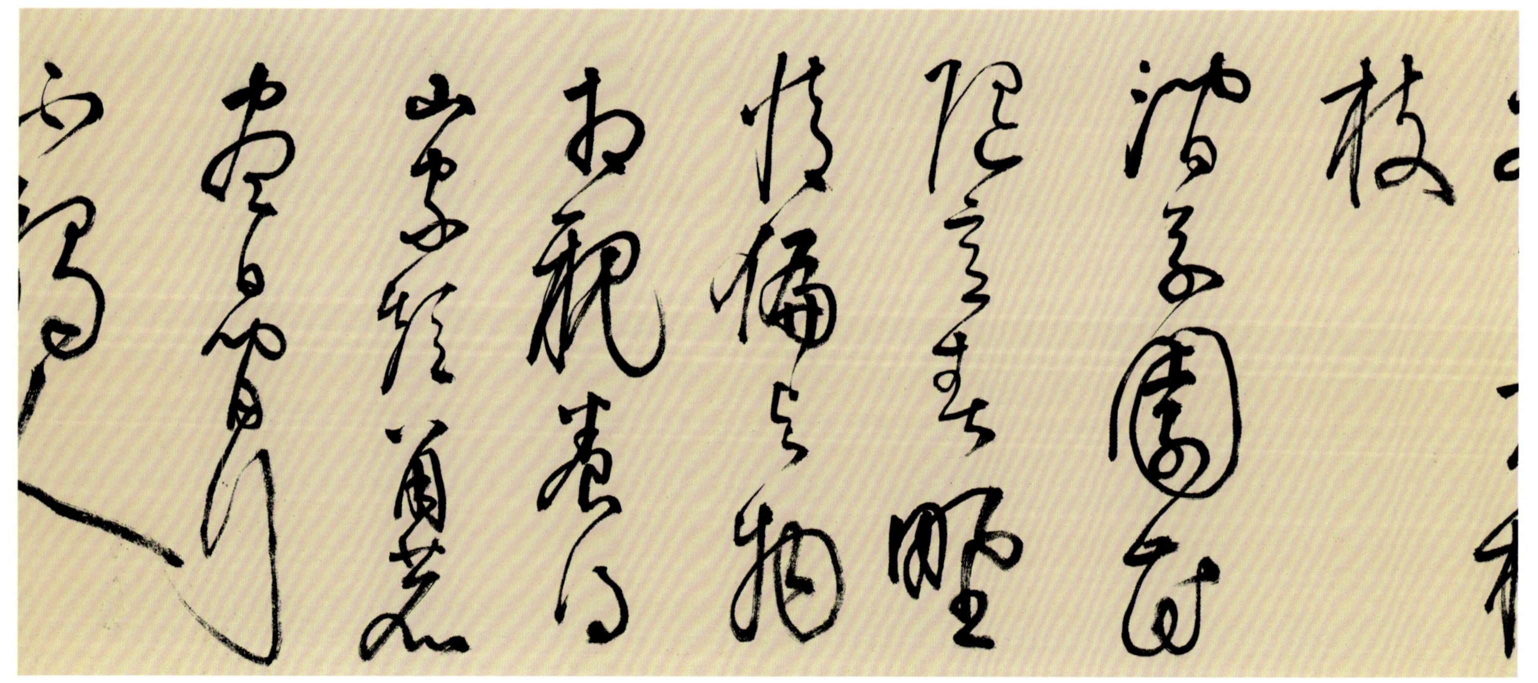

一三六　行草書春園雜詩卷　明　李東陽（之一、之二）

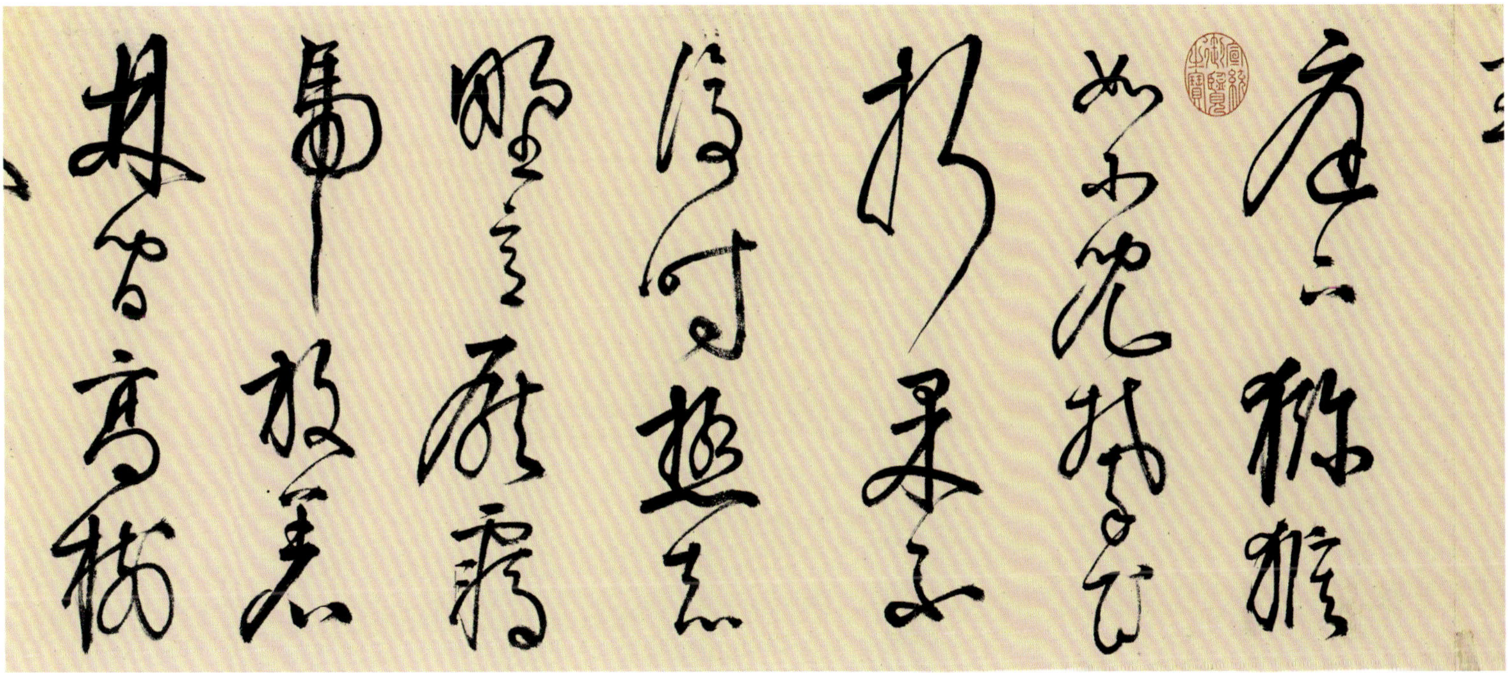

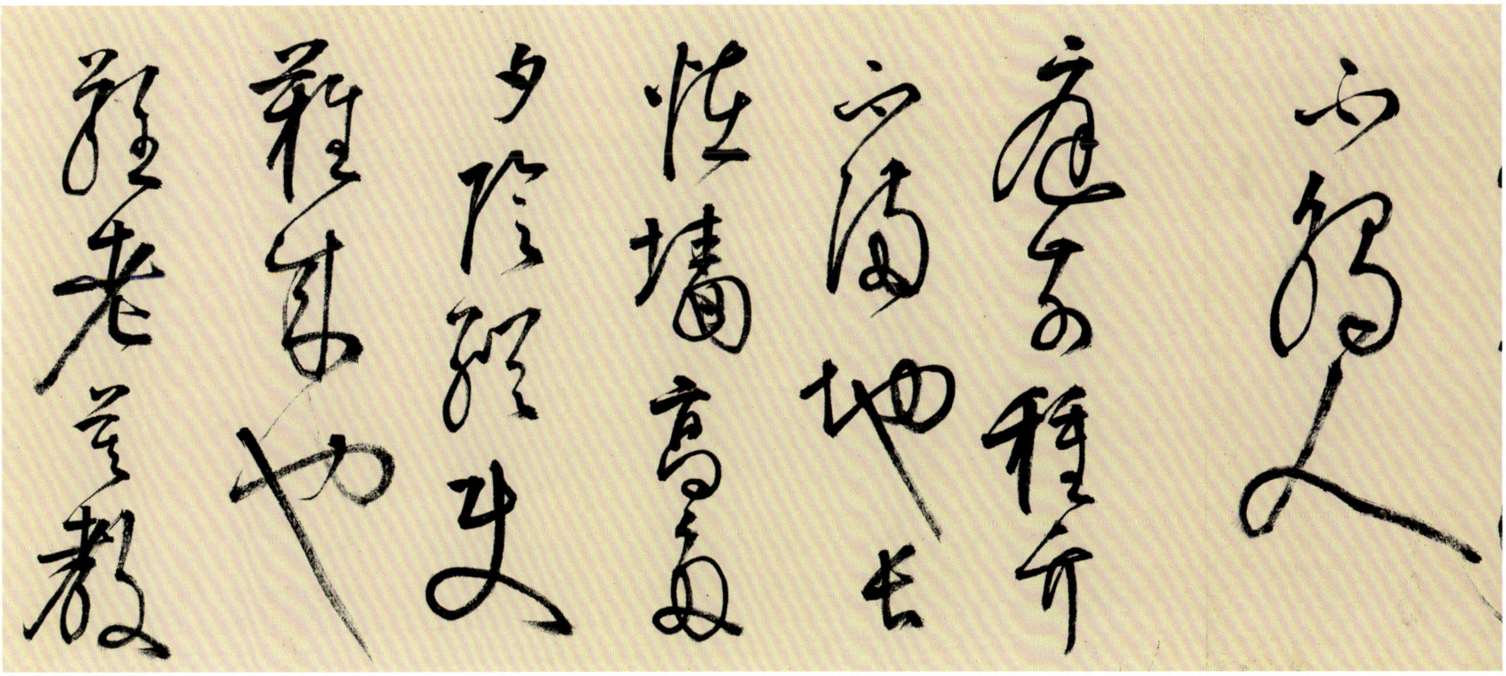

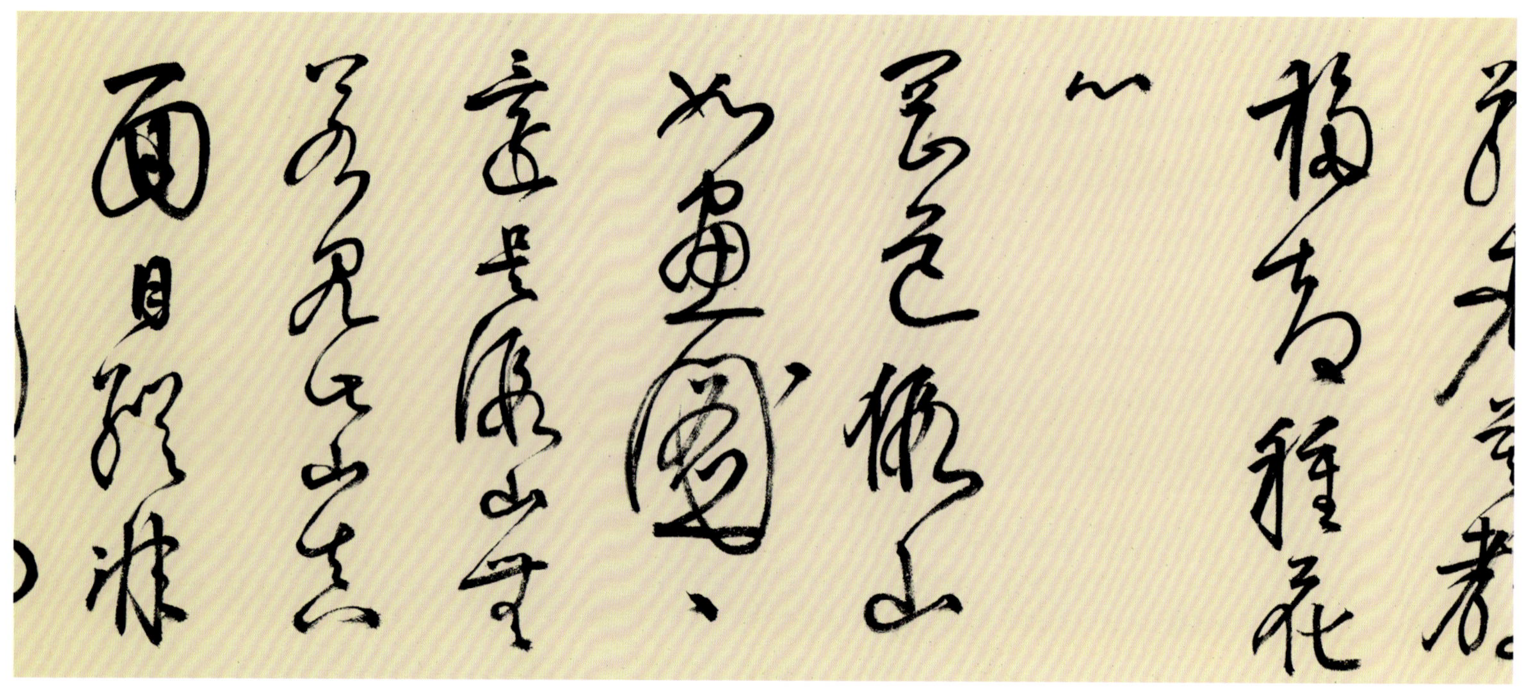

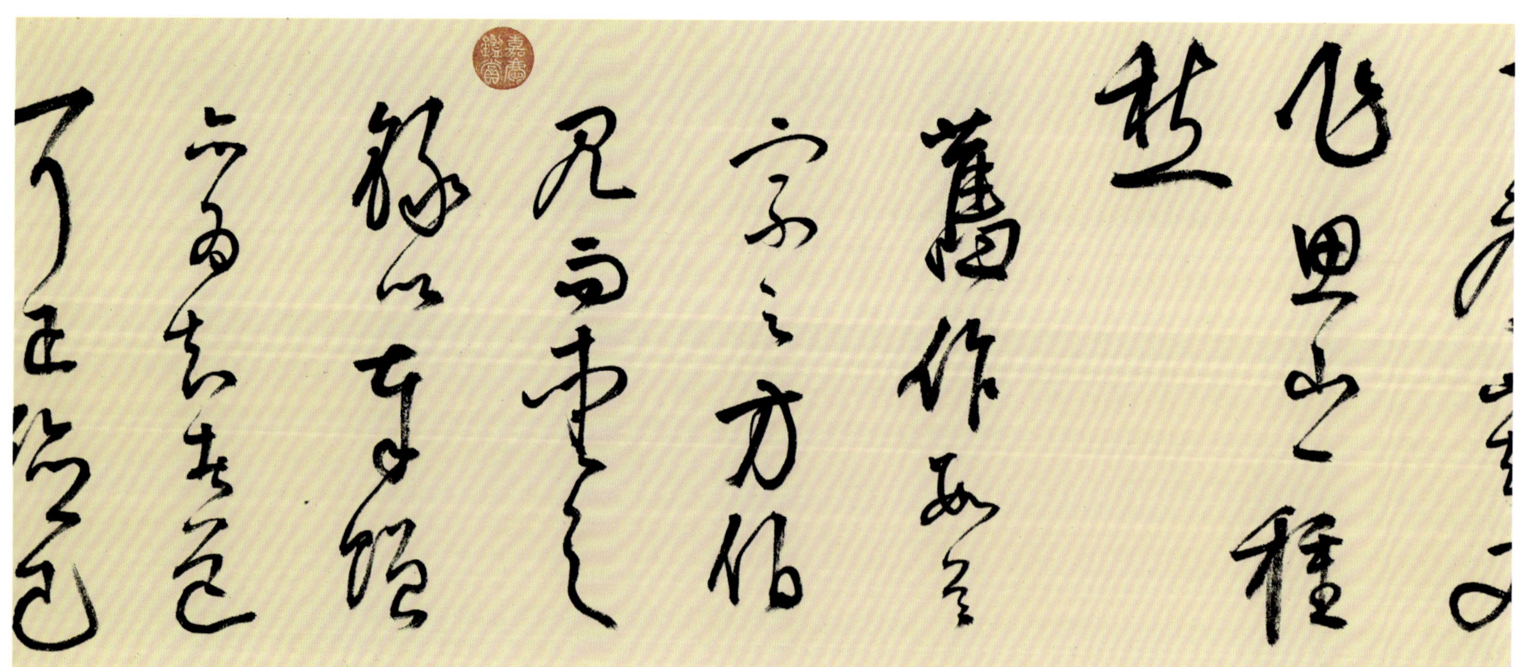

一三六　行草書春園雜詩卷　明　李東陽（之三、之四）

夜来三雪色
山高人樓
了正德已丑三月四日西涯

考杉初已三别经举雨珎爱物借赠以
致别意
蜀史张公得氏墨
於汉扼為衣枕独墨跡皎之玄名情之顾素
雨深爱三州
悵我
作相国光壬重壬卷因不為多赠玉博居
人间橋取不送以梅专委论佐之向歉學
悵杞
正德辛未仲秋青月雄卷居士陳鎬力疾挍
首濤

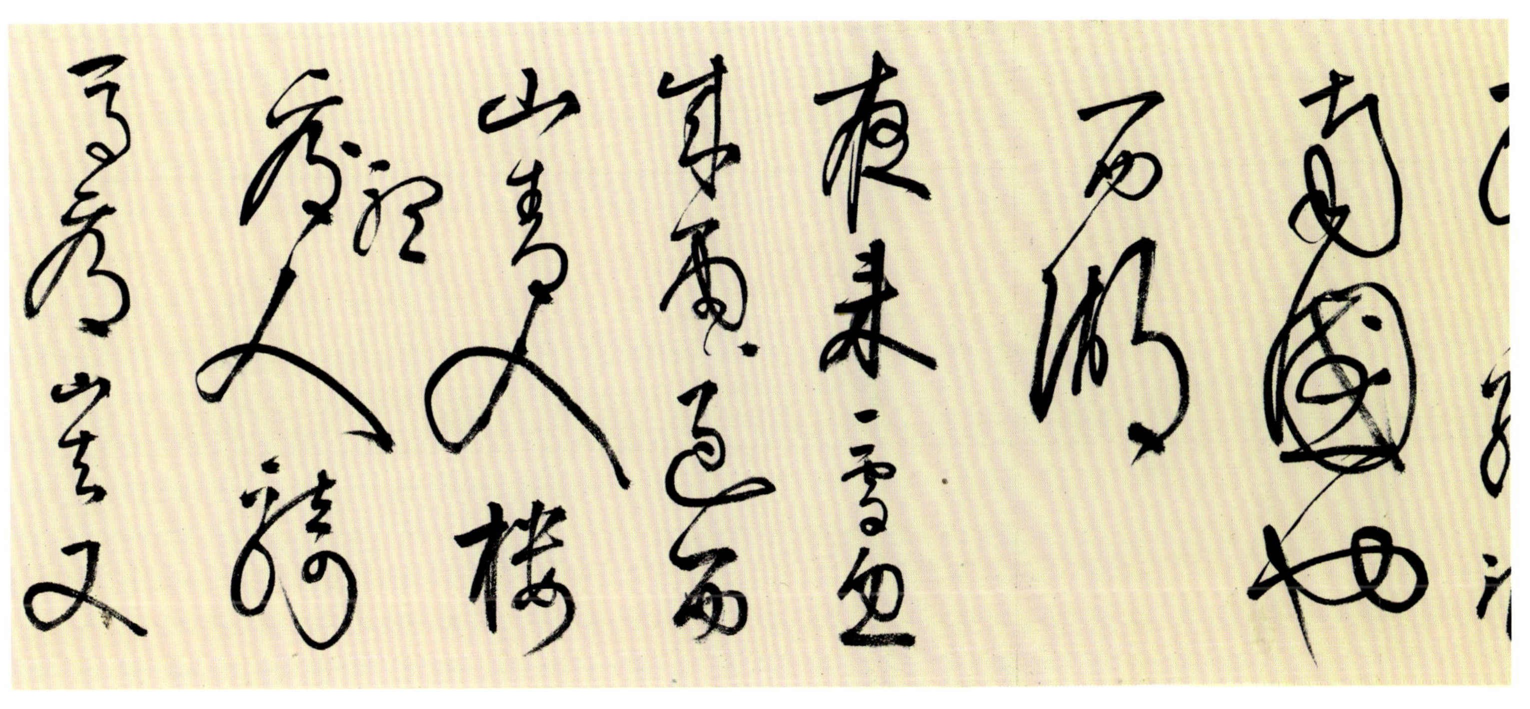

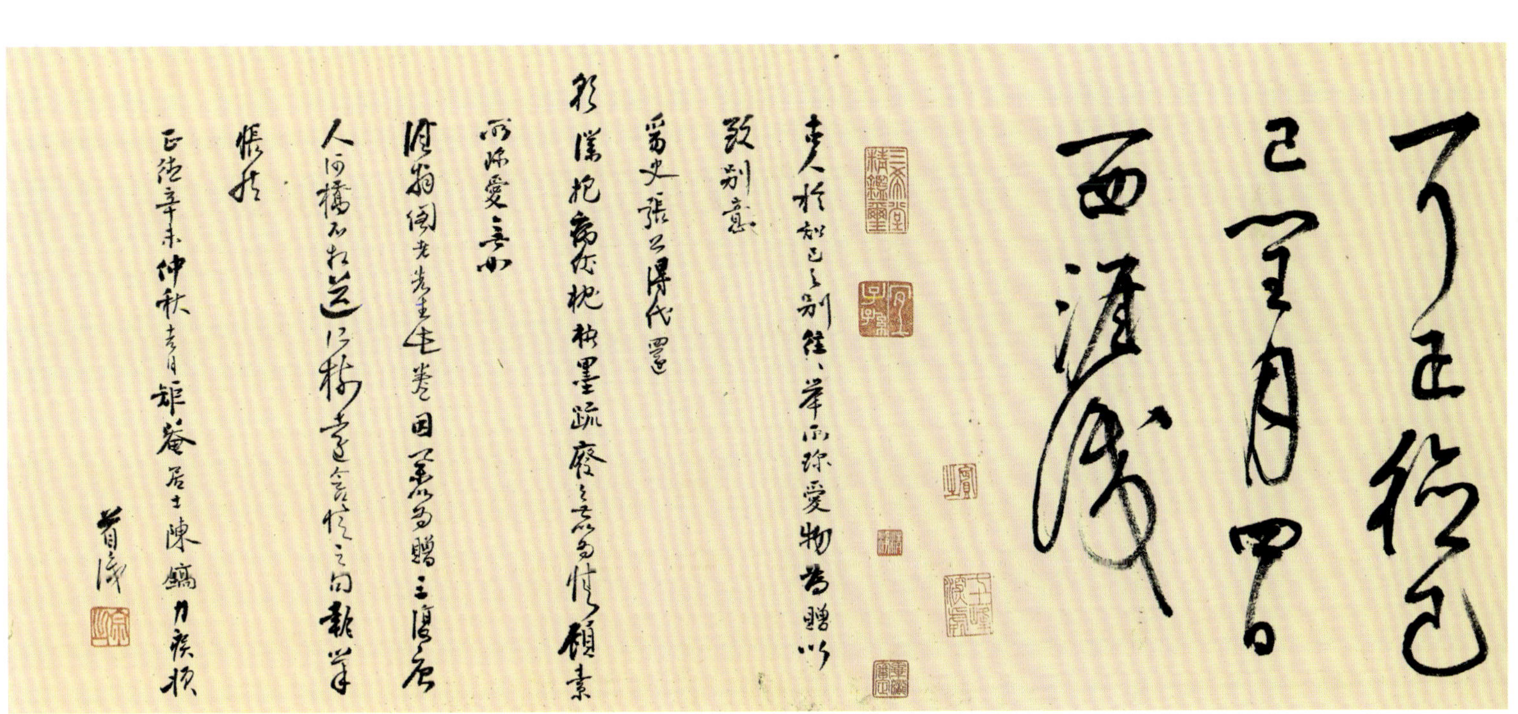

餘 署 翰

一般辛苦力□家勿歎鑒□□□復□□□帛慰東山田社見之出東田東坡填、走社首封犯箪擊世承舞後眾社神喜但願年好風雨僕衣

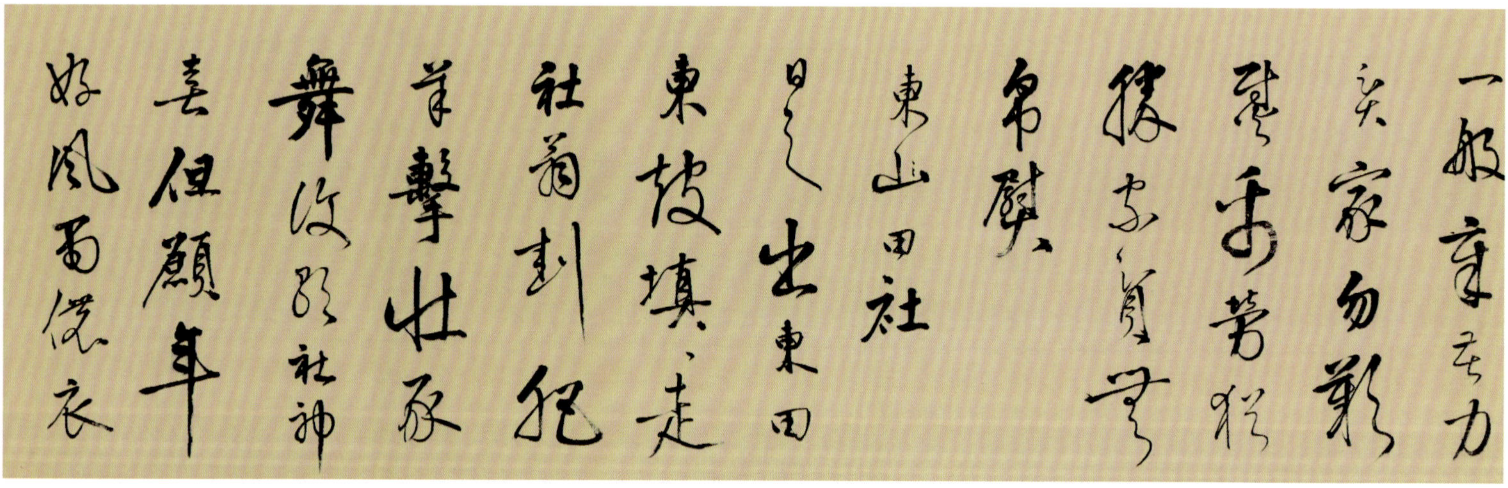

一三七　行書題熨帛圖詩卷　明　李東陽　（之一、之二）

情

慰帛圖
慰帛後慰
帛了能幾
返見家書
可長因是
一般豪不力

好風雨俱衣
有桑衣了
秦長迎社神
聲社枝
畫鷹
宇情寧畫
晚飛雲正練
秋噎風鳴
芙蓉山黍動
雷腿茅羽
飲不向子人
夢浪花樣八
鳥東花雀与

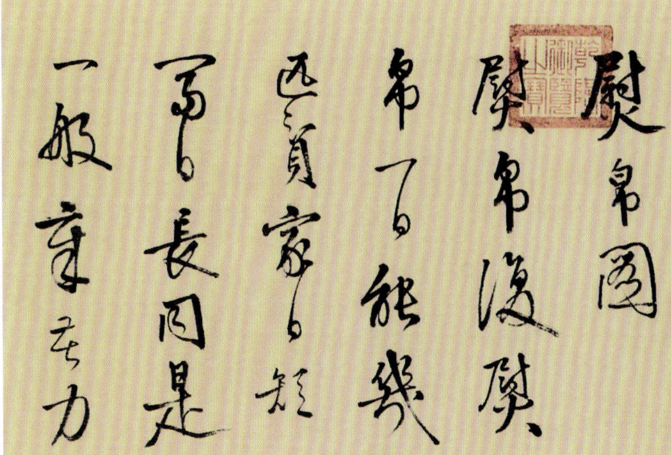

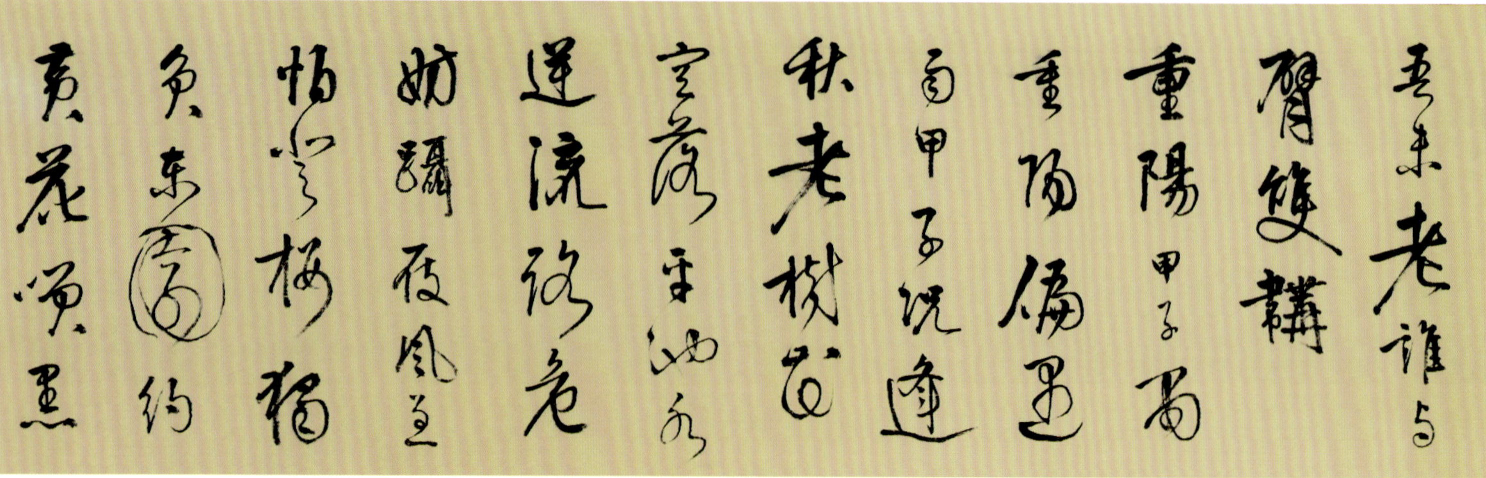

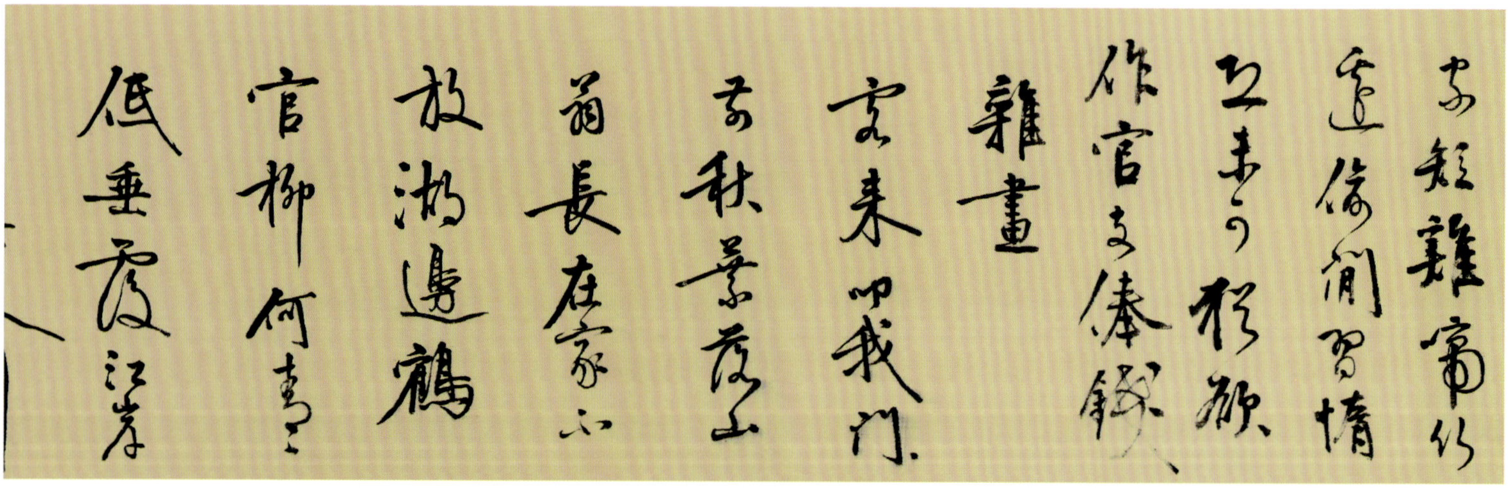

一三七　行書題熨帛圖詩卷　明　李東陽（之三、之四）

翦花[illegible]

路

畫舊用杜韻

暮雨林亭

花隨然然人

正然而對賦

舊疑空蝶

兩時化兀如

風舟而文章

江鄉亂子

想見像數

南鮮雜甯作

[illegible]

日暮無人行

風吹幾枝斜

入夜幽泉

[illegible]

觀泉出時流

向雲深處

春[illegible]

江路夜[illegible]

借問[illegible]

中[illegible]

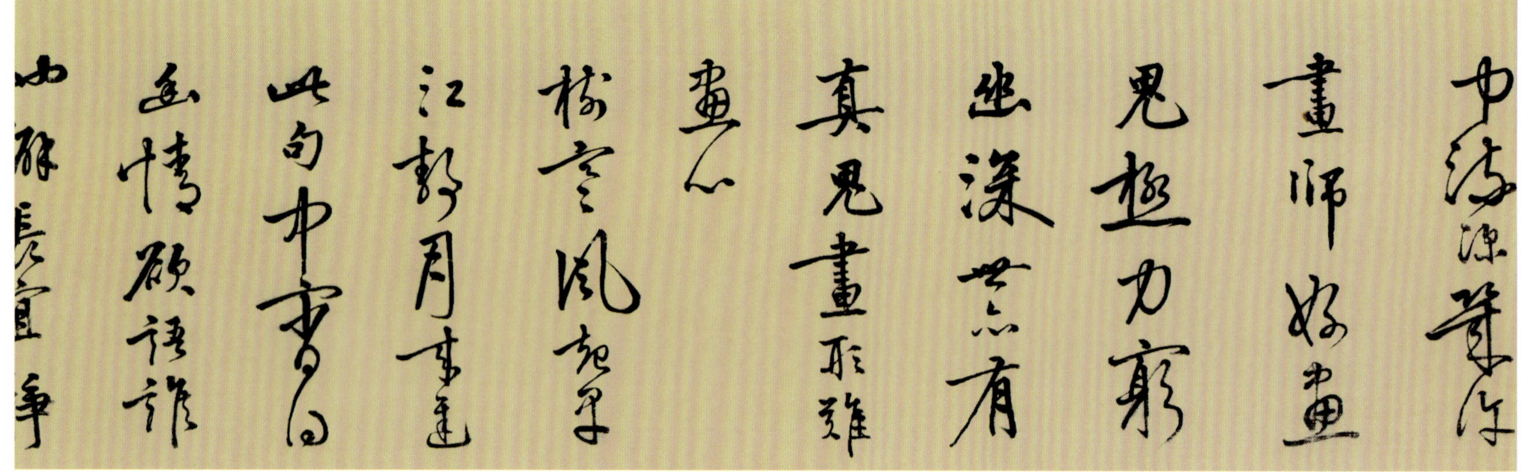

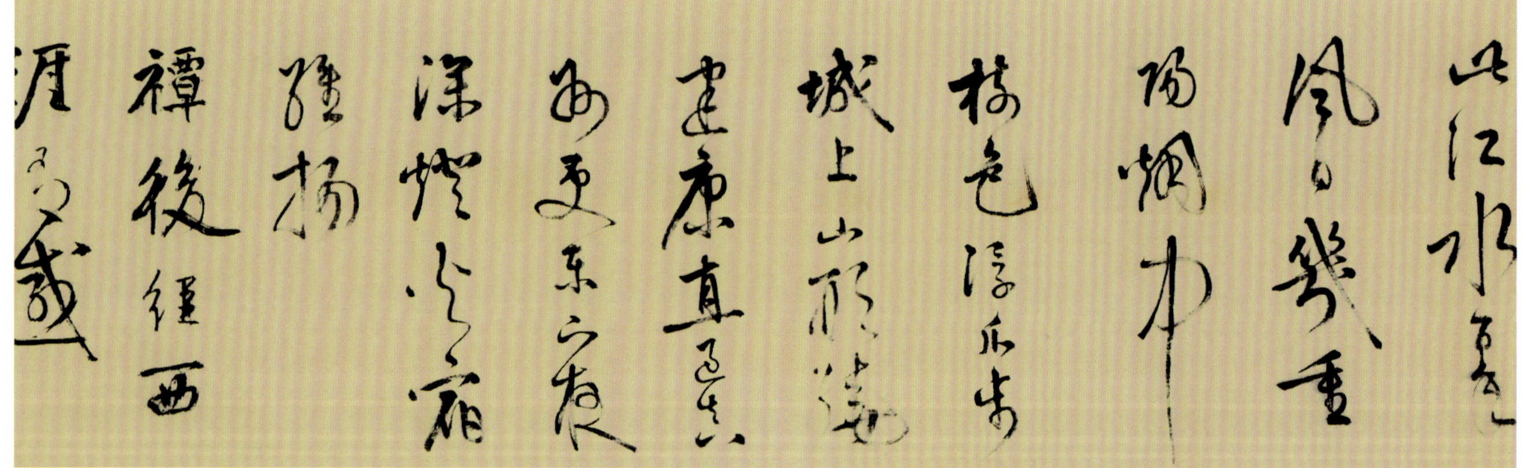

一三七　行書題熨帛圖詩卷　明　李東陽（之五、之六）

地僻長宜靜
郎潛亦愛貧
家亦釀酒的
爲問奇人
九日渡江
秋風江上館
鳴櫓遠客
傷心正搖落
萬古乾坤
此江水

涯多感
城中光景蕭
中詩爲亦
生遊宦多才
柳條吳水
色不定鷗
鳥傍沙情
自親舊鄰
十室九易主
古寺百年

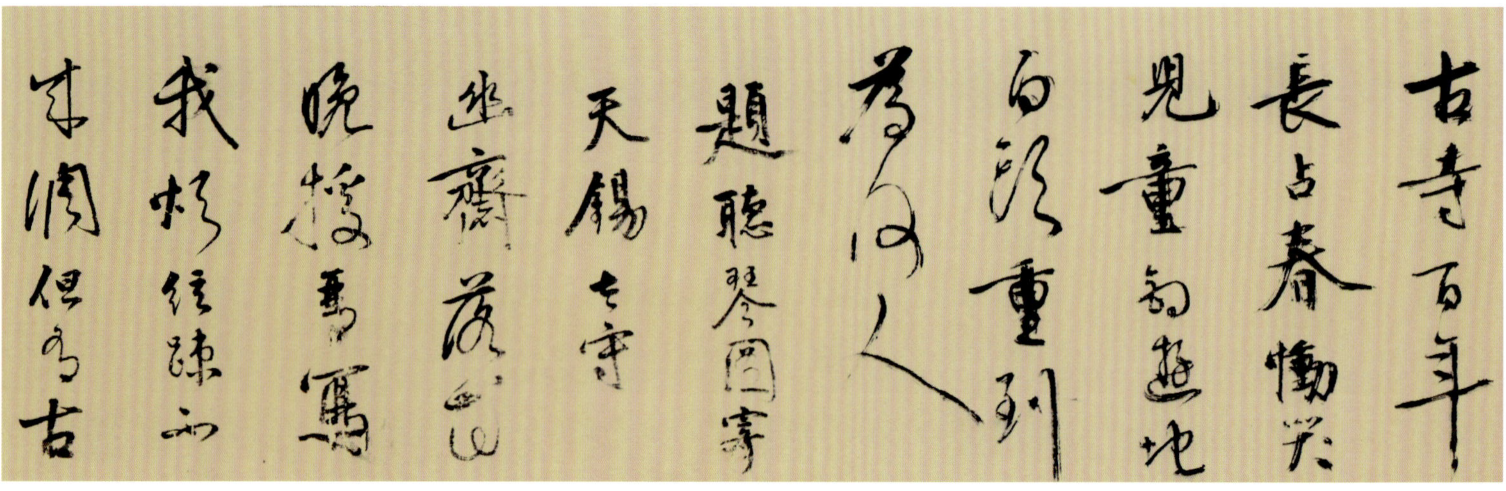

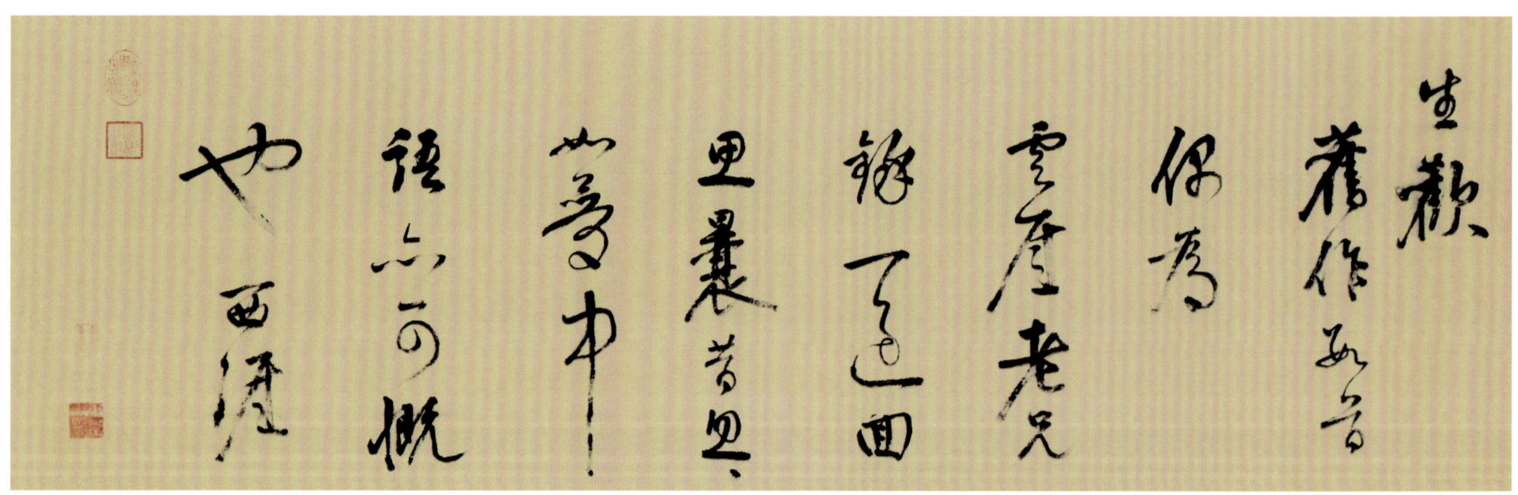

一三七　行書題熨帛圖詩卷　明　李東陽（之七、之八）

林閒但有古
意存一脈之
親直與陽
和者難自從
別君來山高
水濶渡衆
好詩書遞置
之不復彈
說傳當遠
莫厭此平
生歡

顧君天錫世為吳人而
生長都下与今閣老李
賓之先生少相友善後
天錫以刑部郎中出官
于外詩篇寄贈往來
不絕此卷雜詩數首則
天錫以河南參政入賀
聖節而賓之書以遺之者
也夫賓之詩筆固敏方
在
内閣專典
制誥參預機務必不暇為
往時酬應之多非天錫故
舊安能得此累幅哉天
錫將還任俾題其後聊
書之 吳寬

成化辛丑雜和諸先生詩

聞說玄都喜此登春趣
隨已散眉稜日臨寶殿
無多意雲起搖臺最
九層可信地靈非幻語
泛來景勝不虛福道
人只在山中老相見渾
如無識曾
相見渾如無識曾詩名
早已動山僧帶因轉語
仍為鎮寫為駝徑不偽
乘景物勝末消我詠鈦

豪華地一度登臨一
恨增一度登臨一恨增此分知為
幾人能參禪七日剛三宿說
法當時無二乘浮世覽束
俱是夢白雲間如不僧
歸達壺笙山翁問更為
奇蹤攬未曾
更為奇蹤攬未曾山翁居
搭重嘆禱僧居寶刹金
為地仙說丹臺玉作層
玄塵緣俱屏近向來客
氣盡磨稜強追雅詠
諸公後回日能陪一再
登
時況侍讀汝兵書郎廬泉

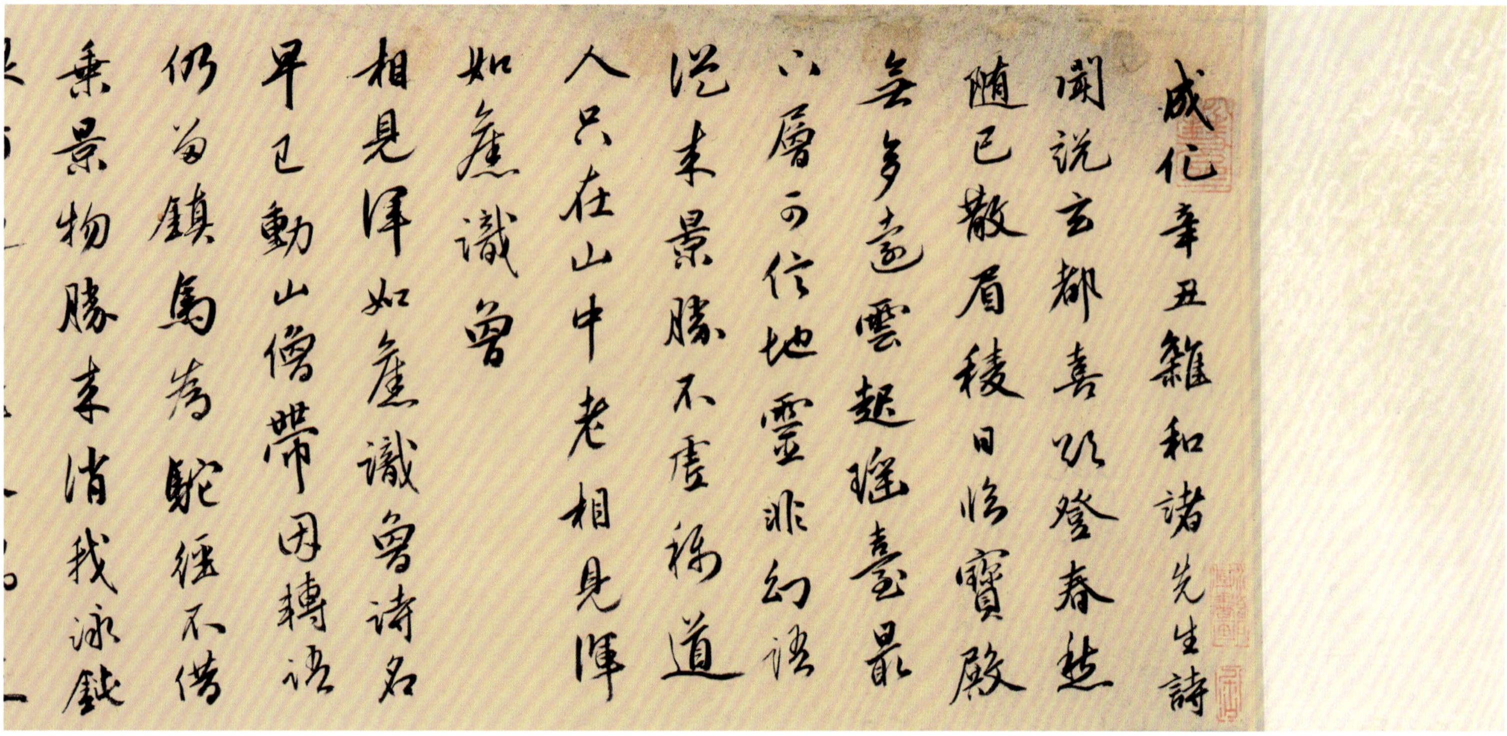

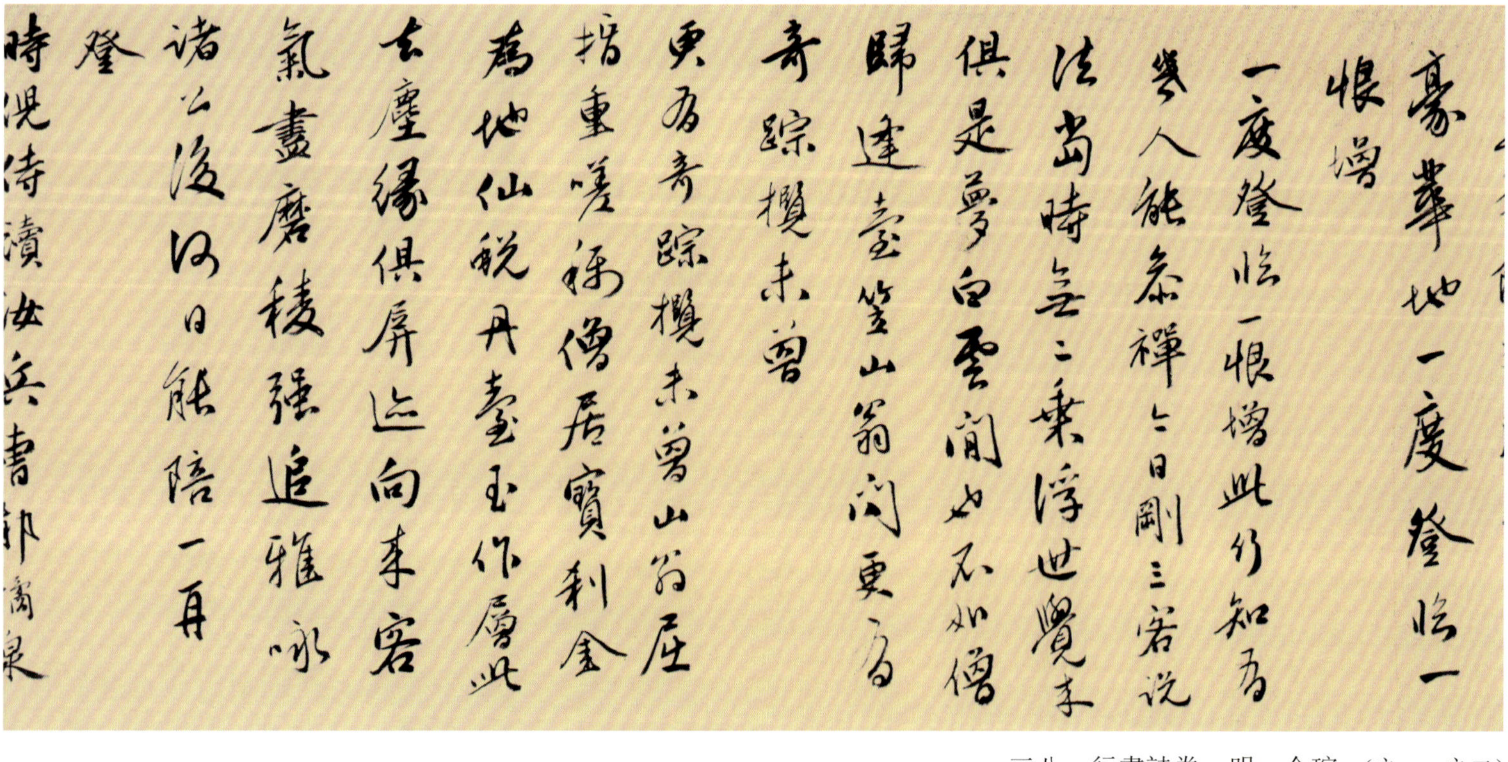

根打遏可誰能歸來
更覺從眸豁山雪初
驟翠愈增
山雪初驟翠愈增登臨
坐待月華外人按氣味
殊為樂為許興之恐未
憑霞鮮石如文虎卧
入雲松似蟠龍騰躍也一
況是清和偶人説風流
擬少陵
人説風流擬少陵近來詩
思益軒騰歎里如海為
杯飲狂把東山當檻憑白
髮從來無藥返青天
々亦有階升鳳鳥自古

時倪侍讀汝真曹郁橘泉
游嘉福道院及慧光禪
林復登登雨花臺聯句
韻侍讀公錄以示余遂倚
韻而和之以屆金之韻而
繼大雅之音識不知自揣
矣一瞬後廿年為弘治
庚申七月十九日雨後稍
涼以舊稿失去因見於
王汝懋負外家倣錄一
通
弘治庚申七月西厓把邊
再題毛景敘都帥佳征
之余作詩以杜其行
丹書命將生鑾坡負前
如公恐不多羌虜濳曾聞

一三八　行書詩卷　明　金琮（之三、之四）

色枉費東皇造物心
雨細風柔雨夾持默扶春
色上花枝千紅萬紫伊誰
力問著東皇總不知
細草茸茸以上將一眞春色
動詩懷便如安樂窩中
坐喚東風咏打乖
留留盲又彌旬獨坐芳亭
點檢春好雨著花風著蕊
香紅添色綠添神
小結芳亭矮築墻春來無
事此徜徉花鬪兒眼紅將
滿日憑闌人白晝長懶賦
詩因清尚債不多能怕
破成鄉陽然清世無物
東垂澤如天不可量

催開花然喚人忙安笑不問
內燒丹訣鄒老惟求翮字
方可愛栗留芳樹裏出田
傾耳聽胡床
一雨朝來遣軟塵老夫亭
上眼俱新只看魚鳥飛
潛趣全露乾坤化育眞
信口拈詩皆是道曲肱眠
好景非無能說無味中
我味不是靈珠買櫝人
庚申二月望日松山農金某記

舟中夜雪有懷盧十四侍御弟

朔風吹桂樹大雪夜紛紛暗度南樓
月寒深北渚雲燭斜初近見舟重
竟無聞不識山陰道聽雞更憶君
北雪飄長沙胡雲冷萬家隨風旦間
葉帶雨不成花金錯囊垂鑿銀壺酒
易賒無人竭浮蟻有待玉昏鴉
南雪不到地青崖霽未消微微向日薄
眽眽玄人逢冬熱鴛鴦病峽深鷙
虎驕愁邊有江木鳧鸕小之朝

索僕書古詩十二首將往要
杜檉居為圖其事檉居無訝僕書敢
占其左以漬痕在耳他日圖成必當
謂珠玉在側覺我形穢者僕云辭
為弘治庚申六月廿六日金琮記事

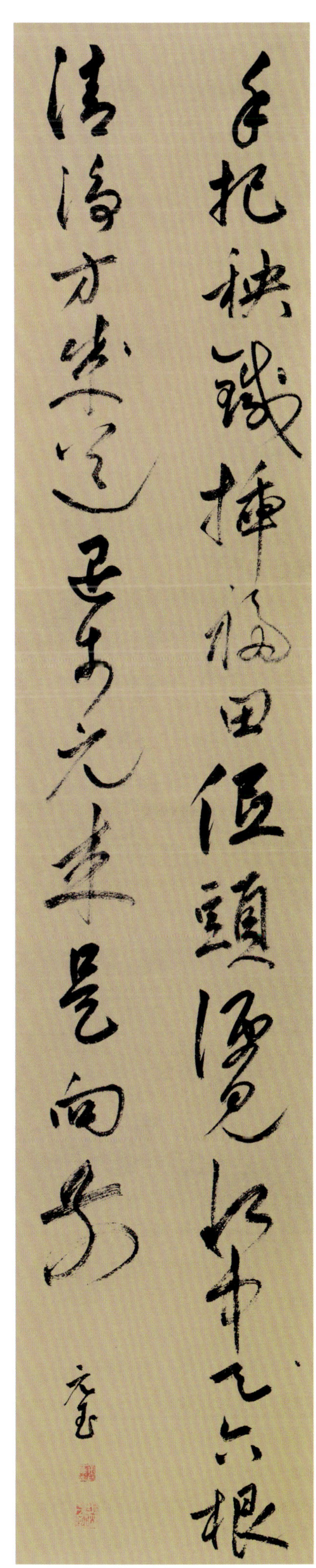

一四〇　行草書七絕詩軸　明　金琮

處士陸翁墓誌銘

翁諱有陸處士名諱
俊字伯良古貌古心古衣冠
治家居鄉黨出詞約事
流俗辛指爲迂而子弘治
壬辰去世年八十有四以弘治
五年二月十二日癸丑卒山人
爲之羅市十一月甲申祔葬
蔣塢之先塋處士撫予於祖
約也勿勒受知寫今還不及
見也爲文祭之且誌其墓陸氏
爲馬甲處士悲爲甲之害也
將疏以
聞夫意謂北人習馬南人習舟
南人爲馬甲

餘年費紙筆如山人或信
或笑或以黏壁淨几處士終
不廢也初不甚解書亦足書
止五十間謂曰何爲終翁
家石若書爲後耳處
扵信而免言處士曰子豈爲
家固自宜後處公其怠涂
至自信篤使世之立位者
而皆以悲處文之不遇也
乎又以悲處文之不遇也
處士頗寬厚而治家甚嚴
嘗曰壞人家若藏獲也故
陸氏雖富有備無奴私鹽
升合不得入戶縣大夫以冠
南人爲馬

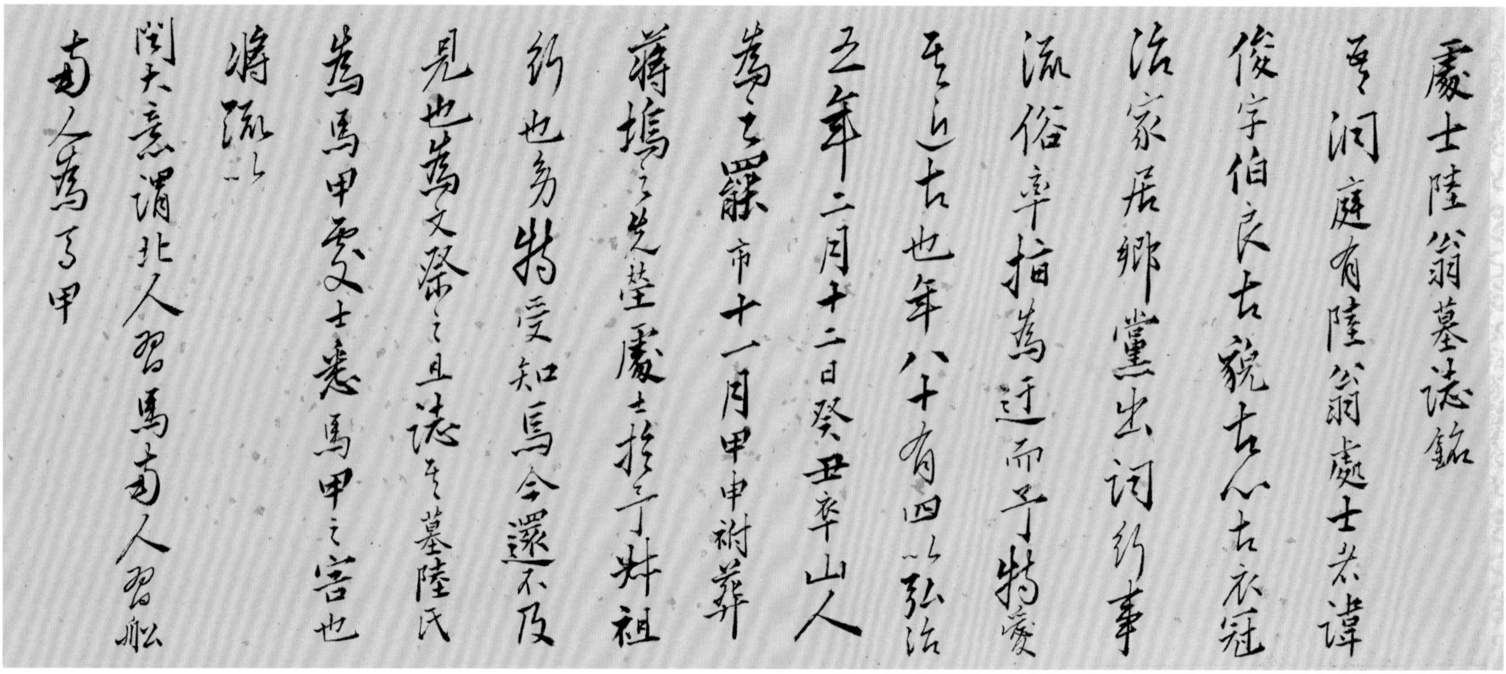

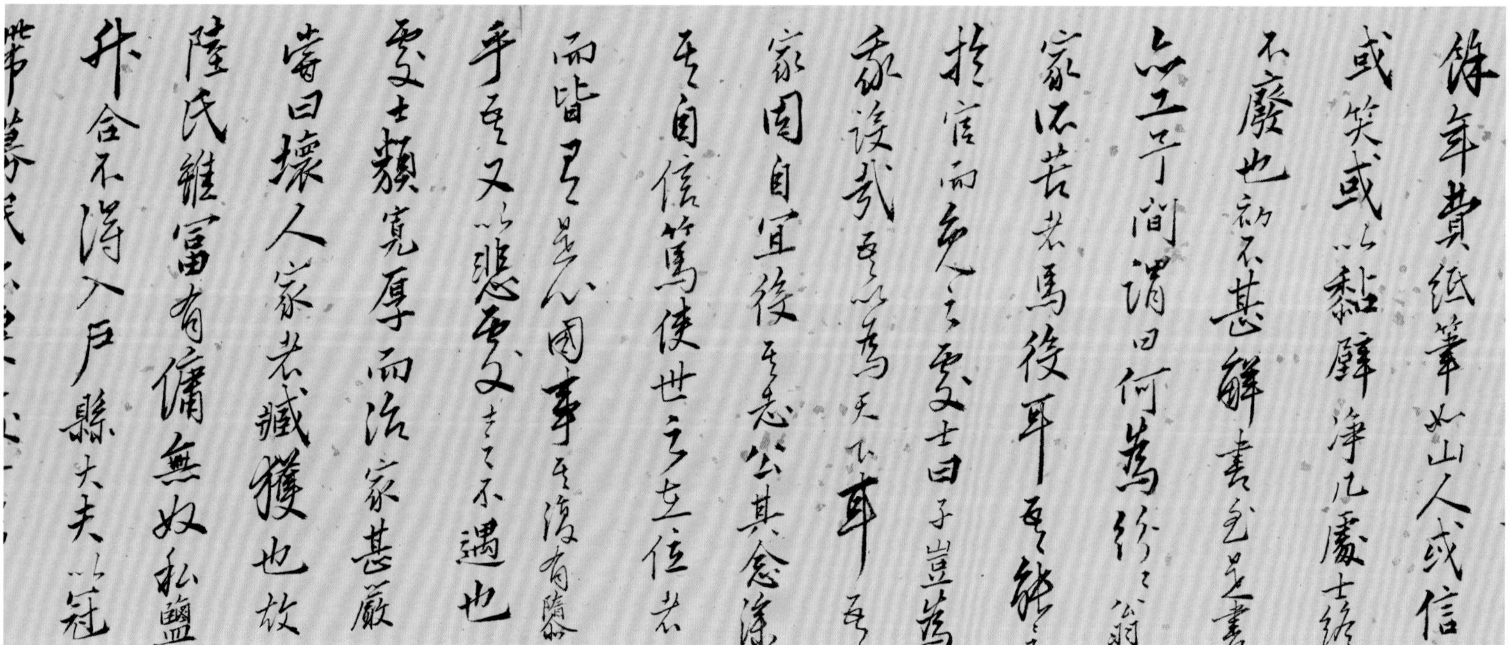

一四一　行書陸俊墓誌銘卷　明　王鏊（之一、之二）

也是今虛寫甲
太宗權時之制之宜者也其後復
其舊使又言其不宜田稅十
民田稅一均之度國用不歉民
不困又之錢久不鑄後且謂宜
復五銖備一代制又言州縣
官皆不宜多設宜相監制
又之鹽法惑盜滋多不必弛
其禁盜將自息其書不報
千之其草報騰多無問寒
暑晝夜紗坐寢飯得一字
輒起易之欣之以告人意以
為文不易也始以千字道當道
其不聞之乃不聞其賤賢愚
輒指之又榜於道路市肆
田廬有見而紗之若積三十
年

帶募民出粟處士歸粟
辭冠帶不受年八十始以
詔恩例冠帶其家常寧
御田其自其山林之非也此
固世之所謂迂者乎豈所謂
古君子之於迂乎其平生
精力具焉甲其故予書之將
詳曾祖諱泰祖諱子才考
諱於是世有隱德配周氏
慈儉貞淑壽六八十有四
卒子男二長均顯爵次均
昂克世其家女三葉鑑葉
永賢王統其婿孫男二曰
窮曰彖女六銘曰
孰謂丘壑國夏足瘁
飽食優游魂爾有位

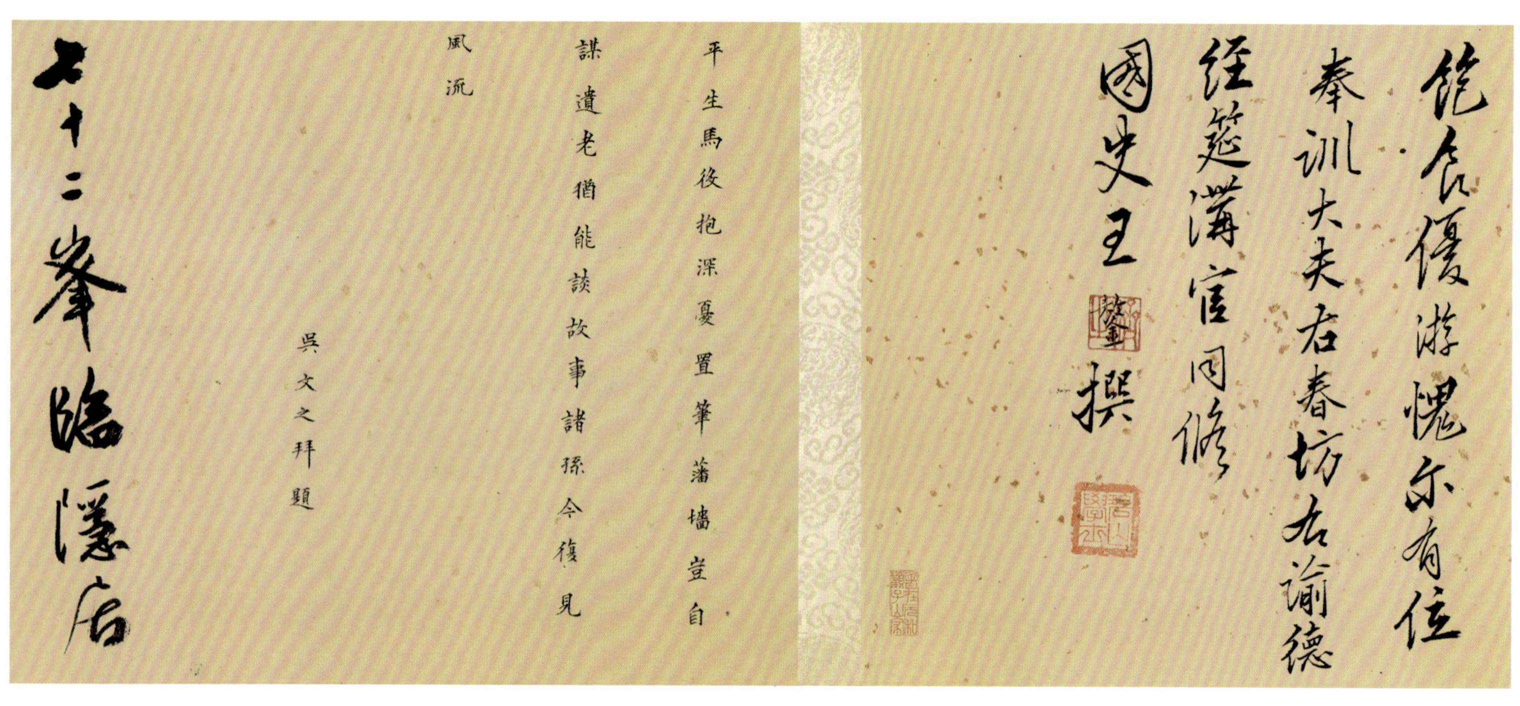

饱食優游愧尔有位
奉訓大夫右春坊右諭德
经筵講官同修
國史王鏊撰

平生馬後抱深憂置筆蕭墻堂自
謀遺老猶能談故事諸孫今復見
風流
吳文之拜題

七十二峯臨漢居

湖光草色樂裕
裙欲出化後生
前事但檢遺
芳在郡書
邑後生張靈

碧山學士數卷文字者
飞随救世以澄此高名
占紫谷白雲深鎖讀書
林

七十有二峰浩然人豪勁馬國謀馬後老芳取而不
取恩有深韻先見之言永遠山高
陸穗造

同邑燕仲義

一四一　行書陸俊墓誌銘卷　明　王鏊（之三）

340

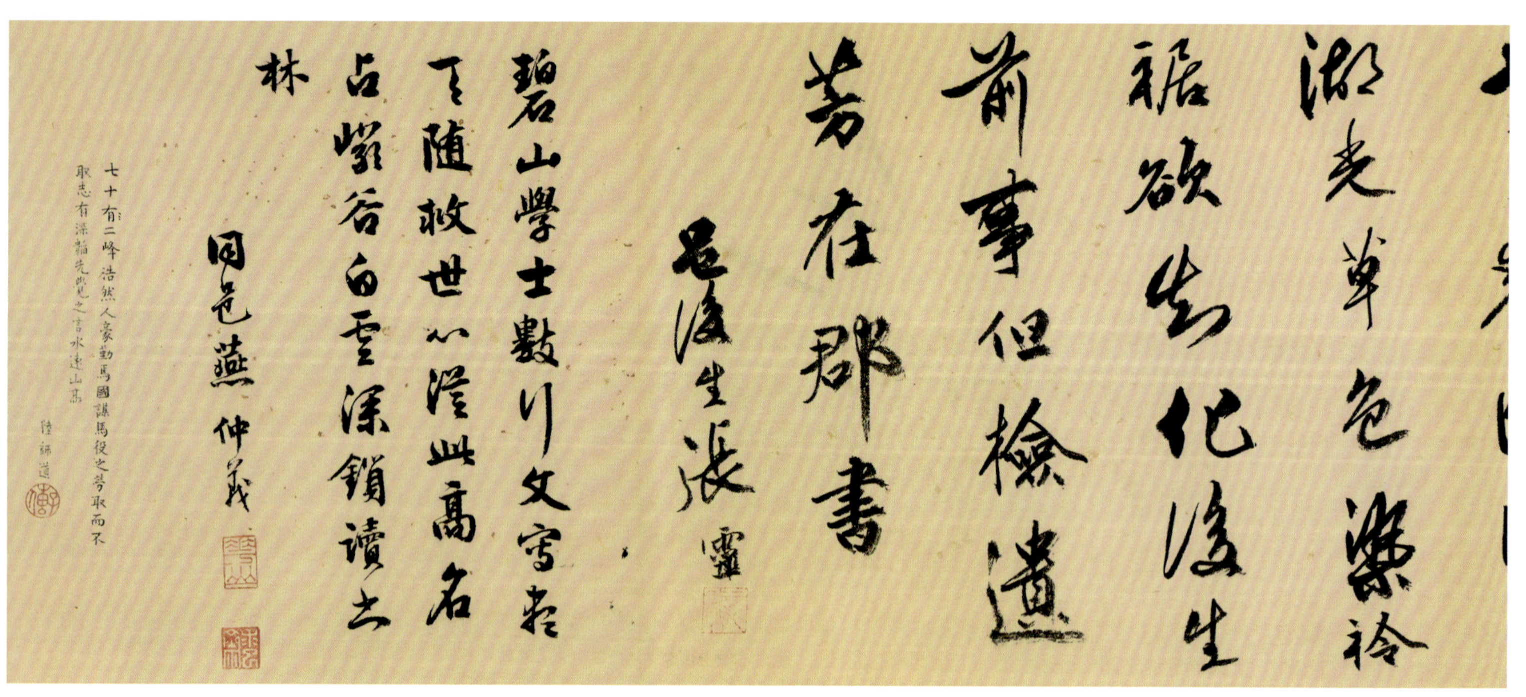

窗裡相逢又別雛道山亭云君公柏隱世事回頭異無恙功名入手邊河朔氣真豪三伏都汪湖天書十年思扁舟八月秦淮去卅挂香中好建瓴

鏊遊黌宮時與和仲黃芸相從最密今有二年矣其行也能無情乎破苦硯此兩年歲五月九日翰林王鏊贈

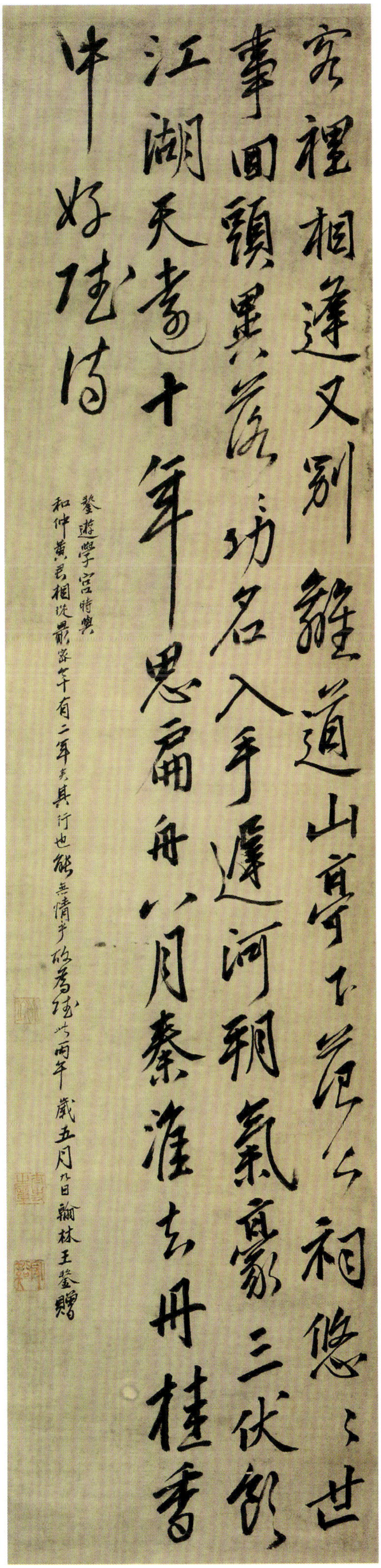

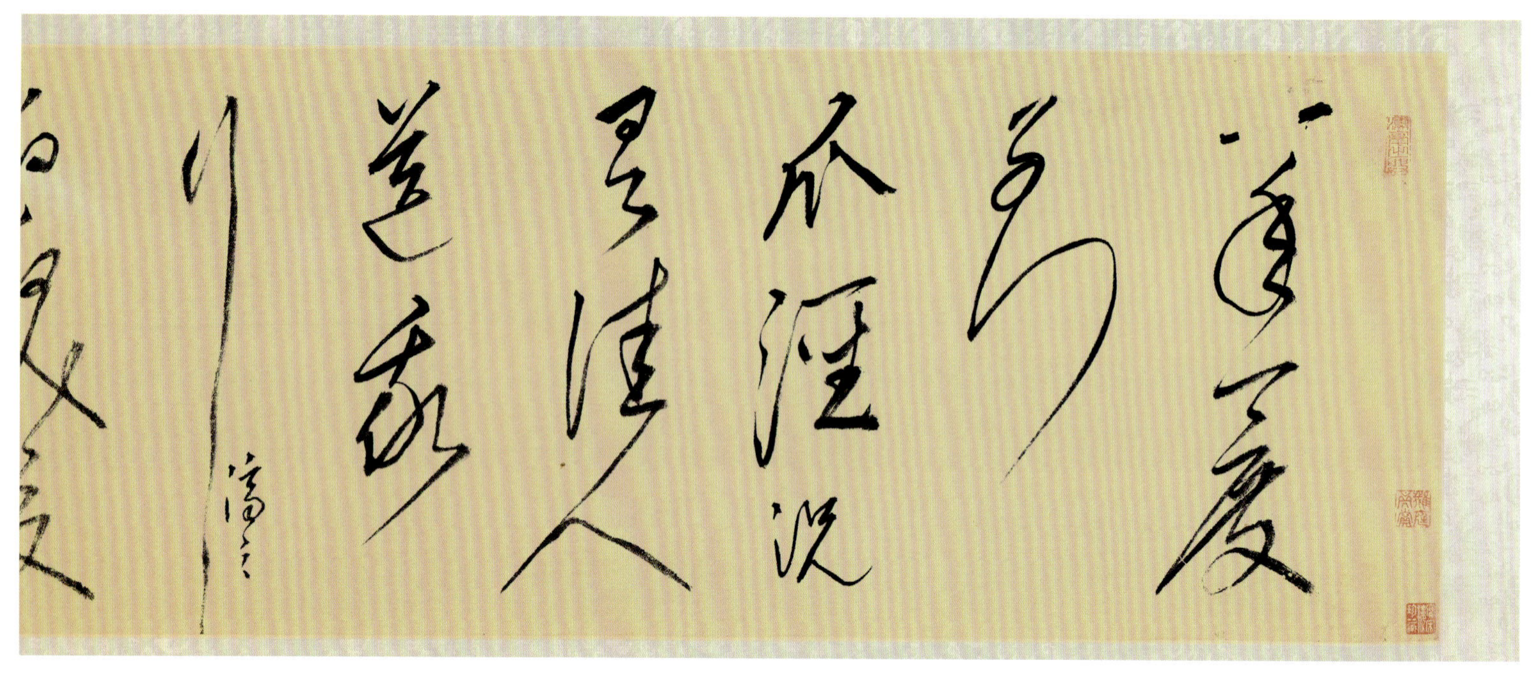

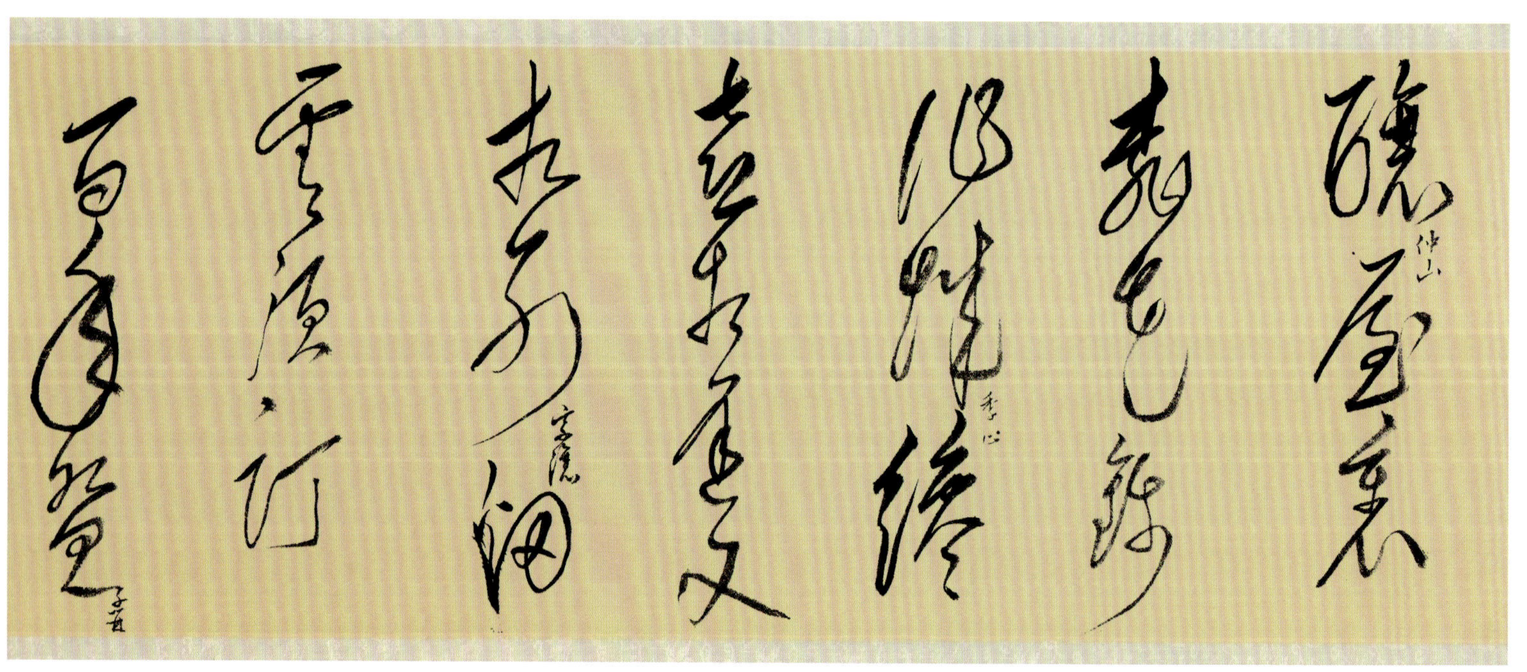

一四三　草書聯句詩卷　明　王鏊（之一、之二）

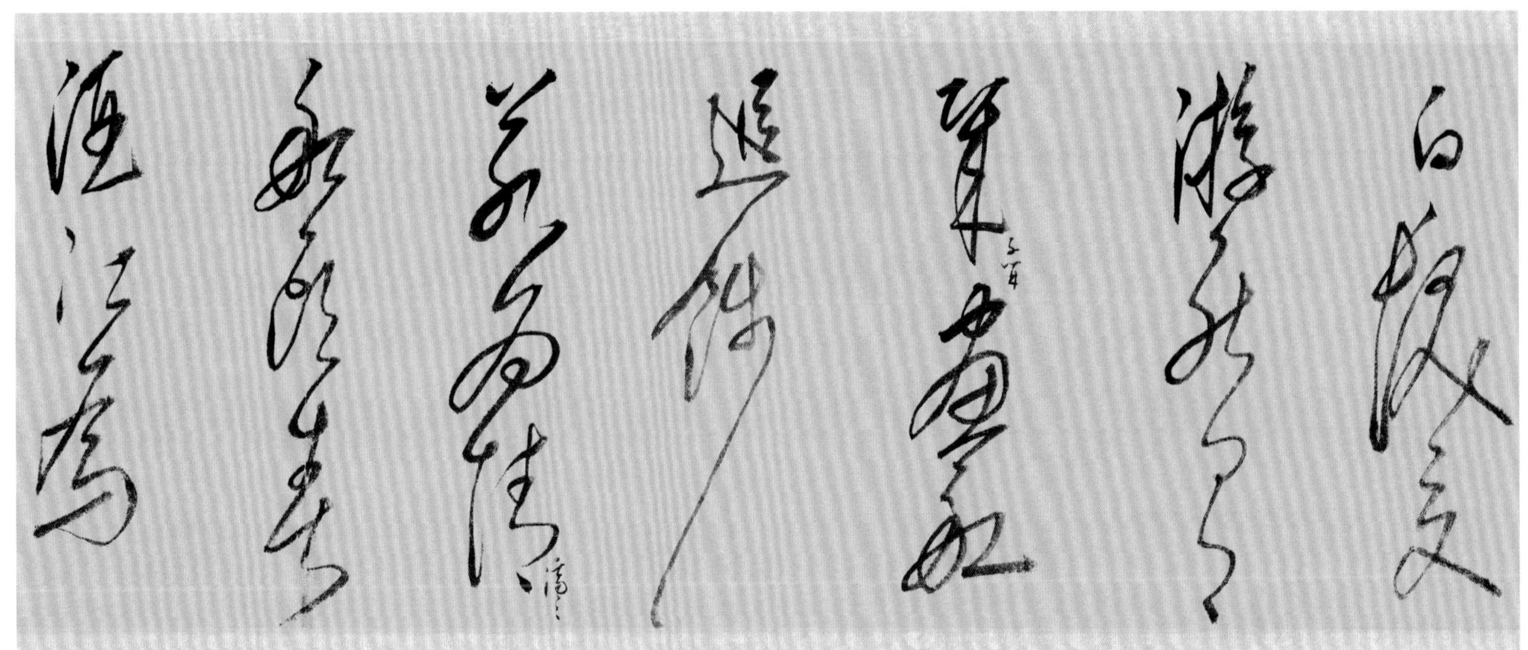

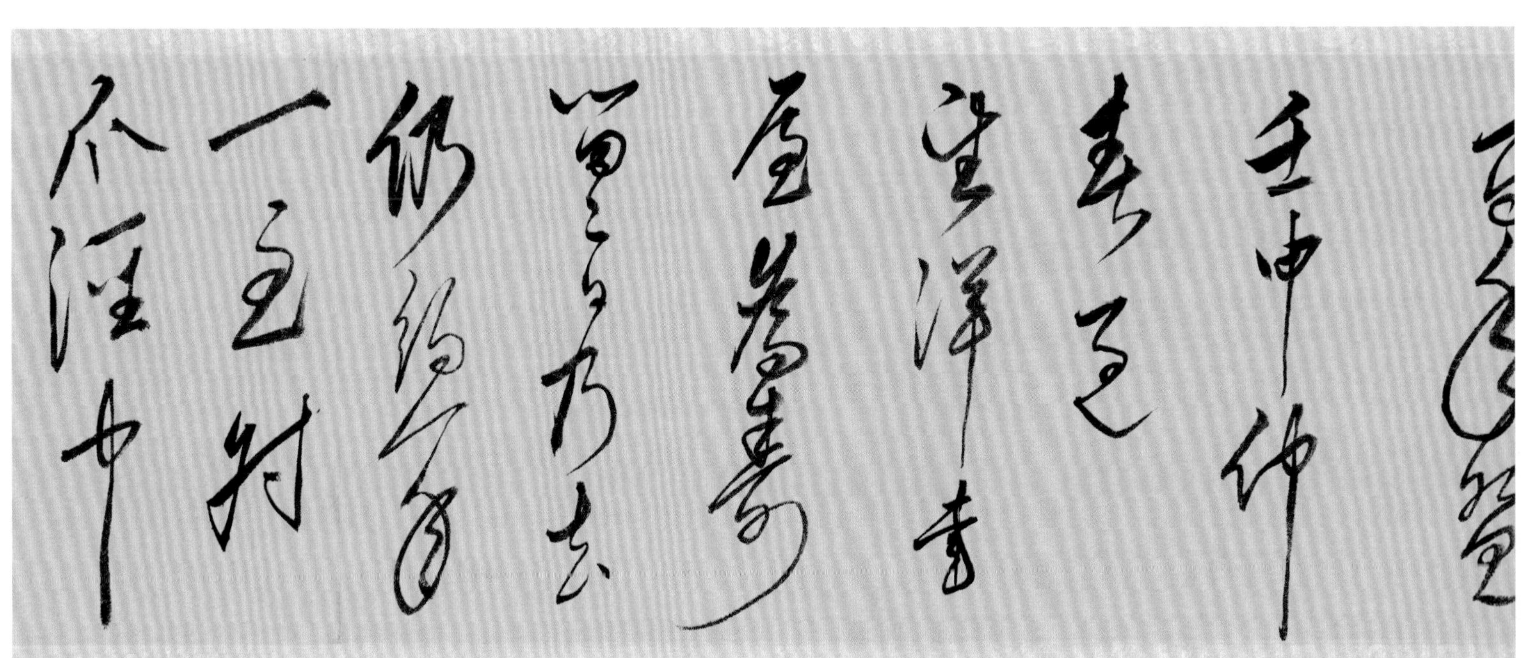

觀文恪公小岳与唐李尚書之芳韓昌黎退之聯句爭勝而筆力遒健并詩章為二絕荊筆風派在殘行遺墨間矣予外舅朱醇之文恪公外孫於中翰公人稱似男因在明下出之不勝

張獻翼謹識

徐源字仲山歸水注長洲知人成化元年乙酉舉人十一年乙未進士官至副都御史廵撫山東
王鏊字濟之號守溪謚文恪成化甲午解元乙未榜眼擢官至大學士
陳璧字季止原之弟官至元貢

一四三　草書聯句詩卷　明　王鏊（之三、之四）

344

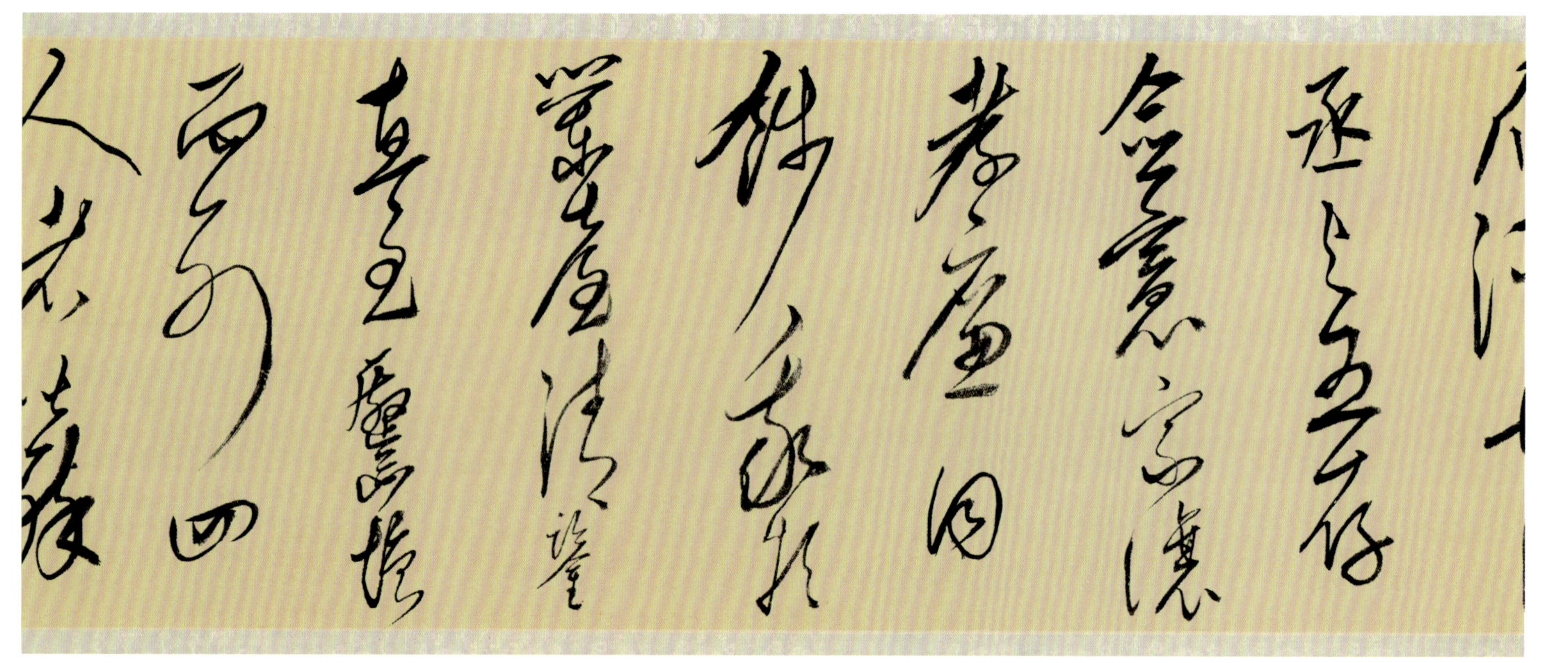

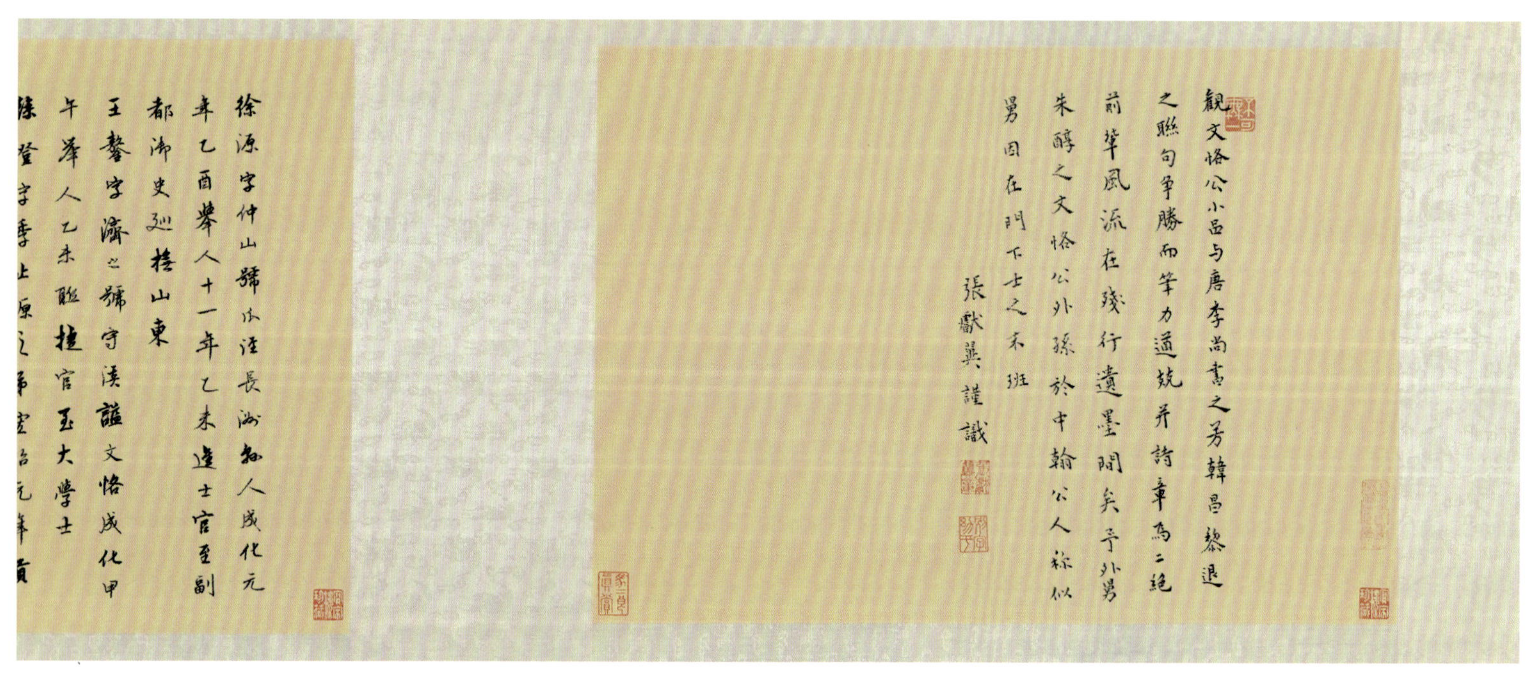

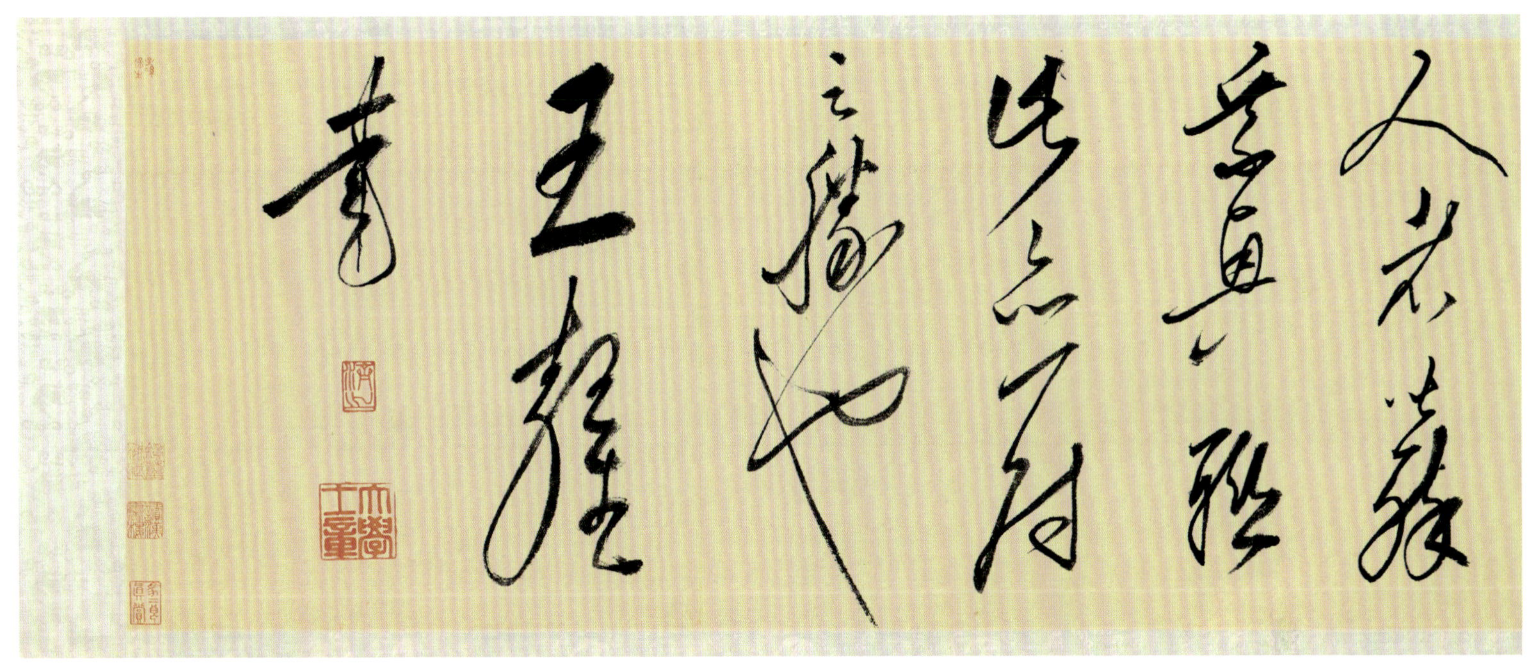

綠澄字季止源之弟宏治元年貢
例授府經歷
杜啟字子開號五存吳縣人成化十
年甲午舉人二十三年未丁進士官
南道御史福建僉事
宗讓孝廉陳姓唐六如妻舅 与石田翁戚 婿
乾隆己酉送春日毛懷謹錄

文恪公此卷筆力秀潤幾奪
董思翁面目蓋其乘醉縱橫
得此色相若較之明怡則倍子
當以為贗也今余與玉圃二兄同
一覽賞乃書於後戊戌秋七月乞
巧前二日玩鷲生胡義書

世之好遺墨者多矣惟王文恪公真跡不可
易得予偶過康樂軒見此卷超橫神逸於以
知大才人方有是大手筆予愛且慕之爰
識于後鷲庭仁兄誠好古而博古者也時初
秋半旬十畝閒居士湯書

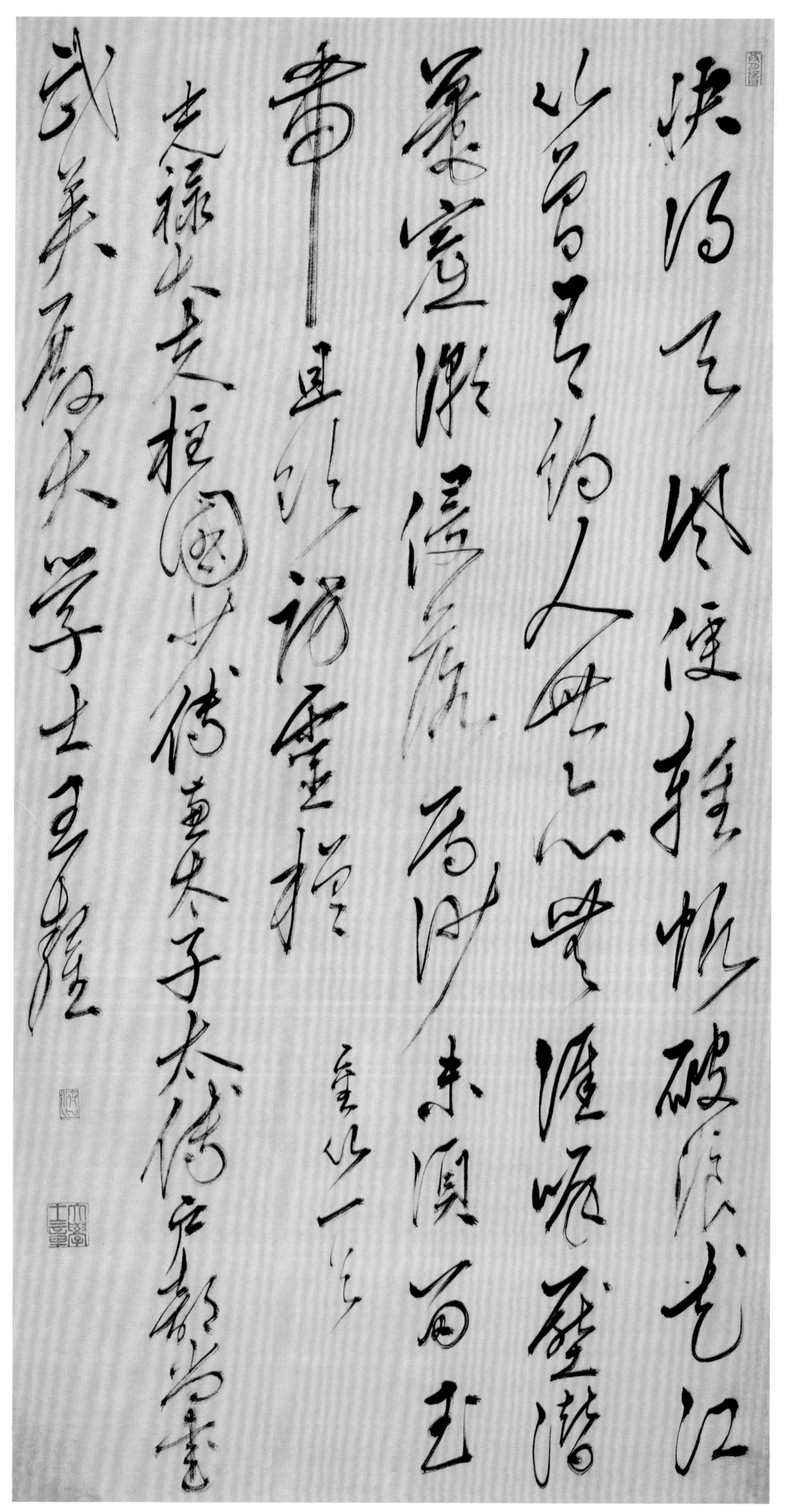

一四四　行草書五律詩軸　明　王鏊

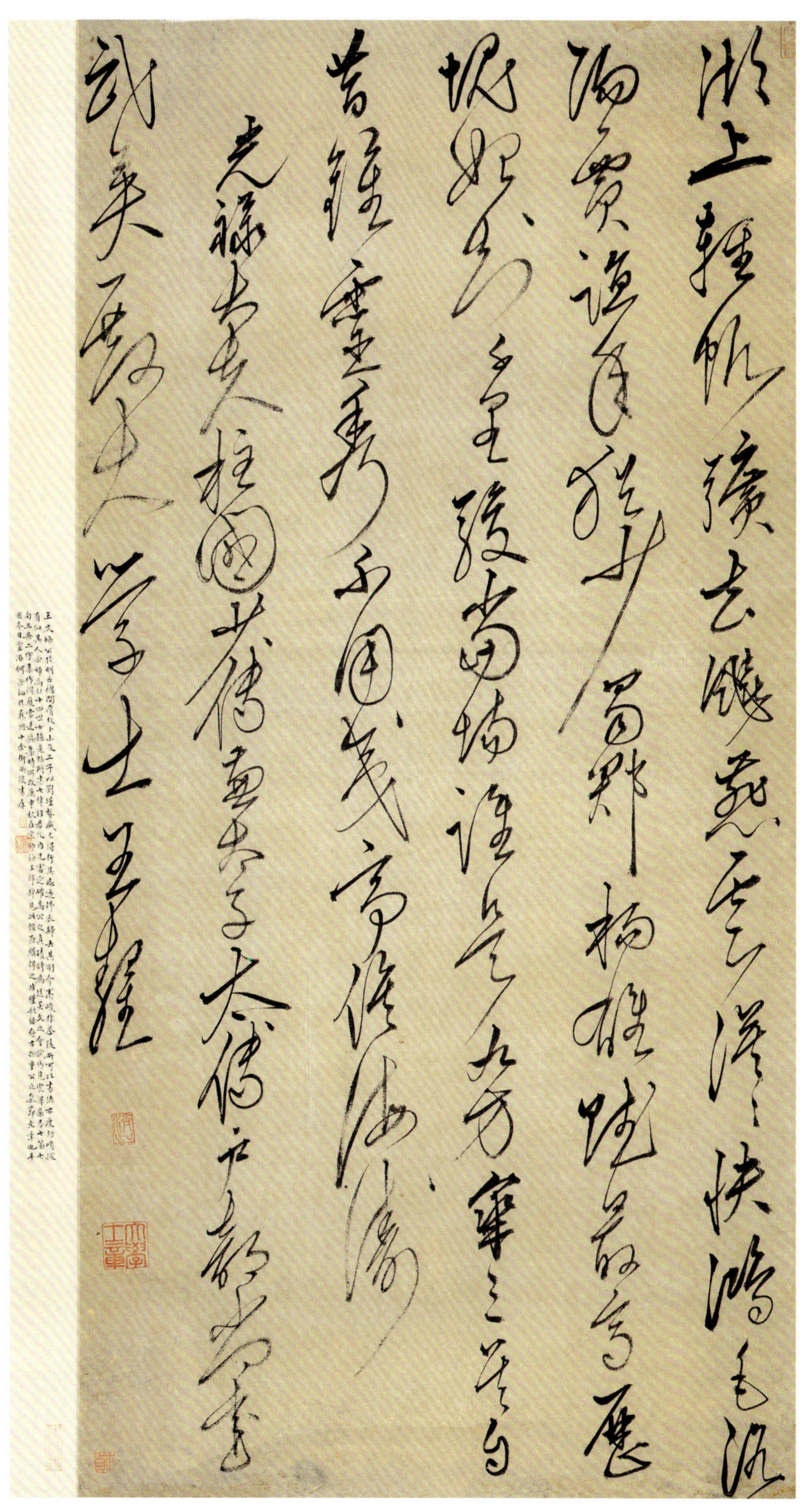

一四五　草書七律詩軸　明　王鏊

一四六　行書茅山詩卷　明　楊一清　（之一、之二）

墟曲書畫野色甚猪襲白鶴棲葉進畫障雲氣痛吞萬無流蜀中凡幾月許作書和石溪韻佳期不來興選奇數十得必已凡情木石溪韻適金陵人去世石陵金堂

宕乃低訊斗陸地僻怪山童山多無草木懷古心途此採奇興未寂蒼像良不萬顏恨石九凰雨目東凰甚猛大凡次石溪韻坐廬遂塵駕隨望失

朝昏後恐因禾偃還鷙宗鶖奔捲茅搴杜有吒馭覘異日之甚隆尊進逼秋持云起雲車色登天峯廿年回度訪茅峯進遇香山不易逢

童渴歙流灩汁饒凌山臺霞道人不生洞持世度年華冷洞中水一斟清我顏了瓜瀧然手闊吹破夢興往年此作笑時
一四六 行書茅山詩卷 明 楊一清（之三、之四）

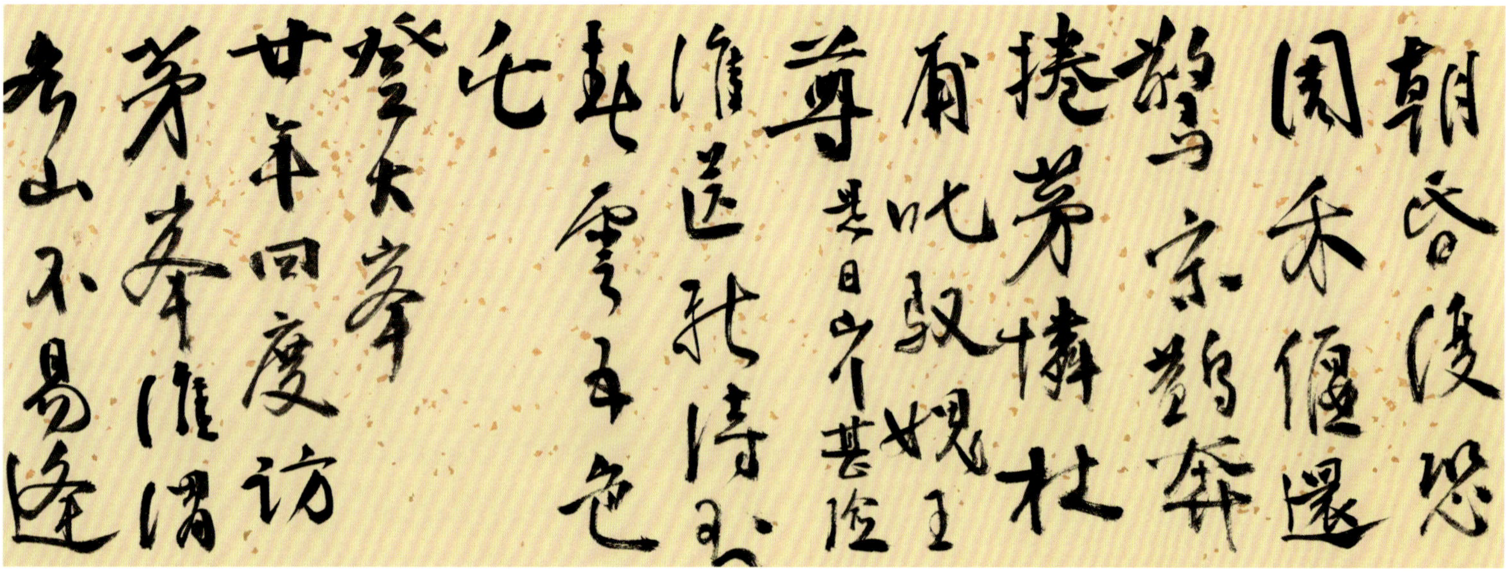

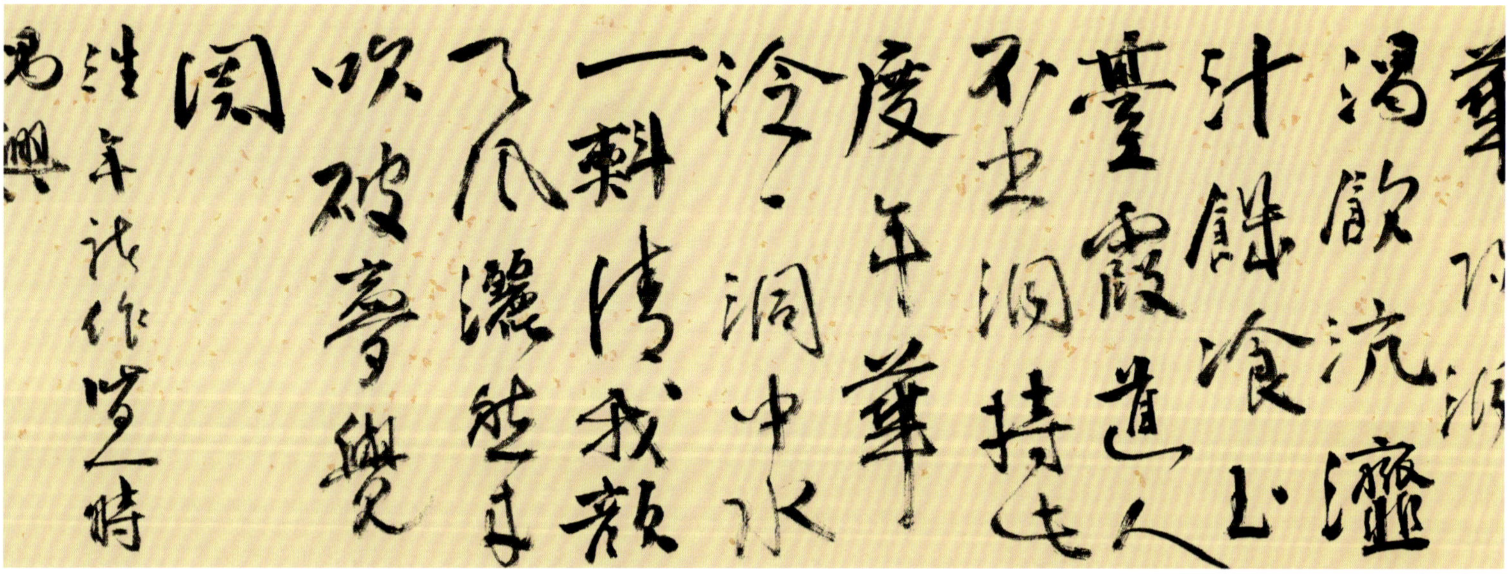

香山不易逢元氣鍾山三玉峯宮室幻虫華芝藿煙霞石洞有僞虎石有雲淋風有雲龍便畫起龍敲談茅結真瞪巖飛渡倩白雲趁華陽洞

偶興石溪の標之春軸且請夸白巖題其首と永子復請以芳山雜詩意不り獅水畢諸之自足蹇喜矢粵之撞醜惡れ人耶遂爲

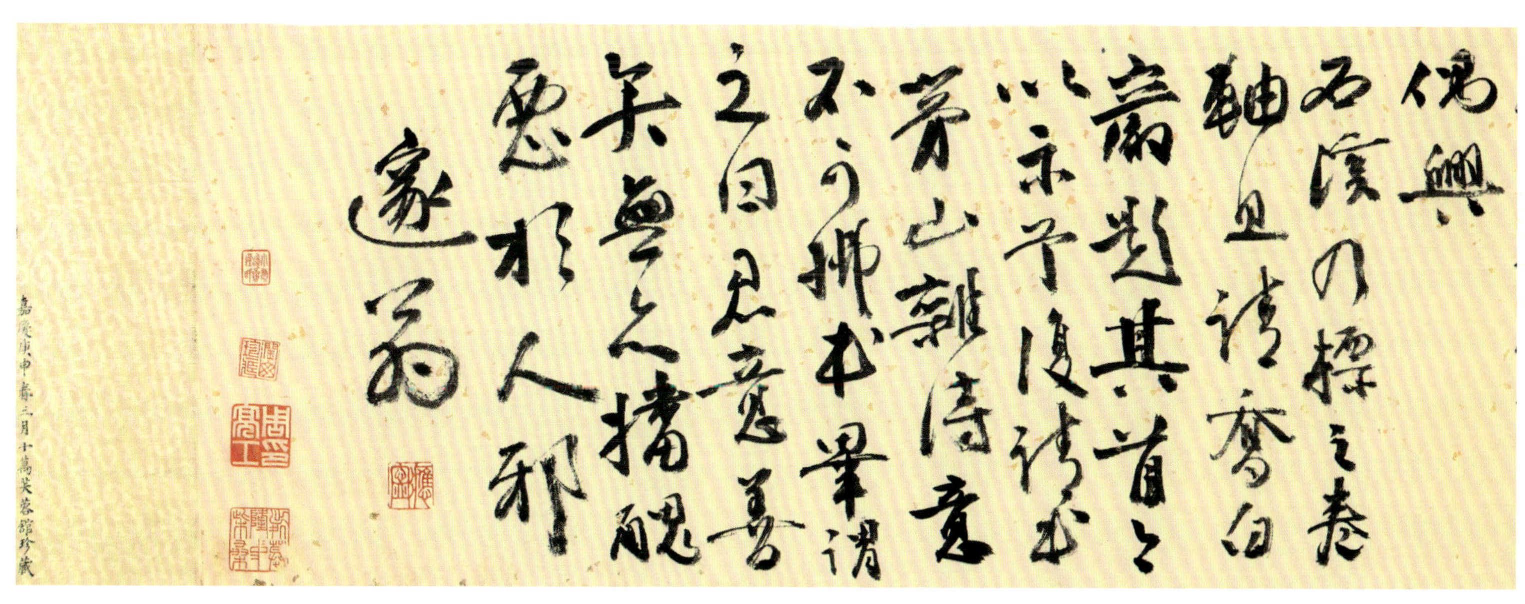

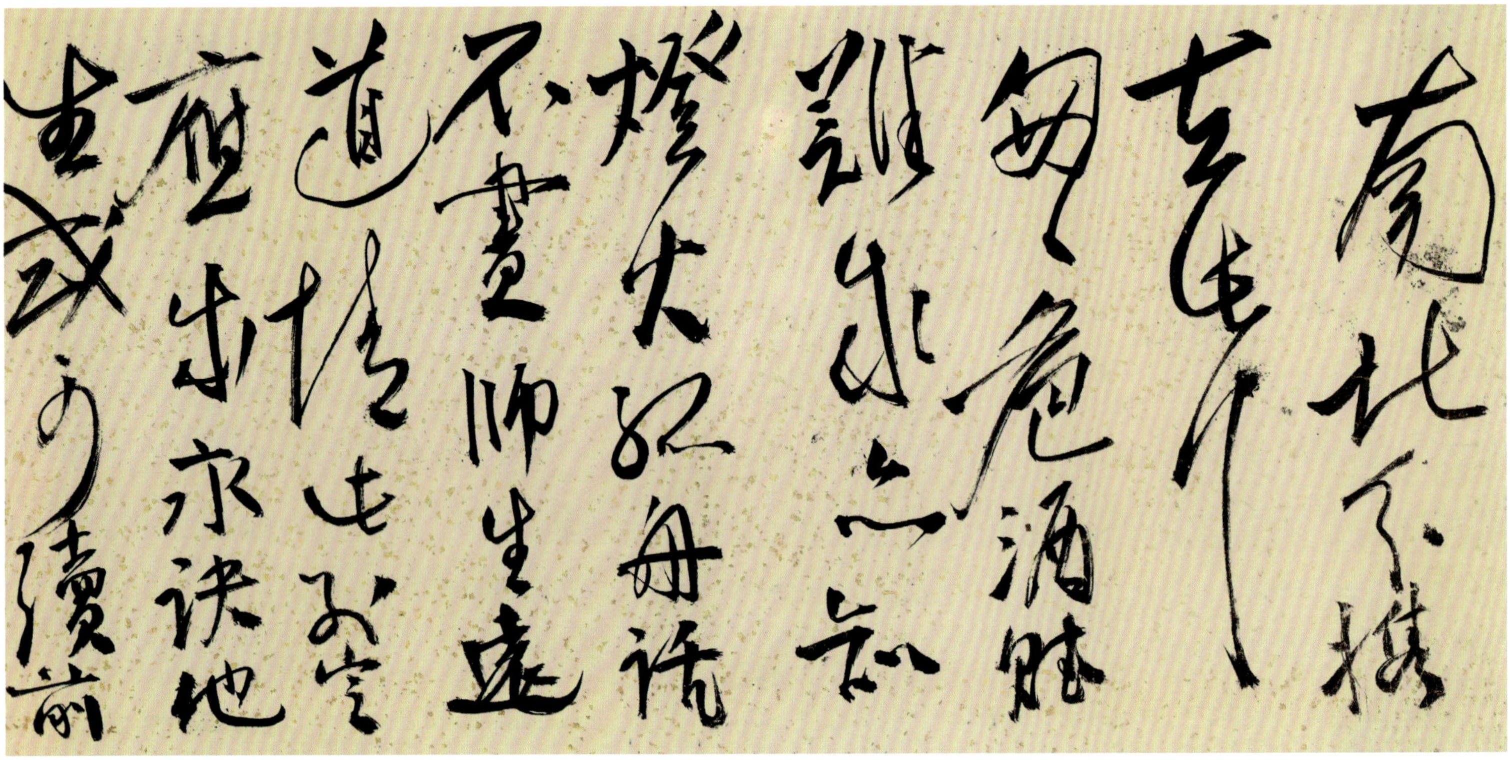

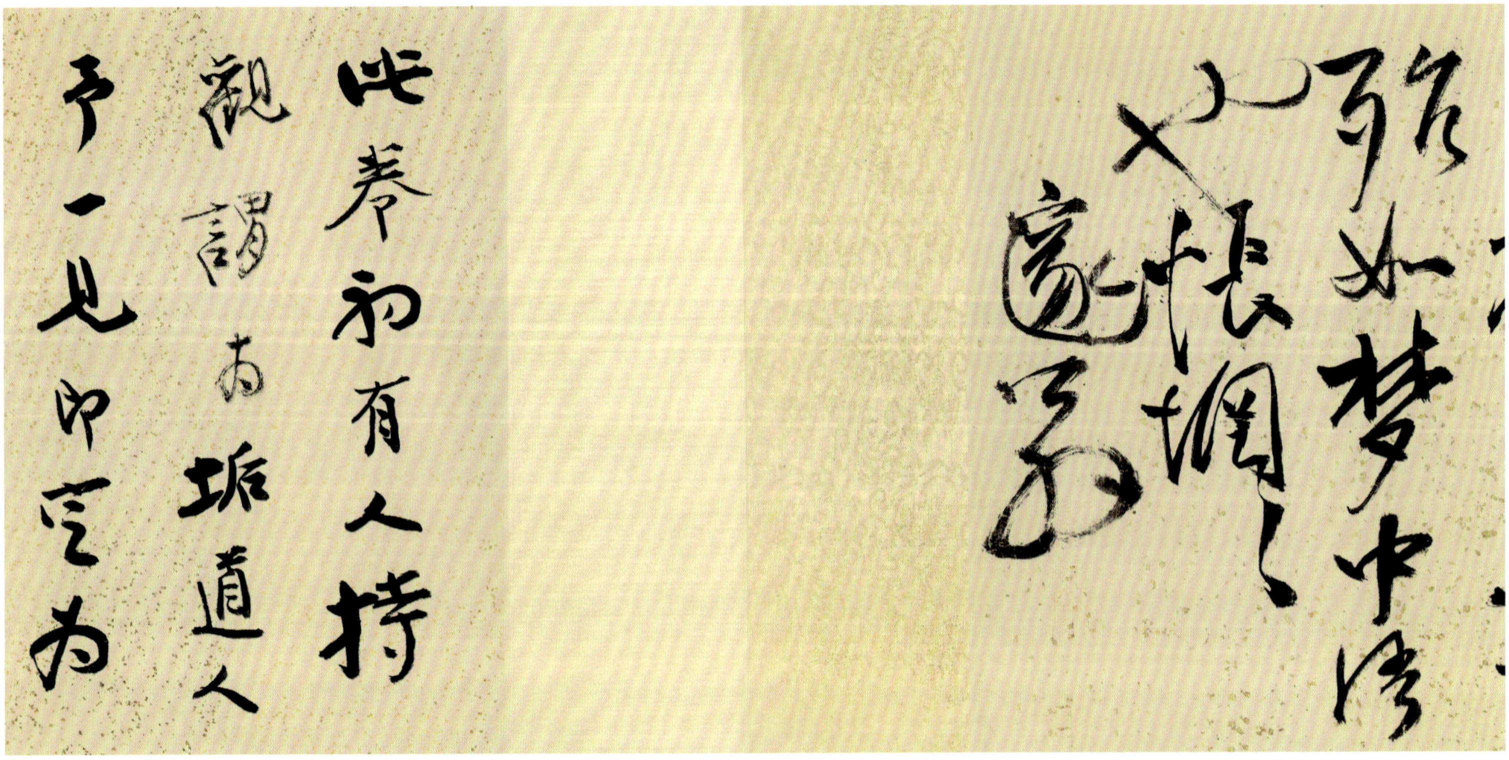

一四七　草書白巖別詩卷　明　楊一清

夜以六詩
曲成乃續前
題之畫拟揭
鼓催小色
兩岱秋思
共月明
大醉句
白巖了之一首
聆如夢中語

七以定為
楊文襄書及
觀署尾則其
楊書也文襄名
一清字應寧晚
號邃庵蓋居
丹徒堉道人名
邃字穆儔無月
秋邃翁之理況
樓楮墨韵皆有此中
葉識談耶
戊寅春張壽

九龍山人墨迹

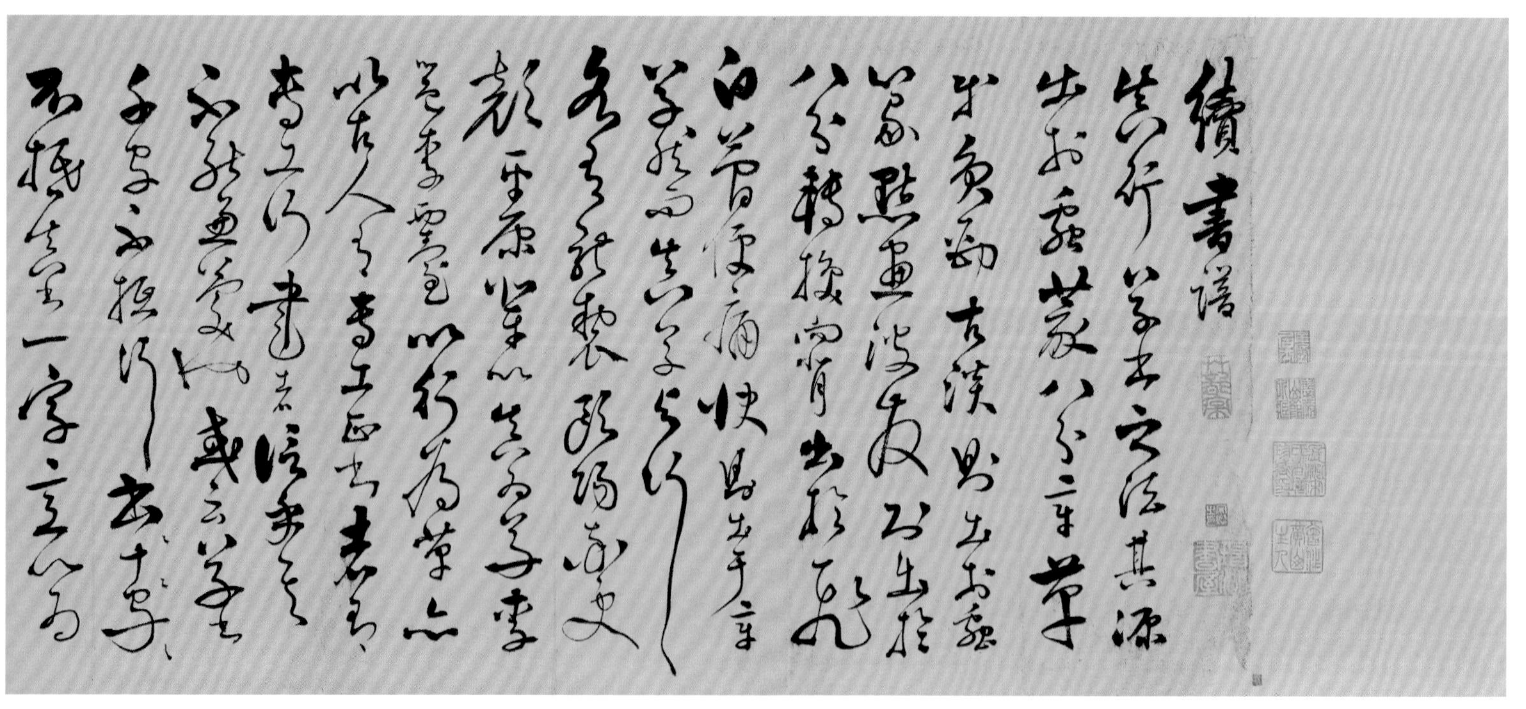
續書譜

一四八　草書續書譜卷　明　張弘至（之一、之二）

十髮居士

一四八　草書續書譜卷　明　張弘至（之三、之四）

一四八　草書續書譜卷　明　張弘至（之五、之六）

光緒壬寅中秋義州李葆恂龍陽易順豫甯鄉程頌萬同觀

光緒甲辰四月既望溧陽端方觀

西林岑春蓂觀

光緒乙巳九月既望余客游武昌訪宋君蓉塘促談至夜

一四八　草書續書譜卷　明　張弘至（之七、之八）

武昌謁宋君蓉塘侍讀至衙

分宋君出此卷見示時秋風

灑爽天高氣清開卷懍然益

覺神飛骨健因誌數語更結

一重翰墨因緣 東州劉春霖題

光緒丁未仲春竟陵胡聘之觀

光緒丁未秋八月

蓉塘大令謝天門篆還武昌出此卷見

示忻賞不置 桂陽陳兆葵題

宣統紀元長至後大理呂鈺宛平

顧德保慶雲蔣燿奎會稽春毓琦

同敬觀

宣統二年冬至前一月臨桂李誠拜觀

戊午五月沈曾植蓮舟王乃徵商衍瀛同觀

乙未七月下旬與平江凌鑑園同游匡廬時

蓉塘老兄隱居山中築懷白樓邀予兩人

信宿其中出所藏書畫挑日讀之不能

去也此九弦山史讀書譜流宕頓挫神

骨高絕得晉唐書髓十八年前予與

李文石易由父同觀題字於武昌今卷

尾題如端忠愍及文石復心俱去世而梁

鼎由父留滯都門對此益增唏感是

日爲閏七夕山隐若霧破悶重題

十髮居士頌萬記

甲子初秋同弟經龢賀虛竹造訪

蓉塘山人於懷白樓出此卷相觀拙翁閱因記

東崖書屋記

即墨之城之東有東崖焉高亢爽朗面值芳山望巒海島傳御藍君又繡家之邸墨邸崖為坐百傳御君以文學顯其子田龙以少年登薦為大學于時方傳御君讀禮射海攜田及鄉俊彥講習其下傳御君頗命歎曰學者當以是矢齋記泰山雜言高子如東海芳言芳山趣乙下之士耳觀也海渚百川包地維通乙華夷古

而傑地六以人而名東崖書屋其尔從傳御君而顯戟福稽誌葉於之書院有二百漢鄭康成玄一日家昌東萊祖謙皆以著述有功乎是者也東其地有有漢楊矣尉震清白傳家世為三石鹿真地者有漢王諫議吉色諫鴻節玉戎之卿隱有其山昔為進薦玉振而障之壽鹿而陽東都之書義傳御君其當有下羲而興焚登山観海孔走門墻于弟道耳姚覽之寺觀之哉矣傳御君兩傾之家兹之所傳公邦福所時与堂書同以一壞之惠塵

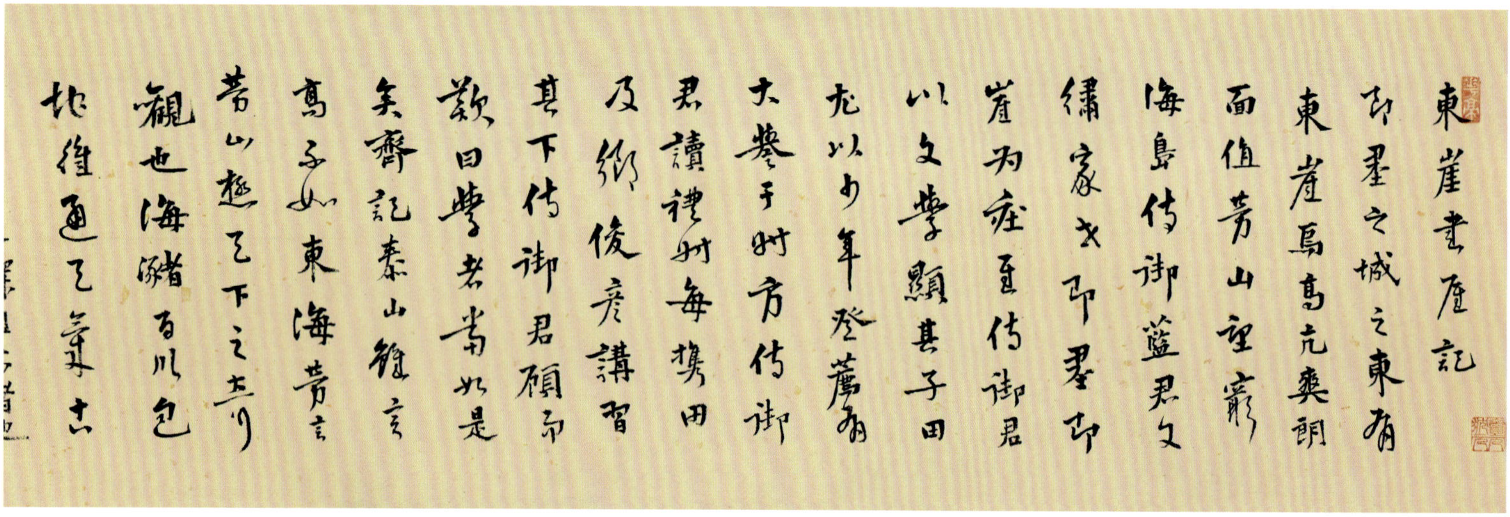

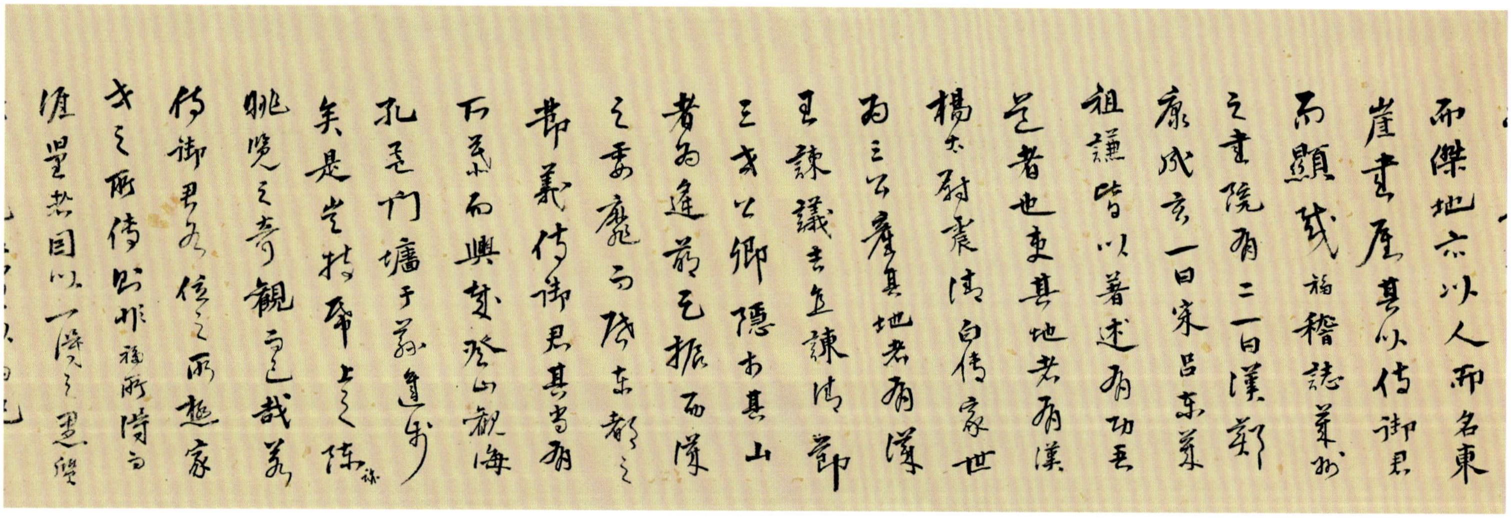

一四九　行書東崖書屋記卷　明　錢福（之一、之二）

地復通王氣吉
今之距深且大昔也
於是虞夏得焉
吾恐鄭邑氏所
謂登山觀海者
或託諸擬議形
容而其真趣常
在吾數家中矣
因題曰東崖書院
乙未春莫
為拙兩衕乃篤繪者
貌其豪雋 福記其
事 福觀侍御君下列
筠蔽荷靜綽有古
聖賢風而其所嚮之地
有如此者是皆居息
游學乎其無方之地
靈人傑不理執之
而乃謚世鄉人因地
人是也二人印名東

值星於同以一隅之遷
諸書院諸東以為記
弘治乙未夏四月十日
賜進士及第翰林
國史修撰華亭錢福記

奉題
東崖書屋
天台御擬寰宇清 光于四表
昭文明顯唯
每臣閣所用草堂歎起勞山英
勞山擅蜿東海秀泰岱雖高
巍在後勞之東崖結書屋考槃
在陸碩人軸崖之風景四時新
優游慎東人如玉斯人可望不可
親笑深幽獨吾伊讀清風不約
能自來白雲許可留同宿金芝
瑤草日芳菲驚文點馭無生
熟鄉鄰桂花手能攀玉蕊蘭芽
春接續高才雖是氣凌雲能暢
屬曰意勤萬卷羅蟠國子監之卣
眼空神斗文天龍硯詔吐奇芬一天
星斗手中分有身不寶為鄭重
懷寄述邦之獨用請看石閣之瀾辭
趣玉自然光陸離出迭瑯玕戲
闔閭滿建欲看盡稱奇 才高自異
常人異

常人興聖主罿之雄岐地兆志貴者盡其忠委
致其慮而不懟對伏大彔ヽ請劉亮
斬陸臣髯蕘駐一忠耿ヽ貫三台山道
元涇簡榮來書屋東厓可玉院
康成著繼東萊
　　　　八十九歲人自書于小三山世壽堂

次夏大理韻
朕東風土雄且清俯瞰滄
海涵空明霽鹹田罩有遺
跡壯哉千古思英城東
之厓最奇秀岡巒島嶼紛
前後城隅蕭ヽ數椽屋中
有牙籖三萬軸倚城面山
觀大洋迴圓連林種羣
玉間渠潢灘是誰家累
世相傳一耕讀堦壠日煖
蛺蝶蟠梧竹枝高鳳皇宿
自擬璠璵韞櫝藏不取梯
稑笈秋䒭書與傳勤讀果繼
工子友書

明韜霊地不可秘柱階生人兄
英柱丈風神碧梧秀世棄九前還
啟後著書萬葉東厓厎大様文
章妙機軸ヽ夜光騰貫月虹清持
價重連城玉陳跡寧觀方
萬戒異人間讀曼飛遠勢摩鳳
迴簡落餘香蠹色宿虞機在敍心
自知郢斲徑片手俱執一脈真傳泗
水禾六枉不擬河汾績碏禾媾呈
登青雲寸柬憂國何勤ヽ書端玉立
凜風載要伏天極昭人文騄馬來時
山岳勁鷟平到處鎧鉎子高名合
S東厓重如此大才當大用眼中鵝
鳳百倍禪九苞五采紆陸離席珎
深知丈夫貢鷰鳬已擅男子奇岩
高雜徵闖神異傑竟在人靈在
地哉觀東厓父子間以左徹今作
理秀二驃騮一出比英室奎璧雙
明南斗避青漢棠陰搨上右經綸
須自典謨來
寵九年丈貢書屋對揚載賦巧
山榮
　　　　東越馮蘭

二岩山高漳水清水光激灎山光朝

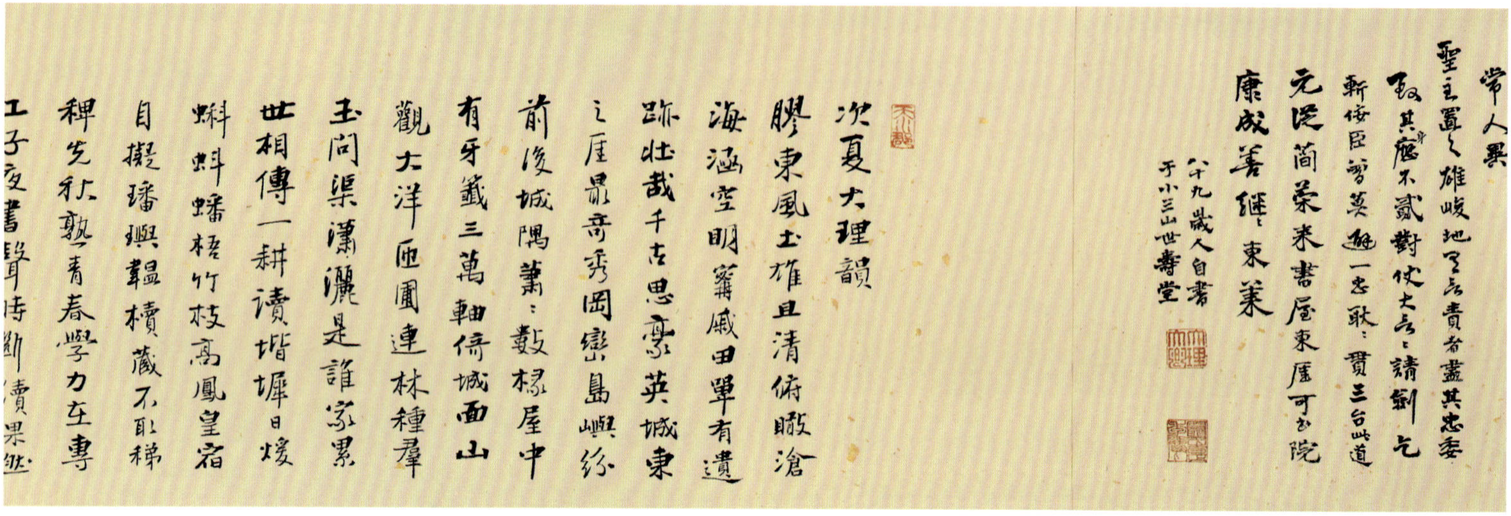

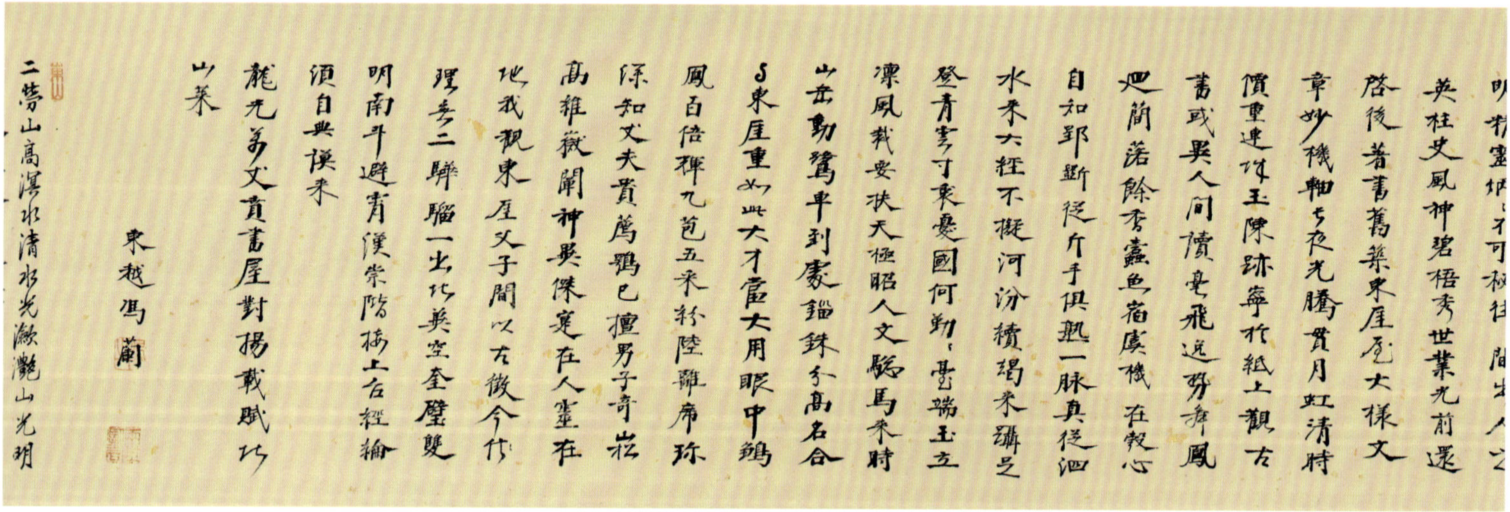

工子夜書聲時斷續果然
獨步天衢雲三策
臨軒清問勤榜中淡墨灑
宸翰柱後高冠繡惠文趨朝
劍佩承爐芬彈壓百司汪
渭分黃鍾大鏞萬鈞重梗
栰目致明堂用更有新雛覽
德輝馳驥綠耳駬纖離煙
樓一躍不可制嶄然頭角看
權奇可是冀北君獨異育
俊儲賢須勝地大勞小勞
高插天峯嵂真為岱宗貳
回視諸山等丘垤俛首爭趨
下風避匿危乎野近中台
浩浩鯨波天際來曉望扶桑
近羲馭紫雲深處是蓬
萊

吳江趙寬

勞山矗矗凌太清海日倒景扶桑
明精靈炳炳不可秘往往間出人之

二勞山高溟水清水光瀲灩山光明
中有丹崖更奇絕林深溪渺雲英英
形勝占斷岳之秀鍾擅康成伯恭後
皆為書院書院學軌千年共心
軌人識草廬潛卧龍天生渾璞韜良玉
一中造化費研精果世遺經便誦讀曉
分篝食常霞飧夜拂石床和月宿絳
帳剡特後學宗常編斷處先天懿尼
防阜陵尋自通洙泗流長絕還續有
時戴耕崖畔雲一書掛角忘餒勤紅粧
不擁登山妓光焰常函通斗文三級春
濤桃浪芬一枝秋愛桂花分此時聲價
南金重舟楫鹽梅總堪用身隨
北闕挹清輝書與東崖始別離冠蓋金
吾容偏肅馬勒青驪興轉奇清紫
不與西臺異直氣獨觸塞天地兩
浙三晉久延行蟬蟬華美無二面
有秋霜襟有月山搖膽落狐豺避少微
元不襲三台出處匯從孔孟來一志
澄清都了卻還將舊屋除蒿
萊

東魯魏紳

東崖屹立東海邊千尋峭壁凌紫烟
地靈人傑非偶然一門喬梓珠玉聯
搆此藏修屋數椽勞山當戶青可憐
有時極目窮海天蓬萊方丈小如拳
舉手可以招飛僊翔鸞舞鳳來蹁蹮
有時閉戶理遺編舌耕萬卷勝良田
朝經暮史惟精研左圖右籍相周旋
洙泗濂洛道之淵學如巨海納百川
聖明圖治日乾乾肯容才俊老林泉時來
脚踏五花磚日侍
玉皇香案前摘姦指佞吾職專太微執法
應星躔小山叢桂秋正妍
大廷指日聽臚傳鳳毛五采仍高騫韋成
相業紹韋賢四首心如崖石堅幼學
壯行無愧焉夔龍接武榮後先書香
世美恒綿綿吾將勒石紀歲年文光
夜夜東崖巔

錢唐于冕

群英遺墨序
天下乂安文運大亨搢紳公
卿大夫以及遺逸之士一話言
一筆札皆足以名世而傳後侍
御史藍公文儒博雅好古樂
善不倦嘗於觀風之暇截楮
為卷以登載諸公文章翰墨
之善者卷成謂其同年友郝
君性之曰古人之可傳於今即今
人之可傳於後也吾平生交游
散在海內覩其翰墨而思其
為人雖在千里外每一展閱則
一晤語也可以不忘故舊之義
矣至於前輩舊德先生長者
之作則凜然起敬蓋不待躬
侍几杖親承謦欬而放心收[illegible]
以肅矣世有為圖畫蓄玩器

一五〇　行書群英遺墨卷　明　趙寬、楊茂元等（之一、之二）

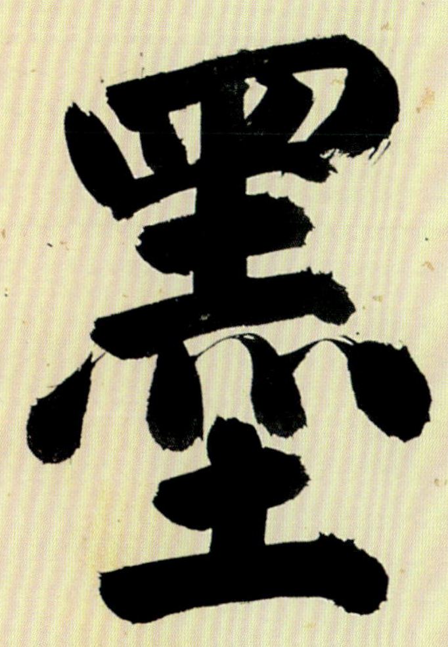

眞

內閣中書舍人永嘉趙式題

以自娛者吾之爲此顧不賢於
圖畫玩器哉昔人得歐公史葉
謂富可埒國吾之所集將遍
一代諸名公者也其爲富又可
勝計哉他日傳之子孫既足以
見一時人物之盛而起其忻慕
愛樂之心而不謂名門舊族又
豈在金貝珠玉之充物而已耶
予聞之嘆曰公其賢哉一舉而三
善備焉絶忌刻廣揚善仁也
厚故舊重名德義也不貴異
物不寶推賢智也三者天下之懿
德也而公兼之推是心也一長必録
一藝必庸而人才無湮没之嘆
矣不畧疏遠無遺壽者可以敦
薄夫而勵偷俗矣行必有覲德
必有師無玩物喪志之患而有

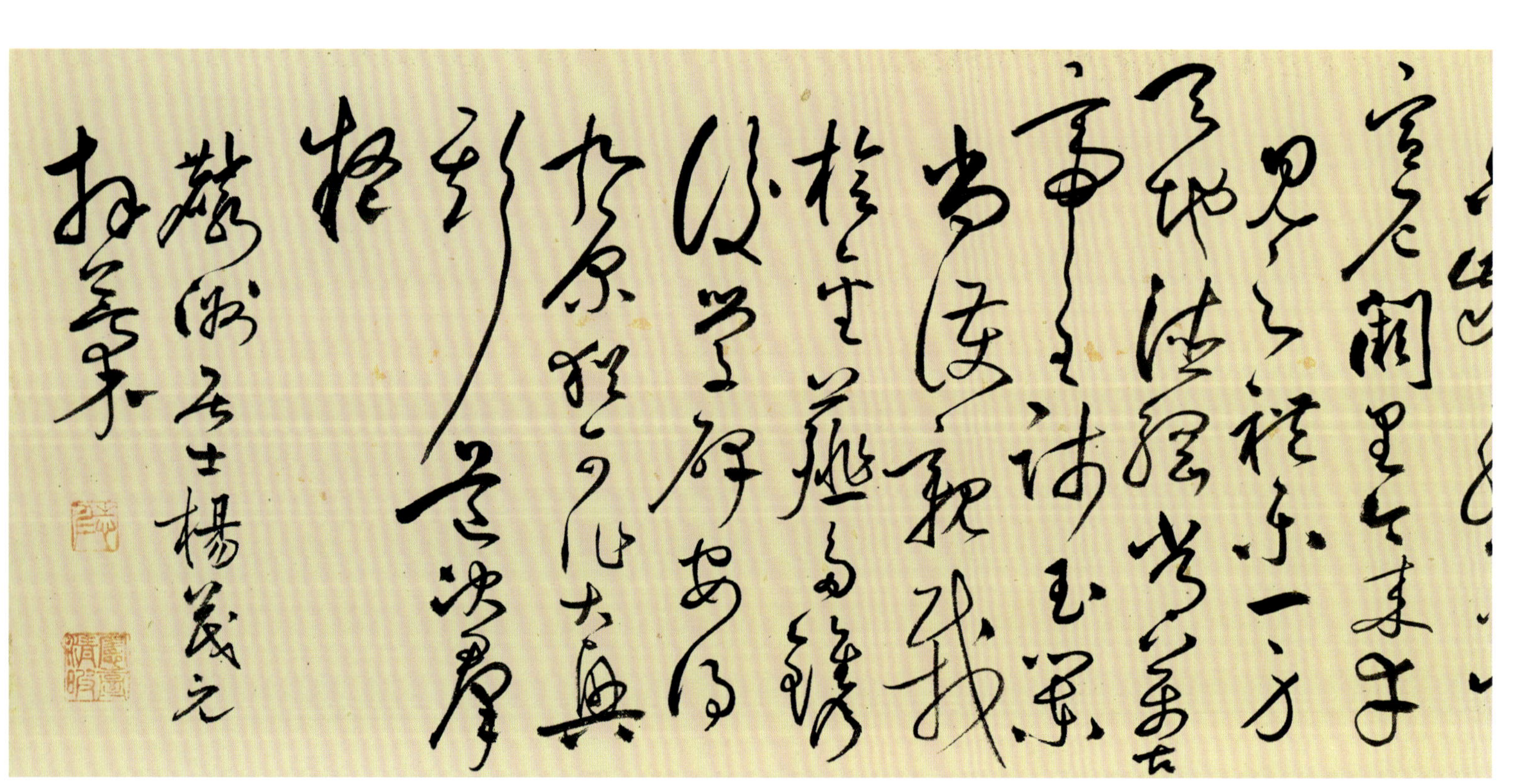

一五〇　行書群英遺墨卷　明　趙寬、楊茂元等（之三、之四）

東山
今日相與何代宗
路傍能格數曾
根植高看東西
累勢高麗青山千
春遠筆地塔
正樓台氣石後松
清氣不盡更村
罪我四顧英情
那更來相
何時歸去
謡
雲生處
六經已粉蓋室

近作數首寫復
舊契柱史益先生一笑
賞梅
東園老梅谷繁花攢雪
光時攜小榻獨坐花中
央岂憶情性逸轉覺心
胖香呼兒具盤飣命婦
提酒豁浩歌間淋吟賞此
先甚芳當開遐
世運方隆昌此樂方麗爭
陶然邁羲皇
原韻
衛武睿聖人作詩戒飲酒
淵明亦高賢一杯常在手
我志在古人取舍亦為高
武要重寒淵明生不偶恍
揚真多歸騰達亦老友

一五〇　行書群英遺墨卷　明　趙寬、楊茂元等（之五、之六）

六時靜處活
雲無生
走叟在卧龍山麓肥遯園
之蘋春閣書
弘治乙未仲春云

遊金山寺
飛鳥摩霄翻子仄紅明
明月出時樓臺鼇雁雨
之浮遠塔晴履未以
聲不開萬星舞冰
須有此十年情夢是
尋來 十年前遊此 不敢城下負
此詠秋見寒潮

成茲著瓷羹和販醯鹽
一棒滿海宇謐故錄後
犁出觀風采詩之典紫
老孫氏之請乃攜手福隨
孫所錄記忻老三首並
翁篤金山西湖皆先生
携卜之將樣而海又醒角
之所出先生所為了以先
生亦東海之傑也豈無塵
不能是詩見為題跋
者僭見之以為何如 錢福

君馬黃
君馬黃，我馬驪，白玉為嚼勒，黃金裝轡頭，腰間何所佩，琿琫雙純鈎，所期在遠道，税駕崑崙丘，美人恐遲暮，駕言指東路，忽忽生別離，踟躕何所遇，我馬亦然鳴，十川九迴顧。

羅敷行
渭水清且漣，照影常自憐，柔桑不滿筐，冉冉春蠶眠，道傍觀羅敷，羅敷語誰前，使君驅車來，五馬錦連乾，借問誰家兒，使君有雲軿，羅敷笑使君，妾本秦氏女，十八嫁主郎，主郎事棲梧，鵷鳳非同羣，鴻雁自有侶，國卿時謂何，黃金非所為。

一五〇　行書群英遺墨卷　明　趙寬、楊茂元等（之七、之八）

一徑冬光松旅寬可邊流水馬蹄
雲青山當面似無語黄犬出林迎
有村栽對客懷聊自適□□□
廣不堪中古今往事去多少
多宿驛塌日又曛 借
洞江草閣雜咏三一
孤鶴歇曉行來南岸垂楊
南野菩葉痕跡印霜見
細風吹入短篷來
滄川
門外楊根系舟儂家美酒出
新篘請君解錢沽一醉灘
頭日落水悠悠
東郊漫興
暖入輕羅春風光正在蹊
吟中拂衣楊柳条若絲
照眼桃花爛熳紅
右舊作數首録奉
侍御藍先生大吟壇請益
侍生三山許天錫書

鄙詩數篇録上就正
有道 侍生沈周上
題李太白像
百世青蓮老文章豪宕人

[illegible]一作[illegible]北人
圖康王端的留須歸
李相幾希刖足徒 李忠定公諫都杭不聽
今日萬松宮闕處野花
羅綺馬笙竽
埋墳
新墳結得傍雲崖未老
先曾有此懷鶴表虛名
待誰錄狐丘宿約與妻
偕百年齋裏各諸妾
一鍤泥頭打早乎免子
君王乞骸骨自山生長自山
埋
老子嬉春挑酒錢樂哉
斯丘青嶂遣若教即死便
埋我更是可生還聽天
人間一日過一夢花下百
壺酬百年漫將醉
墨寄絕壁風雨不洗山
蒼然

373

一五一　行書喜雨聯句詩卷　明　楊廷和（之一、之二）

村若岩蓊以甘澍豐隆
誰與豹石飛廉謁扣始
芸蔦梅灌枝孫將支衆
含哺商羊寺起舞咒
蝗出驅捕石濕添紅藥
重孫響徹黄龍度砌草
芽与茁石盈花香澈吐
烟蘿桃浪翻孫蓮泛妹
綠霧石幽藻春水生孫行
涼葦舫渡拯魚詠彩
波石宿鳥迷於林翔蘭亞
參差孫黯喧韻交互石滌
浮龍鼓蟹孫影極蟻争
附石形龍龜拆文孫盡滌
蝸涎污鷗吻蚯仰吞石蛙

雲蓋煙題清秋石更觀澇
沱注沛然泱灢區孫聽之
竟朝昔石天其於洗孫
地已檢治霧横潤武淩
淫稍晴豁昏暫石但土濕
泥檢孫未至癘川諺石
志去多坻名孫纂挺事
可忌石洗宪夹猝挫来蘇
脱沉痼孫羣祀休請禱佳
日兹中許石編懷商家
霖孫底因方士步石禹言
咸自欣孫策予令不揆
生旁石穀成孫便如萊寶
綴沉同河朝夕石以及盈
云戊菜色章少甦孫葵心

一五一　行書喜雨聯句詩卷　明　楊廷和（之三、之四）

是倉庫石柱以鈐[illegible][illegible]
本寧且固 硃
今年春不雨三月中連日大
風且霾言麥在地者盡為
塵沙所壅生意索然諸公
皆以為憂至二十九日早雲
陰陰起久之澍合硃蓄毛公
與余祝之喜動顏色曰去
冬無雪地脈尚未潤今日
雨歲乎其庶幾乎俄而旬
午稍霽明日復雨和與賦句
詩六十韻因憶閣中故事
先正文貞文敏文定三楊公文
達文正二李公皆嘗有倡
和名載在集中可考也今
聖上南巡憂勞于外余輩朝夕

楊廷和字介夫新都人明成化進士改庶吉士授檢討
為人美風姿性沉靜詳審為文簡暢有法好考究
掌故民瘼邊事及一切法家言鬱然負公輔望正
德朝歷官至太子太師華蓋殿大學士武宗崩
無子議所當立廷和援祖訓請立興獻王子是為
世宗世宗未至廷和總朝政幾四十日以遺詔革除一
切詔常例者中外大悅及大禮議起廷和力爭議不
合乞休歸後竟削職卒年七十一隆慶初復官謚
文忠有楊文忠公三錄
石錄名人辭典所載文忠公遺墨係步此卷在杭
日時於燈間北城悅雅書齋邑昂久欲歸浙竟
未得達之不悅也丙申二月十四日記於北京[illegible]生

一五二　行書致藍章書札合卷　明　楊廷和、楊慎（之一、之二）

廷和頓首

廷和頓首

大中丞藍先生執事數領

誨言感感麻賊一枝逼近成都屯聚

月餘料其計將由安綿出劍門奔入

階文一帶

執事想有以處之矣彭濟物代洪公

捴制四川捴兵者亦將更易料成功

在即敢告

知之不備

一五二　行書致藍章書札合卷　明　楊廷和、楊慎（之三、之四）

□□□□
□重不備 友生□和頓首
大中丞藍先生尊契
十月廿六具 □□

廷和頓首
大中丞藍先生尊契
使来辱
枉誨陝西地方多故洛川近復
有事兼以歲旱民疲兵食俱困
執事之心想益勞矣藍撫兵欲
增調延綏兵協守漢中尚議擬
未定想欲
知之未聞萬〻
愛重不備
十一月廿九日友生楊廷和再拜
餘閒

廷和頓首
大中丞藍先生下執事冬寒惟
起居佳勝為慰
使来辱

十二月十七日具
餘閒
使者再至屢承
手教聞
起居佳勝為慰小兒幸竊一第勞
枉賀足感通家
厚愛流賊事經畧歲餘已聽招
撫皆
執事之功也
寵錫咼来行且為
左右賀未聞萬〻為吾道
愛重不具 六月二十三日楊廷和頓首
大中丞藍先生下執事

廷和頓首
大中丞藍先生尊契近因承差回
附狀想達
左右聞四川残賊復入東鄉山中
或又傳廖賊脫身潛走不免更勞
經畫也劉七齊彥明并其餘黨

經畫也劉七齊彥明并其餘黨
奔至常熟縣狼山七月二十三日
被遼東官軍盡數擒斬除此
大害生民稍得息肩矣想欲
知之時序漸涼萬〻
愛重不備
八月十日楊廷和再拜
餘聞

廷和頓首
大中丞藍先生下執事即日春
和遠惟
起居佳勝爲慰近者荊妻
病故小兒輩扶柩歸塟道出
貴治乞
遣一介導送之出入無任感
激之至僭易干冒伏惟
恕之亮之甚幸不備
二月七日楊廷和再拜
所遣使得一的當有司職官為妙

[illegible]
[illegible]
[illegible]
幸自重不備 [illegible]慎再拜
外聞

近有書奉想達
左右聞流賊又入大寧往來奔
逸尚勞
經畫奏功之日
朝廷當有
殊寵預以為
執事賀率尔附
問萬〻
愛重不具
友生楊廷和頓首
大中丞藍先生尊契

廷和頓首[illegible]
[illegible]先生[illegible]
貴候萬福[illegible]

一五二　行書致藍章書札合卷　明　楊廷和、楊慎（之五、之六）

兩遣使得一的當有詰職官者如

畢事在

執事通家之愛想已有處復此申讀情

切自為故也悚悚

餘閒

先和頓首

大中丞老先生吾兄兄臺表[illegible]

[illegible]

先和頓首

大中丞老先生吾兄[illegible]

[illegible]

先和頓首

哀子楊慎頓首
大中丞藍老先生大人尊執 不肖於六月
廿七日扶先妣柩出都城至陝州承
使者遠迓抵陝城辱
令似先生篤念舊愛館穀餞送感
刻無既聞蜀道盜賊已平可以前
進意欲於白水江登舟下保寧由

家書一封有便煩一
轉達僭易悚灭、

哀子楊慎頓首
藍老大人先生尊執臺下昨上狀想達
左右 走自白水江入利州以初六日登舟
但行李已從棧道上保寧恐途次夫力
不給敢乞
尊慈一
諭部下遞送不至淹滯為感僭易干聒
萬萬
情焰不具
哀子楊慎頓首
大中丞藍老大人先生尊執 不肖抵
家後 又辱
遣使者下問
手札云云感刻無極非
念兩世通家之好何以得此
兼金之惠未敢拜重益
先妣大故重叨
卹典宅窆之費一一不出於私室故
欲竊附於古禮君子不家於喪

一五二　行書致藍章書札合卷　明　楊廷和、楊慎（之七、之八）

進意欲於白水江登舟下保寧避
青橋馬道之險也水行但苦野宿
荒涼敢乞
遣健步數十至鳳縣入徽州庶畏途
可恃以無恐也借易悚仄〻〻惟
情恕萬〻
四月廿三日
哀子楊慎頓首
大中丞藍老大人先生尊執頃過
漢中重辱通家之
愛眷顧周至禮意稠疊
其為感刻有非言喻可盡
拜別後山行晏然以六月十
日抵家仗
尊庇也承差荊朝回率爾附
謝萬惟
愛重為西土造福不宣
七月三日
家書一封有便使煩一

之義爲使受而委諸無用是又
虛
左右之賜而增不肖之罪也輒附
使者返璧惟
情恕不罪
七月十七日
哀子楊慎頓首
大中丞藍老大人先生執事日者扶
先妣柩道出
貴治重辱
尊慈迎送館穀委曲周至
盛情厚德何以克當拜別
顏範忽復一年瞻企之私不異
一日人自北來時詢
起居萬福為慰
令郎玉甫此時想已北上拱聽春
官之捷為通家同業喜也輒此
布問未曰參侍惟
愛重為秦人造福不宣
正月十七日

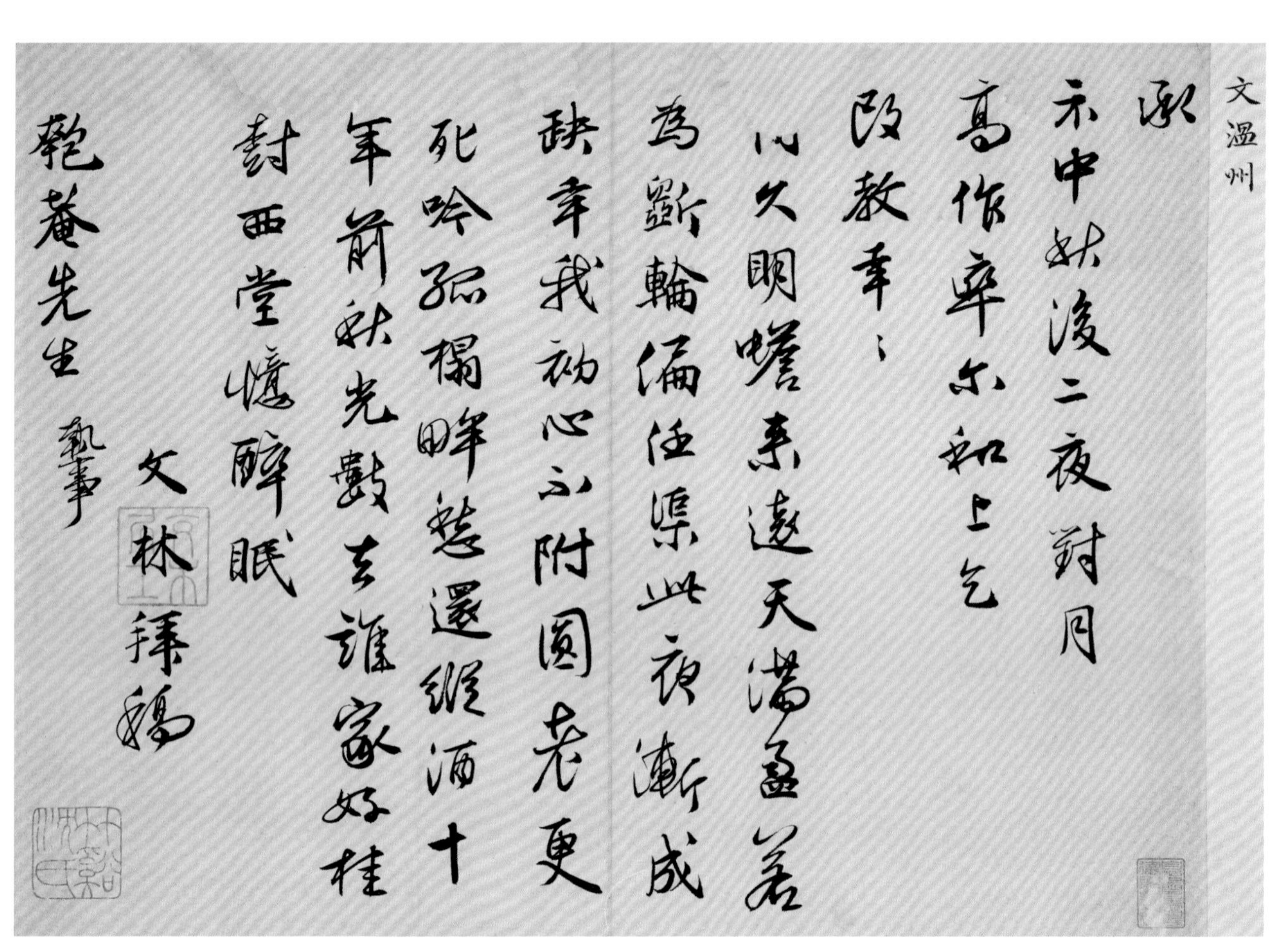
文溫州

一五三　明賢墨妙冊　明　文林、文徵明、唐寅、張靈等（之一）

一五三　明賢墨妙冊　明　文林、文徵明、唐寅、張靈等（之二）

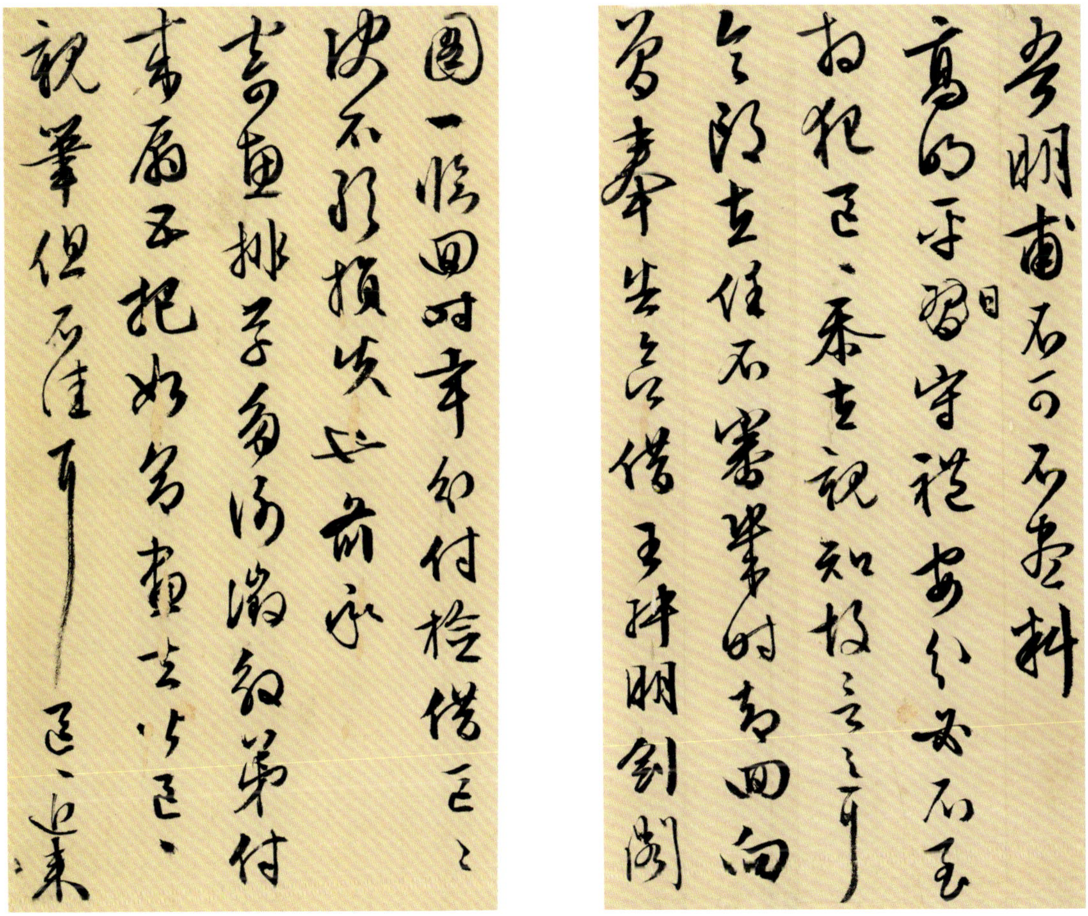

一五三　明賢墨妙冊　明　文林、文徵明、唐寅、張靈等　（之三）

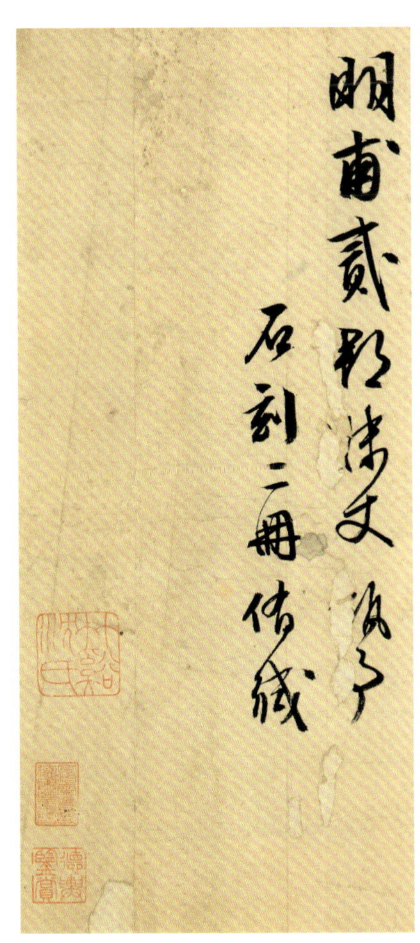

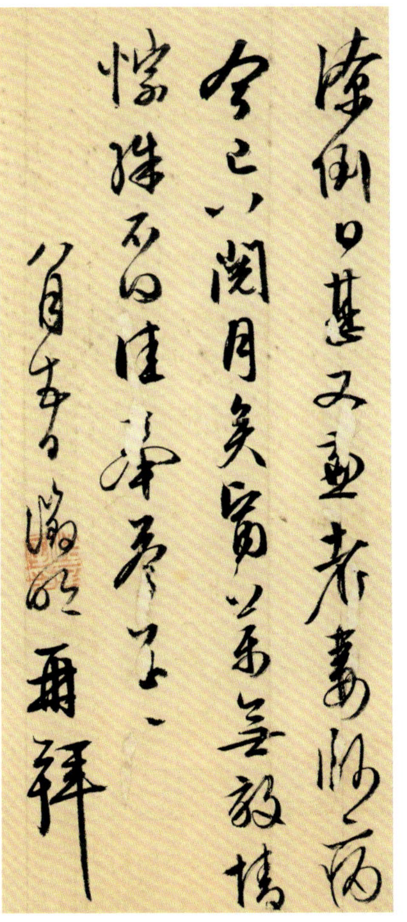

一五三　明賢墨妙冊　明　文林、文徵明、唐寅、張靈等　（之四）

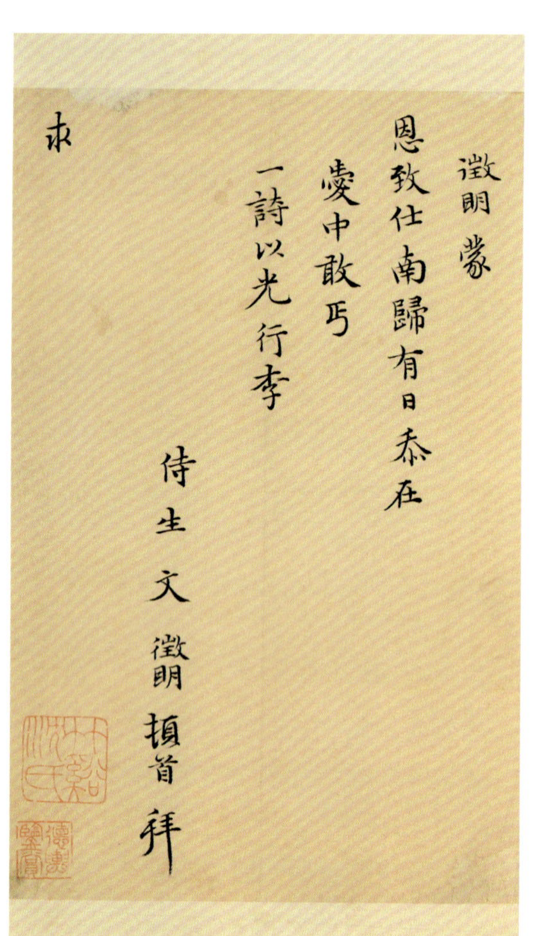
徵明蒙
恩致仕南歸有日忝在
愛中敢丐
一詩以光行李
侍生文徵明頓首拜
求

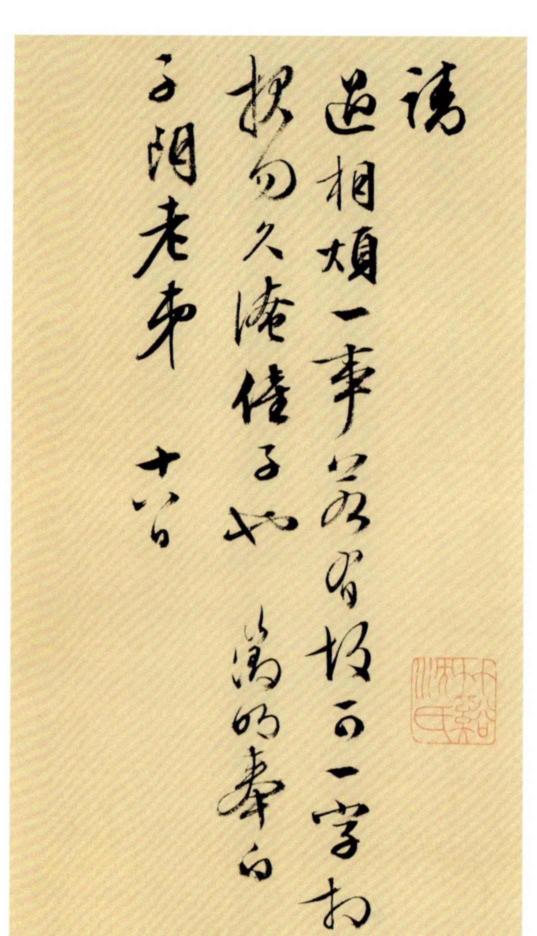

一五三　明賢墨妙冊　明　文林、文徵明、唐寅、張靈等　（之五）

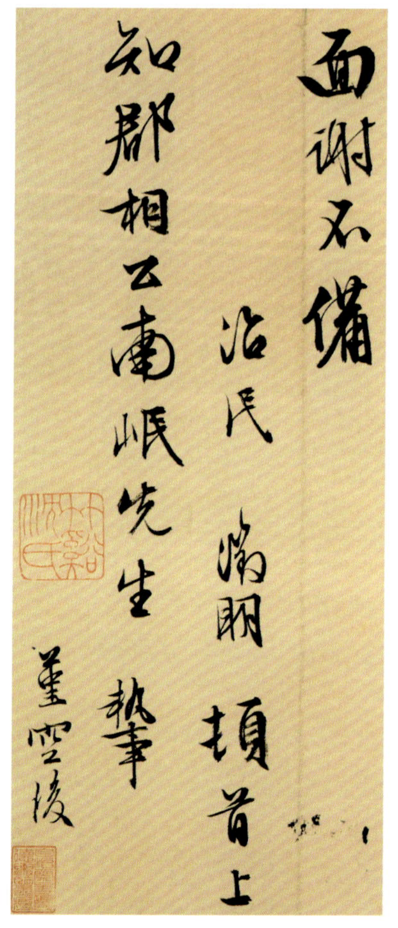

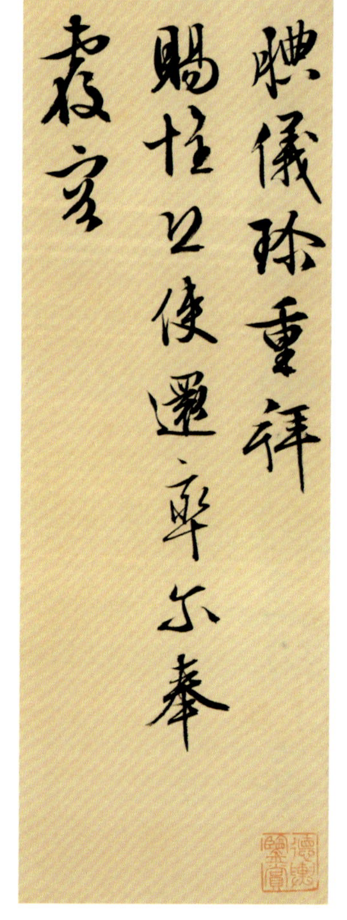

一五三　明賢墨妙冊　明　文林、文徵明、唐寅、張靈等　（之六）

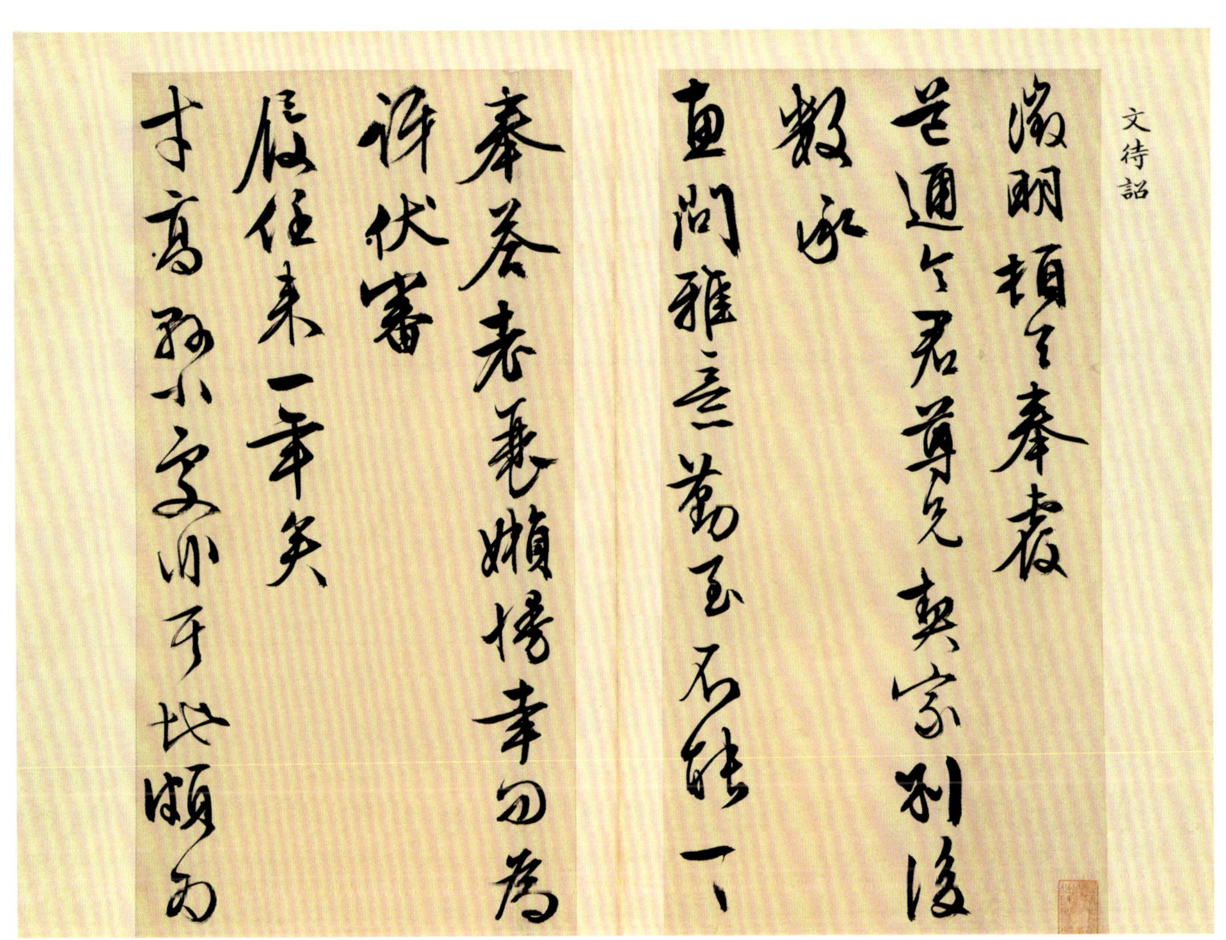

文待詔

徵明頓首奉復
芑通令君尊兄 賣家 別後
數承
垂問雅意萬至不能一

奉荅老兄荊榜幸勿為
許伏審
尊任來一年矣
假高難不才下此頓首

一五三　明賢墨妙冊　明　文林、文徵明、唐寅、張靈等（之七）

日來陰雨沉緜賤恙加劇
伏承
訊念固筆物領領
備不感 徵明頓首
少城文學賣家

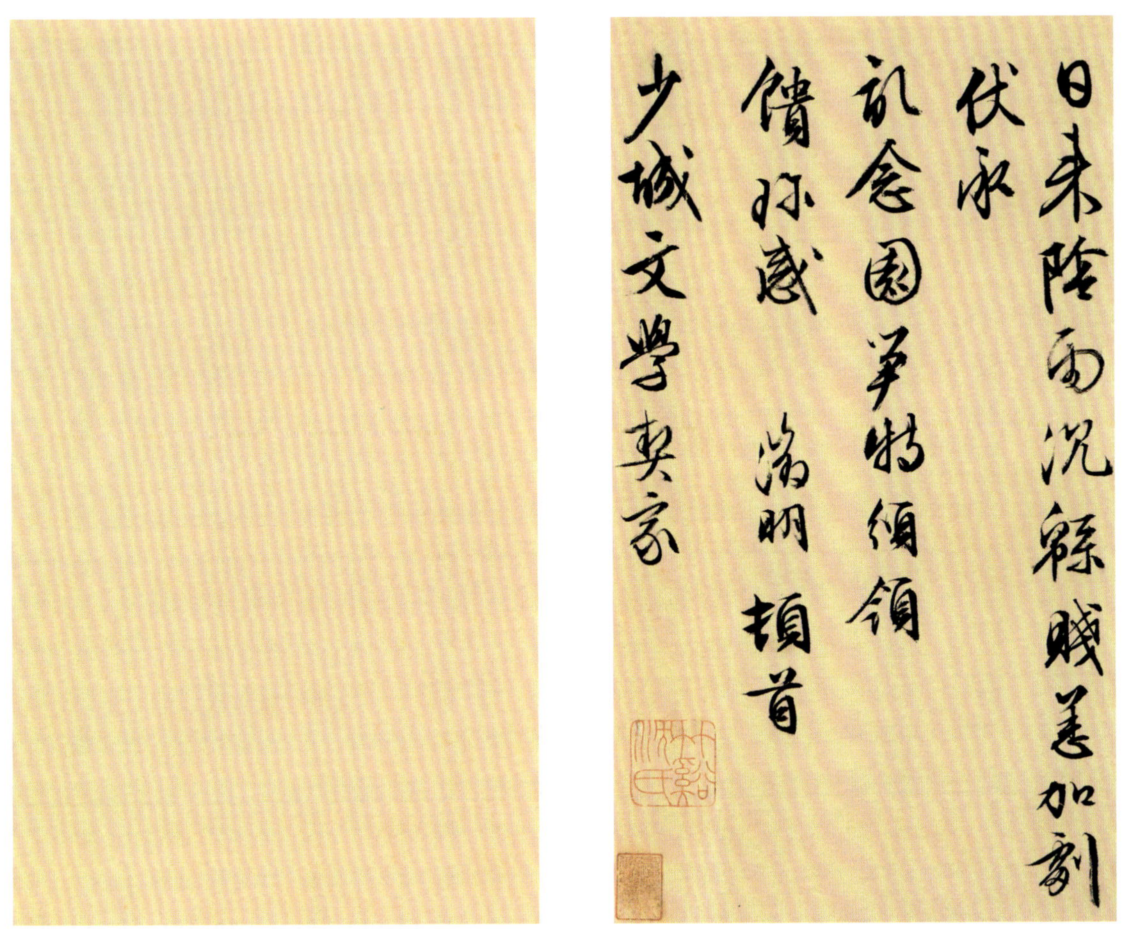

一五三　明賢墨妙冊　明　文林、文徵明、唐寅、張靈等（之八）

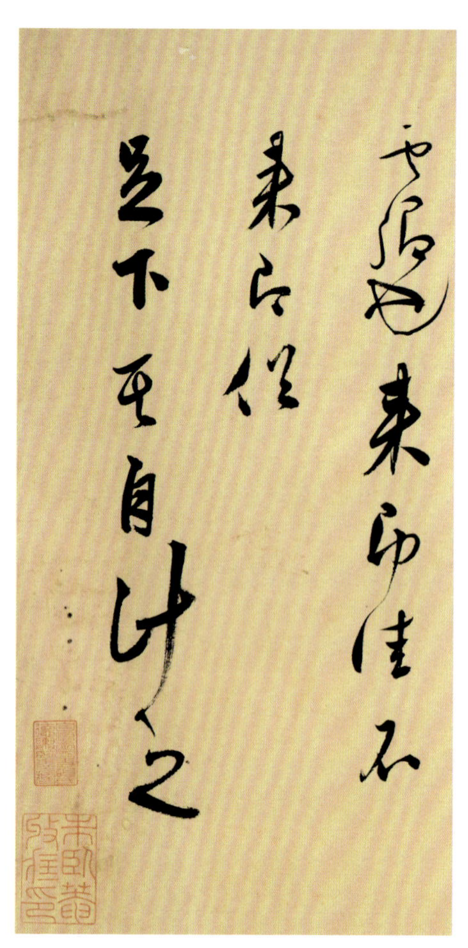

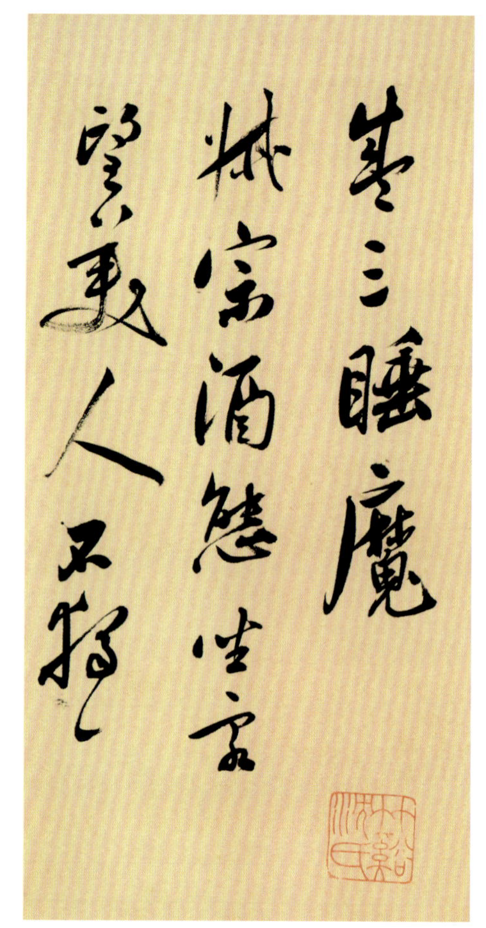

一五三　明賢墨妙冊　明　文林、文徵明、唐寅、張靈等（之九）

一五三　明賢墨妙冊　明　文林、文徵明、唐寅、張靈等（之一〇）

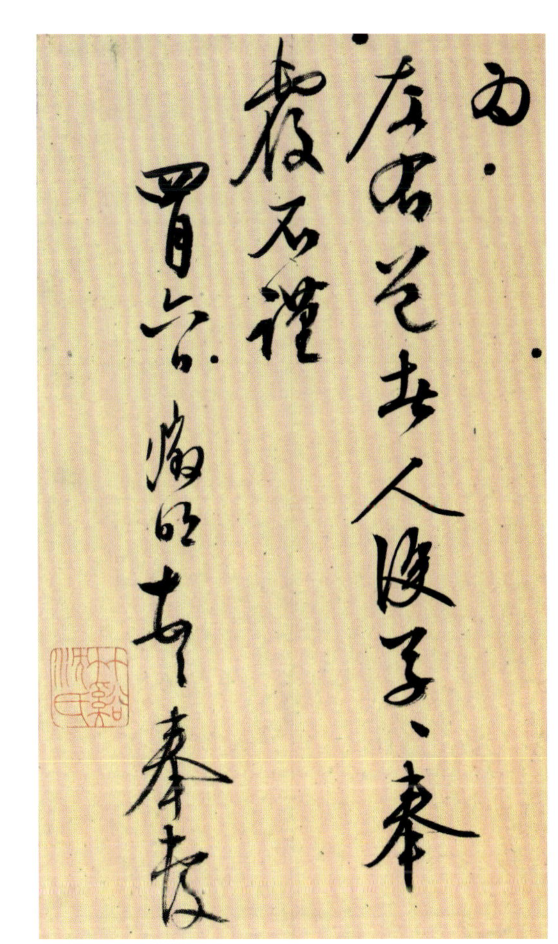

一五三　明賢墨妙冊　明　文林、文徵明、唐寅、張靈等　（之一一）

唐伯虎

昨約非敢怠緩諒是
照察明日辰刻一叙座中止有
清之一人再無襍雜賓侶承
垂念書生貧乏措置不易
渴下一節以盡此念則其慶
幸何復可言萬望少露半
日之程以副平生之望謹此再
用懇祈佈希

一五三　明賢墨妙冊　明　文林、文徵明、唐寅、張靈等　（之一二）

曲賜
恩光不勝悃愊不覺言之切
而詞之復也美果拜領青綃
決不敢受　侍生唐寅拜
時川大人先生座下

一五三　明賢墨妙冊　明　文林、文徵明、唐寅、張靈等　（之一三）

張夢晋書
適坐微恙不能趨赴
盛筵為罪乞
恕之
侍生張靈拜上
侍翰四先生執事

一五三　明賢墨妙冊　明　文林、文徵明、唐寅、張靈等　（之一四）

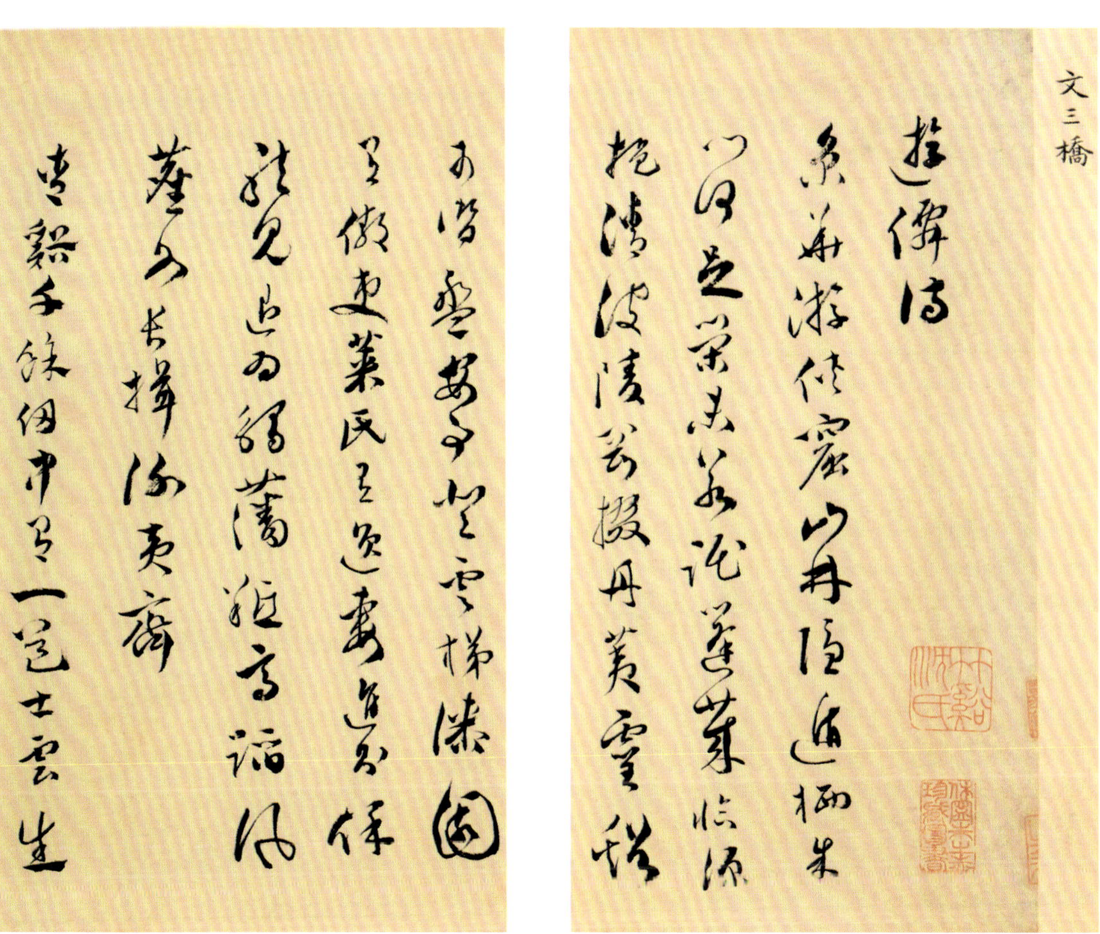
文三橋

一五三　明賢墨妙冊　明　文林、文徵明、唐寅、張靈等（之一五）

一五三　明賢墨妙冊　明　文林、文徵明、唐寅、張靈等（之一六）

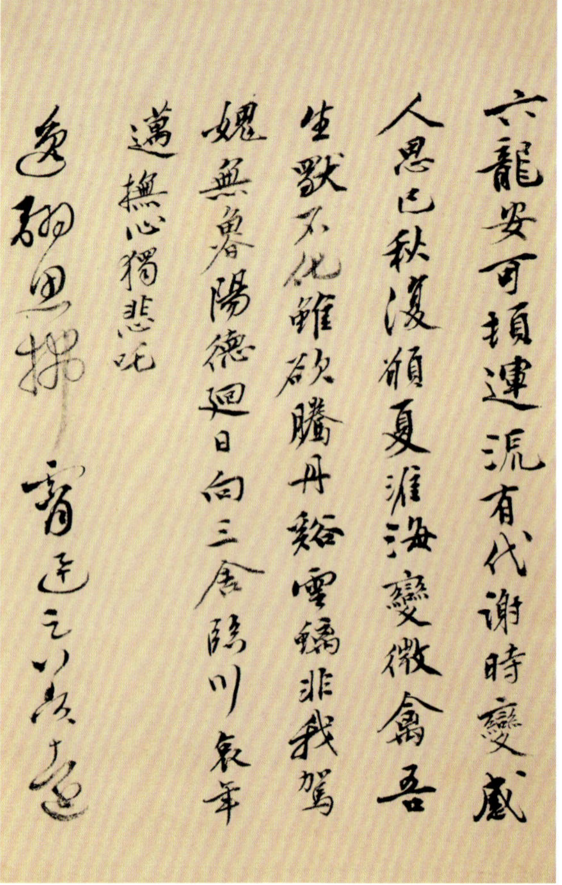

一五三　明賢墨妙冊　明　文林、文徵明、唐寅、張靈等（之一七）

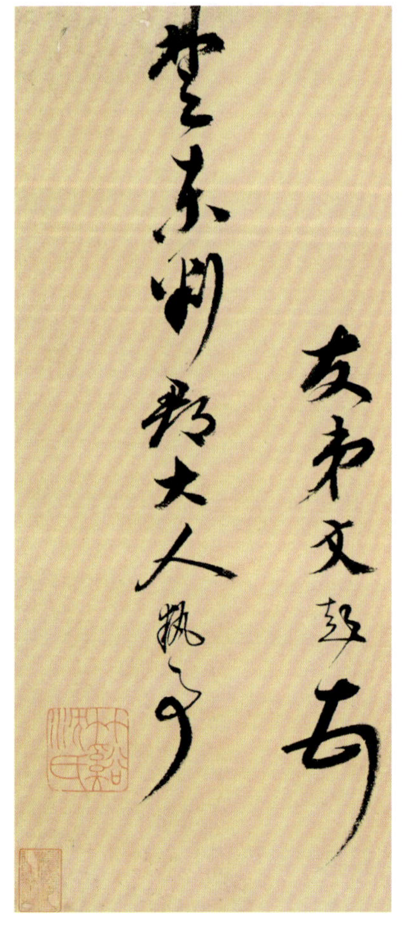

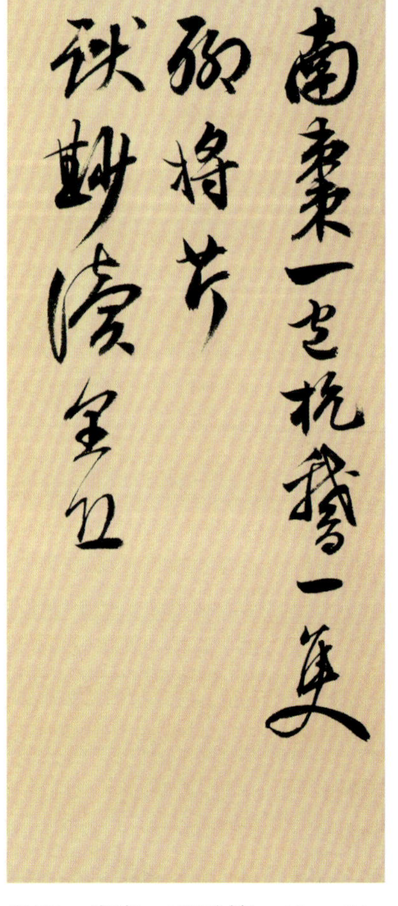

一五三　明賢墨妙冊　明　文林、文徵明、唐寅、張靈等（之一八）

一五三　明賢墨妙冊　明　文林、文徵明、唐寅、張靈等　（之一九）

一五三　明賢墨妙冊　明　文林、文徵明、唐寅、張靈等　（之二〇）

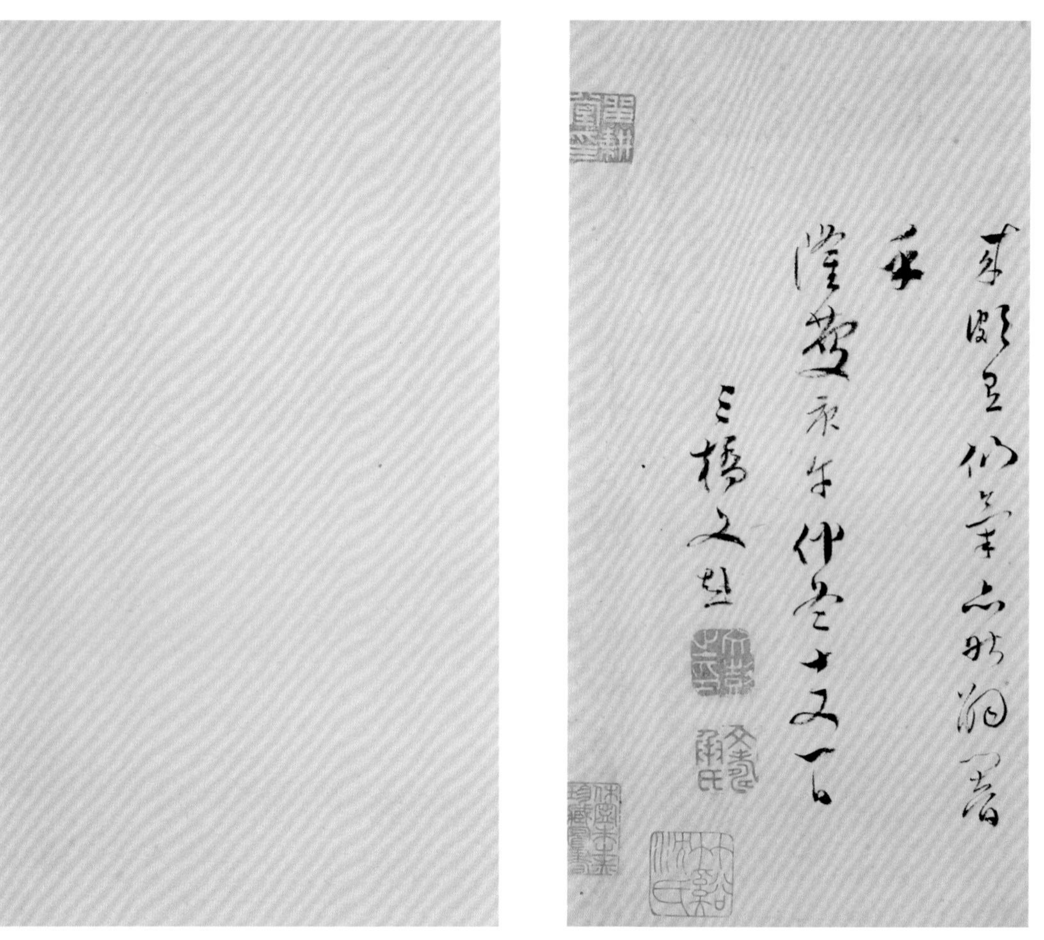

一五三　明賢墨妙冊　明　文林、文徵明、唐寅、張靈等　（之二一）

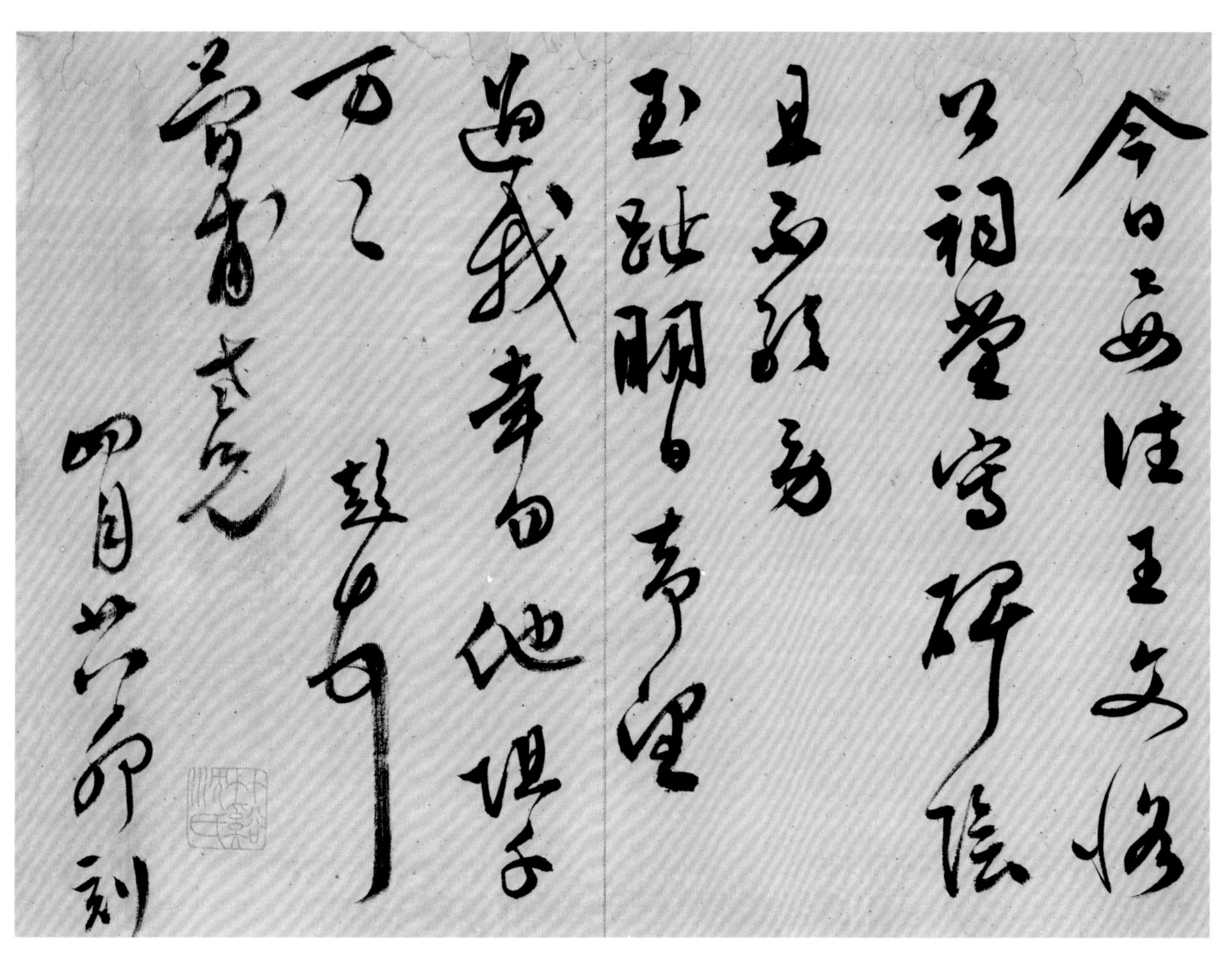

一五三　明賢墨妙冊　明　文林、文徵明、唐寅、張靈等　（之二二）

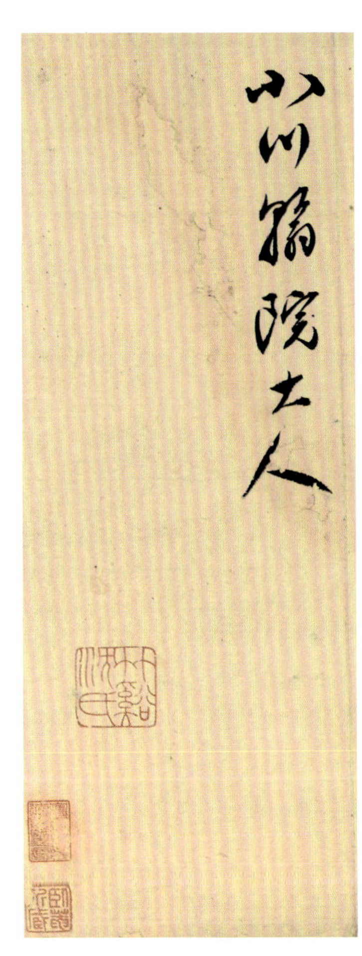

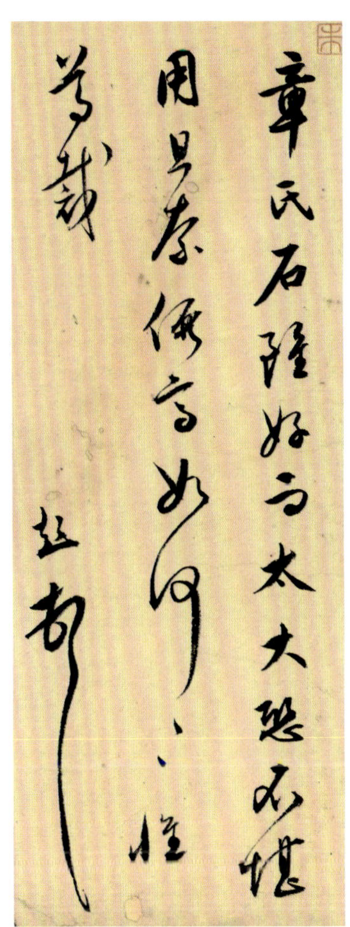

一五三　明賢墨妙冊　明　文林、文徵明、唐寅、張靈等　（之二三）

送毛純暇北游太學序

嘉靖庚子秋余端居無營乃與同志十餘人取太史公書會而讀之時毛君純暇實爲之長每十日一會會各執一帙環几默聽一人者琅然誦之至難以輒諸本參較異同朱墨旁列應手改定凡禮樂律曆天官封禪河渠平準與夫紀志世家列傳咸讀而通之疑義相剖高懷互騰更七月而畢辛丑六月將尋前盟純暇置酒觴諸君于第曰暇不敏辱久與諸君子游今暇當北游太學惟是離群之慮也抑人有言曰贈

一五三　明賢墨妙冊　明　文林、文徵明、唐寅、張靈等　（之二四）

人以金不如以言諸君子惟不棄瑕使瑕得佩服
而不忘以寡其過則豈惟瑕哉雖諸君子亦有
與也或以首簡授文子文子曰純瑕之與諸君子
友也所謂一鄉之善士也今北游太學不有天下之
善士乎纓冠弁玉聞純瑕之至必有慕仁彊義

含喜來迎者矣純瑕從而友之不益多乎雖然又
不有古之人乎古稱燕趙齊魯之墟多感憤激烈
之士今純瑕親歷其地登高望遠必當遐想神
接而慨焉如見其人矣不足以興起乎韓子送
董邵南曰聊以吾子之行卜之也於是純瑕欣欣

一五三　明賢墨妙冊　明　文林、文徵明、唐寅、張靈等（之二五）

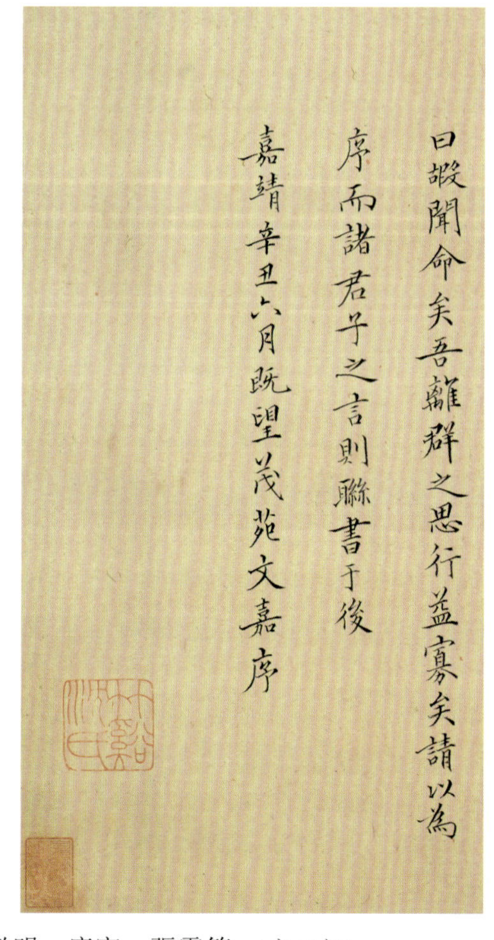

曰瑕聞命矣吾離群之思行益寡矣請以為
序而諸君子之言則聯書于後
嘉靖辛丑六月既望茂苑文嘉序

一五三　明賢墨妙冊　明　文林、文徵明、唐寅、張靈等（之二六）

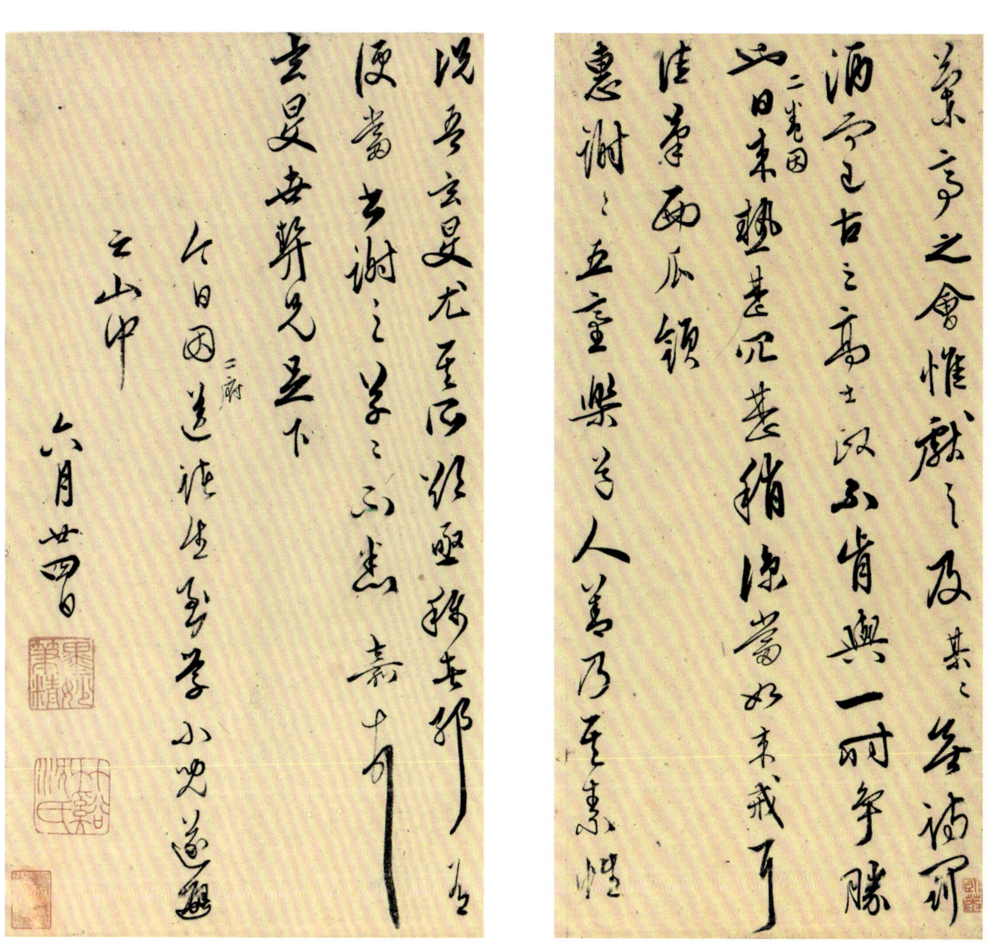

一五三　明賢墨妙冊　明　文林、文徵明、唐寅、張靈等（之二七）

黃姬水

奉和少玄表叔談園宴敘
覽蕪作因懷先君一首
雕宴叨花待瑤篇得藻
披艷陽嘉賞地凋落故
人思豈意向隅淚重沾
歎逝詞膏腴憝克父何
以慰諆詒
賢山黃姬水

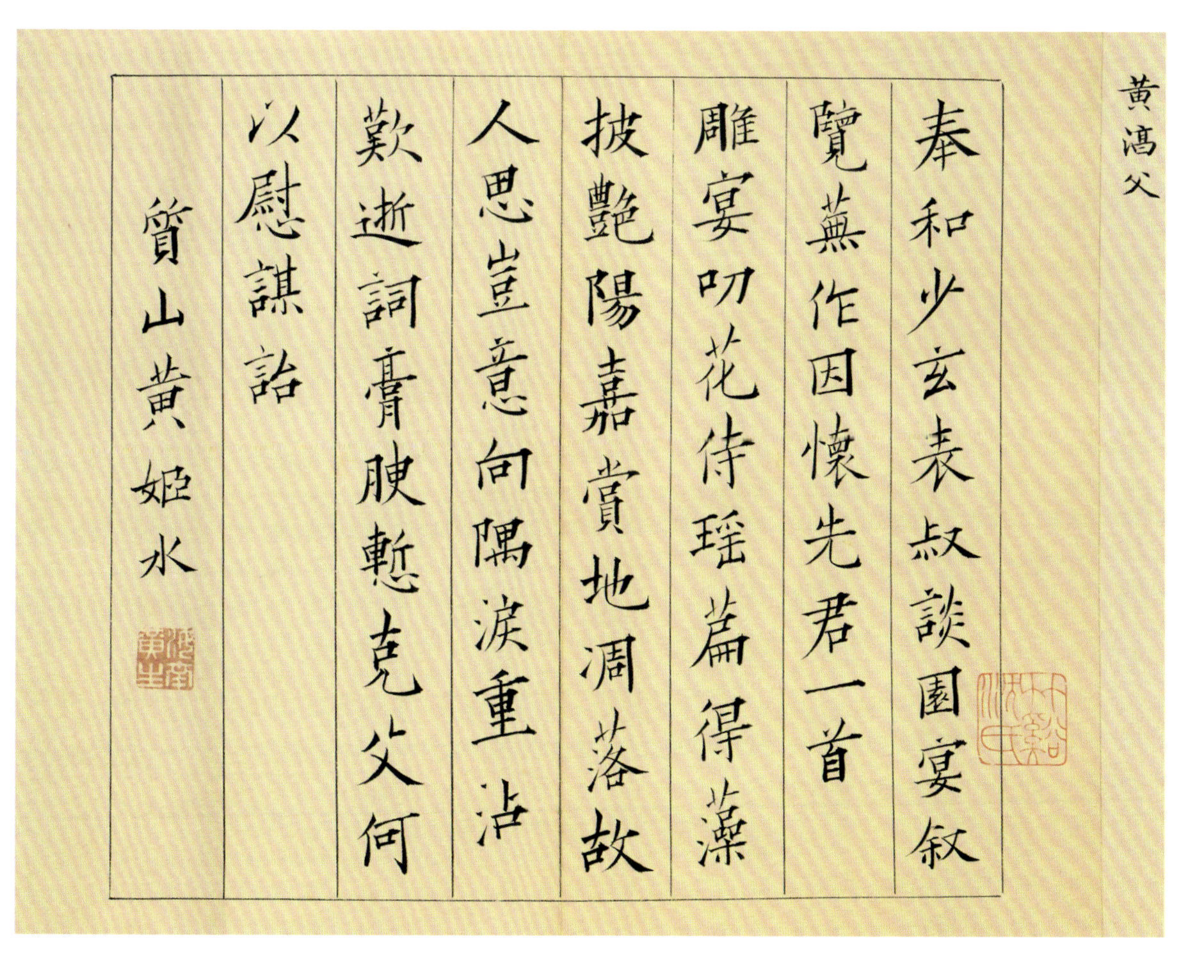

一五三　明賢墨妙冊　明　文林、文徵明、唐寅、張靈等（之二八）

憩包山寺懷毛公遺趾一首
清秋陟湖寺隈隩轉林煙
松磴千崖合蘿門一磵緣
丹丘開福地紺宇隱彌天
見說仙壇近馳情瑤草

前
包山寺喜逢紫山徐子益
榻一首
䆿絕山中寺岧嶤湖上山
攢峯含雨潤飛澗落雲

一五三　明賢墨妙冊　明　文林、文徵明、唐寅、張靈等（之二九）

閒訪勝方爾慕逢知吏
解顏喜同玄度月信宿
滯香關
宿華山寺一首
雲帆收宿雨夕息聽茲丘

林曲煙常暝巖深月自秋
禪房香辟霞山枕石泉
流猿影青崖落中宵聽
客愁
宿上方寺一首

一五三　明賢墨妙冊　明　文林、文徵明、唐寅、張靈等（之三〇）

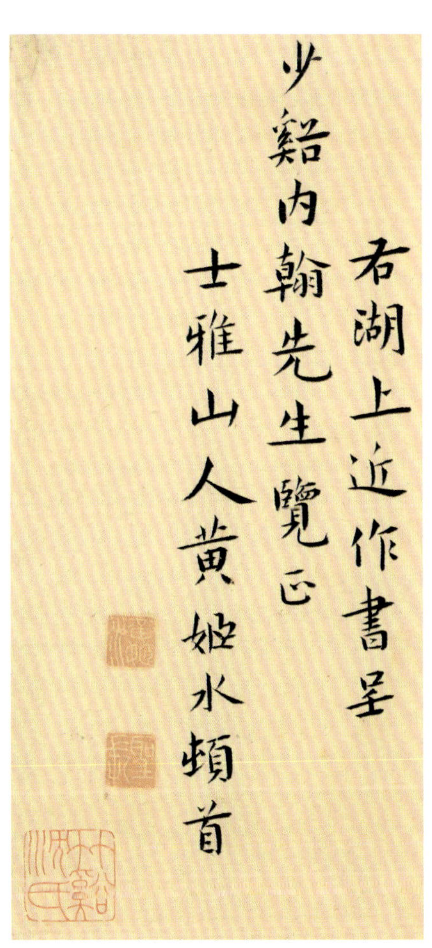
右湖上近作書呈
少谿內翰先生覽正
士雅山人黃姬水頓首

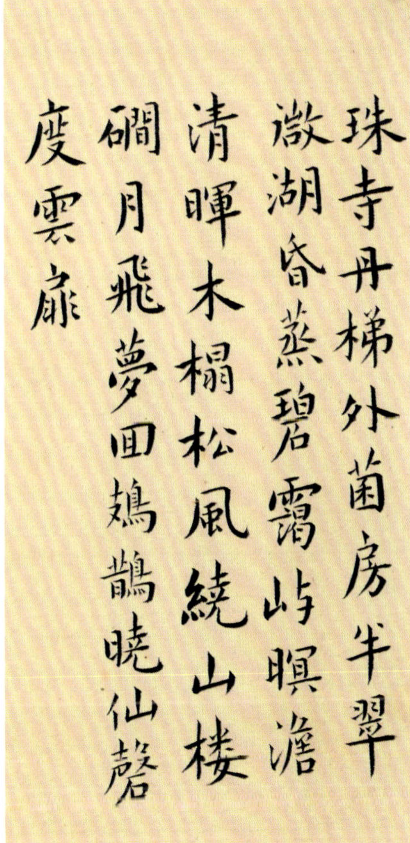
珠寺丹梯外菌房半翠
微湖昏蒸碧靄峙暝澹
清暉木榻松風繞山樓
礀月飛夢田鵁鶄曉仙磬
度雲扉

一五三　明賢墨妙冊　明　文林、文徵明、唐寅、張靈等（之三一）

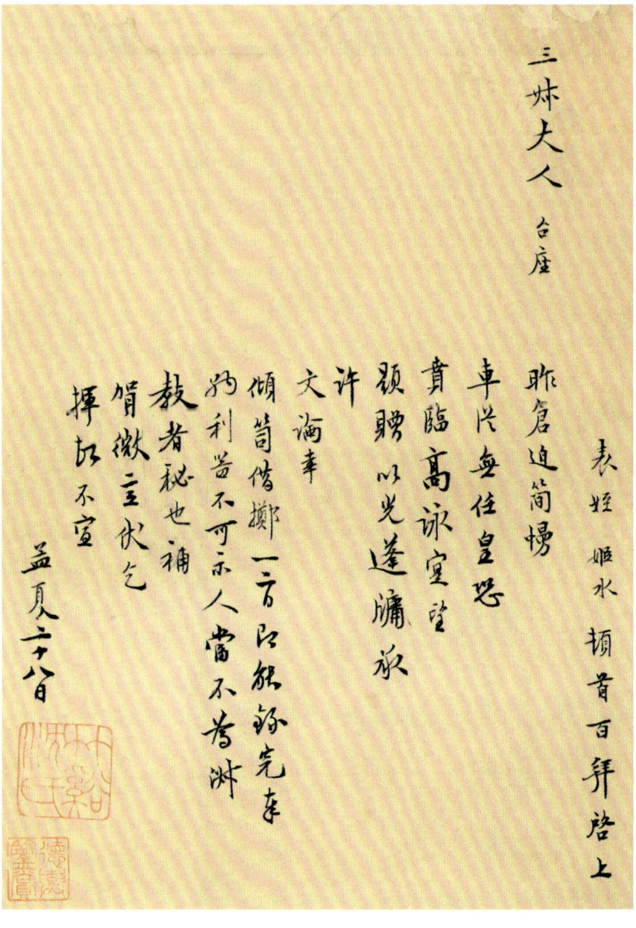

一五三　明賢墨妙冊　明　文林、文徵明、唐寅、張靈等（之三二）

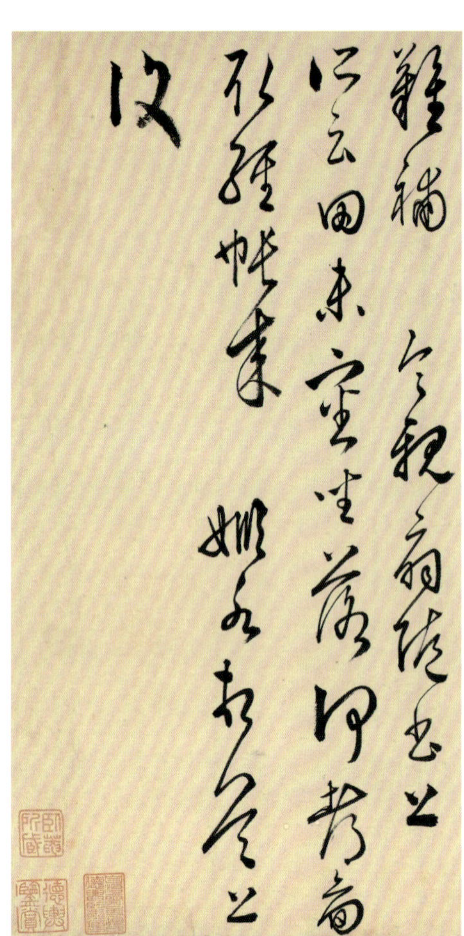

一五三　明賢墨妙冊　明　文林、文徵明、唐寅、張靈等　（之三三）

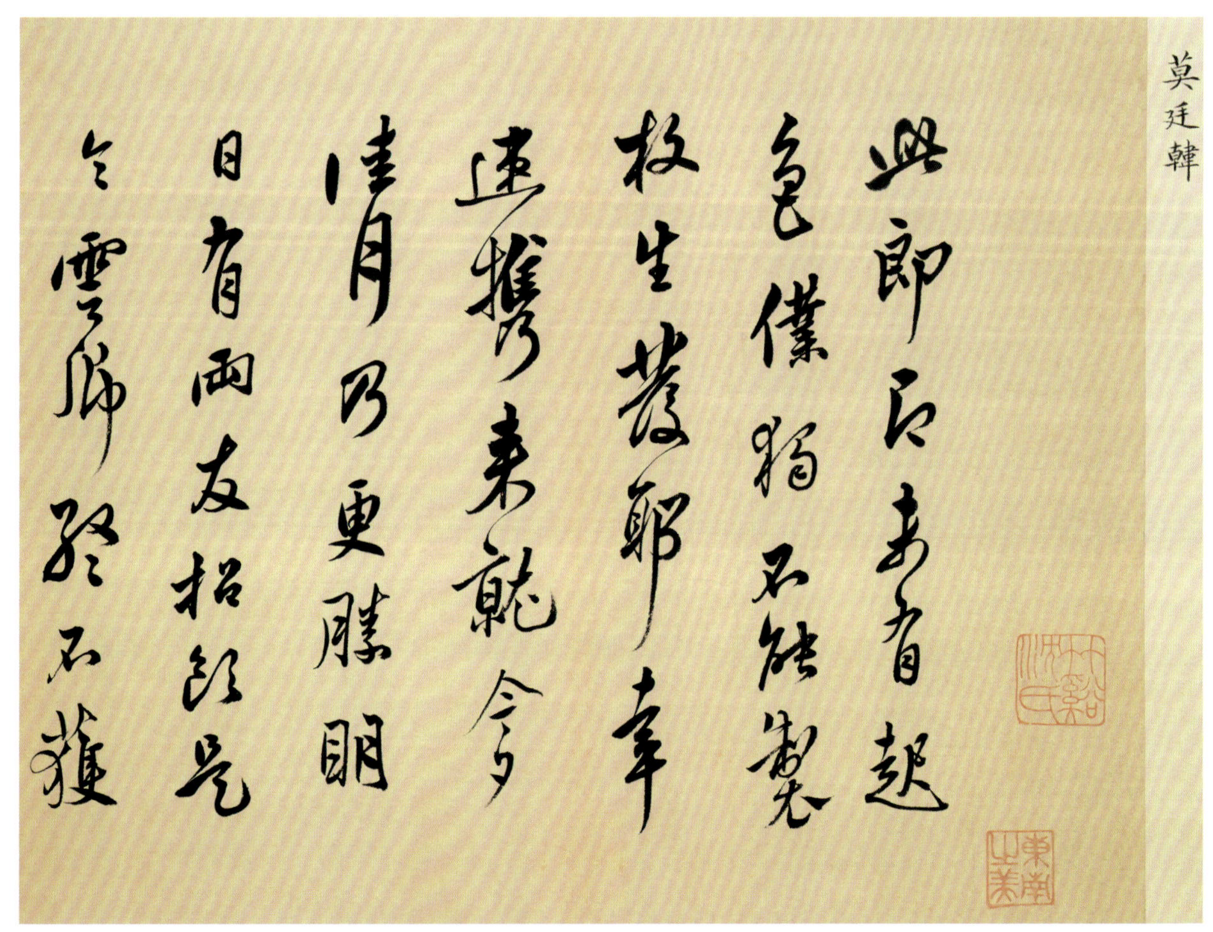

一五三　明賢墨妙冊　明　文林、文徵明、唐寅、張靈等　（之三四）

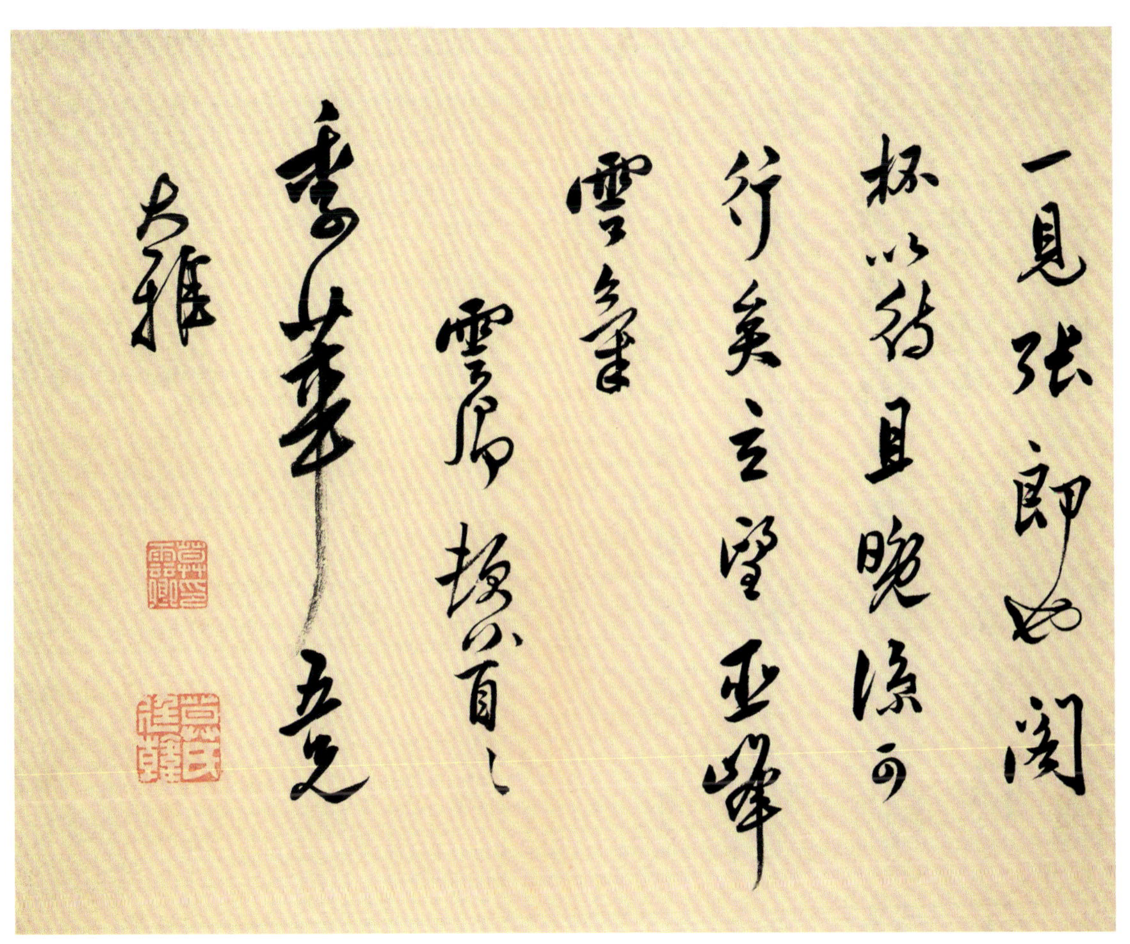

一五三　明賢墨妙冊　明　文林、文徵明、唐寅、張靈等（之三五）

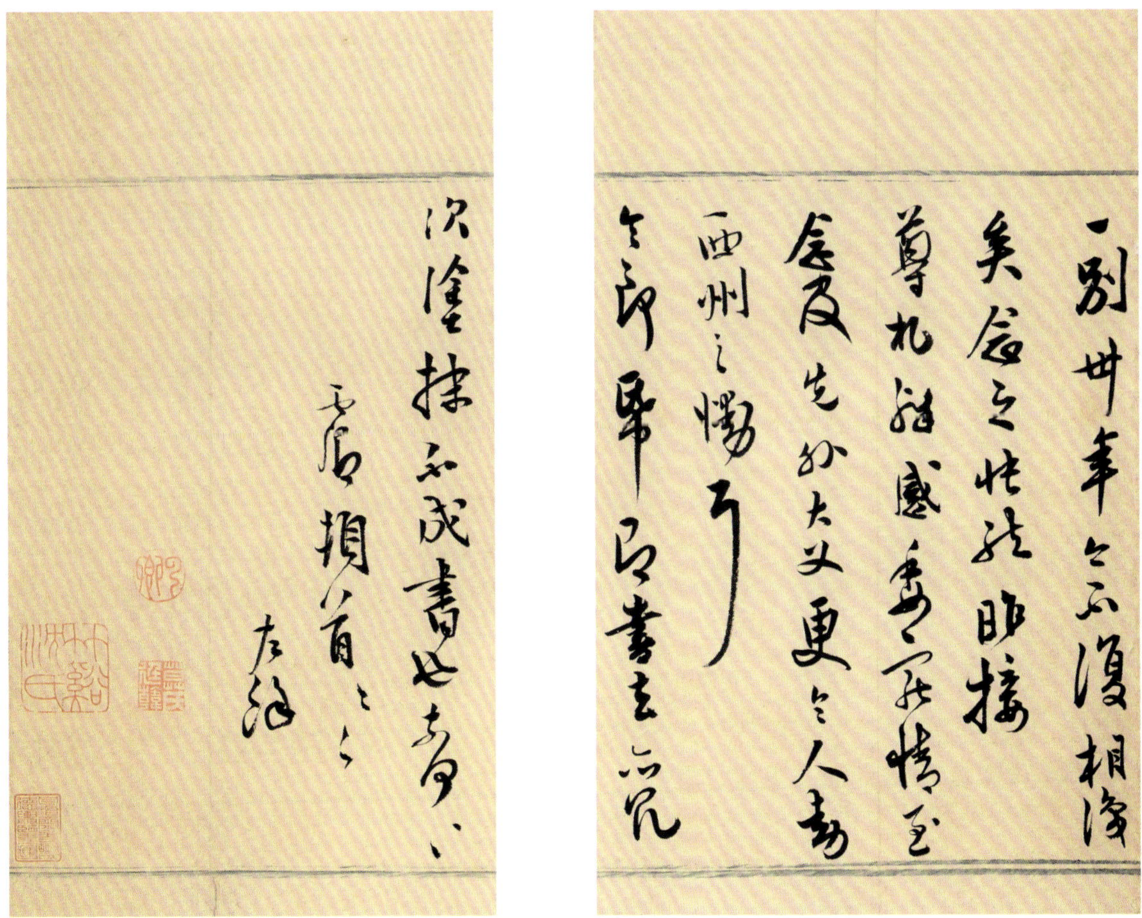

一五三　明賢墨妙冊　明　文林、文徵明、唐寅、張靈等（之三六）

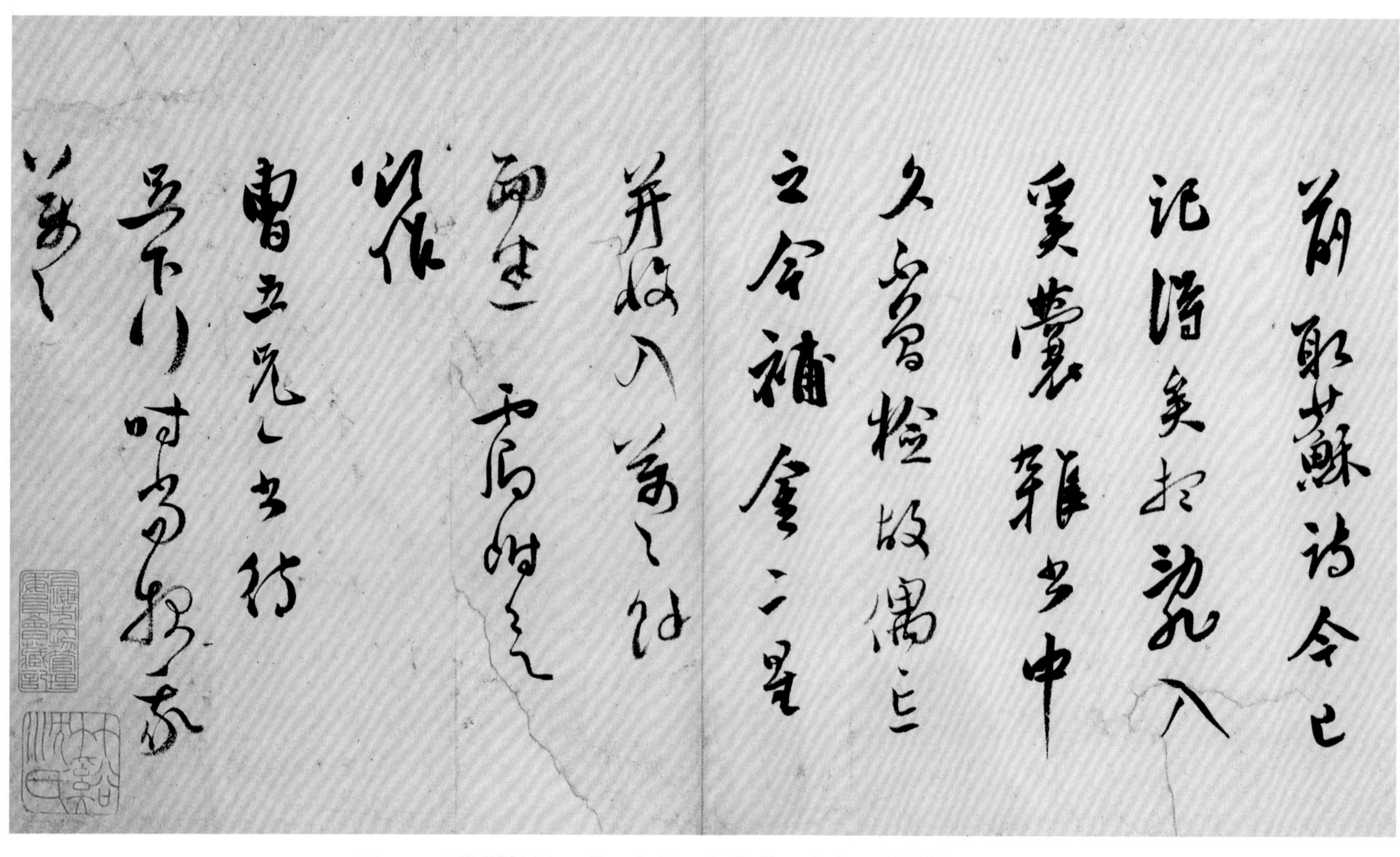

一五三　明賢墨妙冊　明　文林、文徵明、唐寅、張靈等　（之三七）

昨讀煩者正以
尊宅地與舍下地俱自河東厓頭起首當中挂東數去正攤
在
尊宅地大段之内非自西北一角起首也仍乞
台諭肴㞐與賞家同速催數進册感惠多矣
太液三兄
弟元善頓首

一五三　明賢墨妙冊　明　文林、文徵明、唐寅、張靈等　（之三八）

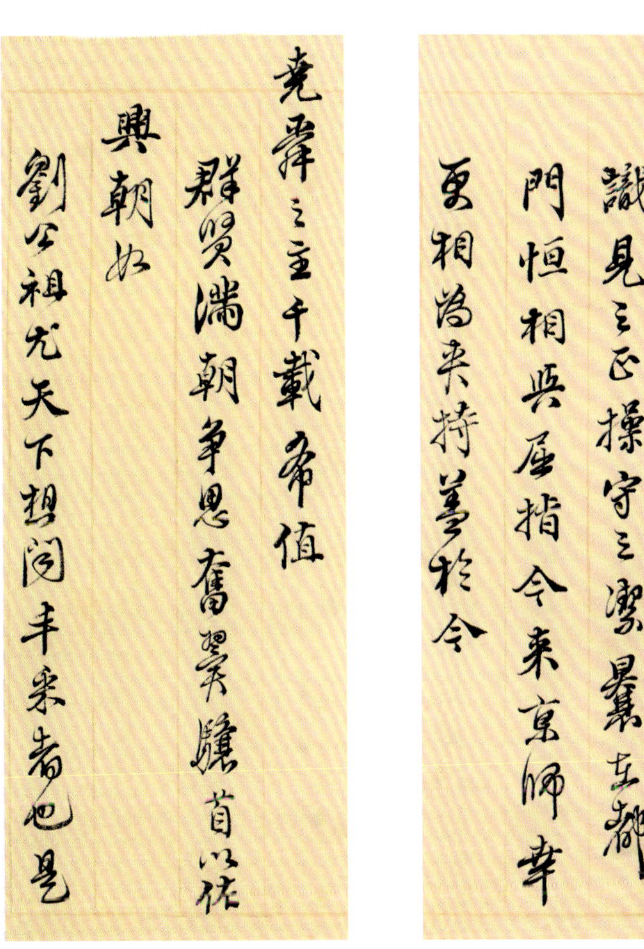

常李劉公祖才品為一時對而
識見三匝操守三濟豪邁奄郡
門恆相與屈指今來京師華
更相為奕持蓋於今

堯舜之主千載常值
群賢満朝爭思奮翼攀鱗首以佐
興朝如
劉公祖尤天下想聞丰采者也昔

一五三　明賢墨妙冊　明　文林、文徵明、唐寅、張靈等（之三九）

以敢私之乞希為言呈威已
於三十日抵家參謁門諸老歡駕
穆功而病骨日增未能調躞容
更詳之子万勿使班役遠来至禱

草勒乃字未盡所言
六月廿一日長再拜
長𦚞賜閣下

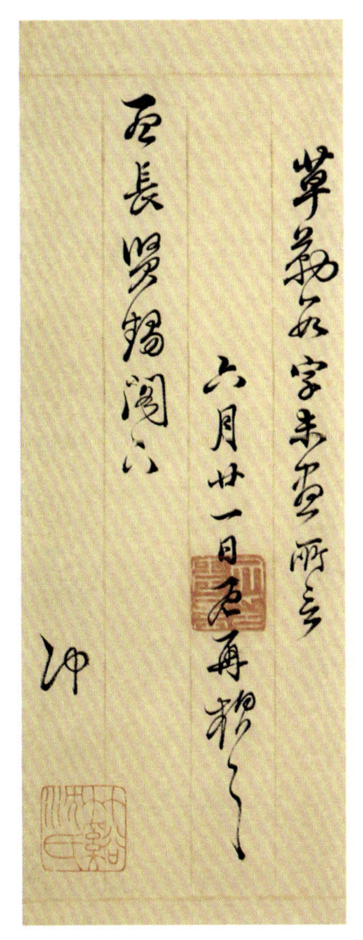

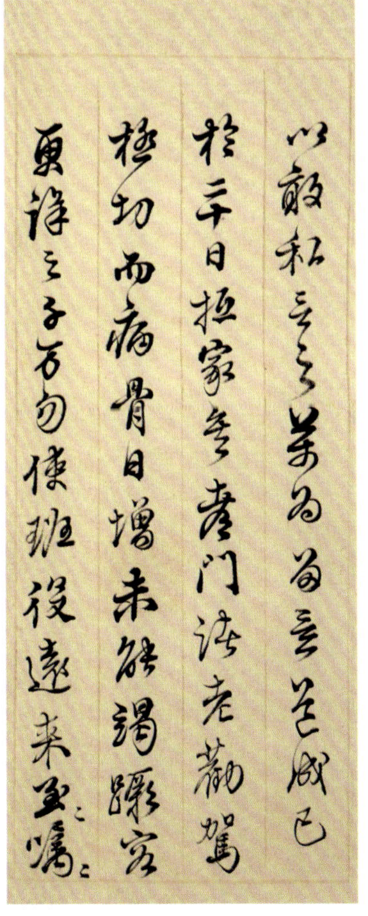

一五三　明賢墨妙冊　明　文林、文徵明、唐寅、張靈等（之四〇）

夜窻言志詩序
弘治壬子冬十一月既望
我
西涯學士李先生集諸門
弟子暨其子兆先凡八人
于西館校藝程業論道辯
事至夜漏及三謼謼不休
莫不充然若有所得也於
是先生進諸生曰志者事
之幹士所尚也諸君誦法
孔氏孫予以一日之長久
矣盍各為予言志又曰樂
教廢而性情之養缺此人
才之所以難也幸而詩存
焉傳不云乎詩言志盍為
我韻諸乃押韻定格而八

一五四　楷書夜窗言志詩序卷　明　石珤

我韻詩不押韻定格而八
人者爭先以成取而觀之
罔不斐然先生曰幸無忘
今日之言退各錄一通以
藏聞者至擬之蘇門七學
士而以兆先為小坡云時
自吏退直者為大原喬宇
自翰林退直者為華亭錢
福宇之兄宗及燕之劉釗
越之毛士英秦之張潛鳳
陽趙永皆極一時之選而
日涵泳乎道德者也瑤辱
教門下而不預是會故不
詩而序之八人於瑤為同
志則瑤之志不待言矣
賜進士第翰林院檢討藁城
石瑤書

江梅同韻錄呈札一
點鐵意
勤子之和者子重之
亚精巴
月明枝上翠禽嘩
喚醒東風暖漸高
香撼龍涎浮寶鴨
瓣如猩血蘂鎏刀

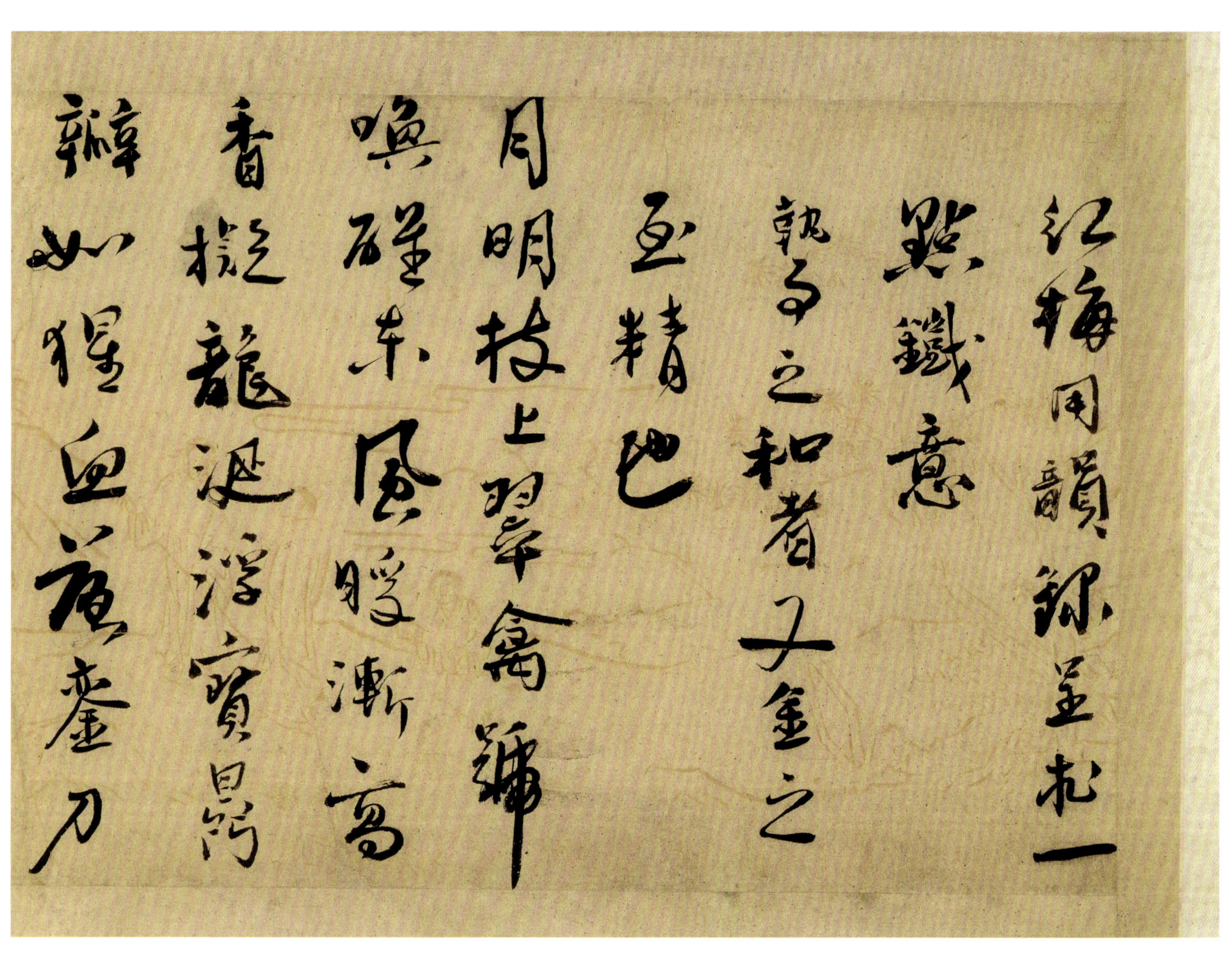

一五五 行書卷 明 杜堇

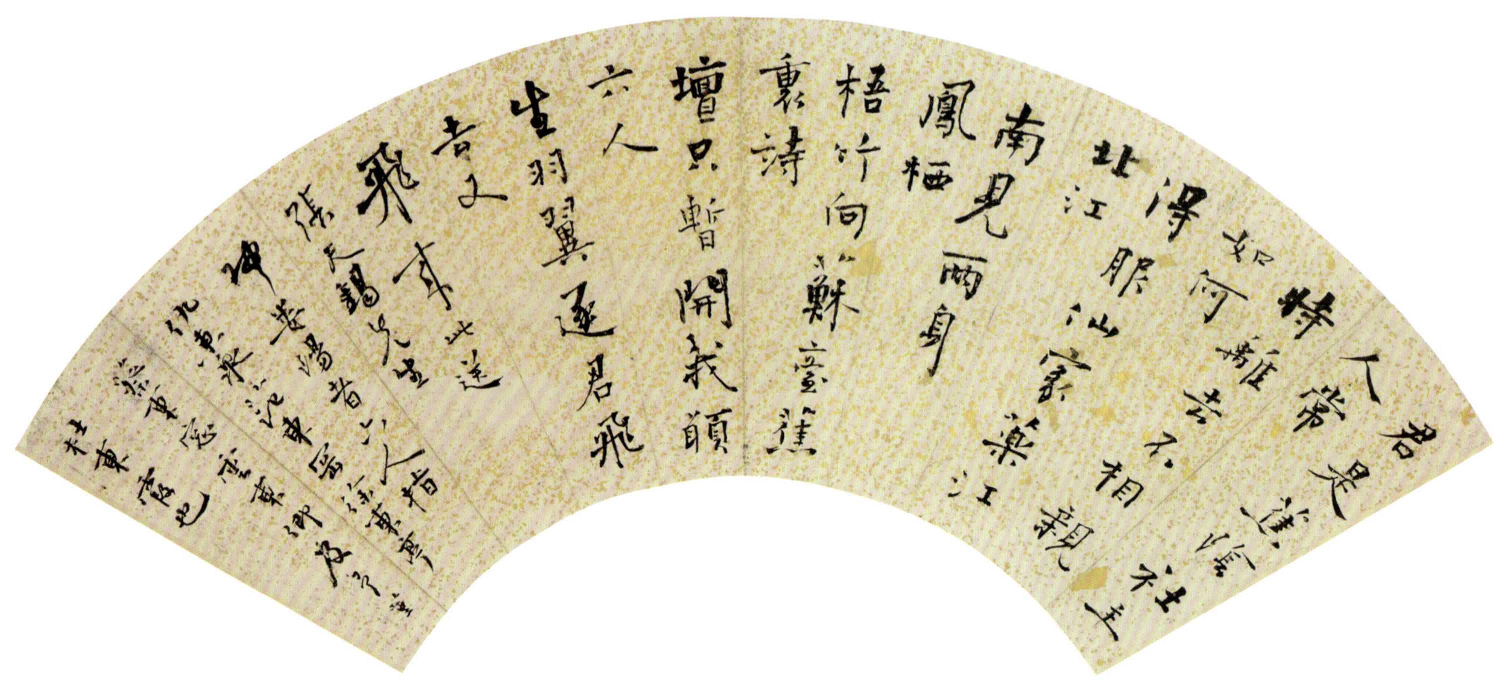

一五六　行書七律詩扇　明　杜堇

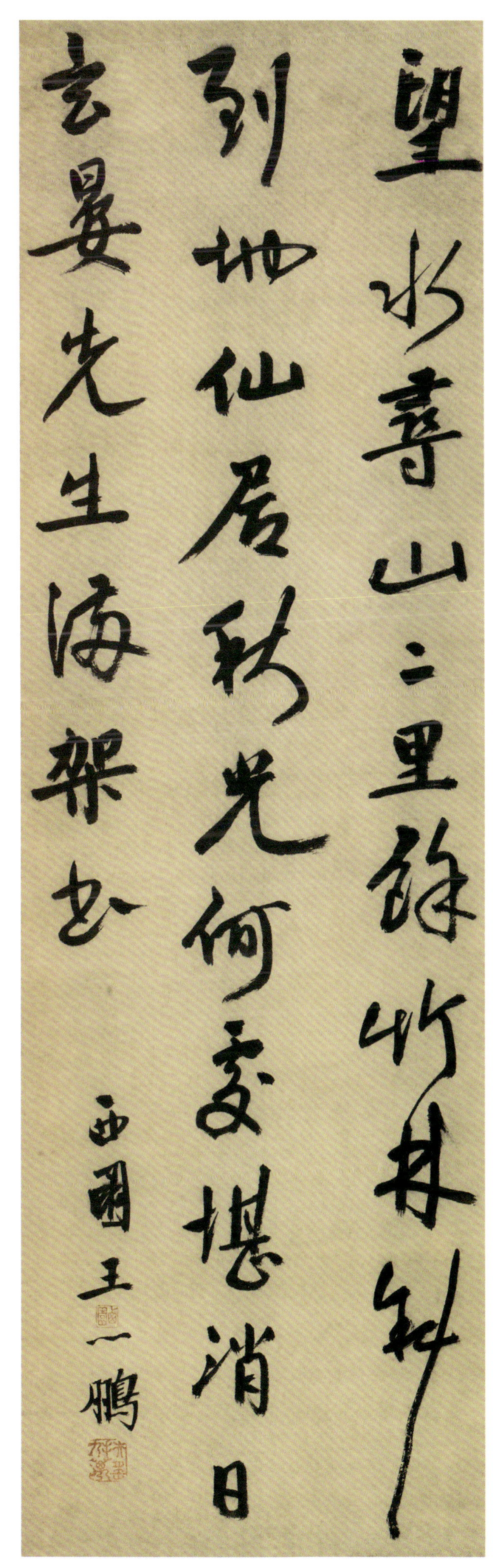

一五七　行書七絕詩軸　明　王一鵬

靈谷寺靈谷帖真跡

靈谷古名刹四圍山成障
梁人之所建唐碑猶在
路入門青松窅然徑野
花媚清居特幽深奇
境自靈碎無泉不濟
渴有石可眠醉詩游
時日良在會喫豪備
漢魚蒓蔬肥鮮野果
離甘燒縱橫鞍在
馬掩映袍明雜喧嘻諳
今宵欲州治亞住彼宫里

容會宗次韻

綠樹陰中消盡一船時書
八月早凉天羅衣輕妙喜
新穿昇得園林床閒主
搬將酒菓與閒建三分
要學是凝頹
歆俯早起
鄭離先唱已離床窓外
微有月光冤得起朝仍
早起為人何妨不身
忙
見白髮
料應白髮有來時
三十卷頭似第宜愁山生
根從汝摘老先呈態

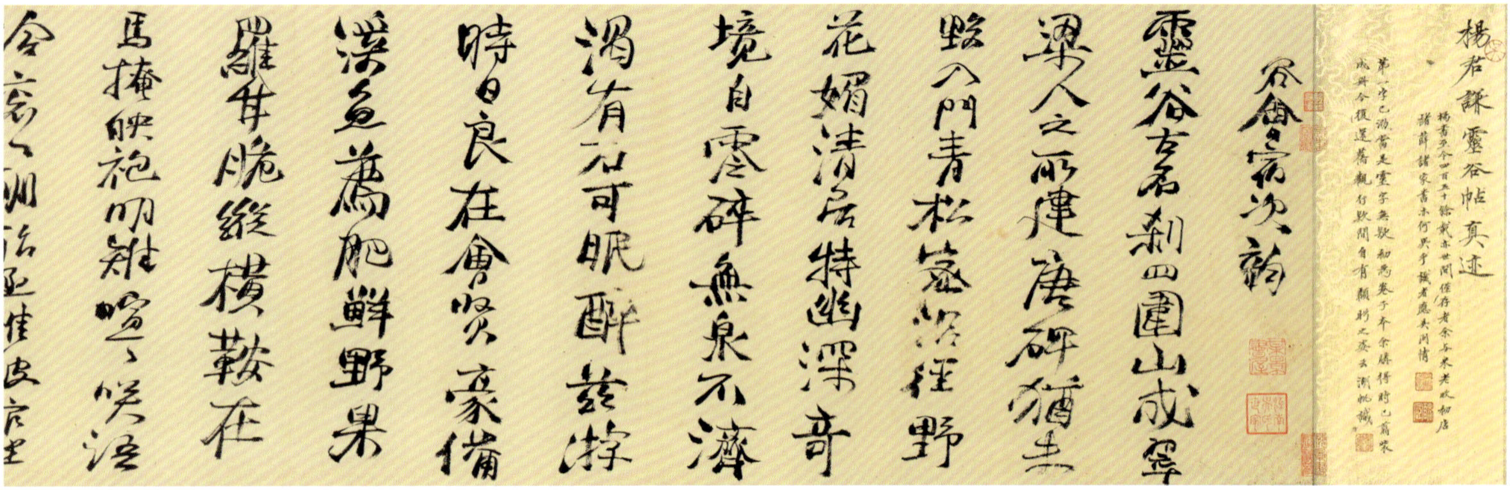

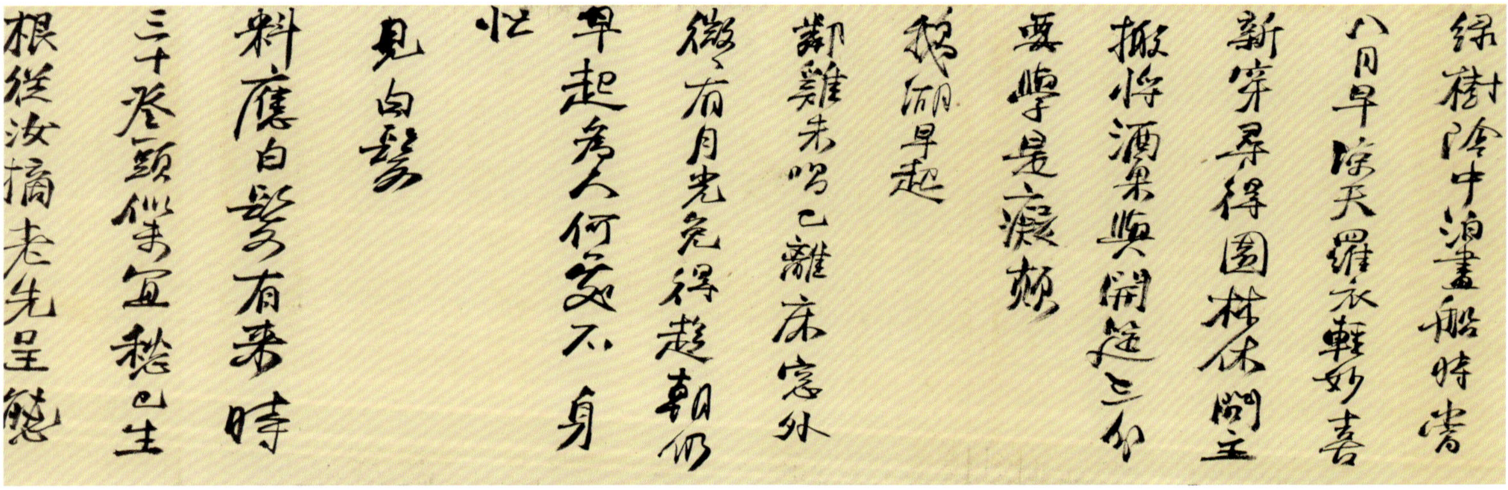

冷齋冷麗麗亞帷低官坐
衙有君貫居肆前
非自抽拔終當老閒關
孤忠林魚外大魁儲主
事周公卿集金用鄭呈
誰知四海望為今一日萃名
為問膺病安州身材
戲高步雲聲遲雄辯詞
鋒利興寅入雲潟才捷退
風驟天涼秋可坐月皎夜不
寐主人雖好客難免帰筆
費費
興戒卿游從因登人家
園亭地欲作浣溪沙
緑樹陰中泊畫船寺書

根從汝摘老先呈態
要人知莫勞曉日梳
千下終見秋霜起一
綠卷近只因詩放白鄭
翁元不會吟詩
成化丁未十月三日與
臨東同會
元大之第書數
首近作為贈時
列之亦在
友人楊循吉

楊君諱循吉吴縣人登成化進士授禮部主事勤讀

石倉宗次韻

靈谷古名刹，四圍山成塞。

梁人之所建，唐碑猶在

路入門

一五九　楷書賀倪冢宰拜爵七律詩扇　明　楊循吉

重經鈐岡
當求來歲事于
何喜年來復以
卜地作儒官行擋
楠山深堪似武夷
歌管聲似作東風
淺笋色復霜夜雨
多債罷歸輝放
舟去鈴岡雲盡秀
江波
秀江舟中

上水喜灘少下水
喜灘多又少流迅
中多石疊石況當
月明夕清江揚
素波中流櫂伊
軋晄之間櫂歌
回思此來日華摐
悵如何
永為
瘦竹有為書時正泊

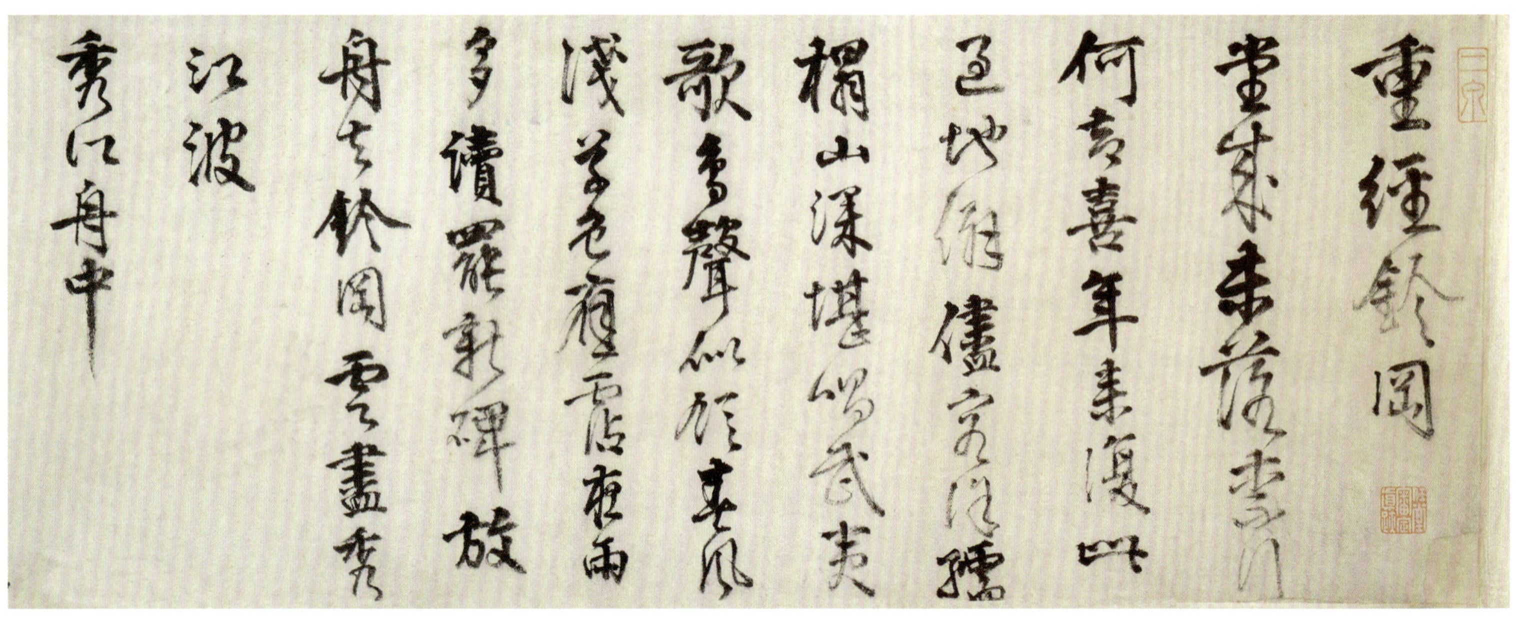

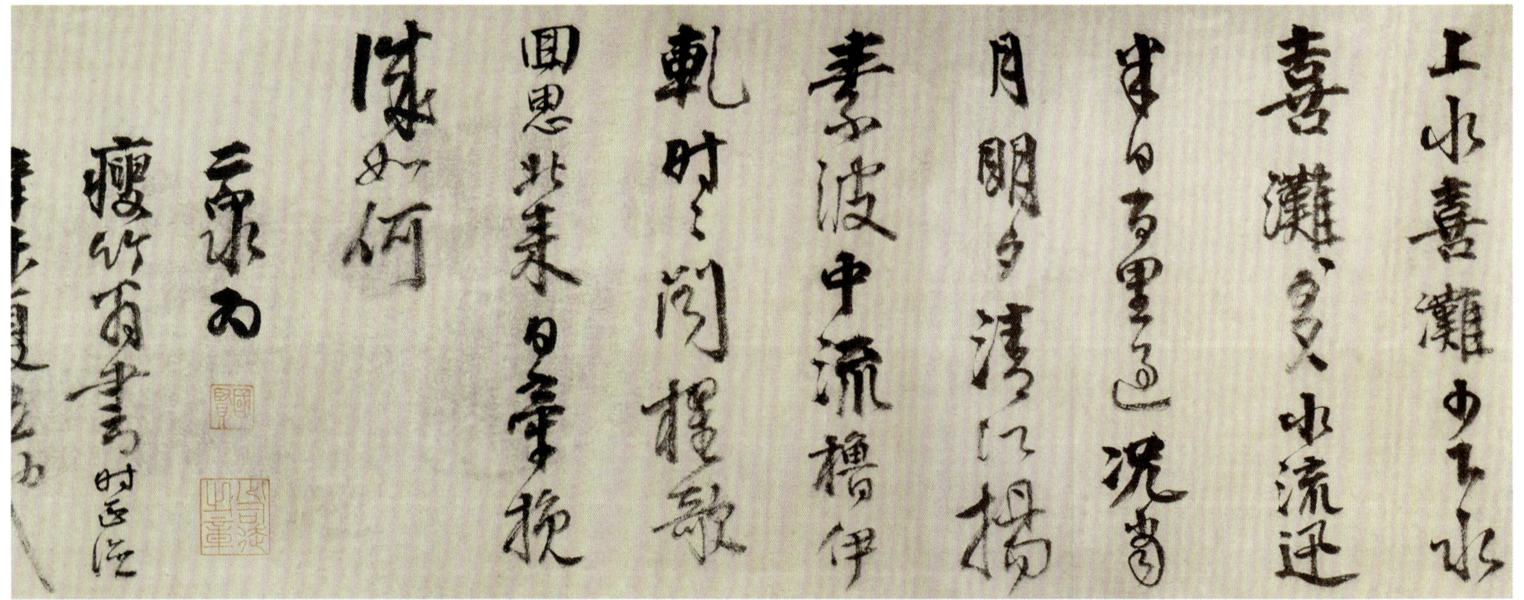

上水復不水明日非
朝來何得如酒
風波飄搖無如
江上峰 下江魚已逢
歸心如東流逸還
西海潮長歌武
夷曲和以蘆山猿
閒情寄芳草極目
青追之

辛未夏五也

度竹在何許大江西去
五千里當時去立玉河
東數葉而已矣如
今莫為烟雨肥竹瘦不
是肥不非瘦耶肥耶吾
不知頑君移去還移歸

予在都下時曾以小扇題一
詩奉寄
瘦竹今扇已亡矣瘦竹復
請録卷尾蓋不忘規戒
之意云 徐

一六〇　行書詩翰卷　明　邵寶、吳儼（之三、之四）

法書

文莊文肅在明中葉皆以能書名今觀所書類皆有昇平時大臣風度非天崇末葉以險勁迂怪為工者可比旭樓嗜古如渴所收藏名人墨蹟甚富此特其一耳以吾鄉前輩故屬為跋之時嘉慶十二年夏五前三日望雨之至同郡後學洪亮吉

毘陵邵文莊吳文肅兩公筆墨為世珍重而文肅故罕見此卷自然合并洵足藏弆矣彝湖王氏累世擅鑒賞予少時嘗過白山先生話雨樓縱觀法書名畫蓋前此金冬心沈凡民徐白洋諸名流時相過從且先師余田先生又白山舊師聿者實得其緒論今令子旭樓讀書好古能世其學片席复字珍如求

之腴一洗顏之態尤稱珠聯玉比旭樓先生世藏此卷當與平原竹山聯肉並重矣

道光癸未初夏 張廷濟

兩公皆西涯門人詩篇書法皆有先民雄邁洪吏生以濤有承平風度良然自此地出而文體一變吾吳才勝之士亦靡然從風躐凌氣盛和雅音微識者有以覘世道焉此卷之詩非其至處而爾雅深厚筆迹亦蒼樸近古 旭樓先生遠屬跋尾者想郵見如此 戊子八月渼翁郭麐

吾鄉邵文莊公文章儒術史家稱謂天下第一流人物而書法之嚴勁直逼顏魯公今之學者輙謂公之書師法李西涯尚未能盡其蘊精蘊者也三詩皆見容春堂集當時書與陸瘦竹有後有宜興吳文肅公詩尤可寶重道光乙未十月 少呂尊兄寄此屬題為志於後 秣華溪居士錢泳時年七十有七

一六一　行書東莊雜詠卷　明　邵寶

府到東菜花衣裳

西疇

翠竹淨如洗新橋水清漣

茅屋幽獨是到溪边

朱櫻逕

葉間綴朱實々落深林陰

一步還獨不知苔逕深

果林

青江次第熟々果樹來川

未取供賓客先供祿古堂

芝丘

芝出麥丘上種麥不種芝乃

年々世々覓種芝之时

方田

秋風稻花香勝于白書齋

主人亦古人田是横舟

桑洲

隱橋雲處屋鐘聲晚

北祖橋

别墅橋边路々橋因以名

去魁還去柑橋潮到覺橋低

振衣岡

崇岡古墨之上獨峯々頂振

衣本無塵清風洒襟袂

曲池

曲池如曲江水清花可憐池上

木芙蓉々江映池中華

艇子洴

水上架高樓四方無窮風晚

舟歸宿霧不見濁川初

友生郎寶拜稿上

復齋先生吟伯清

教　三月廿日

一六二　行書題五老峰詩卷　明　邵寶

骨生仙朝市尚依然
觀物地况童不
省[illegible]年[illegible]橋

東去已來路回首中
洲但見烟

廬山謹用李韻

廬山倚南極亂
坤萬丘絕頂有
仙處多從仙人樓
從此令我奇訪品
等閒去遂平生游
自應洞在玉老儒
我來講席宏開
[illegible]雲見彩霞

桂秋清[illegible]上呼
群仙[illegible]笑聲
輩換銀漢[illegible]
濁世[illegible]清

予議事此川
國用楊君以登[illegible]
出舊作[illegible]
帶及執筆至是
南還[illegible]之
去[illegible]侍先生仲[illegible]
昔在汴[illegible]雅
之觀[illegible]行[illegible]
[illegible]說於予樂
[illegible]甚好[illegible]
出特作事耳然
因是[illegible]大矣
二泉邵寶識

圖版說明

一　行書七絕詩軸　明　邊武

絹本　行書　縱一六二厘米　横六三厘米

上海博物館藏

釋文：

雨灑珠簾滿殿涼，避風才出浴盆湯。内人恐要秋衣著，不住薰籠换好香。

邊武（公元十四世紀），字伯京，號甬東生、玉蓑漁者。浙江定海人。工行書。

邊武行草書從鮮于樞來，得傳於鮮于氏曠暢圓勁、雄放恣肆的唐代用筆法則，幾可亂真。尤其富有時代特性的回腕之法，猶再現素旭之風。往昔評價鮮于氏書作以大取勝，愈大愈壯，此於邊武之作，亦可作如是觀。

此作未具款識，僅鈐「邊武伯京印章」、「霜鶴堂印」朱文。

（劉一聞）

二　行書儀靖帖頁　明　宋濂

紙本　行書　縱二七・五厘米　横五四・三厘米

故宫博物院藏

釋文：

濂端肅再拜奉書儀靖老兄執事，濂自丁巳春蒙恩放歸林下，適為舊疾時舉。夏秋養疴山中，山色泉聲之外絕所見聞，恍若世外人也。惟足下相思之切，每一念及輒欲命駕。讀曩時所惠書如覿丰神。政恐衰力日臻，良晤未可卜也。育之過山中，云有京口之役。是必由仁里，託致一函並近詩数篇，土物四種。聊以写心。伏冀寒暑自重不宣。九月朔日。宋濂端肅奉啟。

宋濂（一三一〇——一三八一），字景濂，號潛溪，别號玄真子、玄真道士、玄真遁叟。浦江（今浙江浦江）人，明初文學家。明初朱元璋稱帝，宋濂就任江南儒學提舉，為太子（朱標）講經。洪武二年（一三六九），奉命主修《元史》。累官至翰林院學士承旨、知制誥。善書。

此書作行筆流暢，自然生動，結體亦不乏奇崛之處。

（老木）

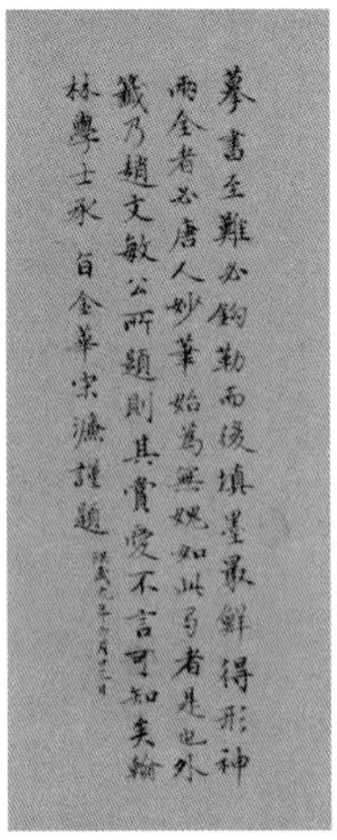

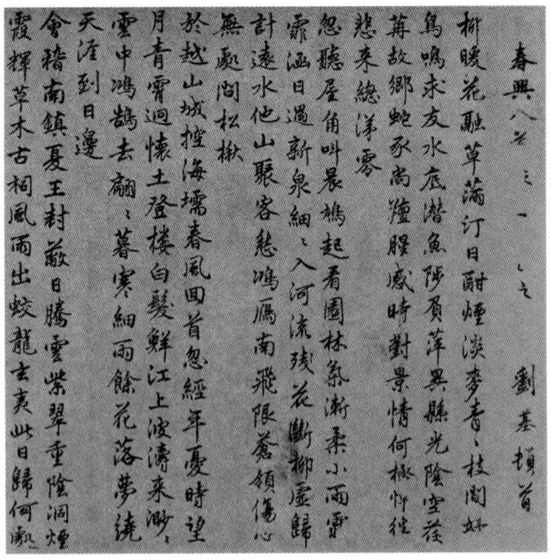

三　楷書跋虞世南摹蘭亭卷　明　宋濂

紙本　楷書

故宮博物院藏

釋文：

摹書至難，必鈎勒而後填墨。最鮮得形神兩全者，必唐人妙筆始為無媿。如此卷者是也。外籤乃趙文敏公所題，則其賞愛，不言可知矣。翰林學士承旨金華宋濂謹題。洪武九年六月廿三日

此為虞世南摹蘭亭卷後的一通題跋。書於洪武九年（一三七六）。四行楷書題跋，毫無拘謹之處，字裏行間時見逸氣流出。

（老木）

四　行書春興詩卷　明　劉基

紙本　行書　縱七六厘米　橫三四・二厘米

上海博物館藏

釋文：（略）

劉基（一三一一——一三七五），字伯溫，號郁離子、犁眉公。浙江青田人。元至順間進士，後受聘朱元璋，為明代開國元勳。建國初官御史中丞兼太史令，後受弘文館學士並封誠意伯。工詩文，與翰林學士宋濂並為一代文宗。擅行草書。

從用筆、結體及其總體書寫風格看，劉基此作除顯現隋唐楷帖的某些創作特徵外，一定程度還受到趙孟頫行書的影響。

卷首書「劉基頓首」四字，尾端無上款及印記，這一格式有悖古來習常落款方式，故推其曾局部殘損。歷經王禮治等人鑒藏。

（劉一聞）

五　楷書陶煜行狀卷　明　楊基

紙本　楷書　縱二八・五厘米　橫一一六・五厘米

吉林省博物院藏

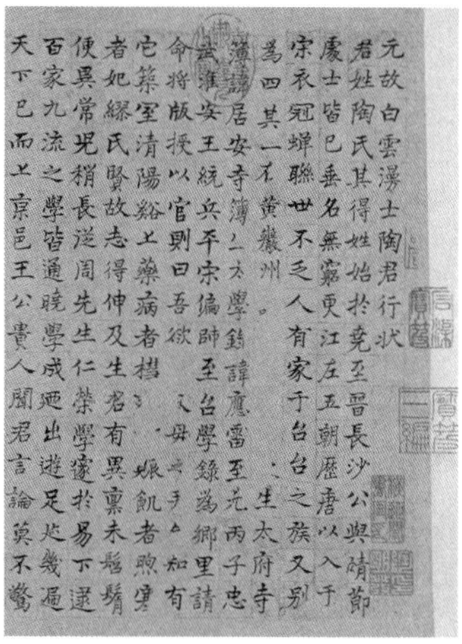

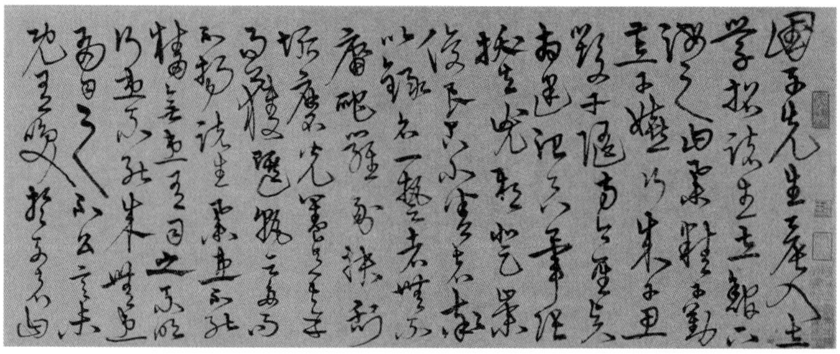

釋文：（略）

楊基（一三二六——？）明初詩人。字孟載，號眉庵。原籍嘉州（今四川樂山），生長於吳中（今江蘇蘇州）。明初為滎陽知縣，累官至山西按察使，後被讒奪官，罰服勞役。死於工所。以詩著稱，與高啟、張羽、徐賁為詩友，時人稱為「吳中四傑」。兼工書畫，尤善繪山水竹石。

此楷書結體用筆皆有不俗之處，於古拙中顯見功力，絕無做作之態。（閆立群）

六　草書進學解卷　明　宋克

紙本　草書　縱三一·三厘米　橫四六七厘米

故宮博物院藏

釋文：

國子先生晨入太學，招諸生立館下，誨之曰：「業精于勤荒于嬉，行成于思毀于隨。方今聖賢相逢，治具畢張，拔去兇邪，登崇俊良。占小善者率以錄，名一藝者無不庸。爬羅剔抉，刮垢磨光。蓋有幸而獲選，孰云多而不揚？諸生業患不能精，無患有司之不明；行患不能成，無患有司之不公。」言未既，有笑於列者曰：「先生欺予哉！弟子事先生，于茲有年矣。先生口不絕吟於六藝之文，手不停披於百家之編；記事者必提其要，纂言者必鉤其玄；貪多務得，細大不捐；焚膏油以繼晷，恒兀兀以窮年。先生之業，可謂勤矣。排異端，攘斥佛老，補苴罅漏，張皇幽眇；尋墜緒之茫茫，獨旁搜而遠紹；障百川而東之，迴狂瀾於既倒。先生之於儒，可謂勞矣。沉浸醲郁，含英咀華，作為文章，其書滿家。上規姚姒，渾渾無涯；周誥殷盤，佶屈聱牙；《春秋》謹嚴，左氏浮誇，《易》奇而法，《詩》正葩，下逮《莊》、《騷》，太史所錄，子雲相如，同工異曲。先生之於文，可謂閎其中而肆其外矣。少始知學，勇於敢為；長通於方，左右其宜。先生之於為人，可謂成矣。然而公不見信於人，私不見助於友。跋前致後，動輒得咎。暫為御史，遂竄南夷。三為博士，冗不見治。命與仇謀，取敗幾時。冬暖而兒號寒，年而妻啼饑。頭童齒豁，竟死何裨？不知慮此，反教人為？」先生曰：「吁！子來前！夫大木為宲，細木為桷，欂櫨侏儒，椳闑扂楔，各得其宜，以成室屋者，匠氏之功也。玉札丹砂，赤箭青芝，牛溲馬勃，敗鼓之皮，俱收並蓄，待用無遺者，醫之良也。登明選公，雜進巧拙，紆餘為妍，卓犖為傑，校短量長，惟器是適者，宰相之方也。昔者孟軻好辯，孔道以明，轍環天下，卒老于行。荀卿守正，大論以興，逃讒於楚，廢死蘭陵。是二儒者，吐辭為經，舉足為法，絕類離倫，優入聖域，其遇於世何如也！今先生學雖勤而不繇其統，言雖多而不要其中，文雖奇而不濟於用，行雖修而不顯於眾。猶且月費俸錢，歲靡廩粟；子不知耕，婦不知織；乘馬從徒，安坐而食；踵常途之役役，窺陳編以盜竊。然而聖主不加誅，宰臣不見斥，茲非幸歟。動而得謗，名亦隨之，投閑置散，乃分之宜。若夫商財賄之有無，計班資之崇庳，忘己量之所稱，指前人之瑕疵，是所謂詰匠氏之不以杙為楹，而訾醫師以昌陽引年，欲進其豨苓。」　時至正己丑七月廿八日，東吳宋克書于南宮里。

宋克（一三二七——一三八七），字仲溫，長洲（今江蘇蘇州）人。明洪武初為鳳翔府同知。以善草書、楷書名天下，尤精章草，與宋璲、宋廣並稱「三宋」。

此卷書唐韓愈名篇《進學解》。書於至正己丑（一三四九），宋克時年二十三歲。書法體勢開放，動勢較大。在今草中夾雜著少許章草結體和用筆，筋骨強健，筆畫變化豐富多姿，表現出宋克師古出新的藝術創造力。

（華寧）

七　草書唐人歌卷　明　宋克

紙本　草書　縱四九·九厘米　橫二七·五厘米

上海博物館藏

釋文：

日高丈五睡正濃，軍將扣門驚周公。口云諫議送書信，白絹斜封三道印。開緘宛見諫議面，手閱月團三百片。聞道新年入山裏，蟄蟲驚動春風起。天子須嘗陽羨茶，百草不敢先開花。仁風暗結珠蓓蕾，先春抽出黃金芽。摘鮮焙芳旋封裹，至精至好且不奢。至尊之餘合王公，何事便到山人家。柴門反關無俗客，紗冒籠頭自煎喫。碧雲引風吹不斷，白花浮光凝椀面。一椀喉吻潤，兩椀破孤悶。三椀搜枯腸，惟有文字五千卷。四椀發輕汗，平生不平事，盡向毛孔散。五椀肌骨清，六椀通仙靈，七椀喫不得也。唯覺兩腋習習清風生，蓬萊山在何處？玉川子乘此清風欲飛去。山上羣仙司下土，地位清高隔風雨。安得知百萬億蒼生，命墮

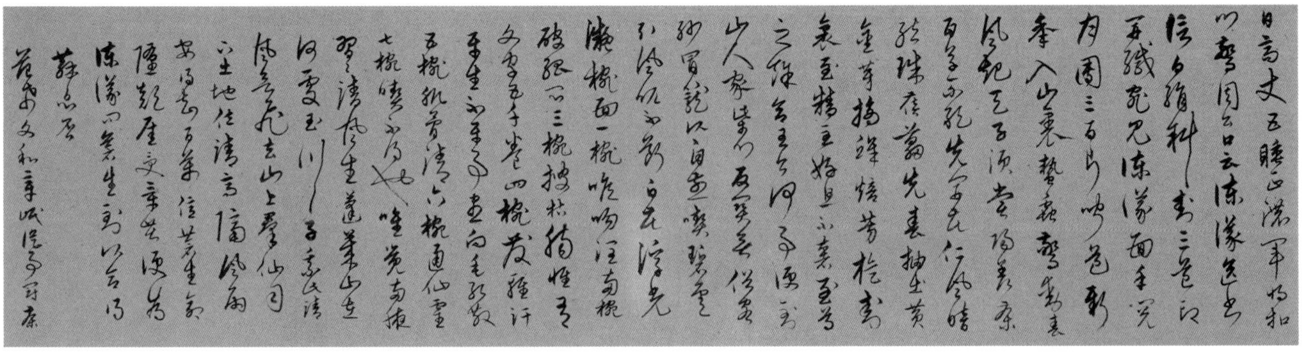

顛崖受辛苦。便為諫議問蒼生，到頭合得蘇息否？

范希文和章岷從事鬭茶歌歌云：年年春自東南來，建溪先暖水微開。溪邊奇茗冠天下，武夷仙人從古栽。新雷昨夜發何處，家家嬉笑穿雲去。露芽錯落一番榮，綴玉含珠散嘉樹。終朝采掇未盈襜，唯求精粹不敢貪。研膏焙乳有雅製，方中圭弓圓中蟾。北苑將期獻天子，林下雄豪先鬭美。鼎磨雲外首山銅，瓶攜江上中濡水。黃金碾畔緑塵飛，碧玉甌中翠濤起。鬭茶味兮輕醍醐，鬭茶香兮薄蘭芷。其間品第胡能欺，十目視而十手指。勝若登仙不可攀，輸同降將無窮恥。吁嗟天產石上英，論功不愧階前蓂。衆人之濁我可清，千日之醉我可醒。屈原試與招魂魄，劉伶卻得聞雷霆。盧仝不敢歌，陸羽須作經。森然萬象中，焉知無茶星。商山文人休茹芝，首陽先生休采薇。長安酒價減千萬，城（成）都藥市無光輝。不如仙山一啜好，泠然便欲乘風飛。君莫羨，花間女郎只鬭草，贏得珠滿斗歸。

金銅仙人辭漢歌　茂陵劉郎秋風客，夜聞嘶馬曉無跡。畫闌桂樹懸秋香，三十六宮土花碧。魏官牽車指千里，東關酸風射眸子。空將漢月出宮門，憶君清淚如鉛水。衰蘭送客咸陽道，天若有情天亦老。攜盤獨出月荒涼，渭城已遠波聲小。

長吉年七歲，以長短之製名動京師。时韓子与皇甫湜覽其所作，奇之，因連騎造門求見。賀總角荷衣而出，二公不之信，因令面賦一篇。賀承命，欣然操觚染翰，傍若無人，仍名曰高軒過，其辭曰：華裾織翠青如葱，金環壓轡搖玲瓏。馬蹄隱耳聲隆隆，入門下馬氣如虹。云是東京才子，文章巨公。二十八宿羅心胸，元精耿耿貫當中。殿前作賦聲摩空，筆補造化天無功。厖眉書客感秋蓬，誰知死草生華風。我今垂翅附冥鴻，他日不羞蛇作龍。

鴈門太守行　黑雲壓城城欲摧，甲光向月金鱗開。角聲滿天秋色裏，塞上燕支疑（夜）紫。半捲紅旗臨易水，霜重角聲寒不起。報君黃金臺上意，提攜玉龍為君死。

将进酒　琉璃鍾，琥珀濃，小槽酒滴真珠紅。烹龍炮鳳玉脂泣，羅帏繡幕圍香風。吹龍笛，擊鼉鼓，皓齒歌，細腰舞。況是青春日將暮，桃花亂落如紅雨。勸君終日酩酊醉，酒不到劉伶墳上土。

至正二十年三月，余訪雲間友人徐彥明，盤桓甚久。彥明以卷索書，為錄唐人哥以復之。然燈下醉餘，恣意塗抹，醜惡頓露，胡能逃識者之指目哉。東吳宋克識。

此卷行筆酣暢淋漓，似山間清溪，潺潺而下，給人以賞心悅目的藝術感受。

（老木）

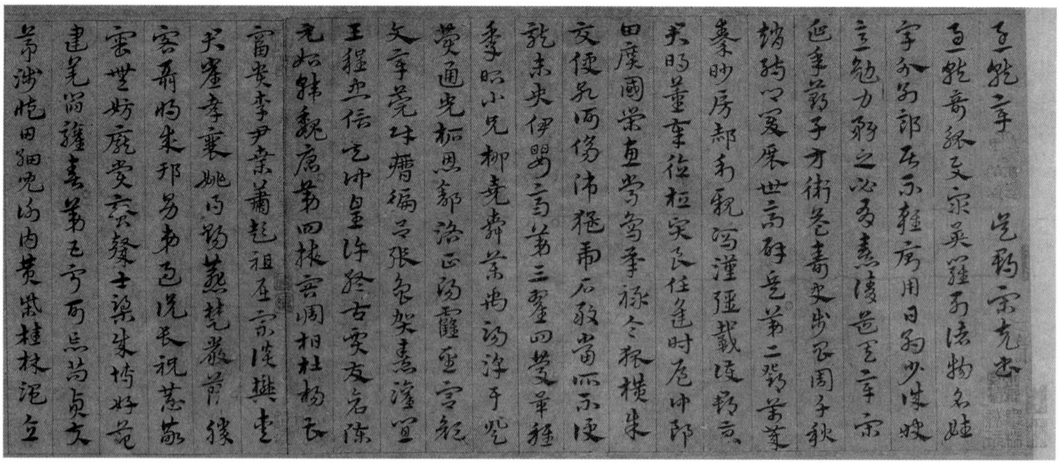

八　章草書急就章卷　明　宋克

紙本　章草書　縱二〇·三厘米　橫三四二·五厘米

故宮博物院藏

釋文：

急就章，吴郡宋克書。急就奇觚與眾異。羅列諸物名姓字。分別部居不雜廁。用日約少誠快意。勉力務之必有憙。請道其章。宋延年。鄭子方。衛益壽。史步昌。周千秋。趙孺卿。爰展世。高辟兵。

第二，鄧萬歲。秦眇房。郝利親。馮漢彊。戴護郡。景君明。董奉德。桓賢良。任逢時。侯仲郎。田廣國。榮惠常。烏承祿。令狐横。朱交便。孔何傷。師猛虎。石敢當。所不侵。龍未央。伊嬰齊。

第三，翟回慶。畢稚季。昭小兄。柳堯舜。藥禹湯。淳于登。費通光。柘恩舒。路正陽。霍聖宮。顔文章。莞財曆。偏呂張。魯賀憙。灌宜王。程忠信。吴仲皇。許終古。賈友倉。陳元始。韓魏唐。

第四，掖容調。柏杜楊。曹富貴。李尹桑。蕭彭祖。屈宗談。樊愛君。崔孝襄。姚得賜。燕楚嚴。薛勝客。聶將求。邗男弟。過説長。祝恭敬。審無妨。龐賞贛。㯿士梁。成博好。范建羌。閻驩喜。

第五，寧可忘。苟貞夫。茅涉臧。田細兒。謝内黄。柴桂林。溫直衡。奚驕叔。邴勝箱。雍弘敞。劉若芳。毛遺羽。馬牛羊。尚次倩。丘則剛。陰賓上。翠鴛鴦。庶霸遂。萬段卿。泠幼功。武初昌。

第六，褚回池。蘭偉房。減罷軍。橋竇陽。原輔福。宣棄奴。殷滿息。充申屠。夏脩俠。公孫都。慈仁他。郭破胡。虞荀偃。憲義渠。蔡游威。左地餘。譚平定。孟伯徐。葛咸軻。敦錡蘇。耿潘扈。

第七，錦繡縵旄離雲爵。乘風縣鍾華陵樂。豹首落莽兔雙鶴。春草雞翹鳧翁濯。欝金半見霜白蘮。縹綟綠丸皁紫硟。烝栗絹紺縉紅燃。青綺羅縠靡潤鮮。綈絡縑練素帛蟬。

第八，絳緹繡紬絲絮□。□幣囊槖不直錢。服瑣俞此與繒連。貰貸賣買販肆便。資貨市贏匹幅全。絡紵枲緼裹約纏。綸組縌綬以高遷。量丈尺寸斤兩銓。取受付予相因緣。

第九，稻黍秫稷粟麻秔。餅餌麥飯甘豆羹。葵韭蔥韰蘇薑。蕪荑鹽豉醯醬漿。芸蒜薺介茱萸香。老菁蘘何冬日臧。梨柿柰桃待露霜。棗杏瓜棣饊飴餳。園采果蓏助米糧。

第十，甘麩恬美奏諸君。袍襦表裏曲領帬。襜褕袷複褶袴褌。單衣蔽膝布無尊。箴縷補袒縫緣循。履舃沓裒越緞紃。靸鞮卬角褐韤巾。尚韋不借為牧人。完堅耐事愈比倫。

第十 ，屐蕎絜麤羸窶貧。旃裘索擇蠻夷民。去俗歸義來附親。譯導贊拜稱妾臣。戎貊捴閱什伍陳。稟食縣官帶金銀。鐵鈇錐鑽釜鍑鍪。鍛鑄鉛錫鐙鐎錠。鈐鏞鉤銍斧鑿鉏。

第十二，銅鍾鼎鈃鋗匜銚。釭鐧鍵鉆冶錮鐈。竹器簦笠簟籧篨。笓篅箯筥奠箅篝。筳篧箕帚筐篋簍。橢盂槃案桮問椀。蠡斗參升半卮簞。槫榼椑榹匕籫。缶甀盆瓮甕罃壺。

第十三，甑甗甂甌瓨甖盧。絫繘繩索紡絞纑。簡札檢署槧櫝家。板柞所產谷口茶。水虫科斗蠅蝦蟆。鯉鮒鱣鮐鮑鰕。妻婦聘嫁齎媵僮。奴婢私隸枕床杠。蒲蒻藺席帳帷幢。

第十四，承塵戶簾絛繢縱。鏡籢疏比各異工。蕡熏脂粉膏澤筩。沐浴揃搣寡合同。襐飾刻畫無等雙。係臂琅玕虎魄龍。璧碧珠璣玫瑰甕。玉瑨環佩靡從容。射魃辟邪除群凶。

第十五，竽瑟空侯琴筑箏。鍾磬鞀簫鼙鼓鳴。五音雜會歌謳聲。倡優俳笑觀倚庭。侍酒行解宿昔酲。廚宰切割給使令。薪炭雚葦孰炊生。膹膾炙胾各有刑。酸鹹酢淡辨濁清。

第十六，肌腏脯腊魚臭腥。沽酒釀醪稽檠桯。棋局博戲相易輕。冠幘簪黃結髮紐。頭頷頞準麋目耳。鼻口脣舌齗牙齒。頰頤頸項肩臂肘。卷捥節搔母指手。胂腴匈脅喉膺髃。

第十七，腸胃腹肝肺心主。脾腎五臧膍齎乳。尻寬脊膂要背僂。股腳膝臏脛為柱。腨踝跟踵相近聚。矛鑲盾刃刀鉤。鈒鍛鈹鎔劍鐔鍭。弓弩箭矢鎧兜鍪。鐵垂檛杖桄柲殳。

第十八，輜軺軸輿輪康。輻轂輨轄柔櫖桑。軹軾軫苓轙納衡。蓋橑椑梲厄縛棠。轡鞅韅絆羈韁。卣茯薄杜鞍鑣鐊。靳靭茸鞊色焜煌。革轎鬆漆猶黑蒼。室宅廬舍樓壂堂。

第十九，門戶井竈廡囷京。欀欐薄櫨瓦屋梁。泥塗堊墍壁垣牆。榦楨板栽度員方。屏廁溷渾糞土壤。墼絫廥廄庫東箱。碓磑扇隤舂簸揚。頃町界畝畦埒窳。畺畔畷佰耒犁鉏。

第廿，種樹收斂賦稅。攟擭秉把插拔杷。桐梓樅松榆樠樽。槐檀荊棘葉枝扶。騂騩騅駮驪騮驢。騏駹馳騖怒步超。牂羖羯羠羝羭。六畜番息豚豕豬。豭豶狡狗野雞雛。

第廿一，犙犻特犗羔犢駒。雄牝牡相隨趨。糟糠汁滓稾莝蒭。鳳爵鴻鵠鴈鶩雉。鷹鷂鴇鴰翳貂尾。鳩鴿鶉鴳中罔死。鳶鵲鴟梟驚相視。豹狐距虛豺犀兕。貍兔飛鼠狼麋麐。

第廿二，麋麈麠鹿皮給履。寒氣泄注腹臚張。痂疕疥癘癡聾忘。癰疽瘛瘲痿痹疢。疝瘕顛疾狂失響。瘧瘚痛痲溫病。消渴歐懣欬逆讓。癉熱瘻痔眵矘眼。篤癃衰廢迎醫匠。

第廿三，灸刺和藥逐去邪。黃芩伏令礜茈胡。牡蒙甘草菀梨盧。烏喙付子椒元華。半夏皁夾艾橐吾。弓窮厚朴桂栝樓。款東貝母薑狼牙。遠志續斷參土人。亭歷桔梗龜骨枯。

第廿四，雷矢藿菌蓋兔盧。卜夢譴祟父母恐。祠祀社保叢獵奉。行觴塞禱鬼神寵。棺槨槥櫝遺送誦。喪吊悲哀面目腫。哭吊泣醊祭墳墓塚。諸物盡訖五官龜出。宦學諷詩孝經論。

第廿五，春秋尚書律令文。治禮掌故底厲身。知能通達多見聞。名顯絕殊異等倫。超擢推舉白黑分。積行上究為牧人。丞相御史郎中君。進近公卿傅僕勳。前後常侍諸將軍。

第廿六，列侯封邑有土臣。積學所致無鬼神。馮翊京兆執治民。廉絜平端拊順親。變化迷惑別故新。奸邪並塞皆理馴。更卒歸誠自詣因。司農少府國之淵。援眾錢穀主辨均。

第廿七，皋陶造獄法律存。誅罰詐偽劾罪人。廷尉正監承古先。總領煩亂決疑文。鬬變殺傷捕伍鄰。遊徼亭長共雜診。盜賊繫囚榜笞臀。朋黨謀敗相引牽。欺誣詰狀還反真。

第廿八，坐生患害不足憐。辭窮情得具獄堅。籍受驗登記問年。閭里鄉縣趣辟論。鬼新白粲鉗釱髡。不肯謹慎自令然。輸屬冶作谿谷山。菰萩起居課後先。斬伐材木斫株根。

第廿九，犯禍事危置對曹。謾訑首匿愁勿聊。縛購脫漏亡命流。攻擊劫奪檻車膠。嗇夫假佐扶致牢。痕痏保謕辜呼猭。乏興猥還訶讓求。輒覺沒入檄報留。受賕枉冤忿怒仇。

第三十，讒諛爭語相牴觸。憂念緩急悍勇獨。迺肯省察諷諫讀。江水涇渭街術曲。筆研投筭膏火燭。賴赦救解貶秩祿。邯鄲河間沛巴蜀。潁川臨淮，集課錄。依慁汙擾貪者辱。

第卅一，漢地廣大，無不容盛。萬方來朝，臣妾使令。邊竟無事，中國安寧。百姓承德，陰陽和平。風雨時節，莫不茲榮。蝗虫不起，五穀孰成。賢聖並進，博士先生。長樂無極老復丁。

庚戌七月十八日，偶閱此紙，愛其光瑩，遂書皇象急就章，計十紙共壹千九百餘字。行筆澀滯，不成規模，豈敢示諸作者，聊以自備遺忘耳。東吳宋克仲溫又識。

《急就章》，又名《急就篇》，西漢史游撰，為當時識字課本。歷代章草《急就章》本，以傳為三國時皇象所書最古。宋克臨習章草書，即從此書得法。此作為宋克四十四歲時書。筆勢勁健，風貌簡古。從他「聊以自備遺忘」的自識，結合全篇精絕謹嚴的面目，可知這是宋克經意臨摹的得意之作。此卷十接紙，一筆不苟，心手相應，其書藝已臻極境。除書法價值外，此卷對《急就章》章草、正書二體的互釋，以及文字脫佚偽誤的校勘等都具有重要價值。

後隔水及尾紙有明代周鼎、孫廷惠、朱之赤、項元汴，清代宋犖、鐵保等六家題跋。

（華寧）

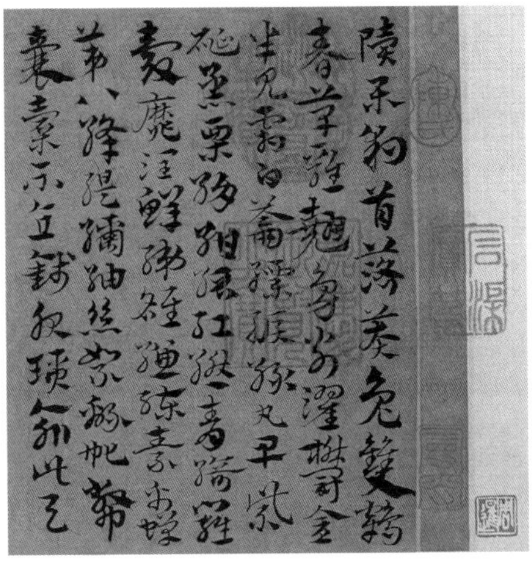

九　章草書急就章卷　明　宋克

紙本　章草書　縱一三·八厘米　横三三二·七厘米

天津博物館藏

釋文：（略）

款署「洪武丁卯六月十日臨於靜學齋」，下鈐朱文「仲溫」方印，另有「嘉慶鑒賞」「畫禪室」等收藏印。

此卷作於明洪武二十年（一三八七），為宋克晚年作品。行筆勁健而氣韻恬適，章法謹嚴，首尾氣勢相連。字裏行間的穿插爭讓，給人以流動的感覺。筆法融合今草與行書，形成古體章草的新面貌。

（于悅）

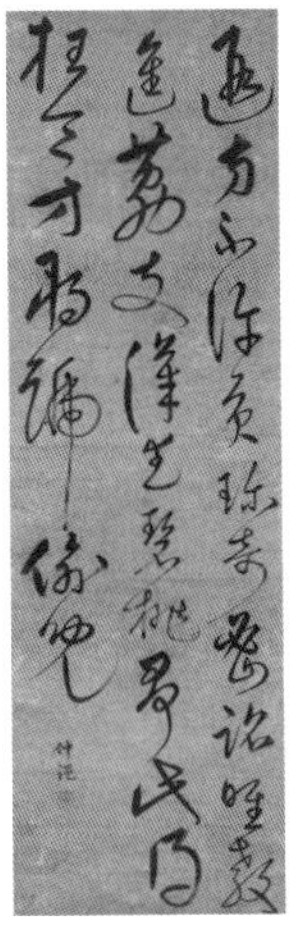

一〇　草書七言絕句軸　明　宋克

紙本　草書　縱一〇〇厘米　横三一厘米

山西省博物院藏

釋文：

遐方不許貢珍奇，密詔唯教進荔枝。漢武碧桃爭此得，枉令方朔號偷兒。仲溫。

（老木）

一一　行書大軍帖頁　明　朱元璋

紙本　行書　縱三三·七厘米　横四七·四厘米

故宮博物院藏

釋文：

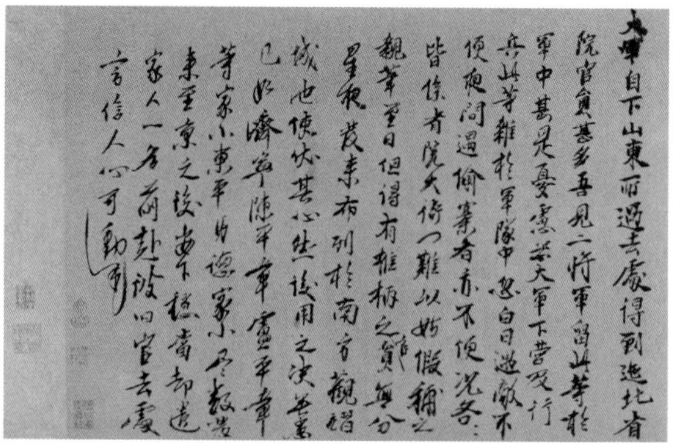

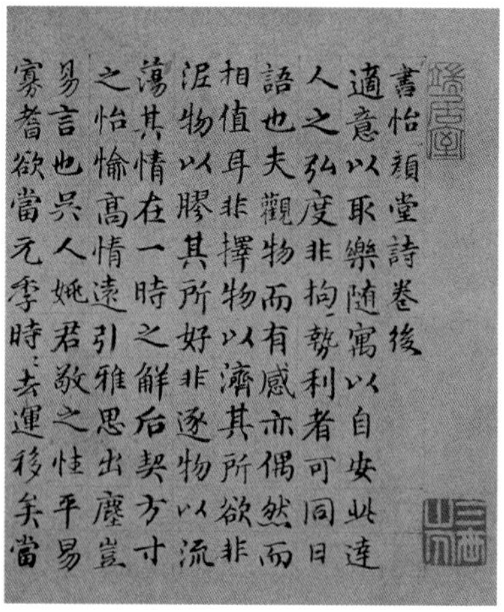

大軍自下山東，所過去處，得到迤北省院官員甚多。吾見二將軍留此等於軍中，甚是憂慮。恐大軍下營及行兵，此等雜於軍隊中，忽白日遇敵不便，夜間遇偷寨者亦不便。況各各皆係省院大衙門，難以姑假補之。親筆至日，但得有椎柄之官員，無分星夜發來，布列於南方，觀翫城池，使伏其心，然後用之，決無患已。如濟寧陳平章、盧平章等家小，東平馬德家小，盡數發來。至京之後，安下穩當，卻遣家人一名，前赴彼舊官去處言信，人心可動。朱

朱元璋（一三二八——一三九八），字國瑞，濠州鍾離（今安徽鳳陽）人。幼貧寒，曾入皇覺寺為僧。一三六八年建國大明，定都南京，年號洪武，廟號太祖。擅長書法，自成一格。

《大軍帖》是朱元璋寫給部將的一封信。信文明白曉暢，對研究明初軍事形勢和政治方略頗有參考價值。

書法健拔瘦勁，點畫稚拙流暢，得自然生動之趣。

（華寧）

一二 楷書書怡顏堂詩卷後 明 俞貞木

紙本 楷書 縱二〇·二厘米 橫六三·五厘米

蘇州博物館藏

釋文：（略）

俞貞木（一三三一——一四〇一）初名楨，字有立，吳縣（今江蘇蘇州）人。通經史，工古文辭。善小楷，長於用筆，短於結構。

此卷楷書已見行書筆意，正所謂寓動於靜，足以見書家之功力。

（老木）

一三 行書深翠軒記卷 明 俞貞木

紙本 行書 尺寸不詳

故宮博物院藏

釋文：

深翠軒記 隱者之居不可無竹木，而不能其必有竹木也。夫隱者居僻地，處幽村，遠人

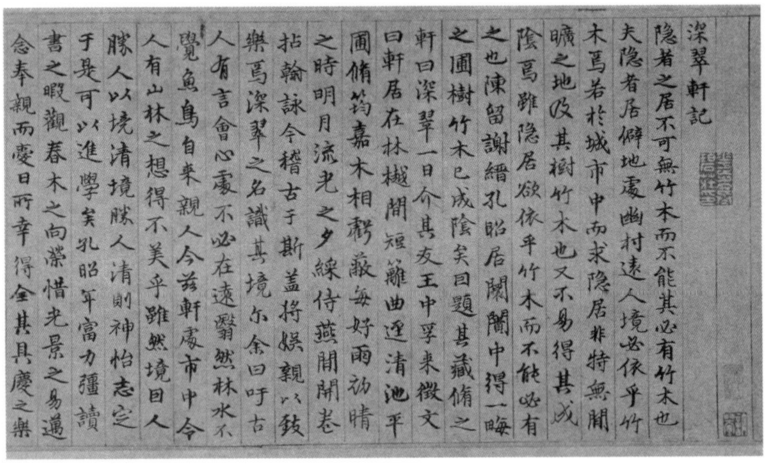

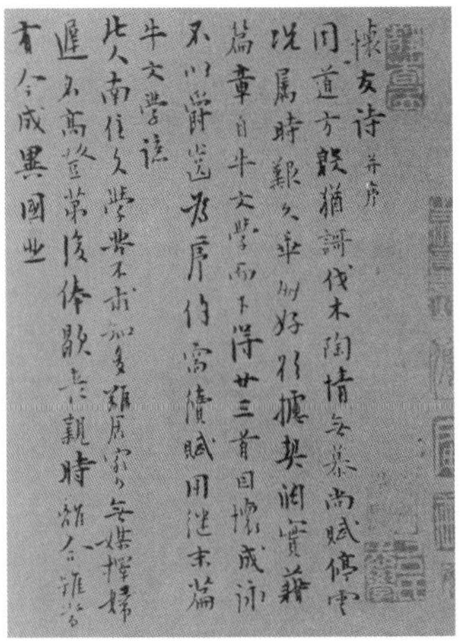

境，必依乎竹木焉。若於城市中而求隱居，非特無閒曠之地及其樹竹木也，又不易得其成陰焉。雖隱居欲依乎竹木而不能必有之也。陳留謝縉孔昭居闤闠中，得一畝之圃，樹竹木已成陰矣。因題其藏脩之軒曰「深翠」。一日介其友王中孚來徵，文曰軒居在林樾間，短籬曲徑，清池頻圃，脩篁嘉木相虧蔽。每好雨初晴之時，明月流光之夕，綵侍燕閒，開卷拈翰，詠今稽古於斯，蓋將娛親以致樂焉。深翠之名，識其境尒。余曰：吁！古人有言，會心處不必在遠，翳然林水，不覺魚鳥自來親人。今茲軒處市中，令人有山林之想，得不美乎。雖然，境因人勝，人以境清，境勝人清則神怡志定，于是可以進學矣。孔昭年富力強，讀書之暇，觀春木之向榮，惜光景之易邁，念奉親而慶日，所幸得全其具慶之樂，抑又當知夫喜懼之訓，可不勉其所未至耶。且學者將以行之矧孝為百行之本，孔昭其可不勉乎。若夫推窗鉤簾，觸目兒琳琅珠玉，陶寫情性，此又遊焉息焉之樂，名公碩士詠詞至矣。余獨慶孔昭之向學，又美其具慶之下能遂其孝養焉。故書。洪武己巳春二月朔旦，包山俞貞木書。

「深翠軒記」一文，書於洪武二十二年己巳（一三八九）。深翠，即別號深翠道人的明初畫家謝縉，他以軒名為別號。該記以文人隱居的旨趣為主要內容，突出了「若以城市中而求隱居」的別樣境界。該卷原有圖，已佚去，並不知為何人所作，尚存洪武、永樂年間人俞貞木、解縉、王汝玉、姚廣孝等人題記，後文徵明為之補圖。

一四　行書懷友詩卷　明　張羽

紙本　行書　縱一九厘米　橫一一三厘米

故宮博物院藏

釋文：（略）

張羽（一三三三——一三八五）字來儀，號靜居，潯陽（今江西九江）人，居湖州。以詩文名世，與高啓、楊基、徐賁，並稱「吳中四傑」，著有《靜居集》。其書法亦具特色。隸書取法唐人韓擇木，楷書有右軍《曹娥碑》意趣，行書則遠師魏晉，近法唐宋，筆力勁健，瘦硬挺拔。

此卷係應「苕軒高士」所屬，書寫恣肆揮灑，無意於佳，卻頗見風骨。從用筆和體勢上看，融冶王羲之、歐陽詢、趙孟頫等眾家之所長，而能放筆直書，自抒懷抱。疏密之間，大開大圜，對比強烈。此作錄懷友詩二十三首，作者時年三十五歲。

曾經明朱曰藩、李肇亨等遞藏，清朝時入乾隆內府，《石渠寶笈續編》有著錄。

（老木）

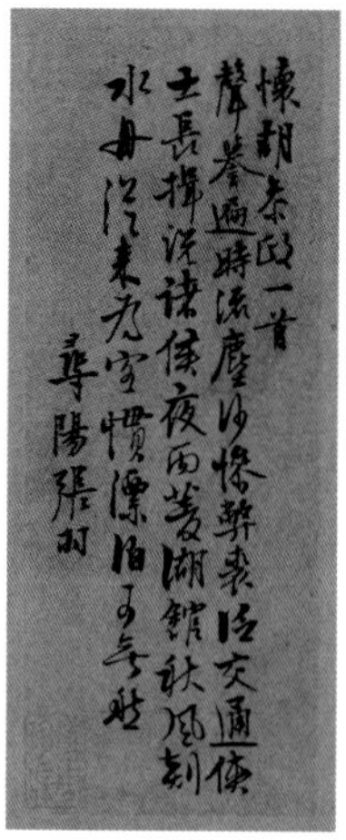

一五　行書懷胡參政頁　明　張羽

紙本　行書　縱一七·一厘米　橫六·五厘米

故宮博物院藏

釋文：

懷胡參政一首

聲譽遍時流，塵沙慘弊裘。泛交通俠士，長揖說諸侯。夜雨菱湖館，秋風剡水舟。從來為客慣，漂泊可無愁。尋陽張羽。

此書作頗見個性，提按分明，輕重緩急歷歷可見，可以想見書家揮毫之際必是心血來潮之時。

（老木）

一六　行楷書臨帖卷　明　胡正

紙本　行楷書　縱三一厘米　橫一一九九厘米

天津博物館藏

釋文：

（前略）

十七日先書郗司馬未去　即日得足下書為慰　先書以具示復數字　吾前東粗足作佳觀吾為逸民之懷久矣足下何以等復及此似夢中語耶無緣言面為歎書何能悉龍保等平安也謝之甚遲見卿舅可耳至為簡隔也

今往絲布單衣財一端示致意

計與足下別廿六年於今雖時書問不解瀾懷省足下先後二書但增歎慨頃積雪凝寒五十年中所無想頃如常冀來夏秋間或復得足下問耳比者悠悠如何可言吾服食久猶為劣劣大都比之年時

為復可可足下保愛為上臨書但有惆悵知足下行至其念違離不可居叔當西耶遲知問

瞻近無緣省苦但有悲歎足下小大悉平安也云卿當來居此喜遲不可言想必果言者有期耳亦度卿當不居京此既避又節氣佳是以欣卿來也此信旨還具示問

天鼠膏治耳聾有驗否有驗者乃是要藥朱處仁今所在往得其書信遂不欲答今因足下答其書可令必達

足下今年政七十耶知體氣常佳此大慶也想復懃加頤養吾年垂耳順推之人理得不以為厚幸但恐前路轉欲逼耳以爾要欲一遊目汶領非復常言足下但當保护以俟此期勿謂虛言得果此緣一段奇事也

去夏得足下致邛竹杖皆至此士人多有尊老者皆即分布令知足下遠惠之至

省足下別疏具彼土山川諸奇揚雄蜀都左太沖三都殊為不備悉彼故為多奇益令其遊目意足也可得果當告卿求迎少人足耳至時示意遲此期真以日為歲想足下鎮彼土未有動理耳要欲及卿在彼登汶嶺峨眉而旋實不朽之盛事但言此心以馳於彼矣

彼鹽井火井皆有不足下目見不為欲廣異聞具示

省別只足下小大問為慰多分張念足下懸情武昌諸子亦多遠宦足下兼懷並數問不老婦頃疾篤救命恒憂慮餘粗平安知足下情至旦夕都邑動靜清和想足下使還具時州將桓公告慰情企足下數使命也無奕外任數書問無他仁祖日往言尋悲酸如何可言

嚴君平司馬相如揚子雲皆有後不

胡母氏從妹平安故在永興居去此七十也吾在間諸理極差頃以復匆匆來京云與其婢問來信不得也

吾有七兒一女皆同生婚娶以畢惟一小者尚未婚耳過此一婚便得至彼今內外孫有十六人足慰目前足下情至委曲故具示

云譙周有孫高尚不出今為所在其人有以副此志不令人依依足下具示

知有漢時講堂在是漢和帝時立此知畫三皇五帝以來備有畫又精妙甚可觀也彼有能畫者不欲因摹取當可得不信具告

諸從並數有問粗平安唯脩載在遠音問不數懸情司州疾篤不果西公私可恨足下所云皆盡事勢吾無間然諸問想足下別具不復具

往在都見諸葛顒曾具問蜀中事云成都城池門屋樓觀皆是秦時司馬錯所脩令人遠想慨然為尔不信具示為欲廣異聞

得足下旃罽胡桃藥二種知足下至戎鹽乃要也是服食所須知足下謂須服食方回還之未許吾此志知我者希此有成言無缘見卿以當一笑

彼所須此藥草可示當致

青李來禽櫻桃日給騰子皆囊盛為佳函封多不生

足下所疏云此果佳可為致子當種之此種彼胡桃皆生也吾篤喜種果今在田里唯以此為事故遠及足下致此子者大惠也

知彼清晏歲豐又所出有無鄉故是名處且山川形勢乃尔何可以不遊目

虞安吉者昔與共事常念之今為殿中將軍前過云與足下中表不以年老甚欲與足下為下寮意其資可得小郡足下可思致之耶所念故遠及

右軍十七帖，乃勑字本。醉墨道人臨于金臺。

盖將軍真丈夫，行年三十執金吾。身長七尺頗有鬚，玉門關城迥且孤。黄沙萬里百草枯，南鄰犬戎北接胡。將軍到來備不虞，五千甲兵膽力麤。軍中無事但歡娱，暖屋繡簾紅地爐。織成壁衣花氍毹，燈前侍婢泻玉壺。金鐺亂點紫酡酥，紫綬金章左右趨。問著即是蒼頭奴，美人一雙閒且都。朱脣翠眉映明眸，清歌一曲世所無。今日喜聞鳳將雛，可憐絶勝秦羅敷。使君五馬謾踟躕，野草繡窠紫羅襦。紅牙鏤馬對樗蒲，玉盤纖手撒作盧。衆中誇道不曾輸，櫪上昂昂皆駿駒。桃花叱撥價最殊，騎將獵向城南隅，臘日射煞千年狐。我來塞外按邊儲，為君取醉酒剩沽。醉爭酒盞相喧呼，忽憶咸陽舊酒徒。岑嘉州作。

使君意氣淩青霄，憶昨歡娛常駿高。時鳴金騕褭，佳人屢出董嬌娆。東流江水西飛燕，可惜春光不相見。願攜燕趙兩紅顔，再逞肌膚如素練。通泉百里近梓州，诸公一來開我愁。醉處重看花滿面，尊前還有錦纏頭。

姚公美政誰能儔，不减昔時陳太丘。邑中上客有柱史，多暇日陪驄馬遊。東山高頂羅珍，下顧城郭消我憂。清江白日落欲盡，復攜美人登綵舟。笛聲憤怨哀中流，妙舞逶迤夜未休。燈前往往大魚出，聽曲低昂如有求。三更風起水浪湧，取樂喧呼覺船重。滿空星河光破碎，四座賔客色不動。請公臨深且莫違，廻船罷酒上馬歸。人生歡乐豈有極，莫使霜露霑人衣。

合流渾渾古則然，中有物怪居深淵。蛟人賣绡出水底，龍女結佩遊隄邊。芙蓉覆波顔色好，薜荔絡石根株懸。此行遂欲極幽險，所聞所见多神仙。

懷素字藏真，生於零陵，晚遊中州，所恨不與張顛長史相識，近於洛下偶逢顔尚書真卿，自云頗傳長史筆法，闻斯語若有所得也。右藏真帖。

尋鍾入蒼茫，一澗復一崦。落葉去方深，柴扉雨中掩。

七月，日羲之白忽然秋月但有感歎信反得去月七日書知足下故羸疾問觸暑遠涉憂卿不可言故故羸乏力不一一。右軍秋月帖。

獻之等再拜。不審海鹽諸舍動靜，比復常憂之。姊告，無他事。崇虛劉道士鵝群並復歸也。獻之等當須向彼謝之。獻之等再拜。右大令秋月帖。

孟頫書致必明省郎吾姪，卜公來得書知侍奉安勝，上下悉佳為慰。昨葉秀才事，非吾必明，幾弗濟，甚以為感。王聲文書極荷用情，有便當報之，令其去取也。一書謝伯桓羹轉達紙素，留吳興城中，不肖偶留德清還城中當寫納矣。草草具茲極寒，唯自愛不悉。老婦傳示姐姐致意堂上太夫人。孟頫書致

陳永陽王伯智，文帝第十二子。雅意翰墨，作字勁舉，而行草尤工，師其成心，自為家學，故名重一時。世有策馬步逐葦航泛浮之說，比其落筆之妙者，非虛語也。為陳氏法書第一。

孟頫再拜進之提舉友愛，足下近奉記，想無不達。快雪，計惟雅候勝常，孟頫頃者之事，過荷進之一力為之盟主，遂使惡言不入於耳，感激之懷，豈易言盡。至於諸人，亦皆重有所費，此皆以不肖之言，良不為過耳。昨發至紙素，緣遷過新居，紛然未知安在。兼天政寒，手冷未可寫，旦夕當一一撿尋寫納，豈於吾進之有所愛耶。因陳甥去，草草奉記。拙婦附此致意。閫政安人日來尊丈想益康健，不宣。孟頫再拜。

比沐荅翰，所需書籍政以地遠難附急足。今適有便舟，如數奉納。希同至餘遲續遣也。據上啟壽甫觀使太尉賢弟。

金繩鐵索鎖鈕壯，古鼎躍水龍騰梭。

鸞翔鳳翥眾仙下，珊瑚碧樹交枝柯。

寒猿飲水撼枯藤，壯士拔山伸勁鐵。

醉來信手三兩行，醒後卻書書不得。

心手相師勢轉奇，詭形怪狀翻合宜。

人人欲問此中妙，懷素自言初不知。

粉壁長廊數十間，興來小豁胷中氣。

忽然絶叫三五聲，滿壁縱橫千萬字。

胡正（生卒年不詳），字端方，廬陵（今江西吉安）人。官御史。擅書，其草書用筆如篆法。

此卷用筆結體尽在規矩之中，嚴謹中流溢出一种安逸的美感，讓人相信書家揮毫已經到了得心應手的地步。

（老木）

一七　草書風入松軸　明　宋廣

紙本　草書　縱一〇一·七厘米　橫三三·七厘米

故宮博物院藏

釋文：

畫堂紅袖倚清酣，華髮不勝簪。幾回晚立金鑾殿，東風軟，花底停驂。書詔許傳宮燭，香羅初試朝衫。御溝冰泮水挼藍，飛燕又呢喃。重重簾幕寒猶在，憑誰寄，銀字泥緘。報導先生歸也，杏华春雨江南。

洪武十二年夏五月，余於鍾山挈累還吳。明年春又復徙家湖南崑丘。友人陸君德脩頗愛眷之，將行，德脩出此紙俾余書，遂錄風入松二闋，以為後會張本云耳。匊水外史宋廣昌裔識

宋廣（生卒年不詳），字昌裔，河南南陽人。曾任沔陽同知。善畫，亦擅行、草書。師法張旭、懷素，略變其體，筆法勁秀流暢，體勢翩翩。與宋克、宋璲俱以善書知名，人稱「三宋」。

《風入松》，又名《遠山橫》，詞牌名。此首詞是元人虞集贈與柯九思的，收錄在虞集的《道園學古錄》中。此軸為宋廣草書代表作，書於洪武十三年（一三八〇），送給友人陸德脩。此草書作前後貫氣，有始有終，絕無丝毫懈怠之筆，使轉靈活，令人稱道。

（華寧）

一八　草書太白酒歌軸　明　宋廣

紙本　草書　縱八七厘米　橫三三·六厘米

故宮博物院藏

釋文：

天若不愛酒，酒星不在天。地若不愛酒，地應無酒泉。天地既愛酒，愛酒不愧天。已聞清比聖，復道濁如賢。賢聖既已飲，何必求神仙。三杯通大道，一斗合自然。但得酒中趣，勿謂醒者傳。昌裔為彥中書。

鑒藏印有「休甯朱之赤珍藏圖書」朱文、「儀周鑒賞」白文、「馮公度家珍藏」朱文及乾隆内府諸印。

此畫筆畫精熟，連綿圓婉，風度瀟脱，是其草書的典型面貌。

（李豔霞）

一九　草書七言絶句軸　明　宋廣

紙本　草書　縱六八厘米　横二五·九厘米

故宫博物院藏

釋文：

心期仙使意無窮，彩畫雲車起壽宫。聞有三山未知處，茂陵松柏滿西風。昌裔為仲紀書。

此書運筆流暢自然，點畫縱横開合，剛柔相濟，有晉唐風骨。款下鈐「宋廣印」白文、「宋昌裔」白文印。左側裱邊有清寶熙題跋一則。

（李豔霞）

二〇　楷書題濯清軒詩頁　明　徐賁

紙本　楷書　縱一七·六厘米　横七厘米

故宫博物院藏

釋文：（略）

徐賁（一三三五—一三九七尚在世），字幼文，號北郭生，居吴（今江蘇蘇州）。明洪武中官給事中、監察御史，並先後在廣東、廣西、河南做官。工詩，有《北郭集》六卷。善畫山水，師法董巨。書法精楷書。

作品録五言律詩一首，書法秀整端慎，清逸可愛，具唐楷古意。

（華寧）

二一　楷書中州先生後和陶詩卷　明　姚廣孝

紙本　楷書　縱二二·二厘米　横三五七·一厘米

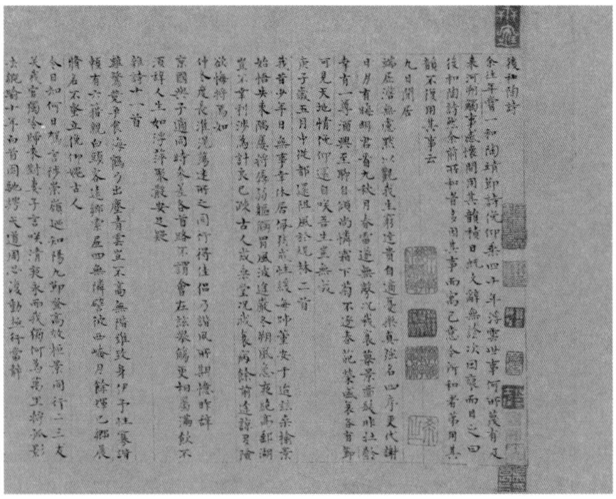

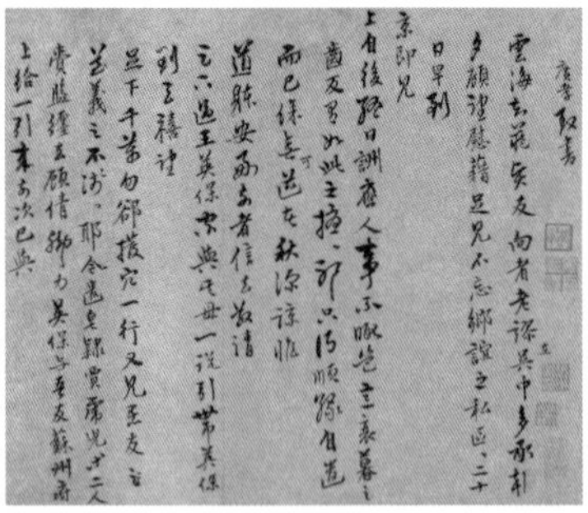

故宮博物院藏

釋文：（略）

姚廣孝（一三三五——一四一九），名道衍，字斯道，號逃虛老人、獨庵老人、懶閣翁，長洲（今蘇州）人。十四歲出家為僧。因助朱棣奪皇帝位，以功拜太子少師，復其姓，賜名廣孝。善陰陽術數之學，通儒書，工詩畫，嘗監修《太祖實錄》，纂修《永樂大典》。著有《逃虛子集》。

從幅後自識得知，詩乃中州先生和陶詩者，共有九十九首，「因歲月久違，不一而成，故有前後之說。」中州先生姓童名翼，字中州，浙江金華人。與宋濂、張羽、道衍等人關係密切。此卷書於明洪武二十五年（一三九二），道衍時年五十八歲。書法古雅勻細，法度嚴正，瘦硬通神，悠然有靜穆之氣，充分體現出道衍中年時深厚純熟的藝術功力。

卷後另有吳道旨、吳友芝、鄧瑤伯三家跋。

（華寧）

二二　行書雲海帖頁　明　姚廣孝

紙本　行書　縱三〇·四厘米　橫四六·七厘米

故宮博物院藏

釋文：

廣孝致書。雲海知藏賢友，向者老謬在吳中多承朝夕顧望慰籍，足見不忘鄉誼之私。區區二十日早到京即見上，自後終日詶應人事不暇，豈意衰暮之齒反有如此之擾擾耶。只得順緣自遣而已。餘無可道者。秋深涼惟道體安好。前者信去，敬請足下過王英保家與其母一說，引帶英保到天禧。望足下千萬勿卻，撥冗一行，又見吾友友道義之不淺淺耶。今遣皂隸賈虎兒等二人賚盤纏去顧倩脚力。英保與吾友蘇州府上給一引来，前次已與尚書公說知。吾友可去一見。請公分付府上討取，快便在九月九日前後。專望專望。會蒙菴彥常并師叔能仁諸友。希道敬相見有日。奉字不具備。八月廿八日。廣孝致書。

此頁行書筆觸活潑，靈動自然，且富有節奏感。結體亦有獨到之處，頗具不俗之氣。

（老木）

二三　行楷書題仕女圖詩頁　明　高啟

紙本　行楷書　縱二五·九厘米　橫四三·四厘米

故宮博物院藏

釋文：（略）

高啟（一三三六——一三七四），字季迪，號槎軒，長洲（今江蘇蘇州）人。家北郭，與徐賁、宋克、張羽等卜居相近，號「北郭十友」，又稱「十才子」。有文武才，博覽群書，尤邃於史。明代李東陽評「國初稱高、楊、張、徐，高才力聲調，過三人遠甚，百餘年來，亦未見卓然有過之者。」有詩、詞、文集多種。

作品書《題仕女圖》七言詩一首。書法筆畫圓轉清勁，結體疏朗。《書史會要》稱：「啟善楷書飄逸之氣，入人眉睫。」觀此帖，如見斯人之風采神韻。

（華寧）

二四　行楷書跋米元暉畫卷　明　高啟

紙本　行楷書　縱三三厘米　橫四四厘米

上海博物館藏

釋文：（略）

此書為高啟跋米元暉畫卷，筆力遒勁，章法謹嚴。

卷後另有張弼成化二年（一四六六）、司馬亞弘治壬子（一四九二）題。

（立中、李蘭）

二五　草書臨張旭秋深帖軸　明　陳璧

紙本　草書　縱一〇七·七厘米　橫三三·九厘米

上海博物館藏

釋文：

秋深不審。氣力復如何也，僕疾弊何足可論。河南道物人近來得京中消息，承彼數年，不熟，憂懸，不復可論，不委諸小大如何為活計，幾何有京中信使去告當數报委曲耳。張長

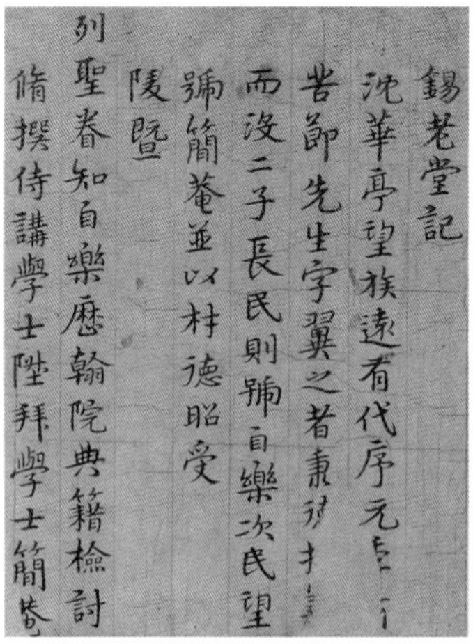

史帖，谷易生臨。

陳璧（生卒年不詳），號谷陽生，華亭人。明洪武時人。工書。真書學歐陽詢，行書法王獻之，草書從唐懷素《自敘帖》中脫出，能自成一家。

此幅臨唐張旭《秋深帖》，與古帖比較，字體變得稍為娟秀姿媚，具有自己的草書面貌。

（老木）

二六　行楷書錫老堂記卷　明　吳訥、黎近、鄒亮

紙本　行楷書　縱二三·九厘米　橫九三厘米

上海博物館藏

釋文：（略）

吳訥（一三七二——一四五七）字敏德，號思庵。江蘇常熟人。自幼力學，為人剛介。明永樂年間，因諳醫學被舉薦至京。累官至南京左副都御史。謚「文恪」。著有《小學集解》、《文章辨體》《思庵集》等。

黎近（生卒年不詳）亦名黎久之，字之大。江西臨川人。明前期筆記小說家、詩人。當時臨川有「三黎一聶」（黎近、黎公弁、黎公穎、聶大年）之稱。著作有《黎子雜釋》、《未齋雜言》、《捧心集》等近百卷。

鄒亮（生卒年不詳）字克明，長洲（今江蘇蘇州）人。明英宗正統初前後在世。少輕俠無行。後折節讀書，成名儒。正統間，以薦擢吏部司務，遷監察御史，有謙謹名。亮好藏書，工詩文，與蔣溥等相唱和，為景泰十才子之一。著有鳴珂漱芳諸集，傳於世。

錫老堂為明代華亭望族沈度、沈粲家族所築。三人法書各有其色，吳訥不訥而盡顯靈動之氣；黎近則近古風，并無習氣；鄒亮字小神在，足令觀者眼前明亮。

（立中、李蘭）

二七　行書跋鄧文原家書頁　明　梁時

紙本　行書　縱二九·六厘米　橫二六·九厘米

上海博物館藏

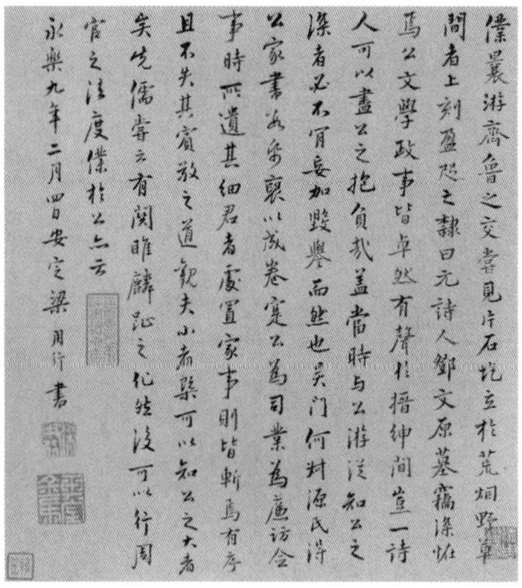

釋文：

僕囊游齊魯之交，嘗見片石圪立於荒烟野草間者，上刻盈咫之隸曰：「元詩人鄧文原墓」，竊深怪焉。公文學政事皆卓然有聲於搢紳間，豈一詩人可以盡公之抱負哉。蓋當時與公游從，知公之深者必不肯妄加毀譽而然也。吳門何淑源氏得公家書数紙，裒以成卷，寔公為司業為廉訪僉事時，所遺其細君者。處置家事，則皆斬焉有序，且不失其賓敬之道。觀夫小者，槪可以知公之大者矣。先儒嘗云有關雎麟趾之化，然後可以行周官之法度。僕於公亦云。永樂九年二月四日，安定梁用行書。

梁時（生卒年不詳），字用行，江蘇吳江人。洪武二十 年（一三八八）以善書薦授岷府紀善，永樂初遷翰林典籍。博學，工文章，亦善筆札。

此行書講究用筆，使轉流暢，結體溫潤，為典型的明初書風。鈐「梁用行」、「玉堂金馬」二白文印。

（立中）

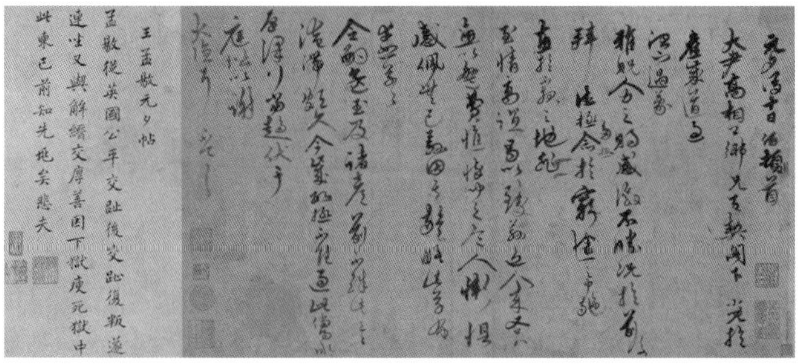

二八　行書元夕帖頁　明　王偁

紙本　行書　縱二四·七厘米　橫四三·九厘米

故宮博物院藏

釋文：

元夕後十日偁頓首。大尹高相公鄉兄至契閣下，小兒於舊歲道過治下，過蒙雅貺，人力之賜，感激不勝。況於前後拜德極多，念拯於窮途之中，施惠於不報之地，非至情高誼，曷以致茲。近人來，又蒙惠以盤費，憔悴聞之，令人慚懼，感佩無已。茲因其旋，略此草布，幸恕草草。令嗣孟玉及諸彥前不殊此言，淹滯頗久。今歲數極，不往。過此倘得承厚澤，行當趨伏于庭堦以謝大德耳。不具。

王偁（一三七〇——一四一五），字孟揚，又字密齋，永福縣（今福建永泰縣）人。明洪武二十 二年（一三九〇）舉人。永樂初，薦授翰林院檢討，進講經筵，充《永樂大典》副總裁。為人英邁爽發，學博才雄，工詩、善書。其詩質樸清新，不落窠臼，行草類蘇軾。著有《虛舟集》五卷。

詩如其人，字如其詩，元氣淋漓，頗見新意。

（老木）

二九　草書敬覆帖頁　明　宋璲

紙本　草書　縱二六・七厘米　横五二・八厘米

故宫博物院藏

釋文：

璲敬覆：别來數日，便覺鄙陋頓生，第未知何時可見耳。昨日會令姪叔高還，伏審尊侯納福為慰。《潛溪外集》望即授的當人示還，幸勿淹滯，恐失落難尋也。《詛楚文》何時可覩。遊五洩之興濃甚，不知幾時可遂否。此亦有定數耶。呵呵。燈下草草，不能詳盡，尚容面既。四月三日。璲敬覆。

宋璲（一三四四——一三八〇），字仲珩，宋濂次子，浙江浦江人。洪武九年（一三七六）召為中書舍人，十三年以兄連坐胡惟庸黨案被誅。工書法，真、行、草、篆俱精，與宋克、宋廣齊名，並稱「三宋」。

《敬覆帖頁》為致友人的書信，其中提到其父宋濂《潛溪外集》、《詛楚文》帖，以及浙江諸暨遊覽勝地「五洩」等内容，反映了宋璲生活的一個側面，具有一定的文學價值。此帖書法秀拔縱逸，神采瀟爽，用筆和體勢師法康里巙，而俊放之勢更勝。

（華寧）

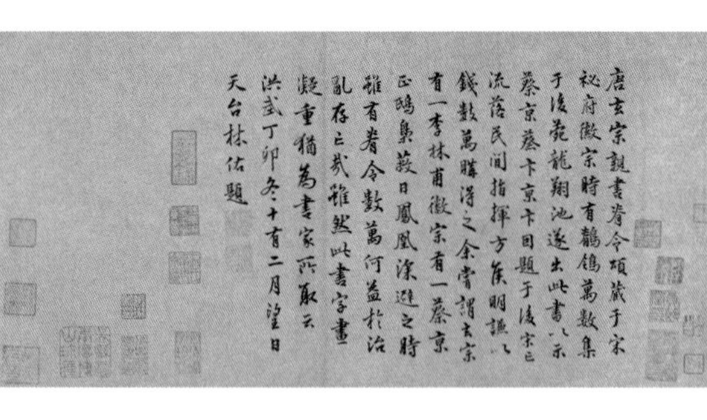

三〇　楷書鶺鴒頌題跋頁　明　林佑

紙本　楷書　縱二四・三厘米　横五〇・四厘米

故宫博物院藏

釋文：

唐玄宗親書《脊令頌》，藏于宋秘府。徽宗時有鶺鴒萬數，集于後苑龍翔池，遂出此書以示蔡京蔡卞。京卞因題于後。宋亡流落民間。指揮方侯明謙以錢數萬購得之。余嘗謂玄宗有一李林甫，徽宗有一蔡京，正鴟梟蔽日，鳳凰深避之時，雖有脊令數萬，何益於治亂存亡哉？雖然，此書字畫凝重，猶為書家所取云。洪武丁卯冬十有二月望日。天台林佑題。

林佑（一三五六——一四〇九），又名右，字公輔，浙江臨海人。工書。

此跋題於洪武丁卯，即洪武二十年（一三八七）。是為方國珍侄方明謙題所藏唐玄宗書鶺鴒頌，清乾隆時刻入《三希堂法帖》。用筆規範嚴謹，結體亦在規矩之中，然輕重變化自

然，又平添幾分情趣。

（老木）

三一　楷書四箴卷　明　沈度

紙本　楷書　縱二九厘米　橫一四·五厘米

故宮博物院藏

釋文：（略）

沈度（一三五七——一四三四），字民則，號自樂，華亭（今上海松江）人。永樂間以能書入翰林，為帝所賞，每稱曰：「我朝王羲之」。善篆、隸、真、行書，尤精楷書。書風婉麗端秀，圓潤平正，被稱為「台閣體」。與弟粲俱以書名，時稱「二沈」。

本幅書宋代程頤《四箴》。《四箴》即「視箴」、「聽箴」、「言箴」、「動箴」，闡發儒家正統禮教思想，規範人的言行舉止。此作楷法緊勁遒麗，為沈度台閣體書法代表作。

（華寧）

三二　楷書敬齋箴頁　明　沈度

紙本　楷書　縱二三·八厘米　橫四九·四厘米

故宮博物院藏

釋文：（略）

此帖書寫朱熹根據張栻《主一箴》而作的《敬齋箴》。為一四一八年沈度六十二歲時書。結字端正嚴謹，筆筆平和工穩，珠圓玉潤，為明初台閣體書法經典作品。

（華寧）

三三　楷書盤谷序軸　明　沈度

紙本　楷書　縱一三三·二厘米　橫九三·二厘米

故宮博物院藏

釋文：（略）

（老木）

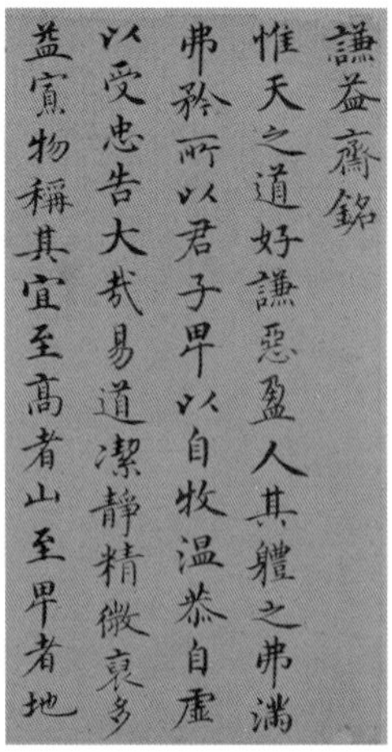

三四　楷書謙益齋銘頁　明　沈度

紙本　楷書　縱二四·四厘米　橫三一·三厘米

故宮博物院藏

釋文：（略）

本幅書《謙益齋銘》一篇。書風圓潤雅致，屬台閣體書法典範。

（華寧）

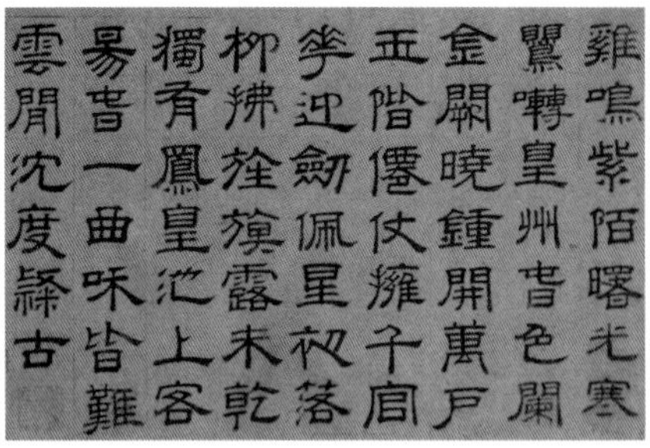

三五　隸書七律詩頁　明　沈度

紙本　隸書　縱二三·二厘米　橫三四·二厘米

故宮博物院藏

釋文：

雞鳴紫陌曙光寒，鶯囀皇州春色闌。金闕曉鍾開萬戶，玉階僊仗擁千官。花迎劍佩星初落，柳拂旌旗露未乾。獨有鳳皇池上客，陽春一曲和皆難。雲間沈度隸古。

作品書唐岑參詩《奉和中書舍人賈至早朝大明宮》。沈度善隸書，但傳世作品稀少。明代楊士奇稱他「八分尤為高古，渾然漢意。」此帖結體方整，用筆少波磔與回轉，體勢筆法更接近楷書，這些都是唐隸的特徵。總體風格顯得厚重有餘，生動不足。

（華寧）

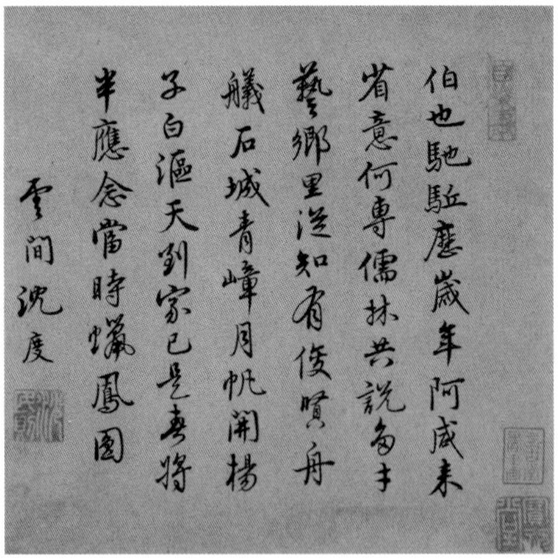

三六　行書七律詩頁　明　沈度

紙本　行書　縱二四·五厘米　橫二九·二厘米

故宮博物院藏

釋文：

伯也馳駈歷歲年，阿咸來省意何專。儒林共說多才藝，鄉里從知有俊賢。舟艤石城青嶂月，帆開楊子白漚天。到家已是春將半，應念當時蠟鳳圓。雲間沈度。

此件作品結字斜欹，於端妍中蘊含清勁爽健之勢，展示出沈度在「台閣體」之外的行書風貌。

（華寧）

三七　楷書東郭草堂記帖頁　明　王璲

紙本　楷書　縱二五·五厘米　橫五二·三厘米

故宮博物院藏

釋文：（略）

王璲（？——一四二五），字汝玉，號青城山人，長洲（今江蘇蘇州）人。工詩文，有《青城山人集》行世。善書法。

此頁楷書頗具晉唐人風度，前後呼應，自成佳趣。書於洪武丙子（一三九六）。

（老木）

三八　行楷書手畢帖並詩頁　明　王璲

紙本　行楷書　縱一八·一厘米　橫三八·七厘米

故宮博物院藏

釋文：

璲復，家僮至辱手畢並詩，兼承錄示雲翁先生洎孫學和章，浩然起雲霞之思。今日因山中石師旋便，仍用舊韻賦短句奉柬，且用為曉猿夜鶴展限一笑。林間樵人王璲上復，白寉山高士。

泛泛蹤難定，皇皇忠每驚。歲年知幾換，書劍竟何成。多雨江村夜，微燈獨館情。此時誰共語，唯念昔同盟。

答山中見示韻二首　春色雨中歸，春芳漸復稀。常因聽林鳥，卻憶在岩扉。月夜詩空賦，花時約又違。幾迴愁不寐，孤枕遠鐘微。

鶯歇江鄉杜宇悲，故人西望久乖離。夢因春盡歸常切，書為山遙寄每遲。踈雨林邊尋遠寺，夕陽嶺下謁叢祠。怱怱已負瑤華約，別有西風桂子期。

《手畢帖並詩頁》是王璲寫給友人的書信並和詩三首，表達對友人懷想及渴望相見的心情。此帖書風天然古淡，意態瀟散而平和，師法晉人，又具趙字韻味。

（華寧）

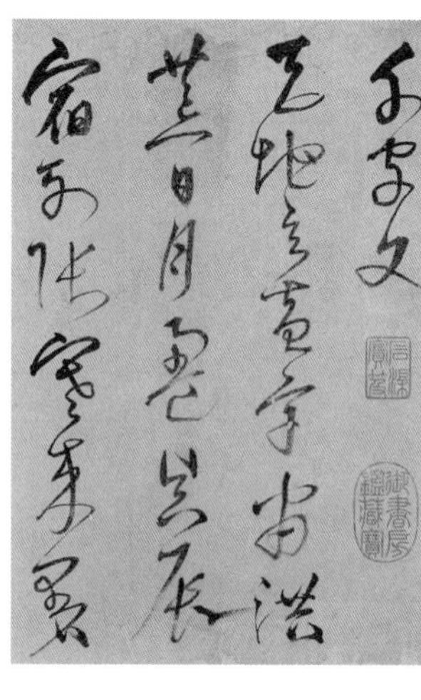

三九　草書千字文卷　明　沈粲

灑金箋　草書　縱二九·二厘米　橫九三七厘米

吉林省博物院藏

釋文：

（前略）款署：正統丁卯四月廿又七日，簡庵書于南薰里之官舍。

此作書於明正統十二年（一四四七）。通篇有逸氣貫穿始終，提按有序，如滿紙雲煙，令人讚嘆不已。

（老木）

四〇　草書千字文卷　明　沈粲

紙本　草書　縱二五·二厘米　橫五七六厘米

故宮博物院藏

釋文：

（前略）款署：余友徐尚賓得佳紙，寶藏久矣。一日持來簡菴次，求作草書千文，勉為書一過，惜拙鈍之不稱耳。正統丁卯秋七月初三日。沈粲書。

沈粲（生卒年不詳），字民望，號簡庵，明代華亭（今上海松江）人。永樂時自翰林待詔遷侍讀，進大理寺少卿。與兄沈度同在翰林，時號「大小學士」。擅草書，師法宋璲，以遒麗取勝。

本幅書《千字文》，為應友人徐尚賓索求而書。書法通篇運筆迅疾流暢，點畫遒勁峭利，絕無衰頹滯鈍的跡象，表現出沈粲晚年的純熟功力和旺盛的藝術創造力。此外，作品中明顯的章草筆意，使他的草書於遒逸之外別具古雅氣質。書於明正統十二年（一四四七）。

（華寧）

四一　行書題洪崖山房圖頁　明　胡儼

紙本　行書　縱二七·三厘米　橫四五·五厘米

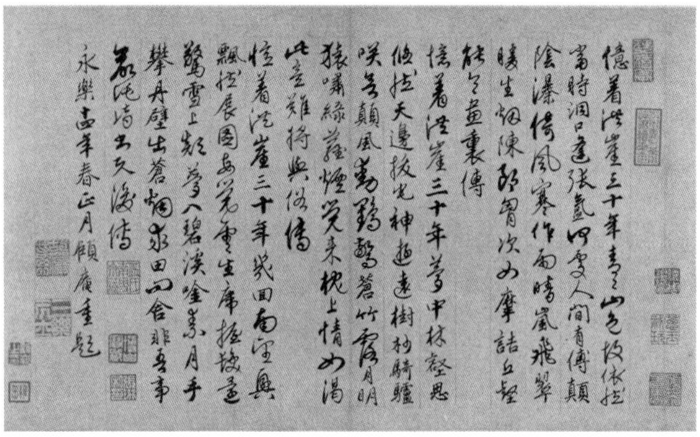

故宮博物院藏

釋文：

憶着洪崖三十年，青青山色故依然。當時洞口逢張氳，何處人間有傅顛。陰瀑倚風寒作雨，晴嵐飛翠暖生煙。陳郎胸次如摩詰，丘壑能令畫裏傳。

憶着洪崖三十年，夢中林壑思悠然。天邊拔宅神遊遠，樹杪騎驢笑欲顛。風動鶴驚蒼竹露，月明猿嘯綠蘿煙。覺來枕上情如渴，此意難將與俗傳。

憶着洪崖三十年，幾回南望興飄然。展圖每覺雲生席，握髮還驚雪上顛。夢入碧溪唫素月，手攀丹壁出蒼煙。求田問舍非吾事，欲託詩書與後傳。

永樂十四年春正月頤庵重題

胡儼（一三六一——一四四三），字若思，號頤庵，南昌人。官至國子監祭酒，進太子賓客。學識廣博，通天文、地理、曆律，充《太祖實錄》《永樂大典》、《天下圖志》等總裁官。擅書法，精草書。

洪崖山位於江西南昌西山中，峰巒秀拔、林壑深窅，專豫章之勝。胡儼久欲結廬於此，但南北宦游，未能遂願，故請陳宗淵繪《洪崖山房圖》以寄託平生之志。胡儼題詩三首，筆畫矯健蒼勁，精神外露，具有俊爽雄放的風度。書於永樂十四年（一四一六），胡儼時年五十六歲。

（華寧）

四二　行書送周孟敬還江陰序頁　明　胡濙

紙本　行書　縱三三·九厘米　橫五七·三厘米　二開

故宮博物院藏

釋文：

送周孟敬還江陰序

嘗觀天下之物，必先豐其積而勢隆，浚其源而流遠。故家鉅族豈非由其先世積累之深，後嗣繼述之善，是致世澤綿永，有引而無替也。余同郡義民周珪孟敬，世居江陰之顧山，以詩禮傳家。其祖伯源抱道肥遯，心存利物，貧不能自存者，賙給之，死無所歸者，殯瘞之。由是家道日隆，族漸繁衍然。惟孟敬夙喪其父，與兄孟德同室廬以處，合釜爨以食▨無共其

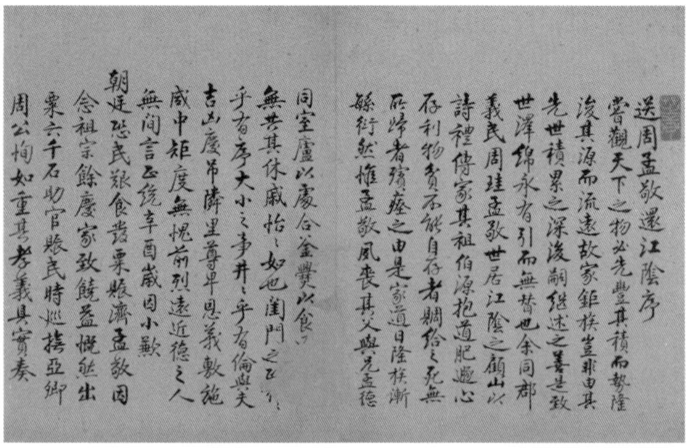

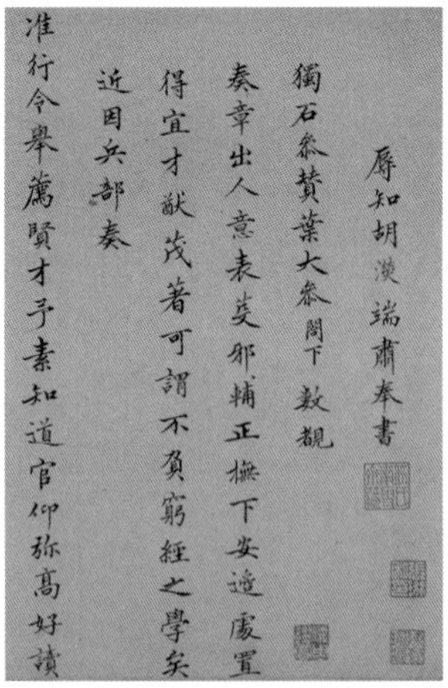

休戚怡怡如也。闔門之□□□乎有序，大小之事井井乎有倫，與夫吉凶慶吊、鄰里尊卑，恩義敷施，咸中矩度，無愧前烈，遠近德之，人無間言。正統辛酉，歲因小歉，朝廷恐民艱食，發粟賑濟，孟敬因念祖宗餘慶，家致饒益，慨然出粟六千石，助官賑民。時巡撫亞卿周公恂如重其孝義，具實奏聞，遂蒙賜勑褒其祖墓，仍獎諭孟敬，旌其門閭，復其徭役。郡邑由是而增輝，鄉黨以之而歡洽。孟敬室家之慶豈有涯哉？蓋其能盡孝義之實之所致也。盡孝義之實，則必能延孝義之慶。觀周氏祖作孫述而存沒獲非常之恩寵者為尤信矣。而其後裔尚懋勉之，詩書所謂聿修厥德追配前人，斯又余所願望於孟敬之來裔也。因其辭歸，書此為贈。正統七年歲次壬戌六月六日，資德大夫正治上卿禮部尚書前太子賓客兼國子祭酒，毘陵胡濙序。

胡濙（生卒年不詳）字源潔，武進人。建文二年舉進士，授兵科給事中。歷事六朝，計六十年，累官至禮部尚書、太子太傅，中外稱耆德。卒年八十九。贈太保，謚忠安。為人節儉寬厚，喜怒不形於色。

作品書於明正統七年（一四四二）。

（老木）

四三　楷書獨石帖頁　明　胡濙

紙本　楷書　縱三一·一厘米　橫六一·一厘米

故宮博物院藏

釋文：（略）

書於景泰五年（一四五四）。此楷書清秀雅麗，不飾雕琢，撇捺修長，起止有度，毫無「匆匆草率」之跡。

（老木）

四四　楷書重過慶壽寺等詩帖頁　明　王紱

紙本　楷書　縱二六·八厘米　橫四一·二厘米

故宮博物院藏

釋文：

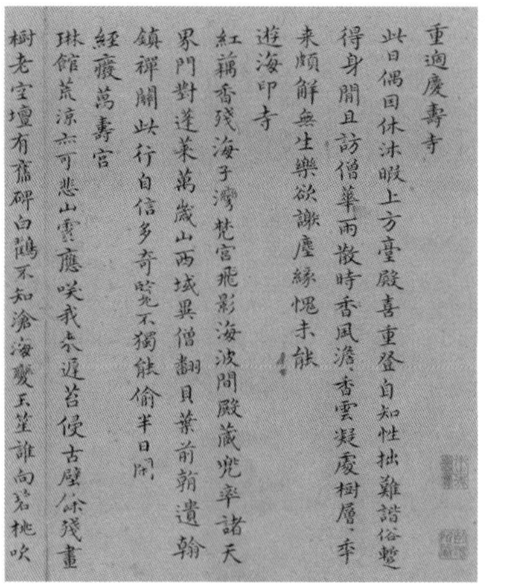

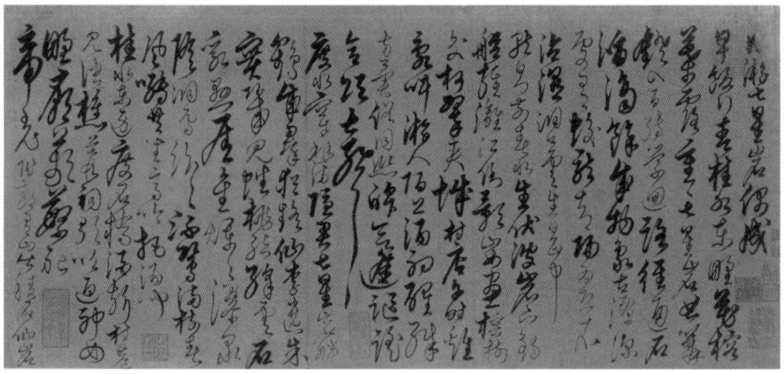

（前略）款署：右詩三首在北京所作。脩譔沈君民則一日出此冊，命錄于上。時永樂辛卯三月清明前十日也。孟端。

王紱（一三六二——一四一六），字孟端，號九龍山人，無錫人。洪武中，坐累戍朔州。永樂初，以善書供事文淵閣，除中書舍人。性高介絕俗，博學，工詩，有《王舍人詩集》五卷。善畫山木竹石。精書法。

書自作《重過慶壽寺》等詩四首，為沈度而書。時王紱五十歲，與沈度為內廷同僚。此帖書法風格端勁清雅，以鍾、王小楷為法，與當時盛行的「台閣體」比較，別具古意。

（華寧）

四五　草書遊七星岩詩頁　明　解縉

紙本　草書　縱二三·三厘米　橫六一·三厘米

故宮博物院藏

釋文：

游七星岩偶成

早飯行春桂水東，野花榕葉露重重。七星岩曲篝鐙入，百轉縈回路徑通。石溜滴餘成物象，古潭深處有蛟龍。御歸為恐衣沾濕，洞口雲生日正中。

就日門前春水生，伏波岩下釣船輕。灕江倒影山如畫，榕樹交柯翠夾城。村店午時雞亂叫，游人陌上酒初醒。殊方異俗同熙皞，欲進謳謠合頌聲。

度水穿林訪隱君，七星岩畔鶴成群。猶疑仙李遺朱實，幾見蟠桃結絳雲。石乳懸厓金爛爛，瀑泉墮洞雪紛紛。流鶯滿樹春風囀，共坐高吟把酒聞。

桂水東邊度石橋，酒旂村巷見漁樵。蘘祠歌吹迎神女，野廟蘋蘩祀帝堯。附郭有山皆積石，仙岩無路不通霄。日長衣繡觀民俗，行樂光輝荷聖朝。

永樂戊子五月十一日為文弼書。縉識。

《七星岩詩》見於解縉《文毅集》卷五《題臨桂七星岩》，原為四首，文集中只錄三首。七星岩，位於廣西桂林東七星山，岩洞深邃，石乳凝結，瑰麗多彩，隋唐以來即為遊覽勝地。此詩作於永樂五年至八年解縉在廣西、廣東作官時。書於永樂六年（一四〇八），解

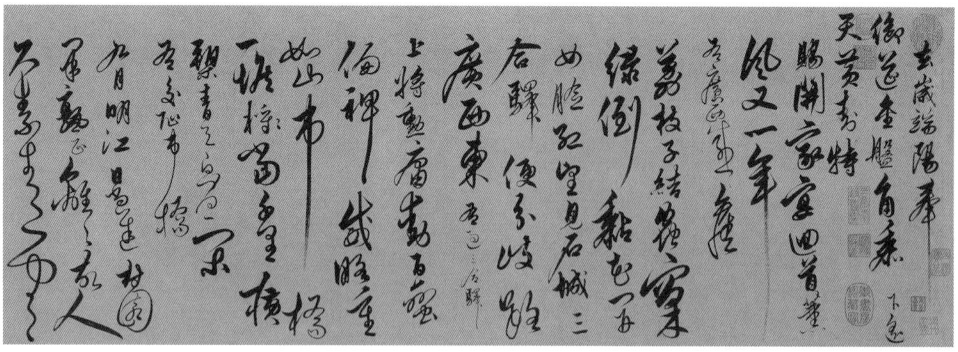

縉年四十歲。為解縉中年書作，書藝臻至成熟自化，筆墨奔放，傲讓相綴，而意向謹嚴。

（華寧）

四六　草書自書詩卷　明　解縉

紙本　草書　縱三四・三厘米　橫四七二厘米

故宮博物院藏

釋文：

去歲端陽奉御筵，金盤角黍下遙天。黃封特賜開家宴，迴首薰風又一年。　右廣西感舊

荔枝子結蟲窠綠，倒黏花開女臉紅。望見石城三合驛，便分岐路廣西東。　右過三合驛

上將勳庸動百蠻，偏裨威略重如山。市橋一堠將（點去）當千里，橫槊青天白晝閑。　右交阯市橋

九月明江日尚遲，林園果熟正離離。故人尺素青雲下，望後黃柑玉露垂。顆暈靈芝金作粟，葉繁薌霧翠為枝。常時錫貢來京國，尚憶金盤進御時。　右謝友人惠黃柑

蒼梧城北繫龍州，水接南天日夜流。冰井鱷池春草合，火山蛟室夜光浮。千家竹屋臨沙觜，萬斛綱船下石頭。伏枕夢迴霄漢近，佩聲猶在鳳皇樓。　右過梧州作

繡水東流合欝江，古藤城郭鎮南邦。山雲橋度飛虹並，江月樓空乳燕雙。晴日鶯花紅張錦，春風烟樹碧油幢。吹簫喚起蛟龍舞，金鴨焚香倒玉缸。　右過藤縣

久客懷歸歸便休，鄉園隨處輒淹留。淋漓宮錦千鍾醉，不用人間萬戶侯。　右歸鄉偶作

此余近日所作數詩，皆率尔而成，今又率尔書之。雖然未嘗敢棄古自為也，中間複筆覆筆返筆之妙，付有識者自辯之。永樂庚寅五月二十三日夜京城寓舍書與禎期。縉紳識。

解縉（一三六九——一四一五），字縉紳，號春雨，明代吉水（今屬江西）人。累進翰林院學士兼右春坊大學士。富才氣，工詩文，有《文毅集》。其文雅勁奇古，詩氣勢奔放。善書法，為明初重要書家。其小楷精絕，行、草皆佳。用筆之精妙，出人意表。狂草名重一時。

此卷書自作詩七首，除《過藤縣》外，其餘六首均見《文毅集》。書於永樂八年（一四一〇），時四十二歲。書法縱橫超逸，奔放瀟脫，而點畫出規入矩，絕無草率牽強處，章法經營尤見匠心。此作書送禎期。禎期為縉從子，以書名，不失門風。

幅後有王穉登跋。

（華寧）

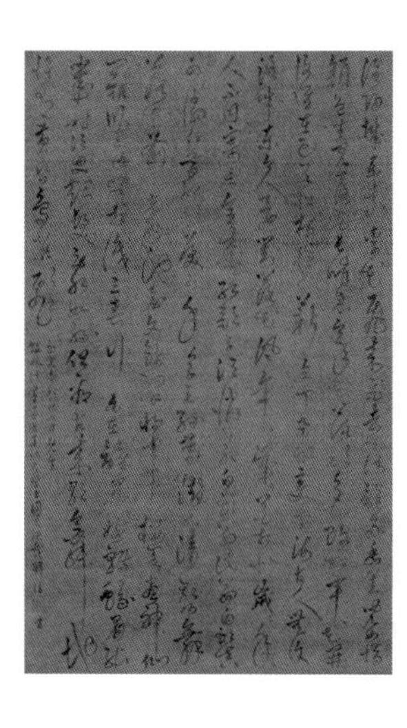

四七 草書詩軸 明 解縉

絹本 草書 縱一一七·五厘米 橫七八厘米

故宮博物院藏

釋文：

洛陽城東桃李花，飛來飛去落誰家。幽閨兒女惜顏色，坐見落花長嘆息。今年花落顏色改，明年花開復誰在。已見松栢摧為薪，更聞桑田變成海。古人無復洛城東，今人還對落花風。年年歲歲花相似，歲歲年年人不同。寄言全盛紅顏子，須憐半死白頭翁。此翁白頭真可憐，伊昔紅顏美少年。公子王孫芳樹下，清歌妙舞落花前。光祿池臺文錦繡，將軍樓閣畫神仙。一朝臥病無相識，三春行樂在誰邊。宛轉蛾眉能幾時，須臾鶴髮亂如絲。但看古來歌舞地，惟有黃昏鳥雀飛。永樂辛卯秋八月即望，翰林院學士兼右春坊大學士國史總裁解縉書。

此軸書唐劉希夷《代悲白頭翁》詩，行气貫通，足可見才華之盛如春潮奔湧，一旦開瀉，便一發不可收拾。

（老木）

四八 草書詩帖冊 明 解縉

紙本 草書 縱三〇·七厘米 橫二二·六厘米 十八開

故宮博物院藏

釋文：

綠槐夾道集昏鴉，勑使傳意坐賜茶。歸到玉堂清不寐，月鈎初上紫薇花。

銀燭秋光冷畫屏，輕羅小扇撲流螢。天街夜色涼如水，臥看牽牛織女星。

山不在高，有仙則名。水不在深，有龍則靈。斯是陋室，唯吾德馨。苔痕上階綠，草色入簾青。談笑有鴻儒，往來無白丁。可以調素琴、閱金經。無絲竹之亂耳，無案牘之勞形。南陽諸葛廬，西蜀子雲亭，孔子云，何陋之有？

城上春雲覆苑牆，江亭晚色靜年芳。林花著雨臙脂濕，水荇牽風翠帶長。龍武新軍深駐輦，芙蓉別殿漫焚香。何時詔此金錢會，暫醉佳人錦瑟傍。

戶外昭容紫袖垂，雙瞻御座引朝儀。香飄合殿春風轉，花覆千官淑景移。晝漏稀聞高閣報，天顏有喜近臣知。中宮每出歸東省，會送夔龍集鳳池。

天門日射黃金榜，春殿晴曛赤羽旗。宮草微微承委珮，鑪香細細駐遊絲。雲近蓬萊常五色，雪殘鳷鵲亦多時。侍臣緩步歸青瑣，退食從容出每遲。

幕府秋風日夜清，淡雲疏雨過高城。葉心朱實堪時落，階面青苔先自生。復有樓臺銜暮景，不勞鍾鼓報新晴。浣花溪裏花饒笑，肯信吾兼吏隱名。

錦江春色逐人來，巫峽清秋萬壑哀。政憶往時嚴僕射，共迎中使望鄉臺。主恩前後三持節，君令分明數舉杯。西蜀地形天下險，安危須仗出群材。

淮海維揚一俊人，金章紫綬照青春。指揮能事回天地，訓練強之動鬼神。湘西不得歸關羽，河內尤宜借寇恂。朝覲從容問幽側，勿云江漢有垂綸。

風急天高猿嘯哀，渚清沙白鳥飛回。無邊落木蕭蕭下，不盡長江滾滾來。萬里悲秋常作客，百年多病獨登臺。艱難苦恨繁雙鬢，潦倒新亭濁酒杯。

君王臺榭枕巴山，萬丈丹梯尚可攀。春日鶯啼脩竹裏，仙家犬吠白雲間。清江碧石傷心灑，嫩蕊穠花滿目斑。人到于今歌出牧，來遊此地不知還。

樓上炎天冰雪生，高飛燕雀賀新成。碧窗宿霧濛濛濕，朱栱浮雲細細輕。仗鉞褰帷兼具美，投壺散秩有餘清。自公多暇延參佐，江漢風流萬古情。

渭水自縈秦澗曲，黃山舊繞漢宮斜。鑾輿迴出千門柳，閣道迴看上苑花。雲裏帝城雙鳳闕，雨中春樹萬人家。為乘時氣行春令，不是宸游重物華。

憶昔洛陽董糟丘，為予天津橋南造酒樓。黃金白璧買歌笑，一醉累月輕王侯。四海賢豪青雲客，與君一遇心莫逆。回山轉海不作難，傾情倒意無所惜。我向淮南攀桂枝，君留洛北愁夢思。不忍別，還相隨。相隨迢迢訪仙城，卅六曲水迴縈。一溪初入千花明，（漏句）銀鞍金絡倒平地，漢東太守來相迎。紫陽之真人，邀我吹玉笙。餐霞樓上動仙樂，嘈然宛似鸞鳳鳴。袖長管催欲輕舉，漢東太守醉起舞。手持錦袖覆我身，我醉橫眠枕其股。當筵意氣淩九霄，星離雨散不終朝，分飛楚關山水遙。予既還山尋故巢，君亦西歸度渭橋。君家嚴君勇貔虎，作尹并州遏戎虜。五月相呼渡太行，摧輪不道羊腸苦。行來北涼歲月深，感君貴義輕黃金。瓊杯綺食青玉案，使我醉飽無歸心。時時出向城西曲，晉祠流水如碧玉。浮舟弄水簫

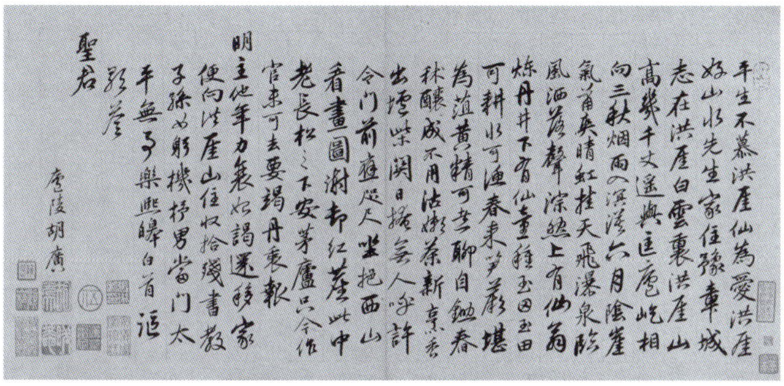

鼓鳴，微波龍鱗莎草綠。興來攜妓恣經過，其若楊花似雪何。紅粧欲醉宜斜日，百尺清潭寫翠娥。翠娥嬋娟初月輝，美人更唱舞羅衣。清風吹歌入空去，歌曲自繞行雲飛。此時歡樂難再遇，西遊因獻長楊賦。北闕青雲不可期，東山白首還歸去。渭橋南頭一遇君，贊臺之北又離群。問予別恨知多少，落花春暮爭紛紛。言亦不可盡，情亦不可極。呼兒長跪緘此辭，寄君千里遙相憶。（補漏句）萬壑度盡松風聲。

五夜漏聲催曉箭，九重春色醉仙桃。旌旗日暖龍蛇動，宮殿風微燕雀高。朝罷香烟攜滿袖，詩成珠玉在揮毫。欲知世掌絲綸美，池上于今有鳳毛。

銀燭朝天紫陌長，禁城春色曉蒼蒼。千條弱柳垂青瑣，百囀流鶯繞建章。劍珮聲隨玉墀步，衣冠身惹御爐香。共沐恩波鳳池裏，朝朝染翰侍君王。

雞鳴紫陌曙光寒，鶯囀皇州春色闌。金闕曉鍾開萬戶，玉階仙仗擁千官。花迎劍珮星初落，柳拂旌旗露未乾。獨有鳳凰池上客，陽春一曲和皆難。

絳幘雞人報曉籌，尚衣方進翠雲裘。九天閶闔開宮殿，萬國衣冠拜冕旒。日色才臨仙掌動，香烟欲傍袞龍浮。朝罷須裁五色詔，珮聲歸到鳳池頭。解搢紳書

作品書唐代杜甫、李白、杜牧、王維、劉禹錫、賈至、岑參諸家詩文十八首。筆法圓滑純熟，精彩的筆墨貫穿全帖始終。與《自書詩卷》相比，雖略遜於縱蕩，但亦見其草書本色。

（華寧）

四九　行書題洪崖山房詩頁　明　胡廣

紙本　行書　縱二七·四厘米　橫五七·一厘米

故宮博物院藏

釋文：

平生不慕洪崖仙，為愛洪崖好山水。先生家住豫章城，志在洪崖白雲裏。洪崖山高幾千丈，遙與匡廬屹相向。二秋烟雨入溟漠，六月陰崖氣蕭爽。晴虹挂天飛瀑泉，臨風灑落聲淙然。上有仙翁煉丹井，下有仙童種玉田。玉田可耕水可漁，春來筍蕨堪為菹。黃精可煮聊自鋤，春秋釀成不用沽。嫩茶新烹香出爐，柴關日掩無人呼。許令門前應咫尺，坐挹西山看畫圖。謝卻紅塵此中老，長松之下安茅廬。只今作官未可去，要竭丹衷報明主。他年力衰始謁

還，移家便向洪崖山住。收拾殘書教子孫，女躬機杼男當門。太平無事樂熙皞，白首謳歌答聖君。　盧陵胡廣

胡廣（一三七〇——一四一八），字光大，吉水（今屬江西）人。明建文二年（一四〇〇）廷試進士第一，賜名靖，授翰林修撰。永樂時復名廣。累官翰林學士兼左春坊大學士、文淵閣大學士等。謚文穆。善真、行、草書，從永樂皇帝北征，每勒石，皆命胡廣書之。明人楊士奇評：「光大行草跌宕雄偉，獨步當世。」王世貞稱：「胡文穆善真行草，名不及解大紳，而遇過之。」足見胡廣書法在館閣中佔有重要地位。

《題洪崖山水圖詩》是胡廣為胡儼所作。洪崖山房乃胡儼歸老之所，其晚年對洪崖山水倍生悠遠之思，遂作《洪崖山房記》以明志，當時館閣諸公多為之賦詩，胡廣此詩即為其中一篇。此書結體扁方，略帶欹側，具蘇字體勢。筆法勁健開張，頗具氣勢。書於永樂十三年（一四一五），胡廣時年四十六歲。

（華寧）

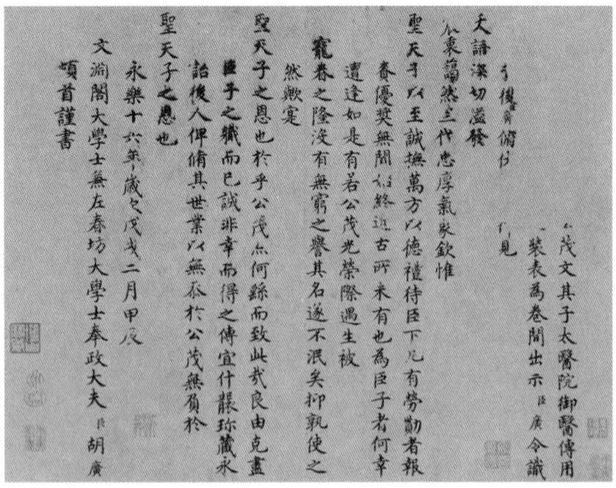

五〇　楷書題韓公茂文頁　明　胡廣

紙本　楷書　縱二九·四厘米　橫三八·四厘米

故宮博物院藏

釋文：（略）

作品是為去世的太醫院使韓公茂而作。韓公茂生前恪盡職守，死後受皇帝嘉獎，親製文敕。韓子將賜祭文泥金書之，並由文淵閣大學士胡廣、楊榮分別題於後。此為胡廣所書，作於永樂十六年（一四一八）。

此楷書嚴謹沉著，點畫分明，當為小心翼翼之作，惜掩其個性特色。

（老木）

五一　楷書題明太祖祭韓公茂文　明　楊榮

紙本　楷書　縱二九·四厘米　橫四六·三厘米

故宮博物院藏

釋文：（略）

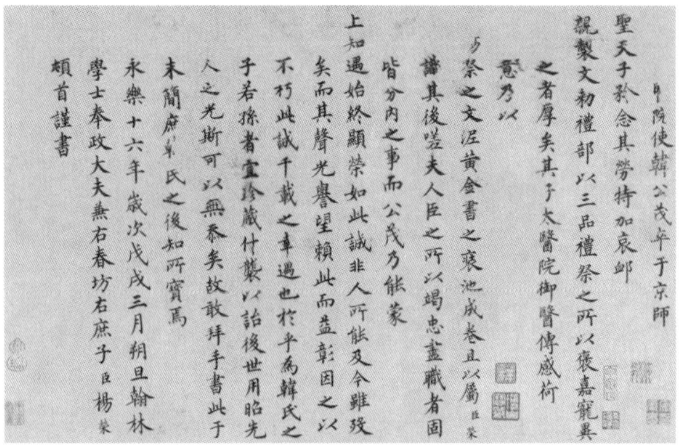

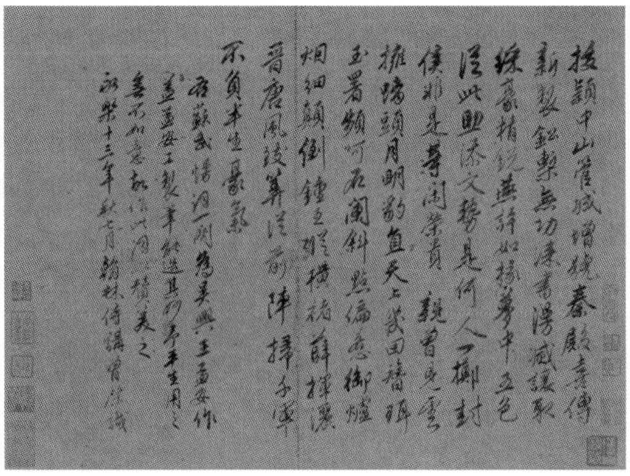

楊榮（一三七一——一四四〇），初名子榮，字勉仁，建安（今屬福建）人。建文二年（一四〇〇）進士，授編修。明成祖繼位，入值文淵閣，以其警敏為帝褒賞。後擢翰林學士，文淵閣大學士。洪熙、宣德、正統間，累進謹身殿大學士、工部尚書、少傅。卒贈太師，授世襲都指揮史，謚文敏。歷仕五朝，謀而能斷，被譽比唐代賢相姚崇，與楊士奇、楊溥並稱「三楊」。

《題祭韓公茂文》是為去世的太醫院使韓公茂而作。書於永樂十六年（一四一八），楊榮時年四十八歲。書法工麗遒勁，姿媚動人，骨力洞達，具唐人楷書嚴整法度和清健爽利的風格。

（華寧）

五二　行書贈王孟安詞頁　明　曾棨

紙本　行書　縱二九厘米　橫三九厘米

故宮博物院藏

釋文：

拔穎中山，管城增號，秦殿喜傳新製。鉛槧無功，漆書漫滅，讓取綵豪精銳。燕許如椽，夢中五色，從此助添文勢。是何人，一擲封侯，非是等閑榮貴。親曾見雲擁螭頭，月明豹直，天上幾回簪珥。玉署頻呵，石闌斜點，偏惹御爐烟細。顛倒鍾王，縱橫褚薛，揮灑晉唐風致。筭從前，陣掃千軍，不負半生豪氣。右蘇武慢詞一闋，為吳興王孟安作。盖孟安工製筆，能造其妙，予平生用之，無不如意。故作此詞，以贊美之。永樂十三年秋七月，翰林侍講曾棨識。

曾棨（一三七二——一四三二），字子棨，永豐（今屬江西）人。永樂二年（一四〇四）殿試第一，進學文淵閣，歷侍講、讀學、右春坊大學士。才思奔放，文如泉湧，為帝褒賞。館閣中自解（縉）、胡（儼）後，諸大製作，多出其手。宣德初，進詹事府少詹事，日直文淵閣，卒於位。著有《西墅集》。

作品書《蘇武慢》詞，贈王孟安。王孟安是製作湖筆的良工，曾棨稱讚其製筆「能造其妙，予平生所用，無不如意。」此頁書於永樂十三年（一四一五），曾棨四十四歲，時官翰林侍講。書法運筆流利，結體略呈欹側之勢，風格俊健明快，與明初宋璲、解縉等人雄放書勢一脈相承。

（華寧）

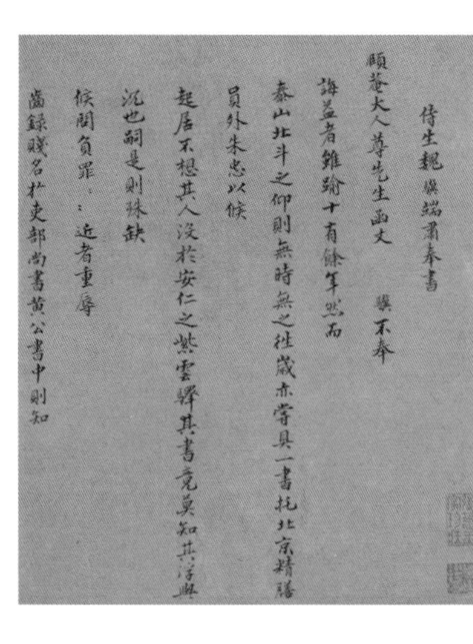
侍生魏驥端肅奉書
頤菴大人尊先生函丈 驥不奉
誨益者雖踰十有餘年然而
泰山北斗之仰則無時無之往歲亦嘗具一書托北京精膳
員外朱忠以候
起居不想其人沒於安仁之紫雲驛其書竟莫知其浮與
沉也詢是則殊缺
候問負罪：近者重辱
盛錄賤名於吏部尚書黃公書中則知

五三　楷書誨益帖頁　明　魏驥

紙本　楷書　縱三一·四厘米　橫五二·一厘米

故宮博物院藏

釋文：（略）

魏驥（一三七四——一四七一）字仲房，號南齋。浙江蕭山人。明永樂三年（一四〇五）中舉，後奉調參與《永樂大典》的纂修工程。歷任太常博士、吏部考功員外部、南京太常寺少卿、吏部左侍郎、吏部尚書等職。負書名，雖圓健而不免俗。卒年九十八。謚文靖。

此書為典型的文人字，嚴謹而遵法度，但細微之處已掩抑不住個性的外溢。

（老木）

五四　行書千字文冊　明　程南雲

綾本　行書　縱四二·二厘米　橫十九·三厘米　三十五開

遼寧省博物館藏

釋文：

（略）款署：正統六年歲次辛酉冬閏月廿又一日，廣平程南雲誌。

程南雲（約一三七六——一四五八），號清軒，江西南城人，元儒程鉅夫五世孫。永樂初，以善書應召入京，與修《永樂大典》，授中書舍人。宣德三年（一四二八），陞吏部稽勳司郎中，尋兼翰林院侍書。後任太常寺少卿、太常寺卿兼經筵侍書。善畫雪中梅竹，咸臻其妙。其書真、草、隸、篆無所不工，俱有古法。

此冊書於一四四一年。行書之中間帶草書，運筆流暢舒展，雄秀灑脫，深得趙孟頫之筆意。鈐有「廣平程南雲之印」、「清軒」朱文印。

（戴立強）

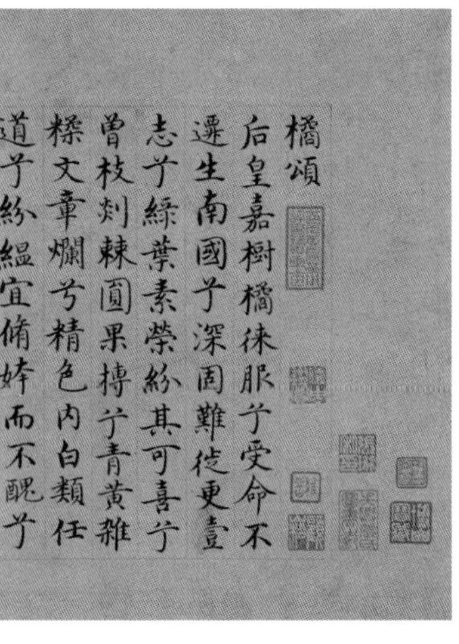
橘頌
后皇嘉樹橘徠服兮受命不
遷生南國兮深固難徙更壹
志兮綠葉素榮紛其可喜兮
曾枝剡棘圜果摶兮青黃雜
糅文章爛兮精色內白類任
道兮紛緼宜脩姱而不醜兮

五五　楷書橘頌頁　明　沈藻

紙本　楷書　縱二七·六厘米　橫四七·六厘米

故宮博物院藏

釋文：（略）

沈藻（生卒年不詳），字凝清，一字仲藻，明代華亭（今上海松江）人。沈度子。以父蔭為中書舍人，遷禮部員外郎。以書法知名，傳家法，真、行、草書並佳。

書屈原名篇《橘頌》。書法圓潤平正，風格婉美端秀，為典型台閣體風貌。

（華寧）

五六　楷書黃州竹樓記軸　明　沈藻

紙本　楷書　縱八一·五厘米　橫二六厘米

故宮博物院藏

釋文：（略）

此作錄寫宋代王禹偁《黃州竹樓記》，書於宣德元年（一四二六）。師唐虞永興，筆致圓融遒麗，體方筆圓，肋力內聚，韻度悠遊超逸。

（華寧）

五七　楷書送周孟敬歸江陰序頁　明　薛瑄

紙本　楷書　縱三一·三厘米　橫五七厘米　二開

故宮博物院藏

釋文：（略）

薛瑄（一三八九——一四六四），字德溫，號敬軒，謚文清。山西河津（今稷山縣）人。進士，曾任大理寺止卿、禮部侍郎、翰林院學士等職，晚年辭官居家講學、著述。著有《讀書錄》、《薛文清集》。所作詩文亦具特色，或雋秀，或雄奇，頗近唐人風韻。

作品書於正統壬戌，即正統七年（一四四二）。字雖然書寫格中，但未被束縛手腳，字與字間相呼應顧盼；筆畫健勁有力，確有唐人神采。

（老木）

五八　草書大庾嶺詩頁　明　張翰

紙本　草書　縱二三・六厘米　橫七三・四厘米

故宮博物院藏

釋文：

梅峯中擘粵天開，兩度看梅不見梅。直寄相思五月落，可無消息臘前回。其一。大庾曾可羅浮通，馥路香裾望欲窮。薄暮不來惆悵甚，令人卻憶趙師雄。其二。大庾嶺二首似素恪詞丈。翰。

張翰（生卒年不詳），字文鳳，明解州平陸（平陸縣）人。明憲宗成化四年（一四六八）中舉入仕為官。曾任臨洮知府。卒年七十五歲。

此草書詩頁痛快淋漓，用筆靈活生動，真似岭上祥雲於萬變中，掠其一時之態而定格，蔚成大觀。

（老木）

五九　楷書榮登帖頁　明　杜瓊

紙本　楷書　縱二四・二厘米　橫四八・六厘米

故宮博物院藏

釋文：（略）

杜瓊（一三九六——一四七四），字用嘉，號東原，又號鹿冠道人，吳縣（今江蘇蘇州）人。薦舉皆不就。博學，工詩文書畫。山水宗董源，層巒秀拔。亦工人物。著有《東原集》、《紀善集》、《耕餘雜錄》。

《榮登帖頁》是杜瓊致吳寬的信札。吳寬為成化八年（一四七二）狀元，授修撰。信中請吳寬為杜家「作重建延綠亭記」。此札書於成化八年（一四七二），時杜瓊已七十七歲，為其去世前二年所作。書法結體瘦長，點畫細潤工麗，書風精緊俊峭，具文人氣質。

（華寧）

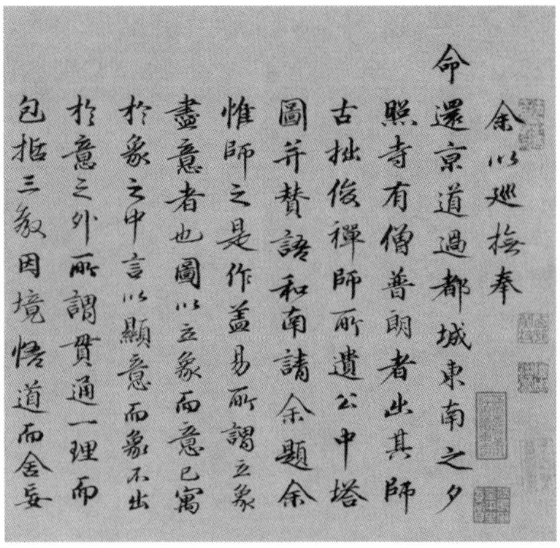

六〇　楷書題公中塔圖並贊頁　明　于謙

紙本　楷書　縱二九　厘米　橫六一厘米

故宮博物院藏

釋文：（略）

于謙（一三九八——一四五七），字廷益，錢塘（今浙江杭州）人。永樂十九年（一四二一）進士。宣德初官御史，遷兵部右侍郎，巡撫河南、山西，前後在任十九年，有惠政。明正統十四年（一四四九）「土木之變」後，任兵部尚書，反對明室南遷，擁立景帝，總督軍務，為中外倚重。「奪門之變」英宗復位，于謙以謀逆罪被殺。

此頁係于謙為北京夕照寺古拙俊禪師遺作《公中塔圖並贊語》所作題記。書法遒勁圓渾，為趙松雪風格。從所具官銜分析，應書於明正統中晚期，于謙四十餘歲時。

（華寧）

六一　行書新春詩卷　明　朱瞻基

紙本　行書　縱三二·四厘米　橫七九四·八厘米

故宮博物院藏

釋文：

御製新春詩　三元鳳曆開新春，乾坤一氣回洪鈞。柔風東來希和煦，六合萬象皆維新。山中涓流動泉脈，長河堅冰一朝釋。淡靄輕雲弄野姿，魚躍鳶飛咸自適。人間舊俗重元正，況茲累歲禾麥登。公門清簡無召役，壺觴陳列簫鼓騰。南鄰北里歡相聚，白髮青髫居有序。年年新旦相頌祝，側耳殷勤皆好語。繼統守成今在余，何幸四海清無虞。人君至樂以天下，斯樂宜與臣民俱。五雲近繞蓬萊島，紫閣彤樓倚晴昊。龍琴高張鳳管吹，歌聲清按春來好。翠壺之醑鬱金香，雕盤綺饌白玉肪。群臣文武才且良，相與歲歲同樂康。嘗聞飲酒孔恭衛武詞，每祝純嘏兼令儀。明良相願在永久，既醉不忘歌抑詩。

御製中秋詩　乾坤八月秋氣中，瓊輪飛出蓬萊東。長空萬里淨纖翳，滉漾上下清光同。照澈毫芒洞溟海，蕩蕩山河影無礙。中天高炯玉華宮，大地清涵銀色界。萬幾之暇余無營，恭對時物心穆清。一塵不驚眾籟靜，金波瀲灩浮光晶。是時邊庭新奏捷，風雨時順百穀登。

御製新春詩

三元鳳曆渙彤彩，春軌乾坤一氣回。洪鈞東風東來，布和煦六合萬象皆維新山中消流舊泉脈長，河堅冰一旦釋。淡靄輕雲亘野，姿魚躍鳶飛咸自適人間無俗重元正况今朝歲禾麥登公門

近者日乘興復賡壽詩前韵錄奉
南雲寅兄吟几同發
一咲耳
耿、奎光映壽星椿齡此
慶遐齡縉紳造詣中書貴

六二 楷書南雲壽詩頁 明 朱祁

紙本 楷書 縱二五·六厘米 橫四七·三厘米
故宮博物院藏

釋文：（略）

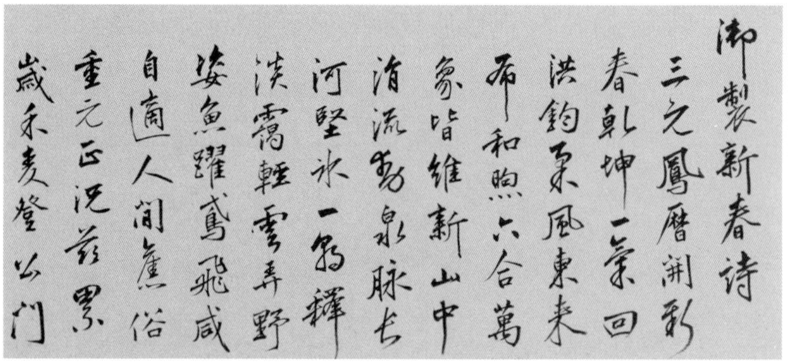

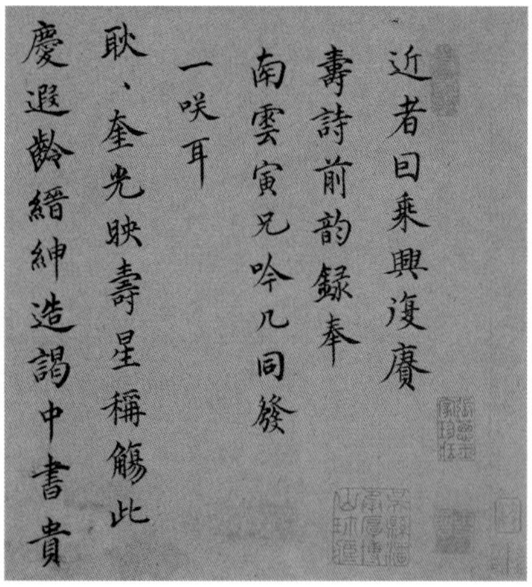

如坻之積洽四海，民物康阜余心寧。華筵龍觴酌紅玉，金石喤喤間絲竹。天樂寧傳紫雲曲。天開日月行古今，中秋有月千黃金。至明無私照萬物，愛此明月同余心。蟾宮桂子香含瑞，一統光輝極天地。碧漢無雲海不波，有似清寧泰和世。上帝降康時晏然，六合之廣同嬋娟。會當斟酌海水作恩澤，普潤民物周八埏。

御製喜雪詩

十月六日東風和，雪花繽紛瑞彩多。西山咫尺迷翠黛，玉蓮萬朵開嵯峨。凝華含素彤墀淨，君臣喜起相交慶。龍河鳳沼不作冰，紫殿紅樓炯相暎。萬幾之暇澹無營，曠視六合心懷清。自惟菲德涖九五，恭撫泰運當盈成。四時順序寒暑平，有年之祥此預兆，所樂豐足同差生。大明麗正雲翳收，坐看浩蕩增洪流。行當法天霈天澤，施自九重滋九州。

御製喜普應禪師至

如來啓教濟群蒙，皇度清夷世所崇。一念萬年天地通，余惟賴爾揚宗風。爾心貞堅鐵石同，真如之印方寸中。談經說法闡大雄，開釋凡昧咸昭融。允翊清化躋時雍，光風慧日春景濃。招提咫尺雲千重，懷爾不見心忡忡。適來杖錫朝天宮，眼中燁燁烟霞容。三垂五蘊講真空，坐見天花雨碧穹。回首白雲滿鷲峰，餘懷逸思浩無窮。新詩特賜紫泥封。

朱瞻基（一三九九—一四三五），即明代宣德皇帝，在位十年（一四二五—一四三五）。朱瞻基是明朝較有作為的一位帝王，任用累朝元老並能納諫，政治較為清明，國力較強盛，史稱仁宣之治。他性格活躍，修養深厚，雅尚翰墨，書法出自華亭沈氏兄弟，而能夠於圓熟之外以遒勁出之。尤工繪畫，山水、人物、走獸、花鳥、草蟲等無不臻妙。常將自己的畫作賞賜給重臣，並於其上書年月及受賜者姓名。在位期間著力經營畫院，成績斐然。帝王之書人們往往有過譽之詞，觀此行書頗具骨力，筆觸生動，有一定情趣在內，足以令人玩味。

（老木）

朱祚（？——一四四五）字永年，號默庵，浙江寧海人。明詩人。仕終尚寶司少卿。

詩人亦有平和時，此楷書點畫利落乾淨，筆筆力送其端，毫不苟苟，功力、天資無不溢之於字裡行間。（老木）

六三　楷書詩帖頁　明　楊珙

紙本　楷書　縱二四厘米　橫五〇·六厘米

故宮博物院藏

釋文：（略）

楊珙，生平不詳。

此書作頗具不俗之態，結体欹正相生，不落舊窠；行筆流暢自如，橫捺修長雋美，而無張揚之態，雖名不見經傳，然書可留傳百世。（老木）

六四　行書煩求帖頁　明　聶大年

紙本　行書　縱二二·六厘米　橫三三·八厘米

故宮博物院藏

釋文：

煩求足下，士亨、鄭公三詩，書之于冊葉上就用。圖書一二日望付下為感。昨夕瑤夫處小酌，亦有拙作，乞取和之。大年拜。從理老友。

聶大年（一四〇三——一四五六），字壽卿，臨川（今屬江西）人。宣德末年，薦授仁和訓導，後遷仁和教諭。景泰六年（一四五五）薦入翰林，不久病卒。博學，善詩文，時人稱其詩為三十年來絕唱。工書法，師歐陽詢、李北海、趙孟頫諸家。

《煩求帖頁》是聶大年致「從理老友」的書信，煩求他書詩、付圖書等，反映了當時文人詩酒唱和的生活狀況。

書法自然流美，點畫雖不經意，卻具有李北海寬和溫潤的風格，表現出大年師古自運的深厚藝術功力。（華寧）

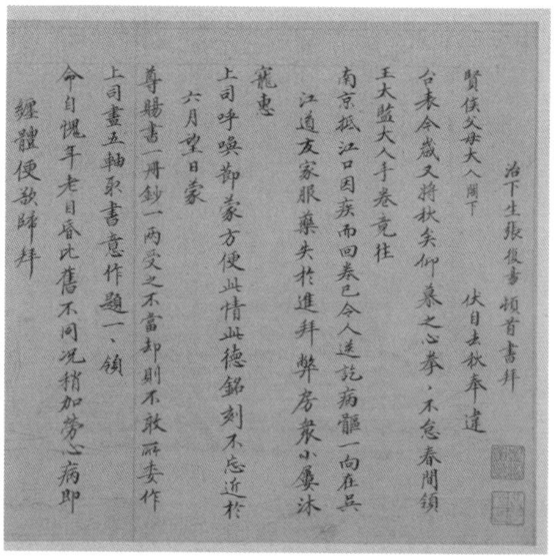

六五　行楷書去秋帖頁　明　張復

紙本　行楷書　縱二八・一厘米　橫四三・九厘米

故宮博物院藏

釋文：（略）

張復（一四〇三——一四九〇），道士。字復陽，以字行。號南山，浙江平湖人。初為儒者，既娶有妻，棄去，從方外朱艮庵學道，妻亦為尼。復後主餘杭洞霄洞，正統（一四三六——一四四九）中居群城（嘉興）南宮一枝堂。自幼學書專法古人，能運帚作大字。徑寸字極有風骨，小行楷秀整不凡。工畫，山水仿吳鎮，蒼鬱淋漓，幾欲亂真；草樹人物，各臻其妙。善詩。

本書作於清新中顯見力度，在嚴謹中蘊有靈動，殊為難得。

（老木）

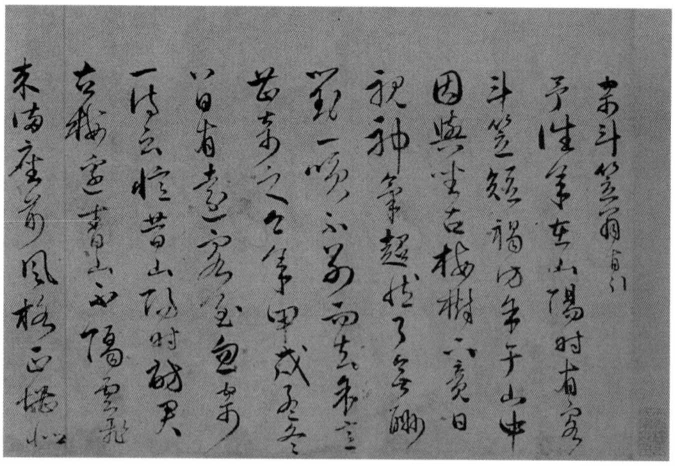

六六　行草書古詩頁　明　祝顥

紙本　行草書　縱二三・五厘米　橫六一厘米

故宮博物院藏

釋文：

寄斗笠翁有引。予往年在山陽時，有客斗笠短褐訪余于山中，因與坐古梅樹下竟日。視神氣超然，了無酬對，一笑不別而去，余意甚奇之。今年甲戌孟冬八日有遠客至，忽寄一詩云：憶昔山陽時，訪君古梅邊。青山不隔雲，飛來滿座前。風格正堪似，氣味亦相連。竟日不作語，此是象帝先。自從別君來，想像山月圓。恐君為世用，墮落天亦憐。海上若木枝，島中玉禾田。引領候君歸，寄此黃澤篇。乃海南羅先生耳，余即惘然感悟，作詩從此往矣。

往年斗笠翁，相對空山裏。坐撫古梅根，眼中蒼鱗起。景象入無言，玄冥乃至理。別來經幾年，夢想隔丹禱。昨得白雲詞，披覽忽驚喜。重感至人言，涕下悲未已。若木與玉禾，一望幾千里。回首謝塵凡，長往從此始。高歌碧雲低，一劍駕海水。

雲居子　龍山有高人，結茆亂雲裏。愛雲不出山，自號雲居子。晨夕餐雲腴，眼中綠筋起。十年不見人，偶逢青崖底。古心仍古顏，相看不作禮。但問何處來，翠靄濕芒屣。予亦澹忘言，笑拈金鵝蕊。祝顥祝顥（一四〇五——一四八三）字維清，長洲（今江蘇蘇州）人。正統四年（一四三九）進士。工書法。卒年七十九。

此作不拘一格，洋洋灑灑，甚至行有傾斜之態，然詩情與筆意已達到相當程度的完美結合。

（老木）

六七　行書東溪記詠卷　明　劉諭、劉稽、黎擴、程魁、鄒亮、王祐

灑金箋　行書　縱二三·五厘米　橫五八·九厘米　不等

上海博物館藏

釋文：（略）

劉諭，生平不詳。

劉稽，號綏軒，嘉興人。宣德元年（一四二六）進士。

黎擴，字大量，號雅齋，臨川人。正統初由賢良舉授貴池訓導，升蘇州教授，與林智俱號知人。工文詞，與聶大年齊名，錢溥稱其文可造曾王門戶。著有《善鳴稿》。

程魁，貴溪人。

王祐，生平不詳。

此記為諸文人為同郡唐以安所作。唐氏為詩禮故族，祖以儒術發身，政聲至今聞於人，以安為繼祖志，居城中東溪之左，教其子唐瓛讀書其中，禮部郎中蔣廷暉為題「東溪書舍」於楣間，一時諸文人或詩、或賦。甚為巧合的是，故宮博物院所藏楊翥、聶大年於正統十一年（一四四六）所作《行書東溪書舍記》，另有昆山顧恂、太原王肆、劉昌、錢謐諸家，應與此件為同卷，後散開。

此卷諸家大都書於正統間，書風皆為典型的館閣體，即受元代趙孟頫書風之影響甚大，字體端謹規嚴，用筆婉轉流便。

（立中、李蘭）

六八　行書有竹居歌卷　明　徐有貞

紙本　行書　縱三八·三厘米　橫二六三·八厘米

上海博物館藏

釋文：

有竹居歌　庭中無雜陽花，門外無章臺柳。只有猗猗綠（點去）竹萬竿，綠滿舍前連舍後。客疑問主人，主人重咨嗟。生不愛堆金積玉競彼富貴家。亦不愛乘車走馬爭豪華。但愛挾書把筆游且息，游息惟將性情適，性情適，不必在淇之東西，亦不必在渭之南北。竹間有地纔只尺，可以觴，可以席，可以琴瑟，可以金石，可以來清風，可以消白日，可以樂吾樂吾客，可以遺吾千古之愁，可以療吾一生之癖。客聞主人言，拊掌笑不已。王猷蔣詡久已死，世上豈無天下士。我與君，何彼此，願借竹間分一几，論我心聲君耳耳。還擊節，歌衛風，如見當年之武公。武功天全公題。

徐有貞（一四〇七——一四七二），初名珵，字元玉，號天全，吳縣（今江蘇蘇州）人。宣德八年（一四三三）進士，任編修、侍講。書法善行草，出入懷素、米芾間，名重當時。「有竹居」為沈周園居，是文人雅集之所。徐氏《有竹居歌》乃其傳世佳作，字裡行間可見才氣，行筆之暢達從容，灑脫生動，實為難得。

（立中、李蘭）

六九　行書別去後帖頁　明　徐有貞

紙本　行書　縱二六·六厘米　橫四〇·一厘米

故宮博物院藏

釋文：

有貞再拜，知菴都憲心契幕府：伏自松陵別後，忽復時序遷易，懸懸之懷，彼此當不異也。載承來喻，詞之高、旨之深、情誼之厚，何以加焉。第區區蹇拙，有弗能稱所與重耳。捧玩之餘，增愧與感而已。伻還，適玉雪來，視以奏章軍榜，足見施設方略，誠不負國家倚用之至意，而於鄉里交親祝願之至情，亦已慰矣。區區不勝躍喜之私，輒走筆附二絕紙尾，以申所賀，而道所懷。然快行幾步，聊為公籌邊之暇，發一笑可耳，勿以視諸大方。

揔府新開制百蠻，申嚴號令遠人安。軍中謠語傳來好，兩廣于今有一韓。一自垂虹醉袂分，每因聯句復思君。憑高幾向天南望，不見蒼梧見碧雲。端陽後一日有貞再拜。

《別後帖》是徐有貞寫給「知庵都憲」的信札並七絕二首。「知庵都憲」即韓雍（一四二二——一四七八），長洲人，官左副都御史，提督兩廣軍務。此札涉及韓雍征剿瑤、僮、苗部的史實，具有一定史料價值。書於明成化初年，為徐有貞晚年之筆。

此帖書法筆墨奇逸，遒放雄健，頗具個性。

（華寧）

七〇　行書題夏昶歌卷　明　徐有貞

紙本　行書　縱三三厘米　横一三三八厘米

廣州藝術博物院藏

釋文：

此君自有龍鳳姿，昔賢往往皆愛之。我與流俗不相合，見此君心便怡。世人紛紛附炎熱，此君獨解淩霜雪。世人朝盛暮衰歇，此君獨抱堅貞節。軒后起君於嶰谷，製律陰陽分二六。堯作大章用一夔，君不佐之功不足。瑤庭琳館君不榮，茆舍疎籬君不辱。春風春雨長兒孫，湘北湘南滿宗族。貧屋得君不覺貧，氣味自與君子親。流風消卻人間暑，餘力掃清天下塵。夏卿與君寫此真，翛然盡得君丰神。吾欲置之當座右，日夕與君為主賓。天全翁有貞書

此卷與《有竹居歌》不同，用墨酣暢，靈動間融入含蓄深沉之態，可見書家之風隨環境，情緒及多種因素而定，絕非一成不變。

（老木）

七一　草書七律詩軸　明　劉珏

紙本　草書　縱一二一·二厘米　横四二·二厘米

故宮博物院藏

釋文：

孝行廉名是處聞，公門無跡口無文。陳情兩度能終制，泣血三年不茹葷。天上星辰丹鳳闕，江南煙雨白鷗群。樓船一路行休緩，史館諸儒待子云。

方庵翰林，終制起復。珏賦詩為別，情見乎詞，觀者幸恕其不工，而取其不浮也。時成

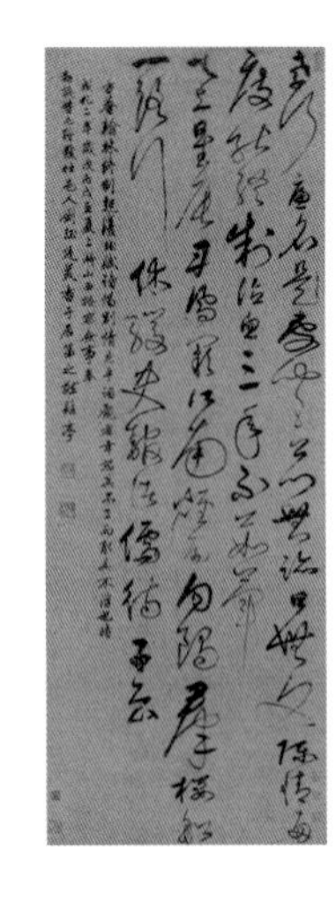

化二年歲次丙戌孟夏上澣，山西按察僉事奉勅提督屯種、致仕、邑人劉珏廷美書于居第之撚髭亭。

鈐「廷美」朱文、「鎦氏廷美」朱文、引首印「彭城生」朱文。鑒藏印：「朱之赤鑒賞」朱文、「盧子樞」白文、「留耕堂」白文等。

劉珏（一四一〇——一四七二），字廷美，號完庵，長洲（今江蘇蘇州）人。正統三年（一四三八）舉應天鄉試，補太學生，授刑部主事，遷山西按察僉事。居官多善政。工詩，擅書法，正、行出趙孟頫，行、草出李邕，各極其妙。善畫山水，法吳鎮、王蒙。有《完庵集》。

此書奔放、酣暢，結體正欹大小不拘，行筆疾馳徐緩隨意，佈局疏密曲直不同，顧盼有序，天真自然。是劉珏晚年（五十七歲）之作。

（李豔霞）

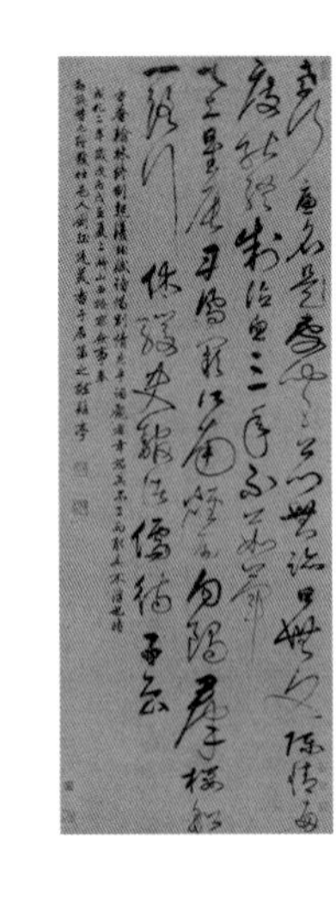

七二　草書七言歌軸　明　劉珏

紙本　草書　縱一三七·八厘米　橫五一·八厘米

上海博物館藏

釋文：

生不願封萬戶侯，亦不願識韓荊州。但願武昌連日雪，日日醉登黃鶴樓。樓前佳境冠今古，況有繽紛雪花舞。玉樹參差認漢陽，璚洲浩蕩迷鸚鵡。江頭兒女走欲顛，謂我便是騎鶴仙。白雲飛盡黃鶴去，此境不見三千年。我拍闌干為招手，世上神仙果何有？桃李無非頃刻花，江湖當是逡巡酒。他日重來幾百春，樓前花草一翻新。相逢不識純陽子，何用重尋田道人。成化丙戌菊月，完菴奉耐軒親舊一笑。

此草書大氣磅礴，筆墨飛動縱橫，連綿不絕，筆力勁健，氣魄雄強。丙戌為一四六六年，作者時年五十七歲。

（立中、李蘭）

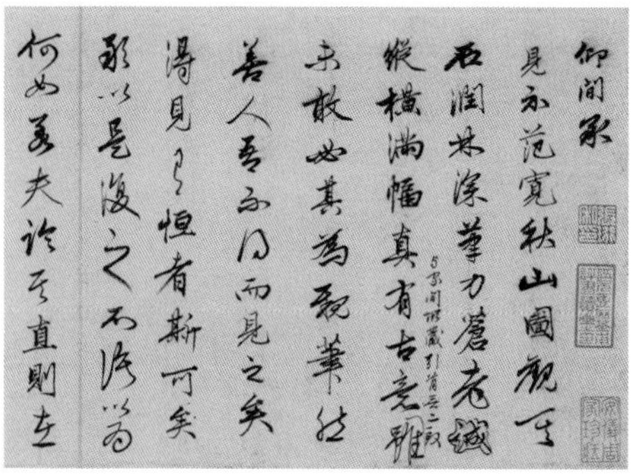

七三　行書論畫帖頁　明　劉珏

紙本　行書　縱二〇·一厘米　橫四九·六厘米

故宮博物院藏

釋文：

仰問承見示范寬秋山圖，觀其石潤林深，筆力蒼老，誠（圈去）縱橫滿幅，真有古意。與家開所藏引首無二致。雖未敢必其為親筆，然善人吾不得而見之矣，得見有恒者，斯可矣。敢以是復之，不識以為何如。若夫論其直，則在乎棄者不識，收者多幸，雖至寶若弊屣。不然，以白金五兩亦未易以易之也。因盛份迴，略此為復，併以八詠圖奉觀。不宣。珏端復玉田賢親待聘。

下鈐「鐂氏廷美」朱文。

此行書與其草書相比，筆墨徐而氣質絲毫不減，筆畫犀利，收放有度，誠然佳作。

（老木）

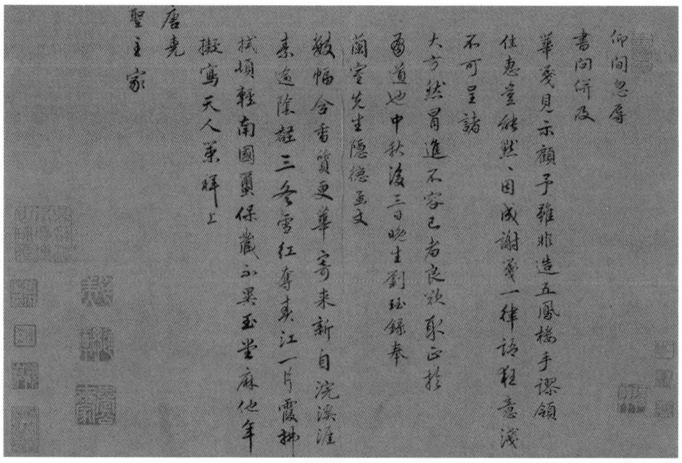

七四　行書仰問帖頁　明　劉珏

紙本　行書　縱二七·九厘米　橫四二厘米

故宮博物院藏

釋文：

仰問忽辱書問，併及華箋見示，顧予雖非造五鳳樓手，謬領佳惠，豈能默默，因成謝箋一律，語狂意淺，不可呈諸大方。然冒進不容已者，良欲取止於有道也。中秋後三日，晚生劉珏錄奉，蘭室先生隱德函丈。

數幅含香質更華，寄來新自浣溪涯。素逾陰壑三冬雪，紅奪春江一片霞。拂拭頓輕南國蠒，保藏不異玉堂麻。他年擬寫天人策，拜上唐堯聖主家。

款下印：「廷美」白文、「進思軒」白文、「忠定公世家」白文，引首印：「益有齋」白文。

鑒藏印：「顧崧」白文、「希曾」白文、「二謝」朱文、「安山」朱文、「吳縣潘承厚博山珍藏」朱文、「張珩私印」白文等諸印。

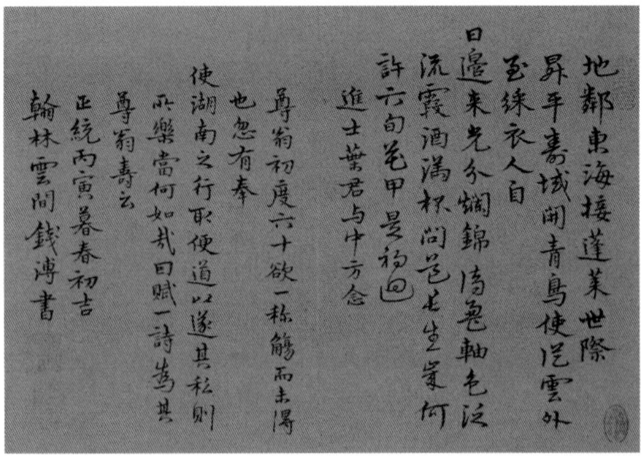

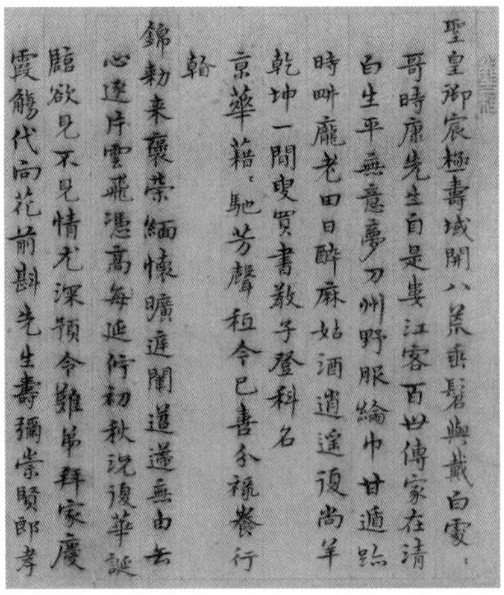

此帖是劉珏寫給朋友的回信，感謝朋友寄來的箋紙，並作詩一首。其書學趙孟頫，結體圓健規整，用筆嫻熟、灑脫、穎秀。筆畫之間連絲自然，且行氣酣暢淋漓。

（李豔霞）

七五　行楷書為尊翁壽詩頁　明　錢溥

紙本　行楷書　縱二八・一厘米　橫四〇・一厘米

故宮博物院藏

釋文：

地鄰東海接蓬萊，世際昇平壽域開。青鳥使從雲外至，綵衣人自日邊來。光分爛錦詩盈軸，色泛流霞酒滿杯。問道長生歲何許，六旬花甲是初迴。

進士葉君與中方念尊翁初度六十，欲一稱觴，而未得也。忽有奉使湖南之行，取便道以遂其私，則所樂當何如哉。因賦一詩為其尊翁壽云。正統丙寅暮春初吉，翰林雲間錢溥書。

錢溥（一四〇八——一四八八），字原溥，華亭（今上海松江）人。明正統四年（一四三九）進士，官至南京吏部尚書，謚文通。書法學宋克，小楷、行、草俱工。

《為尊翁壽詩頁》是為「葉君與中尊翁」六十壽而作。「葉君」即葉盛（一四二〇——一四七四），字與中，崑山（今江蘇崑山）人。正統十年（一四四五）進士，官禮部侍郎等。善行、楷書，得蘇軾筆意。「正統丙寅」為明正統十一年（一四四六），錢溥三十九歲。

錢溥的書法行筆中蘊涵章草筆意，筆畫堅韌，出規入矩，有台閣書體意味。

（傅紅展）

七六　楷書詩頁　明　錢博

紙本　楷書　縱二七・八厘米　橫三九・一厘米

故宮博物院藏

釋文：（略）

錢博（生卒年不詳），字原博，華亭（今上海松江）人。錢溥弟。正統六年（一四四一）解元，正統十年（一四四五）進士，授南京刑部主事，官至四川按察使。工古文辭，善楷、行、草書，與兄溥時稱「二錢」。

錢博與其兄溥同受宋克書法影響。此頁書法清秀挺拔，筆力精勁，逸美流便，轉折柔韌而圓活。

（傅紅展）

七七 楷書滕王閣序軸 明 錢博

紙本 楷書 縱一〇九·三厘米 橫二四·一厘米

故宮博物院藏

釋文：（略）

明代詹景鳳《詹氏小辨·錢博》說「國朝楷草推三宋，首㮒仲溫，然未免爛熟之譏，又氣近俗，但體媚悅人目爾。二沈（沈度、沈粲）、兩錢（錢溥、錢博）承之，益就纖濃，遂成雲間字習。」流露出纖婉清美，筆畫堅韌，鋒棱外露，入筆尖峭，都是受明代前期書法的影響。作品書於正統十四年（一四四九）。

（傅紅展）

七八 楷書趙秉才暨王安人墓誌冊 明 楊鼎

紙本 楷書 縱二六厘米 橫一二·六厘米 七開

故宮博物院藏

釋文：（略）

楊鼎（生卒年不詳），字宗器，明陝西咸寧（今西安）人。少時家貧，特別喜愛讀書，舉鄉、會試第一，廷試第二，授編修，官至太子少保、戶部尚書。成化十五年（一四七九）致仕。謚「莊敏」。善書，楷書結體講究，用筆老到。

此作頗見力度，筆筆力送毫端，時有主筆加力而醒目冊中，真乃力作傳世。

（老木）

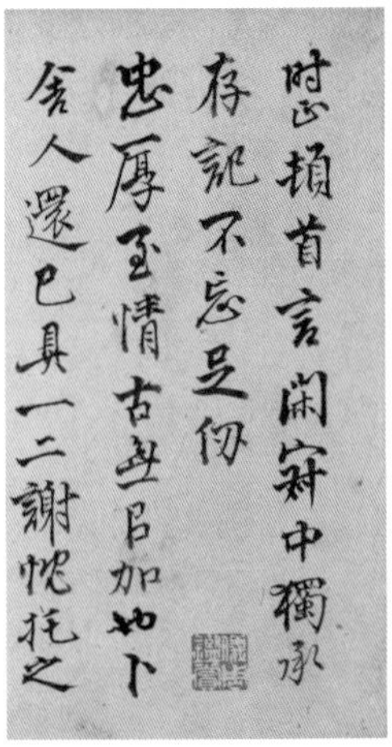

七九　行書存記帖頁　明　夏時正

紙本　行書　縱二一·七厘米　橫五七·一厘米

故宮博物院藏

釋文：

時正頓首言：閑寂中獨承存記不忘，足仞忠厚至情古无以加也。卜舍人還，已具一二謝忱，托之杭州府。附奉。惟以迫促，愧莫罄所懷耳。然區區感激之私，亦豈楮墨所可罄哉。自南歸，向居村落，有如井底，四方信息一切杳然，即日不審總督巡撫百務何似。豈勝懸懸下忱馳戀也。入春老懷頗適。特以春寒未減，湖山有約尚未遂尔。恐公暇或念及，聊復知之。鄉友沈預之去，謹此，希一粲。預之勤敏畏慎，有用之材也。知莫逃乎衡鑑之下，亦將有所琢磨以成矣。庸褐多言，不具。春仲望燈下，時正頓首奉都憲大人先生台座。餘空。

夏時正（一四一二年——一四九九），字季爵，晚年號留餘道人。祖籍慈溪，隨父遷居塘棲（今杭州）。明正統十年（一四四五）進士，授刑部主事。累官至南京大理寺卿。善楷書、行書。著有《留餘稿》《杭州府志》等。

此作不拘成法，字大小錯落，筆輕重承接，都顯示出極為鮮明的個性。

（老木）

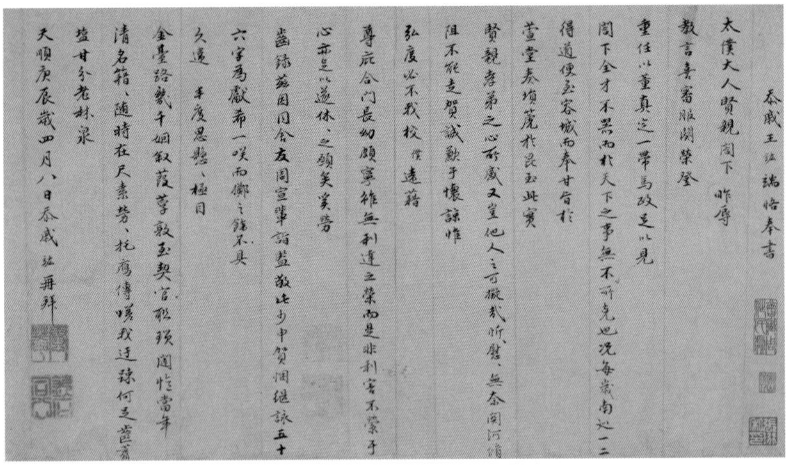

八〇　行書教言帖頁　明　王竑

紙本　行書　縱二七·一厘米　橫四七·七厘米

故宮博物院藏

釋文：

忝戚王竑端恪奉書。太僕大人賢親閣下：昨辱教言，喜審服闋榮登重任，以董真定一帶馬政，足以見閣下全才不器，而於天下之事無不所克也。況每歲南巡一二，得道便至容城。而奉甘旨於萱堂，奏塤篪於昆玉。此實賢親孝弟之心所感，又豈他人之可擬哉？忻慰忻慰。無奈關河脩阻，不能走賀，誠歉于懷，諒惟弘度必不我校。僕遠藉尊庇，合門長幼頗寧。雖無利達之榮，而是非利害不縈于心，亦足以遂休休之願矣。奚勞齒錄。茲因同舍友周宣輩詣監，敬此少中賀悃，繼詠五十六字為獻，希一笑而擲之。餘不具。久違丰度思懸懸，極目金臺路幾千。姻叙葭莩敦至契，官聯瑣闥憶當年。清名籍籍隨時在，尺素勞勞托雁傳。嗟我迂踈何足齒，薤鹽甘分老林泉。天順庚辰歲四月八日忝戚竑再拜。

王竑（一四一三——一四八八），字公度，河州（今甘肅臨夏）人。英宗正統年間進士。累官至兵部尚書。致仕後居家二十年，課徒作詩，其詩收入《戇庵集》、《休庵集》。正德間，贈太子少保，謚莊毅。

善書，小字行楷并不拘謹，筆畫起止分明，提按自見，可於平常之處窺其功力、天資。

（老木）

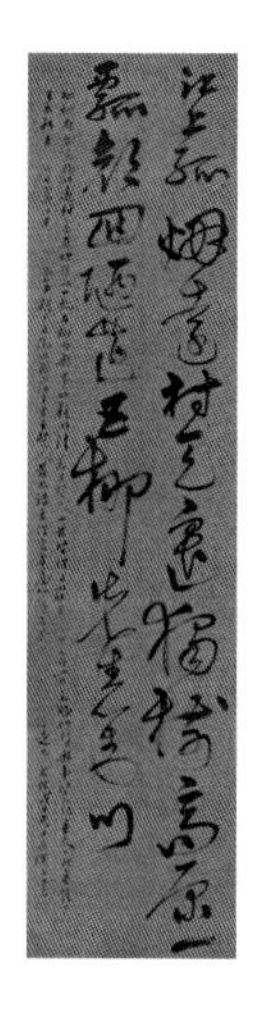

八一　草書六言詩軸　明　姚綬

紙本　草書　縱一一七・九厘米　橫二六・二厘米

上海博物館藏

釋文：

江上孤烟遠村，天邊獨樹高原。一瓢顏回陋巷，五柳先生對門。孤烟獨樹景物也。遠村高原地勢也。一瓢五柳所樂事也。顏回靖節古賢人也。茲皆借之以狀吾今之所有。景物地勢樂事皆不能重人。人能茲可不朽。吾當寘此于堂中。朝夕白儆以求底于古之賢人。茲不佁吾。借言者羞也。勉之哉者是已。成化戊子元日文娛子書。

姚綬（一四二三——一四九五）字公綬，號丹丘生，又號穀庵子、雲東逸史，浙江嘉興人。天順中賜進士，成化初為永寧郡守。工詩文，善書畫。長山水、竹石，宗法趙孟頫、王蒙，後受吳鎮影響較深。他與杜瓊、劉珏、謝縉等明代早期文人畫家，堪稱吳門派的前期畫家。他的詩賦優雅，行文流暢，能下筆千言不休。工書，擅長楷、行，行書追蹤鍾繇、王羲之，並取法蘇軾和元張雨，書體勁健婉和。

是書作於成化四年戊子（一四六八）。儼然大家手筆，一气呵成，並无懈怠，与其行楷絕不相同。

（立中、李蘭）

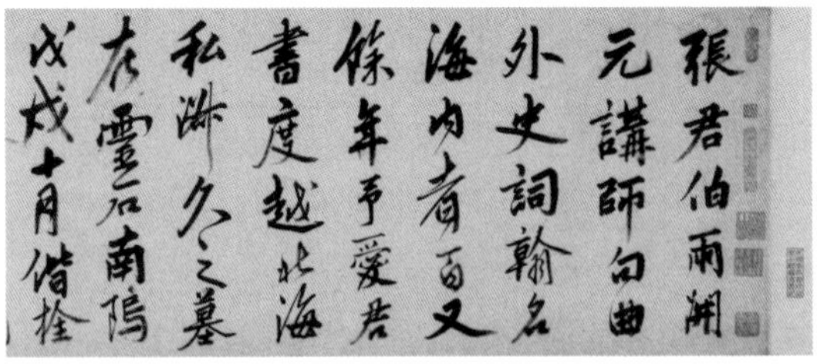

八二　行書詩卷　明　姚綬

紙本　行書　縱三二·一厘米　橫五二九·四厘米

上海博物館藏

釋文：

張君伯雨，開元講師，句曲外史，詞翰名海內者百又餘年。予愛君書，度越北海，私淑久之。墓在靈石南隖，戊戌十月偕栓德、史玄隱、杭人丁文禮及聞人生，持酒酹之，作詩吊之。庚子巳月，其開元嗣人陳道齡，與其弟士真、士祥，具脯菓粢醴，邀予、文禮及姚江魏孔泓來奠墓下，以補昔之所缺。予既焚以奠，詞酒以達其淵泉矣。道齡借山下毛敬居為餕餘之飲，請予作詩紀之，乃復敍之。

重來靈石澗，又度玉鉤橋。地主何曾識，僊人不待招。山花看酹酒，野鶴待衝霄。回首茅家步，西湖夕路遙。是日具研墨進者，乃士真之弟子李玄靜也。

毛氏新居膝可容，南風爽爽落長松。如何揮翰不停手，正對前山筆架峰。書前詩罷，忽舉目見南兩山突如。詢之毛氏，名曰筆架。乃再塡之紙尾，使不忘焉。山名既然，則外史之墓其下，可不與此紙相為悠久耶。逸史綴言。

是書作於一四八〇年。通篇墨色淋漓，痛快非常，有江河奔騰的氣勢，多用飛白，枯潤并濟，緩急時變，明人草書特色可從中而見之，明之。

（老木）

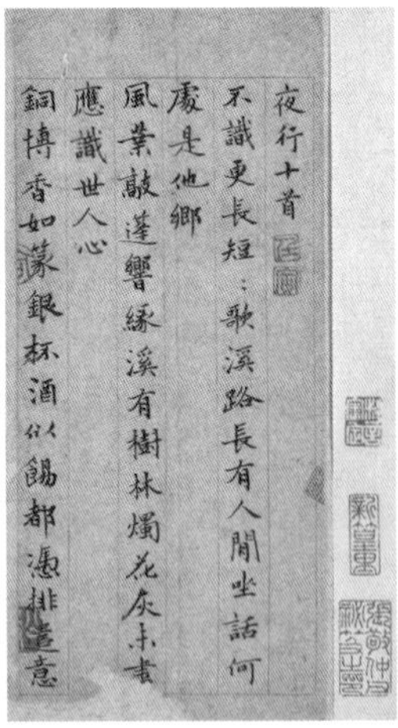

八三　行楷書夜行詩册　明　姚綬

紙本　行楷書　縱二四·二厘米　橫一〇·三厘米　三開

故宮博物院藏

釋文：（略）

與其草書相比，堪稱風格迥異，結體生動而不呆板，用筆靈活而不做作，間有筆畫有意加長，更添特色与魅力。

（老木）

八四　行書送張文元詩並序卷　明　姚綬

紙本　行書　縱二八厘米　橫三五〇厘米

天津博物館藏

釋文：

內翰雲間張君文元，少與予同研席，交甚洽，情亦甚真，相見歡謔，不事邊幅矯偽，誠有古人風度。自皆入官來維揚、金臺僅一二見焉。雖嘗往來于懷，亦徒依依於風檽月榭之間而已，歲之三月廿日邂逅于總戎高公之籌邊亭，挑燈對酌，傾倒契闊之情，宛勝於昔，明日別去，怱怱書此，用紀二十餘年之隔，一夕之敘者如此云。弘治八年乙卯是日姚綬再拜

春暮相逢話昔年，羽觴飛處各歡然。敘情未久愁將別，琢句垂成喜足聯。祖席雍雍官柳下，歸舟去去落花前。臨行約看貧家竹，更結當時翰墨緣。

此行書卷為姚綬佳作之一。在字的結體上，受黃庭堅影響較多，筆畫伸展，略呈欹斜之態。呈現出一種端嚴勁朴，清雅俊逸的藝術風格。書於一四九五年。（于英）

八五　行書洛神賦卷　明　姚綬

綾本　行書　縱三六·四厘米　橫一八三厘米

上海博物館藏

釋文：

（前略）款署：張貞居嘗詳松雪此篇出入大令，得其三昧，此可與知者道。予之書固不能優入松雪之域，安得起貞居此質其何如也。綬

名家書名作，實是合璧之作，彌足珍貴。點畫跳躍不已，與文辭融合，更加生動，相映生輝。為姚氏行書佳作。曾經項元汴、錢天樹鑒藏。

（立中、李蘭）

八六　草書七古詩卷　明　姚綬

紙本　草書　縱二七·五厘米　橫一四八厘米

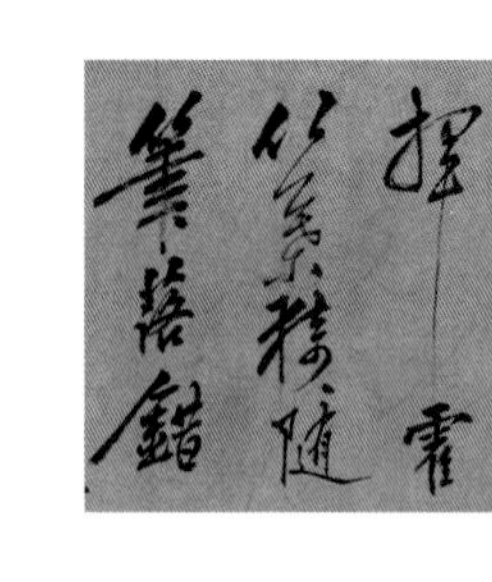

天津博物館藏

釋文：

墨池漂花太揮霍，竹葉猗猗隨筆落。錯刀漫說古人能，我愛寫來烟漠漠。也知興到不在形，飛花舞絮春冥冥。村深茆屋綠蔽翳，逕裡時或窺踈星。吾聞張顛醉濡墨，我願長醉不願醒。逸史

此卷全篇筆意自然流暢，氣韻貫通，深得二王神髓。用墨濃淡相間，富於變化，體現了書家精美淳熟的藝術功力。（于英）

八七　草書千字文卷　明　張弼

紙本　草書　縱二四·三厘米　橫八二一·九厘米

故宮博物院藏

釋文：

（前略）款署：余以足瘡，久不趨朝，日坐天趣軒，常厭可人期不來也。七月九日，乃徐廷章至，適值雨作，新涼襲人，清興浩發，遂捉蘭蕊筆書千字文一通，以歸廷章，付其子卣為臨池之助云。成化二年丙戌，張弼在北京之長安南第書。

是書作於成化二年（一四六六）。（老木）

八八　草書送吴仲玉詩軸　明　張弼

紙本　草書　縱一〇七·九厘米　橫三三·九厘米

上海博物館藏

釋文：

送陝西吴憲副仲玉守備洮岷詩一首　獨攜長劍守窮邊，洮水岷山路幾千。五月氈裘踏冰雪，三更笳鼓報烽烟。巴茶宛馬僧徒市，羌語番文驛史傳。且喜班超身未老，賢勞深得聖明憐。窗弟張弼頓首。

張弼（一四二五——一四八七），字汝弼，號東海，晚號東海翁。華亭（今上海松江）

人。成化二年（一四六六）進士。自幼穎拔，擅詩文，為文自立一家。書師法懷素，聲名遠馳海外。其草書尤多自得，酒酣興發，頃刻數十紙，疾如風雨，狂草醉墨流入人間，世以為癲張復出。後人匯其草書，刻成《鐵漢樓帖》。著有《張東海集》。

此草書流暢天真，一任性情發揮，但求韻味淳厚，頗有大珠小珠落玉盤之態。

（立中、李蘭）

八九　草書登遼舊城詩軸　明　張弼

紙本　草書　縱一一五厘米　橫二八厘米

故宮博物院藏

釋文：

登遼舊城　初試春衣脫弊裘，攜壺同上古城游。望窮燕冀數千里，感慨遼金四百秋。玄武諸關山北拱，青蛇一道水東流。長風忽起吹烏帽，還憩禪房捧茗甌。

登城西佛閣　城西佛閣鬱嵯峨，歇馬橋邊試一過。金碧耀空新結構，石碑眠地未鐫磨。憑闌不盡山川勝，入座翻驚粉黛多。卻與野人長歎息，幾多赤子困微科。

維茲正月蒙朝廷賜假，故每與朋僚遊賞以樂，鴻恩詩文宿債悉不暇辦也。而練川徐瑒敬夫回鄉，乃來索詩。念敬夫乃進士德充、德宏之從子，不可無言，遂錄二詩歸之。敬夫雅好文墨，豈以予為迂耶。賜進士出身承直郎兵部主事華亭張弼書。時成化戊子歲也。

此草書似龍蛇飛動，綫條流暢，脈絡分明，毫無零亂之態。其間段落留白，更添墨趣。

（老木）

九〇　行草書詩文卷　明　張弼

紙本　行草書　縱二九·五厘米　橫五八·九厘米

故宮博物院藏

釋文：

題崖山大忠廟　宋亡本無罪，元入曾何功。所以志士懷，千載猶忡忡。海崖一片石，鑱

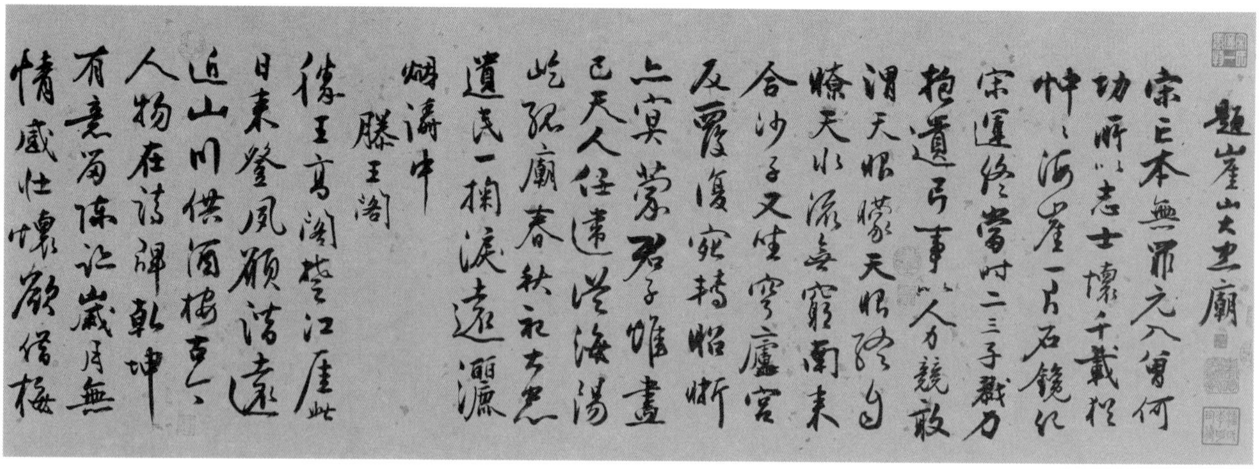

紀宋運終。當時二三子，戮力抱遺弓。事以人力競，敢謂天眼矇。天眼終自暸，天水流無窮。南來合沙子，又坐穹廬宮。反覆復宛轉，昭晰亦冥蒙。君子惟盡己，天人任違從。海陽屹孤廟，春秋祀大忠。遺民一掬淚，遠灑烟濤中。

滕王閣　滕王高閣楚江厓，此日來登夙願諧。遠近山川供酒案，古今人物在詩牌。乾坤有意留陳跡，歲月無情感壯懷。欲借梅仙黃鶴去，五雲深處拜堯階。弼藁。

用由道同年韻賦二首。奉呈泠庵同年閤下一笑：瑤箋寫罷欲長謠，銀燭花偏興未消。欲寄心知無便使，五更踈雨滴芭蕉。

憶昔同遊寫俚謠，黃金臺下雪初消。而今地位雲泥隔，何日從容醉一蕉。

此一韻十首，備由道冊葉。

寄李應先生一首　借問李中書，如何是定居。吳門非舊業，南部又新除。白髮偏欺客，黃金素棄儒。題詩不盡意，一望一嗟吁。

凡作詩用韻，當以洪武韻為正，但詩家因襲之久，以涉陋之言，不能真知唐韻之得失，故不能頓改以從正耳。弼少作詩韻，辨之頗詳悉，辭多，未及書上。因此詩用魚虞二韻，併論及之。

寄京師故舊之未有子者　別來渾不問銀黃，只問今添第幾郎。湯餅會中如念我，因風先寄紱麟章。

至贛而回兒輩出迎　弘圭弘玉兩孩童，輕靴短衫迎乃翁。頓首登堂先獻夢，牽衣入室更為榮。延籬巨長參差綠，安石榴開次第紅。世事未知誰索果，滿船明月大橋東。

圭將五期，玉已三期，圭夢予事有驗，亦可寄也，因及之。弼。

沈存中《筆談》云：「人有前知者，數十百千年事皆能言之，夢寐亦或有之，以此知萬事無不前定。予以謂不然。事非前定，方其知時即是今日，中間年歲亦與此同時，元非先後。此理宛然，熟觀之可喻」。存中之言如此。弼久熟觀之，終未能識其意，愚鈍之甚耳。謹此錄奉，尚乞高明示教，弼頓首。

同年蔣宗誼作《續宋論》，以此寄之：獨抱西郊五色麟，揩磨日月掃埃塵。要知天水流無極，零落胡沙尚有人。謂元順帝乃瀛國公後也。

東海先生歸也，安南太守新除。一挑行李兩船書，被人笑是癡愚。書也書，寒不堪穿，飢不堪煮，收拾許多何用處？況而今白髮蒼顏，坐黃堂之署，乘五馬之車，那得工夫載看渠。如今又將載到南安去，古人糟粕，誰味真腴，狂說道與聖賢相對語。弼頓首。

登東山問謝安　我登東山頂，酹酒問謝公。公有調馬路，我有下馬松。公有白雲明月兩窈窕，我有濛川醉石雙玲瓏。公當偏霸做江左，我當全盛從飛龍。我生濂洛後，不敢姿情聲妓頹彝風；我無偏澈奇，未試淮維一儔附秦空。公之能事我若不可及，公之風流我亦不苟從。東山名同地隔數千里，我言曾入公之耳；青天望斷一飛鴻，章江悠悠自流水。東海居士稾。

世傳江西人好訟，有一書名《鄧思賢》，皆訟牒法也。其始則教以侮文；侮文不得，則欺誣以詐之；欺誣不可求，則求其罪以劫之。蓋思賢，人名也，人傳其術，遂以名書。村校中往往以授生徒。此沈存中《夢溪筆談》中語也。存中乃宋人。則江西之鴟，自古而然，蓋有傳授者，豈一夕一朝而能殄絕之耶？今先生之來數月，遂覺斂鋒戢翼，亦可謂神效矣。遲之以歲月，吾知所謂鄧思賢者，皆將革面回心耶？偶閱《筆談》，因錄此以俟。成化十六年庚子六月，張弼在南安郡齋記。

款下印：「汝弼」朱文、「東海翁」朱文。

鑒藏印：「潘氏季彤珍藏」朱文、「李定頤收藏記」朱文、「宋氏廉一長物」白文等諸方。卷後清潘正煒題記一段。

此書是張弼自作詩七首，分五言、七言，及短文五則。一百五十一行。書於成化十六年（一四八〇）庚子六月，時年五十六歲，為晚年作品。用筆奇崛，線條流暢，牽絲帶筆處揮灑自如，使轉生動活潑，氣勢貫通，變化豐富。

（李豔霞）

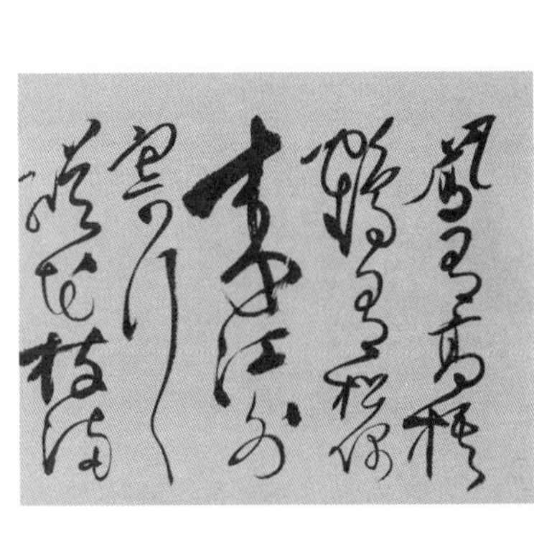

九一　草書七律詩卷　明　張弼

紙本　草書　縱三一·三厘米　横一二八·四厘米

故宮博物院藏

釋文：

鳳有高梧鶴有松，偶來江外寄行蹤。花枝滿院空啼鳥，塵榻何人憶臥龍。心想夜閒唯足夢，眼看春盡不相逢。何時正是思君處，月入斜窗曉自鍾。東海居士。

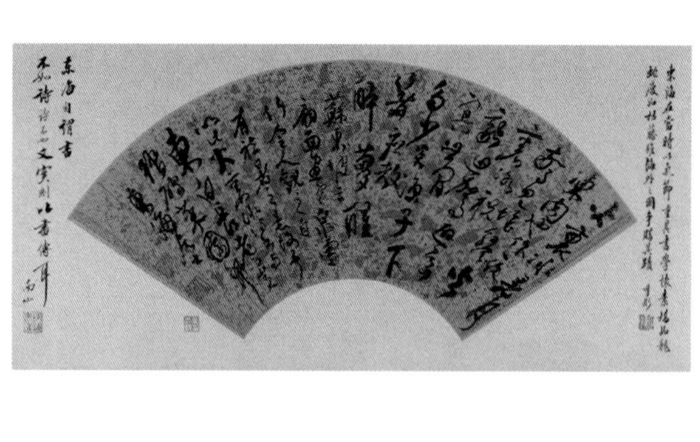

此卷所錄為唐元稹《鄂州寓館嚴澗宅》詩。草書自然生動，保持了成熟期的特色。輕重緩急愈加明顯，世人褒獎之詞，毫不過譽。

（老木）

九二　草書懷素歌卷　明　張弼

紙本　草書　縱二二·六厘米　橫七三·七厘米

故宮博物院藏

釋文：

世傳李太白懷素草書歌，而蘇東坡以為非太白作。觀懷素自敍，凡當時士大夫贈遺之言，皆見纂述，使白有贈，豈肯獨遺之耶？其偽必矣。特以其有得於草書之勢者，故為書之。東海居士。

（老木）

九三　草書火裏冰詩扇　明　張弼

紙本　草書　縱一九·二厘米　橫五〇·七厘米

故宮博物院藏

釋文：

火裏冰，暑月凍肉也。作一絕：驚見堆盤火裏冰，祝融回駕避玄冥。世間多少炎涼子，下箸應教醉夢醒。蘇東坡云：扇面畫寒泉雪竹，令人觀之，自有祛暑之意。故予以此火裏冰詩書與東白長老，而豈踏破菜園耶？東海居士。

鑒藏印：「季彤審定」朱文、「黎簡」白文。

此書師學懷素，用筆瀟灑自如，節奏鮮明。字間綿密，行間疏朗。

（李豔霞）

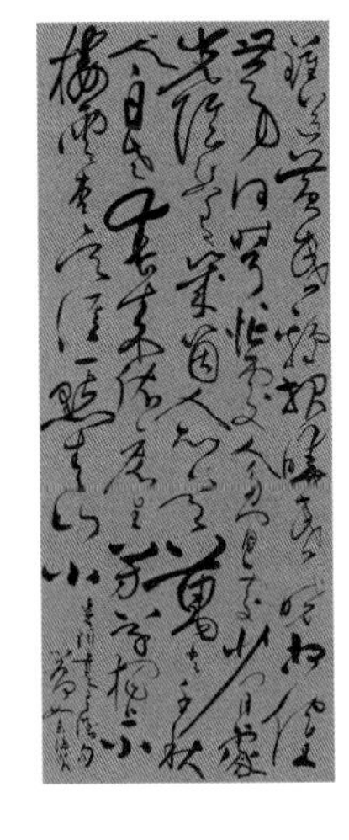

九四　草書蝶戀花詞軸　明　張弼

紙本　草書　縱一四八厘米　橫五九·四厘米

故宮博物院藏

釋文：

鍾送黃昏雞報曉。昏曉相催，世事何時了。忙處人多閒處少。閒處光陰，能有幾箇人知道。萬古千秋人自老，春來依舊生芳草。獨上小樓雲杳杳，天涯一點青山小。此古詞，書之有倒句，以為何如，東海翁。

署款：「東海翁」。款下印：「張弼」白文。

此軸是張弼書錄宋王詵《蝶戀花詞》一首，詞序上有倒句，五行。張弼的狂草書師法張旭、懷素，雄奇勁健，縱逸多姿。此軸為晚年書，其用筆迅疾飛動，錯落有致，提按起收，富於變化。通篇猶如暴風驟雨，風馳電掣。王鏊評其書：「疾如風雨，矯如龍蛇。欹如墜石，瘦如枯藤，怪偉跌宕」。

（李豔霞）

九五　草書七絕詩軸　明　張弼

紙本　草書　縱一二一·八厘米　橫三〇·九厘米

南京博物院藏

釋文：

去年南郡賞元宵，歌吹聲中度畫橋。爛熳新詩誰記得，紅梅零落路迢遙。東海醉書。

此草書七絕用筆飛動，揮灑自如，跌宕有姿而行氣貫通，狂而不張極富韻律。

（劉勝）

九六　草書題水月軒卷　明　張弼

紙本　草書　縱二三厘米　橫六三四厘米

蘇州博物館藏

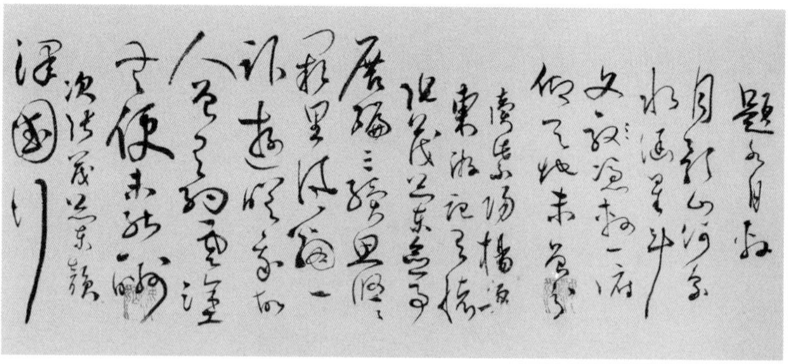

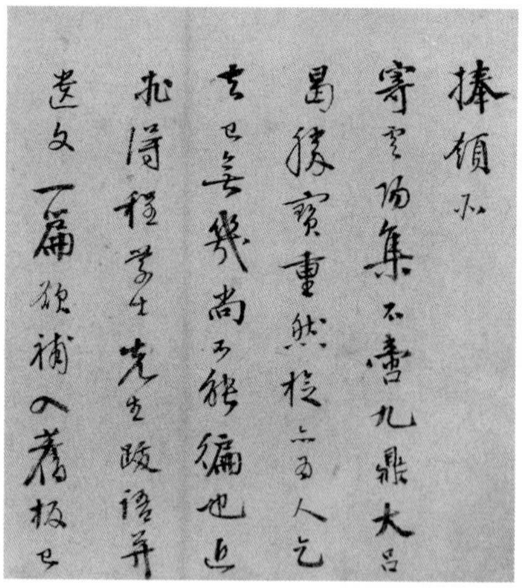

釋文：

題水月軒　月影山河眾，水涵星斗文。憑軒一俯仰，天地未曾分。

讀紫陽楊□東游記，有懷張茂蘭僉事

展編三續思悠悠，闕里風煙一臥遊。嗟我故人曾有約，雲塗無使未能酬。

次張茂蘭韻　澤國行歌漫整巾，東風無處不芳塵。玉河兩帶青青柳，不管關山離別人。

題蔡琰歸漢圖　騑騑漢騎促歸裝，猶抱故雛戀朔方。道上欲逢人問姓，且須休說蔡中郎。

窗客漫興　旅館孤吹思惘然，抱書懶讀枕書眠。萋萋芳草日將暮，渺渺飛花春可憐。家信不來南雁少，鄉心正切海魚鮮。欲沽一斗花前醉，自笑青衫不直錢。

宿延祐觀用虞伯先生韻　流光荏苒宦情暇，遠扣仙宮玉女扉。古壁畫殘蒼鮮合，曲廊人靜落花飛。月明白鶴迎風舞，雲濕蒼龍帶雨歸。不是忘情耽寂寞，人間何處拂塵衣。

南還渡揚子江　揚子江南幾問津，風波如舊客愁新。西飛白日忙於我，南去青山冷笑人。孤枕不勝鄉國夢，弊裘猶帶帝城塵。交游落落俱星散，吟對沙鷗獨愴神。

題畫次葉都憲與中韻　維舟青草渡，望入白雲關。古樹低臨水，層樓又隔山。風光隨處好，（人）塵世幾人閒。沙際眠鷗聚，因之一破顏。

題和靖觀梅　有手不草封禪書，有足不上蒲輪車。茫茫天地誰知己，管到梅花一兩株。

五月廿九日喬南海蘇繡衣作字二幅畢。餘興未已，遂拾東海漫稿，書舊作數首以似覺義質菴大師。吾恐驟見之際，將以為毒龍拿風雲而起缽中也矣。呵呵，何足道哉，何足道哉。

張弼識。

（老木）

九七　行書書札卷　明　李東陽、張弼

紙本　行書　縱二二·二厘米　橫二六厘米

天津博物館藏

釋文：

捧領所寄雲陽集，不啻九鼎大呂，曷勝寶重。然旋亦為人乞去，已無幾，尚不能徧也。近求得程學士先生跋語并遺文一篇，欲補入舊板，已照式寫成，望於寄去本前後徧檢有票處，一一分付匠者，不致遺誤為佳，蓋前所裝釘有以前為後者故也。小兒去秋已成婚，其岳

白蹄棗騮蹄虎歌
世言馬畏虎虎能制
馬此豈盡然朕有良
馬曰白蹄棗騮俊逸
猛迅非羣馬比天順
二年十一月二十三
日邊將擒送一虎甚

翁累入薦章，會有待詔之命，諒得邸報矣。承遠惠，感感。并此附謝。不能悉。二月望日，友生李東陽頓首，雲崖太守先生老兄。此書久不能寄，今始附上，幸恕不敏。程公望此已久，千萬留意。七月十七日，東陽又拜。

白鶴城東斜日陰，篷窗高詠鐵簫吟。百年耆舊俱塵土，試問誰能和好音。成化庚寅十一月丙戌，與王臬舜臣同泛，舜臣出此卷，讀畢，書一絕以識。張弼。

二家神態、風貌各不相同，今集一冊，相互之間不奪不壓，相映生輝。（老木）

九八 楷書白蹄棗騮蹄虎歌卷 明 朱祁鎮

絹本 楷書 縱二九·八厘米 橫一七二·六厘米

天津博物館藏

釋文：（略）

朱祁鎮（一四二七——一四六四）明英宗，一四三五年即位，年號正統，宦官王振專權；正統十四年（一四四九），土木之變，被瓦剌俘去。次年被釋回京，景泰八年（一四五七）復位，改號天順。

此幅作品為明英宗朱祁鎮楷書，記述他的愛駒「白蹄棗騮」制勝猛虎的頗具傳奇色彩的故事。書法結體平正闊達，筆法圓轉，全篇結構嚴整，整體上中規中矩。（于悅）

九九 行書題畫卷 明 沈周

紙本 行書 縱二六·五厘米 橫一四六厘米

故宮博物院藏

釋文：

別後拙作數首奉呈豫庵先生請教 侍生沈周上

無所庸心壽亦長，門前萬事付茫茫。漢翁到老何辭拙，華子于今且信忘。掃地焚香秋月淨，科頭箕踞午風涼。小兒笑我曹騰地，說吟清吟可半觴。

囊中摸索久無錢，頼得癡翁只醒眠。百歲有誰酬大齊，五旬便合作希年。容他事擾心先

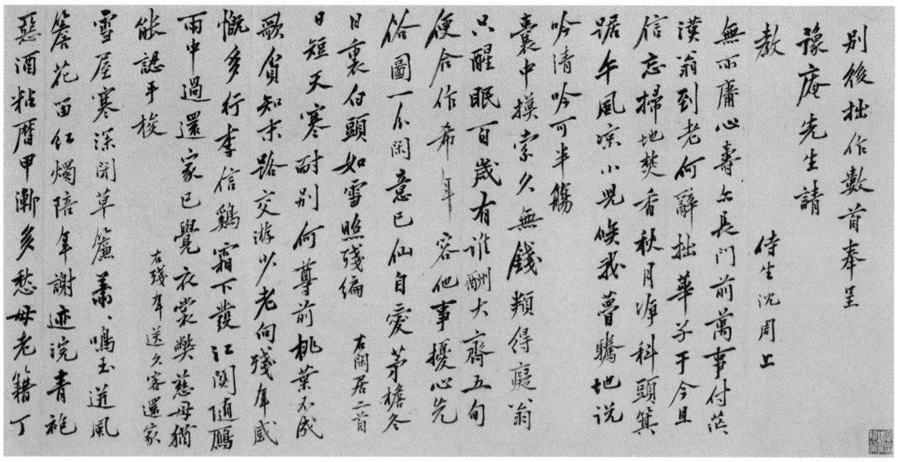

俗，圖一分閑意已仙。自愛茅簷冬日裏，白頭如雪照殘編。右閒居二首。

日短天寒耐別何，尊前桃葉不成歌。貧知末路交游少，老向殘年感慨多。行李信雞霜下發，江關隨雁雨中過。還家已覺衣裳弊，慈母猶能認手梭。右殘年送久客還家。

雪屋寒深閉草簾，蕭蕭鳴玉迸風簷。花留紅燭陪年謝，跡浣青袍惡酒粘。曆甲漸多愁母老，籍丁全少望孫添。明朝又辦農桑計，打瓦還須作歲占。右除夜雪作次後村劉先生韻。

先生非不仕，仕道矚君房。措足星辰動，掉頭山水長。碧祠紅葉路，黃鶴白雲鄉。再讀范公記，凜然如在堂。

去來能自信，詹尹復何占。黃鵠漫高舉，赤龍非昔潛。巒容存太古，秋色寫清廉。千載漁竿在，無人敢借拈。右和楊君謙題子陵祠堂二首。

尚書學士聊遊戲，興到水村還夜山。不道新恩霑故紙，便分天上與人間。錦褾改逐龍驤遠，塵匣空留鼠迹頑。若使當時畫無逸，已應先奉萬機閑。右聞徐氏高房山夜山趙松雪水村二圖徑取入內府。

沈周（一四二七—一五〇九），字啟南，號石田，晚號白石翁等，長洲（今江蘇蘇州）人。一生隱居不仕，以書畫名於世。在繪畫史上開創了「吳派」畫風，與文徵明、唐寅、仇英並稱「吳門四家」，對明、清兩代影響很大。書法學黃庭堅而自成一家。著有《客座新聞》、《石田詩抄》等。《明史》有傳。

此書有黃庭堅意態，筆觸生動，儼然大家風範。結體、用筆皆有個性張揚，筆墨間逸趣橫生，流露出難以掩抑之才情。

（老木）

一〇〇 行書雜詩卷 明 沈周

紙本 行書 縱二五·三厘米 橫四六厘米

故宮博物院藏

釋文：

民部索和西涯閣老舊韻 儘有風流怯往還，又因名勝使人攀。天將白玉浮諸水，誰以黃金姓此山。欲就一竿漁浩蕩，更憑雙足弄潺湲。老僧莫作誰何問，只借中泠洗醉顏。

登妙高臺 登臺見青草，脈脈感今昔。江山本舊觀，形勝我新識。江山不因臺，流峙自

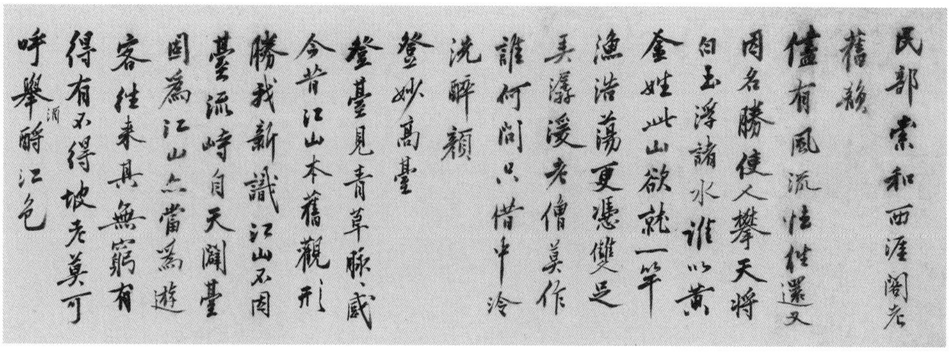

天闕。臺回為江山，亦當為遊客。往來其無窮，有得有不得。坡老莫可呼，舉酒酹江色。

望江　一源萬里勢成三，截地分明限北南。長塹悠悠天所設，奔流浩浩海相函。獨憐擊楫存遺誓，可笑囊沙是漫談。頭白妙高方縱目，落霞孤鶩晚猶貪。

飲中泠泉　此山有此泉，他山無此泉。泉名與山名，並為天下傳。山泉兩合德，珠璧輝江天。宛在水中央，天使塵土懸。山本一江石，泉井從石穿。非鬼不可鑿，人莫知其源。野深貫龍窟，不溢亦不騫。我久負渴心，始修一啜緣。憑闌行小酌，冰雪流荒咽。再灌肝與肺，化作清冷淵。沁沁若沆瀣，逐逐空腥羶。至味謝茗荈，亦不從烹煎。謬哉康王谷，欲勝宜未然。木伺鴻漸知，但飲必推先。由我口舌得，亦獲參其玄。世多未沾者，茫茫尚垂涎。滿注兩大罌，載歸下江船。搖光蕩江月，泛影雲亦鮮。分潤及鄉人，七椀問通仙。

郭璞墓　氣散風衝豈可居，先生埋骨理何如。日中數莫逃兵解，世上人猶信葬書。漂石龍涎春霧後，交沙鳥跡晚潮餘。秖憐玉立三峰好，浮弄江心月色虛。

鶻石　海東飛鶻力不續，就此一拳聊息足。擎波勞怪鬼莫撼，引手近疑人可觸。峆岈水竇候潮鳴，皴皵雲膚借苔綠。金山只恐順江去，誰插鼇簪關地軸。千年奇觀豈無賞，疑有坡詩刻蒼玉。

頃年遊金山，次第得詩數篇，擬托吉公呈州中諸名流，未果。光甫來顧，出秋山諸作見示。嘆服不已，遂乘便附光甫轉似秋山，可竄與竄，可和和之，是所望也。光父博雅好學，於老醜自了了目中，但不屑見教耳。弘治癸亥上巳日，長洲沈周。

是卷書於弘治十六年癸亥（一五〇三），既保持了自己的特色，又時有發揮，漸出己風。心靜而又有飛動之勢。書家為後人總結了寶貴的經驗，并付諸實踐。　（老木）

一〇一　行書聲光帖頁　明　沈周

紙本　行書　縱二三厘米　橫四〇·七厘米

故宮博物院藏

釋文：

向自金仲寄至蘇合丸，珍佩、珍佩。日來知德與位稱，聲光向隆，可見德門舊族，風致自殊。衛中運士還，極言佩荷。足激鄉里近時薄風，健羨、健羨。寒舍飢墊中，又以則戶點解，村僮皆愚於料物托攬好耳。所司交納利害，略不知頭緒，尚有核桃一色，知待新方收，因不敢賫價去。緣僮俱非惜家者，凡百事為，恃在故舊之愛，希為指點，衎懞當銘刻不淺淺也。錄尔尊先大夫心耕詩，請須裁教。外有小筆山水一幀，將意而已，未問，伏惟為國自玉，不宣。媚生沈周再拜，全卿我史親家閣下，三月廿九日，錦帕二方伴緘。

款下印：「啟南」朱文。鑒藏印：「之赤」朱文、「希曾」白文、「二謝」朱文、「張珩審定真跡」朱文、「周氏作民」朱文等。

此書師黃庭堅，兼及蘇軾，筆力老練勁挺，結體緊湊不拘，筆劃全以欹側取勢，自然隨意。

（李豔霞）

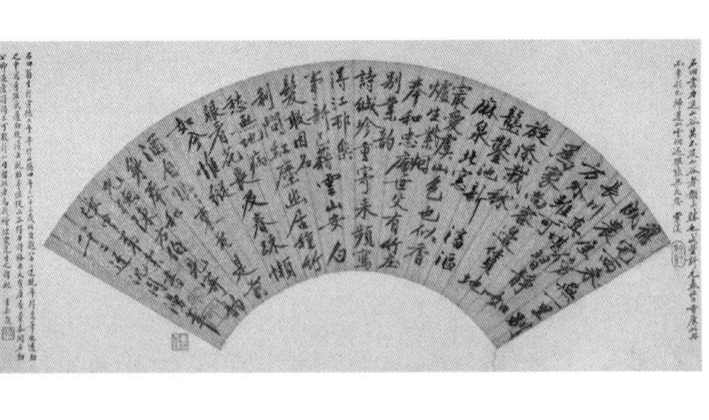

一〇二 行書訴老詩扇 明 沈周

金箋 行書 縱一七·三厘米 橫五〇·四厘米

故宮博物院藏

釋文：

舊宅西來無一里，別成農屋傍長川。真堪習靜如方外，雖可為家尚客邊。賃地旋添栽秫壟，鑿池新滀漚麻泉。北窗最愛虞山色，也似香爐生紫烟。奉和忠庵世父有竹莊別業韻

詩緘珍重寄來頻，寫得江郵樂事新。已藉雲山安白髮，敢因名利問紅塵。幽居種竹愁無地，病眼看花長及春。疎懶如今惟縱酒，自憐東老是前身。奉和允德陳方伯見寄韻。汝中弟索書。八十二迂沈周漫筆。

人老用筆猶健勁犀利，結體依舊嚴謹而寓變化，真是大家手筆。

（老木）

一〇三 行楷書跋趙雍沙苑牧馬圖卷 明 沈周

紙本 行楷書

故宮博物院藏

釋文：

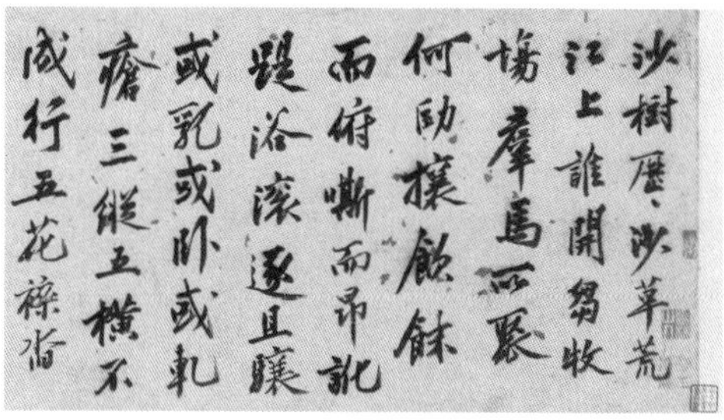

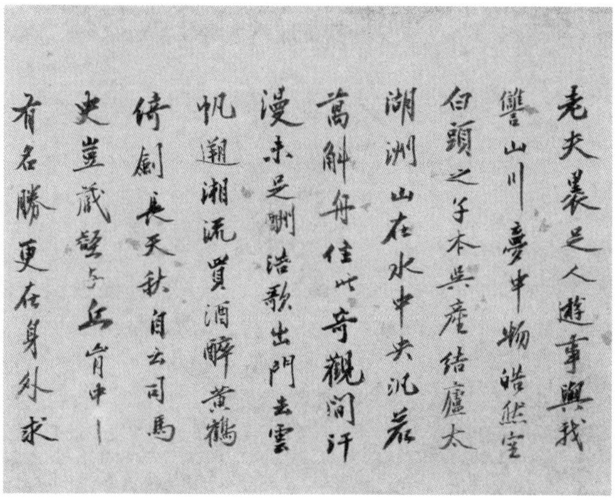

沙樹歷歷沙草荒，江上誰開芻牧場。群馬所聚何劻攘，飲龡而俯嘶而昂。訛踶浴滾逐其驤，或乳或臥或軋瘡。三縱五橫不成行，五花雜沓駁而黃。烏騅赤兔照夜白，連錢桃花鬪文章。牝兮牡兮未可辯，亦莫可識駑與良。相骨相肉俱已矣，老夫兩眼徒茫茫。但愛各各無羈韁，自縱自得肥更光。肥哉肥哉空老死，未試何以知爾長。我知馬亦待駕御，人馬兩得氣始揚。請看滿汗流血漿，爭前欲縛左賢王。追風逐電一般走，五十之中當有強。右馬五十疋，畫者各極其態。余鑒為趙仲穆親筆，而題其上如此。成化歲在乙酉十月望，沈周。

圖繪沙苑群馬，沈周鑒為元趙雍所作，因題詩於其後。時為成化元年乙酉（一四六五）。此行楷題跋特色不減，筆鋒犀利，一如既往，黃庭堅風貌赫然可尋。後六行字漸大，想是激情所致，不可自抑。

（老木）

一〇四 行書五言詩卷 明 沈周

紙本 行書 縱二九·四厘米 橫八八·四厘米

南京博物院藏

釋文：

老夫裹足人，遊事與我讎。山川夢中物，浩然空白頭。之子本吳產，結廬太湖洲。山在水中央，泛若萬斛舟。住此奇觀間，汗漫未足酬。浩歌出門去，雲帆遡湘流。買酒醉黃鶴，倚劍長天秋。自云司馬史，豈藏壑與丘。胸中有名勝，更在身外求。江山固有助，豪吟動公侯。公侯未足動，要與造化遊。我尚伺子歸，燒燈話南樓。楚漢落霏屑，亦厭吾生浮。王君原德詩學有聲，挾此為楚遊者有年。余老矣，裹足不能出門，莫與原德倡和山水之間，自以為欠事。造此拙語，聊發其汗漫之興云。弘治丁巳七夕日，長洲沈周。

此書與《湖天泛楫圖》為書畫合璧卷，是沈周七十一歲時所作，全係黃庭堅筆意，沉雄穩健，氣格蒼凝。款後鈐有「啟南」朱文方印，「白石翁」白文方印。

（劉勝）

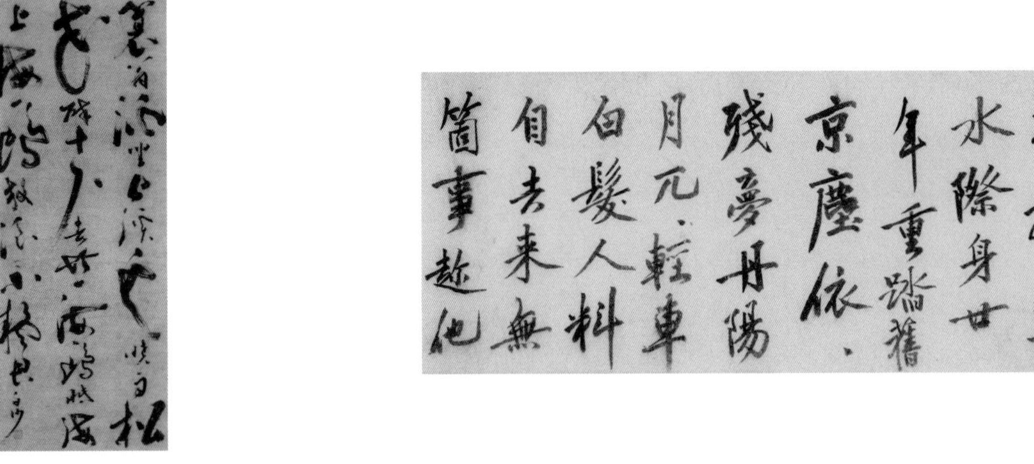
丹陽道中
一首
抖擻山邊
水際身廿
年重踏舊
京塵依、
殘夢丹陽
月兀、輕車
白髮人料
自去來無
箇事趁他

一〇五　行書自作七言詩卷　明　沈周

紙本　行書　縱二五・六厘米　橫六二七厘米

吉林省博物院藏

釋文：

丹陽道中一首　抖擻山邊水際身，廿年重踏舊京塵。依依殘夢丹陽月，兀兀輕車白髮人。料自去來無箇事，趁他花柳未分春。關津莫作誰何問，詩酒承平一老民。

和周院判元已上巳日登雨花臺韻一首　上巳乘春上古臺，登臨不為昔人哀。青烟萬井城中見，白練長江地底來。且遣天花作談柄，莫歌桃葉惱心灰。老年再到應難卜，須盡浮生有限杯。

鳳凰臺　嘆息鳳凰招莫來，登臨惟有此荒臺。千年往事不復矣，一個虛名安用哉。飛絮遊絲果何物，浮雲落日且深杯。白頭荷篠空歸去，快覩心存首重回。

太常寺與陳少卿牡丹燕　清卿南軒春有光，點綴萬綠留紅芳。臨軒撩亂難比數，楊家肉屏當面張。南都根本元氣壯，此花盛得當推王。天於清高補富貴，人與草木爭文章。春盤厭飫酒飫口，簪纓盍座中飛觴。略無絲竹聒清論，澹有風日含新粧。嗟予潦倒似傖父，布袍也拂春風香。白鷗本是世外物，參鸞附鵠來翱翔。兩年嘆息俱作客，自家一株烟草荒。平章往事不復較，在在有花皆洛陽。主人勸客莫辭醉，更言此會非尋常。為花置像保長有，人間風雨當無傷。沈周。

此卷行書依然是黃庭堅風神，一種古樸自然之氣迎面而來，師古而不泥古，書家做了嘗試，並獲得了成功。

（老木）

一〇六　草書七言絕句軸　明　陳獻章

紙本　草書　縱一二九厘米　橫五一・四厘米

上海博物館藏

釋文：

蓑翁溪坐上溪雲，曉雨松花醉十分。去共海鷗眠海上，海鷗放浪不疑君。白沙。

陳氏茅龍筆力作，似打破以往平和，加入幾分醉態，然放而不亂，輕重枯潤之變化，無不在情理之中。

（立中、李蘭）

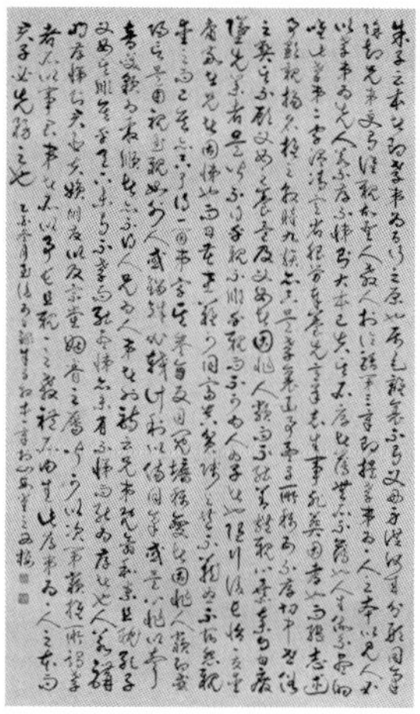

一〇七　草書朱子敦本章軸　明　陳獻章

紙本　草書　縱一八三·五厘米　横一〇九·八厘米

上海博物館藏

釋文：

朱子云：本者即孝弟，為百行之原也。屬毛離裏，不有父母，身從何來；分形同氣，除卻兄弟，更有誰親。故聖人教人，於論語第二章即提孝弟為為人之本，以見人必以孝弟為先。若不孝不悌，則大本已失，其所厚者薄，無所不薄也。人生做不盡的唯此孝弟二字。溫清、定省、服勞、奉養、先意、承志、生事、死葬，固孝也。而繼志、述事、顯親、揚名，推之敦睦九族，亦只是孝裏面事。孟子所稱五不孝，切中世俗之弊。其不顧父母之養益及父母者，固非人類，而不能善體親心暴棄自甘廢墜先業者，是皆不得乎親，不順乎親，而不可為人為子者也。隨行後長，怡怡友愛，庸敬在兄者，固悌也，而甘苦患難，可同富貴，貧賤與共，不藏怒，不宿怨，親愛之而已，其亦只了得一箇弟字。其參商反目，鬩牆稱變者，固非人類。即或歸言是用，視至親如外人。或錙銖必較，計利以傷同氣。或是心非以聲音笑貌為聚順者，亦不得人兄為人弟者也。詩云：兄弟既舞，和樂且耽。孔子父母，其順矣乎。天下未有不孝而能盡悌，亦未有不悌而能為孝者也。人若講明孝悌，則君臣、夫婦、朋友以及宗黨、姻脊之屬，皆可以次第類推。所謂孝者所以事君，弟者所以事長，且親親之教，禮所由生，此孝弟為為人之本，而君子必先務之也。

乙酉冬月至後五日錄朱子敦本一章於山安堂之西樓。

陳獻章（一四二八——一五〇〇），字公甫，號石齋，廣東新會人。居白沙村，人稱「白沙先生」。精研儒學，著稱當世，在家鄉講學，從者甚眾。善詩文，有《白沙子全集》存世。書法得益於歐陽詢、黃庭堅、米芾數家。因常居偏僻山村，毛筆不敷供給，就用茅草結束成筆代用，久而久之，就成為特殊的筆具，時稱「茅龍筆」。此筆寫出的字風格獨特，稱為「茅筆字」，深受時人珍重。每幅字能易白金數兩或絹數匹。奇特的書風，使他躋身於明代書法名家之列。

乙酉為成化元年（一四六五），時年三十八歲。用筆灑脫中寓法度，嚴謹中見不羈。

（立中、李蘭）

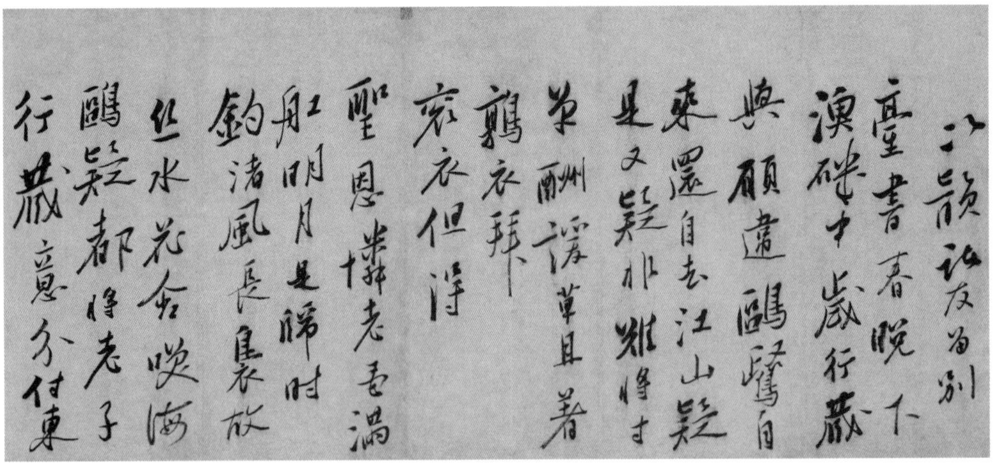

一〇八　行書詩卷　明　陳獻章

紙本　行書　縱二七・三厘米　橫七一二・五厘米

故宮博物院藏

釋文：

次韻諸友留別　臺書春晚下漁磯，中歲行藏與願違。鷗鷺自來還自去，江山疑是又疑非。難得寸草酬諼草，且著鶉衣拜袞衣。但得聖恩憐老母，滿船明月是歸時。

釣渚風長裊故絲，水花含笑海鷗疑。都將老子行藏意，分付東溟水月知。自昔願從巢許後，而今豈異帝堯時。憑君寄語張東所，更與飛雲作後期。

昆侖西北是官陂，滅跡煙霞我自遲。獨往恐逢江上雪，相思還寄隴頭枝。風雲想見千年會，消息終還七日期。總為高堂難離別，乾坤行道豈無時。

要服松花一大車，顛毛垂白齒牙疎。非關聖代無賢路，自愛清風臥絳廚。道上或逢人賣屨，眼中誰謂我非夫。他時得遂投閑計，只對青山不著書。

石門讀貪泉碑　芙蓉花發西華寺，遠訪殘碑到石門。一曲貪泉歌未了，夕陽紅近水西村。

次韻林熙石門兼呈張東所　與君傾盖定前言，來往青山五十年。老我自知難用世，勞君相送過貪泉。清言晚對江邊寺，離思秋生馬外天。留取西華一尊酒，春來還艤上江船。

至回岐　回岐接水樹冥冥，又是朝京一日程。兩耳如聞重譯語，幾時不見五仙城。朝無兒穉歌行酒，夜有巡船臥打更。欲識官情多少在，崑崙天角白雲生。

峽山次默齋韻　行人初上峽西頭，已有心隨下峽舟。天下名山皆可愛，夢中慈母不來遊。

峽山寺別韻　孤舟昔繫飛來寺，白首重來十四秋。君看秋風吹采鷁，何如老子坐青牛。留情世事終何補，得意雲山亦易休。見說夔龍滿朝著，九重應許放巢由。

題南干卷　南干老人愛南干，遠山近山畫中看。青煙半横綠楊渡，白鳥低掠紅蕖灣。臥聞風雷辟易久，起視星斗光芒寒。願棄塵事上野艇，與子對食鏡中盤。

清溪道中　西風吹冷峽山雲，紅葉清溪點綴新。惟有白頭溪裏影，至今猶戴玉臺巾。

彈子磯候默齋野舟不至　軍人打鼓泊官船，黑霧濛濛水下灘。隔岸相呼不相見，竹籠牽火上桅竿。

濛裏驛望南華　濛裏驛前溪可憐，桃花何謝武陵川。路人說是曹溪水，猶與曹溪隔一川。

途次呈送行諸友　相隨征路二旬餘，笑指前山別老夫。卻對前山心未了，西風孤燭兩踟躕。

莊定山題東所　老愛飛雲送老年，白頭東所坐神仙。兩山居士知還否，公甫先生笑欲言。醉影半欹扶夜月，瘦節一拄到青天。何時四百峰巒頂，也許狂夫一借眠。

題游心樓　心到不游元兀兀，此心游極更存存。老夫欲說游還否，月滿西齋無一言。眼中魚鳥自高深，何物人間更可尋。手把南華書一卷，先生多少佩韋心。

贈范規　每見江門說范雲，花山夜夜遶吟魂。小童忽報來何客，野鶴昂然立我門。口中公甫詩無數，手裏芙蓉杖一根。一語未終還別去，月明人自白沙村。

題東圃　不墮人間業夢中，此身元舊是懸空。無人敢唾胥江水，赤手今看范老翁。人物古今能幾個，風花天地本無窮。我詩莫道無分別，蜾蠃螟蛉故本同。成化壬寅秋九月七日，公甫書于韶州芙蓉驛。

此卷書於成化十八年壬寅（一四八二），陳氏時年五十五歲。洋洋灑灑，令人目不暇接。筆觸與詩情相映生輝，大處敢於落墨，小處不飾雕琢，詩行錯落，更加逸趣。

（老木）

一〇九　行書論大頭蝦軸　明　陳獻章

紙本　草書　縱一五八・五厘米　橫六九・九厘米

故宮博物院藏

釋文

客問：鄉譏不能儉以取貧者，曰大頭蝦。父兄憂子弟之奢靡而戒之，亦曰大頭蝦。何謂也？予告之曰：蝦有挺腹瞪目，首大於身，集數百尾烹之而未能供一啜之羹者，名曰大頭蝦。甘美不足，豐乎外，餒乎中，如人之不務實者然。鄉人借是以明譏戒，義取此歟。言雖鄙俚，名理甚當。然予觀今之取貧者，亦非一端，或原於博塞，或於鬥訟，或荒於沉湎，或奪於異好，並大頭蝦，皆足以致貧。然考其用心與其行事之善惡，而科其罪之輕，大頭蝦宜從末減。譏取貧者反捨彼摘此何耶？恒人之情，刑之則懼，不近刑則忽，博塞鬥訟，禁在法典，沉湎異好，則人之性有嗜不嗜者，不可一概論也。大頭蝦之患在於輕財，而才與才子弟類有之。蓋其才高方廣，恥居人下，而雅不勝俗，專事己勝，則日畋獵馳騁，賓客交酬，與馬服食之用，侈為美以取快於目前，而不知窮之在是也。以是致貧亦十四五，即孔子所謂難乎有恆者是矣。以為不近刑而忽諸，故譏其不能自反以進於禮義教誨之道也。孳孳於貧富之消長，錙銖較之，而病其不能者，大頭蝦此草野細民過於為吝，而以繩人之驕，非大人之治人也。夫人之生，陰陽具焉，陽有餘而陰不足，有餘生驕，不足生吝，受氣之始，偏則為害，有生之後，習氣乘之。驕益驕，吝益吝，驕固可非，吝亦可鄙，驕與吝一也。不驕不吝，庶幾乎。右大頭蝦說。弘治戊申秋八月望，石翁力疾書于白沙之碧玉樓。

款下鈐：「石齋」白文。

此篇為陳獻章六十一歲時（一四八八年）所書，所用之筆為茅草筆，此種筆毫鋒禿散，毛硬易乾，書字獨具特色。本幅下筆頓挫力很強，毫端開叉，形成了較多的飛白之筆。字跡墨色乾枯，粗細變化豐富，兼之運筆迅疾奔放、揮灑自如，又少見連綿之筆，顯示出動中寓靜、拙中藏巧的韻致，書風獨樹一幟。

（李豔霞）

一一〇　草書軸　明　陳獻章

紙本　草書　縱一二五·三厘米　橫五〇·七厘米

廣東省博物館藏

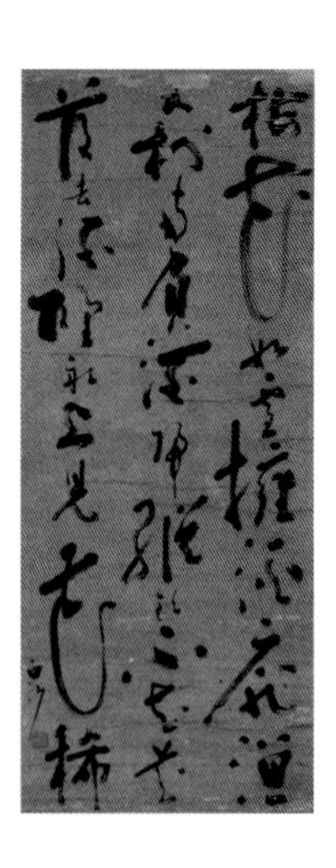

釋文：

梅花如雪擁酒扉，漁父村南負酒歸。縱飲不知花落去，酒醒船上見花稀。白沙

鈐印：石齋（白文方印）。書作大氣凜然，渾厚之中又蘊藏幾分天真，書到此時已爛熟於胸。

（老木）

一一一　草書七言詩卷　明　陳獻章

紙本　草書　縱二四·五厘米　橫一一二五厘米

故宮博物院藏

釋文：

再拜江門問亡言，老夫於此尚茫然。舊書看破百千卷，古曲彈終一兩弦。習氣交攻良自苦，天機閑動為誰宣。眼中故舊如君少，不見于今是幾年。弘治癸丑冬至前二日，石翁在貞節堂書。

弘治六年癸丑是一四九三年。以茅龍筆書之，特色天成，別具一格。老到而蒼勁，古樸而深沉，不染微塵，不具媚俗之態。

（老木）

一一二 行書送劉岳伯詩卷 明 陳獻章

紙本 行書 縱二七・三厘米 橫五一四厘米

上海博物館藏

釋文：

送劉岳伯 堯舜安敢驕，箕山亦非傲。丈夫四海心，豈曰能枯槁。富貴非我徒，功名為誰好。皇皇東山憂，朝夕不離抱。千門忽變暝，卷雨風蕭蕭。草木落長夏，江山非昔朝。我眠不著枕，秉燭度殘宵。欲起問真宰，蒼穹一何遼。

次韻送夏進士 春日春風江漾沙，官船不發對山家。山杯一舉山翁醉，笑點青藜數岸花。

別江門三章贈薛憲長 江上看雲獨送君，廬山雲亦華山雲。解衣半餉雲中坐，才出雲來路又分。誰將聲色詫盲聾，回首塵埃弊弊中。萬里青天今日送，江門津口一帆風。

東南六十縣，乃在嶺海間。斯民日疲困，盜賊紛相搏。仁義久不施，別離愁我顏。竿頭百尺綫，可以繫東山。未別情何如，已別情不邈。豈無尺素書，遠寄天一角。江門臥烟艇，酒醒簑衣薄。明月照古松，清風灑孤鶴。白沙。

劉岳伯名大夏，弘治二年（一四八九），服闋還廣東右布政使，故稱岳伯。

此行書詩卷，筆墨瘦硬，筆力勁健，書風瀟灑自然，為其茅草書代表作品。以破敗之筆為之，又得顏真卿及宋人意趣，別具風格。此卷曾經沈舒用、周昌富、許正駿鑒藏。

（立中、李蘭）

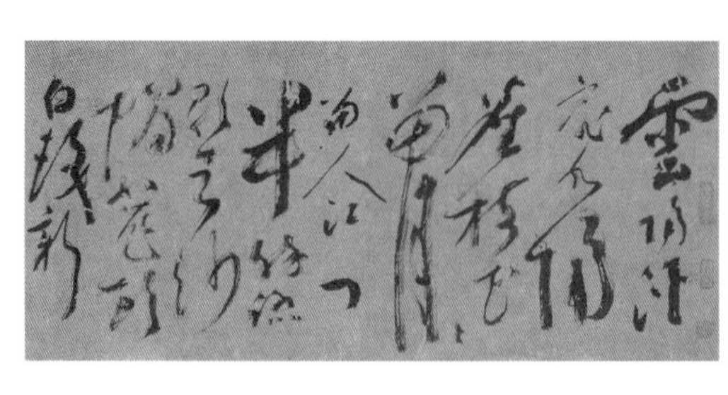

一一三　草書詩卷　明　陳獻章

紙本　草書　縱二九厘米　橫二三二厘米

廣州藝術博物院藏

釋文：

自春。白沙。

雲隔溪扉水隔塵，梅花留月月留人。江門半醉踏歌去，紗帽籠頭白髮新。老李安排誰後塵，隔年花意問故人。先生不是林和靖，偶愛南枝一半新。夜半汲山井，山泉日日新。不將泉照面，白日多飛塵。飛塵亦無害，莫弄桔槔頻。陳獻章。

此卷草書愈見老辣，書家已到得心應手的地步，筆到意到，進入創作的黃金時期。

（老木）

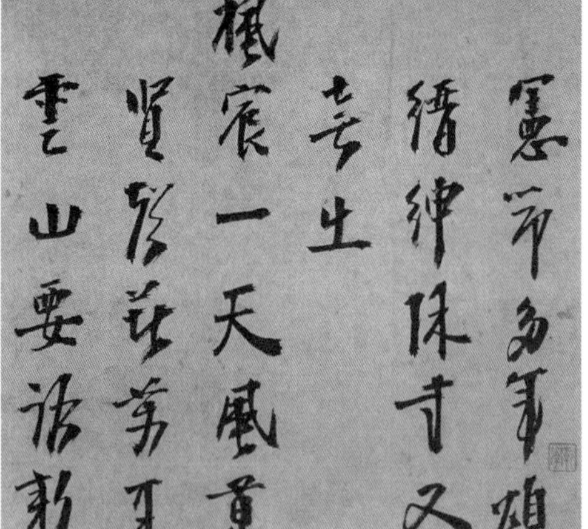

一一四　行書詩卷　明　陳獻章

紙本　行書　縱二六·五厘米　橫二六五厘米

廣東省博物館藏

釋文：

憲節多年頌縉紳，除書又喜出楓宸。一天風景賢聲著，萬里雲山要路新。見說召公将入相，空懷寇老可安民。此行料想難羈久，終作調元鼎鼐臣。圣世臺臣鬢欲絲，風姿還似歲寒時。九重天子心方簡，百萬生靈命已隨。畿內經綸當大展，省中霖雨遍先施。贈行固我尋常事，總在圖中幾首詩。蒞政洪口獨擅聲，喬遷共喜沐恩榮。花飛南浦春初暖，舟發西江雨正晴。分郡一方為上相，去思千里繫中情。遙知此去應難久，台鼎期登輔導清。久持憲節駐江南，衡鑑無私太極參。白簡霜飛威凜凜，烏紗晴照鬢鬖鬖。風搖去旆裝初束，日落難亭酒未酣。到得南雍應不久，君侯已在御屏緘。獻章。

鈐印：石齋（白文方印）。据卷後葉恭綽跋可知此為獻章中年之作，使用茅龍筆書就。

（朱萬章）

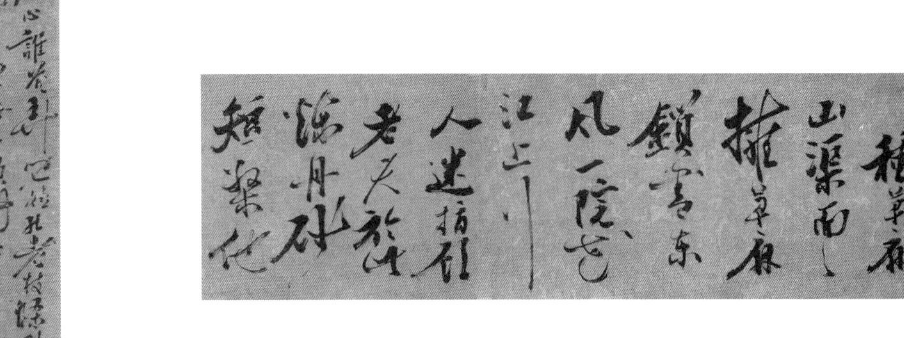

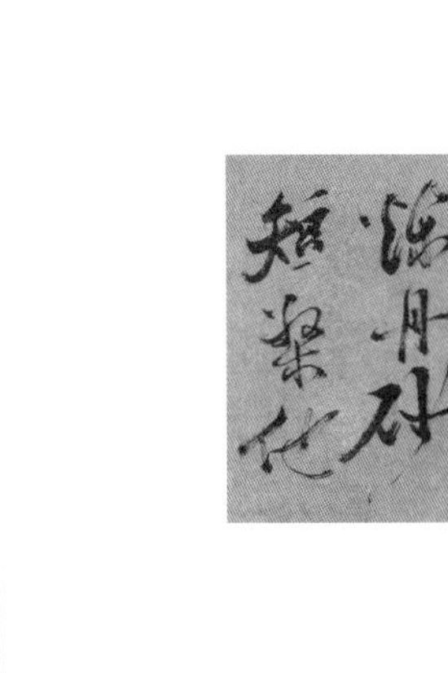

一一五　草書種莧麻詩卷　明　陳獻章

紙本　草書　縱二五・三厘米　橫四二八厘米

廣東省博物館藏

釋文：

種莧麻：山渠面面擁莧麻，鎖盡東風一院花。江上行人迷指顧，老夫於此煉丹砂。短檠他夜照書床，一盞莧麻也借光。老去圖書收拾盡，只憑香几對羲皇。紅朵青條擺弄同，人間無地不春風。莫輕此輩莧麻子，也在先生藥圃中。莧麻得雨綠成畦，如此風光亦老黎。飯後小庵搜句坐，山禽啼近竹門西。莧麻繞竹逕通雲，雲裏樵歌隔竹聞。手把長鑱種春雨，風光吾與老黎分。種了莧麻合種瓜，青山周折兩三家。老夫來構茅茨畢，別種秋風一逕花。公甫。

此卷即為茅龍筆所書，曾為廣東張嘉謨（一八二九——一八八七）家寶藏，後有番禺劉彬華於嘉慶二十年（一八一五）、南海龐霖和吳川林召堂於道光三年（一八二三）題跋。此卷筆鋒剛健，氣韻拙樸，一種未被世俗所羈絆的灑脫盎然於筆下。鈐白文印「石齋」，藏印有朱文「鼎銘心賞」和白文「寶安張氏珍藏書畫印」。

（朱萬章）

一一六　草書軸　明　陳獻章

紙本　草書　縱一三二・八厘米　橫三一・三厘米

廣東省博物館藏

釋文：

有心誰莫弄几嬉，孔老枝條我亦知。風日小塘君不顧，竹林藤簟自皇羲。白沙

此草書之作任筆縱橫，毫不拘束，書家的意態心志都在筆端顯現出來。

（老木）

一一七　行書枉問帖頁　明　李應禎

紙本　行書　縱二二・六厘米，橫四一・五厘米

故宮博物院藏

釋文：

暑困無聊，忽辱枉問，兼承佳貺，感□雅意。每念大田被水沒者道十分中有四五。果然歲計狼狽，且不問官府作災如何，主者頗無意於此，當群訴于巡撫、巡按處，則好率人早為之韻會，甚慰懸懸。便中求借渭南集廿一之廿五卷一冊。鈔完中州、景章二公詩，望撥冗看過付下，切祝切祝。使歸，布謝，不一一。應禎再拜。

李應禎（一四三一——一四九三）初名甡，字應禎，更字貞伯，號范庵，長洲（今江蘇蘇州）人。景泰四年（一四五三）舉鄉試，入太學，授中書舍人，官至太僕少卿。博學好古，善文詞，工書。真書學歐陽詢、顏真卿，得蔡襄用筆之法。陶宗儀《書史會要》稱：「少卿書真行草隸，皆清潤端方，如其為人。」篆、楷亦俱入格，尤能三指尖搦管，虛腕疾書。

此帖為一封書信，用筆厚重遒勁，氣勢開張，頗有後世碑學氣息。應禎的尺牘，秀麗而又有氣度，行筆自然大方，橫向取勢的撇、捺、橫都很生動有致，字的大小，粗細變化自然。

（老木）

一一八 行書緝熙帖頁 明 李應禎

紙本 行書 縱二四·二厘米 橫四五·五厘米

故宮博物院藏

釋文：

緝熙諸公暨軒教僚長及二位太常先生。會次叱賤名，一一拜覆。應禎一向奉書，豈遂忘情，亦坐前所云云耳。尚倫枉顧，恨未即見，想必上秋才行。尚容上問老司寇鄉先生暨尚文老兄，亦望申敬。諸故舊未能一一有問及者，為我一致意。應禎再拜，貞夫給事先生老兄。緝熙諸位有榮擢，便中報及。至祝，至祝。

此頁行書行筆自然有致，別具逸態。

（老木）

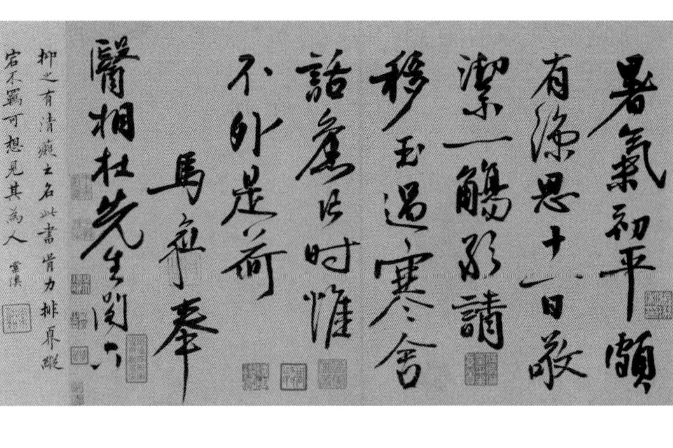

一一九　行書暑氣帖頁　明　馬愈

紙本　行書　縱二三·七厘米　橫三八厘米

故宮博物院藏

釋文：

暑氣初平，頗有涼思。十一日敬潔一觴，敢請移玉過寒舍話舊片時，惟不外是荷。馬愈奉醫相杜先生閣下。

款下鈐「抑之」朱文。鑒藏印「朱之赤鑒賞」朱文、「顧崧之印」白文、「儀周鑒賞」白文、「伍元蕙儷荃氏」朱文、「張珩私印」白文、「周氏作民」朱文等。

馬愈（生卒年不詳），字抑之，號華髮仙人，嘉定（今上海）人。明天順八年（一四六四）進士，官至刑部主事。能詩文，善書法，縱逸不羈，人稱「馬清癡」。亦工畫山水，與杜瓊、劉珏齊名。

帖後有清陳其錕題跋兩行。

《暑氣帖》是馬愈邀請朋友醫相杜先生來訪敍舊的書信。因係友人間來往信札，書寫時隨意性很人，行筆縱橫不羈，體勢開張而不求工致。其書體瘦勁奔放，氣息朗暢。陳其錕跋中稱：「此書骨力排奡，縱宕不羈。」

（李豔霞）

一二〇　行書徐諒墓表、墓誌銘卷　明　吳寬、李東陽

紙本　行書　縱二七·八厘米　橫一二四·九厘米　不等

上海博物館藏

釋文：（略）

吳寬（一四三五——一五〇四），字原博，號匏庵，長洲（今江蘇蘇州）人。成化八年（一四七二）授編修，與修《憲宗實錄》，官至禮部尚書。卒謚文定。工詩文，亦善書。書學蘇軾而稍縱，姿潤中時出奇倔之筆。

李東陽（一四四七——一五一六），字賓之，號西涯，湖南廣陵人。英宗天順八年（一四六四）進士，累遷太子少保、禮部尚書兼文淵閣大學士，贈太師，死後謚文正。長於

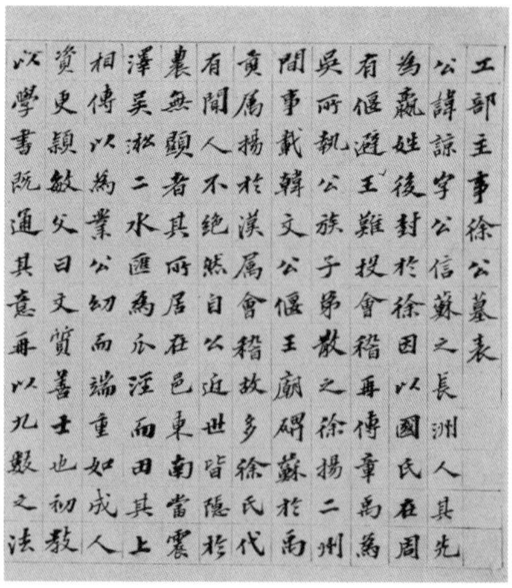

篆、隸、楷、行、草書。楷書師法顏真卿，法度謹嚴，風格清潤瀟灑，得其精髓而又自成一家，開吳門書法的先聲。他的行、草書融有篆隸遺意，用筆方式與明代其他草書家不同。他的草書成就最高，結體寬博疏朗，與圓轉瘦硬、骨力雄健的用筆相互生輝，形成自己的風格。

吳寬此書筆墨濃重樸厚，結字略扁，取斜勢，頗得蘇東坡書法之神髓。

李東陽此書筆致流暢，結字端莊秀麗，氣息古雅。

墓誌為吳、李二家友人徐源（一四四〇——一五一五）父徐諒作。卷中二家之書，皆極精妍得意，筆端意矜，為其二人合作佳構。

（立中、李蘭）

一二一　行書題劉玨天池圖　明　吳寬、馬紹榮、文林、沈周

紙本　行書　縱二九・五厘米　橫一〇五厘米

天津博物館藏

釋文：

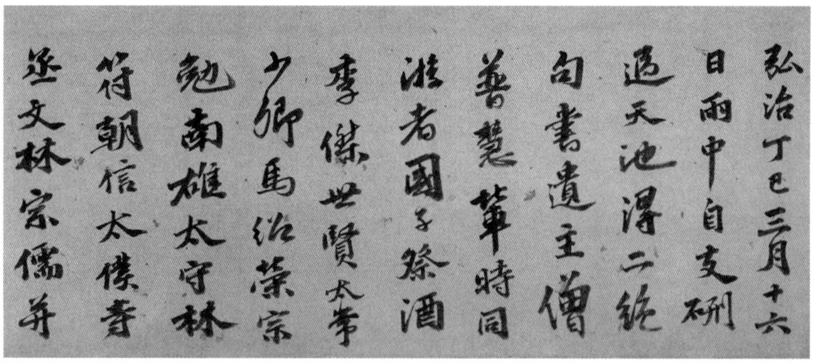

弘治丁巳三月十六日，雨中自支硎過天池，得二絕句，書遺主僧普慧輩，時同游者國子祭酒李傑世賢，太常少卿馬紹榮宗勉，南雄太守林符朝信，太僕寺丞文林宗儒并予姪奕也。吏部侍郎吳寬原博志。

一泓清水識天池，路入千峰勢更危。頭白老僧初出定，不知何事亦求詩。山頭雲起濕如炊，冒雨來游事亦奇。石壁巋然畫中見，癡翁能事復可為。黃大癡有天池石壁圖。

好山都在郡西南，乘興來遊雨亦堪。嶺岫崎嶇驚且喜，峰巒櫛比立如參。天池峭壁涵清潤，野寺危坡擁翠嵐。自是聖恩深似海，清時行樂許朝簪。馬紹榮。

冒雨衝風作伴行，愛山渾覺此身輕。雲生細路春泥滑，寺轉橫林石壁傾。信步何心顧夷險，勝遊無語及陰晴。老僧久與市城隔，頭雪鬅鬆見客驚。文林。

雨裏遊驂固好奇，而今我及雨晴時。可傷白石疑無鼓（山有石鼓），不見青蓮喜有池。未許淋漓遊客酒，也能裝裱貴人詩。老僧頭髮霜垂領，亦效逢迎似不宜。戊午三月二十日因久雨開晴得遊天池，漫附舊雨後。長洲沈周。

馬紹榮（生卒年不詳），字宗勉，號景范（取慕范仲淹之為人之意）。天順六年

（一四六二）鄉舉，成化元年（一四六五）試書中選，授中書舍人，至太常寺少卿。與永嘉姜立綱以能書名，善宋克書，為一時宗。

文林（一四四五——一四九九），字宗儒，長洲（今江蘇蘇州）人。文徵明之父。成化八年（一四七二）進士，官至溫州太守。善書，其書法墨濃體肥，似趙孟頫，結構饒有古意。

此卷書法作品彙聚了明代四位書家吳寬、馬紹榮、文林、沈周同遊天池後唱和應答的詩文。每段題詩文采卓絕，書法則各具風貌。其中，吳寬書工致中有縱逸之姿，馬紹榮書揮灑自如，文林書結體謹嚴而不失秀潤之態，是一件珍貴的書法藝術品。

（錢玲）

一一二　行書詠菊詩卷　明　吳寬、沈周

紙本　行書　縱三六·五厘米　橫三〇七厘米（吳）　一一一·五厘米（沈）

故宮博物院藏

釋文：

今歲置秋閏，又見秋將闌。客居貯秋色，幸復有東園。凡今百種花，孰不畏天寒。胡此爛斑者，節去猶未殘。瓦盆圍板屋，每坐于其間。玉球既高墜，金錢更相連。籬下偶采菊，不為花所牽。豈如陶翁高，見山獨悠然。我欲學此翁，無菊非所難。翁如欲學我，無酒卻鮮歡。園有松與竹，秀色俱新鮮。呼之作三友，庶以怡衰顏。

偶閱白集，有東園玩菊之作。今歲園居，菊開頗盛，輒復次韻一首。原會好種菊，頃從吳中來。以花事問之，因寫贈此詩云。匏翁。

奉次前韻　京師喜見鞠，黃白匊秋闌。匏老坐對之，宛在白公園。此地早霜雪，此花特宜寒。眾卓皆委靡，傲睨無摧殘。匝屋餘百木，香霏凝座間。顏色相媲美，枝葉還糾連。朝掇泛清酤，浥露衣裾牽。客從故鄉來，冠裳何褎然。便問故鄉事，未慰行路難。云菊頗似此，緣物生清歡。仙匏老已化，遺遺（衍一字）墨照眼鮮。再詠再感嘆，雪涕交我顏。八十一翁沈周。

（老木）

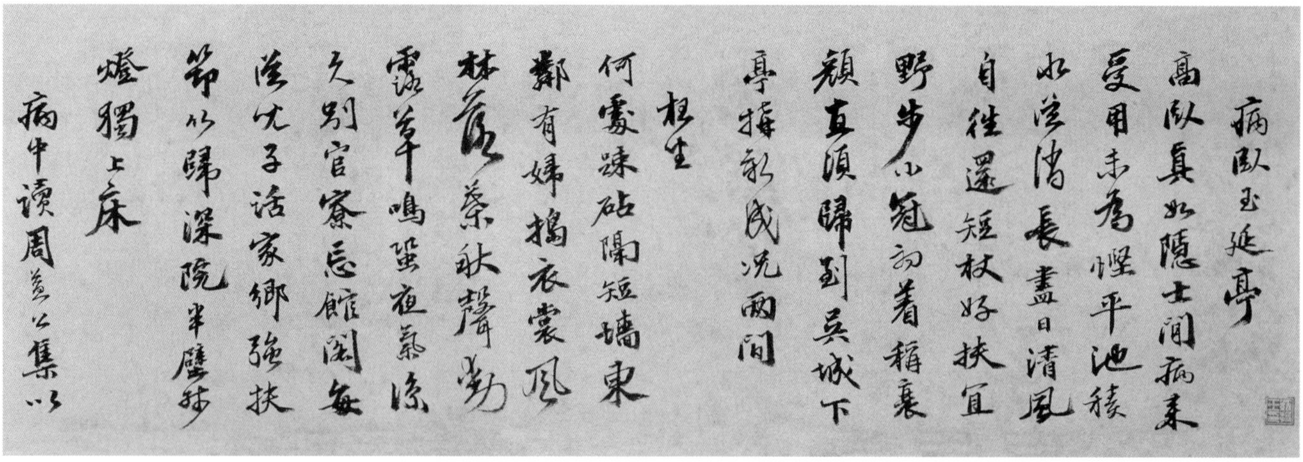

一二三 行書自書詩卷 明 吳寬

紙本 行書 縱三二·八厘米 橫三〇九厘米

天津博物館藏

釋文：

病臥玉延亭　高臥真如隱士閒，病來受用未為慳。平池積水從消長，盡日清風自往還。短杖好扶宜野步，小冠初著稱衰顏。直須歸到吳城下，亭構新成況兩間。

杜坐　何處疏砧隔短牆，東鄰有婦搗衣裳。風林落葉秋聲動，露草鳴蛩夜氣涼。久別官寮忘館閣，每從兒子話家鄉。強扶笻竹歸深院，半壁殘燈獨上床。

病中讀周益公集，以術家謂其身坐磨蝎宮，宜退不宜進。余命與公偶同，但名賢德望不及遠甚，其退尤宜，因成二詩　術家蚤已論身宮，淺薄安能比益公。止豈人為當有命，退如時序況無功。過從卻愧高車滿，請乞惟憂短疏空。忽報南方風雨甚，病懷猶自望年豐。

益公論命居磨蝎，歐子作詩思潁州。合志不須分後學，乞身終是負先憂。買田附郭仍供稅，種樹臨溪擬泊舟。更欲范村從一老，月中常作石湖游。

秋雪歡　吾生本江南，不慣見秋雪。見之自北都，都人亦不說。初偕雨兼零，忽逐風急刮。漸看瓦溝平，仍畏石城滑。陡然作寒威，貧家勢難活。米炭幾時儲，虀鹽何處斡。至於裹曲身，況也無衣褐。病體強自支，憂世亦頗切。茲事已兩見，浹旬未遼闊。月令不深考，政事何所缺。惟天量有容，陽氣終奮發。赤日中天行，穿簷遍昭晰。涼飈只淒然，勿遽變凜冽。霏霏嘉瑞成，卻待嘉平節。

和王守溪齋居苦雨　病臥三月餘，幽憂滿懷積。索居當杪秋，更為雨聲迫。淙淙瀉空堦，豈但作點滴。緬懷同心人，恨不坐連席。齋居掩公署，紀異稽載籍。向來明月共，數步東巷隔。及此遙相望，南箕與東壁。寄示苦雨篇，此意吾已識。黃葉濕還飛，穿窗破愁寂。

近作數首，閒中書示齋姪，欲知老叔況味何如耳。壬戌十月二十日。匏翁。

此卷用筆熟練酣暢，筆畫的提按轉承靈活而富於變化，整體具有一種爛漫、奔放的效果。此書作於明弘治十五年，時吳寬六十八歲，是其晚年成熟期代表作品之一。

（于英）

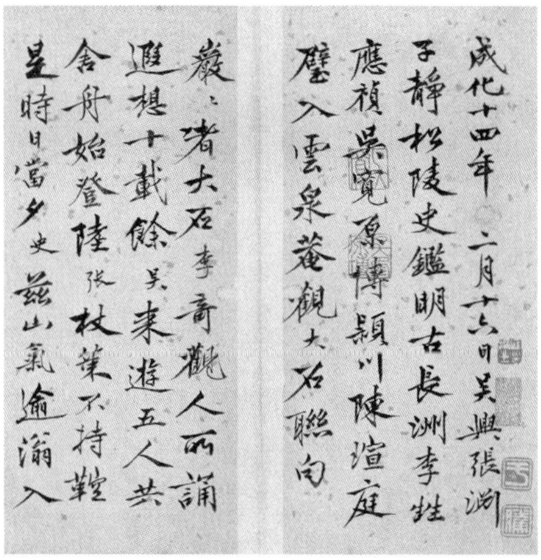

一二四　行書觀大石聯句並跋冊　明　李應禎、吳寬、沈周

紙本　行書　（各）縱二六厘米　橫十一厘米（李應禎，六開；吳寬，一開）

（各）縱十二·五厘米　橫二六·厘米　（沈周，五開半）

遼寧省博物館藏

釋文：

（李應禎書）：

成化十四年二月十六日，吳興張淵子靜、松陵史鑑明古、長洲李甡應禎、吳寬原博、潁川陳瑄庭璧，入雲泉庵觀大石聯句。

巖巖諸大石（李），奇觀人所誦。遐想十載餘（吳），來遊五人共。舍舟始登陸（張），杖策不持鞚。是時日當夕（史），茲山氣逾滃。入門信突兀（李），拾級駭空洞。落星何破碎（吳），靈鷲宜伯仲。仰觀神欲飛（張），俯瞰心屢恐。鱗皴苔蘚剝，骨立冰雪凍（史）。神驅道撝訶（李），鬼劈文錯綜。尊嚴凜君臨（吳），張拱儼賓送。環列盡兒孫（張），擁護等僕從。欲假愚公移（史），諒匪雍伯種。臥鼓慨桴亡（李），對臼怯杵重。猊吻呀未收（吳），龍鬣怒難控。凝血疑痛鞭（張），立肺詎冤訟。上漏還啟窗（史），中通自成衖。大惟補天功，小可砭肌用。分矢肅慎來（李），浮磬泗濱貢（張）。廉利並攢劍，兀臬側倚甕。嶧山辱嬴秦（吳），艮岳遺汴宋。截彼民具瞻（張），壯哉客難奉（史）。落照紅抹赭，歸雲白流汞。僧講點頭麐（李），將射沒羽中。塵緣契三生（吳），陳圖懷七縱（張）。在縣大師擊，攻玉詩人諷。仙煮充腹飢（史），俗掮免腰痛。瑤琨產惟揚（吳），琅玕出乃雍。高題少室名（李），怪作東坡供。半空見玉蝙，千仞附青鳳（張）。棲禪近百年，問僧僅三眾。憑虛圍曲闌（吳），架壑出飛棟（史）。竹幽補堂坳（史），樹古嵌崖縫。竇黑炊烟熏，坎平鍾乳湩。盤盤棧道危（吳），潕潕水泉動（張）。登頓足力疲，眺望眼界空（史）。松露髮欲濡，潭月手可弄（吳）。窮攀任生皴（「皴」點去）皸（李），醉吟微帶齆。列坐對彎跧（張），大呼應鍠硡。嗜癖牛李愚（史），詩戰鄒魯閧（吳）。拜奇得顛名（陳），憂墜成噩夢（吳）。試與叩山靈，肯售捐薄俸（李）。延陵吳寬題。

太僕此書筆翰好奇，固宜珍重。予之淺陋，則未能學也。成化戊戌歲五月望日，延陵吳寬題。

昔聞大石會，我亦思載酒。三年恥獨遊，閉戶屢縮首。拘束非達士，畸人信無偶。問路始奮行，不避飛磴闘。登頓風掖身，笑語雲入口。直上忽左旋，方塞復傍剖。誇空紫玉楯，下穿龍腹走。膽慄歎中止，仍為奇觀誘。碧殿嵌陽厓，硌确礙窗牖。轉高得絕勝，小閣踞岣嶁。如從毗盧現，載以蓮花九。東壁讀聯篇，句下具某某。文章千代物，與石俱不朽。後客莫容續，令人議貂狗。

曩者，先人就窆，李太僕、吳少宰、張夢坡、史西村諸君子皆辱會葬而至，是日轉登大石，諸君遂成聯句山中。越三年，余始獲往讀，亦賦此數語以寄健羡云。沈周。

大石聯句，諸公盖為送先人之葬，乃集西山。是夕，移宿雲泉庵，聯句始作也。後僕未知其韻，亦有長句寄題，已錄贈匏庵亞卿。此太僕手書，精神飛動可愛。此詩當為僕贈，信有由也。僕亦嘗求而吝與，今見滿紙，不覺垂涎。嗚呼！人非物是，臨書惘然。沈周。

此冊運筆有法，意淳韻美，勁健而不枯燥，流麗而又含蓄。

吳寬所題，書於一四七八年，落筆沉實有力，結體略呈扁勢，點畫豐腴，方圓兼施。雖取法蘇氏，亦時見自家風神。鈐有「吳寬」、「原博」朱文印。

沈周二題運筆端秀爽利，章法嚴謹挺健，既有黃庭堅風韻，也有自家筆意。鈐有「啟南」、「沈氏啟南」等印。

（戴立強）

一二五　行書種竹詩卷　明　吳寬

紙本　行書　縱二八・二厘米　橫五八二・六厘米

上海博物館藏

釋文：

人間此日六月六，獨臥北窗逃暑溽。起來手校百家書，種樹新編存舊錄。今朝種竹雲最宜，況是淙淙雨初足。城西佛寺許見分，亟往乞之誰待促。泥途十里何遙遙，健步攜筐馳兩僕。叢林夏半放葉稀，新筍纖纖簪琢玉。雨餘荒砌更旁尋，土潤長鑱還易斸。入門便作摩戛聲，眼中遂有篔簹谷。連年生意殊寥寥，淨掃虛庭無寸菉。此君與我多宿緣，不鄙閒官故臨辱。長身娟娟凡六莖，瘦骨稜稜纔一束。淺深稀密種如法，更記南枝水頻沃。清風屢為拂緇塵，何異振衣新出浴。翛然搖動久參差，牆下疎陰散朝旭。詞人墨客會登堂，預傍詩壇建牙纛。素飡語陋歌伐檀，多識名慚收采藚。青春高宴桃李園，尤怪謫仙銷夜燭。好來此地倒壺

觴，安用他家置茶局。口髙對之欲忘味，一任連毛並脫粟。長慶詩中紀似賢，白傅名言斯實録。敢作尋常草木看，造次下堂猶整襆。平生求友益者交，勁節虛心盡忠告。豈學清狂嵇阮徒，散髮昏昏困醽醁。因懷舊隱闢小園，一箇茆亭四圍緑。坡僊為我製詩箴，楣上分明揭醫俗。扁鵲徒聞藥力神，平居肯費黃金贖。醉眠欹枕石牀危，放步曳筇苔徑曲。中林慣去復慣來，鳥獸相忘免驚觸。場開町疃伏麏麚，巢接栟櫚哺鸜鴒。燕都再住又三年，俗病誰醫日憂篤。北地髙寒木易凋，難同吳越兼閩蜀。不圖致此到吾廬，信是此君多眷屬。春來雷動籜龍行，尚憐地窄身踡跼。鄰家隙地半畝餘，久矣棄為牛馬牿。邇來見售教掃除，欻見疏槐蔭繁薵。古井凹偏糞壤平，移種終當操畚挶。溝澮循行防旱乾，雪天障護從寒瘃。猗猗如簀且如包，放出丨竿愜吾欲。邵家舊例如可攀，小結行亭工自督。交遊倘識匏翁情，昔者詩篇煩再續。

成化庚子夏，予從城西護國寺分竹六莖種之，遂為初祖，因作此詩。⿱竹鉤隱翁性好竹，他日致素卷求書，聊為執筆，時入夜已深，兒奭侍立數剔燈草草不成字也。弘治甲寅正月十七日，匏翁書。

倏然數君子，落落俱長身。東家每借看，步去不嫌頻。移栽幸許我，已自前年春。自我得此輩，園居豈為貧。但憂積雨霽，日曝少精神。終然勤灌溉，枝葉還如新。因茲悟為學，黽勉在斯晨。

記園中草木，有詩二十首，內竹為⿱竹鉤隱翁所分種者，因録附之。

次韻陳給事種竹　帶雨初移碧玉枝，編成兼可當疎籬。細香漸覺風吹際，長影須看月落時。應與東鄰添故事，卻教金舫得新詩。吾家醫俗方能授，為報紛紛此輩知。

雨中對竹　亂葉離披鳳為搖，秋深疎雨助蕭蕭。轅門豪士垂青幕，空谷佳人濕翠翹。細影不浮當案酒，餘音如送隔牆簫。虛庭莫道終寥落，歲晚相依有雪蕉。

五月十三日故園種竹，時舊竹俱已醫，俗亭亦撤去，擬別構數椽，名之曰復竹　東園不見綠紛紛，一十餘年別此君。健僕荷鉏乘醉日，老夫攜枕欲眠雲。遠支散處憐無恙，舊記猶存愧不文。擬向牆陰結低屋，楣間題字是云云。

賦叢杜堂前矮竹　委巷名修竹，胡為不稱名？空庭殘月落，短影愧詩評。婀娜因風舞，蹣跚著地行。仰看松百尺，能結歲寒盟。

近稿復有此數首，公餘更録歸之。戊午秋在吏部右廂記。匏菴。

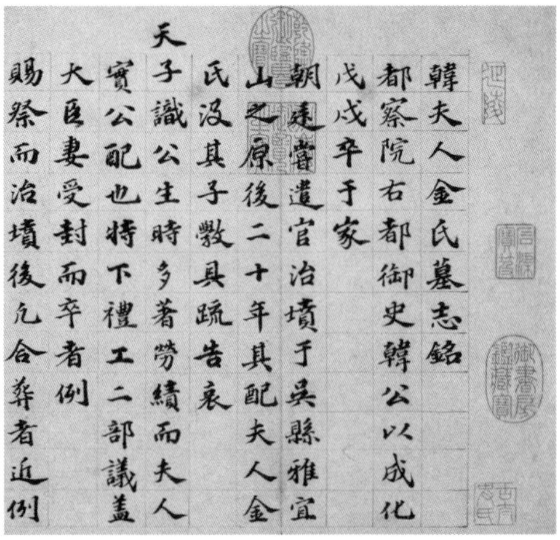

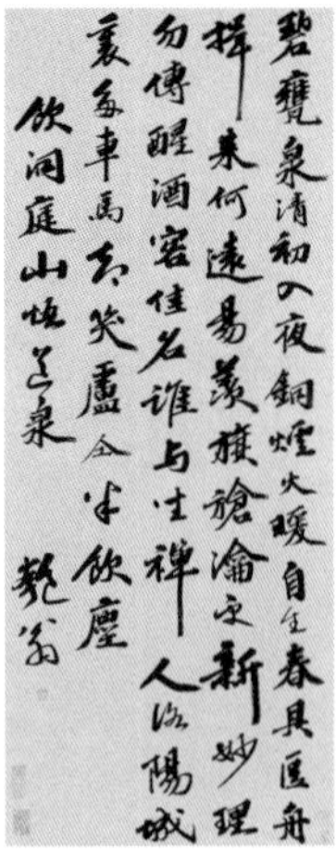

一二六　楷書韓夫人墓誌銘冊　明　吳寬

紙本　楷書　每開縱二七·一厘米　橫二八·九厘米　六開

故宮博物院藏

釋文：

（略）款署：嘉議大夫、吏部右侍郎、前史官里人吳寬撰。

款下印：「原博」朱文，引首印「延陵」朱文、「古太史氏」朱文。

吳寬的書法源於顏真卿、蘇軾，雖得其天真潤美之態，而又有自己寬博開闊之勢。為故去的人書寫墓誌銘是比較嚴肅之事，所以書體的結構大都比較緊密，字體方整，氣勢莊嚴。從韓夫人去世時間推斷，此時吳寬應在六十餘歲。

（李豔霞）

一二七　行書飲洞庭山悟道泉詩軸　明　吳寬

紙本　行書　縱一四一厘米　橫五七·五厘米

故宮博物院藏

釋文：

碧甕泉清初入夜，銅爐火暖自生春。具區舟楫來何遠，昜羨旗旝瀹更新。妙理勿傳醒酒客，佳名誰與坐禪人。洛陽城裏多車馬，卻笑盧仝半飲塵。飲洞庭山悟道泉。匏翁。

款下印「吳寬」朱文。鑒藏印：「錢錫和徐班索夫婦印」白文、「錢燮和徐玥賞」朱文、「鐵芸汪氏考藏印記」朱文。

所書內容為七律詩一首。用筆樸厚，點畫豐腴，結字寬舒，師法蘇軾。是吳寬行楷書的精品。

（李豔霞）

一二八　行書玉洞桃花詩卷　明　吳寬

紙本　行書　縱三二·二厘米　橫五六四厘米

故宮博物院藏

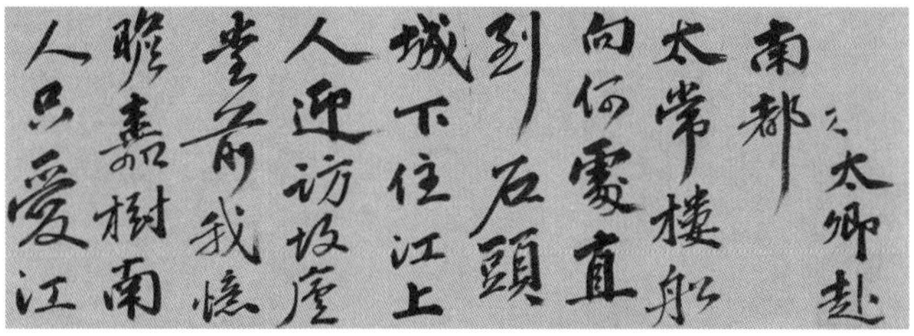

釋文：

☐太卿赴南都。太常樓船向何處，直到石頭城下住。江上人迎訪故廬，堂前我憶瞻嘉樹。南人只愛江南行，江南樂多無宦情。爭如去家纔百里，黃金橫帶為清卿。老我平生忝知己，不得相從附舟尾。客路初沾燕子泥，官河忽漲桃華水。金陵自古帝王州，高臺依舊鳳凰遊。知君到日詩興發，佳句從今無李侯。

為傅宗伯題玉洞桃花圖。其弟水部郎中求沈石田作以寄壽者。傳說騎箕上天去，傳巖于今在何處。翠倚西江千仞高，玉笥山前子孫住。一溪流水漱雲根，萬樹桃花遮洞門。落紅滿磵漁舟在，宛然此地武陵村。主人自是青雲器，去作玉皇香案吏。不須手拍洪崖肩，水部郎官是難弟。封書寄語山中人，少遲歸來三百春。妙年誰能移壽域，桃源只尺畫來真。新作二首，偶暇書之。匏翁。

（老木）

一二九　行書記園中草木詩卷　明　吳寬

紙本　行書　縱二六·八厘米　橫五三八·五厘米

故宮博物院藏

釋文：

記園中草木二十首　東園憶初購，糞壤頻掃除。牆下古槐樹，憔悴色不舒。況遭眾手折，高枝且無餘。愛護至今日，濃陰接吾廬。數步已仰視，偉哉鉅人如。非藉此茲庇，誰結幽亭居。立為眾木長，奴僕欆與榆。槐。

姑我種三榆，近在亭之左。西日待隱蔽，陰成客能坐。七年長漸高，密葉已交鏁。生錢聞可食，貧者當果蓏。其一忽憔悴，嚙腹綠蟻蜾。持斧欲伐之，材未中船舵。藤蔓方附麗，不伐亦自可。古人無棄物，守圃嘗用跛。榆。

讀詩識其名，誰謂材無用。西戎每度河，此木能載重。所以人字之，豈在作梁棟。兩株倚東籬，計亦此年種。相對垂青絲，驀地來二仲。欆。

荒園乏佳果，棗樹八九株。纍纍爭結實，大率如緋珠。此種味甘脆，南方之所無。日炙色漸赤，兒童已窺覦。剝擊盈如斗，鄰舍或求須。蚤知實可食，何須種欆榆。此木性耐旱，地宜土不濡。所以齊魯間，斬伐充薪芻。近復得異種，孿拳類人痀。曲木未可惡，惟天付形

記園中草木二十首

東園憶初購荒穢頗掃除墻下古槐樹憔悴色不舒況遭眾手折高枝且無餘爰護至今日濃陰接喬廬數步已仰覷偉哉鉅人如非藉此蔭庇誰結幽亭居立為眾木長如僕犁与榆 槐

始我種三榆近在亭之左西日待隱蔽陰成害能坐七年長漸高密葉已交鍊生錢聞可良貧者當果蔬甚一忽憔悴噬腹緣蟻螺持斧欲伐之材未中舩舵藤蔓方附麗不伐亦自可古人無棄物守圃嘗用坡 榆

讀詩識其名誰謂材無用西我每度河此木能載重以人字之豈在作梁棟兩株傍東籬計

軀。良材卻矯揉，不見笏與弧。棗。

檜柏性相似，安論不同形。城南久移植，用以護幽亭。檜也漸生粉，柏兮復垂鈴。幸非兩石間，自足全餘齡。古槐雖老大，秋到即凋零。園空霜雪冷，見此獨青青。檜柏。

南方編短籬，木槿每當路。北地少為貴，翻編短籬護。要知一物爾，貴賤以地故。夏末蕊累累，生意含曉露。花開無可觀，別種更相妒。獨憐一夕間，顏色已非素。蕊多固應爾，此理真自悟。不見萱草花，開落只朝暮。槿。

團團復亭亭，園子巧相競。都下朝千盆，花市此為盛。我獨解其縛，高枝遂其性。參差花更繁，緋綠錯相映。安石名已蒙，休從謝公姓。榴。

翛然數君子，落落俱長身。東家每借看，步去不嫌頻。移栽幸許我，已自前年春。自我得此輩，園居豈為貧。但憂積雨霽，日暴少精神。終然勤灌溉，枝葉還如新。因茲悟為學，黽勉在斯晨。竹。

花開不結實，徒冒丁香名。枝頭綴紫粟，旖旎香非輕。乃知博物者，名以香而成。或者樹相類，惜未南中行。初栽只一榦，肥壤秭爭萌。分移故園內，不知死與生。終當問來使，亦欲如淵明。丁香。

有樹吾不識，人云馬檳榔。檳榔產南海，結實因瘴鄉。平生冒其名，豈亦如丁香。白花細而密，實甘聊可嘗。其葉與麻同，沃若澤且光。麻馬音或謁，欲問槖駝亡。馬檳榔。

薔薇發長條，叢生類蓍草。每記眾花開，此種開獨早。南方色多紅，黃色見者少。但嫌易零落，蜂蝶食不飽。曲闌強遮護，童子日必掃。花落當復開，豈似主人老。昔杜詩客來，覓句步頻繞。載誦成感傷，誰來慰幽抱。薔薇。

酴醾有數種，同名而異字。花開欲折難，銛鉤如棘刺。白者榦獨長，紅者香更膩。種之小徑傍，所恨罥衣袂。插竹加編縛，步障差可類。石家金谷園，恐之此佳致。酴醾。

託身北牆下，幸免人所踐。苗長已過牆，入土根不淺。葉間蕊何多，濈濈滿園蜑。此種覺尤佳，觀者盡云鮮。傾心識忠臣，衛足存古典。作羹諒非菜，名同亦須辨。葵。

黃花隱綠葉，雨過仍離披。不為杜老歎，未是涼風時。服食沾目眚，吾將采掇之。不須更買藥，園丁是醫師。決明。

花細山桂然，階下不堪嗅。野人斸其根，根長節應九。苦節不可貞，服食可資壽。其功利於病，有客嫌苦口。戒予勿復種，味苦和難受。豈不見甘草，百藥無不有。黃連。

惟芥本菜類，秋深掇而藏。此種乃野生，已向春初長。紫花布滿地，葉嫩亦堪嘗。氣味既不辛，予與芥同行。北人無不食，木枘并草花。入盤以油和，齒頰流肥香。紫芥。

薜薿葉如許，豐草各可當。花開似蘭蕙，嗅之卻無香。不為人所貴，獨取其根長。為帚或為拂，用之材亦良。根長既入土，多種河岸傍。岸崩始不善，蘭蕙亦尋常。馬蘭。

嫋嫋數尺藤，往歲手親插。西菴敞短簷，藉爾雨相夾。歲久終蔓延，枝葉已交接。有花散紅纓，有子垂皂莢。赤日隔繁陰，偃息可移榻。但憂風雨甚，高架一朝壓。霜雪卻不妨，忍冬共經臘。朱藤。忍冬亦藤名。

本草栽藥品，草部見牽牛。薰風籬落間，蔓生甚綢繆。誰琢紫玉簪，葉密花仍稠。日高即揪斂，豈是朝菌儔。陰氣得獨盛，下劑斯見收。會須作花庵，誰與迂叟謀。牽牛。

江湖渺無極，彌望皆蒲蘆。蘆本水濱物，久疑平陸無。移根偶種此，深淺土不污。縱橫忽徧地，葉卷多茹荸。白花可為絮，長榦須人扶。每當風雨夕，蕭蕭亦江湖。宛如扁舟過，榜人共歌呼。浩然發歸興，豈為思蓴鱸。

夏日在告，賦此以遺病懷。舜臣過訪園居，偶談及之，因請錄一過，亦多識草木之義也，匏翁。

本幅書自作詩《記園中草木二十首》，贈與友人「舜臣」。據卷後自識，知此卷乃吳寬居鄉養病時書寫，詠東園草木之盛。書法楷中帶行，行中間草，流暢生動，展示出吳寬作品的獨特魅力。

（華寧）

一三〇　隸書謝安像贊卷　明　徐蘭

紙本　隸書　縱三〇·五厘米　橫八六·五厘米

故宮博物院藏

釋文：

江左之賢，粵惟安石，高臥東山，累辭徵辟，出為蒼生，茂揚聲實，談笑折奸，從容勝敵，王室奠安，厥功誰匹，簪組蟬聯，才華俊特，文武一門，有光載籍，遺像儼然，垂示無斁。

太傅之後，子孫散處江東西甚衆，若新淦莒州謝氏，實其派系，謝氏之良，曰師軾者，讀書好禮，家藏李伯時所寫太傅像，筆意精到，卷軸如新，非嗣世之賢，什襲之謹，能如是乎，師軾開託其鄉親，予邑令丁侯鍊，持以求題，故敬為之贊。成化十九年，歲次癸卯春二月之吉，榮祿大夫、少保、吏部尚書、兼謹身殿大學士致仕，淳安商輅贊，四明徐蘭謹書。

鑒藏印：「文水錢容之審定真跡」朱文。

徐蘭（生卒年不詳），字芳遠，號南塘，明浙江餘姚人。後遷徙鄞（浙江寧波）。《寧波府志》載：為郡諸生，累舉不第，遂潛心書法。工書，善水墨葡萄。楷書師鍾繇，行草師王獻之，尤擅隸書，初法蔡邕，晚年參以己意，時人謂其書法與程南雲並馳。

《謝安像贊》是明商輅為謝氏後人藏東晉謝安像所作。徐蘭書於成化十九年（一四八三），時年約四十餘歲。

此卷書法體勢扁平，結字秀整，佈白均勻，筆勢舒展明朗，形體全以楷書體勢為之，自具風神，是明代難得的隸書佳作。

（李豔霞）

一三一　行書朱熹詠易詩扇　明　姜立綱

灑金箋　行書　縱一八·六厘米　橫四八·三厘米

南京博物院藏

釋文：

立卦生爻事有因，兩儀四象已前陳。須知三絕韋編者，不是尋行數墨人。潛心雖出重爻後，著眼何妨未畫前。識得兩儀根太極，此時方好絕韋編。余退直暇讀易時，忽客至，坐頃誦紫陽朱夫子詠易二詩，欽賞之。竊識錄出以示不忘。時成化庚子仲夏望前一日也，立綱識。

姜立綱（生卒年不詳），字廷憲，號東谿，浙江里安人。七歲時以能書命為翰林院秀才，天順中授中書舍人，成化初官太常少卿，善楷書，宮殿碑額多出其手，法書行於天下，世稱「姜字」。

此扇頁書得晉唐韻味，灑脫自然、清勁峻美。

（劉勝）

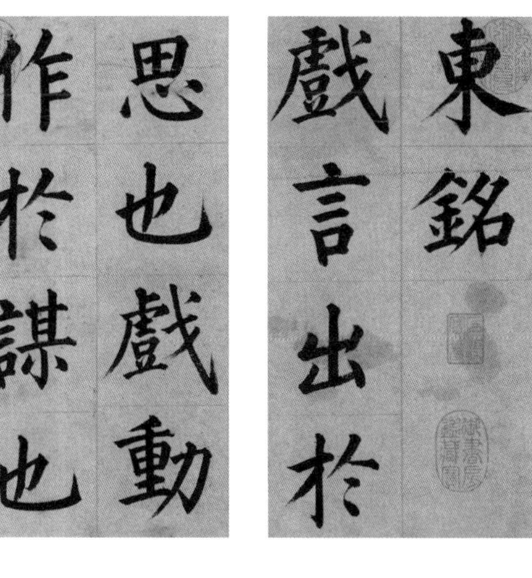
東銘
戲言出於
思也戲動
作於謀也

一三二　楷書東銘冊　明　姜立綱

紙本　楷書　縱二八·七厘米　橫一四·八厘米　八開

故宮博物院藏

釋文：

東銘　戲言出於思也，戲動作於謀也。發於聲，見乎四支，（謂乎四支，）謂非己心，不明也。欲人無己疑，不能也。過言非心也，過動非誠也。失于聲，繆迷其四體，謂己當然，自誣也。欲他人己從，誣人也。或者謂出於心者，歸咎為己戲。失於思者，自誣為己誠。不知戒其出汝者，反歸咎其不出汝者。長傲且遂非，不知孰甚焉！

此書無名款，末行下鈐：「廷憲」朱文。鑒藏印有：「乾隆御覽之寶」朱文、「嘉慶御覽之寶」朱文、「御書房鑒藏寶」朱文。後幅有明代東廬題記一段。

此書足姜立綱書錄宋張載《正蒙》篇中的一文。此書冊用筆勁健方正，結體緊密，筆墨厚重，得力於柳公權書法，但一些筆畫過於板滯、僵硬，未脫「台閣體」遺風。王世貞《藝苑卮言》曾云：「立綱小變二沈為方整，就其體中可謂工致。」

（李豔霞）

一三三　楷書七言律詩頁　明　姜立綱

紙本　楷書　縱二四·五厘米　橫一八·六厘米

故宮博物院藏

釋文：（略）

一三四　草書贈廷韶詩軸　明　李東陽

灑金箋　草書　縱一四一·四厘米　橫四九·八厘米

上海博物館藏

釋文：

鳳皇臺上題詩去，鸚鵡洲前建節行。四海山川佳麗地，六年江漢別離情。悠悠曉夢塵隨馬，漠漠春寒雨帶城。好種甘棠三百樹，他時留詠漢公卿。

成化壬辰，予識秦君廷韶于南曹，甚焉不鄙。予既北歸，而君有武昌之命，聲稱翕然。茲報政京師，行且歸治武昌，予舊遊而於君又有夙昔之雅。因以小詩奉贈，且以期諸他日云。丁酉歲閏二月甲子，賜進士出身，翰林侍講兼修國史，經筵官長沙李東陽書。

是書作於成化八年壬辰（一四七二），行筆瘦勁有力，行氣十足，彼此之間呼應緊密，渾然一體。

（老木）

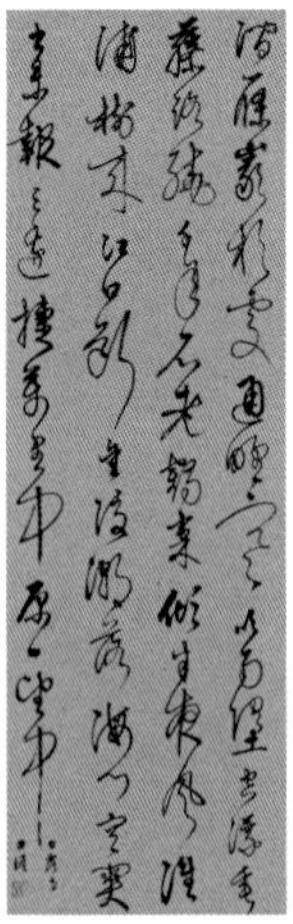

一三五　行草書甘露寺七律詩軸　明　李東陽

紙本　草書　縱一一一・五厘米　橫三五・五厘米

故宮博物院藏

釋文：

澗篠巖杉處（處）通，野寒吹雨墜空濛。垂藤路繞千年石，老鶴巢傾半夜風。淮浦樹來江口斷，金陵潮落海門空。關書未報三邊捷，萬里中原一望中。甘露寺，西涯。

款下鈐「賓之」朱文。

本幅點畫線條清新剛健且連綿不絕，波磔變化豐富，體現了作者純熟的書法功力和師古出新的藝術創造力。清伊秉綬的書法受李東陽影響很深。

（李豔霞）

一三六　行草書春園雜詩卷　明　李東陽

紙本　行草書　縱三五厘米　橫五四三・七厘米

故宮博物院藏

釋文：

春園雜詩。三月三日佳麗辰，五十五年衰病身。閉門一枕午時夢，江草江花無數春。庭下獼猴如小兒，攀花折果不停時。極知野意厭羈馽，放著林間高樹枝。

澗草園花隨意春，野情偏與物相親。養得山家短角鹿，盡日閒行不觸人。

庭前種竹不滿地，長怪牆高多夕陰。縱使難成也難老，莫教移卻種花心。

剛道假山如畫圖，畫圖還是假山無。若見此山真面目，縱非南國也西湖。

夜來一雪忽成雨，雨過西山青入樓。聽人騎馬看山去，又作思山一種愁。

舊作數首，宗之方伯見而愛之，錄以奉贈，亦為知者道耳。正德己巳閏月四日，西涯識。

本幅書自作《春園雜詩》六首，贈與陳鎬。書於正德己巳（一五〇九），時李東陽六十三歲，屬晚年佳構。

卷後有陳鎬跋。

（華寧）

一三七　行書題熨帛圖詩卷　明　李東陽

絹本　行書　縱三六·九厘米　橫一五七七·五厘米

故宮博物院藏

釋文：

熨帛圖　熨帛復熨帛，一日能幾匹。貧家日短富日長，同是一般辛苦力。貧家勿歎熨帛勞，猶勝家貧無帛熨。

東山田社　日之出，東田東。鼓填填，走社翁。刲肥羊，擊壯豕。舞復歌，社神喜。但願年好風雨儂，衣有桑，食有黍，長迎社神擊社鼓。

畫鷹　岸幘空堂晚，飛霜匹練秋。野風吹蒼莽，山葉助蕭颼。萬羽愁相肉，千人莫浪求。獵心吾未老，誰與臂雙鞲。

重陽甲子雨　重陽偏遇雨，甲子況逢秋。老樹花空落，平池水逆流。路危妨躡屐，風急怕登樓。獨負東園約，黃花笑黑頭。

畫夢，用杜韻　暮雨林亭花黯然，愁人正愁相對眠。夢疑空蝶有時化，兀如風舟不受牽。江鄉亂草碧天際，鄰家短雞啼竹邊。偷閒習惰恐未可，猶欲作官支俸錢。

雜畫　客來叩我門，門前秋葉落。山翁長在家，不放湖邊鶴。

官柳何青青，低垂覆江岸。日暮無人行，風吹幾枝斷。

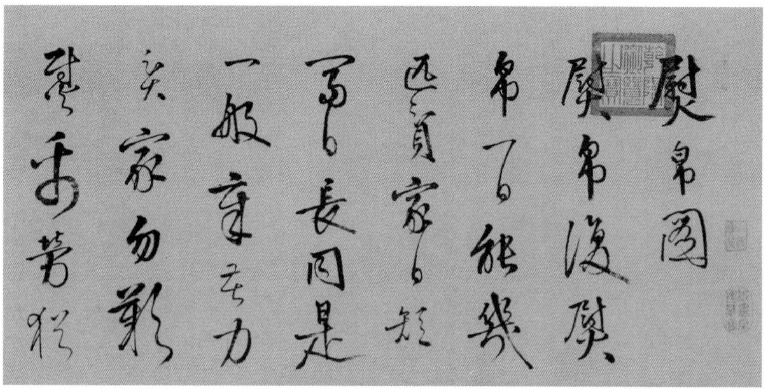

入谷聽幽泉，泉聲隔雲注。欲觀泉出時，須向雲深處。

春岸桃花開，江頭夜來雨。借問垂釣翁，中流深幾許。

畫師好畫鬼，極力窮幽深。世亦有真鬼，畫形難畫心。

樹寒風起早，江靜月來遲。此句中宵得，幽情欲語誰。

地僻長宜靜，郎潛亦愛貧。貧家不釀酒，自有問奇人。

九日渡江　秋風江口聽鳴櫓，遠客歸心正渺茫。萬古乾坤此江水，百年風日幾重陽。烟中樹色浮瓜步，城上山形繞建康。直過真州更東下，夜深燈火宿維揚。

禫後經西涯有感　城中光景夢中路，病不出遊空有身。柳條弄水色不定，鷗鳥傍沙情自親。舊鄰十室九易主，古寺百年長占春。慟哭兒童釣游地，白頭重到為何人。

題聽琴圖寄天錫太守　幽齋落花晚，援琴寫我煩。弦疎不成調，但有古意存。一弦三歎息，自謂和者難。自從別君來，山高水潺湲。眾好諧莫遂，置之不復彈。題詩寄遠道，慰此平生歡。

舊作數首，偶為雲厓老兄錄一過。回思曩昔，忽忽如夢中語，亦可慨也。西涯。

此行書已見己風，節奏鮮明，字裡行間可見書家用心之處，用筆灑脫自然，又不失其穩重。

（老木）

一三八　行書詩卷　明　金琮

紙本　行書　縱二六厘米　橫四一七厘米

上海博物館藏

釋文：

成化辛丑雜和諸先生詩

聞說玄都喜欲登，春愁隨已散眉稜。日臨寶殿無多遠，雲起瑤台最下層。可信地靈非幻語，從來景勝不虛稱。道人只在山中老，相見渾如舊識曾。

相見渾如舊識曾，詩名早已動山僧。帶因轉語仍留鎮，馬為駝經不借乘。景物勝來消我詠，鈍根打過有誰能。歸來更覺雙眸豁，山雪初融翠愈增。

山雪初融翠愈增，登臨坐待月華升。人投氣味殊為樂，鳥訴興亡恐未憑。覆蘚石如文虎

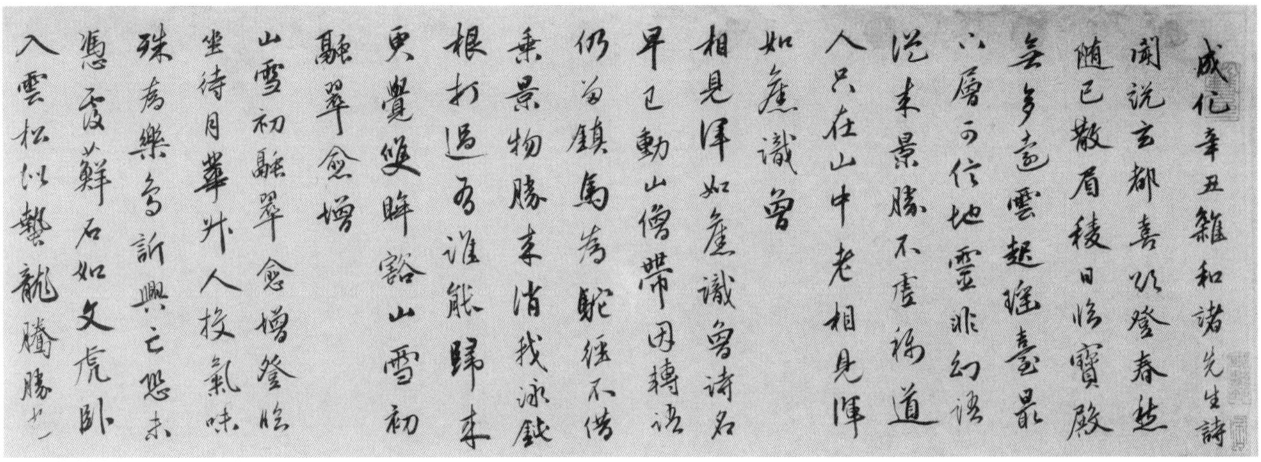

臥，入雲松似蟄龍騰。勝遊況是清和候，人說風流擬少陵。

人說風流擬少陵。近來詩思益軒騰，劇思北海為杯飲。狂把東山當檻憑，白髮從來無藥變。青天今亦有階升，鳳臺自古豪華地，一度登臨一恨增。

一度登臨一恨增，此行知有幾人能。參禪今日剛三客，說法當時無二乘。浮世覺來俱是夢，白雲閒也不如僧。歸逢臺笠山翁問，更有奇踪攬未曾。

更有奇踪攬未曾，山翁屈指重嗟稱。僧居寶刹金為地，仙蛻丹臺玉作層。此去塵緣俱屏迹，向來客氣盡磨稜。強追雅詠諸公後，何日能陪一再登。

時倪侍讀汝兵曹郁橘泉遊嘉福道院及慧光禪林，復登登（點去）雨花臺聯句（點去）韻，侍讀公錄以示余，遂倚歌而和之，以瓦缶之韻而繼大雅之音，誠不知自揣矣。一笑，後廿年，為弘治庚申七月十九日，雨後稍涼，以舊稿失去，因見於王汝潔員外家，借錄一通。

弘治庚申七月，西虜犯邊，再啟毛景敘都帥往征之，余作詩以壯其行。

丹書命將出鑾坡，負荷如公恐不多。羌虜舊曾聞小范，趙人今復用廉頗。直將功業酬金印，要使風塵淨玉河。早與君王釋西顧，秋風聽奏凱還歌。

呂山吳彭年邀余雞鳴寺　城市其如熱惱何，僧房穠纖也須過。乘涼為拂盤陀石，眺遠還登窣堵波。樹杪不知含雨重，山根只覺占湖多。來時便擬留題刻，忍把蒼厓汗手磨。

駐景亭春日漫興。弘治十三年　節近清明春較深，惜花生怕見春陰。春陰減卻花顏色，枉費東皇造物心。

雨細風柔兩夾持，默扶春色上花枝。千紅萬紫伊誰力，問著東皇摠不知。

細草茸茸欲上階，一亭春色動詩懷。便如安樂窩中叟，笑對東風詠打乖。

匆匆二月又彌旬，獨坐芳亭點檢春。好雨著花風著葉，為紅添色綠添神。

小結茅亭矮築墻，春來無事此徜徉。花欺老眼紅將溜，日戀閒人白更長。懶賦詩因清當債，不多飲怕醉成鄉。漫然清世無拘束，聖澤如天不可量。

村園門戶向陽開，宴坐亭心日幾回。花各為春香不了，燕如識我去還來。鏡中黑髮梳成雪，天上青雲夢作灰。欲掃春愁須藉酒，可堪長日罄尊罍。

幾日春陰嬾出城，不知時節近晴明。青春公然背我去，白髮忽欲滿頭生。殘酌自來亭上了，好詩偶在雨中成。南原明日開晴色，到處看花着約伴行。

暉暉晴日壓茅堂，自起澆園力尚強。洗淨竹應憐我瘦，催開花煞笑人忙。安貧不問燒丹訣，卻老惟求鑷白方。可愛栗留芳樹裏，幾回傾耳據胡床。

一雨朝來煞軟塵，老夫亭上眼俱新。只看魚鳥飛潛趣，全露乾坤化育真。信口拈詩皆是道，曲肱飲水果非貧。能從無味中求味，不是還珠買櫝人。庚申二月望，赤松山農金琮記。

金琮（一四四九——一五〇一），字元玉，因嘗遊赤松山，自號赤松山農，金陵（今南京）人。好吟詠，為「金陵才子」之一。屢試不第。工墨梅，有揚補之筆意，擅書法，十二、三歲時即能作大字。

是卷作於弘治十三年庚申（一五〇〇），此行書瀟灑飄逸，明快流暢。一似青雲出岫，結體看似平和。其實很有個性，真是攲正相映成趣，書家敏捷的才思躍然紙上。

（老木）

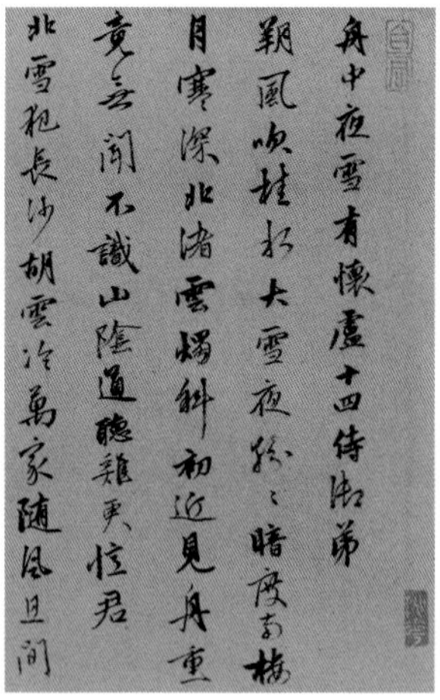

一三九　行書題杜堇古賢詩意圖卷　明　金琮

紙本　行書　縱二八厘米　橫一〇七九·五厘米

故宮博物院藏

釋文：

舟中夜雪有懷盧十四侍御弟

朔風吹桂水，大雪夜紛紛。暗度南樓月，寒深北渚雲。燭斜初近見，舟重竟無聞。不識山陰道，聽雞更憶君。

北雪犯長沙，胡雲冷萬家。隨風且間葉，帶雨不成花。金錯囊垂罄，銀壺酒易賒。無人竭浮蟻，有待至昏鴉。

南雪不到地，青崖霑未消。微微向日薄，脈脈去人遙。冬熱鴛鴦病，峽深豺虎驕。愁邊有江水，焉得北之朝。

索僕書古詩十二首，將往要杜檉居為圖其事，檉居無訝僕書敢占其左，以漬痕在耳。他日圖成，必有謂珠玉在側，覺我形穢者，僕奚辭焉。弘治庚申六月廿八日金琮記事。

是書作於弘治十三年庚申（一五〇〇）。書似趙孟頫，端麗秀逸。用墨稍重，有骨有肉，愈见成熟。

（老木）

一四〇 行草書七絕詩軸 明 金琮

紙本 行草書 縱一四八·一厘米 橫二九·六厘米

故宮博物院藏

釋文：

手把秧鐵插福田，低頭便見水中天。六根清淨方成道，退步元來是向前。元玉。

款下鈐「金氏元玉」白文、「金芝丹室」白文。

此書軸為金琮書錄唐代布袋和尚七言禪詩一首。其書法得趙孟頫筆意，用筆圓潤流暢，瀟灑飄逸，線條清秀典雅，毫無工板侷促姿態，是金琮書法的代表作。清錢謙益《列朝詩集小傳》云：「金琮善書，初法趙子昂，晚年學張伯雨，精工可愛。」

(李豔霞)

一四一 行書陸俊墓誌銘卷 明 王鏊

灑金箋 行書 縱二六·七厘米 橫二六二·五厘米

故宮博物院藏

釋文：

處士陸翁墓誌銘

吾洞庭有陸翁處士者，諱俊，字伯良。古貌古心古衣冠，治家居鄉黨，出詞行事，流俗率指為迂，而予特愛其近古也。年八十有四，以弘治五年二月十二日癸丑卒，山人為之罷市。十一月甲申，祔葬蔣塢之先塋。處士於予叔祖行也，幼特受知焉。今還不及見也，為文祭之，且誌其墓。陸氏為馬甲，太宗權時之制，今宜南北各復其舊便；將疏以聞。大意以北人習馬，南人為船，南人為馬甲，民不困，又宜吳下官田稅十，民田稅一，均之庶國用不虧，民不困；又言錢久不鑄，宜復五銖，備一代制；又言州縣官剋下宜多設官相監制；又言鹽法急，盜滋多，不如弛其禁，盜將自息。其書凡數千言，其草數膳易，無問寒暑晝夜，行坐寢飯，得一字輒起易之，欣欣告人，意以為必可易也。又榜於道路市肆，曰，庶有見而行之者。積三十餘年，費紙筆如山。人或信，或笑，或以黏壁淨几，處士終不廢也。初不甚解書，至是書亦工。予間謂曰：何為紛紛，翁家所苦者馬役耳，吾能言於官而免之。處士曰：子豈為我

道，當道若不聞，已乃不問貴賤賢愚輒授之。

約也易為特受知寫今還不及見此為文祭之且誌其墓陸氏

為之罷市十一月甲申祔葬蔣塢之先塋處士於予叔祖行也

三年二月十二日癸丑卒山人

吾之也年八十有四以弘治

流俗率指為迂而予特愛其近古

治家居鄉黨出詞行事

俊字伯良古貌古心古衣冠

吾洞庭有陸翁處士者諱

處士陸翁墓誌銘

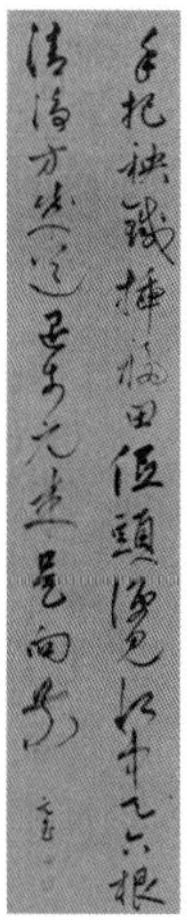

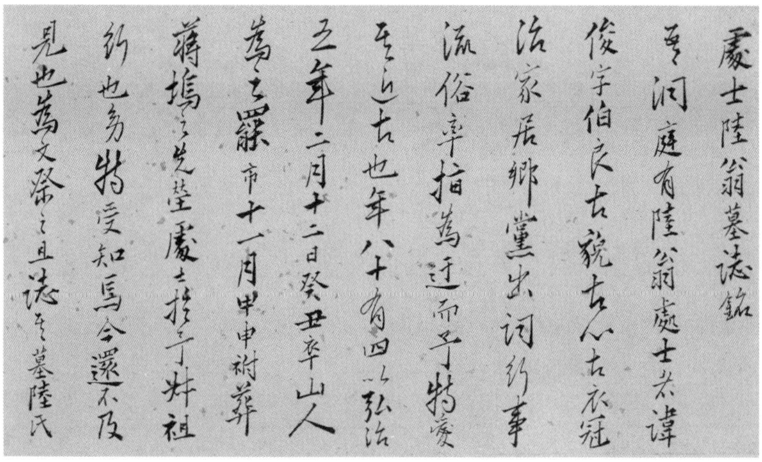

設哉。吾以為天下耳。吾家固自宜役。其志公，其念深，其自信篤。使世之在位者而皆有是心，國事其復有瘵乎。吾又以悲處士之不遇也。處士類寬厚而治家甚嚴，嘗曰：壞人家者，臧獲也。故陸氏雖富，有傭無奴，私鹽升合不得入戶。縣大夫以冠帶募民出粟，處士歸粟辭冠帶不受。年八十，始以詔恩例冠帶。然家常罕御，曰：吾自有山林之服也。此固世之所謂迂者乎，豈所謂古者多近於迂乎。其平生精力具馬甲書，故予書之特詳。曾祖諱泰，祖諱子才，考諱明遠，世有隱德。配周氏，慈儉貞淑，壽亦八十四卒。子男二，長均顯，蚤卒；次均昂，克世其家。女三：葉鑑、葉永賢、王純，其婿。孫男二：曰豸，曰象。女六。銘曰：孰謂丘壑，國憂是瘁。飽食優游，愧爾有位。

奉訓大夫右春坊右諭德經筵講官同修國史王鏊撰。

此書作幹練利落，行筆有力，轉折處尤見特色。字大小錯落，疏密變化自然得體，通篇意趣盎然。

（老木）

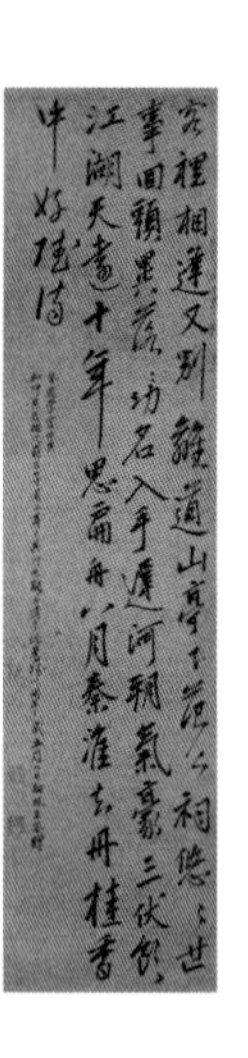

一四二　行書詩軸　明　王鏊

紙本　行書　縱一三九·二厘米　橫三四厘米

故宮博物院藏

釋文：

客裡相逢又別離，道山亭下范公祠。悠悠世事回頭異，落落功名入手遲。河朔氣豪三伏飲，江湖天遠十年思。扁舟八月秦淮去，丹桂香中好賦詩。鏊遊學宮時與和仲黃君相從最密，今十有二年矣，其行也能無情乎？故為賦此。丙午歲五月九日，翰林王鏊贈。

款下印：「濟之」朱文、「太史之章」朱文、「守溪」朱文。

王鏊（一四五〇——一五二四），字濟之，別號守溪，晚號拙叟，人稱震澤先生，吳縣（今江蘇蘇州）人。成化十一年（一四七五）進士。授編修，遷侍講學士。正德初，官戶部尚書，文淵閣大學士，加少傅太子太傅。謚文恪。工詩文、書法，學多識。著有《姑蘇志》、《震澤集》等。

此詩是王鏊為朋友出行前分別所作，時年三十七歲。其書清勁爽健，瘦硬挺拔，結字嚴謹、修長，係細硬筆毫所為。

（李豔霞）

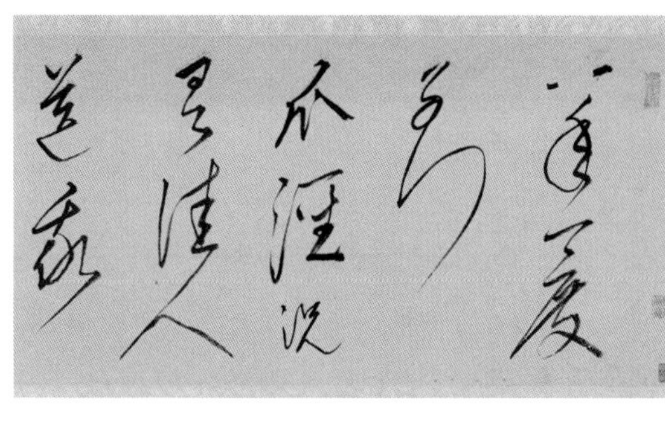

一四三　草書聯句詩卷　明　王鏊

紙本　草書　縱三一・三厘米　橫四六〇厘米

故宮博物院藏

釋文：

一年一度到瓜涇，況有佳人送我行。濟之。白髮交遊能有幾，子開。畫船追餞若為情。濟之。船頭春酒江為釀，仲山。屋裏桃花錦作城。季止。纔喜相逢又相別，宗讓。烟雲須訂百年盟。子開。壬申仲春，過望洋書屋為壽，留二日乃去，仍約一年一至。時瓜涇中丞與五存僉憲、宗讓孝廉，同餞我於蘭臺清鑒，直至蠡塘而別。四人者皆醉，乘興聯此，亦一時之勝也。王鏊書。

此書作一如既往體現書家風貌，跳躍性愈加明顯，又平添幾分豪邁之氣。是卷書於正德壬申（一五一二）。

（老木）

一四四　行草書五律詩軸　明　王鏊

紙本　行草書　縱一三二・八厘米　橫六九・五厘米

故宮博物院藏

釋文：

快得丆風便，輕帆破浪花。江山曾有約，人世亦無涯。岸壓潛鼉窟，潮侵落雁沙。未須留玉帶，且欲訪靈槎。金山一首。光祿大夫柱國少傅、兼太子太傅、戶部尚書、武英殿大學士王鏊。

款下鈐：「濟之」朱文、「大學士章」朱文，引首印：「共月庵」朱文。

此書法以細硬毫筆書之，行筆迅疾狂放，線條較細且勁健爽快，大有寧折不屈之勢，深具蒼古質樸之美，得晉唐筆意，是其中年時期書作。

（李豔霞）

一四五　草書七律詩軸　明　王鏊

紙本　草書　縱一二七・四厘米　橫六三・三厘米

蘇州博物館藏

釋文：

湖上輕帆彍去颸，燕雲漠漠快鴻毛。洛陽賈誼年猶少，蜀郡楊雄賦最高。歷塊始知千里駿，當塲誰是九方皐。三吳自昔鍾靈秀，不用夷亭侯海濤。光祿大夫柱國少傳兼太子太傅、戶部尚書、武英殿大學士王鏊。

此草書多用飛白，有意加快節奏，枯潤相間，更顯示出書家駕馭筆墨的能力，字裡行間越發增添魅力。（老木）

一四六　行書茅山詩卷　明　楊一清

紙本　行書　縱二九·四厘米　橫五九一厘米

故宮博物院藏

釋文：

嘉靖壬午四月朔，予偕殷石溪諸君子將往茅山，出城熱甚，是夜雨作，衆意欣然。或曰：如泥淖何。明晨天色晴霽，道無纖塵，口占紀興。

好懷無限此閒行，造物於人似有情。正苦亢陽俄作雨，剛愁泥淖忽開晴。青連野色春繒麗，白晝浮雲氣轉清。莫道病夫高興減，個中風月許誰爭。

和石溪韻　佳期不爽興還奇，頗恨尋幽已後時。（石溪金陵人，去山甚邇，今始一遊。）目送孤雲歸遠岫，手摩蒼蘚忍殘碑。酒中慣得山泉喜，（山有喜客泉）花底長教野鹿隨。復恐黃塵侵几席，綠陰深處坐頻移。

到山有作　水繞東西澗，峰環上下宮。天低疑斗墜，地僻怪山童。（山多無草木）懷古心逾壯，探奇興未窮。茲緣良不薄，頗恨石尤風（兩日東風甚猛）。

大風次石溪韻　蜚廉逐塵駕，彌望失朝昏。復恐周禾偃，還驚宋鷁奔。捲茅憐杜甫，叱馭愧王尊（是日山行甚險）。誰送新詩到，春雲五色屯。

登大峰　廿年四度訪茅峰，誰謂各山不易逢。元氣鍾成三玉案，高空幻出幾芙蓉。煙霞石洞宵鄰虎，風雨靈湫晝起龍。便欲誅茅結真隱，巖扉須倩白雲封。

華陽洞　渴飲沆瀣汁，饑飡玉臺霞。道人不出洞，持此度年華。泠泠洞中水，一斛清我顏。天風灑愁來，吹破夢覺關。

往年諸作皆一時偶興，石溪乃標之卷軸，且請喬白巖題其首，今以示予，復請書茅山雜詩，意不可拂。書畢謂之曰：君意善矣。無亦播醜惡於人邪。邃翁。

楊一清（一四五四——一五三〇），字應寧，號邃庵，雲南安寧人。成化八年（一四七二）進士，授中書舍人，嘉靖三年（一五二四）官兵部尚書，至吏部尚書，進華蓋殿大學士。後為首輔，官居一品，位極人臣，多有建樹。楷書法顏真卿多寶塔。

款署「邃翁」。是卷書於嘉靖元年壬午（一五二二），時年六十九歲。文中「殷石溪」待考。「喬白巖」為喬宇，字希大，號白巖。喬宇幼年師從楊一清。詩文雄雋，兼通篆籀，性好山水。「茅山」為江蘇句容的茅山，文中賦有華陽洞詩即知。楊一清書法學顏真卿，形體寬闊、豐偉、樸茂。

（傅紅展）

一四七　草書白巖別詩卷　明　楊一清

灑金箋　草書　縱三三·三厘米　橫一五〇厘米

故宮博物院藏

釋文：

南北分攜在此行，匆匆卮酒賦難成。亦知燈火孤舟話，不盡師生遠道情。此別定應成永訣，他生或可續前盟。畫船撾鼓催行色，兩地相思共月明。大醉與白巖別一首。殆如夢中語也，悵惘悵惘。邃翁。

「與白巖別」，白巖應該是喬宇。詩文中「不盡師生遠道情」指他和喬宇的師生之情，喬宇在京師，曾從學於楊一清。卷後有張大千題識。

筆墨渾厚有力，轉折多方筆，下筆直率。具有典型的明代中期書法特徵。

（傅紅展）

一四八　草書續書譜卷　明　張弘至

紙本　草書　縱三〇厘米　橫八一八厘米

天津博物館藏

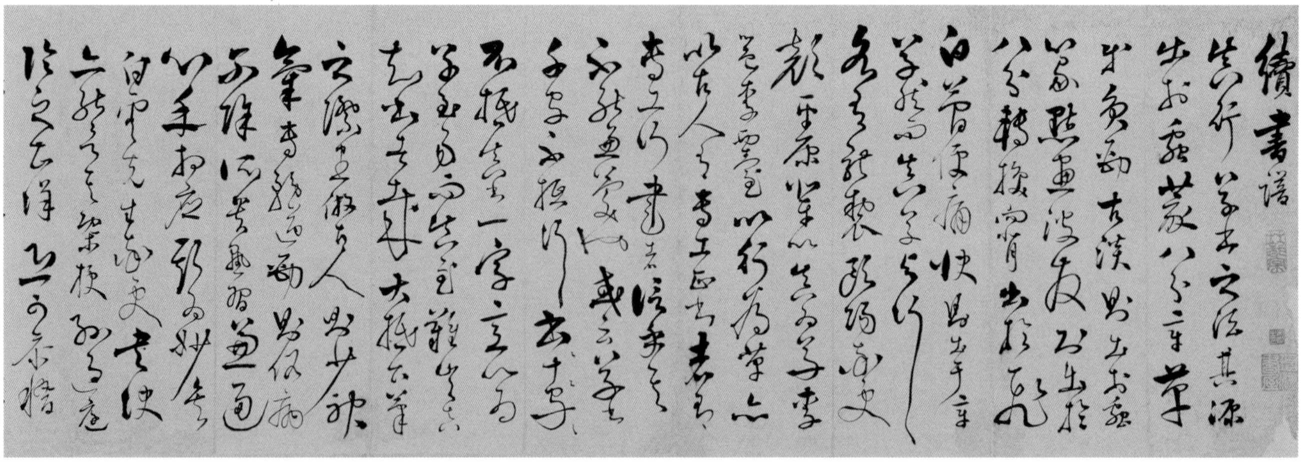

釋文：

續書譜

真行草書之法，其源出於蟲篆、八分、章草等。員勁古淡，則出於蟲篆；點畫波發，則出於八分；轉換向背，出於飛白；簡便痛快，則出于章草。然而真草與行，各有體製。歐陽率更、顏平原輩，以真為草；李邕、李西臺，以行為草。亦以古人有專工正書者，有有專工行書者，信乎其不能兼美也。或云草書千字不抵行書十字，行書十字不抵真書一字。意以為草至易而真至難，豈真知書者哉！大抵下筆之際，盡做古人則少神氣，專務遒勁則俗病不除。所貴熟習兼通，心手相應，斯為妙矣。白雲先生率更書訣，亦能言其概梗。孫過庭論之甚詳，恐可參稽。真書以平正為善，此世俗之論，唐人之失也。古今真書之妙，無出於鍾元常，次則王逸少。今觀二家之書，皆瀟灑縱橫，何拘平正？良由唐人以書判取士，而士大夫字学類有科舉氣習。顏魯公作干祿字書是也。矧歐、虞、顏、柳，前後相望。故唐人下筆應矩入規，無復晉魏飄逸之氣。且字之長短、小大、斜正、疎密，天然不齊，孰能一之？謂如東字之長，西字之短，口字之小，體字之大，朋字之斜，黨字之正，千字之疎，萬字之密，畫多者宜瘦，畫少者宜肥，魏晉書法之高，良由各盡字之真態，而以新意參之耳。或者專喜方正，極意歐、顏；或者惟務勻員，專師虞、永；或謂體法少匾，則自然平正。此又有徐會稽之病。或云，欲其蕭散則自不塵俗，此又有王子敬之風，豈足以盡書法之美哉！

懸針者，筆欲極正，自上而下端若引繩。若垂而復縮，謂之垂露。故崔伯壽問於米老曰：書法當何如？曰：無垂而不縮，無往而不收。此必至精至熟，然後能之。古人遺墨得其一點一畫，皆昭然絕異者，以其用筆精妙故也。大令以來，用筆多失，一字之間，長短相補，斜正相拄，肥瘦相混，求妍媚於成體之後，於今世尤甚。

用筆不欲太肥，肥則形濁；又不欲太瘦，瘦則形枯；多露鋒芒則意不持重；深藏角圭則體不精神。不欲上小下大，不欲左低右高，不欲前多後少。歐陽率更結體雖太拘，而用筆備衆美，雖小楷而翰墨灑落，追蹤鍾王，後來者不能及矣。顏柳結體既異古人，用筆復溺一偏，予評二家為書之一變。數百年，人爭效之。字畫剛勁高明，固不為無助，而晉、魏風軌掃地矣。柳氏大字，偏傍清勁可喜，更為奇妙。近世有效之者，則俗濁不足觀。故知與其太肥，不若太瘦硬也。草書之體，如人坐臥行立、揖遜忿爭、乘船躍馬、歌舞擗踴，一切應變，非苟然者。又字體率為多變，有如此起者，當如此應，各有義理。右軍書多羲之、當、得、深、㕲數字，最多至數十餘字，無有同者，而未嘗不同也，可謂所欲不踰矩矣。大凡學書草，先須學張芝、皇象、索靖等章，則結體平正，下筆有源，然後倣右軍，申之以變化，鼓之以奇崛。若但學諸家，則有工拙，筆多失誤，當連者反斷，當斷者反續，不識向背、起伏，不悟轉摺，隨意用筆，任筆賦形，失誤倒顛，反為新奇。大令以來，以如此矣，況今世哉！然而襟韻不高，記憶雖多，莫湔塵俗。若使風神蕭散，下筆便當過人。自唐以前多獨草，不過兩字屬連。累數十字而不斷，號曰連緜、游絲，雖出於古人，不足為奇也，更成大病。古人作草，如今人作真，何嘗苟且？其相連處，特是引帶。其筆皆輕，雖變化多端，而未嘗亂其法度。張顛、懷素，最號野逸，而不失此法。近代山谷老人，自謂得長沙三昧，草書之法，至是又一變，流至於今，不可復觀。

唐太宗云：行行若縈春蚓，字字如綰秋蛇。惡其無骨也。大概用筆有緩有急，有鋒有無鋒，有承揬上文，有牽引下字，乍徐還疾，復而或收。緩以倣古，急以出奇；有鋒則燿其神采，無鋒則含其氣味。橫斜曲直，鉤環盤紆，皆以勢為主。聊不欲相帶，帶則近俗；橫畫不欲太長，長則轉換遲；直畫不欲太多，多則神癡。以捺代乀，以發代辵，辵亦以捺代之，唯乀則間用之。意盡則用懸針，意盡則再生意，不若用垂露耳。用筆如折釵股，如屋漏痕，如錐畫沙，如壁坼，此皆後人之論。折釵股，欲其屈折，員而有力；屋漏痕，欲其無起止之跡。皆不必若此。筆正則鋒藏，筆偃則鋒出，一起倒，一晦明，而神奇出焉。常欲筆鋒在畫中，則左右皆無病矣。故一點一畫，皆有三轉；一波一拂，皆有三折。筆陣圖云：若平直相似，狀如筭子，便不是書。又如口，當浞其稜角，以寬閒圓美為佳。心正則筆正，意在先筆，字居心後，皆名言也。故不得中行，與其工也寧拙，與其弱也寧勁，與其鈍也寧速。然極須陶鎔俗姿，則妙處自見矣。大要執之欲緊，運之欲活，不可以指運筆，當以腕運筆。執之在手，手不主運，運之在腕，腕不知執。又作字者，亦須考篆，又須知點畫來歷先後，如左右之不同，刺刺之相異，王之與玉，示之與衣，以至秦奉泰春，形同體異，理殊源絕，斯不浮矣。孫過庭有執使轉用之法，執謂淺深長短，使謂縱橫牽製，轉謂鉤環盤紆，掣謂點畫向背，豈偶然哉！

壬戌之秋八月將晦，吾叶竹道人偕玉崖惟高、小仙唐君過予長安寄寄軒，出此冊索書，遂為據筆，至暮而歸。予亦就醉，實不知其士苴也。越日更識之。九龍山史弘至頓首。

張弘至（生卒年不詳），字時行，號龍山，華亭（今上海松江）人。張弼之子。弘治九

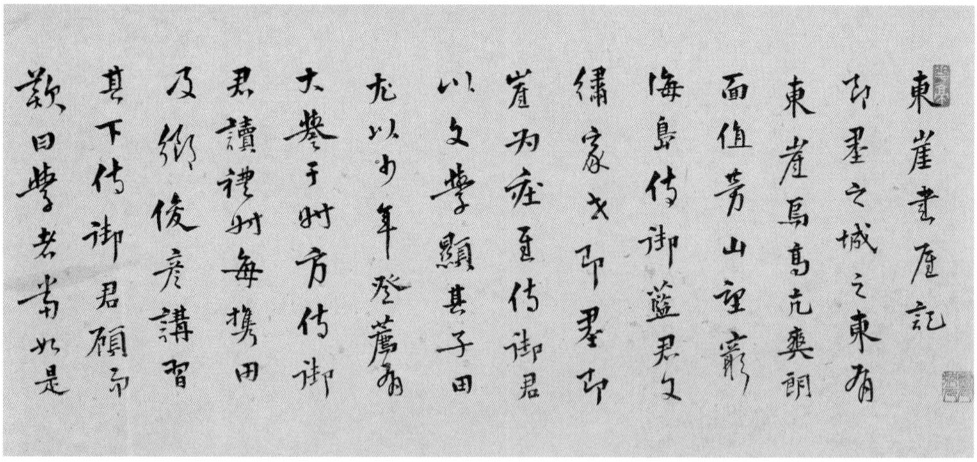

年（一四九六）進士，改庶起士，官至戶科都給事中。草書得三昧法，有父風，時比之芝旭、羲獻。

此書作有其父風格，筆觸生動，點畫跳躍不已，殊為可觀。（老木）

一四九　行書東崖書屋記卷　明　錢福

灑金箋　行書　縱三二厘米　橫七五五·五厘米

天津博物館藏

釋文：

東崖書屋記

即墨之城之東有東崖焉，高亢爽朗，面值勞山，望窮海島，侍御藍君文繡，家世即墨，即崖為莊，至侍御君以文學顯，其子田，尤以少年登薦，有大譽于時，方侍御君讀禮時，每攜田及鄉俊彥，講習其下，侍御君顧而歎曰：學者當如是矣。齊記，泰山雖言高，不如東海勞，言勞山極天下之奇觀也，海豬百川，包地維，通天氣，古今之至深且大者也，於是虖有得焉，吾恐鄒孟氏所謂登山觀海者，或託諸擬議形容，而其真趣，當在吾彀率中矣。因題曰：東崖書院。己未春奉命按兩淛，得善繪者，貌其景，屬福記其事，福覩侍御君所為，剛毅簡靜，綽有古聖賢風，而其所養之地有如此者，益知居息遊學不可無方，而地靈人傑亦理執之不可誣也，然人因地而傑，地亦以人而名，東崖書屋其以侍御君而顯哉，福稽誌，萊州之書院有二：一曰漢鄭康成玄，一曰宋呂東萊祖謙，皆以著述有功吾道者也，吏其地者有漢楊太尉震，清白傳家，世為三公。產其地者，有汉王諫議吉，直諫清節，三世公卿。隱於其山者，為逄萌，足振西汉之委靡，而啟東都之節義，侍御君其當有所慕而興哉。登山觀海，孔孟門牆于茲進步矣。是豈持紙上之陳跡、眺覽之奇觀而已哉？若侍御君名位之所極，家世之所傳，則非福所得而涯量者，因以一得之愚質諸書院諸君，以為記。

弘治己未夏四月十二日賜進士及第翰林國史修撰華亭錢福記

錢福（一四六一——一五〇四），字與謙，號鶴灘。華亭（今上海松江）人。弘治三年（一四九〇）庚戌科狀元，任職翰林院修撰。致力於詩文，才高氣奇，與王鏊齊名，時稱「錢王兩大家」。著有《鶴灘集》。

此卷書法用筆勁健有骨力，章法疏朗自然。能從魏碑、章草中汲取營養，形成自己獨特風格。（于英）

一五〇　行書群英遺墨卷　明　趙寬、楊茂元等

灑金箋　行書　縱三一·五厘米　橫一〇八五厘米

天津博物館藏

釋文：

群英遺墨序

天下乂安，文運大亨，搢紳公卿大夫以及遺逸之士，一話言，一筆札，皆足以名世而傳後。侍御史藍公文繡，博雅好古，樂善不倦。嘗於觀風之暇，截楮為卷，以登載諸公文章翰墨之善者。卷成，謂其同年友郝君性之曰：古人之可傳於今，即今人之可傳於後也。吾平生交游散在海內，覩其翰墨而思其為人。雖在千里外，每一展閱，則一晤語也，可以不忘故舊之義矣。至於前輩舊德、先生長者之作，則凜然起敬。蓋不待躬侍几杖，親承謦咳，而放心收、怠心肅矣。世有為圖畫、蓄玩器以自娛者，吾之為此，顧不賢於圖畫玩器哉！昔人得歐公史藁，謂富可埒國。吾之所集，將遍一代諸名公者也，其為富又可勝計哉。他日傳之子孫，既足以見一時人物之盛，而起其忻慕愛樂之心，而所謂名門舊族，又豈在金貝珠玉之充牣而已耶。予聞之嘆曰，公其賢哉，一舉而三善備焉。絕忌刻，廣揚善，仁也，厚故舊，重名德，義也；不貴異物，所寶惟賢，智也。三者，天下之懿德也，而公兼之。推是心也，一長必錄，一藝必庸，而人才無湮沒之嘆矣。不略疎遠，無遺壽耈，可以敦薄夫而勵偷俗矣；行必有規，德必有師，無玩物喪志之患，而有取人為善之益矣。公以學問政事之餘，從事於游藝適情之小，而超然出乎尋常之外如此，況其大者乎？郝君聞予言，請書之，遂書以為序。

弘治十二年歲次己未正月甲子，賜進士出身中順大夫浙江按察副使奉勑總理學政吳江趙寬序。

舊作二首錄呈侍御藍先生清覽，能無動故鄉之思乎？與質夫楊公同登泰山

冬日聯輿訪岱宗，憑陵絕頂豁心胷。根蟠齊魯東西界，勢壓青萊遠近峯。地勝正堪當孔履，松清原不受秦封。昂然四顧闗情處，直似天門有九重。

群英遺墨序
天下久安文運大亨搢紳公卿大夫以及遺逸之士一話言一筆札皆足以名世而傳後侍御史藍公文績博雅好古樂善不倦嘗於觀風之暇裁褚為卷以登載諸公文章翰墨之善者卷成謂其同年友郗君性之曰古人之可傳於今即今人之可傳於後也吾平生交游散在海內覩其翰墨而思其為人雖在千里外每一展閱則一晤語也可以不忘故舊之義矣至於前輩舊德先生長者之作則凜然起敬蓋不待影侍几杖親欬聲咳而放心收急以肅矣世有爲圖畫蓄玩器以自娛者吾之爲此顧不賢於圖畫玩器哉昔人得歐公史藁謂富可埒國吾之所集將適一代諸名公者也其爲富又可勝計哉他日傳之子孫既足以見一時人物之盛而起其忻慕

謁宣聖廟　六齡已解慕宣尼，闕里今來幸見之。禮樂一身天地德，綱常萬古帝王師。玉闌尚護親栽檜，金薤多鐫後學碑。安得九原猶可作，大興斯道決群疑。　麟洲居士楊茂元拜稾。

近作數首寫復舊契柱史藍先生一笑。

賞梅　東園老梅谷，繁花騰雪光。時時攜小榻，獨坐花中央。豈徒情性適，轉覺心脾香。呼兒具盤飲，命婦挹酒漿。浩歌間微吟，賞此先春芳。骨肉既歡洽，世運方隆昌。此樂方屬予，陶然邁羲皇。

原飲　衛武睿聖人，作詩戒飲酒。淵明亦高賢，一杯常在手。我志在古人，取舍敢云苟。衛武嬰重寄，淵明生不偶。兢惕真吾師，曠達亦老友。平生狂妄懷，浩蕩隘九有。知音既不逢，縱浪吾所取。酣歌送餘生，此意人知否。

清明日有作　林壑年來贉有情，風光況復是清明。山環水擁園三畝，柳暗花明鳥一聲。憂世慮從閒後減，寫懷詩只偶然成。洗心亭上忘言坐，靜看溪雲冉冉生。

遠叟在臥龍山麓肥遯園之藏春閣書，時為弘治己未仲春云。

遊金山寺　飛盡塵寰刼外灰。分明幻出好樓臺。鼇應有足浮還峙，蜃亦何心鬱不開。萬里奔流須看此，十年清夢是重來，十年前遊此。石頭城下真州路，幾見寒潮寂寞回。

西湖　詩到西湖敢擅場，蘇翁白老恐尋常。九天翠黛涵金影，萬朵芙蓉落鏡光。點綴丹青漁艇亂，安排法像化工忙。誰將容易看西子，縱有娥眉不解粧。

春遊觀海　春遊每詫詩中畫，詩畫于今兩欲休。目力有窮雲不斷，山形無倚地應浮。漆園鵬運聊資謔，蓬島田成孰與籌。翻笑杜陵空性癖，祇教花鳥莫深愁。

侍御藍先生文繡，福嘗識于吾寅長毛先生維之寓館，茲幸值奉命來按兩浙，綱紀振肅，德威並著，盜煮私販鹺魁一擒，浦海寧謐。政餘復舉古觀風采詩之典，裝卷錄名公詩，乃及于福，強錄所能記憶者三首呈教。蓋金山、西湖皆先生按下之特勝，而海又鹺鹵之所出，先生所有事。況先生亦東海之傑也。寓是地而歌是詩，必有默契者。維之見之，以為何如？錢福

君馬黃　君馬黃，我馬騮，白玉為嚼勒，黃金裝轡頭。腰間何所佩，琕琫雙純鉤。所期在遠道，稅駕崑侖丘。美人恐遲暮，駕言指東路。忽忽生別離，踽踽何所遇。我馬亦悲鳴，十行九迴顧。

羅敷行　渭水清且漣，照影常自憐。柔桑不滿筐，冉冉春蠶眠。道傍觀羅敷，欲語誰當前。使君驅車來，五馬錦連乾。借問誰家兒，使君有雲軿。羅敷對使君，妾本秦氏女，十八嫁王郎，摻摻事機杼。雞鳳非同群，鴻雁自有侶。國卿明謂何，黃金非不多。尚且五日婦，

引身向清河。使君空喋喋，羅敷欲去蠶無葉。

宿延平城下　篷靜收山雨，沙寒禁雁聲。殘星搖遠水，急柝應危城。久客長無寐，閒思直到明。何為營世事，有術信前程。

除夕建城述懷　守歲嚴城下，維舟積水前。春風欺短鬢，夜雨送殘年。雕琢成何用，摧頹祇自憐。倦來聊隱几，飛夢五雲邊。

題壺山小隱　洗我市朝耳，聽子說壺山。海月隨潮靜，溪雲傍鹿閒。鮫人鄰舍織，漁艇到門灣。何日尋源得，扁舟豈往還。

南峯雜興　乘興行歌信所之，水邊林下動移時。掃開山葉龍孫見，買得溪魚鶴子隨。忙裏光陰前已費，閒中意味近方知。床頭拂拭煎茶鼎，恐有幽人來問奇。

清曉纔披舊黑貂，門前物色便相招。野塘柳待風光動，茅屋霜隨日影消。聽鶴偶來松下徑，看泉時倚竹邊橋。無營更覺能諧俗，日被詩僧酒伴邀。

建陽山行感興　一路風光招旅魂，耳邊流水馬頭雲。青山當面似無路，黃犬出林還有村。春到客懷聊自遣，邇來民瘼不堪聞。古今往事知多少，烏宿僧歸日又曛。

洞江草閣雜詠之一　黃鸝啼歇曉陰開，兩岸垂楊兩岸苔。葉底殘花看不見，細風吹入短篷來。

溪行　門外楊根可繫舟，儂家美酒出新篘。請君解錢沽一醉，灘頭日落水悠悠。

東郊漫興　暖入輕羅燕子風，春光正在醉吟中。拂衣楊柳參差綠，照眼桃花爛熳紅。右舊作數首，錄奉侍御藍先生大吟壇請益。侍生三山許天錫頓首。

鄙詩數篇錄上就正有道。侍生沈周上。

題李太白像　百世青蓮老，文章豪宕人。世間金孔雀，天上玉麒麟。江月仙歌夜，宮花醉眼春。豈知蕭士穎，不見永王璘。

杜子美像　滿地干戈草木秋，漫將白髮染窮愁。英雄感慨詩空在，家國艱難盜未收。老淚邊頭哭堯舜，此心裏許見（點去）夢伊周。草堂依舊成都是，日暮門前江水流。

貧莫容身道自尊，先生肝膽照乾坤。淚因感事時時有，詩不忘君首首存。孔雀悔招牛觝角，杜鵑甘拜帝遺魂。千年珍重丹青在，大雅何從着讚言。

過萬松嶺　不都襄鄧此何都，錯認杭州天下無。潮水暗沉東海信，湖山偷上北人圖。康王端的留須婦，李相幾希刖足徒。李忠定公諫都杭，不聽。今日萬松宮闕處，野花羅綺鳥笙竽。

理墳　新墳結得傍雲厓，未老先曾有此懷。鶴表虛名待誰錄，狐丘宿約與妻偕。百年齊裹參諸妄，一鍤泥頭打早乖。免與君王乞骸骨，自山生長自山埋。

老子嬉春挑酒錢，樂哉斯丘青嶂邊。若教即死便埋我，更是可生還聽天。人間一日過一夢，花下百壺酬百年。漫將醉墨寄絕壁，風雨不洗山蒼然。

群英遺墨，果不虛其名，諸家用筆用墨各有不同，趙氏平和，楊氏疏放，均為佳作上品。

（老木）

一五一　行書喜雨聯句詩卷　明　楊廷和

灑金絹　行書　縱二八·七厘米　橫四五七·三厘米

故宮博物院藏

釋文：

喜雨聯句

風霾苦連日，寢若積薪厝。石齋。曉起望層空，陡覺陰雲布。霡霂來何遲，礪庵。氤氳鬱相呴。從前每占畢，石。恆若寧歸數。桑林千載心，礪。雲漢中興賦。屋溜挈鼎來，石。礎潤理應悟。礪。穴窗時窺覷，石。隱几倏驚寤。礪。奔命馳水伯，石。先聲動雷輅。礪。細若散絲粟，急如注瓢瓠。礪。傾瀉翻江河，悠揚奏韶濩。礪。生態入枯荄，苦歲得甘澍。豐隆誰與期，石。飛廉謾相妬。豈為梅濯枝，礪，將使眾含哺。商羊才起舞，飛蝗省驅捕。石。濕添紅藥重，礪。響徹黃扉度。砌草芽亦茁，石。盆花香漸吐。烟籠桃浪翻，礪。塵浥蛛絲露。石。御溝春水生，礪，行潦葦航渡。遊魚訝新波，石。宿鳥迷故樹。籜萌玉參差，礪。鵲喧韻交互。石。深潭龍起蟄，礪。斷梗蟻爭附。石。那尋龜拆文，礪。盡滌蝸涎污。鴟吻疑仰吞，石。蛙腹競鼓怒。礪。屐齒印苔痕，石，簷牙杳電鶩。菑畬沃膏乳，礪。升斗活涸鮒。抉土驗淺深，石。藝禾視興仆。赤地頓回青，礪。白壤且失素。烏犍輕深耕，石。老姥助遠戽。礪。農家覓簑衣，石。畦丁問園圃。礪。疾呼各尋耦，塗足任穿屨。剛分瓶水餘，石。奚止諦涔足。月令紀虹見，田夫免狼顧。礪。抱甕念彼勞，石。揠苗非所務。價與寶珠埒，礪。臭先餅餌具。還嫌點滴稀，石。更願滂沱注。沛然浹寰區，礪。聽之竟朝暮。石。天其

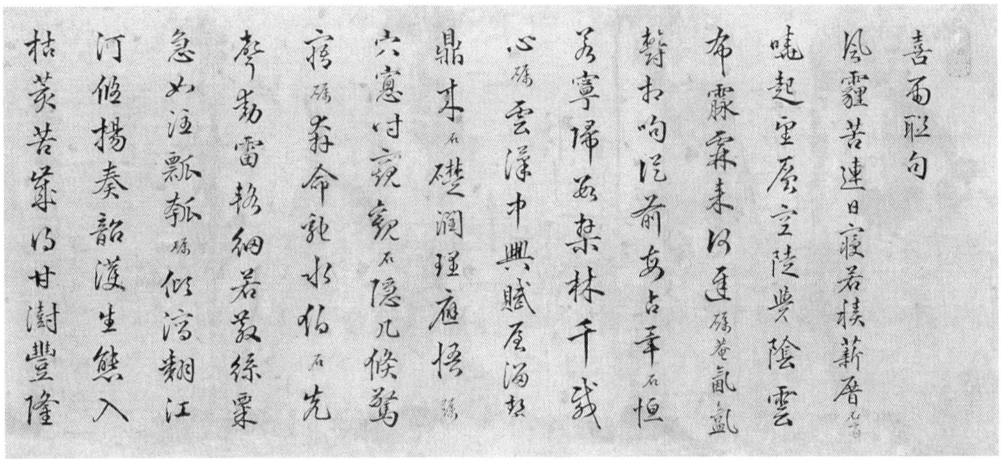

欲洗兵，礪。地已旋消霧。積潤或浸淫，稍晴豁昏瞀。石。但恐濕征旗，礪。未至病行語。石。志喜亭堪名，礪。暴尫事可惡。石。洗寃空犴狴，來蘇脫沉痼。礪。群祀休請禱，法司罷申訴。石。緬懷商家霖，礪。底用方士步。石。物意咸自欣，礪。歲事今不悞。石。坐看百穀成，礪。便如萬寶聚。沉聞河朔間，石。以及燕雲戍。菜色幸少甦，礪。葵心庶能籲。載笑封詞頭，石。特書托簡蠹。有年休詫魯，礪。寬租宜倣錯。此意關稼穡，屢豐見福祚。石。詩自豳風來，筮與泰爻遇。卻憶江南災，王師久屯駐。兼之內帑虛，軍儲鮮充裕。尚軫向隅悲，可忘側身懼。礪。短疏欲箋天，石。微吟聊紓愫。礪。爕調愧無能，石。休徵端有故。礪。仁愛本穹旻，縱閉陋章句。石。和德昭然應，化機潛以寓。礪。茫茫極堪輿，處處是倉庫。石。神功斂若無，邦本寧且固。礪。

今年春不雨，三月中連日大風且霾，宿麥在地者，盡為塵沙所壅，生意索然，諸公皆以為憂。至二十九日早，雲隱隱起，久之漸合。礪菴毛公與余視之，喜動顏色，曰，去冬多雪，地脈尚未涸，今得雨，歲事其庶幾乎。俄而雨，午稍霽，明日復雨。相與聯句，得六十韻。因憶閣中故事，先正文貞、文敏、文定三楊公，文達、文正二李公，公餘嘗有倡和，各載在集中，可考也。今聖上南巡，憂勞于外，余輩朝夕不遑寧處，豈復有意及於吟詠？顧雨澤關係民事，上聞之，亦將少慰聖心。況比來遠近皆熟，都人父老謂數年所未見，前日之喜，似非無謂。迺拾取舊作，各錄一通藏之，用以志一時之感云。正德庚辰閏八月四日，石齋楊廷和識。

楊廷和（一四五九——一五二九）字介夫，號石齋，四川新都人。成化十四年（一四七八）進士及第，時年僅十九歲。累官拜華盖殿大學士，總朝政。楊廷和身仕兩朝，前後擔任宰輔十四年，其中首輔九年。為官清正，多有建樹，因爭登基大典忤帝意，謫官，致仕。

是卷書於正德十五年庚辰（一五一〇）。真似一場春雨悄然而來，潤物宜人，清新爽快，行筆自信，頗見功力。雖不見風濤之氣，卻有濃郁的書卷氣展卷而出，令人玩味。

（老木）

一五二　行書致藍章書札合卷　明　楊廷和、楊慎

紙本　行書　縱二四厘米　橫九二四厘米

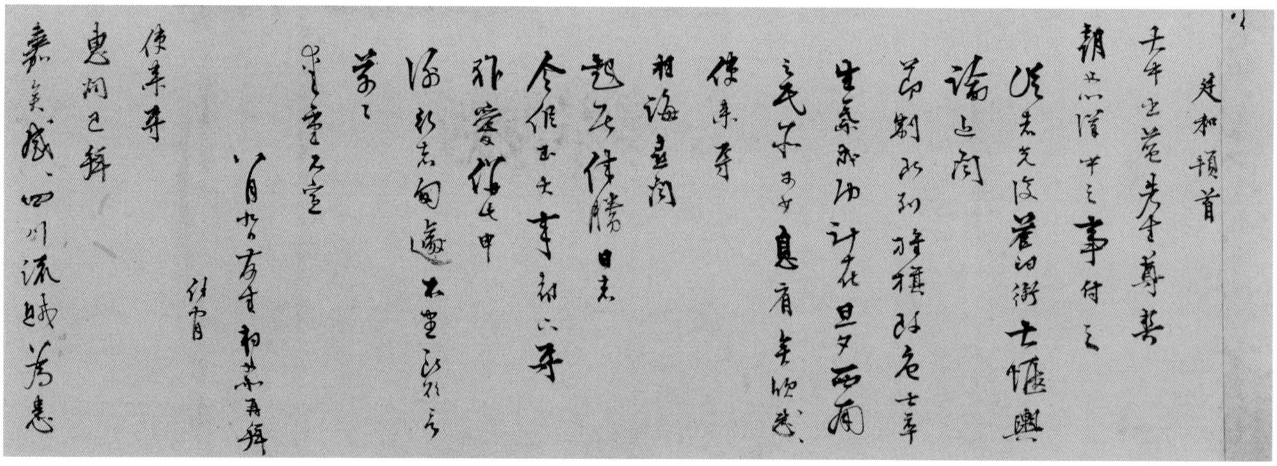

天津博物館藏

釋文：

廷和頓首大中丞藍先生尊契。

朝廷以漢中之事付之從者，先復藿泊銜，大愜輿論。近聞節制所到，旌旗改色，士卒生氣，成功計在旦夕，西南之民亦可少息肩矣。欣慰，欣慰！使來，辱杜誨。尋聞起居佳勝。日者令似玉夫來都下，辱雅愛，併此申謝。行者匆遽，不盡所欲言，萬萬愛重，不宣。八月九日，友生楊廷和再拜。餘閒。

使來，辱惠問，已拜嘉矣，感感。四川流賊為患數年，賴執事久駐漢中，百方防遏，以致首惡就擒，人心慶慰。前日寵擢僉議，大愜朝廷，將來委重執事者，蓋不止此，恃愛輒一道及。近聞殘賊自陝復入川中，計剿平在即，惟是地方事宜，可為永久便利者，願及高明在彼，一一為之經略，甚幸。漢中羅通判今春入覲，亦嘗議及于此，其言似可聽，願一問之。餘不備。友生楊廷和頓首，大巡撫藍先生尊契。

廷和頓首大巡撫藍先生下執事。比聞起居佳勝，甚慰馳仰。使來，辱杜誨。自用兵後，憲節久駐漢中，身親矢石，百凡極勞神用。若招撫議成，數萬生靈之幸也。執事之功與惠，漢水同深，南山並高矣。預以為賀。萬萬愛重。不備。五月廿三日，楊廷和再拜。餘閒。

廷和頓首啟大中丞藍先生下執事。日承手翰，論及撫散之說，私心獨喜，以為此策遂定，數萬生靈之幸也，引領者久之。昨聞奏上，果解散二萬餘人。使此曹不悔禍，終當殺戮，其所殘害又不知幾何。今兵不血刃而全數萬人之命，執事及諸公之功於是為大矣。謹為川陝之人謝，又以為左右賀。草草附狀，不盡所欲言，惟情炤，甚幸。友生楊廷和再拜。

玉夫進修益富，來年狀元及第，亦今日之報也。一笑。餘閒。（中略）

流賊之變，為日已久，轉輸捍禦，民困極矣。近聞貴治及湖廣合兵，復突入蜀中，執事殿之，必有勝算。億萬蒼生，公手撫摩。願以此言為左右頌，亦朝廷之所以望于執事也。江西賊勢亦劇，想知之。數辱惠教，聞起居佳勝為慰，令似玉夫猶未北上，到時再□報也。未問，萬萬愛重。不備。友生楊廷和頓首，大中丞藍先生尊契。十月廿一日具。餘閒。

廷和頓首，大中丞藍先生尊契。先妻喪還，導迎護送，屢勤使者。兒輩徽州之行，幾罹大患，賴執事諭止之，乃得安全。此骨肉之情，通家累世之□也。執事於□豈以為□。區區私衷，感切心肺，自不容不以達之左右耳。人來，數承教示，喻賊一枝復入舊巢，定羌失事者，尚未見臺札舉劾，恐日下當有論也。玉夫造詣益深，兒輩書來，敬服敬服。不知北上在何時？早數月亦不妨也。漢中楊□枉承與進，屋烏之愛，均感均感。未間，萬萬為蒼生愛重，不備。友生楊廷和再拜。餘閒。

廷和頓首啟，大巡撫藍先生尊契。秋深，遠惟貴候萬福，甚慰瞻念。蜀盜未平，尚勞經略，致憲節亦久駐外服，不得朝夕聽規誨，償平生之願。近來又不知彼中事如何，悵怏，悵怏！小兒輩南還，承指教，書來，具道至情，數四遣人導迎護送，得免驚危，感激未可言喻，當與子孫世講之，楊□秉一鈞承與進，併此申謝。草草不盡所欲言，惟情炤甚幸。友生楊廷和再拜。試錄一冊奉覽。九月十四日具。餘閒。

廷和頓首，大巡撫藍先生尊契。聞殘賊將平，三省軍民得遂更生之願，此皆執事之功也。召用在即，可賀，可賀。故人劉政瑜枉承與進，近到京相見時 以為言，輒用申謝。附去先妻誌石一通，煩遣一介傳送至敝邑，不勝幸甚。干冒惟情恕。愧悚，愧悚。不備。友生楊廷和再拜。十一月四日具。餘閒。

（後略）

楊慎（一四八八——一五五九），字用修，號升庵。新都（今屬四川）人。明代文學家。楊廷和之子。武宗正德六年（一五一一）辛未科狀元，稟性剛直，以爭大典，杖謫雲南，廢棄終身。楊慎對文、詞、賦、散曲、雜劇、彈詞，都有涉獵。楊慎考論經史、詩文、書畫，以及研究訓詁、文學、音韻、名物的雜著，數量很多，涉及面極廣。

書壇不乏父子，然合璧之作不多見，此卷為楊氏父子所出，能行能楷亦作草書。殊為難得。

（老木）

一五三　明賢墨妙冊　明　文林、文徵明、唐寅、張靈等

紙本　行書　縱二三·二厘米　橫三一厘米　三十八開

上海博物館藏

文溫州

承示中秋後二夜對月高作卒不知上气致教耳；
以久關嘈素遠天滿盈著為斷輪偏任原此夜漸成
跌年我祕心以附圓老更死吟孤楊眸慈還繼酒十
年前歌先對吉誰家好桂對西堂憶醉眠
　　　　　　　文林謹啟
艷菴先生執事

釋文：（略）

此冊作者多為吳門派書家，如文徵明父文林、文徵明及其子孫、傳人，如文彭、文嘉、文元善、文震孟、黃姬水等。另有吳中地區的著名書家唐寅及其好友張靈，雲間派書家莫雲卿等。由於書札多為文人日常往來之信件，所以書寫時可直抒性情，信手拈來，亦不乏文人書家的精品，同時又有補證史料的歷史文獻價值。

文林（一四四五——一四九九），字宗儒，號交木。長洲（今江蘇蘇州）人。成化壬辰（一四七二）進士，歷太仆寺丞，除永嘉知府，世稱文溫州。文徵明父，與沈周、吳寬友善。擅書，瀟灑率意，溫婉圓潤，有宋人意趣。此札上款「匏庵」為吳寬。

文徵明（一四七〇——一五五九），初名壁，更字徵仲，號衡山居士，長洲（今江蘇吳縣）人。工書擅畫，書學二王、黃庭堅，取法顏真卿、趙孟頫等，婉轉流麗，自成面貌。為「明四家」之一。札中「子朗」為朱朗，「知郡相公南岷先生執事」為蘇州知府王廷。

唐寅（一四七〇——一五二三），字伯虎，一字子畏，號六如居士、桃花庵主、逃禪仙吏。吳縣（今江蘇蘇州）人。善書，取法顏真卿、趙孟頫等，婉轉流麗，自成面貌。為「明四家」之一。札中「時川大人先生座下」為姜龍。

文彭（一四九七——一五七三），字壽承，號三橋。文徵明長子。工篆刻，善書，精鑒賞。此詩札作於隆慶庚午（一五七〇），作者時年七十四歲。上款「簡甫」為刻工章文。

文嘉（一四九九——一五八二），字休承，號文水。文徵明次子。工書善畫，精鑒賞。此詩札為「送毛純嘏北遊序」，書於辛丑（一五四一）文氏時年四十三歲。

文元善（一五五四——一六〇九後至一六一三前），字子長，號虎丘。文嘉子，書畫逼真乃父。坦率好施，性孝，築「歸來室」以娛親。

文震孟（一五七四——一六三六），字文起，別號湛持。文徵明曾孫。此札上款「孟長」為姚希孟（一五九七——一六三六）。

黃姬水（一五〇九——一五七四），初名道中，字致甫，後更名姬水，字志淳，又字淳父。蘇州人。札中「少溪內翰先生」為項篤壽（一五二一——一五八六）。

張靈（？——一五二九前），字夢晉，蘇州人。為郡諸生，與唐寅為鄰，志氣雅合。善畫山水、人物、花鳥、竹石。亦工書，遊祝允明門下。

莫雲卿（一五三七——一五八七），原名是龍，後因得米芾書「雲卿」二字而更名，改名「是龍」為字，後更字廷韓，號秋水、後明等，善書畫，精鑒賞。

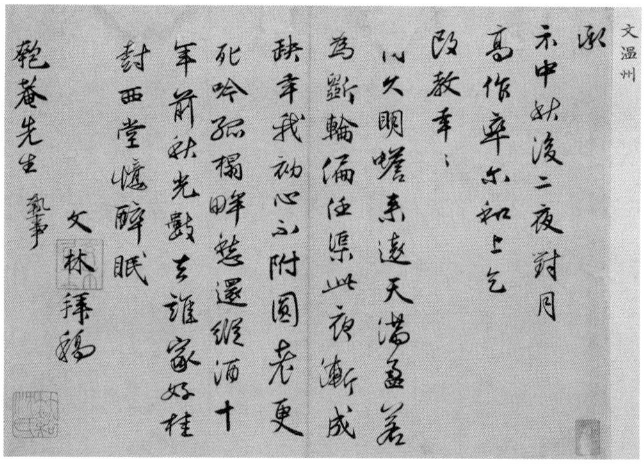

此冊曾經朱之赤、胡德輿、沈尹默鑒藏。

（立中、李蘭）

一五四　楷書夜窗言志詩序卷　明　石珤

紙本　楷書　尺寸不詳

上海博物館藏

釋文：（略）

石珤（一四六四——一五二八），字邦彥，别名熊峰，河北藁城人。石珤與兄石介於成化末年同舉進士，任庶起士，授職檢討。為人剛正直言，品行高潔，因而聲望大振。累官至吏部尚書兼文淵閣大學士入參機務。後加官太子太保至少保。卒謚文隱，隆慶初改謚文介。著有《熊峰集》傳世。

善書，楷書得唐人法度，中規中矩，結體嚴謹，行筆規範，筆筆到位，絕無草率之嫌。

（老木）

一五五　行書卷　明　杜堇

紙本　行書　尺寸不詳

上海博物館藏

釋文：

紅梅川韻錄呈求一點鐵意執事之和者，又金（錄）之，至精也。月明枝上翠禽號，喚醒東風暖漸高。香擬龍涎浮寶鼎，瓣如猩血落鑾刀。休詩文錦坊中杏，可是玄都觀裏桃。珍重主人開雅宴，畫堂銀燭照春袍。檉居杜堇拜，賛府陸先生契兄。

杜堇（生卒年不詳），初姓陸，字懼男，一作南，號檉居、古狂、青霞亭長，丹徒（今屬江蘇）人，居北京。工詩文，通六書，善繪事，取法南宋院畫體格，最工人物，亦善山水、花卉、鳥獸。

此行書頁筆觸靈活，生動有致，提按跳跃，充满自信。饒有情趣。

（老木）

一五六　行書七律詩扇　明　杜堇

灑金箋　行楷書　縱一七·二厘米　橫五六厘米

南京博物院藏

釋文：

君是蕉陰社主人，常時離去不相親。如何得服仙家藥，江北江南見兩身。鳳栖梧竹向蘇臺，蕉裏詩壇只暫開。我願六人生羽翼，逐君飛去又飛來。此送張天錫先生歸婁陽者，六人指：仇東泉、范東岡、徐東亭、蔡東窗、雲東卿及予堇杜東霞也。

其書結體端凝，筆致俊爽，氣勁而骨蒼，為杜氏存世不多的書法佳作。

（劉勝）

一五七　行書七絕詩軸　明　王一鵬

紙本　行書　縱一〇四厘米　橫三二厘米

故宮博物院藏

釋文：

望水尋山二里餘，竹林斜到地仙居。秋光何處堪消日，玄晏先生滿架書。西園王一鵬

王一鵬（生卒年不詳），字九萬，號西園野夫，華亭（今上海松江）人。弘治十一年（一四九八）以明經授泰順訓導。性寥廓瀟灑，綽似晉人。工詩，善書、畫。其畫輒寄興而作，天趣蕭疎，氣韻生動。山水學董源，亦善學元四家。寫生拙中有巧。字學趙孟頫，尤長於署書，郡中扁額多出其手。

此書作行筆穩健，厚重沉着，但結構不拘一格，筆隨意轉，亦有獨到之處。

（老木）

一五八　行書自書詩卷　明　楊循吉

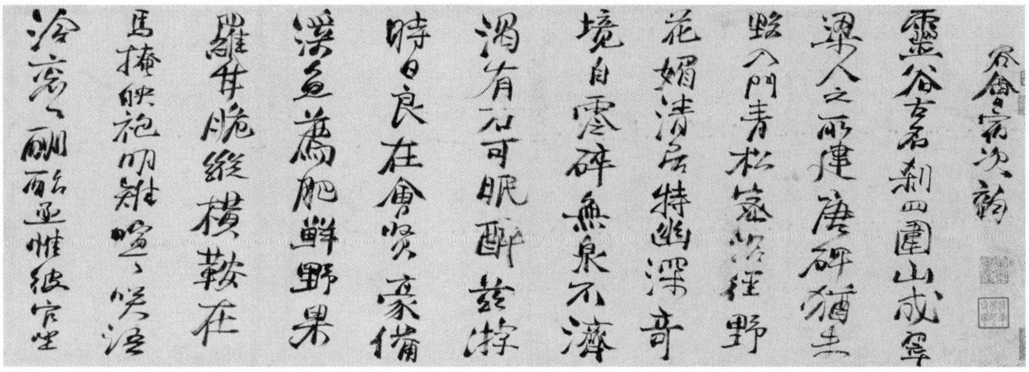

紙本　行書　縱三〇・七厘米　縱三五八・九厘米

上海博物館藏

釋文：

□谷會宿次韻　靈谷古名刹，四圍山成翠。梁人之所建，唐碑猶未毀。入門青松密，路徑野花媚。清居特幽深，奇境自零碎。無泉不濟渴，有石可眠醉。茲游時日良，在會賢豪備。溪魚薦肥鮮，野果羅甘脆。縱橫鞍在馬，掩映袍明雉。暄暄笑語洽，袞袞酬酢亟。惟彼官坐衙，有若賈居肆。苟非自抽拔，終當老闒閉。孤忠林員外，大魁儲主事。周公以鄉集，余子用鄰至。誰知四海望，乃令一日萃。名為問疾病，實則尋遊戲。高步履聲遲，雄辯詞鋒利。興冥入雲鴻，才捷追風驥。天涼秋可坐，月皎夜不寐。主人雖好客，難免紙筆費。

與戒卿遊泛，因登人家園亭地飲，作浣溪沙。綠樹陰中泊畫船，時當八月早涼天。羅衣輕妙喜新穿，尋得園林休問主。搬將酒果與開筵，三分要學是癡顛。

鵝湖早起　鄰雞未唱已離床，窗外微微有月光。免得趁朝仍早起，為人何處不身忙。

見白髮　料應白髮有來時，三十登頭似未宜。愁已生根從汝摘，老先呈態要人知。莫勞曉日梳千下，終見秋霜起一絲。若道只因詩故白，鄰翁元不會吟詩。

成化丁未十月三日與啟東同會元大之第，書此數首近作為贈，時引之亦在。友人楊循吉。

楊循吉（一四五六——一五四四），字君卿，一作君謙。吳縣（今屬江蘇）人。明代文學家。成化二十年（一四八四）進士，詩作直抒胸臆，樸素自然。古文簡潔古峭，講究結構。著有《松籌堂集》、《吳中故語》，筆記《蘇談》等。

是卷書於成化二十三年丁未（一四八七），楊氏時年三十歲。詩中「啟東」為陳啟東，亦名起東。「引之」為史經（一四八〇年舉人），皆楊氏友人。此書結字扁方，行筆頓挫有力，書風古拙，具個人面貌。

（立中、李蘭）

一五九　楷書賀倪冢宰拜爵七律詩扇　明　楊循吉

金箋　楷書　縱一四・八厘米　橫四五・八厘米

南京博物院藏

釋文：

詩賀冢宰倪公大拜。台司位重百僚推，聖主虛懷獨見知。正氣自來關世道，寵光今日被朝儀。詔傳中外咸胥慶，功踵臯夔定不疑。賜坐行看為公設，笑談帷幄靖邊夷。徵靖索書近作，無以塞責，因記嘗賦此詩亦五年矣，遂錄便面歸之。公在禮部，僕時為屬吏。弘農楊循吉志。

此扇頁書法質樸沉著，端肅中富自然平易之韻。款邊鈐：「君謙」朱文方印。另鈐有「白匋」收藏印。

（劉勝）

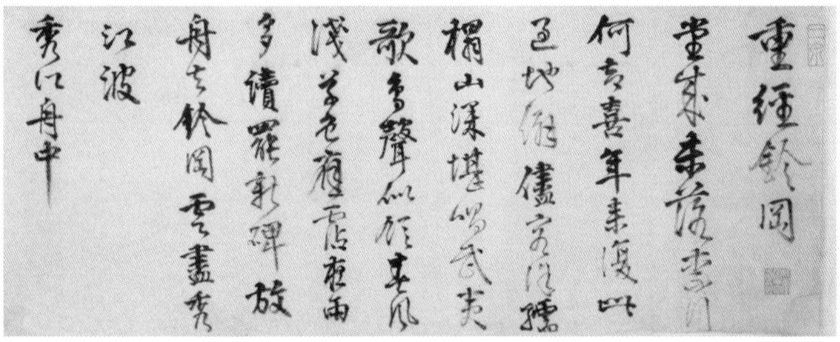

一六〇　行書詩翰卷　明　邵寶、吳儼

紙本　行書　縱二五·三厘米　橫二五三·七厘米

南京博物院藏

釋文：

重經鈐岡　堂成未落柰行何，卻喜年來復此過。地僻儘容徐孺榻，山深堪唱武夷歌。烏聲似領春風淺，草色應需夜雨多。讀罷新碑放舟去，鈐岡雲盡秀江波。

秀江舟中　上水復下水，昨日非今朝。春江淥如酒，天風澹飄搖。坐數江上峰，乍近忽已遙。歸心如東流，迤邐迎海潮。長歌武夷曲，和以廬山謠。閒情寄芳草，極目青迢迢。

上水喜灘少，下水喜灘多。灘多水流迅，半日百里過。況當月明夕，清江揚素波。中流櫓伊軋，時時聞櫂歌。回思北來日，牽挽誠如何。二泉為瘦竹翁書。時正德辛未夏五也。

瘦竹瘦竹在何許，大江西去五千里。當時玉立玉何東，數葉蕭蕭而已矣。如今莫為烟雨肥，竹瘦為是肥為非。瘦邪肥邪吾不知，願君移去還移歸。予在都下時，曾以小扇題此詩奉寄瘦竹，今扇已亡矣。瘦竹復請錄卷尾，蓋不忘規戒之意云。儼。

邵寶（一四六〇——一五二七），字國賢，號二泉，無錫（今江蘇無錫）人。成化二十年（一四八四）進士，弘治中為禮部尚書，贈太子少保，謚文莊。善行草，得顏真卿筆意。

吳儼（？——一五一九），字克溫，宜興人。成化二十三年（一四八七）進士，授編修歷侍講學士，掌南京翰林院，正德中歷禮部左、右侍郎，拜南京禮部尚書，贈太子少保，謚

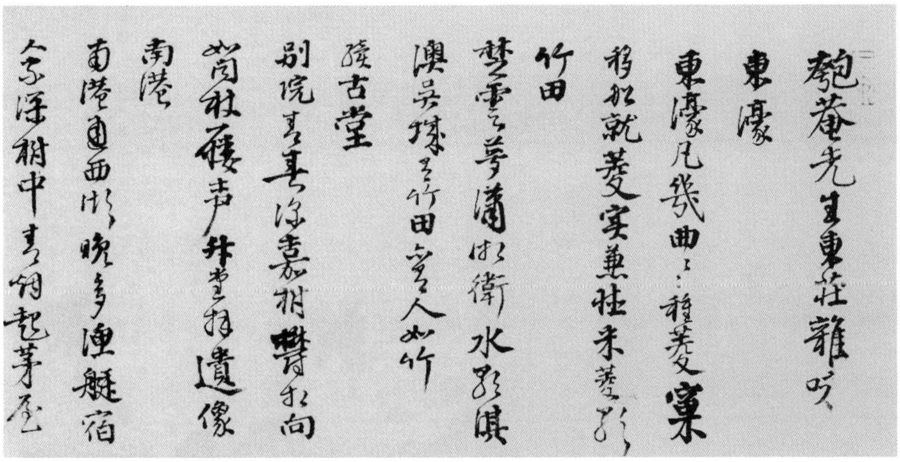

文肅，善書。

此卷係邵寶、吳儼為友人瘦竹翁陸寬所書。二人均學顏體，邵書結構緊密，筆力蒼勁秀拔，吳書腴潤流逸，厚拙穩健。

引首有秦瀛題「明賢遺墨」，拖尾有洪亮吉、張燕昌、余集、嚴保庸、張廷濟、郭麐、錢泳、安念祖、黃安濤、殷壽彭十人跋。

（劉勝）

一六一　行書東莊雜詠卷　明　邵寶

紙本　行書　縱二五・八厘米　橫二三一・五厘米

故宮博物院藏

釋文：

匏庵先生東莊雜咏

東濠　東濠凡幾曲，曲曲種菱窠。移船就菱實，兼聽采菱歌。

竹田　楚雲夢瀟湘，衛水歌淇澳。吳城有竹田，亦有人如竹。

續古堂　別院青春深，嘉樹鬱相向。如聞杖履聲，升堂拜遺像。

南港　南港通西湖，晚多漁艇宿。人家深樹中，青烟起茅屋。

北港　北港接迴塘，芙渠十里香。野人時到此，采葉作衣裳。

西谿　翠竹淨如洗，斷橋水清漣。道人愛幽獨，日日到溪邊。

朱櫻逕　葉間綴朱實，實落綠成陰。一步還一摘，不知苔逕深。

果林　青江次第熟，百果樹成行。未取供賓客，先供續古堂。

芝丘　芝出麥丘上，種麥不種芝。百年留世德，此是種芝時。

方田　秋風稻花香，塍間白晝靜。主人今古人，田是橫渠井。

桑洲　汲溪灌桑樹，葉多蠶亦稠。雲錦被天下，美哉真此洲。

鶴峒　老鶴愛雲栖，石洞自天鑿。秋風時一聲，飛雲散寥廓。

知樂亭　游魚在水中，我亦倚吾闌。知我即知魚，不知天下樂。

拙修庵　破屋貯古書，陶匏滿前列。此心與道俱，甘為時所劣。

耕息軒　壟上閱畊罷，北窗清臥風。豳風讀未了，夢已見周公。

全真館　何處適餘興，尋師談道經。隔橋雲滿屋，鍾磬晚泠泠。

折桂橋　別墅橋邊路，橋因舊所題。大魁還大拜，潮到覺橋低。

振衣岡　崇岡古有之，公獨愛其頂。振衣本無塵，清風灑襟領。

曲池　曲池如曲江，水清花可憐。池上木芙蓉，江映池中蓮。

艇子汫　水上架高棟，四方無雨風。晚舟歸宿處，不見濟川功。

友生邵寶頓首稿上，復齋先生吟伯請教，三月廿八日。

款下鈐「國賢」朱文、「常郡錫邑世家」朱文兩印。引首印「二泉」朱文。

此為邵寶為讚美吳寬的「東莊別墅」之景色所作的二十首五言絕句。用筆穩健，頓挫有致，筆墨濃郁溫厚，氣勢沉實寬博。其筆畫鉤如屈鐵，點如墜石，巧拙互用，時出怪異之筆，有李東陽之韻意，且自家風格極突出。

（李豔霞）

一六二　行書題五老峰詩卷　明　邵寶

灑金箋　行書　縱三二·三厘米　橫四一八·九厘米

南京博物院藏

釋文：

題五老峰　匡廬山頭五老人，晚歲纔作羲皇民。雪蒙綠髮不改色，雲映蒼顏真入神。豈無北海未須避，自有南極堪為鄰。吾亭擬結白鹿上，獨對一盃公莫嗔。

吊林和靖　賦得梅花萬古傳，水濱孤塚卻蕭然。閒雲於我心俱隱，老鶴如人骨半仙。朝市尚餘觀物地，兒童不省入城年。斷橋東去今成路，回首中洲但暮烟。

廬山謠用李韻　廬山倚南極，乾坤一高丘。絕頂有佳處，可作仙人樓。詔出令我奇訪品，等閒卻遂平生遊。白鹿洞在五老傍，我來講席宏開張。青雲見彩霞生光，玉聲左右泉不斷。我行東峰磵有梁，眼明還直西南望。不知乘舟者誰子，望我應恨天衢長。廬山如廬幾萬間，與仙作主去復還。黃塵滔滔似海水，此山即是蓬萊山。載歌李白詩，我句亦時發。九江秀色行攬之，楚帆風送飛鴻沒。五老五老真有情，萬峰之中獨目成。何時柱杖往參立，上呼群仙下紫京。笑攀北斗挽銀漢，下洗濁世鄰太清。

予議事北行，國用楊君以此卷請書舊作，途中多冗弗及執筆，至是南還始克為之。君又侍先生仲子也。昔者在汴有斯文之雅，今觀其言行，無愧箕裘之説，故予樂與之遊焉。其好文攻書，特餘事耳，然因是可以知其大矣。二泉邵寶識。

此書卷氣息蒼郁，筆力雄健，骨體、間架全效顔真卿，行筆之中又參晉人及米芾筆意。

（劉勝）

收藏單位

蘇州博物館
朵雲軒古玩公司
上海書畫出版社
貴州省博物館
雲南省博物館
廣州藝術博物院
廣東省博物館
山西省博物院
吉林省博物院
遼寧省博物館
天津博物館
南京博物院
上海博物館
國家博物館
故宮博物院

本卷主編
蕭燕翼

責任編輯
李　静

封面設計
周小瑋

責任印製
張道奇

攝　影
孫之常
劉小放
鄭　華
司　斌
馮　輝
孫志運
周耀卿
刘志崗
郝勤建
汪雪梅
薛皓冰
劉士剛
李振石
林　利

圖書在版編目（CIP）數據

中國法書全集.明.1/中國古代書畫鑑定組編.—北京：文物出版社，2009.5
（中國美術分類全集）
ISBN 978-7-5010-2553-4

Ⅰ.中... Ⅱ.中... Ⅲ.漢字—法書—作品集—中國—明代 Ⅳ.J292.21

中國版本圖書館CIP數據核字（2008）第168035號

中國美術分類全集
中國法書全集
第12卷 明1
中國古代書畫鑑定組 編
出版發行 文物出版社
（北京東直门内北小街二號楼）
本卷主編 蕭燕翼
責任編輯 李 静
製版者 北京文博利奥印刷有限公司
印刷者 文物出版社印刷廠
經銷者 新華書店
二〇〇九年五月第一版第一次印刷
書號 ISBN 978-7-5010-2553-4
印張 三六·七五
定價 四八〇圓